J.R.R.トールキン
世紀の作家

トム・シッピー 沼田香穂里 訳 伊藤盡 監修
Tom Shippey Kaori Numata Tsukusu Ito

評論社

Originally published in English
By HarperCollinsPublishers Ltd.under the title:
J.R.R.TOLKIEN AUTHOR OF THE CENTURY

This edition published by arrangement
with HarperCollinsPublishers Ltd, London
through Tuttle-Mori Agency, Inc., Tokyo

J・R・R・トールキン　世紀の作家

もくじ

序　世紀の作家

第一章　『ホビットの冒険』——中つ国の再創造

第二章 『指輪物語』（一）――物語の地図作り

第三章 『指輪物語』（二）――悪の概念

第四章 『指輪物語』(三)——神話的次元

第五章 『シルマリルの物語』——心の作品

トールキン作品の引用訳について　　訳者ことわり

以下に挙げるトールキン作品からの引用は、基本的には既刊の邦訳をそのまま使用した。

『ホビットの冒険』　瀬田貞二訳　岩波書店

『指輪物語』　瀬田貞二・田中明子訳　評論社

『新版　シルマリルの物語』　田中明子訳　評論社

『農夫ジャイルズの冒険　トールキン小品集』　吉田新一・猪熊葉子・早乙女忠訳　評論社

ただし、言葉の意味や文体を検証する必要がある場合には、直訳を行った部分も多数あることをおことわりしておく。また作中の固有名詞は『新版　シルマリルの物語』の表記に統一、ここにないものについては、読者により親しみがあると思われる方を記載した。その他の参考資料については巻末の「あとがき」を参照。

本文中、分かりにくいと思われる部分には（　）に入れて訳注を付した。引用文中の作者による補足は［　］に入れた。

序　世紀の作家

ファンタジーと空想物語

「二十世紀文学の主流は空想物語である」

このような説を唱えると、驚かれる向きもあるだろう。実際二十世紀が始まった頃には思いもよらなかっただろうし、今日でも激しい抵抗に遭うに違いない主張である。しかし現在の論争とは無縁の未来の文学史家が振り返るとしたら、次のリストは二十世紀を代表する典型的な作品と考えられるであろう。

J・R・R・トールキン　『指輪物語』
ジョージ・オーウェル　『一九八四年』『動物農場』
ウィリアム・ゴールディング　『蠅の王』『後継者たち』
カート・ヴォネガット・ジュニア　『スローターハウス5』『猫のゆりかご』
アーシュラ・K・ル・グィン　『闇の左手』『所有せざる人々』
トマス・ピンチョン　『競売ナンバー49の叫び』『重力の虹』

このリストを少し拡《ひろ》げて、十九世紀末に『モロー博士の島』や『宇宙戦争』を書いたH・G・ウェルズや、現役のステファン・ドナルドソンやジョージ・R・R・マーティンを加えてもよい。また正反対とまでは言わないが作風の異なる作家たち（キングズリイとマーティンのエイミス父子、アントニイ・バージェス、スティーヴン・キング、テリー・プラチェット、ドン・デリーロ、ジュリアン・バーンズ）を入れることもできるだろう。二十世紀の終わる頃には、リアリズムに深く傾倒している作家でさえも、空想物語という文学形式の持つ引力に抵抗するのがしばしば難しいと感じていたのだ。

ここで断っておかねばならないが、空想物語とファンタジー文学とは違う。リストの作家のうち、作品が常に書店のファンタジーコーナーに並ぶのは、トールキンの他には四人だけだ。そして空想物語の中には、ファンタジー以外に多くの文学ジャンルが含まれる。寓意物語、たとえ話、おとぎ話、ホラー小説、ＳＦ、現代の怪奇小説に中世のロマンス。それでも要点は変わらない。同時代人に力強く訴えてきた二十世紀作家は、どういう訳か、ファンタジーによる比喩の手法を使わなければならないと考えた。存在しないとわかっている異世界や生き物、すなわちトールキンの「中つ国」、オーウェルの「イングソック」、ゴールディングやウェルズの離れ島、またウェルズやヴォネガットの、イギリスやアメリカの平和な住宅地を突如襲う火星人やトラルファマドール星人を、書かねばならぬと思ったのだ。

もちろんこの現象を病んだ文学趣味のせいにするのは簡単だ。この病の患者である何百万ものファンタジーファンは、軽蔑もしくは憐みの対象であり、まっとうな文学趣味を持てるようリハビリ施設に送るべきという訳だ。一般的にこの病は「現実逃避」と呼ばれ、ファンタジーの読者や作者は、実際の出来事から逃げているとされる。ただしここで問題がある。二十世紀後半の空想物語の枠組みを作った作家の多くは、従軍経験があり（トールキン、オーウェル、ゴールディング、ヴォネガットしかり）、トラウマとなる前世紀最大級の悲劇的で重要な出来事の現場に居合わせたか、少なくとも深く関わっていたのである。トールキンは第一次世界大戦の激戦地ソンムの戦いを経験し、ヴォネガットは連合軍によるドレスデンの無差別爆撃に遭遇し、オーウェルはスペイン内戦に志願してファシズムの台頭と初期の勝利を目撃した。彼らが悲惨な体験に背を向けたとは誰にも言えない。むしろ悲劇を伝え、意見する方法を、見つけ出さずにはいられなかったのだ。そのために、どういう訳かリアリズムだけでなく、ファンタジーの手法を取り入れたのは、奇妙に思えるが紛れもない事実である。

誰もが予想だにしなかったことであるが、トールキンのファンタジーは長く人の心を捉えて離さなかった。それを単なる通俗趣味の偏愛と片づけ、教育を受けたもののわかる人間は無視して切り捨てるべき、と考えてはならない。むしろ解説をして擁護するに相応《ふさわ》しい作品であるし、本書の狙いもそこにある。トールキンの衰えない人気の秘密は、単に目新しくて人を魅了するからというだけでなく（確かにそういう面もあり、それも説明できなくないが）、彼の生きた世紀の大問題への、心の奥底からの真摯な応答にあるということを、本書はこれから明らかにしていきたい。「悪の起源と性質」（この人類永遠の問題は、トールキンの時代に恐ろしい形で再び焦点が当てられた）「神の加護なしに生きる中つ国の人間」「文化の相対性」「言語の荒廃と連続性」――これらのテーマを蔑むことは誰にもできないし、その研究を恥じる必要もない。確かにトールキンの答えは、誰もが気に入るものではなかったろう。またリストにあった同世代作家の多くが出した解答ともかけ離れていた。しかし目新しさや魅力が、この世に生きる作家すべてにあてはまる資質だとすれば、時代の大問題への応答こそが、トールキンを異色の存在にしている一因なのである。

トールキンを異色の存在にしている要素は他にもある。それは彼が、自分の専門分野における権威だったということである。あるテーマについて、トールキンは単純に誰よりも多く知識があり、誰よりも深く思索をめぐらせていた。その成果をファンタジー小説ではなく、研究論文にまとめるべきであったと感じた（そして実際に声に出して言った）人もいた。そうすれば、学会の限られた聴衆の間では、もっとまじめに受け取られていたかもしれない。その一方で、トールキンの生涯を通じて、学会内で彼の言葉に耳を傾ける人々は減り続け、今では消滅寸前になっている。古英語のことわざにもある通り「話しかけてくる者は、聞いてもらいたい」のだ。

トールキンには聞いてもらいたいことがあった。そして聞いてもらえた。しかし彼の訴えたかったこととは何であろう？

トールキンの生涯と作品

トールキンの全生涯については、ハンフリー・カーペンターの定評ある一九七七年の『J・R・R・トールキン―或る伝記』（以下、『或る伝記』、評論社）を読めばよい。しかしカーペンターの伝記の中の驚くべき一言をもって、トールキンの人生をまとめることも可能である「そしてこれから後は、とりたてて何事も起らなかった」。カーペンターが「これ」と呼ぶ転機とは、トールキンが一九二五年に、オックスフォード大学ローリンソン＝ボズワース記念アングロ・サクソン語教授として迎えられたことであった。その時若冠三十三歳。人生における、伝記作者が喜びそうな興奮する出来事は、すべてそれ以前に起こっている。トールキンは一八九二年、南アフリカのブルームフォンテンで、英国人の両親のもとに生まれた。ほどなくイギリスに帰国して、四歳の時に父を、十二歳の時にローマ・カトリック信者の母を亡くした。トールキンはバーミンガムとその周辺で育てられたが、外地生まれでドイツ由来の名を名乗っているにも拘《かかわ》らず、イングランドのウェスト・ミッドランド地方に自分が深く根ざしていると感じていた。十六歳の時、三歳年上の将来の妻と出会う。結局は後見人によって、成人するまで会うことも手紙のやり取りをすることも禁じられてしまうが、二十一歳の誕生日にプロポーズの手紙を送り、オックスフォード在学中に結婚する。それから間もなく、一九一五年に大学を卒業すると、ランカシャー・フュージリア連隊に配属される。一九一六年の七月から十月にかけて、ソンムの戦いに歩兵隊所属の少尉として参戦。同じ年、親友二人のうち一人は即死、もう一人は壊疽《えそ》で死亡。トールキン自身は塹壕《ざんごう》熱により傷病兵として送還され、戦後しばらくは『オックスフォード英語大辞典』（ＯＥＤ）の編纂《へんさん》にたずさわる。リーズ大学で准教授職を得てその後教授になり、一九二五年にオックスフォード大学のアングロ・サクソン語教授に就任する。

これから後は「とりたてて何事も起らなかった」。トールキンは仕事をし、家族を養い、本を書いた。『ホビットの冒険』（一九三七年）と『指輪物語』三部作（一九五四―五五年）はとりわけ傑作であった。純粋に学術的な方面では、中世ロマンス『ガウェイン卿と緑の騎士』の校訂本（Ｅ・Ｖ・ゴードンと共編）を一九二五年に、『ベーオウルフ』についてのブリティッシュ・アカデミー（英国学士会）での講演原稿（文字通り何千もあるこの詩についての論文のうち、いまだに最も重要と目される評論である）を一九三六年に出版した。一九五九年、オックスフォードでの二つ目の教授職を退官する（一九四五年にトールキンはアングロ・サクソン語教授からマートン学寮《コリッジ》の英語学英文学教授に移っていた）。生涯を通じてカトリックのキリスト教を信奉し、妻を亡くした二年後の一九七三年に世を去る。不倫、性的倒錯、スキャンダル、いわれなき告発、政治への関与など、お粗末な伝記作者が食いつくような事件は、ある意味何もなかった。しかし、カーペンターも認めているように、「何もなかった」という要約からこぼれ落ちてしまう内なる人生、精神活動、すなわちトールキンの作品世界があった。それはまた――トールキン自身はこの二つの間に線引きをして区別していなかったが――彼の趣味であり、個人的な楽しみであり、彼を支配する情熱だった。

もしトールキンが、自分自身を一言で表せと言われたら、彼の選ぶ単語は「文献学者（philologist）」であったろう（例えばカーペンターの編纂したトールキンの『書簡集』では、色々な場所にこの言葉が出てくる）。トールキンの情熱を支配していたのは文献学であった。この言葉については後で説明しなければならないが、その前にまず、私自身の個人的な強い関わりを述べさせていただきたい。私はトールキンと同じバーミンガムのキング・エドワード校出身で、似たようなカリキュラムの下で教育を受けた。一九七九年にリーズ大学で英語・中世文学教授の職を継承するが、その地位は一九二五年にトールキンが辞めて以来空席になっていたものだった。リーズ大学で私は、最終的にはトールキンが二世代前に作ったカリキュラムを廃止したが、一九八〇年代の状況を考えれば致しかたないとトールキンも認めてくれたのではないかと思う。バーミンガム時代とリーズ時代の間に七年間、私はオックスフォード大学の英文科で教鞭をとり、ここでもトールキンとほぼ同じカリキュラムを教えていた。私たちは、同じように大学の職務という網の中でもがき、同じように言語学と文献学が英文科のカリキュラムに残るよう戦った。英文科というところは、教えてよいのは文学だけ、それも中世以降の、重要で、リアリズムの、正典の（等々）、といった要求を押しつけてくる。であるから文献学についての私の言い分には、ある種の党派心が含まれているかもしれない。しかし少なくともトールキンと私は、同じ志の人間だ。

私の意見では（あくまでも私個人の意見であり、例えばOEDの定義には含まれていないが）、文献学の本質は、まず一ないし複数の言語の歴史的な形態の研究にある。その中には、方言や標準語でない形態も含まれるし、関連する言語についても調べなければならない。トールキンの研究の中心も、当然、古英語及び中英語、つまり大体のところ紀元七〇〇年から一一〇〇年頃の英語（古英語）と、紀元一一〇〇年から一五〇〇年頃の英語（中英語）であった。古英語については「アングロ・サクソン語」と呼ばれることも多いが（実際トールキンの就いた教授職もその名前だった）、トールキンはその呼び方を使わなかった。古い英語と密接な関係を持っていたのは、むしろ古北欧語だからである。現代英語には、人々が思っているより多くの北欧語が入っているが、さらに多くの北欧語が北方方言には含まれ、トールキンは強い関心を抱いていた。また言語学的には関連が薄くなるが、歴史的により関係の深かったのは、ブリテン島の他の古い言語である。そのうち特にウェールズ語を、トールキンは研究し賞賛していた。

しかし、文献学は言語研究だけに限定されるべきものではなく、実際それ以上の範囲に及んでいる。これら古い形の言語が残っている文献は、大抵は偉大な力と特徴を持った文学作品で、文献学者の目で見れば、これらの文献を無視したり、読めるようになるために必要な言語学の勉強を惜しんだりするのなら、どんな研究も結局不完全で内容が乏しいものとなってしまう。それとは逆に、当然のことながら、二十世紀の文献学者にありがちな言語学単独の研究は、存在意義を主張するのに最適な材料と最良の論拠を投げ捨てている。

文献学において文学研究と言語研究は分かちがたい。両者は一体であるべきなのである。トールキンも、一九二五年にオックスフォード大学の教授職を志願する際に、全く同じことを書いている。そして自らが立ち上げたリーズ大学のカリキュラムを、彼の本気の証《あかし》として挙げている。トールキンが宣言した、彼の目的とは、

> 言語研究と文学研究の間に育ちつつある隣人愛を、力の限り促進します。両者は誤解なくしては敵になりえない間柄であり、敵対すればお互いにとって損失です。またより広くより豊かな土壌で、若者の文献学への熱意を鼓舞し続けます。

「育ちつつある隣人愛」、「より豊かな土壌」という部分において、トールキンは間違っていたが、それは彼のせいではない。むしろトールキンの主張通りだったなら、『指輪物語』を書く必要は生じなかっただろう。トールキンの小説は、先に定義したような文献学に、確かに基づいていた。本人もことあるごとに声の限りにそう訴えていた。例えばアメリカの出版社に送った一九五五年の手紙では、『ニューヨークタイムズ』紙に一部掲載された以前の手紙によって与えてしまった印象を、訂正しようとしている。

> 私の文献学についての発言［引用された手紙の中でトールキンは、「私は文献学者であり、私の作品はみな文献学的です」と書いている］は、私の作品において最も主要な「事実」と思われることについて、言及するためでした。私の作品はすべて同じ性質で、その発想における根本は言語学です。（中略）言

語の創造が土台です。「物語」はむしろその言語が話される世界を提供するために作られたのであって、その逆ではありません。私にとって、名前が先にあり、物語は後からついてくるのです。

引用の中の強調は、トールキン自身によるものである。そして最大限強く訴えたにも拘らず、この宣言は大体において困惑か否定をもって迎えられた。至極当然な理由もある（そうでない理由も多かったが）。なぜならトールキンは、言語に対して異端とは言わないまでも、かなり個人的な見解を抱いていたからである。トールキンは、人々、特に言語の混じり合う歴史を持つイングランド人は、自覚なしに言語内部の歴史的な地層を感知できると考えていた。人々は、実は北欧語だとは知らずに、「アグソープ（Ugthorpe）」や「ステインビー（Stainby）」という名を北方のものだと思う。また「ウィンチクーム（Winchcombe）」や「カムルー（Cumrew）」は西部の名に違いないと思うが、「クーム／カム（cŵm）」がウェールズ語だとは認識していない。人々は、言葉の中に、言語の型を感じることができるのである。さらに言語には、人を惹《ひ》きつけたり撥《は》ねつけたりする力が内在すると、トールキンは信じていた。サウロンやオークの使う「黒の言葉」は、嫌悪感を与える。ガンダルフが「エルロンドの御前会議」でこの言語を話した時、「一座の者はみな身を震わせ、エルフたちは耳にふたをしました」。エルロンドがガンダルフを叱責したのは、この言語を使ったからであって、その内容が悪かったからではない。対照的にトールキンは、ウェールズ語やフィンランド語が本質的に美しいと考えていた。そしてエルフ語を考案する際に、シンダリン（ベレリアンドのエルフ語）はウェールズ語、クウェンヤ（上代エルフ語）はフィンランド語を、それぞれ音声と文法のお手本にした。『指輪物語』で登場人物に、わざわざ英語に翻訳していないエルフ語を、何度も何度も話させているのは、トールキンのこの確信の表れである。音だけで主張している、もしくは強調していることがある。それは、必ずしも内容は語らなくとも、古くから伝わる伝説を引き合いに出すだけで、何か伝わることがあるのと同じである。

ここで前に述べたトールキンの創造の根本の話に戻るのだが、彼は文献学により、研究対象にしている古い文献よりも、さらに昔の時代へ遡《さかのぼ》ることができるとも考えていた。彼が時に可能だと信じたのは、後の時代に生き残った言葉から手探りで進んで、今は消えて久しい概念、昔は確かに存在しており、もし存在していなければその言葉が現存していないだろう概念に到達することである。この作業は、比較によって、より一層説得力を持つ（文献学は比較文献学となって初めて学問になる）。例えば、現代英語には「ドワーフ（dwarf）」という語があるが、語源は現代ドイツ語の「ツヴェルク（Zwerg）」の語源と同じだった。そして文献学は、二つの言葉がなぜ異なるようになったか、古北欧語の「ドウェルグル（dvergr）」とはどのような関係にあるのかを、正確に説明することができる（訳注　三つとも「ドワーフ」を意味する単語）。では、もし異なる三つの言語体系に同じ言葉があり、どの言葉にも似たような種族の生き物の存在を信じていた痕跡が残っているのなら、まずこれらの言葉の由来となっているに違いない一つの言葉（おそらく*dvairgs というような単語であったろう）を再構築し、それからその言葉に合う概念を復元するのは理にかなっていないだろうか？（dvairgs の前につけた星印アスタリスクは、この言葉が記録には残っていないが、確かに存在したに違いないと示す際に、つける決まりとなっている記号である。もちろんアスタリスクの付く言葉や物を創造する際には、間違いを犯す余地が大きいことは断っておく。）これがトールキンの思考回路であり、この本では後の章で、さらに多くの詳しい例を挙げていくことになる。肝心なのは次のことだ。いかにトールキンの中つ国の創造が空想的であったとしても、彼自身は自分が作り上げたのは、根拠となる材料に基づいたものと思っていた。彼は「再構築」し、材料となる文献の矛盾の辻褄《つじつま》を合わせた。時にはホビットのような全く新しい概念を生み出したが、同時に、少なくとも民衆の心の中では、かつて実在していたと信じる想像世界へ戻ろうとしていた。そのために、散在こそしていたが膨大な量の証拠が、トールキンにはあった。

トールキンには、さらに、前世紀の傑出した先輩がいた。一八三〇年代、フィンランドのエリアス・リョンロットは、多くの伝承の歌い手にばらばらに歌い継がれてきた抒情詩や叙事詩を歌ってもらい、今日フィンランドの国民叙事詩となる『カレワラ』を編纂した。彼は実際、自身がかつて存在していたと（おそらくは間違って）信じていた、ひとつながりの歌謡を「再構築」した。ほぼ同じ頃、ヤーコプとヴィルヘルムのグリム兄弟は、ドイツで遠大な計画に着手していた。ドイツ語文法書、ドイツ語辞典、ドイツ神話、ドイツ英雄伝説集、そしてもちろんドイツ童話集を、同時進行で編纂するという目論見《もくろみ》である。これは本来そうあるべきところの、文学と言語学の垣根のない研究である。デンマークではニコライ・F・S・グルントヴィが、後世のバラッド文学だけでなく、いにしえのサガや叙事詩に熱い関心を寄せ、デンマーク人の民族性を再創造しようとしていた（バラッド集の方は、息子のスヴェンによって後にまとめられた）。しかしイングランドには、このような十九世紀の事業はなかった。従ってトールキンが実際に手紙に書いたように、「イングランド、すなわち私の国」だけに捧げることのできる「おおよそがつながっている伝承物語集を作りたい」とかつて願っていたと言う時、全く前例のないことを言っていた訳ではないのだ。ただ一九五一年の時点では、彼自身も恨めし気に認めているように、その希望はしぼんでいた。しかしその十年後には、成功がずっと近くなったと感じられていたかもしれない。

という訳で、トールキンは、神話学者である以前に文献学者であり、ファンタジー作家になる以前に、少なくとも気持ちの上では神話作者であった。言語や神話に対する彼の信念は、時に独特で極端であったが、決して不合理ではなく、彼はそれを完璧な明快さで表現することができた。最終的にトールキンは、抽象的な議論を通じてではなく実物を提示することで、その信念を表明しようと決心した。そしてそれが成功したことで、彼の言っていることはもっともだと示すまでに至った。私も考えを同じくしているが、文献学の嗜《し》好《こう》、名前や地名を含む、ありとあらゆる形の言語の歴史に対する嗜好は、教育者や有識者が好んで考えるよりずっと多くの人々の間にあまねく広がっているというトールキンの信念は、特に的を射ていた。一九五九年の「退官記念講演」の中でトールキンは、問題は文献学者や彼らから学ぶ学生にあるのではなく、「言葉嫌い《ミソロジスト》（misologists）」と彼が呼んだ人々、つまりは言葉を嫌う者にあると結論づけた（訳注　ミソロジストは miso ＝「～嫌い」＋ logist ＝「～研究者」から成り立っている言葉で、logist は語源的に logos ＝「言葉、理性、論理」に由来する。Philo ＝「～愛」＋ logist から成り立つ文献学者〈philologist〉とは逆の存在になる）。もし彼らが、鈍さからか無知からか、言語学研究は自分に合わないと決断を下すだけならば何の害もない。しかしトールキンは次のように感じていた。

専門職にある者が、自分たちの鈍さや無知を人としての標準だと想定することに、不満を抱いています。自分の知性の限界を若者の感性に押しつけて、文献学への好奇心を持つ者にはその性向から離れるよう説得し、この分野に興味のない者には奨励をもって、その欠如こそが格上の知性の証と信じこませることに怒りを覚えます。

この不満と怒りの背後には、もちろん挫折と敗北がある。現在トールキンの認めるような文献学を、イギリスやアメリカの大学で研究することはとても難しい。学問の世界で勝ったのは「言葉嫌い」の方だった。同様に、リアリズムやモダニズムやポストモダニズムの信奉者やファンタジーを蔑む者たちも、勝利を収めた。

しかし学問の世界の外では形勢は逆転していた。最近のことだが、私は大手出版社の執筆依頼担当の編集者からこんな話を聞いた。「量販が見こめるのはファンタジーだけです。残りはみなカルトファンしか読まない小説ですよ」（しばし考えて）「主流と言われる作家の小説も例外じゃありません」。彼は自分の買い付け戦略を擁護していたので、誇張していたのは間違いない。しかし彼の意見を支持する強固な証拠は沢山あるのだ。トールキンは聞いてもらうために声を上げた。しかし私たちはまだ、彼が何を語っていたのかを見出していない。ただ、彼の言葉に耳を傾ける人々がいたこと、彼の語っていることが何であれ、聞く価値があると思った人々がいたことは、疑うべくもない事実である。

二十世紀を代表する作家

これまでの前置きがあって初めて、この本のタイトルが主張している内容について考察する時が来たようだ。果たしてトールキンを「二十世紀の代表作家」と呼ぶことはできるだろうか？　野心的であってもこう主張するからには、三つの異なる根拠が挙げられる。第一は単純に大衆の支持、つまり人気投票や本の売り上げから見えてくることである。詳しい内容は、それをどう解釈すべきか、またどう解釈されてきたかという解説と共に後述するが、まず無条件に言えるのは、イギリスや全世界の夥《おびただ》しい読者がこの主張に賛成し、さらに言えば、誰かに促されたり指示されたりすることなしに、トールキンこそが二十世紀を代表する作家だと思ったということである。

第二の根拠はジャンルの観点から挙げられる。執筆依頼担当者が言ったように、現在ファンタジー、特に英雄ファンタジーは、主力商品になっている。これも後に詳しく述べるが、ファンタジー文学はトールキン以前にも存在していた。だから『指輪物語』が先導しなくても存続し、今のようなジャンルに発展した可能性は否定できない。とは言うもののそれはかなり疑わしいと思われる。一九五四年から五五年にかけて世に出た時の『指輪物語』は、変種あるいは突然変異、「造化の戯れ」であり、単独で一つのカテゴリーを形成していた。今から思えば、そもそもの出版を決意したサー・スタンリー・アンウィンの大胆さには驚くばかりである――ただし重要なことに、アンウィンはリスクの回避を怠らず、トールキンと結んだ取り決めでは、作品が売れて利益が生じるまでは、作者は一文も受け取れないことになっており、利益が出ることは当時極めて疑わしかった。さらにアンウィンは、十七年もの産みの苦しみの間作家を支え励まし続けたが、最終的に生まれてきたものは、彼の意図していた作品とは全く異なるものであった。確かにアンウィンは、『ユリシーズ』執筆中のジョイスの支援者のように、多額の経済支援をする必要はなかった。しかし彼もトールキンも、プロの文学エリートから、ジョイスや後援者なら期待できただろう支持を受けることはなかった。『ユリシーズ』には、礼賛者が多い一方で直接の模倣者がほとんどいなかったのに対し、『指輪物語』以降、英雄ファンタジー三部作はほぼ標準の文学形式になった。英語を話す地域のどんな書店にもファンタジーコーナーはあり、その中でトールキンの刻印の押されていない作品は滅多にない。時には文体や構成の底に焼き付けられていたり、時にはその作者が考案したファンタジー世界の性格やキャラクター設定に無意識に現れていたり。当然のことながら、模倣作品、あるいは競合作品の質には、実に大きな差がある。しかしどの作品も、誰かしらは楽しませている。トールキンのした仕事の一つは、何百万人もの読者や何百人もの作家のために、想像世界の新しい大陸を切り開いたことだった。彼自身は、前に述べたように、古い大陸を再発見したに過ぎないと言うだろう。それを文献学の視点からはこう言ってもいいかもしれない。トールキンは二十世紀のクレティアン・ド・トロワだ（訳注　フランスの詩人。アーサー王と円卓の騎士を題材にした物語詩で騎士道の理想を歌い評判となり、その後彼の詩に刺激を受けた多くの作品が作られた）。十二世紀のクレティアンは、アーサー王ロマンスを創作したのではない。アーサー王物語は、彼の時代以前に何らかの形で存在していたに違いない。ただクレティアンが示したのは、それを材料に何が作れるかであった。以来八世紀の時間が流れたが、アーサー王物語は、今もその可能性が汲みつくされることのない一つのジャンルとなっている。同じようにトールキンも、英雄ファンタジーを創作したのではない。彼はそれで何ができるかを示したのである。そして彼は、測定不能の耐久性を持つジャンルを確立した。

第三の根拠は質である。誰もが知っているように、人気は質を保証しない。しかし人気が出るのには必ず理由がある。また、エリートの文学者や教育者が昔からそう考えがちであったとしても、その理由は、必ずしも脆弱《ぜいじゃく》で見かけ倒しのものとは限らない。一つだけ例を挙げるなら、私の若い頃、大学の英文科の学生がチャールズ・ディケンズを学ぶのは、適当でないと考えられていた。売れっ子作家であったにも拘らず

（もしくは売れっ子作家であったからこそ）、ディケンズは、「小説家」というより「娯楽作家」に格下げされていた。この見解は、批評家が興味の幅を広げ、批評理論などより良い商売道具を手に入れた結果逆転した。ただ、興味の範囲がディケンズまで拡張されることはあっても、大半はトールキンを含むまでに至らなかった。いまだに批評家は、ファンタジーや空想物語の領域全体に居心地の悪さを感じている。しかしその中には、前に述べたように、二十世紀後半を通じて最も深刻で影響力のある作品の多くや、たとえばＳＦのようにその時代の特色を示す、新奇で独特なジャンルが含まれているとしても。

ファンタジーを含むこれらのジャンルの質は、論証されなければならないし、トールキンの質の高さを論じることは、その議論の大半を占めるに違いない。それはとりたてて難しい弁証ではないが、読書から人は何を受け取れるかという点に関して、ある種の偏見のない感性を要求する。あまりに多くの評論家が、「質」というものを、彼らが好むよう刷りこまれた作品以外は排除するという方法で定義する。現代の用語で言えば、階級差別と同じように、彼らは自分たちの前提と偏見を「特権化」し、朋輩の本の好みに反対し、大抵は二度と顧みることはない。しかし多くの人々が、トールキンの作品によって深く長続きする感動を経験しているのなら、たとえ同じ心情は味わえなくとも、その理由くらいは理解するべきである。

続く節の中では、今あらましを述べた最初の二つの論点についてさらに考察し、後の本論における計画と展望を提示する。本論では全体を通じて、文学の質という第三の論点を、私なりに拡げて論じている。そしてそれは同時に、トールキンが訴えたかったこととは何か？　という問いに対する私の解答である。

トールキンと人気投票

トールキン作品の売り上げは、彼をけなす者にとっていつも悩みの種だった。一九六〇年代という早い時点で、評論家は、売り上げはすぐに落ちるだろうと予言し、あるいは既に落ち始めているから、「カルト」や「熱狂」が全部「ありがたき忘却」の彼方に消え去るのも時間の問題だと宣言していた（フィリップ・トインビー、一九六一年八月六日付『オブザーバー』紙）。つまりベルボトムやフラフープと運命を同じくすると考えていたのである。しかし評論家はこの点を見誤っていた。トールキンがその後、子供向けの『ホビットの冒険』の続編や、大人向けの『指輪物語』の続編を市場に送り出していないことからすれば、売り上げが伸び続けたのは、それ自体驚くべき事実であった。しかしトールキンの衰えぬ人気に対する論争が劇的に前面に押し出されたのは、一九九七年のことだった。

ごく簡単に経緯を書こう（より詳しい話は、ジョセフ・ピアス著『トールキン――人と神話』〈一九九八年〉に書かれており、私も参考にさせていただいた）。一九九六年の終わりに、イギリスの書店チェーン、ウォーターストーンと、BBCチャンネル4の番組『ブックチョイス』は共同で、読者投票による「あなたの選ぶ二十世紀五大小説」を決定しようとした。約二万六千人の人が回答し、五千人以上がJ・R・R・トールキンの『指輪物語』を一位に入れた。ウォーターストーンの販売部長ゴードン・カーによれば、『指輪物語』はイギリス全国の支店のほぼすべて（一〇五店舗）でトップに立ち、ジェームズ・ジョイスの『ユリシーズ』が一位になったウェールズ以外のすべての地域で、首位を守った。この結果は、戦慄をもってプロの批評家やジャーナリストの間で迎えられた。これに対抗して、前回の回答者とは異なる読者層を持つ『デイリー・テレグラフ』紙も、読者アンケートをした。結果は同じだった。するとフォリオ・ソサイエティ社も、一九九六年に全会員を対象とした「フォリオ社の美装版にしてみたいと思う十冊」のアンケートで、やはり一万票を獲得した『指輪物語』が一位であったと発表した。テレビ番組『本の虫《ブックワーム》』の一九九七年七月の調査には、五万人が参加したと言われる。またもや結果は変わらなかった。一九九九年『デイリー・テレグラフ』紙は、チョコレート会社ネスレの委託によるモリ社の市場調査で、ようやく別の結果が得られたと報じた。ついに『指輪物語』が二位になったのだ！ しかしトップの座を奪ったのは聖書であった。これは特例であり、なによりも聖書には、一連の調査のそもそもの始まりであった二十世紀小説レースの出場資格がない。

プロの批評家やジャーナリスト（大学の文学科出身者が多い）は、この結果を判で押したように繰り返し嘲った。前述のジョセフ・ピアスの著書は冒頭、『サンデー・タイムズ』紙のスーザン・ジェフリーズによる、一九九七年一月二十六日付の記事を紹介している。それによると彼女の同僚は、ＢＢＣとウォータストーンの人気投票で『指輪物語』が一位になったというニュースを聞いて、「最悪！ 本当なの？ 信じられない。ああ、ああ、あああ」と天を仰いだというのだ。深く考えた末の言葉ではないにしろ、これはまだ誠実に感じられる。しかしジェフリーズは、この反応が「一人か二人の『読書家（literati）』が集まるところではどこでも、国中にこだましました」と報告しているのである。もちろん「一人か二人」というのは、思い浮かんだことを自分に向かって話しかけているのでなければ、「二人か三人」の間違いだろう。興味深いのは、しかし、「読書家」という言葉そのものだ。その意味するところは、明らかに「教育を受けた人、本を読める人」ではない（訳注　ラテン語のliteratiは、元来letter＝「文字」を知っている者の意味である）。そのくくりの中には『指輪物語』に投票した人々、苦言の対象になっている人々が当然入っているからだ（本が読めなければ投票できないので）。ジェフリーズの文脈では「読書家」は、「文学を知っている人」を意味しているに違いない。そして知っている者は、自分たちの知るべきものを知っている。意見は完全に自己完結しているのである。

一方、他の批評家の中には、ウォーターストーンによる最初のアンケートは、トールキン協会の集団投票に左右されたに違いないとほのめかす者もいた。協会はこれを否定し、もし五百人の会員全員が投票したとしても、その数は二位のジョージ・オーウェル作『一九八四年』との得票差より少なく（千二百票）、勝ちには関係ないと指摘した。ジャーメイン・グリアは別の道を行き、『W：ウォーターストーンマガジン』の一九九七年冬春号で怒りをこめて宣言した。曰く、一九六四年にケンブリッジに着任して以来、「トールキンが二十世紀で最も影響力のある作家になってしまうのが悪夢だった。悪い夢は現実になった」。さらに「トールキンに追随する本は、読まなくてもおおよその内容がわかる。現実からの逃避が圧倒的な特徴だ」。『一九八四年』や『動物農場』のような作品は、当然主流のリアリズム小説ではないが、「現実からの逃避」を理由に酷評されるなら奇妙に感じられるだろう。前に述べたように、大衆や政治などのある種のテーマを扱うには、寓話やファンタジーが最適なのだ。それにとにかく実際に起きたことを「悪い夢」と呼ぶとは、批評家の側こそあまり現実を把握していないように思われる。いずれにせよ、トールキンには、「現実、リアル、現実主義者、写実主義」といった語が、現代においてどのような意味を持つに至ったか、自分なりの見解があった。サルマンは、敵側への協力者、向こうが強そうだという理由で寝返った魔法使いであるが、彼なら間違いなく自身を「現実主義者」呼んだだろう。しかしそう呼んだからといって、真の現実主義者である訳ではない。
人気投票は本の売り上げ同様、文学の価値を知るためのガイドにはならないと言うのは、もちろん完全に筋が通っているし、実際正しいに違いない。しかし数字を見た文芸評論家は、熟考した上で反応するか、解説してもしかるべきであって、トールキンが受けたような腹立ちまぎれの侮辱をまき散らすべきではない。ダーコ・スヴィン（本来のＳＦから対象の範囲を広げて、あらゆる形態の「準文学」つまりは大衆向け文学について論評している）はこう言った。

対象領域の九十パーセントあるいはそれ以上を構成しているものを考慮に入れないという教育は、広い範囲が見えていないというだけでなく、焦点をあてている狭い部分（いわゆる純文学）の中で視覚が歪むという深刻な危険を冒している。

さらには、「この正典でない方、双子のうち文学界で抑圧されている方のかたわれこそ、学校で教えられる大抵の文学に対抗して、実際に読まれている文学なのである」と続く。この指摘からは、先の人気投票の結果における奇妙な点が見えてくる。ウォーターストーンのランキング全体を見ると、『タイムズ教育付録(Times Educational Supplement)』の記者が「国民の読書傾向を形成する、学校の教科書に載っている作品群の影響」と呼ぶものを簡単に見つけることができる。学者や教育者が最も強く推す作品である、ウェールズ人の好むジョイスの『ユリシーズ』は別として、『指輪物語』に続く上位には、オーウェルの『一九八四年』と『動物農場』、サリンジャーの『ライ麦畑でつかまえて』が並び、少し離れてゴールディングの

『蝿の王』が入る。どれも教科書でお馴染《なじ》みの、決まって教室で教えられ試験に出される、比較的短い小説である。しかし『指輪物語』が学校や大学の教科書に使われることは、極めて稀だ。教育界の嫌悪はさておき、五十万語以上もあるこの小説は長過ぎるのだ。つまりこの作品の獲得した支持はすべて、組織的な指導によるものではなく、個人の選択の結果であった。

もう一つ評論家が考えるべきであったことがある。前にも述べたように、大量に売れた事実と、作品の永続性や文学的価値を、別物と考えるのは全く構わない。現在では年間売り上げでトールキンを凌ぐ、もしくはここ数年凌いでいた作家が何人かいる。アルファベットの前半から選んだだけでも、バーバラ・テイラー・ブラッドフォード、トム・クランシー、キャサリン・クックソン、マイケル・クライトン、ジョン・グリシャム、スティーヴン・キングといった面々だ。彼らの作品のうち、どれ一つをとっても、何かしらの美点なしには、この人気を獲得できなかったろう。そしてもしスヴィンが暗に述べていたように、批評家がこの美点を探すのを嫌がるのなら、それは人気作家ではなく批評家側の問題を語っているのである。とはいえ、このリストの作品は、トールキンにあまり似ていない。実際（おそらく『シルマリルの物語』と『フィネガンズ・ウェイク』以外には）『指輪物語』以上に売れ行きに関心を払わず書かれた作品を、思い浮かべるのは難しい。一九五〇年代の市場調査員で、この作品の成功を予言できた者がいたとは思えない。長く難解で、追補編までついており、あちこちにちりばめられた見知らぬ言語からの引用には、作者は必ずしも翻訳を添えずといった、どこからどこまで物珍しい作品である。実際『指輪物語』は、市場を自ら開拓しなければならなかった。このことに関してさらに二つの印象的な点は、第一に『指輪物語』は実際に市場を開拓したし、第二に（このようなことを言って作者たちへの敬意を欠くつもりはないが）前述の人気作品の多くとは異なり、常に書店の書棚に並び続けたということだ。『ホビットの冒険』は、六十年以上も絶版にならず、四千万部以上売れた。そして『指輪物語』はと言えば、五十年近くで五千万部以上も売れたのだった（通常三巻本で出版されるので、個別に計算すれば一億五千万部近く売れたことになる）。

トールキンとファンタジー

ここで第二の点を取り上げるが、市場を開拓した件について、トールキン以前に、ファンタジー叙事詩らしき作品が存在しなかったと言うのは間違いである。彼以前にも、イギリスやアイルランドには、E・R・エディスンやロード・ダンセイニのような作家の伝統があったし、並行してアメリカにも『ウィアード・テイルズ』や『アンノウン』などのパルプ雑誌に投稿していた作家たちの伝統があった――私はこれらの作品を『オックスフォード・ファンタジー小説選』（一九九四年）に収録し論じている。しかし『指輪物語』は、読者の趣味を急速に変えて、揺るぎないものにした。現在、年間数百の英語で書かれたファンタジー小説が出版されているが、トールキンの及ぼした影響は、往々にしてタイトルからも明らかである。思い付くところでは、デイヴィッド・エディングズ作の「マロリオン（Malloreon）」シリーズ（訳注「マルローン樹（Mallorn）」を連想させる）の第一作は『西方の守護者（*The Guardians of the West*）』（早川書房）であったし、別の作家たちにも『護符の仲間（*The Fellowship of the Taslisman*）』（邦題『妖魔の潜む沼』、東京創元社）、『小人の宝石（*The Halfling's Gem*）』（邦題『アイスウィンド・サーガ　冥界の門』、アスキー・メディアワークス）』『ルーシエンの冒険（*Lúthien's Quest*）』がある。大抵の作家はもう少し上手に自作の出自を隠しているが、ステファン・ドナルドソンやアラン・ガーナーのように極めて独特な語り口を見つけ出した作家たちですら、初期の作品では決まってトールキンの深い影響を受けたことを露呈している（詳しくは「結び」参照）。テリー・プラチェットはほぼ二十年にわたって確実にベストセラーを重ねてきたが、デビュー作の『ディスクワールド騒動記1』（角川書店）は、一読してわかるようにトールキン（とその他のファンタジー作家）への愛情あふれるパロディだ。さらにトールキンは、初期のファンタジーゲームや「ダンジョンズ&ドラゴンズ」タイプのロールプレイングゲームのインスピレーションの元となり、キャラクターや素材の多くを提供した。ジョン・クルートとジョン・グラントが編纂した『ファンタジー百科事典』のファンタジーゲームの項目には、『ヘルム峡谷の戦い』『ミナス・ティリスの包囲』『中つ国RPGシステム』といった名前が載っている。コンピューターゲーム版のスピンオフは、いまだに発展し増殖し続けている。中つ国は文化現象になり、多くの人々の心の中に定着した。

トールキンの礼賛者は、批判者が述べるような、単に教育のない人間でも頭の悪い人間でもない。趣味の境界線は、低俗と高尚、人気と教養の間に引かれるのではなく、一般教養と専門教育の間にあるのだ。まるで人々は教育を受けると、トールキンを好きになるのではなく、嫌いにならなければいけないかのようである。人によっては、それこそ教育がするべきことだと言うだろう。お馴染みの教育者のモットーによれば、「（何かを）させるのではなく、しないよう導く」のが本分だと。一方トールキンは、妖精物語を求める思いを満たしているだけだと答えただろう。この嗜好は我々にとって自然なもので、古くは人間が何らかの記録を残し始めた時にまで遡り、旧約聖書やホメロスの『オデュッセイア』も含めて、すべての人間社会に見られるものである。もし有識者がこのような嗜好は抑えるべきと言うならば、現実から逃避しているのは彼らの方だ。まっとうな文学者ならばラテン語でこう言うかもしれない「自然を熊手で放り出したとしても、それは必ず自分に返ってくる」（訳注　「識者にとって目障りなものを一時的に片づけたとしても、その欲求が自然に根ざしたものである限り、必ず復活する」の意）。

二十世紀の作家

これっぽっちも売れ行きを意識せずに書かれた一つの作品が、出版界に一つのジャンルをまるごと創造（もしくは再創造）したとは、奇妙な成りゆきである。それも学術的な文体が随所に見られる上、大人向けのものとしては作者が六十二歳を過ぎてから初めて世に出した小説が、である。この点についてはジョイスの『ユリシーズ』が、作者四十歳の時に、最初で最後の大作として出版されたのと似ていなくもない。

ジョイスとの遅咲き比較はさておき（他の点でも可能なジョイスとトールキンの比較対照については「結び」参照）、今まで述べてきたことを要約すると、『指輪物語』が専門家の助けなく、むしろ積極的な反感を受けながら、不朽の名作としての地位を確立した点だけは間違いない。さらに言えば、新たに花開くジャンルの可能性を生み出し、その約束事を確立したのだ。作品と作者は、相も変わらず反射的に退けられて、もしくは否定されてきたが、実際はもっと高く評価されるべきものなのである。『指輪物語』と『ホビットの冒険』は、何百万人という読者の大多数に大切なことを伝え、彼らにとって重要な意味を持っていた。職業柄無関心になっている者以外は、それが何なのか当然疑問に思うだろう。「何か時代を超えるテーマなのだろうか？　それとも現代的なものなのだろうか？　それとも（これが正解なのだが）その両方なのだろうか？」

この本は従って、トールキンの成功を説明し、彼の重要性を擁護する試みである。またトールキンについて私が以前に書いた『中つ国への道』（一九八二年、一九九二年改訂）の続編にもなっているが、強調した点と作品理解において、少々異なっているところがある。大きな点では、『中つ国への道』は、大部分が専門家としての「信心（piety）」――「祖先や先人への敬愛」という古い意味において使っている――から出来上がっている。この著作の中での私の主な関心は、何にもましてトールキンの作品を、先にあらましを述べた文献学の文脈で詳細に考察することであった。この信心は正当化され、その論点も論じられるべきものであったと、今でも私は感じている。しかし第一に、誰もがゴート語、もしくは極端な場合、古北欧語に、ついていける訳ではないと、私も渋々譲歩せざるを得ない。さらに言語学者も、言語を「通時的に」（＝歴史的に）研究する一方で、「共時的な」研究（ある一時点における体系や構造に注目した研究）からも得られることが大きいと認めている。同じように私も、トールキンを正しく論じるには、古代の作品及び彼が復活させようとした古代世界を、かなり頭に入れておかなければならないという確信は変わらない一方、彼の生きた時代の中で、つまり「世紀を代表する作家」として、トールキンを読み解く必要があると、今では認めている。彼の作品は、二十世紀に起きた問題や不安に応答している。人々がトールキン作品をそのように読んでいる以上、それに倣《なら》うのは、至極もっともなことと思われる。

本書の計画と展望

本書では、トールキンの中つ国の発想の元となった多くの材料だけでなく、これほどまでに多くの読者にとって、なぜ中つ国が今も生きた発想の源となっているのかという理由を、六章にわたって解説したい。論じ方は、ある意味「通時的」ではない。『中つ国への道』の初版を出した時には知らなかったことだが、今ではトールキンが人生のほとんどを、『シルマリルの物語』、『終わらざりし物語』、そして十二巻本の『中つ国の歴史』として最終的に死後出版される、神話体系の著述に費やしたことがわかっている。これらの多くは、『ホビットの冒険』や『指輪物語』を書く前から存在し、トールキンは両作を仕上げるまでの長い期間にも、また出版した後も、ここに戻ってきては書き続けた。もしトールキンの作家としての発展を辿るのならば、最初の創作から始めて、『ホビットの冒険』や『指輪物語』を、本来の位置づけである派生作品として扱うのが適当だろう。しかし、自身の時代に彼が与えた衝撃や、時代との関連性を考えるならば、影響の大きかったのは、明らかにこのホビットの連作である。従って私は、両作から論を始めることにした。

一章では主に、ホビット、そしてその代表であるビルボ・バギンズの文学的な役割について考察する。私の主張したいのは、ホビットとは何にもまして中つ国の住人としては時代錯誤、つまり近代的過ぎる点だ。本来、二十世紀初頭（トールキンの青春時代）に生きるものが、『ホビットの冒険』におけるビルボのように、ドワーフ、竜、ワーグ、熊男の棲《す》む遙か昔の英雄時代に引っ張りこまれているのである。トールキンは、文献学者として、また歩兵経験者として、英雄時代と現代の間には強い連続性があると深く認識していた。古英語の単語の多くが、現代でもそのまま残っている。そして古英語で表現された状況の数々は、繰り返し起こっているように思われる。一方、トールキンとほぼ同時期を生きたロバート・グレーヴズは、一九二九年出版の回想録『さらば古きものよ』（岩波書店）の中で、一九一九年にオックスフォード大学に入学した際、彼のアングロ・サクソン語の授業の担当者が（一体誰だろう？）自身の科目をおとしめ、面白くもなく大切でもないと言ったと記している。グレーブズは承服しなかった。

ゴート人の国の宿舎で、酔ったセインの小隊に囲まれて、毛布にくるまり横たわるベーオウルフ。「散歩」のため、ホロフェルネスの将校用テントに向かうユディト。そして銃剣とこん棒で戦う『ブルナンブルフの戦い』。こうした古英詩の世界の方が、我々の多くにとっては、十八世紀の居間や鹿猟園の雰囲気よりずっと身近だった。

グレーヴズは書く際に、わざと時代の異なる言葉を混ぜている。「小隊（platoon）」「宿舎（billet）」「将校用テント（staff-tent）」「こん棒（cosh）」はみな、第一次世界大戦に直結する意味を持った現代の単語であり、「散歩（promenade）」は兵士の使う隠語である。一方「セイン（thane）」（アングロ・サクソン時代の武士）は、完全に古代の言葉だ。グレーヴズの要点は、しかし、相通じる古代と現代の間では、時代錯誤な感覚は一切ないと訴えることに他ならない。これよりずっと複雑で大がかりではあるが、『ホビットの冒険』もまた独自の方法で、同じ課題に取り組んだ。この作品は、子供を含む読者を、全く見知らぬ世界へ連れて行くが、そこが決して無縁の場所ではなく、一人ひとりの読者がその世界に存在するための生まれながらの権利を持っていると指摘する。さらに物語は、言語・倫理・行動における様式の衝突が頻繁に起こる中で進み、最後に、様式より深いレベルでの統合と理解が生まれたことを明らかにして終わる。

想像世界にすでに中つ国が存在しているのならば、トールキンの編集者が『ホビットの冒険』完成直後に要請した続編を書くのは、比較的容易に思われただろう。二章では、トールキンが『指輪物語』の執筆中に直面した問題点に、創案と体系化の両面から触れる。この問題点は、初期の草稿の多くが出版されたおかげで、以前よりずっと明らかになった。しかし草稿自体は、熱心な支持者を落胆させかねない内容だった。私もその一人であるが、例えば、多くの批評家によって認められている、整然とした主題のパターンは、いつも後からの思い付きのようなのだ。書き始めた時、トールキンにはどこへ向かっているのか皆目見当がついていなかった。しかし最終的には、文化の対比と文化の類似の紛うことなきパターンが、きっちりと描かれているだけではなく、練り上げられた劇的なアイロニーの連続によって特徴づけられ、構造全体がトールキンの細心の注意を払って完成させた年表（追補編Ｂ）に拠っているのである。私は、この点が『指輪物語』と、知る限りの他の競合作品と大きく違っている一点であると論じたい。プロの、もしくは売れることを目指している作家で、この作品ほど難解で、読者の集中力を要求する作品を書こうと思った者はいないと思う。しかしトールキンは、全体の構造としても、また「エルロンドの御前会議」のような重要場面の構造においても、計り知れないほど複雑な「語りの織物」を表現するのに成功している。この「織物」は、ちょうど最良の語りの戦略がそうであるように、それを意識していない者にも働きかけてくる。だからと言って正当な評価に値しない訳ではもちろんない。

三及び四章では『指輪物語』において最も直に現代に関わってくる二つのテーマ、「悪」と「神話」について述べる。繰り返しになるが、トールキンは「トラウマを負った作家」グループの一人だと考えてよい。

彼らはみな非常に大きな影響力を持ち、その多くはウォーターストーンの人気投票で上位を占め、ファンタジーや寓話を書く傾向があった。このグループには、私が既に挙げたトールキン、オーウェル、ゴールディング、ヴォネガット以外にも、トールキンの友人でもあったC・S・ルイス、T・H・ホワイト、ジョセフ・ヘラー等が入る。中には、銃撃された者や（オーウェルとルイスはどちらも戦場で致命傷に近い傷を負った）、爆撃に遭った者がいた（ヴォネガットはドレスデンが破壊されたその夜、実際にその場にいた）。アーシュラ・K・ル・グィンは、似たような直接的な暴力こそ経験していないが、シオドーラ・クローバーの娘であった。彼女の母は、最終的には全滅してしまうカリフォルニア・インディアンのヤヒ族最後の生き残りである「イシ」について、三つの異なる著作を残した。故にこれらの作家の多くは、二十世紀最悪の恐怖の非常に近くいたか、あるいは実体験していた。ソンム、ゲルニカ、ベルゼン強制収容所、ドレスデン、産業化された戦争、民族大虐殺――どれも以前にはなかったし、あり得なかった恐怖だった。

別個であるが関連性のあるこれら作家たちの経験は、根本に横たわる一つの問題を突き付けた。彼らは、何か取り返しのつかない悪と接触したと、骨の髄まで痛感した。彼らはまた（先に引用したグレーヴズのように、ただしずっと深刻に）、自分たちの文化における公的機関の悪に対する説明が、絶望的に不十分で、時代遅れだと感じた。それらはよくて的外れ、悪い時には悪の一部となっていた。スペインから帰ったオーウェルは、銃撃されたことも含めて自身の体験が、なかったこととされ、政治的異分子として片づけられるのを知った。ヴォネガットは彼の人生の中心となる出来事、つまりドレスデンの破壊を、事件を否定もしくは無視したがる人々を織りこみながらどのように描いたら正しく認識してもらえるのか思い悩み、二十年を費やした。一方、これらの作家たちの時代、彼らの文化圏で有力な道徳哲学者の一人に、バートランド・ラッセルがいた。彼はトールキンと同じくスタンリー・アンウィンによって出版し、一九六七年の記念論文集では、「二十世紀を代表する哲学者」とされた。しかし一体ラッセルが、フランドルでの戦闘体験について何をルイスに教えられるというのだろう？　第一次世界大戦中、ラッセルは非戦論を唱えて投獄された。立派な態度である。しかし「トラウマを負った作家たち」にとっては、何の役にも立たなかった（ラッセル自身、第二次世界大戦が勃発すると、ナチスに対する徹底抗戦を訴え、状況によっては自説を曲げざるを得ないと、苦痛をもって認めることとなった）。私が取り上げた作家たちのトラウマには、その説明を求めるに際して、彼らが孤独だったという側面があった。

この作家たちはみな、非常に個性的な悪のイメージや理論で応じた。一部を紹介すれば、ル・グィンの「オメラスから歩み去る人々」（知的障害児を拷問することにより保証されている、理想の文明社会）、オーウェルの『一九八四年』に登場する尋問者オブライエンの予言（永遠に人の顔を踏みつけるブーツとして思い描く未来）、ホワイトの『マーリンの書』（ホモ・サピエンス＝賢い人ではなく、ホモ・フェロックス＝獰猛な人として再定義される人類）。言うまでもなく、このリストはさらに拡げられるであろう。トールキンの場合、悪の中心的なイメージは「指輪の幽鬼」にあると思われる。「幽鬼（wraith）」は古い言葉であるが、恐ろしい新たな力が付与されてきた。この多義的なイメージの周りを、指輪の概念はめぐっている。実は指輪自体が、悪の性質について、せめぎ合う全く異なる二つの見解を具現しているのである。その一方は公に認められているものの、信用できない考え方。もう一方はあまりに異端で恐怖を覚えるが、現代の状況下ではあっさりと受け入れられる考え方。トールキンは悪について疑問を呈しただけでなく、解答して解決策まで用意してしまった。陰鬱な思想家や流行を追って虚無主義者になった者の間でトールキンの人気がないのは、一つにはこのせいである。トールキンを含めて私の言及した作家たちの関心は、表に出ない個人的なものでなく（この点が「モダニスト」小説のテーマと異なる）、公の政治的なものにあったが、二十世紀の庇護された階級に属する者以外にとって、個人の人生における（もっと言えば死における）最も重要な出来事が、しばしば公の政治的なものであったことは敢えて言うまでもない。それを考えずに背を向ける者こそ、文学伝統においてグレーヴズの言う「居間」の領域に留まるのを好み、「現実逃避」をしているのである。

四章では悪についての論を進めて、まず『指輪物語』と現代史の間の明らかな関連性について考察する（トールキンは自作に「象徴」を求めることを否定したが、作品が何かに応用できることは認めていた）。次に現代性や擬古主義を越えて一段上の、時を超えた「神話次元」と、トールキンの文学伝統に対する特異であるが造詣の深い見解について述べる。この章ではまた、『指輪物語』に明らかに存在する主なパラドックスのうちの一つにも触れる。トールキンは敬虔なクリスチャンであり、『指輪物語』も多くの人から深い信仰に基づいた作品だと見られているが、作中、宗教に直接言及した箇所はほとんどない。一章で取り上げたテーマに戻れば、『指輪物語』は、それ自体が神話だと解釈し得るのだ。ある意味この作品は、仲介者の役割を果たしている。相容れないと思われるもの、例えば異教とキリスト教、逃避と現実、目の前の勝利と永続する敗北、永続する敗北と究極の勝利を、作中で和解させているのである。

最後の二章ではトールキンの主要二作品を、生前出版されたものもされなかったものも含めて、ずっと書き続けられていた他の文学著作の文脈の中で捉えてみたい。五章の主な狙いは、『シルマリルの物語』の読書ガイドである。この作品は、現代の読解・創作の約束事から外れている一方で、通常「実験的作品」に与えられる栄誉を受けたことがなかった。さらにこの章では、トールキンが編み出した「シルマリル神話」、つまり最終的に十二巻本の『中つ国の歴史』で出版される全神話体系の大半が、どのように成長し発展していったのかを述べる。この章の主張の第一は、トールキンの文学の「深さ」に対する複雑な考え方である。例えばサー・マコーレイの有名な『古代ローマ詩歌集』のような作品は、今は失われた古き歴史と、後の世の信憑性は減るが馴染みのある歴史が、共に背後に感じられるという理由で、魅力が増していると彼は考えた。第二に「シルマリル神話」全体に染み渡った深い悲しみについても述べる。振り返ればこの悲しみは、陽気なホビットとその叙事詩である『指輪物語』の底にも流れていた。

六章ではこの悲しみの理由を取り上げ、トールキンの小品が彼の内的生活について教えてくれることを考察する。トールキンは伝記を嫌ったが、これらの作品は、作者が自身の心情を訴えるために書かれていた。この章では、出版された中の二つの小品、少なくとも「ニグルの木の葉」と『星をのんだ　かじや』は、各々別個に「自伝的な寓意物語」であったと主張する。トールキンが自作に寓意を求めることを認めていなかったのはよく知られている。故に論が成り立たないと思われる方もいるだろう。それでも私は、トールキンの意図してわざと狭めた「寓意」の定義の範囲内でも、このことを証明できたと思っている。思うにトールキンは、寓意にはあてはめるべき場所と規則があると感じ、相応しくない場所に寓意を使ったり深読みしたりする者に対してのみ蔑みを向けていた。キャリアの初期と後期に書かれたこの二作品の論考の間で、私はトールキンの生前に出版された少数の詩作品（再版されたものもある）を、彼の個人的な神話「失われた道」と関連付けながら論じていく。この神話は、二度も試みて挫折したが、もう一つの小説として結実するはずのものだった。また『ホビットの冒険』と『指輪物語』以外に生前に出版され、唯一成功した作品に、極めて陽気な短編『農夫ジャイルズの冒険』がある。私はこの作品を二つの詩物語と合わせて、再びトールキンの特異ではあるが造詣の深い文学史に対する見解にあてはめてみたいと思う。「結び」では最後にもう一度、「序」の冒頭で言及した識者の憤慨の底に流れるトールキン批判を取り上げる。これは「推測ゲーム」のようなものだ。例外的で立派な論者は別として、トールキンの批判者で、議論に耐え得るような秩序だった嫌悪を表明している人は滅多にいない。最も苛烈な批判者の一人などは、ラジオ討論会の後ＢＢＣ放送局を出るエレベーターの中で、私にこっそり告白してくれた。たった今まで攻撃していた『指輪物語』を、実は一度も読んだことがないと。従ってほめられた話ではないが、時々私は自説を展開するために、反論を作り出さねばならなかった。にも拘らず文学界の実力者で容易に特定できるグループから繰り返し表明された嫌悪は、トールキンの起こした現象の一部なのである。おそらくこの嫌悪は、トールキンが成功した理由と大いに関係があるのだろう。トールキンは「読書家」の権威に挑んでしまった。その罪は決して許されるものではなかった。

この試みの逆として、私はトールキンの競合作品についてもう少し細かく検証してみたい。読者がトールキンの作品のどこを愛したかは正確にはわからないが、作家がどこを模倣しようとしたか、またどこを避けたかは知ることができる。作家の中にはトールキンの座を奪った者もいる。出発点でのみトールキン作品を利用し、全く異なる方向に進み、場合によっては凌駕している作家がいる。しかしこれは革新作家に起き得る最高の結果である。トールキン自身も手紙に書いている。彼の物語体系が「他の知性や腕に活躍の場を残す」ことを、かつて願ったことがあると。しかしトールキンはすぐさまこの希望を「ばかげている」と自嘲気味に退けた。一九五一年のこと、『指輪物語』はまだ出版されていなかった。

しかしながら、似たような成果が、他の文献学者兼作家によってもたらされた。リョンロットの『カレワラ』は、現在学者からは疑いの目を向けられている。なぜならリョンロットは、スコットランド境界地方のバラッドを集めたウォルター・スコットと同じように、単に古い詩を蒐集し書き写しただけではなく、自らも書き足し、改ざんしたのだ。その結果、どの部分がリョンロットの手によるものなのか、どの部分が「本物」なのかがわからなくなってしまった。それでもなお『カレワラ』の出版日はフィンランドの国の祝日であり続け、作品は民族文化の礎になった。全く同様のお節介で口やかましい告発はグリム兄弟と彼らの童話にも向けられた。しかし二世紀にわたってグリム童話は、ドイツ国内だけでなく国外の文化をも豊かにし、何億人もの子供や大人の読者を楽しませてきたのだ。デンマークのニコライ・F・S・グルントヴィも「生きている言葉」という理念を提唱した。彼は訴えた。文献学者《フィロロジスト》であるには学究的であるだけでは足らず、「真に言葉を愛する者《フィロロジスト》」でなければならない。学者は自分の成果をより広い世界の命、言葉、想像に伝えていかなければならないと。

一九五一年トールキンは、最初に登場した場面のセオデン王のように、このような成功を収める望みをほぼ失っていた。しかし最期の時を迎え、文献学の父の列に加わろうとする際には、同じくセオデン王のように言明できたことだろう「かれら偉大な父祖たちと一緒でも、予はもうわが身を恥じることはない」。トールキンは先人の誰よりも豊かな遺産を残したのである。

第一章　『ホビットの冒険』――中つ国の再創造

天啓の瞬間？

どのようにしてトールキンが作家として出発したかは有名な話である（これはもちろん出版された作品のことで、未発表の原稿ならばトールキンは何年も前に書き始めていた）。トールキン自身が語るには、オックスフォード大学のアングロ・サクソン語教授になった後のある日のこと、彼はノースムア・ロードにある自宅で、中等教育修了試験（訳注　一九五一年まで行われていたイギリスの試験制度。学生は、通常十六歳でこの試験を受け、一定の成績以上を収めた者のみが、続けて高等教育を受ける資格を獲得できる。従ってトールキンが採点していたのは、受験者の将来を左右する重要な試験であった）の採点にあくせくしていた。断っておくが、この仕事は大学から命じられたのではなく、その頃多くの研究者が収入の足しにしようと、夏の間の内職として請け負っていたものである。従って退屈で、トールキンの頭脳のうちではかなり低いレベルの知力しか使わない一方で、受験者への礼儀として、良心的に細心の注意を払わなければならない仕事であった。単なる出来高払いの試験の採点。しかし縫製や生産ラインの立ち仕事と違って、別のことを考える暇はなかった。こうした状況下（このストレスは同じ課題の手書き解答を、例えば五百人分採点したことのある者だけが知っている）、『或る伝

記』によればトールキンが答案をめくると、
ありがたいことに受験生の一人が答案を白紙のまま提出していました（採点者に起こり得る最高の出来事です）。そこに私は書いてみました「地面の穴のなかにひとりのホビットが住んでいました」。私の心の中ではいつも名前が物語を生み出します。やがて私は、ホビットとはどんな生き物なのか見つけ出してもよかろうと思うようになりました。けれどそれはほんの始まりに過ぎませんでした。

確かに始まりに過ぎなかった。けれどトールキンにとっては、『ホビットの冒険』五章で、トンネルの床に指輪を見つけたビルボ同様「運の分かれ目」となる出来事であった。今でこそ我々は、トールキンの心の中には既に中つ国が存在していたことを知っている。トールキンの死後『シルマリルの物語』『失われた物語の書』として出版された一連のエルフと人間の伝説は、少なくとも一九一四年には書き始められていた。しかしホビットの存在がなければ、中つ国が世の注目を浴びることはなかったと思われる。

ではホビットとは何者だろう？　いかにしてトールキンは、あの空白の一瞬に、この萌芽となる一文を書いたのだろう？　単純作業に集中していた緊張が急にほぐれて、長い間押しこめていた、もしくは温めていた何かが自由になったのだろうか？　そもそもホビットのアイディアはどこから生まれたのだろう？

最後の問いには、興味深さと複雑さのレベルで異なる、複数の解答がある。おそらく最も単純で不満の残る答えは、「ホビット」という語を辞書で、とりわけＯＥＤで引くと見つかるだろう。この一世紀以上も前から集団で編纂《へんさん》された巨大プロジェクトには、若き日のトールキンも執筆と編集で加わっていた。そしてその結果なのかもしれないが、絶えず異議を唱え、『農夫ジャイルズの冒険』ではわざわざからかうに至った。OEDの第二版（一九八九年）に書いてあるのは、「J・R・R・トールキンの作品における想像上の人々。小人の一種。自らこの名を名乗る」といったことだけで、それ以上はわからない。しかしOEDの前主幹であったロバート・バーチフィールドは、一九七五年五月三十一日付『タイムズ』紙に、ホビットの正体をとうとう突き止めたと自慢げに報告した。ホビットという単語自体はトールキン以前の時代から存在していた。『デナム・トラクト』という、民間伝承についてのパンフレットやメモをまとめた出版物の中で、一度言及されているのだ。この本は、ヨークシャーの商人マイケル・デナムによって、一八四〇年代から五〇年代に集められた伝承を、一八九〇年代にジェイムズ・ハーディが民話協会のために再編集したものだ。「ホビット」という言葉は、第二巻（一八九五年）の超自然的な生き物リストの中で、私の数えたところ、全百九十七項目あるうちの百五十四番目に登場する。リストには、繰り返しも含めて、バーゲスト、ブレイクネック、ホブフーラード、メルチディック、タットゴット、スウェイス、コールド・ラッド、ラバーキン、モーキン、ニック・ネヴィン、その他もっともっと沢山の名前が、どちらかと言えば定番のボガート、ホブスラスト、ホブゴブリンなどと一緒に並んでいる。ホビットについて書かれているのはここだけだ。さらにハーディの目録のホビットの項には、リストの残りのほぼ全部の生き物と同じように、「精霊の一種」とだけ記されている。もちろんトールキンのホビットは、決して「精霊」ではない。あくまでも地上の生活にこだわり、『ホビットの冒険』の冒頭近くではこのように説明されている。

　ホビット小人には、魔法の力がありません。といっても、わたしたちのようなまぬけな大きい人間どもがのこのこやってくれれば、象のようなその音を一キロもさきからききつけて、こっそり、時をうつさず、すがたをかくすぐらいなことは、あさめしまえです。

トールキンが『デナム・トラクト』を読み、「ホビット」という名前を拾い、白紙答案のあの瞬間までずっかり忘れていたということもあり得なくはない。しかし『タイムズ』紙が何を主張しようとも、たった一度の記載が出典だというのは無理があるし、ましてや「発想の元」になったとは考えにくい。文献学者が言葉を愛しているのは本当だ。しかし、言葉とはどういうものかも知っている。ある特定の一つの「言葉」は、ある特定の一つの「物」とイコールで結ばれない。ホビットという単語そのものが、あのトールキンの描いたホビットという生き物を表現している訳ではないのである。

いずれにせよ、名前＝実体でないのはこの言葉に限ったことではない。忘れてはならないが、トールキンは言葉、名前、その語源に強い関心を持ち、その一部についてはこの世に生きている誰よりもよく知っていた。それを考慮に入れれば、ホビットについても、ほんの少しだがより実りの多い考察に辿り着ける。つまり音が似ているということは、ウサギ《ラビット》と関係があるからではないだろうか。『ホビットの冒険』の出版後しばらくして、一九三八年一月十六日『オブザーバー』紙は、ホビットと実在の、もしくは風説の、毛のふわふわした生き物との明らかに説得力のない関連性を指摘した、匿名の読者からの手紙を掲載した。トールキンは、（思いがけず『オブザーバー』紙に手紙を掲載されてしまった）その読者に機嫌よく答えて、彼の指摘を否定し、ホビットは毛むくじゃらではないし、ウサギでもないと断言した。

私のホビットは、足のあたりを除いて毛深くありません。もちろん、ウサギにも似ていません。「ウサギのできそこない」というのはトロルの使う下品な（vulgar）言葉の一種で、ドワーフが「このネズミのすえめ」と罵ったのと同じです。（『書簡集』）

ただし、ビルボをウサギと呼んだのはトロルだけではない。七章でビルボを見張り岩まで運んだワシは、背中に乗せた彼に「ウサギみたいに、びくつくことはないぞ。ずいぶん、ウサギににてるがなあ」と言い、その前章ではワシの巣に連れて行かれて不安がるビルボ自身が「さては、晩ごはんにウサギのようにひきさかれるのではないかと、あやしみ」始めた。さらにビヨルンの家を出立する前には、彼につまみあげられ失礼にもチョッキをつつかれ「かわいいウサちゃんは、パンと蜜をたらふく食って、またふんわり、よくふとったな」と言われ、アーケン石を相手陣営に渡したと告白した時には、激怒したトーリンに、「ウサギのように」ゆさぶられる。こうしてみると、ホビットがウサギに似ているというのは、出会った多くの人々に共通した意見のようである。にも拘《かかわ》らずトールキンが両者の関連性を固く否定した理由は明らかである。ホビット、特にビルボを、「ウサちゃん（bunnies）」はもちろん、「アナウサギ（coneys）」――ビルボはこの言葉も使っている――と一緒にされたくなかったのだ。ちっちゃくて、ふわふわで、害がなく、子供っぽさが消えず、ペットの地位に留まったままのウサギ。「ウサギ（rabbit）」という言葉はおそらくトールキンの職業的な興味を刺激したであろうし、ホビットと中つ国の他の種族との関係に、後述する理由から何らかの影響を与えていたかもしれない。しかし何と言われようとも、ホビット族は独立の生きた一つの種族と認められなければならない。精霊でもなく、動物でもなく、なんとしても生きた種族なのだ。

ではホビット族とはどのような種族なのだろうか？　当然ながら、『ホビットの冒険』冒頭、綿密で思いがけない示唆《しさ》を含むビルボの描写からは多くのことがわかる。それはあの有名な発想の元、あの無意識に書いた文「地面の穴のなかに、ひとりのホビットが住んでいました」から始まる。しかし読者はすぐに、この文だけを読んで全くの誤解をしないように釘をさされる。地面の穴のなかに住む生き物と言えば、ウサギ、モグラ、ヘビ、ホリネズミ、アナグマなどの動物である。そして「穴」という言葉は住む場所としてはお粗末な印象を与える。「わしの宮殿を、いやらしい穴などといってくださるな。まあ、あそこがきれいに掃除され、かざりたてられてごらん！」とは、ずっと後になって十三章で、竜の留守中はなれ山の宮殿に足を踏み入れた時のトーリンの言葉である。しかしビルボの穴はきれいに掃除したりかざりたてたりする必要はない。続く描写で、先の文が暗示していた内容を、きっぱりとリズミカルに否定しているのだ。

穴といっても、ミミズや地虫などがたくさんいる、どぶくさい、じめじめした、きたない穴ではありません。といって味もそっけもない砂の穴でもなく、すわりこんでもよし、ごはんも食べられるところです。なにしろ、ホビットの穴なのです。ということは気持ちのいい穴にきまっているのです。

それは地面の下であること（と召使がいないこと）を除けば、どこをとっても、幼いトールキンが知っていた十九世紀ヴィクトリア朝のアッパーミドル階級の家である。沢山の書斎、客間、地下貯蔵庫、食器室、衣装部屋、その他もろもろが揃っている。

ビルボ自身はさらに、生きた時代や社会的地位を特定するのが容易である。もし『ホビットの冒険』の残りの部分を読まなかったとしても、ビルボがパイプを吸うという証拠だけで、彼をアメリカ大陸発見以降の人間だと考えざるを得なくなる。実際、この本の最後の言葉は「タバコ入れ」である（「タバコ」という言葉は、ＯＥＤによれば一五八八年以前の記述が見つかっていない）。さらに時代をせばめることも可能である。ビルボがガンダルフを追い払おうとした時、彼が取り出したのは「朝のゆうびん」であり、明らかに毎日決まった郵便の配達があると窺《うかが》える。となるとビルボは、郵便制度が導入されて以降の、つまりイングランドで今のようなシステムが始まった一八三七年以降の人物だということになる。より間接的な証拠からも、ビルボの所属する時代が、鉄道機関車の登場以降であるように思われる。ビルボ自身ではなく語り手の言葉であるが、ドワーフの危険な旅に知らぬ間に加えられていると知り、ビルボの神経がとうとう参ってしまった時、彼の上げた悲鳴は「トンネルを出てくる汽車の汽笛のよう」だったのである（イングランドで最初の貨物・旅客用蒸気機関車が走ったのは一八二五年、最初のトンネルができたのはその五年後である）。

もちろんこれらはすべて間違いであると判明する。読者は単刀直入に「ずっと昔、この世の中がたいへんおだやかで、いま時のようなやかましい物音がなく、どこもかしこもしたたるような緑で」あった時代のお話だと教えられるのである。しかしながらトールキンは、私が指摘した点を忘れている訳ではなく、後でわざわざ言いつくろったりごまかしたりするのである。実際のところホビットは、古めかしい中つ国の世界では、極めて時代錯誤な存在である。そしてこれこそが彼らの主な役割なのである。なぜならホビットがその時代錯誤によって立ち向かっているのは、歴史小説作家の一部も直面し似たようなやり方で解決している、ある問題だからである。自分の作品を遠い時代に設定する時、その時代と読者の現代的な感覚の間に大きな隔りがあり、橋渡しをするのは容易でないと作者が感じたとしても不思議はない。従って、本質の部分で考え方や感情が現代的な一人の登場人物を歴史上の世界に導入し、読者の道案内をさせて、物語の場面に実際居合わせたならどのように感じるのかを知る手がかりにするのである。『ホビットの冒険』とちょうど同じ時期に出版が始まった、C・S・フォレスターの「ホーンブロワー」シリーズ（早川書房）は、格好の例である。この作品を読んだ方なら覚えているだろうが、石頭で動じないブッシュがネルソン提督時代の標準を表現しているのに対し、知的で動揺しやすく二十世紀的なホーンブロワーは、例えば鞭《むち》打ちを怖がったり、冷たいシャワーを愛して清潔を心がけていたり、危険なまでに民主主義に走ったりして、極めて対照的に描かれている。ビルボは、後に『指輪物語』で登場するホビットたちよりも一層「鏡」としての役割を果たしていた。彼の失敗は、子供や大人の読者が魔法で中つ国に運ばれたなら、きっとしてしまうようなものである。ビルボは「今まで料理するばかりになった肉を肉屋にとどけてもらって」おり（訳注　助けてもらったワシの巣で、ビルボが料理を手伝えなかったことに対する作者の釈明）、「フクロウの鳴き声で二声《ふたこえ》おだやかにホウホウと鳴き、あとの一声《ひとこえ》はけたたましくギャッと」鳴くように言われても途方に暮れ（訳注　ドワーフからトロルの偵察に出された時、助けを呼ぶ合図として指示された鳴き方）、「たいへんな早口で、むずかしい」かろうがそうでなかろうが、とにかく鳥の言葉そのものを理解できないことを隠さなければならない（訳注　竜が殺されたことをドワーフに知らせに来たツグミの言葉がわからず、おまえにはわかるか？　とバーリンから質問された）。彼は現代人、いや少なくとも二十世紀の人間である。そしてガンダルフによって引きずりこまれた、いや突っこまれた、いにしえの英雄の時代で、繰り返し繰り返し場違いであることを露呈するのである。

　その一方で、ビルボがホビット社会の中で安定した立場にあることは（少なくとも一九三七年の読者には）説明の必要がなかった。「穴」が紹介され、この言葉から連想される間違った印象が一掃された後、最初に語られるのはビルボの社会的な地位である「バギンズ家はりっぱな家柄でとおっています」。そしてこの説明が普通より細かいのである。ビルボは「暮らしむきはよい（well-to-do）」が必ずしも「金持ち（rich）」ではない。父方の親戚の多くは金持ちだが、母方ほど裕福ではない。ここではOEDが、ヴィクトリア朝及びエドワード朝における語の用法について、素晴らしい解説をしてくれる。その定義によると、well-to-doとは「楽に暮らしていけるだけの財産がある」という意味であり、とりわけ働かなくともよいことを表していた。一方richの方は、古い言葉なので複数の意味を持つが、この場合妥当な定義は「大きな財産を持つ、もしくは潤沢な収入がある」になるであろう。つまり「暮らしていける」と「潤沢な」が対比されているのである。ビルボは生活するのに必要な額より少しだけ多くの財産を持っていたが、それ以上ではなかった。しかしビルボとその一族には、無条件で認められる「りっぱさ（respectability）」があった。イングランドの社会では今も昔も「りっぱさ」と富の間に相関関係はない。労働者階級で立派な人もいれば、上流階級で立派さのかけらもない人がいるというのは、あり得るどころか普通の話である。OEDはrespectabilityを慎重に定義して「良い家柄もしくはまずまずの出身。地位に当然見合った道徳的な資質を持っていること」としている。注目したいのは「もしくはまずまずの（or fair）」という部分である。これにはトールキンも同意しただろう（ギャムジー家が後に「りっぱ」になり、社会的に大きく地位が変わったことは疑いようがない。しかし彼らは最初「暮らしていける」だけの資産を持っていなかった）。また定義も考察もせずに「当然見合った」という説明をしているところは、トールキンなら、またもや辞書の編纂者の度し難い自己満足の表れと考えたことだろう。ビルボは端的に言って「中の上」と「中の中」の間だった。しかし相反する指摘をする証拠もあった――バギンズという彼の姓である。

そもそもバギンズは、「俗っぽい（vulgar）」名前である。トールキンが、ホビットとウサギの関連を否定した手紙で形容したように、『ホビットの冒険』に登場するトロルはとても「下品な（vulgar）」連中だが、その三人のうちの一人は、ビル・ハギンズ（Bill Huggins）というビルボ・バギンズ（Bilbo Baggins）とよく似た名前を付けられた。ハギンズ（Huggins）は（繰り返しになるが、トールキンは名前について膨大な知識があった）、「ヒュー（Hugh）」や「ヒューゴ（Hugo）」という名前に小ささを表す語尾（-ins）をつけた形で、ワトキンズ（Watkins）、ジェンキンズ（Jenkins）、ディケンズ（Dickens）などよく見られる庶民的な苗字と同じような成り立ちでできた名前である。バギンズはよく見られる苗字ではなかった。だが一方で、二つの意味で「庶民」の言葉だった。まずこの言葉は標準語ではない。故に中世以降のイングランドでは、俗語、下層階級の言葉、方言、すなわち「庶民《コモン》」の範疇《はんちゅう》に入る（それより以前の時代ではそうではない）。また北イングランド全域で、普通に使われていた言葉で、労働者が仕事に出かける時に持っていく食事、もしくは食事の合間に食べる何がしか、ＯＥＤによれば特に、「たっぷりとした」午後のお茶を意味した。トールキンはこれを確実に知っており、さらにＯＥＤが、実際に人々の使っていた言葉「バギンズ（baggins）」ではなく、文法的に正し過ぎる「バギング（bagging）」に修正してしまったことも知っていた。というのも、この言葉は『新ハッダーズフィールド地方の方言集』に収められており、一九二八年にトールキンは好意的な序文をこの本に寄せているからである。トールキンは北部出身ではなかったが、リーズ大学に対して生涯感謝の気持ちを忘れず「忠実」であった（『書簡集』参照）。そして北部方言を評価していた。実際『ホビットの冒険』は、この方言集に由来するジョークで終わっている。ハッダーズフィールド方言では「オークシェン（okshen）」は「オークション（auction）」ではなく「混乱」を意味していた。この方言集を編纂したウォルター・ヘイは、「あの人、まちがいなくアバズレよ。あの人の家はすごい散らかってるもの（訳注　原文を直訳すると『家がオクシェン』だと言っている）」という、どうやらある女性が別の女性に対して漏らしたらしい不平を採録している。ビルボが帰郷した時、そこで見たものは、二重の意味の「オクシェン」、つまり混乱とオークションであった。

ビルボ・バギンズの話に戻ると、彼は食事好き、それも特にお茶の時間が好きだとすぐにわかる。一章の「思いがけないお客たち」は明らかにお茶にやってきたのであり、たっぷりとしたもてなしを求めたことは否定できない。そしてこのことから、バギンズだけでなくホビット一般について、もう一つの時代錯誤が浮かび上がってくる。彼らはくっきりとイングランド人の特徴を備えているのである。トールキンは後に『旅の仲間』の序章で、ホビット庄の歴史を初期のイングランドの歴史とぴったり符合させることで、この点をしっかり刷りこむことになる（訳注　移住前のホビットとイングランド人の土地が似ていることは、本書四章で論じられている）。しかしそれは、ビルボが最初にガンダルフに会った時から明らかだったのだ。あまり大げさにとらないでいただきたいが、ビルボにはスノッブなところがある。見も知らぬ通りがかりの者に、快くパイプを勧めていることからわかるように、決して鼻につくスノッブではない。しかし「同類」とよその人の間に線を引く傾向は確かにある。幾度かビルボは、イングランドへの来訪者をいつも悩ませる、あの社会的な排他性を示す。まずガンダルフの提案する「冒険」に対しては、「なんのとくがあるもんですか」ととりつくしまもない。そして彼をおっぱらうために郵便を読むふりをして無視し、「自分の同類ではない」と判断したことを見せつける。さらにお引き取り願うために、全く心のこもっていない礼儀正しさで、出会いではなく別れの挨拶として「では、よいお日和を（Good morning!）」と繰り返す。「ありがとう（Thank you）」（早口で歯切れよく発音すると「結構です（no thank you）」の意味になる）についても同じ精神で二回試し、最後のお茶の招待も「今はだめ」のほのめかしに過ぎない（訳注　邦訳ではわざわざ訳出されていないが、この場面でビルボは二度、ここで説明されるような「ありがとう」を使っている。一度目は「このあたりには、冒険に加わりたいものは、ひとりだっておりません、〈ありがとうございます〉」、二度目は「ざんねんですが、わたしは冒険なんか、したくありません、〈ありがとうございます〉」と言っており、またお茶に誘う最初の台詞《せりふ》では、「いつかまた、お茶にでもきてください」と言っており、決して本気で翌日のお茶に招くつもりはなかったことがわかる）。ビルボの台詞の多くが、彼の社会の約束事では、逆の意味を持つことは自明である。数ページ先で、ビルボがドワーフに向かって「この上なくていねいに、おしつけがましくならない調子で『みなさん、ごはんのころまで、いらっしゃるのでしょうね？』」と言ったのも同じである。わかる人間なら、これによって「調子に乗って長居するな。もう帰れ」と言われていると悟るだろう。

イングランドの読者には、こうした会話はどれも馴染《なじ》み深いものであり、ガンダルフが繰り返しお約束を無視して、異国の者にしかありえないような反応を見せる度、滑稽に思う。例えばビルボが、「おゆるしくださ い（I beg your pardon）。でもわたしは、あなたがまだ、仕事をなさっているとは知らなかったもんで……」（＝「ごめんなさい」の意）と、「ごめんくださ い（I beg your pardon ＝反論したり、聞き返す時の英語表現）、でもわたしは何も求めていませんよ」と言った時、ガンダルフは「くださ い（I beg）」という言葉尻を捉えて、ビルボに「許し」ばかりか「冒険に行かせる」ことまで与えようとするので、ビルボはすっかり動顛してしまう。実際ビルボを一語で要約するのなら、明らかに彼が属していると思われるイングランド中流階級を表現するのによく使われる「ブルジョワ」である。この言葉は、英語ではなくフランス語由来であったので、トールキンが使うことはなかった。職業柄トールキンは、ノルマン朝時代にノルマンディー出身者のフランス語に英語が取って代わられたのを遺憾に思い、できるだけそれ以前に戻そうとしていたからだ。しかし実はトールキン個人の生活から生まれたジョークである「袋小路」「サックヴィル＝バギンズ家」という名前が何度も言及されるのを読めば、彼自身もまさにこの言葉を思い浮かべていただろうことが窺える。後に『指輪物語』の中で、ビルボの穴は袋小路（Bag End）通りに面していると語られる。「バッグ・エンド」という名はバギンズと発音が似ており、ビルボの住所としてはうってつけに思えるが、その意味が「袋の底」であることを考えれば、通りの名として奇妙である。ただ、それでもどこか聞き覚えのある名前である。トールキンの時代（とその後も）、英国社会においては、何でもフランス風にしてお上品を気取るのが流行し、その一端として地方自治体は、通り抜けできない道を示すのに「カル・ド・サック（cul-de-sac）」という語を使う習慣があった（今もある）。これはもちろんフランス語に直訳した「袋の底」である。しかし、フランス語には、行き止まりを表す「アンパース（impasse）」というれっきとした言葉があり、英語でも「デッド・エンド（dead end）」が本来の呼び方だった。つまり「カル・ド・サック」とは愚かな造語で、それを使わなかっただけでもバギンズ家の名誉なのだ。その点はトールキンの一族も同じであった。トールキンの叔母のジェイン・ニーヴの家は、通り抜けできない道に面していた。しかし一族は敢えてその通りを「バッグ・エンド」と呼び、フランス気取りに抵抗していた。その一方で、バギンズ一族の中でも上昇志向の強い分家は、自分たちをフランス風に呼んで出自を偽ろうとし、汚点を残した。サックヴィル＝バギンズ家はまるで自分たちが「カル・ド・サック」の「町（ville）」（もしくは「お屋敷〈villa〉」？）出身であるかのようにフランス語由来の名を名乗っていた。ということは、彼らはまさしくフランス風にブルジョワなのだ。そしてビルボも全く同じ指向性を持っていた。

ガンダルフは、しかし、ビルボを反対方向に向かわせようとした。だからこそ彼を「忍びの者（burglar）」にしたのである。「バーグラー」とはまたもや変わった言葉で、英語を話す者は、この言葉の語尾の -ar は「プレイヤー（player）」や「シンガー（singer）」の語尾 -er と同じだと思いがちである。従って「バーグラー」は「押込み強盗する（burgle）」に「～する人（-ar）」を意味する語尾をつけてできた言葉に違いないと思う。しかしこれは間違っている。元々「バーグラー」という言葉があり、そこから「バーグル」という動詞が生まれたのだ（トールキンがやはり精通していた「逆成」と「民間語源」の良い例である）。実は「バーグラー（burglar）」の語源は「ブルジョワ（bourgeois）」の語源と同じで、古英語（とおそらく古フランク語）の burh であり、この語は「自治都市、町、砦、防御柵で守られた邸宅」を意味していた。ＯＥＤの定義によれば、「バーグラー」は邸宅に外から押し入る者を、「ブルジョワ」は邸宅の中に住む者を元来意味する。であるからこの二語は、サックヴィル家とバギンズ家の関係のように、根は同じで反対の語なのである。ガンダルフの意図は、対立する二つのグループのうち、スノッブの側から反対側へビルボを移すことにあった。

そうすることによって、ビルボはイングランド人らしさを失うどころか、より増した。二十世紀のほぼ全部を通じて、イングランド気質が悪い印象を与えていたことを考え合わせると、トールキンが急いでビルボの生まれつきの美点を指摘している点は注目しなければならない。それはジョージ・オーウェルと極めて似た観点からであって、彼もまたトールキンの同時代人であり、同じようにイングランド人として自己形成していた（オーウェルの本名はブレアであったが、スコットランド風に響くと感じたその名を彼は使わなかった。これは自身の名前がドイツに由来すると意識して、自分はウスターシャーの母方の一族、サフィールド家の人間だと考える傾向のあったトールキンと全く同じである）。ビルボがとうとう目の前にいる人こそガンダルフだと悟り、真の興奮と興味を示した後、語り手はこう付け加える「この言葉からわかるように、わがバギンズ君は、本人が思いこみたがっているほど四角四面の、かさかさしたひとではありませんし、花なんかが大好きなたちだったのです」。ホビットは、彼らが明らかに所属しているイングランド中流階級のように、退屈なブルジョワに憧れていたが、それは生来の願望ではない。トールキンは中流階級のイングランド人に対して、少しも反感を持っていなかった。彼自身もその一員であったからである。そして、ロレンス、フォースター、ウルフ、ジョイスといった彼の時代の英語圏の作家たちとは違って、疎外感を全く感じず、労働者階級や外国人や「内的亡命者」などの魅惑的なポーズをとって自分を作り直す欲望も持っていなかった。これもトールキンが、断固として国際人たらんとする英国のインテリに（またしても外国語になってしまった）、決して好意的でなかった理由の一つである。

ビルボは時代、階級、文化の点で初めから明確に定義されていた。彼はイングランド人であり、中流出身であり、大まかに言ってヴィクトリア朝からエドワード朝の時代に生きていた。一般的にホビットというものが、ビルボよりもはっきりとこの特徴のすべてを兼ね備えているということは、おいおい明らかになってくる。ただし中にはギャムジー家のように労働者階級の者もいた。またトゥック家やブランディバック家といえども、上流階級に達しているホビットはいなかった。ビルボを始めとするホビットは、彼らの住む世界では時代錯誤な存在だと繰り返し示される。少なくとも表面上は――この問題は『ホビットの冒険』から『指輪物語』に至るまでずっと追究されていくことになるのだが――中つ国、つまりドワーフ、エルフ、魔法使い、竜、トロル、ゴブリン、ビヨルン、スマウグ、ゴクリの住むこの世界に、彼らは全く適合していなかった。

おとぎ話の世界

元をただせば、ドワーフやエルフのいるこの世界は、トールキンの発明ではなかった。ただそれを同時代の想像力の前に開示したことは、彼の大きな業績と言えるだろう。『ホビットの冒険』が発刊された一九三七年当時は今と違って、この世界とその住人が一番知られていたのは、ヨーロッパの古典的なおとぎ話を集めた比較的小さな作品集から採られた、やはり比較的少数の物語群によってであった。その母体となっていたのは、ドイツのグリム兄弟、ノルウェーのアスビョルンセンとモー、フランスのペロー、イングランドのジョゼフ・ジェイコブスが蒐集したおとぎ話や、デンマークのアンデルセンが昔話を模倣して執筆した童話、アンドルー・ラングが集めて翻訳した「いろ」の世界の童話集、それにおとぎ話から取材したヴィクトリア朝の多数の「神話・伝説」入門書などであった。これらのお話のおかげで、「ドワーフ」や「エルフ」「トロル」といった生き物は、多くの人々に幼い頃から親しまれていた。例えばドワーフは、「白雪姫」の物語で重要な役どころをつとめ、採掘を生業《なりわい》にし財宝に魅せられているところなどトーリン一派と同じ性質を持っている。トロルという言葉は、英語ではそれほど馴染みがなかったが（スカンジナヴィアの言葉である）、ノルウェーのアスビョルンセンとモーによって採録された「三びきのやぎのがらがらどん」のお話を通じて英国人の意識に入ってきた。エルフは「こびととくつや」の物語に顔を出し、ゴブリンはジョージ・マクドナルドの創作した童話に登場する。こうしたお話のいずれかや類似作品に出会わずに、大人になる子供はほとんどいない。

伝統的なおとぎ話には、しかし、少なくとも二つの点で厳しい限界がある。一つ目は、お話同士がばらばらだという点である。背景となっているのが何やら同じ世界で、遙か昔に起きた出来事らしいという漠然とした感覚はある。ビルボがガンダルフのお話について言ったように、みな「竜だのゴブリンだの巨人だのの出てくるふしぎな話や、王女さまを助けたり、みなし子に思いがけない運がひらけてきたりする」物語である。しかしこの話は、私たちの知っている歴史や地理と何の関連性もない。さらにお話同士にもつながりがない。それ故、発展させせようがないのである。おとぎ話は、確かに私たちの想像力を刺激してくれたが、完全に満足させてはくれなかった。少なくとも現代の読者が望むような、筋の十分な展開、練られた登場人物、そして何より地図がなかったのである。

もう一つの限界は、トールキンが痛感していたおとぎ話の問題点である。そもそもの始まりから、つまり学者が興味を持ち蒐集し始めた時から、おとぎ話はある意味、廃墟と化していた。十九世紀にグリム兄弟が『子どもと家庭のメルヒェン集』を編んだ主な動機は、古い文学を発掘して救い出したいという願いであった。集めた昔話には、話が短いため、一般的には知られず、文学としての評価は低かったとしても、ドイツ固有の古い信仰の断片が保存されていると、彼らは確信していた。それは他国からの宣教師や外国語やキリスト教によって抑圧されたものだった。実際兄のヤーコプ・グリムは、彼の長大な『ドイツ神話学』の中で、せめてできるだけ多くのお話を集めて、断片をつなぎ合わせようとした。その試みは、当時から世間で無視され笑われ続けたが、正しい知識に裏打ちされていた。その一つを、ドワーフを例に説明してみよう。すべてのゲルマン語は、この語に相当する単語を残していた。それらの単語が、お互いの言語から借入したものでないことは明らかである。英語ではdwarf、ドイツ語ではZwerg、アイスランド語ではdvergrというように、それぞれの国の千年にわたる言語変化に合うような変形を必ず見せているからである。ということは、この言葉は非常に古く、その言葉が保存されていたおとぎ話よりもずっと昔からあったということを示していると思われる。そして昔話が語られる中でずっと使われてきたに違いない。では神話全体が女子供のものに格下げされる以前、古き物語とは一体どのようなものであったのだろうか?

こうした考え方を強く裏付ける証拠は、十八世紀から十九世紀にかけて北ヨーロッパで、貴族向けの文学の断片が再発見されたことにより得られた。断っておかなければならないが、この文学は何世紀にもわたって、完全に失われ忘れ去られていた。例えばシェイクスピアは(作品の中で表現しようとしていたよりずっと多くおとぎ話について知っていたに違いないが)、おとぎ話の背後に存在する高尚な文学について、全く何も知り得なかった。怪物やエルフやオークに対する強い興味と共に書かれた古英語の叙事詩『ベーオウルフ』の現存する唯一の写本は、我々の知る限り、一〇六六年のノルマン征服から一八一五年にコペンハーゲンでやっと出版されるまで、誰にも読まれることなく、存在していることもほぼ気づかれなかった。古北欧語で書かれた『古エッダ』詩も同様で、大部分がアイスランドの農家に眠っていた一冊の写本に収められているのだが、グリム兄弟を含む学者たちによって再発見され、断片的に少しずつ出版されるまで知られることはなかった。中英語の詩『ガウェイン卿と緑の騎士』にもエルフや巨人への関心が見られる。しかしトールキン自身と年下のリーズ大学の同僚E・V・ゴードンが、一九二五年に校訂本を出版するまでは、ほとんど知られることなく、大学で講義されることもなかった。これらの詩やその他多くの保存状態の悪い同類の詩を実際に読んだ者は、その作者たちが確かに何かを知っていたという感覚を覚える。その何かとは、当時の詩作品の間で首尾一貫しており、また現代のおとぎ話にも通ずるもので、彼らはひょっとしたらそれらを突き止められるかもしれないと感じるのである。これこそが「序」で述べた文献学における「再建」の仕事である。

このようにおとぎ話とその先祖となる作品は、二つの方向から想像力を刺激し、物語の中では探求されなかったより広い世界の存在を示唆している。例えばドワーフについての考察は、「白雪姫」の小人から遡《さかのぼ》ることもできるし、『ルオトリーブ』（十二世紀のドイツの詩人によって書かれたラテン語の詩）や『古エッダ』（おそらくその一部は『ルオトリーブ』より古いと考えられる）から導き出すこともできる。実はこれこそトールキンのしていたことだった。その証拠の一つは、彼が頑固にドワーフの複数形の綴りをdwarvesとして、そのまま印刷させたことに表れている。実際には、トールキンが『ホビットの冒険』巻頭の作者の覚書《おぼえがき》で触れているように、「英語におけるdwarfの複数形の唯一正しい形はdwarfsである」。ではなぜ間違った複数形を使うのだろうか？　なぜなら-vesという語尾は、その言葉が古く、故に由緒正しいという印だからである。現代英語でも-fで終わる古い言葉は、日常生活でずっと使われていた単語に限り、複数形の語尾が-vesになる。hoof/hooves（蹄）、life/lives（命）、sheaf/sheaves（束）、loaf/loaves（パン）。ドワーフの複数形もきっと同じルールに則《のっと》って、dwarvesになっていてもよかったはずだが、単語自体が一般の生活で使われなくなってしまったので（おそらくは知識人、教師、印刷業者のせいで）、tiff(s)（けんか）やrebuff(s)（拒絶）などの、単純に-sを足す形の複数形に同化してしまった。トールキンはこの時計を元に戻そうと目論《もくろ》んだ。グリム兄弟も全く同じ意図で、ドイツ語のエルフの複数形はElfenではなくElbenにすべきであると主張した（Elfenは英語から後に入ってきた形で、歴史的にみるとその当時既に誤りであった）。さらにトールキンは、『ホビットの冒険』の最初から、『古エッダ』のある詩をはっきりと頭に思い浮かべていた。「トーリンとその仲間」の名前はすべてそこから採集された。

気づかれた方もいるかもしれないが、『ホビットの冒険』の中には、驚くほど名前が少ない。『指輪物語』と比べればそれは明らかである。山や川など自然のものの名称はほとんど、大文字で始まる普通名詞や形容詞で作られている。「お山（The Hill）」「川（The Water）」「谷間（Dale）」「たての湖《うみ》（the Long Lake）」「早せ川（the River Running）」「はなれ山（the Lonely Mountain）」「からすが丘（Ravenhill）」、それに「見張り岩（The Carrock）」。ビルボが見張り岩の意味についておずおずと尋ねても、ガンダルフの答えはそっけない「あのひと［ビヨルン］が見張り岩という名をつけたんじゃ。なんでも自分流に名をつけるひとで、だから、あの岩は見張り岩じゃ。あのひとの近くにこの岩しかないものじゃから」。これに加えて、ホビット関連の名前が少しある。バギンズ、トゥック、ホビット村、競売人のうじ・うじ・もぐり商会。この作品ではほのめかされるだけだが、トールキンが既に書きためていたエルフの神話からは少し多めに登場して、エルロンド、ゴンドリン、ギリオン、ブラドルシン、ドルウイニオン。神話にははっきり書かれていなかったが、二ふりのエルフの剣の名、オルクリストとグラムドリング。さらに追加で、ラダガスト、ゴブリンのボルグとアゾグ、鴉のカークとロアーク、バルド。ところがドワーフの名前に目を向けると、ずらりと勢揃いである。

トールキンはドワーフの名前を『古エッダ』に収められた『巫女の予言』の中の「ドワーフ一覧」と呼ば

れる部分から採った。古北欧語の原文には、六十以上の名前が記され、そのリストが単純なリズムを持つようにつなぎ合わされている。これはスノッリ・ストゥルルソンが十三世紀に書いた北欧神話の手引書『ギルヴィの惑わし』の中でも、少し形を変えて再録された。その一部が以下の引用で、トールキンとの関連は一目瞭然だ（訳注　『ホビットの冒険』関連の名前には綴りを併記した。また、邦訳『ホビットの冒険』の中で、対応している名の呼び方が少し異なる場合は〈〉内にそれも示した）。

ナール、ナーイン、ニーピングル、ダーイン〈ダイン〉（Dáinn）
ビーフル〈ビフール〉（Bífur）、バーフル〈ボフール〉（Báfur）、ボンブール（Bömbur）、ノーリ（Nóri）
オーリン、オーナル、オーイン〈オイン〉（Óinn）、ミズヴィトニール
ヴィグルとガンダールヴル（Gandálfr）、ヴィンダールヴル、ソーリン〈トーリン〉（Þorinn）
フィーリ（Fíli）、キーリ（Kíli）、フンディン、ヴァーリ
スロール（Þrór）、スローイン（Þróinn）、セットル、リトル、ヴィトル

十三人のトーリンとその仲間たちのうち、八人の名前がここにある。さらにトーリンの親戚ダインや祖父スロール、父スラインに近い名も見られる。仲間の残り五人のうち四人、「ドワーリン」、「グローイン」、「ドーリ」、「オーリ」の名は、この引用に近い詩行に見出せる。また『ホビットの冒険』と『巫女の予言』両方においてドワーフの伝説的な先祖とされる「ドゥリン」、トーリンのあだ名「オーケンシールド」も同様である。唯一「バーリン」だけがスノッリのリストに載っていないが、偶然かもしれないが、この名はア

ーサー王の物語では有名な名前である。

トールキンはしかし、「ドワーフ一覧」をただ丸写ししたのでも、名前を探して漁ったのでもない。むしろこれを眺めて、大抵の学者のように意味がない、もしくはもはや意味のわからなくなった長々しい一節として読むのではなく、頭に浮かんだ一連の疑問について考え始めたに違いない。例えば、ガンダールヴル（Gandálfr）はなぜこのリストに紛れこんだのだろう？　名前の後半のálfrは、明らかにエルフ（elf）を意味し、エルフとはどの伝承においてもドワーフとは似ても似つかない生き物なのに。またなぜオーケンシールドが入っているのだろう？「樫の盾」を意味するこの名は、他の名前と違って、人名というよりあだ名のように思えるのに。トールキンの作品では、この名はもちろんあだ名に変わり、そのいわれが『指輪物語』の追補編A—Ⅲで説き明かされている。一方ガンダルフについては、もう少し複雑な説明を導き出したようである。『ホビットの冒険』の初期の草稿では、この名はドワーフの長に与えられていた。そして初版では、ビルボがあの最初の朝に会う人物は、ただの「小さな老人」であった。この小さな老人が持つ杖は、初版においてもすぐ物語に登場するが、第三版が出るまでに（トールキンは一九五一年の第二版と一九六六年の第三版で重要な変更を施した。その一部については後述する）、ガンダルフの描写は「杖を持った老人」へと変化していた。この表現は的確だ。「魔法の杖」は、現在でも、舞台の手品師の一般的な小道具であるし、大衆文学でも純文学でも、シェイクスピアのプロスペローからミルトンのコーマス、テリー・プラチェットのディスクワールドに至るまで、魔法使いの目印になっている。どうやら時が経つにつれトールキンは、ガンダールヴルの前半のgandがwand（杖）である、ともっともな解釈をした上で、後半は既に述べたように、明らかにエルフを意味していると考えたようである。さて、トールキンの作品の中で、ガンダルフは絶対にエルフではない。だからと言って、ただの「老人」でもない。しかし、彼をあまりよく知らない人には（『指輪物語』で後にエオメルにそう見えたように）、おそらくガンダルフがまるでエルフのように見えたとしてもおかしくはない。トールキンはどこかの段階で、ガンダールヴルが「杖のエルフ」の意味であり、魔法使いの名前に違いないと結論付けた。ただしこの名が「ドワーフ一覧」の中にあるのは、何らかの形で魔法使いとドワーフの間に交流があったからに違いない。この「ドワーフ一覧」が残っていたのは、これがかつて実際に起きた、人間のあずかり知らぬ神話におけるドワーフの記念碑的大冒険の記録の最後のものだからで、薄れゆく記憶を元に書かれたことから不正確な部分もあるという説明は成り立つだろうか？　いずれにせよ、それがトールキンの解釈だった。『ホビットの冒険』とは、「ドワーフ一覧」の背景にあり、その意味を解説する物語と言えるかもしれない。そしてもっと間接的には、「白雪姫」などグリム兄弟の集めた廃れかけたおとぎ話に、ある種の文脈を与えたのである。

作者の声

『ホビットの冒険』に二つの側面があることは、極めて明白である。片側には、現代中流階級のイングランド人ビルボがいる。反対側には、民間伝承やその祖先たる英雄たちの高尚な文学の背後に広がる、いにしえの世界がある。最初の世界は、時刻や細かいことに対するこだわりに現れる。緑竜館に駆けつけたビルボは、息を切らしながら「じつは、あの手紙を正確には十時四十五分まで知らずにいて」と言い訳し、ハンカチを持たずに出立することはできないと感じる。二つ目の世界を作り出しているのは、詩やそこに歌われる霧ふり山脈、そして「歩くための杖の代わりに剣を身に着ける」とはなんと勇壮なことだろうと感じているビルボである。当然ながらこの二つの陣営は衝突する。そして『ホビットの冒険』の大部分は、言葉遣い、態度、行動様式におけるこの両者のぶつかり合いをめぐって進行するのである。物語の最後では、両者は最初に思ったほどかけ離れている訳ではなく、ビルボにもトーリンやバルドと同じように、いにしえの世界に住み、宝物を手にする権利があるという結論に達するかもしれない。しかし、トールキンにとって差し迫った問題は、いにしえの世界を紹介することでなく——前述のとおり、その登場人物だけであったとしても、この世界は既に長いこと子供たちに親しまれてきたのだから——その世界に読者の知性を満足させる一貫性を与えて、目前で語られている出来事の外により大きな世界の存在があると感じさせることであった。『ホビットの冒険』ではトールキンはこの問題を、『指輪物語』とは全く違う方法で解決した。臨機応変に作者が顔を出して口を挟むのだ。

　トールキンの全般的な戦略は、最初の数ページで明らかになる。四段落目の最初、トールキンは読者から質問が出ることを想定する。「ホビットとは、いったいなんなのでしょう?」その答えはあたかも、ホビットが知られていない訳ではなく、一部の読者には気づかれていなかったかもしれないから、と言っているかのようである——「いまはホビットたちがごくすくなくなりましたし、(中略)どうしてもいくらか説明しておかなければなりません」。このように割って入った後すぐに作者は、ビルボの母親が「かの名高いベラドンナ・トゥック(the famous Belladonna Took)」であると紹介する(傍線筆者)。またもや昔からあった多くの情報の一部を、選んで語っているに過ぎないという暗示である(訳注「かの名高いベラドンナ・トゥック」の「かの」という部分は邦訳では訳されていない。ただ原文では定冠詞がついているので、ベラドンナが名高いと説明しているだけでなく、誰もが知っているあのベラドンナというニュアンスも含まれる。そこで著者の論旨を強調するため、加えさせていただいた。このようにシッピーの議論に沿うよう、引用訳では直訳に戻して、語順を変えたり、訳語を変えたり加えたりという変更を行っている）。ベラドンナが有名なのは、一つには「トゥック家の血筋には、だれか、妖精小人の家すじの者と結婚したひとがあった」という説があるからだ。しかしこれはすぐに訂正される「これはもちろん馬鹿げたことです」（一九六六年版）。この「馬鹿げた」という言葉からは、こうした噂を判断するのに誰でも知っている根拠があって、あまりに当たり前なので作者が説明する必要がないという含みが感じられる。そして「もちろん」とあるのは、読者も当然それを知っていることになっているからだ。どの例においても作者がほのめかしているのは、いわばお話の外にお話がある、つまり大きな全体の世界のうち、見えているのはほんの小さな断片だということである。語り手が「ガンダルフ！　このひとのうわさときたら、わたしはほんの一部しか知りませんけれど、そのまたほんの一部をお話しただけでも、みなさんは、このさきどんな話にもおどろかなくなるにちがいありません」と言う時、トールキンの意図は完全に明らかだ。

こうした工夫はすべて、時には何度も何度も繰り返して用いられる。ポール・エドマンド・トーマスは彼の論文「トールキンにおける語り手たち」の中で、『ホビットの冒険』において、語り手が直接読者に話しかけている四十五の場面を挙げている。しかし、そこには私が今述べているようなタイプの作者の声は含まれていない。「かの名高いベラドンナ・トゥック」と同じ紹介の仕方は、「かの大トーリン・オーケンシールドにほかなりませんでした」で繰り返される（ようやくトーリンの名声とあだ名の理由が説明されるのは、『指輪物語』追補編A―Ⅲの脚注が書かれた時で、『ホビットの冒険』から十七年、千ページ後であった）。

「妖精の家すじとの結婚」と全く同じ「もちろん」の使い方は、初版においてもさらに三回登場する――「もちろん、その歌声の主は、エルフたちです」（三章）、「宴会をしていたのは、もちろん森のエルフたちでした」（八章）、「これは、もちろん、竜に話す話し方です」（十二章）。これとよく似ているのが、突然おとぎ話の世界の中心から思いがけぬ情報を取り出しておいて、それが当たり前の知識だというふりをする仕かけである。最も劇的な例は、トロルのエピソードのクライマックスで、丘の向こうから朝日が差しこみ、小鳥がさえずると、トロルが石に変わる場面だろう「それというのは、トロルというものが、ごぞんじのように、あかつきになる前に地下にもどらなければならないので、さもないと、トロルが生まれたもとの山の岩にもどって、動きだせなくなるからです」（傍線筆者）。朝日が致命的だという発想自体は古く、古北欧語の詩『アルヴィースの言葉』でも、トールがドワーフを、ガンダルフと同じ罠にはめている（訳注　約束により娘をドワーフのアルヴィースに嫁がせなければならなくなったトールは、それを阻止するため、知恵比べを持ちかけて時間を稼ぎ、ドワーフを朝まで引き止め石にした）。しかしこの場面で、いきなり作者が出てくるのは予想外である。確かにトールキンは、これより先の場面で読者に直接話しかけ、予備知識を披露することで伏線を張っていた「まことにトロルという奴はおそろしいもので、頭に首が一つしかないトロルでも、このありさまです（中略）もしみなさんにそれができるならば、いつでもやってみるねうちはあります（中略）トロルの財布はくわせものです。これも例外ではありませんでした」。当然ながら、作者はすべてを知り、読者は紹介されている世界について何一つ知らないのでは、不公平に思われても仕方がない。しかし作者の声は、語りかけてくることで、読者と共謀しているのである。そして外の世界を描いた絵の新しいピースがはめこまれる度に、読者の想像力に新しい地図が広がるのである。『ホビットの冒険』が終わる頃には、おとぎ話の世界やその住人を描いた、細部にまでこだわり、しかも全体が統一された絵が出来上がっていた（そしてこれこそがすぐに続編が求められた理由である）。トールキンは物語が繰り広げられる前に、その舞台を設定しなければならなかった。それはもちろん、背景となる舞台が確かに存在していると訴えるためであった。

物語自体については、エピソードが満載で、要約するのは難しい。簡単に言うと、全十九章はおおまかに二つに分けられる。竜のスマウグのねぐらである、はなれ山に到着するまでの冒険を描いた前半と、到着後、竜の宝を獲得し、死守し、分け合うまでの複雑な経緯を描いた後半に。章は三章ずつまとまる傾向があるようだ。一から三章は一行が霧ふり山脈に到着するまでの道中。四から六章は、ゴブリンに捕えられたり、姿を消せる魔法の指輪をビルボが手に入れたりする、霧ふり山脈の山越え。七から九章は、ビルボが指輪を二回使い、大蜘蛛《ぐも》と森のエルフの牢屋からドワーフを救い出す、闇の森でのエピソード。十二から十四章は、ビルボの忍びの者としての初仕事、スマウグの来襲とバルドによる竜退治。十五から十七章はドワーフ、エルフ、人間と、最後にゴブリンが参戦する宝をめぐる争い。最後の二章は明らかにフィナーレで、ビルボの帰還を描いているのに対し、真ん中の二章（十から十一章）は間奏曲で、この短い期間ビルボは、いにしえのロマンティックな世界から、再び人間社会へと戻ってくる。そこでは「商売」優先の味気ない考え方で、ビルボよりブルジョワなたての湖《うみ》の統領が指揮をとっている。

こうした区分はもちろん絶対ではないし、トールキンが意図して工夫したこととも思えない。しかしこのように分けてみれば、トールキンがおとぎ話の要素を、一度に一つずつ取りこんでいることが見えてくる。全キャラクターを一同に集める前に、多くの章を費やして、おのおのを別個に紹介しているのである。登場順に言えば、ドワーフと魔法使い、トロル、エルフ、ゴブリン、ゴクリ、ワーグ（アクマイヌ）とワシ、ビヨルン、森のエルフと大蜘蛛が一章から八章で描かれ、その後全く新しいキャラクターとして紹介されるのは十二章のスマウグだけである。そしてゴクリとトロルを除く全員は、宝をめぐる交渉や五軍《ごぐん》の戦《いくさ》の中で、互いに影響し合う。一度に一つのキャラクター紹介をするやり方のもう一つの側面は、ビルボの地位の着実な向上と、彼の持っている現代的な価値観と彼の遭遇するいにしえの価値観が、ぶつかり合う度に対等になっていく段階の描写である。

権威の競い合い

『ホビットの冒険』が始まったばかりの頃のビルボは、ブルジョワの地位と時代錯誤な性質に相応《ふさわ》しい情けない存在で、臆病者とは言わないが、周囲から嘲笑されても仕方がなかった。仲間のうちの何人か、いや全員が死ぬかもしれないと、当たり前の如くさらりと言ってのけたトーリンの悲惨な話を耳にして、慄いたビルボは悲鳴が止まらなくなり、ガンダルフでさえうまく説明してごまかすことができなかった。グローインの「忍びの者というよりは、八百屋のよう」という評価は、他の状況ではそれほどの非難にならないだろう。しかし英雄の世界では違う。中世の叙事詩や北欧のサガでは、どんな者でもビルボのように振る舞ってはならない。『アトリの言葉』というグリーンランドで書かれたと言われるエッダ詩の中で、命乞いをする料理人の姿は笑いもの以外の何物でもない。『フレイ神司祭フラヴンケルのサガ』でわっと泣き出した老人は、軽蔑の目で見られ、作者によると、彼が泣いた場所はいまだに「涙の野」と呼ばれている。ガンダルフの助けもあって、確かにビルボは我に返り威厳を取り戻した。しかし作者はやはり弁解せざるを得なかった「無理もありません。ビルボ・バギンズは、ただの小さなホビットだったんですから」。

トロルの場面でのビルボは少しだけ前進している。「ビルボもできるだけのことをしました」とあるように、実際に戦いに加わったのだが、あまり効果がなかったので誰にも気づかれなかった。彼はおとぎ話の世界の期待に応えようとある種のプレッシャーを感じている。似た場面の出てくるグリム兄弟の「いさましいちびっこのしたてやさん」や、ビルボもこうありたいと願っただろう、アスビョルンセンとモーの「泥棒の親方」のような活躍を求められているのだ。ビルボがトロルのポケットから盗もうとしたのは、「トーリンとその仲間のところへ手ぶらで帰りたくない、引くに引けない気持ちが」あったからだ。しかしトロルの財布について全くの無知であったため失敗に終わり、「ホビットというものは、森の中を忍び歩くのに、こそりとも音を立てない」と言われる彼の優れた身体能力も、ドワーフには当たり前の「フクロウの鳴き声で二声おだやかにホウホウ鳴き、あとの一声はけたたましくギャッと鳴く」ことができない故に帳消しになってしまう。今回ビルボは恥をかかずに、トロルの鍵も見つけた。しかし滑稽で場違いであることには変わりない。

このパターンは四章でも繰り返される。洞穴でゴブリンに襲われたビルボは、逃げるためにドワーフに背負ってもらわなければならず、文字通り自分は場違いだと、ボンブールと二人で対句で嘆いている。「ああ、どうして、いったいどうして、わがホビット穴を捨ててきたんだろう！」「ああ、どうして、いったいどうして、いまいましいこんなホビットを宝さがしに連れてきたんだろう！」しかしホビットが少なくとも静かに歩けることは認めざるを得なかったように、この場面でも、眠りこんでいるドワーフの中にあってビルボがいち早く目を覚まし、叫び声を上げてガンダルフを起こしたことで、少しは役に立ったことは認めざるを得ない。しかし公平に言って、似たような状況下で子供の読者が想像するような不可能な離れ業を、これまでのところまだビルボはやり遂げてはいない。

この状況はビルボの指輪の発見で変化する「これこそ、ビルボ・バギンズの運の分かれ目だったのですが、ビルボはそうと知りません」(一九三七年当時ビルボより一層意識していなかっただろうが、これがトールキンにとっても運の分かれ目になったのだからわからないものである)。指輪を見つけた後も、ビルボはホビット穴のことを考え、現代イギリスにおける定番中の定番であるメニューを思い浮かべる——「わが家の台所でベーコンに卵をおとしてこしらえるところが思いだされました」。その間もう一つの時代錯誤として、パイプに火をつけるためにマッチを探す(マッチの発明は一八二七年である)。しかし彼はその時、剣を思い出して鞘から抜き、それがオルクリストやグラムドリングのような「エルフの剣」であると知り、ほっとするのである「あれほどかずかずの歌にうたわれたゴブリン戦争のためにゴンドリンで作られた剣を、こうして身につけているのは、すばらしいことでした」。このロマンティックな感情はすぐに、剣の使い道を考えねばならない状況を思い出させる「その上、こういう名剣がとつぜん自分たちをおそったゴブリンたちにはげしいおどろきをあたえることにも気がついていました」。けれどもおそらくこの時がビルボにとって、おとぎ話の世界に居場所を確保する第一歩であった。語り手は、さらに少し、ビルボを現代と子供の読者から遠ざける仕上げをしている。ビルボは窮地に立たされていた。しかし「のっぴきならないといったところで、私たち人間とはまるでちがいます」。ホビットとは結局のところ「普通の人たちと同じようではない」のである。彼らは地下に住んでいる。知っての通りすばやく動くことができる。回復も早い。そして何より

「人間などのきいたことのない、とうの昔に忘れさられてしまったような、いいならわしやかしこいことわざをたくさんおぼえているものだったのです」

ビルボとゴクリのなぞなぞ問答は、大半がこの忘れ去られたものの部類に入る。そもそもなぞ解きで相手を試すという考え方自体も、また実際に出された問題の一部も、十九世紀にトールキンの先達によって再発見された、古い北方の大人の文学からきていた。ゴクリが出した五問とビルボの出した四問のうち（ビルボの五問目「このポケットにあるものは、何だ?」はなぞなぞではないので）、いくつかには明確な古い材源がある。おそらくすべてに出所があるのだろう。トールキンは一九三八年の『オブザーバー』紙への手紙の中で、冗談めかして研究者に探してごらんと言っているし、ダグラス・アンダーソンも一九八八年出版の『註釈付きホビット――ゆきてかえりし物語』（原書房）の中で、できるだけ多くのなぞの出所を特定している。ゴクリは、ビルボと異なり、古風ななぞなぞを出す傾向がある。「うんとむずかしくておそろしいなぞを出そうとして」彼が考えた最後のなぞは、古英語のソロモンとサテュルヌスのなぞなぞ問答、より正確に言えば知恵試しに元がある。この詩において、異教の知恵を代表しているサテュルヌスは、ソロモンに尋ねる「容赦なく進み、礎を壊し、悲しい涙を誘うもの。強きも弱きも、偉大なものも小さなものもすべてがその手に帰るものとは何?」『ソロモンとサテュルヌス』におけるソロモンの答えは、しかし、切羽詰まったビルボがまぐれであてた「時」ではなく、「老年」であった――「[老年は] 狼より上手く戦い、石より長く待ち、鋼より強く、鉄をさびで蝕む。我々とても同じこと」。この解答を、より荘厳で凝ったものにしたのが、次のゴクリのなぞなぞ詩である。

どんなものでも　食べつくす、
鳥も、獣も、木も草も。
鉄も、巌も、かみくだき、
勇士を殺し、町をほろぼし、
高い山さえ、ちりとなす。

一方、ゴクリの「魚」のなぞなぞには別の作品の影響があるようだ。

息もしないで、生きていて、
死んでるように　つめたくて、
のどかわかぬが　水を飲み、
よろい着てても　音もせぬ。

こちらは、北欧語の『賢王ヘイズレクルのサガ』（何年も後に、トールキンの息子クリストファーによって編纂されることになる）の中の、知恵比べにおけるなぞと似ている。そしてさらに言えば、中世ウスターシャーの詩、トールキンが愛したラヤモンの『ブルート』にも小さな類似が見られる。この詩の中では、鎖帷子《くさりかたびら》を着たまま息絶え川に横たわっている戦士が、奇妙な魚に見立てられているのである。ゴクリの「くらやみ」のなぞなぞは、「いちだんとむずかしく、いちだんと気味のわるいなぞ」であるが、再び『ソロモンとサテュルヌス』の中に類型があった。ただ答えは「くらやみ」でなく、「影」である（トールキンは後にこれを思い出す）。ゴクリのなぞは、残酷で陰鬱で、彼を叙事詩やサガ、英雄や賢人の古代世界にしっかりと結び付けるのである。

しかしビルボとてなぞなぞ問答をすることはできた。ただし彼のなぞは出典や性質においてゴクリのなぞとは重大な違いがあった。「歯」「卵」「足なし」が答えになる三問は、実はマザーグースのような伝統的な童謡からきている（出典は『註釈付きホビット』参照）。では、伝統的な童謡自体はどこから来たのだろうか？　この問題は、伝統的なおとぎ話の出所について前に述べた説明と関連しており、トールキンはこの疑問を、『ホビットの冒険』を書き始めるずっと前から確実に持っていた。一九二三年、トールキンはよく知られた「月の男」の童謡を、より長い詩に書き改めて、「なぜ月の男はすぐに降りてきてしまったのか」と題して出版している。この詩は最終的には『トム・ボンバディルの冒険』に収録され六番目の詩になった。同じ年、トールキンは「猫とバイオリン――復元された童謡と解禁されたスキャンダラスな秘密」を発表する。これは『指輪物語』の中で、ブリー村の躍る小馬亭でフロドが歌うホビットの詩になり、また『トム・ボンバディルの冒険』にも収められた。ウェイン・ハモンドとダグラス・アンダーソンの『註釈付きトールキン書誌』（以下『註釈付き書誌』）によると一九四九年になってやっと出版された短編『農夫ジャイルズの冒険』は、『ホビットの冒険』とほぼ同時期に書かれていたが、その舞台はしっかりと童謡の世界、つまりコールの王様（Old King Cole）と「王様の馬と王様の兵士」の出てくる世界に定められている。トールキンは一九三八年にスタンリー・アンウィンに宛てた手紙の中で、オックスフォードの同僚で友人の一人が、『コール王（Old King Coel）』という題の四巻にも及ぶ詩物語を書いたと伝えている。この王の名の綴りが

Coleではなく Coelであることに注意していただきたい。ウェールズの伝承には、実際こういう名の王がいるからである。童謡にこれほどの時間と手間をかける価値があると思う人間がいるとは、一般的に考えれば驚きである。しかしこうして文献学者が昔話を書いたり書き直したりする裏には、一つの確信があった。子供が読むエルフやドワーフの出てくるおとぎ話に、こうした生き物が大人や詩人の創作の材料になっていた時代との失われて久しいつながりがあるのと同じで、現代の遊び場で耳にするなぞなぞや童謡も、古い伝承の最後の子孫なのである。トールキンはさらに、いつもの如くその間の隔たりを埋めようとして、子供の「卵」のなぞなぞを古英語（アングロ・サクソン語）で書き直した。彼はこれも、「最近になって発見された二つのアングロ・サクソン語のなぞなぞ」の一つとして一九二三年に出版している。「私の壁は、ミルクのように白い大理石で、目をみはるばかりに飾られている」で始まるこの十行の古英語の詩は、現代の子供のなぞなぞの古代の祖先の姿と言えるかもしれない。これこそ、現代に残された証拠から、そうであったに違いないと思われる過去を復元していく文献学者の作業なのである。

ビルボが、ゴクリの古代のなぞなぞに対して、現代のなぞなぞで応戦する時、二人はそれほど遠くかけ離れていた訳ではない。何年も経ってガンダルフはフロドに言った（その頃にはゴクリの性格設定は明らかに変わっていた）「二人は互いに驚くほどよく相手のことを理解し合ったではないか。（中略）例えば両方が知っていたなぞなぞのことを考えてごらん」。この言葉が示すのはしかし、ビルボがおとぎ話の世界で、時代からずれ、中流のイングランド人であり続けても、実は「普通の人たちと同じようではない」ということである。彼は古き伝承に対する理解を完全に失ってはいなかった。もちろん「普通の人たち」も全員が失っていた訳ではない。ただ彼らは古き伝承を子供の物語や歌に格下げしたり、恥じたり、「民話」にしてしまった。ビルボとホビットは、この点に関してより賢明であった。この忘れ去られることのなかった知恵のおかげで、ビルボは彼が冒険に乗り出した世界の住人と、初めて対等になったのである。

これより先ビルボには指輪があった。『ホビットの冒険』では、まだ「一つの指輪」ではなかったが、それでもなお、その秘めたる力のおかげで、ドワーフから渋々の敬意を勝ち取ることができた。さらにビルボには、他に二つの資質がある。一つ目は運を持っているということである。ドワーフは一度ならずそれに気づき、例えばトーリンは、ビルボを竜のいるトンネルに送り出す時こう言った「そのからだの大きさをはるかにこえた勇気と機略にみちたホビットであり、あえて申しあげれば、ふつうのめぐみをはるかにこえた運にもめぐまれておられるようじゃ」（十二章）。それに先立つこと、ビルボが大蜘蛛《ぐも》からドワーフを助けた時には、「ビルボには運や魔法の指輪ばかりでなく、しっかりした根性がそなわっていたことが一同にわかったからです。運と指輪と根性とそろえば、この三つは、まことに役に立つ宝ものではありませんか」（八章）。運が宝物、つまり所有できる財産であり、おそらく人に贈ったり譲ったりもできるというこの考え方は、いかにもドワーフらしい、つまり古風で前近代的な信念だと思われるだろう。例えば北欧のサガでは、これは当たり前の考え方で、幸運や不運を招くマント、武器、人々が多々登場する。しかし人々はもはや運を財産とは考えない。いや、考えているのだろうか？ 実際のところ、運の性質に関する迷信は、相変わらず驚くほど広く行き渡っている。パトリック・オブライアンの十九世紀を舞台にした時代小説シリーズでは、運に対する考え方がサブテーマとして何度も登場する。ただし、その考えは必ず「下甲板」の人間、あまり教育を受けていない階級出身の、士官ではなく水夫によって表明されている（オブライアンの二十巻に及ぶ「オーブリーとマチュリン」シリーズから、運に対する言及をすべて抜き出してくるのは大変な作業なので、特に顕著な例として、一九八二年出版の『封鎖艦、イオニア海へ』（早川書房）の九章を挙げる。ここで「運」は、「好機、ありきたりの幸運」とは注意深く区別され「全く異なる観念であり、宗教的と言ってもよい性質のもの」と言われている)。トールキンはおそらく「運(luck)」というこの言葉は、元来古英語だったと考えていただろう(OEDは「最終的な語源は不明」と主張しているが、詳細は三章参照)。そしてホビットの例のように、再び古代の信念が気づかれずに現代に生き残っていたと考えただろう。なぞなぞ同様「運」のおかげで、ビルボは、その現代イングランド人の性質と何ら矛盾することなく、おとぎ話の世界により馴染《なじ》んで見えるようになったのである。

ビルボのもう一つの資質は、先に引用したトーリンの台詞にもあるように、彼が何度も示すことになった勇気である。しかしこの勇気は、ドワーフやその他の味方あるいは敵の、英雄的で好戦的な勇気とは、かなり異なる性質の勇気である。ビルボは、トロルに対しても、竜に対しても、戦場においても、常に戦闘者として無能である。五軍の戦では、その時ビルボの誉れは頂点に達していたにも拘らず「えらい手柄をたてたわけでもない」し、「ほんとうのところ、ビルボは、朝早くから指輪をはめて、人の目からかくれていましたのに、やはりあぶないめからのがれたとはいえませんでした」。しかしゴクリに出会ってゴブリンから逃れた直後の場面では、ビルボがある種の勇気を備えていると、そしてそれはドワーフに比肩し得るどころか、より優れていると示していたのである。今や彼は指輪を手にしている。ならば「あのぞっとするほどおそろしいトンネルにひきかえして、友だちをさがさなければいけないのではないか」?「そして、とうとう、あそこへひきかえすのが自分のつとめだと、はっきりかくごをきめた」その時、ドワーフたちの話し合いを耳にするのである。ドワーフは戻ってビルボを捜すべきかを議論していた。そして少なくとも中の一人は反対した「あれをさがしに、あのいまわしいトンネルにひっかえさなけりゃならないなんて、くそくらえだ」。もちろんガンダルフは、彼らの意見を変えることができただろう。しかしここで初めてビルボは、仲間のドワーフより実は優れていると描かれたのである。彼の勇気は、血気にはやる攻撃的なものではない。内面的で孤独で自分の務めに忠実で、紛れもなく現代的な勇気である。なぜなら『ベーオウルフ』やエッダ詩や北欧のサガには、このような勇気は存在しないのだ。とはいえ、これも一つの勇気に変わりなく、英雄や戦士ですら尊敬するようになるべきものなのである。

ドワーフたちもこの時からビルボに一目おき始めた。そしてトールキンは、ビルボの成長を段階ごとに記録していく。六章では「ビルボの忍びのわざに対する評判は、ドワーフたちのあいだでたいしたものになったのです」。八章では「なかにはわざわざ立ちあがって、ビルボのまえで地面につくほどおじぎをした者がありました」。九章ではトーリンまでもが「ビルボのことをはなはだ高く買いはじめていました」。十一章では、先の困難を思い暗くなるドワーフ一同の中にあって、ビルボ一人がくじけず、十二章では「ドワーフたちの冒険のまことのみちびき手」になっていた。しかし簡単にドワーフが、ビルボに対する初期の意見に逆戻りすることもある「ホビットを見にやって、なんの役に立ったんだ?」（訳注　闇の森で、偵察のためビルボを木に登らせたのに、何の収穫もなかった時の八つあたりの言葉）。また多くの場合ビルボも、ビヨルンの場面のような「お客さん」に戻ってしまう。しかしビルボの現代的な勇気は、ますます強調される――いつも、孤独の場面で、闇の場面で。「やみのなかで、たった一人で」大蜘蛛を退治したビルボは「ちがった人になりかわり、ずっとたけだけしく大胆になった気がしました」。やり遂げた後、彼は自分の剣に名前を付ける「おまえに名まえをつけてやろう！　よし、つらぬき丸とよぼう」。現代のブルジョワというより、サガに出てくる英雄がしそうなことではないか。ただビルボにとって真に大事な瞬間が訪れるのは、竜のスマウグのいびきを聞いた後、一人で闇の中を進んでいく場面である。

ここから先へ進むのは、ビルボのこれまでにない勇気のいることでした。そのあとにおこったおそろしいできごとも、この一歩にくらべられるものではありません。ビルボはまちぶせしているその大きな危険をじっさいに目にする前に、トンネルの中で、自分ひとりのはげしい心の戦いを味わいました。

こうした点すべてにおいてトールキンは、ビルボ、いやみながよく使う呼び方に従えばバギンズ氏が、現代の人間だと主張している。そしてこの時代から来た者も、おとぎ話の世界の中で、疎外感や劣等感ばかり味わう必要はないのである。

文献学的な小説

このように、『ホビットの冒険』の一側面は、ビルボがおとぎ話の世界、つまりは後の中つ国に段々馴染んでいく過程によって成り立っている。しかしこの作品にはもう一つの側面があり、それは単純にこの世界をさらに一層見慣れたものにすること――つまり、作者自身はこの表現を拒絶したかもしれないが、この世界の創造であった。この世界を作り上げるのに、トールキンは他者にはない資格を持っていた。『ホビットの冒険』の大半は、これまでに述べたように、単純に新しいキャタクター（ゴクリ、ビヨルン、スマウグ）、新しい種族（ドワーフ、ゴブリン、ワーグ、ワシ、エルフ）、新しい土地（霧ふり山脈、闇の森、たての湖《うみ》）を、通常一章につき一つか二つ紹介することで成り立っている。これらの新しい素材の中には、トールキンの創作によるものがある。ゴクリについては、トールキンの頭の中以外に、知られている原型はない。奇妙な代名詞の使い方によってゴクリの特徴を際立たせたのは、トールキンの素晴らしいアイディアであった。最初の台詞で「よりぬきのごちそうだとわしは思うね」と言って以来、ゴクリは『ホビットの冒険』の中で「わし」という一人称の単数形を使っていない（『指輪物語』はまた別である）。彼はいつも自分のことを「わしら」とか「いとしいしと」と呼ぶ。「あんた」という二人称の代名詞も使っていないのだが、トロルの独特な話し方と同じように、普通にはない表現を見つけた印刷業者が「意味が通る」ようにしようと懸命になり、「わしら（we）」を「あんたら（ye）」に黙って書き換えてしまった事例がある（校正と印刷の間違いは『ホビットの冒険』を長年悩ませ続けた。例えば、最近の版になってやっと「ドゥリンの日」をめぐる矛盾が解決した。初期の版の持ち主は、三章の終わりでは「秋のさいごの新月ののぼる日」、四章の始めでは「秋のさいしょの新月ののぼる日」となっているのを見つけるだろう。これは「さいご」が正しかった）。ゴクリの一貫した奇妙な言葉遣いからは、特異な人格、もしくは人格の欠如が感じられるが、それは全くトールキン独自の創作であった。同じように、何年も後にトールキンが、大蜘蛛はゲルマンの伝説から採ったと言った、もしくは言ったとされる件も、真実ではない。大蜘蛛も純粋にトールキンの創作である。

とはいえ、ゴクリと大蜘蛛は例外である。『指輪物語』同様『ホビットの冒険』におけるトールキンの創造のほとんどは、彼の学者としての研鑽《けんさん》から生み出された。「ワーグ（warg）」はとてもわかりやすい例である。古北欧語には「ヴァルグル（vargr）」という言葉があり、「狼」と「ならず者」の両方の意味がある。この言葉の親戚である古英語の「ウェアルフ（wearh）」は、「追放者」もしくは「ならず者」の意味を持つが、「狼」の意味はない。因《ちな》みにこの語から派生した動詞の「アーウュルガン（awyrgan）」は「刑を宣告する」の意味であり、さらに「絞め殺す」（共同体からの追放を宣告された者を処刑するやり方）の意味も持ち、おそらく「くわえて振りまわす、かみ殺す」の意味もあったと思われる。ではなぜ古北欧語では、「狼」を表すのに一般的な「ウールヴル（úlfr）」という単語がありながら、さらに別の語を必要としたのだろうか？　そしてなぜ古英語では、この語に不気味なニュアンスを加え、「狼」というより明確で物質的な意味を消してしまったのだろうか？　トールキンは、「ワーグ」という言葉を、「ヴァルグル」と「ウェアルフ」両方から作った。まず二つの単語それぞれから一部分ずつ音をもらって、発音をワーグとした。そして双方の古代の考え方を結びつけて、その意味するところは、「狼、ただし単なる狼ではなく、知性と悪意を持った狼」と考えた。

ビヨルンはもう一つの格好の例である。こちらではトールキンは、少々異なるやり方で創作をしたと想像できる。トールキンは古英詩『ベーオウルフ』を、教職にある間おそらく毎年教えなければならなかった。そしてこの詩に関する基礎知識の一つは、（この詩における大概のことと同じく、気づかれるまでに半世紀を要したのだが）、この英雄の名が「熊」を意味するということであった。ベーオウルフは「ビーウルフ（bee-wolf）」つまり「蜜蜂・狼」から転じた名前であり、蜜蜂を襲う者、蜂蜜を盗む生き物、従って（『くまのプーさん』の読者ならおわかりだろうが）「熊」を意味しているのだ。しかし、ベーオウルフが計り知れない力の持ち主で達者な泳ぎ手であっても、そして怪力と泳ぎは熊の特徴であっても（特にホッキョクグマは、ほとんど海と陸の両方で生活している）、物語を通じて彼は常に人間であり、ほんの時折、奇妙な点がほのめかされるだけである。一方、彼の冒険に類似した物語は、別の理由でこの作品に関連付けられる、古北欧語のある作品に見出すことができる。『フロールヴル・クラキのサガ』、別名『フロールヴル王とその戦士たちのサガ』である。フロールヴル王の戦士の長ボズヴァル・ビャルキは、その活躍において明らかにベーオウルフに似通っている。彼の名ボズヴァルはよくある名前だが（ヨークシャーの村名バターズビーに形を変えて残っている）、あだ名のビャルキの方は「小さな熊」を意味していた。彼の父がビャルニ（熊の意）、母がベラ（雌熊の意）であることから、ボズヴァルが何らかの形で熊であることは極めて明白である。実際、彼は熊男だった。多くの古北欧文学の英雄たちと同じように、彼は「一枚皮でない」。クライマックスの戦いで、彼は熊になる。いやむしろ、彼の熊の生霊もしくは熊の姿が戦場に浮かび上がる。しかし愚かな話だが、彼の心が乱されてしまうと、その姿は消え、戦に敗れてしまう。

　トールキンはこれらの材料をつなぎ合わせた――断っておくが、すべては、トールキン級の卓越した学者は言うに及ばず、『ベーオウルフ』の研究者であれば誰でもが熟知していることである。もし『ホビットの冒険』のビヨルンについて明らかなことが一つあるとすれば、それは彼が「クマのひと」だということだ。計り知れない力を持ち、蜂蜜を好み、昼は人間、夜は熊になり、戦場には「クマの形」で現れる。彼の名ビヨルンは、古英語でボズヴァルの父の名「ビャルニ」に相当する語で、古英語では「男」を意味していた。かつて「熊」の意であったのが、「人」の意に変わったのだ。このような変化は、例えば、現代英語によくある人名「グレアム（Graham<grey-hame）」が、古英語では「灰色の毛皮」、つまり「狼」を意味していたことにも見られる。トールキンは「ドワーフ一覧」の時と同じように、これらの単なる言葉パズル以上の

疑問を、自らに問いかけた。では、すべてを考え合わせた時、実際の「クマのひと」とはどのような人物なのだろうか？　その答えがビヨルンである。とっつきにくさと上機嫌、獰猛さと優しさの奇妙な結合、その全体を覆ういわば不十分な社交性。それはもちろん、彼が「複数の皮を持つ者」、つまり「皮をとりかえるひと」であるからだ。ガンダルフはビヨルンの二面性を最初から指摘していた「あのひとはきげんのいい時はじつに親切だが、一度怒ると、ぞっとするほどすさまじくなってしまう」。そしてこの二面性は、家の外にさらされたゴブリンの頭とワーグの皮を、ビルボたちが目にするまでずっと変わらない。ドワーフの話が真実かどうかを確認しに夜中に出かけたビヨルンが、ゴブリンとワーグを捕えて話を聞き出した後に殺したのである「ビヨルンは敵にすればおそろしいひとですが、いまは一同の友でした」。もちろん彼が条件付きの友でしかないことは、もしもドワーフが、ビヨルンの言葉に反して彼の小馬を敢えて闇の森の中へ連れて行ったなら、わかったことであろう。ビヨルンはおとぎ話より以前に存在した、いにしえの世界の真っただ中からやって来た人物である。そこには、ジュネーヴ条約など存在せず、情け容赦のない世界が広がっている。それと同時に（彼の原点とも矛盾しない点ではあるが）、意外で魅力的な側面として、彼は菜食主義者であり、協力し合う自然体系の見本であり、何でも面白がる性質である。ビヨルンにおいて『ベーオウルフ』と『フロールヴル王のサガ』は、結合されて融合したのである。

　トールキンは古代の文学から、なぞなぞ詩やキャラクターだけでなく、舞台設定も取り入れた。『古エッダ』の『スキールニルの言葉』という詩の中には、前に取り上げた「ドワーフ一覧」のように、トールキンのヒントになったと思われる詩節がある。北欧の神フレイは、一人の女巨人に夢中になり、僕《しもべ》のスキールニルを遣わして自分のために求婚させようと決意する。危険な旅の助けとなるよう、スキールニルには、自分の馬と魔法の剣を貸し与える。その直後、英雄的な諦念をもってスキールニルは、フレイにではなく馬に向かって言う。できるだけ原文に近い形で訳してみよう。

外は闇、我らが務めは
雨の（úrig）山越え、
スルス族（þyrsa）越え、進むこと。
共に無事に帰れるか、もしくは、共にさらわれゆくか、
強き巨人の手によって。

ある意味、前後の文脈を無視して、代わりに言葉や名前の中に手がかりを探すのは、トールキンによくあることだった。この場面で、フレイやスキールニルや巨人の娘への恋には何の用もなかった。その代わりこんな自問をしたのではないだろうか「úrigとは、本当は何を意味しているのだろうか？　またスルス族とは何だろう?」二番目の疑問に対する一つの答えは、「オークの一種」である。古英語には「オーク・スルス（orc-þyrs）」という複合語があるので、オークとスルスは同じだと示唆しているのだ。またúrigの方は、この詩を校訂したドイツの学者たちがドイツ語訳の中で「湿った、濡れて輝いている」という意味に解釈している。一方トールキンは、隠された風景を暗示する「霧の」という意味の方を好んだようだ。『ホビットの冒険』で、スキールニルがこれからすると言った冒険そのものを、ビルボは経験する。霧ふり山脈を越え、オーク族を乗り越えて。その時両者は、くっきりとした輪郭を持つ姿に描かれた――古北欧詩の中の、永遠

に焦点の合わないぼやけた意味のままでなく。

トールキンは、全く同じ方法で闇の森も見出した。「闇の森」はエッダ詩の中で数回言及されている。ブルグンド国の英雄たちは、悲劇に終わるフン族のアッティラ王への訪問の途中、馬で「人に知られぬ闇の森」を抜ける。フン族のフローズルは、『フン族とゴート族の戦い』という詩の中で、「闇の森と呼ばれる素晴らしい森林地帯」が、半分血を分けたゴート人の兄弟から譲り受けた財産の一部だと主張する（この詩は前述の『賢王ヘイズレクル王のサガ』の一部になっている）。どうやら古北欧の作者たちにとって、闇の森とは東にあり、おそらく山脈と草原を分ける国境のようなものであるというのが、共通の認識だったようだ。しかし今度もその描写はぼんやりとしたままだった。再びトールキンは、鮮明な描写をすることで応答した。「闇の森」は「人に知られぬ」場所で、道がほとんどない。東の目的地に到達するには、どうしても通らなければならない。そしてエルフの住処である。

トールキンは、今では我々も知る通り、エルフの世界と神話を『ホビットの冒険』より遡ること二十年以上にわたって書き続けていた。それらは結び合わされて、後年『シルマリルの物語』にまとめられ、さらに膨大な詳細が『中つ国の歴史』として出版されることになった。しかし一九三七年の『ホビットの冒険』では、トールキンがこのエルフの神話を用いることはあまりなかった。言及されるのは、三章でエルロンドを紹介するにあたって、「この種族の先祖は、ひとの歴史のはじまる前におこったふしぎなできごとに出てくるのです」と説明する部分と、十二章でビルボが竜のねぐらに下りていった際「大むかしにこの世がすばらしかったころ、エルフから人間がおそわった言葉」を失ってしまったので今では目の前の竜の宝の素晴らしさを表現できないと述べる部分、そして何より八章の、森のエルフ、上《かみ》のエルフ、空のエルフ、地のエルフ、海のエルフの来歴と相違を説明する長い段落くらいである（訳注　この段落については『シルマリルの物語』を中心にエルフの神話を解きほぐす、本書五章で詳しく論じている）。トールキンは『ホビットの冒険』の森のエルフの着想を、またもや中英語のロマンス『オルフェオ卿』の一節から得た（トールキンのこの詩の完全現代語訳は、何年も経った後の一九七五年に出版される）。問題となるのは、妖精の王に妻が連れ去られた後、一人正気を失ったオルフェオ卿が荒野をさ迷う有名なくだりである（このロマンスは、オルフェウスとエウリディケの古典神話を、丸ごと翻案した物語なのである）。そこでオルフェオは、狩に向かう妖精が、馬に乗って通り過ぎるのを目撃した。トールキンが訳した詩行は次の通りである。

オルフェオ卿が近くでしばしば目にしたものは、
真昼の日差しが木々を熱く照らす頃、
供を連れし妖精国の王が、
森をめぐって狩する姿。
角笛遠くに響き渡り、叫ぶ声さえ、かすかなり
吠える猟犬たずさえて、
獲物を捕らえず屠《ほふ》らず、
どこへ向かうか、卿は知らず。

『ホビットの冒険』八章で、エルフが現れる最初の兆しは、闇の森の忘却の川を渡る最中にドワーフたちの

間に駆け込んできた、一頭のひた走る牡ジカである。シカが流れを飛び越えようとして、トーリンの矢に倒れると、

森のかなたで、つのぶえがかすかに鳴り、犬たちがほえる声がきこえてきました。そこで、みんなは、だまりかえってしまいました。そして、がっかりして腰をおろしていると、何も見えはしませんが、道の北がわを大きな狩の一たいが通りすぎていくもの音がするのを、耳にしたように思いました。

オルフェオの目撃した狩がかすかなのは、彼が妖精と同じ世界にいるのかどうかが、はっきりしていないからである。この妖精たちは、獲物を追いかけたり捕まえたりしていない。ドワーフたちの感じた狩がかすかなのは、もっと物理的な理由で、彼らが闇の森にいるため、はっきりと物を見たり聞いたりできないからである。しかし両者ともアイディアは同じである。力のある王が、よそ者や闖入《ちんにゅう》者には永遠に手の届かない世界で、王の気晴らしをしている。トールキンはこれを、彼自身の神話からのアイディア（地下の砦）や伝統的なおとぎ話の定番の筋（よそ者が侵入しようとするとすぐに姿を消す妖精）と共に、大幅にふくらませた。その一方で、なぞなぞ詩、ビヨルン、ドワーフや土地の名前の時と同じ手法を使い続けた。古代文学の断片を取り出し、さらに掘り下げた意味を強く示唆するヒントに基づいて発展させ、矛盾することなく調和した物語にしたのである（古代の詩は、単純に首尾一貫という特徴がないか、もしくはそうする意図など元からなかったかである）。

『ホビットの冒険』には最後にもう一つ、明らかに英雄詩を使った例がある。今回は、新旧の語り口を対比

しながら、トールキンが時代のずれのもたらす効果を駆使している様子が、とりわけ明らかだった——すなわち、ビルボとスマウグの会話である。トールキンの好みからすると、古代の文学に登場する竜は少な過ぎる。実際彼の数えたところ、たったの三例しかなかった。ラグナロク、すなわち北欧神話における「最後の審判の戦い」において、トール神と相打ちになるミズガルズ蛇（中つ国の蛇の意）。ベーオウルフが戦い、自らの命と引き換えに退治する竜。そして北欧神話の英雄シグルズルによって殺される竜ファーヴニル。最初の竜は、どのような内容であれ人間的な規模の物語に登場するにはあまりに巨大で神話的であり過ぎる。第二の竜は、巧みに描かれているところもあるが、言葉を話さずこれといった性格もない（ただしトールキンは、『ベーオウルフ』から、泥棒がカップを盗み、最終的には十三人で戻ってくるというアイディアをもらっている）。トールキンに残された選択肢は、ほぼ第三の竜ファーヴニルだけであった。エッダ詩の一つ『ファーヴニルの言葉』の中で、シグルズルはこの竜を下から刺す。竜の通り道にあらかじめ溝を掘っておき、そこから刺したのだ。もしかするとこれは、十二章でドワーフたちが、竜退治の「歴史に残るもの、多少うたがわしいもの、または遠い神代のいい伝えになっているもの」について議論していた時に「さすの、つくの、えぐるの」と話していたわざの一つかもしれない。しかしファーヴニルはすぐには死ななかった。代わりに、二十二連もの長さの間、英雄と竜は会話を続けるのだ。トールキンはそこからヒントを得た。

最初のヒントは、エッダ詩のシグルズルが最初は名前を明かそうとせず、謎めいた答えをして、母なし、父なしと自らを呼ぶ場面である。トールキンはその動機を全く変えて、『ホビットの冒険』の中では次のように説明した「これはもちろん竜に話す話し方です。どんな竜でも、なぞめいた話にはひかれ（中略）さからうことができません」。シグルズルの動機は、ファーヴニルが死にかけており「古い時代には、死にゆく者が敵の名前を呼んで呪えば、その言葉には大きな力が宿ると信じられていた」からであった。しかしこの後エッダ詩は、いつもの如く、論理的な思考をがっかりさせる。シグルズルはすぐに自分の名前を明かしてしまい、ファーヴニルはもちろん彼のすべてを知ってしまったようなのだ。そこでトールキンは、会話の最初だけを使い、後の展開は無視することにした。第二のヒントは、ファーヴニルが頼まれもしない助言をして、敵の間に不和の種をまこうと、狡猾に試みて成功するくだりから得た「忠告するぞ、シグルズル、もし聞く耳を持つのなら。ここから馬に乗って家に帰るがいい。レギンは俺を裏切った。お前をもきっと裏切るだろう。あいつは我々二人にとって死を意味するのだ」(訳注　ファーヴニルとレギンは兄弟で、レギンは鍛冶仕事に秀でたドワーフである。神々から父に支払われた、ある賠償金を、ファーヴニルは父を殺して独り占めする。レギンはシグルズルに剣を与えて養育し、竜に姿を変えて宝を守っているファーヴニルのもとに送り込む)。同じようにスマウグも、ドワーフには気をつけろとビルボに言う。そしてビルボは、シグルズルより根拠もないのに、一瞬取り込まれてしまう。三番目のヒントは、竜が死んだ後にある。竜の血をなめたシグルズルは、鳥の言葉を理解できるようになり、ゴジュウカラの話から、レギンが本当に彼を裏切ろうとしていたと知る。『ホビットの冒険』ではもちろん、ツグミが人間の言葉を理解できると判明するのであって、エッダ詩のように逆ではない。そしてこのツグミの働きが致命的な役割を果たすのは、竜に対してで、ドワーフに対してではない。古代文学に一つしかない有名な人と竜の会話を熟知しており、竜の冷淡で狡猾で超人的な知性、あるいはトールキンの用いた現代的な表現を借りれば「圧倒的な個性」を描き出した古代詩人の感覚を、トールキンが称賛していたということは間違いない。ただ例によって、ヒントはもらいつつ、手を加えることができると彼は感じていた。

改変の多くはある種の時代錯誤によるもので、結果『ホビットの冒険』ではよく見られる、二つの全く異なる語り口が生み出された。スマウグは最初、ビヨルン、トーリン、エルフ王スランドゥイル等、英雄世界の中心からやって来たキャラクターたちとは異なる話し方をする。彼は二十世紀のイングランド人、それもブルジョワどころか明らかに上流階級出身とわかる人間の話し方をする。彼の言葉遣いの主な特徴は、婉曲とすら言える、ある種の入念な礼儀正しさである。そこにはもちろん（上流階級のイングランド人によくあるように）誠意のかけらもないのに、相手の心に狡猾に忍び寄り、抵抗するのが難しい。竜のもとに再び訪れたビルボに、とげとげしさを含ませてスマウグは言う「おまえは、おれの名まえをよく知っているようだが」——初対面から姓ではなく名前で呼び合うように「なれなれしい」態度は、階級の低さの表れだと言わんばかりである——「前におまえのにおいをかいだためしがないように思う」。このスマウグは、列車に乗っていて、正式に紹介されていない者から話しかけられ、相手を尊大な態度で冷たく突き放す大佐を髣髴《ほうふつ》とさせる。ぶっきらぼうかと思えば、敬意を払うふりをして実は相手を侮辱している独特な話し方で、彼は続ける「そも、だれで、どこから来たのか、教えて頂けますかな？（Who are you and where do you come from, may I ask?）」（傍線筆者）。ビルボはそこで謎めいた自己紹介を始める。そして再びスマウグが長い台詞を述べ始めた時、今度は彼の方が「なれなれしく」くだけた話し方になっている「黙れ！（Don't talk to me!）」（これは、おれを騙そうとなどするな、の意味である）。「あんなお友達とつきあっていると、きさまのさいごは、みじめだろうぞ」（「お友達」というのは完全なあてこすりである）。「帰って、ドワーフたちにおれからの言葉をそのとおりにきかせても、かまわんぞ」（スマウグは、相変わらず打ち解けた口調で話しているが、「かまわんぞ」の部分には明らかな侮蔑が感じられる）。ここだけの話だがと、じわじわと迫ってくる時、スマウグは間投詞を多用する「ハッハ！（Ha! Ha!）それ、わたしどもといったな。やれやれ！（Bless me!）分捕品のしまつは、考えてあるのか？　十四分の一のわけまえとか、なんとか、そんなとりきめをしたんだろうが、だろ？（eh?）」（傍線筆者）。そしてさらに遠回しに、うわべだけの礼儀を装って「おれの金をぬすむほかに、このあたりで何かほかの仕事をなさるとは、うれしい話だな。そういうことなら、ひょっとすると、お時間が無駄になることはないかもしれんな。かりにきさまが、すこしずつ、おれの金をぬすむことができたとしても、それを遠くへ運べまい？　そこをすこしはお考えになったのかな？」ファーヴニルやシグルズル、その他叙事詩やサガの登場人物の誰も、こんな話し方はしない。しかし、いかにも竜らしいと言えば竜らしい。脅しているのに、冷たくぞっとするような説得力をもっている。ビルボが「たじたじと」なったのも無理はない。

しかしながら、スマウグが操ることのできる話し方は、これまで述べたものだけではない。ビルボがとうとう「復讐」という英雄的な動機に触れた時（ビルボもこの会話では、いつもよりずっと高雅な話し方をしている）、スマウグは、これまで『ホビットの冒険』に登場した誰よりも古めかしく英雄的な返事をする「おれは、あの町の者どもを、ヒツジのむれにはいったオオカミのように（a wolf among sheep）くらいつくした。おれに近づこうとする勇気のある、ギリオンの孫ども（his son's sons）は、どこにいるのか？（中略）おれのうろこは十重《とえ》のたて、歯はつるぎ、爪《つめ》はやり、尾《お》の一ふりは雷《かみなり》をおこし、つばさはあらしをよび、はく息は、すなわち死だ！」ここでのスマウグの口上は、旧約聖書の言葉に近い。そしてスマウグを描写する語り手もこれに同調する。ビルボが最初にカップを盗んだ後、スマウグは目覚めて泥棒が来たことを知る「ドワーフたちは竜の飛ぶおそろしい音（rumour）をききました」。ここでrumourという言葉は、「遠くの騒音」という明らかに古い意味で使われている。「うわさ」という弱い現代の意味ではない。さらにトールキンは、数度、副詞の代わりに形容詞を使うという工夫を凝《こ》らして、古めかしい効果を上げている「ゆるゆる音なく（slow and silent）竜はねぐらにもどりました」「スマウグは静かに空中にまいあがって、とほうもなく大きなカラスのように重くゆるく（heavy and slow）くらやみにただよいました」。十二章の終わり、復讐のため湖の町に向かう前のスマウグの得意げな独白では、「やつらに、このおれをおがませて、山の下のほんとうの王がどなただか、思い出させてくれるぞ！（They shall see me and remember who is the real King under the Mountain.）」と古北欧語や古英語で戦士が誇る時に使う、古風なshallを用いている。現代文法の教師からは、間違っていると注意される言い方である（訳注　二人称や三人称の主語でshallを用い、話し手の意志を表す文法は、古い文学では当たり前に使われているが、現在ではよほど堅苦しい注意書きなどを除いて使われることはない）。スマウグは実際、片足を現代世界、もう片足を古代世界においていると思われる。そして少なくともこの点において、彼はホビットのビルボと同類なのである。

流儀の衝突

スマウグ退治は、おそらくトールキンが『ホビットの冒険』を書く際に、筋立ての中で一番の問題になったと思われる。古代の資料はあまり役に立たなかった。北欧神話の雷神トールは、雷の象徴であるハンマーを投げつけて、ミズガルズ蛇を殺す。シグルズルがファーヴニルを下から刺したやり方は、再利用するには露骨過ぎる。ベーオウルフのような自己犠牲による勝利と死を描くには、「戦士」の創造が必要になるが、どんな時も文句なしに英雄と言えるキャラクターを、ビルボの仲間に違和感なく加えるのは難しい。トールキンはこの問題を、バルドの人物設定の中に一種の時代錯誤を与えることによって、いつものように解決した。

ある意味バルドは、英雄たちの活躍する古代世界の人間である。彼は谷間の町の領主ギリオンの血筋であることを誇りに思っている。それまで商業中心の共和国のようであった、たての湖《うみ》の町に、君主制を復活させる。彼の家柄を証明するのは、先祖伝来の武器である。その矢に向かってバルドは話しかける。まるで矢にも感覚があるかのように、そして元の主人の破滅の復讐を願っているかのように「黒い矢よ！　わしはおまえを父からもらった。父はまた祖父からうけ、代々にうけついだものだ。もしおまえが、山の下のまことの王の鍛冶場から生まれたものならば、今ぞゆけ！　風をきって、つらぬけよ！」そしてもちろんこの矢が、竜を殺した。ツグミが、そして元を正せばビルボが指示を出し、バルドが射た矢によって。この経緯は、シグルズルやベーオウルフに似ていなくもない。

スマウグの死は、しかしながら、最後の一射に至るまでの大部分において、ずっと現代的な描写がなされている。まず群衆の場面がある。竜の炎が最初に空に現れた時、バルドがとった行動は、ベーオウルフとは異なり、自身の甲冑の用意ではなかった。まるで二十世紀の歩兵団の士官のように、集団防衛の指揮をとったのである。彼は、町中の壺という壺に水を満たし、矢と槍を備え、橋を壊すよう命じた。これは、中つ国版の塹壕《ざんごう》掘り、弾薬集め、被害対策班の組織に相当する。スマウグを迎えたのは、守備固めした陣地と一斉攻撃であった。その間バルドは戦場を駆けめぐり「弓矢組をあちこちはげましてまわり、さいごの一矢まで戦うべしと命じてほしいと統領にせまっていました」。最後の「一矢」という言葉は、この場面に現代的な要素と古代の要素が入り混じっていることを、よく表している。なぜなら、最後まで抗戦するという時にすぐに思い浮かぶのは、銃兵隊の登場以来使われている「最後の一発まで」という表現だからだ。「もえている家々のあいだにしっかととどまっている、一隊の弓矢組がありました」という描写も同様である。「しっかととどまっている（hold one's ground＝拠点を守る）」は、地図や前線を連想させる現代的な表現である。古英語ならばおそらく「持ち場（stead）を守る」というような表現になっていたことであろう。実際、弓矢の時代に変容しているが、この場面全体は、トールキン自身の従軍した第一次世界大戦のようであって、暗黒時代の伝説の戦いには見えないのである。最終的に勝利が、一人の男と先祖伝来の武器の手柄になったとしても、迫力ある描写は、集団で応戦する部分、つまり戦況の先読みや軍の組織など、一言で言えば規律から生まれているのである。

私は別の本で、この規律という資質が、大英帝国の美徳のうち最も賞賛されるべきものとして、十九世紀に理想化されたことを述べた。そしてトールキンの実人生においても、これは無縁な話ではなかった。一九三六年の『ベーオウルフ』の講演の中で、彼は今日「英雄の話を耳にし、実際に目撃した人たち」に言及している。これは自身の軍役について述べているに違いない。トールキンは、第一次世界大戦中、自身のランカシャー・フュージリア連隊が、ヴィクトリア十字勲章を他のどの連隊よりも多く授けられたという事実を、連隊の誇りとして確実に知っていたと思う。現代の戦争の英雄と、古代の英雄を並べて考える時、その違いは非常に際立っている。例えば古代の英雄は、他者への配慮というものをほぼ知らない。サガでは、戦火の中、負傷者を救助したことで、叙勲はおろか、賞賛された人物は一人もいない。一方現代の英雄は、個人的な動機や自己権力拡大の野望を持たないのが決まりである。こういう動機は、叙事詩やサガの中に見られると、現代人にはしばしば自慢気で厚かましいと感じられるのである。それでもしかし、トールキンは考えたに違いない。二つの時代には、何のつながりもないのだろうか？　暗黒時代の戦いと第一次世界大戦の関係は、ひょっとして、ゴクリとビルボの関係のようではなかっただろうか？　表面は異なっていても、深層では共通点があるのではないか？　これらの問いかけが、バルドの本質であるように思われる。

表面上の流儀の衝突から対立勢力間の統一性というより深い理解に至ることこそ、最終的に『ホビットの冒険』の主要テーマであり、主要な教訓でもある。表面の衝突は、冒頭からコミカルに利用されていた。一章と二章において、ビルボの「事務的な態度」は、語り手の、そしてトーリンの態度とぶつかり合う。「わたしは、リスク、持ち出し金、必要な時間、報酬などを知っておきたいのです」とビルボが言い張る時、彼はブルジョワ世界の中心から話している。そしてすぐさま語り手は、この商売用語を平たい言い方に変えて、ビルボをからかっている「こういったのは、じつのところ『それで何がもうかるか、生きて帰れるのか』をきくためでした」。トーリンはさらに、商用英語をパロディにした次の手紙で、ビルボを出し抜いている「契約条項：報酬は現品引渡払い、ただし全利益の十四分の一を越えない範囲で（利益があった場合に限る）。当該案件が生じ、他に解決の道がなければ、葬儀費用は、我々もしくは我々の代理人により、全額負担する」。「現品引渡払い」、「利益」、「全額負担」といった表現は、中世の時代にはありえなかった（ＯＥＤによると、「利益」という言葉が現代の意味で使われた記録は、一六〇四年までない）。一方、「利益があった場合には」などという悲観的な文句で、利益について補足条項をつけたり、契約者の片方もしくは双方が竜に食べられてしまうため、葬儀費用負担の必要がなくなる場合を想定したりする現代の契約など、皆無に等しい（ベーオウルフは全く同じこと、つまり自分がグレンデルに食べられてしまった場合、埋葬には及ばないと述べているが）。契約を書いた手紙の署名「トーリンとその仲間（Thorin & Co.）」も二重の解釈ができる。人名を冠する社名につける、会社（company）の略語（& Co.）ほど、現代の商業でお馴染みの言葉はないだろう。しかしここでトーリンは、「トーリン商会」という限られた意味ではなく「旅の仲間、同じ釜の飯を食った仲間」という一番古い意味でcompanyを使っているのである。この最初の衝突で、ビルボのわざと背伸びした態度は一蹴される。もったいぶっていて、実は逃げ腰で、自己欺瞞《ぎまん》に満ちていることが、隣でドワーフが本当に起こり得る事態を真剣に考えているのと比較され、すぐに露見してしまうのである。

それからは、それぞれの流儀の地位がシーソーのように入れ替わる。一行がたての湖《うみ》の町に到着し、「われこそは、山の下の王、スロールのむすこのスラインの、そのむすこトーリンなるぞ！」とトーリンが真の威厳をもって名乗った時、彼はまだ上にいる。続いてフィーリとキーリは同じ言い方で「こちらは、わしの父のむすめのむすこたちにあたる、ドゥリンの一族のフィーリとキーリで」と紹介されるが、ビルボの紹介には拍子抜けしてしまう「西のくにから、わしらとともに旅をつづけてこられたバギンズどの（Mr. Baggins）ですわい」。実は、湖の町自身も流儀の衝突する場所であることは、注目すべきである。この町には、少なくとも三種類の態度が見られる。まずは統領の用心深い懐疑主義。これは冒頭のビルボの態度に似たものであるが、若い世代の人々に広まった場合に、竜に関する昔話を一つも信じないという拒絶につながる。それと対抗してバランスを取っているのが、よく理解していない「むかしの歌」に基づいた、同じ位愚かなロマンチシズムである。これは、竜は存在するとももはや恐れる必要はない、という幻想になる。そして厳しく人気のないバルドの見解は、両者の間にある。湖の町の章は『ホビットの冒険』のちょうど真ん中に位置し、原則この世界に敵対する現代性のもう一つのイメージとしての役割を果たしている。これに比べるとトーリンやドワーフたちは、堂々として現実的にも見えるのだ。

しかしこの後、流儀のシーソーは逆に傾く。十二章の冒頭で、いよいよ秘密の入り口の中を調べようとする時、再びトーリンは、叙事詩の常套句「時は来たりぬ（now is the time）」をくり返す大げさな演説を始める。しかし語り手は、「重大な場面になるとぶちはじめるトーリンの演説の調子は、もうよくご存知のことでしょう」と途中から省略してしまった。そしてビルボも、皮肉な誇張を混ぜたそっけない言い方で、「お話しちゅうですが、あなたはこの秘密の入り口にまっさきにはいるのが、わたしの仕事だと考えていることをおっしゃりたいのなら、おお、スラインのむすこトーリン・オーケンシールドどのよ、あなたのおひげがさらに長くのびますように！　はいれと、あっさりおっしゃってください」と話を遮《さえぎ》る（訳注「あなたのおひげがさらに長くのびますように！〈may your beard grow ever longer!〉」というのは、ドワーフの長寿を祈願して、相手への敬意を示す言葉である。因みにトーリン自身もビルボの家で演説を始めた際、まずビルボの接待に感謝して「バギンズどのの足の裏の毛がぬけおちぬように」と言っている。ビルボはこの場面で、単刀直入に言いたいことを言うだけでなく、トーリン風の大げさな言い方を混ぜることにより、美辞麗句ばかりでなかなか本論に進まないトーリンを茶化しているのである）。ドワーフ流の言葉遣いと壮麗さは、宝を目にしたことによって再び盛り返す。かつてこの宝を見た時には、ビルボでさえ「魔力にとらえられ、ドワーフたちのあこがれにつらぬかれました」。しかし今度は、ビルボの反応がドワーフの流儀を抑える。彼に与えられたミスリルの鎖帷子や宝石をちりばめた兜《かぶと》は、つらぬき丸の命名の際よりも、ビルボを変えてしかるべきであった。しかし、彼はその素晴らしさを認めながらも、ホビット村に自分を戻して考えざるを得ない「りっぱになった気がするな。でも身のほどしらずでばかげて見えるかもしれないぞ。ふるさとのお山では、となり近所がどんなに笑うだろう。そばに鏡があったらなあ！」

最後の流儀の衝突は、十五章と十六章にある。十五章の「雲がよりつどう時」では、これまで登場したどの流儀よりも、古代風が頂点に達する。大ガラスのカークのむすこロアークは、堂々とした威厳をもって話す。トーリンは、それぞれ偵察と会談の目的で、二度山に押し寄せてきたバルドとエルフ王の軍勢に対し、自らの名乗りを上げる。そして新たに攻撃的な内容に修正された一章のドワーフの歌に鼓舞される。続くトーリンとバルドの会談は、とても古風な言い回しで、反語と倒置をあまりに多用しているため、内容を理解するのが非常に難しい。それでも印象的なのは、名誉の問題が関わると、交渉が難しくなるという点である。おそらくこの章の大部分は、アイスランドの「王のサガ」に出てくる様々な場面にも符合するであろう。しかし次の章では、ビルボがこの古代世界に絡んでくる。それも冒頭であれほど失敗した「事務的な態度」を再び引っさげて。アーケン石をバルドとエルフの王に渡しながら、彼は「じょうずな商売のとりひきをする時の調子で」言う「こうなっては、手がつけられません。（中略）ひとりでさっさと、わたしの郷里の西のくににひきあげてしまいたいほどです。わたしたちの郷里の者の方が、まだものわかりがいいでしょう」。言い終えるとビルボは、鎖帷子の上に来ていたジャケットのポケットから、「トーリンとその仲間／会社」からもらった手紙の元本を取り出す「ここに、えた利益（profit）のなかからわけまえを、と書いてあります。（中略）わたしとしては、あなたがたの請求（claims）をしんちょうに考えた結果、わたしのわけまえを要求する前に、宝ものぜんたいのなかから、これくらいが正しいと見こんで得たものをさしひいて（deduct）、みなさんにあげたいと思うのです」。ビルボは提案の中で、「利益」の正確な意味を考察している。そして「請求」や「さしひく」といった、現代の西洋世界では日常用語だが、古代の北欧世界では全く知られていなかった言葉を使う。ここに至ってビルボは、来た道を引き返して原点まで戻り、さらにそれが倫理的により優れていることを示すのである。彼は、賓客《ひんきゃく》として安全に、エルフ王の元に留まるようにという申し出を断るが、それはボンブールへの約束、つまり自分が帰らなければ見張りを代わったボンブールが責めを負うという、純粋に個人的な良心のとがめからであった。古代にも似たようなことをした先輩がいるにはいるが（例えば、和平を結ばないようローマに忠告し、自分たち捕虜が解放されるチャンスを自ら捨て、拷問の待つカルタゴへ帰って行ったローマの執政官レグルス）、ビルボの行いは本質的に、心優しく、戦いを好まず、英雄らしくない。しかし同時に、ゴブリンのトンネルに戻って仲間を助けよう、もしくは一人で通路を下りてスマウグの元へ行こうと決心をした時のビルボと同じく、間違いなく勇敢な行為である。ガンダルフが再び現れ、ビルボの決心を認め、もう一度彼を「バギンズ君」と呼んだのはこの時である。そして宝の夢ではなく、卵とベーコンの夢へと彼を送り出すのである。

　アーケン石が敵に渡ってしまったと知ったトーリンは、ビルボを呪うことで、流儀のシーソーでは一番低いところへ落ちてしまう。その時ビルボは、冒頭ガンダルフが、ビルボの挨拶を杓子定規に解釈してみせたのとほぼ同じように、ドワーフの挨拶の常套句をやりこめる「トーリン、あなたは、自分の子々孫々までわたしの役にたちたいとまでいったではありませんか？（Is this all the service of you and your family that I was promised?）」（訳注　ビルボが最初にスマウグのカップを持って帰った時、彼らは「末代までもお役に立とう〈[the dwarves] put themselves and all their families for generations to come at his service〉」と感謝の気持ちを表して、ビルボを褒め称えた。その言葉を逆手にとって、ビルボはここで「この仕打ちが、あなたやあなたの一族が約束してくれた奉仕〈service〉なのですか？」と責めているのである）。地に墜ちたトーリンが、再び地位を回復するには、五軍の戦と自身の英雄的な死を経なければならなかった。そしてこの間、ビルボはほとんど何の働きもしていない。ただ意気消沈してこう言うだけである「わたしはいつも、ほろびる者に栄光があると思ってきた。だが戦とは、ひさんなばかりでなく、まことにやりきれないものだ」（これはあるいはトールキンの個人的なジョークかもしれない。彼の通ったキング・エドワード校の校歌は、ヴィクトリア朝の基準から言っても、好戦的な内容であった。若き日のトールキンが何度も歌わされたに違いない歌詞とは次のようなものである。「敗者こそ往々にして光り輝く。勝利はなお恥かもしれず。運に恵まれればよし。褒美も楽し。しかして栄光は戦いのうちに」）。

トーリンの最期の二つの台詞は、古代叙事詩の威厳と、現代のより広い認識との調和を示している。一方でトーリンは、「わしはこれから、父祖のかたわらにいこうはずの天の宮居におもむくのじゃ」と告げ、もう一方では、「やさしい西のくに」や「より楽しい世」の価値を認めている。しかし最後を飾る、細かい点まで完璧な調和は、ビルボと生き残ったドワーフが別れる場面までとっておかれた。両者は見事な対をなす台詞で挨拶をする。

「あなたが再び訪問されるなら〈とバーリンは言いました〉、その時には我らが広間という広間は再度美しく飾られ、宴ももちろん華々しいものにしましょうぞ」

「またみなさんがわたしの家の方をとおりかかったら、ノックするまでもありません。お茶は四時。とはいえ、いついらっしゃっても、あなたがたなら大かんげいですとも！」

「訪問する」／「とおりかかる」、「華々しい」／「大かんげい」、「宴」／「お茶」といった言葉や行為が対照的に使われているのは自明であり、またそれがトールキンの意図したところであった。そしてこの対比の陰で、両者が全く同じことを言っているのも一目瞭然である。ゴクリとビルボ、弓矢の使い手としてのバルドと士官としてのバルド、古代の英雄とランカシャー・フュージリア連隊、こうした者たちの場合と同じく、古代と現代の間には、少なくともその差異と同じくらいはっきりとした結びつきがあるのである。

隔たりの橋渡し

これまでの考察を踏まえた上で、再びウサギ、そしてホビットについて述べてみたい。トールキンのホビットにはウサギに似たところがある。ただしそれは、ほとんどの人が思ってもみなかった点であり、トールキン自身以外には、述べる資格のある人間がほぼいなかった点である。すなわちウサギとホビットには、語源的な歴史において（現実に存在する「ウサギ」という単語の語源に対して、「ホビット」の方は想像上の語源になるが）共通点があるのだ。ウサギ（rabbit）という言葉は変わっている。イングランドの野生動物の名前は、大体において、千年以上にもわたってほぼ同じである。例えばキツネ（fox）、イタチ（weasel）、カワウソ（otter）、ネズミ（mouse）、野ウサギ（hare）といった単語は、古英語では、fuhs/wesel/otor/mūs/hasaで、事実上同じである。アナグマを表すのに一般的なbadgerは、フランスから入ってきた比較的新しい単語であるが、古くからあったbroccもまだ使われている。後にトールキンは、ホビット庄の地名穴熊スミアル（Brockhouses）が、「アナグマの巣穴」を意味すると解さない翻訳者には無愛想だった。このような単語は、他のゲルマン系の言語でも同じであることが多く、例えばhareは、ドイツ語ではHaseで、デンマーク語でhareである。理由は、言うまでもないことだが、これらが長く親しまれてきた動物を表す古い単語だからだ。しかしウサギ（rabbit）は違う。ウサギを表す近隣の言語はそれぞれ異なり、例えばドイツ語でKaninchenフランス語でlapinになる。古英語にはrabbitにあたる単語はない。その理由はやはり明白で、ウサギが比較的最近になってイングランドに輸入された動物だからである。ミンクのように、最初はノルマン人によって毛皮用の動物として持ちこまれ、最終的に野に放たれたのだ。しかしながら、このことを理解している、もしくは気にかけるイングランド人は、一万人に一人もいないだろう。ウサギはやがてイングランドに定着し、民話や民間信仰の他、アリソン・アトリーのグレイ・ラビットシリーズや、ビアトリクス・ポターのベンジャミンバニーなどの子供向けの物語の中に登場するようになった。今ではウサギは、歴史上ずっとイングランドに存在していたかのようである。

私は、このウサギの歩んできた道こそ、トールキンがホビットに望んだ運命ではないかと思う。トールキンのドワーフやエルフは、名前が古くからあったことや、広範囲にその記録が残っていることにおいて、野ウサギやキツネに似ている。一方ホビットは、『デナム・トラクト』に記載されていたというあの弱い証拠を勘定に入れなければ、ウサギのように後から持ちこまれたものである。しかし最終的には、いや書き方次第では最初から、彼らがイングランドに融けこんで定着し、常に存在していたかのように見せることは可能ではないだろうか。トールキンは、結局ホビットを「きわめて表に出たがらない、さりながらはなはだ古い種族」とした。ＯＥＤがウサギ（rabbit）の語源について明らかにしていないのに対して、トールキンはホビットの語源までも見つけ出した。トールキンが最初にホビットについて書いた文章は、「地面の穴のなかに、ひとりのホビットが住んでいました」であると言われている。それから長い年月と多くのページを経て、『指輪物語』の追補編のほぼ最後になって、トールキンは述べている。「ホビット」というのは、記録には残っていないが、全く存在していたとしてもおかしくない古英語の単語「ホルビトラ（holbytla）」が、現代に至るまでに単純化された形ではないか。「ホル（hol）」というのはもちろん「穴（hole）」の意味である。「ビトラ（bytla）」に由来する「ボトル（bottle）」は、今でもイングランドの地名に残っているが、住居を意味する。古英語の「ビトリアン（bytlian）」は動詞で、「住む、生活する」の意味である。つまりホルビトラとは「穴に住む者」の意味なのである。「地面の穴のなかに、ひとりの穴居住者が住んでいました」これほど言わずもがなの文もないだろう。最も偉大な文献学者の一人であり、おそらく一九三〇年代に存命だった誰よりも古英語に精通していたトールキンをもってすれば、試験の答案にあのすべての始まりの文を書いた時、おそらく意識の底の方でこの語源を思い浮かべていたという可能性はなくはない。しかし私は、そうでなかったろうと思う。むしろトールキンは、言葉のパズルに出会って、完全に説得力のある説を導き出すまで頭を休めなかったと言う方が真実に近いと思う。その一方で彼は、言葉を作り出す際にも、何が英語の型に相応しく、何が相応しくないかということを、強く意識していたのだ。

今までホビットという言葉について述べてきたことは、さらに、ホビットとは何者かということにも適合する。彼らは何よりもまず時代から外れた存在である。想像上の古代世界、つまりおとぎ話や童謡と、その背後にかつて広がっていた世界における新入りである。彼らは、断固として、時代外れな性質を最後まで守り通す。タバコを吸い（古代の北欧世界には知られていなかったアメリカからの輸入品である）、ジャガイモを食す（こちらもアメリカからの輸入品であるが、これについてはギャムジーのとっつぁんが権威である）。『二つの塔』の「香り草入り兎肉シチュー」の章では、ホビットのサムが「ウサギ肉」を料理し、「ジャガイモ」があればよかったのにと思い、ゴクリが心を入れ替える日が来たら、あのイングランド人の好物「フィッシュ&チップス」を作ってやると約束する。時代錯誤のオンパレードだ。そしてトールキンは、確かに時代錯誤と知りながらこれらを書いていた。なぜなら、『指輪物語』において、彼はタバコという外来語を「パイプ草」に変え、同じく外来語のジャガイモについては、potatoes より英語らしい taters もしくは spuds（共にジャガイモの意）を使ったからだ。さらに一九六六年版の『ホビットの冒険』では、これも外来語のトマトという単語を完全に削除して、代わりに、ビルボの食糧貯蔵室の中にピクルスを入れている。

トールキンが、ホビットを時代から外れた存在のままにしたのは、それが彼らの本質的な役割だからである。創作の方法というのは、追跡不可能ではなかったとしても、跡を辿るのは難しいものである。そして、あまりに手際よく枠にはめてしまうと、全体の方向性においては妥当だった場合も、その手際のよさ故に間違ってしまう。しかしそれを踏まえた上で、単純にまとめ過ぎているきらいはあるが、次のことが言えるのではないかと思う。トールキンは、前の世代の多くの文献学者たち同様、古代文学（『ベーオウルフ』など）と、それより格の低い現代の後継者（北ドイツの民話「熊と水男」など）との間の大きな隔たりを意識していた。彼は両者の隔たりを埋めたいという思いに駆り立てられた。出版されることのなかった、「失われた物語の書」と呼ばれる、エルフの神話を書いた最初の試みには、はっきりとした理由があった。また執筆の際には、彼が学者としての人生を捧げた詩や物語の魅力を、それとなく作品に織りこんだ。最終的に彼は、古代と現代の二つの世界の橋渡しを願った。ホビットはその架け橋である。彼らが私たちを導き入れる世界、中つ国は、おとぎ話とその背後に広がるいにしえの北方の想像力の世界である。トールキンはそれを、現代の読者でも足を踏み入れることのできる世界に書き換えたのだ。

最終的な中つ国の性質は明白だ。その住人は、しばしば現代の価値観に対して挑戦する。彼らの威厳、忠誠心（フィーリとキーリは、自分たちの主であり、母の兄でもあるトーリンのために死んだ）、良心（ダインは、トーリンの死後も、トーリンの承諾した約束を重んじた）、もしくは多岐にわたる優秀さを武器にして。一方ビルボに代表される現代の価値観は、同じくしばしば内面の決意によって、その挑戦を受けて立つ。その決意は、誰も見ていないところで義務や良心に促されてするもので、富や栄光を求めてのことではない。ビルボと、彼を通じて冒険をするトールキンの読者もまた、中つ国に入る生まれながらの権利を持ち、その相続から完全に外される必要はないと理解するようになる（たとえ正統派の文学史が、現代人はいにしえの世界から完全に切り離されていると主張しようとしても）。

もしさらに二つ、トールキンの描いた中つ国のまとめとして断言できる特徴があるとすれば、それは感情の深さと創意工夫の豊かさである。感情においてこの作品は、他に例がないとは言わないが、子供の読み物としては異例の深さを持つ。今日子供向けの本の中に、トーリンの死の場面や、これほど不完全な勝利で終わる冒険を、敢えて書き入れる作家は滅多にいないであろう。曰く「それぞれに宝をわけることは、もはやなんの問題もありませんでした」とか、多くの死者の中には不死の者も含まれ「戦いがなければ、エルフたちはこのさき長年のあいだ、森のなかで楽しく暮らしたことでしょうに」とか、「目が赤くなるまで」むせび泣いた主人公とか。また「竜の黄金病」のようなテーマを、敢えて取り上げた作品も珍しい。この病いはトーリンやたての湖《うみ》の統領を襲い、一人は「宝ものに心が強くまどわされて」道徳的に迷い、もう一人は体ごと迷って、黄金を持ち出して町から逃げ、その結果「仲間にみすてられて荒野で」飢え死にしてしまう。ビヨルンの容赦のない狂暴さや、トーリンとエルフ王の両者共に言い分があり譲り合えない対立、バルドの厳《いか》めしさやしかつめらしさ、ガンダルフの怒りっぽい癖——こういったものは、子供が読むに相応しいとされる美徳の描かれた標準的な読み物からは、一切取り除かれている。しかしこの点が、『ホビットの冒険』の人気が続いている理由の一つであるのは間違いない。

　創意工夫の豊かさについては、おそらくこう言うだけで十分だろう。『ホビットの冒険』の中つ国を読んだ読者は、書かれているより遥かに多くの語り尽くされていないことがあると強く感じる。ビルボが家に帰り着くまでには「かずかずの困難と冒険にであいました。人けのない荒れ地のくには、やはり荒れ地のくにでした。そのころはゴブリンのほかにも、いろいろな魔物がすんでいました」。一体どのような魔物なのかを知りたいと思う読者もいるだろう。スマウグが殺された時には、そのニュースは遥か闇の森にまで広がった「森のさかいに飛んできた鳥たちは、その上空で声をかぎりにピーピーとなき立てました。木々の葉はさらさらとさやぎ、いきものたちの耳がいっせいにそばだちました」。私たちに、この「いきもの」が誰なのか知らされることはない。しかし中つ国には、この物語の一瞬だけくっきり見える場所以外にも、多くの生き物や物語が存在するのだと感じられる。この仕かけは古くからのもので、トールキンは他の多くのことと同様、『ベーオウルフ』や『ガウェイン卿』を始めとする古代のお手本から学んだ。けれどこの手法は今に至るまで有効なのである。『ホビットの冒険』のような唯一無二の作品が、人気を得て売れたことは出版社にとって驚きであったろう。しかし成功を収めた後に、続編を望む声が湧き上がったのは、何の驚きでもない。トールキンが新しい想像の地平を切り開いたので、それをもっと見たいと人々は、叫び声を上げたのだ。

第二章　『指輪物語』（一）——物語の地図作り

再開

最終的に『ホビットの冒険』の続編となった『指輪物語』において、最も否定しがたい（そして最も賞賛すべき）長所の一つは、物語全体の設計が複雑でありながら、きちんと整理されている点である（これは最も他作家に模倣されることの少なかった点でもあるのだが）。物語は六部構成である（通常三巻本になっているのは、戦後イギリスの紙の価格の高騰に基づいて出版社が下した決定である）。第一部では、ビルボの後継者であるフロドが、三人の仲間のホビットと共に、後に馳夫《はせお》（アラゴルン）と合流しながら、裂《さ》け谷《だに》に到着する。そこでガンダルフや残りの「指輪の仲間」、すなわちボロミア、レゴラス、ギムリと顔を合わせる。第二部は、彼らの南に向かう旅の物語で、その途上、一行はガンダルフを失う。そして八人の仲間はばらばらになる。ボロミアは殺され、フロドとサムはオロドルインで指輪を破壊するために旅立つ。ピピンとメリーは、オークに捕えられる。アラゴルン、レゴラス、ギムリはその後を追う。三部から六部の途中までの間、この三つのグループは、メンバーが増えたり（ガンダルフの復帰）、さらに分裂したりしながら（ピピンとメリーの別れ）、それぞれの道を進み、物語を織りなしていく。その間登場人物たちは、お互いの動向を把握していたりいなかったりを繰り返し、把握していない時の他グループについての知識は、しばしば部分的であったり間違っていたりする(一八一頁図参照)。

作品の構造がシンメトリーになっていることは、誰が読んでも感じられる特徴であるが、探す気になればそれは、間違えようがないほど明白だ。例えば、『旅の仲間』上下巻の二章は、それぞれ大部分が、未来についての決定に至る過去の説明で、どちらでも、フロドが指輪を滅びの罅裂《きれつ》まで運ばなければならないという似た結論が出る。これはまだ偶然と言えるかもしれない。同じく『旅の仲間』上下巻には、大体同じ数の場面転換と危険の迫る場面がある(危険な場面はそれぞれ三つである。上巻の古森、塚山、風見が丘に対して、下巻のカラズラス、モリア、ローリエンのオーク。そして場面転換は、上巻が四回、下巻が五回。トム・ボンバディルの家とローリエンが、逃げこむことのできる安全な場所として対置されている)。これとても、おそらく偶然と考える人がいるだろう。しかし、これから先、シンメトリーはますます細かくなっていくのだ。指輪の仲間のうち二つのグループは、いずれも荒野で見知らぬ人と出会い助けられる。アラゴルン、レゴラス、ギムリは、ローハンの草原でオークと彼らに捕えられたホビットを追っている時、騎士のエオメルに出会う。フロドとサムは、イシリエンの森を抜けてモルドールへ向かおうと苦労している時、警戒中のファラミアに保護される。どちらの場合も見知らぬ協力者は、指輪の仲間を自由にして助けたが、彼らの上に立つ者、つまりセオデンとデネソールはこの決断を非難する。このセオデンとデネソールはさらに、明確な対の立場にある。共に老いて息子を失い(セオドレドとボロミア)、エオメルとファラミアに死んだ息子の代わりが務まるとは思えない。ペレンノール野の合戦中、戦場の内と外でほぼ同時に亡くなる。詳細に説明される大広間を有し(それぞれ『二つの塔』上巻六章と『王の帰還』上巻一章)、その二つの描写はお互いを比べた時、初めて特別な意味を帯びる。それだけで読めば普通の描写だが、他の場面と比較するとそれぞれの特徴が浮かび上がるという手法は、エオメルとアラゴルンの出会い（『二つの塔』上巻二章）、ファラミアとフロドの出会い（『二つの塔』下巻五章）の場面でも使われている（『指輪物語』のように何度も再版されページ割が変わった作品の場合、引用箇所のページ数を記してもあまり意味がない。本文のどこに書かれているかを明らかにした方が良い時には、上下六冊本の巻数と章で示すことにする）。またメリーとピピンも明らかな対をなしている。メリーはローハンの騎士に、ピピンはゴンドールの守護に加わり、それぞれが似たような地位を与えられる。これらはすべて、ローハンの騎士とゴンドールの人々との間の、詳細な文化的対比を明らかにする傾向がある（訳注　二つの館／二組の出会い／メリーとピピンの奉公の場面からは、その類似点と相違点を比べた時に、ローハンとゴンドールの文化の違いやその本質が見えてくる。これについては本章「文化的な対比」の節で詳しく論じられている）。それと同時に、エルフのレゴラスとドワーフのギムリの間にも常に文化的な衝突があり、それはガンダルフとサルマンの間に主義の衝突があるのと同様である（二人は最初似ており、時々混同されていた）。物語の後半を通じてさらに、意図的に、指輪の仲間の大多数の広範囲にわたる劇的な動きと、フロド、サム、ゴクリのじりじりと少しずつしか進まない歩みが、交互に描かれる。フロド組の行動が、最終的に残りの仲間の運命を決定するというアイロニーは明らかで、登場人物や語り手も指摘している。トールキンはその上、様々な手段に訴えて、仲間の経験がつながる瞬間を組みこんでいる。例えば、『二つの塔』上巻二章の冒頭近くでレゴラスは、メリーとピピンの追跡中に鷲《わし》を見るが、それが「風早彦グワイヒア」で、偵察のためにガンダルフに遣わされていたことを、五章になってガンダルフと再会した際に知る。またサウロンは、警戒していたフロドとサムから目をそらすが、それはアラゴルンが、手中のパランティアに自身の姿を見せたからであった。トールキンはまた、とても注意深く、そして苦心して、すべてのグループの正確な一日ごとの行動表を作った。そして本文では、月の満ち欠けのような目印によって日付を表した。こうしたすべてがトールキンの手によることは疑いなく、また彼の目論見《もくろみ》通りであったこともほぼ間違いない。そして多様性、対比、アイロニーについてこれらが上げた効果が、この作品の驚異的で比類なき成功の主な要因となっていることは確実である。

しかしながら、トールキンが執筆を始めた時点でも、またその後の極めて異例とも言える長期の執筆期間にも、こうした工夫のどれ一つとして彼の頭にはなかった。『ホビットの冒険』の成功後、トールキン自身途方に暮れていたのではないだろうか。そもそも『ホビットの冒険』の出版自体が、偶然と言ってもよかった。まず教え子の一人が作品の存在を知り、出版社の代理人をしている女性の友人に推薦し、彼女が原稿をスタンリー・アンウィンに送るよう勧めた。アンウィンは受け取ったタイプ原稿を、まず十一歳になる息子のレイナーに渡し、読んでレポートを書くように言った（『註釈付き書誌』参照）。出版するかどうかの判断は、十一歳の子供の意見にかかっていたのだ。『ホビットの冒険』が世に出て絶賛されたのを受けて、当然ながらアンウィンが続編を依頼した時、トールキンはどうしようと思ったに違いない。彼の手元にある原稿は、書き始めてから既に二十年も経つ『シルマリルの物語』関連の詩や散文で書かれた物語群で、何度も手直しされた草稿であった（この物語群については五章で詳しく論じる）。トールキンはしかるべき時に、物語群から作品を選んで送り、アンウィンはそこからさらに選りすぐった原稿を、今度は大人で専門家のエドワード・クランクショーに渡して出版の可否を仰いだ。クランクショーはしかし、伝統的な小説の約束事には一切妥協していない、見たところ本物のいにしえの伝説の寄せ集めを前にして困惑し、アンウィンにもそう告白した。この経緯については、クリストファー・トールキンによって『ベレリアンドの詩歌集』(『中つ国の歴史』三巻)で詳しく語られている。いずれにせよ最初から明らかだったのは、「シルマリル」の原稿のどれをとっても、とても『ホビットの冒険』の続編には見えないことであった。そのように伝えられたトールキンは、後に『指輪物語』になる続編を、現在私たちの知るところでは、一九三七年の大学のクリスマス休暇中、十二月十六日から十九日のどこかで書き始めた。

完成された作品がどれほどきちんと整理されていようとも、一九三七年暮れのこの時点で、またその後の長い期間、トールキンには明確な計画が全くなく、この章の始めに私が概要を述べた枠組みですらほど遠い、完全に白紙の状態だった。現在『中つ国の歴史』六巻から九巻に収録されているトールキンの多くの草稿から、いくつかを取り出して読み(『影の帰還』『アイゼンガルドの裏切り』『指輪戦争』『サウロンの敗北』)、今では当たり前で不可欠に思える内容が決定されるまでに、どれほど長い時間を要したのかを知ることは、興味深い体験であり、またこれから小説家を目指す者には励みにもなるだろう。例えばトールキンには、ビルボの指輪を説明しなければならないことも、またこの指輪が物語で核になることもわかっていた。しかし「一つの指輪」「支配の指輪」いわば「大文字の指輪」であるという発想はまだなかった。実際初期の段階では、指輪は「それほど危険ではない」と書かれている(『影の帰還』)。早くから着想を得ていたもう一つの要素は、後に野伏の馳夫となる人物である。しかし導入部分の草稿数篇において、守り導く役は、人間、それもドゥネダインの一人などではなく、トロッター(Trotter ＝速足の者)という名の、木の靴がトレードマークの、長く屋外で過ごしてきたために日焼けしたホビットだった。トールキンは長らくこの登場人物にこだわり、トロッターという名には一層執着していたが、このホビットをどう説明したらよいのかについてはお手上げだった。『影の帰還』でトールキンは、トロッターはもしかしたら変装したビルボではないだろうか、いやおそらく、いとこで、ガンダルフによって「青海原へむかわせ、むこうみずな冒険へ」連れ出された「おとなしい若者たち」の一人ではなかろうかと、考えていたのが見て取れる。これらの草稿を読むと、トールキンが妖精とホビットの結婚について言ったあの台詞《せりふ》をついつぶやきたくなってしまう「これはもちろん馬鹿げたことです」（批評家というのはみな、結果を知っているので、百発百中の予知能力を持っているものだから）。しかしクリストファー・トールキンによれば、続編に取りかかってから二年以上経っても、彼の父親はまだ「目の前に広がる世界をはっきりと摑めていなかった」（『アイゼンガルドの裏切り』）。「巨大な木の髭」はこの時点では敵であり、ガンダルフを幽閉したのは、まだ登場していないサルマンではなく、木の髭だった（『影の帰還』）。一行がモリアに到着しても、ロスローリエンやローハンのヒントさえなかった（『影の帰還』）。登場人物と同じくトールキンも、山脈の向こうに何があるのかを知らなかったのである。このように初期の草稿により明らかにされた多くの驚きの中でも最たるものは、一九三九年八月、トールキンは、最終的には六部になる作品の二部にあたる部分の約半分まで来て、全体の四分の三は書き終えたと思っていたことである（『影の帰還』）。これではまるで、『指輪物語』の最後ではなく、『旅の仲間』の最後で脱稿すると予想していたかのようだ。完成版を知っている読者が目を皿にしてこれらの草稿を読んだとしても、前に述べた全体のアウトラインの痕跡は一つも見つけることができない。

おそらく全体の展開を決定づけた要素は、ローハンの騎士の登場であったと思われる。彼らは木の髭と同じように、最初は敵方で、サウロンの同盟者と見なされていた（『影の帰還』）。実際トールキンは、このアイディアの名残を噂として、完成版にも残すことになる。御前会議でボロミアは、憤慨してこの噂を否定したが（『旅の仲間』下巻二章）、アラゴルンと仲間の心の中には、初めて平野でローハンの騎士たちと遭遇した際にも、疑いがまだ残っていた（『二つの塔』二章）。とはいえローハンの騎士たちが実際に登場してみると、物語は著しく広がり、トールキンにも再び古代文学を素材として利用する簡単な道が見えてきた。ほぼ同じ頃トールキンは、中つ国における言語に対応関係を作ろうと決心し、そしてその過程で、『ホビットの冒険』で使われた名前に意味の通る説明を与えることに決めた。彼は、『ホビットの冒険』で使ったドワーフの名前が、古北欧語から来ていることを（誰よりもよく）知っていた。しかし考えてみれば、このような名前が、第三紀のような遙か昔からそのまま残っているということは明らかにあり得ない。古北欧語は確かに古い言語だが、それより前の時代の言葉の派生語がどれか、しっかり確認できるくらいの古さである。一方トールキンの第三紀ほど遙か昔に遡れば、古北欧語の祖先がどのような言語であったにしろ、実際には全く見分けがつかなくなっているだろう。厳密にこの論理に従えば、『ホビットの冒険』におけるドワーフの名前は、現代語に置き換えたものでなければならない。そしてそれは、現代英語であるホビットの名前についても同じである。その場合、翻訳前の元々のホビットの名前とドワーフの名前には、少なくとも現代英語と古北欧語の関係と同じようなつながりがあるはずだ（実際に現代英語と古北欧語は、極めて密接な親類関係にある）。するとローハンの騎士は、言語学的にホビットとドワーフの中間の存在、つまり古英語を話す人たちだと考えられる（彼らは一点を除けば、どこからどこまで古英語の時代の人である）。セオデンは、早くからホビットと彼の民の間には、何らかのつながりがあると理解していた（訳注　アイゼンガルドで初めてメリーとピピンに出会ったセオデンは、「このお二人は小さい人ではないのかな？　われらの間ではホルビトランとも呼ばれておるが」と語り、ローハンに伝わるホビットの伝承があることを紹介していた）。それはドワーフがその名前と公の場で話す言語を借りてきた、北方の人々とホビットの関係より、さらに身近なつながりである。セオデンの祖先とホビットの祖先は、いつの時代か、親しく交流して生活していたに違いない。トールキンはこの一連の関係性を、一九四二年の初め頃までに作り上げていた（『アイゼンガルドの裏切り』）。そしてとうとう、それまで長きにわたって書き続けていたエルフの言語や伝説と、この関係性を統合する道が見えてきたのである。このことが物語にはっきりとした形を与えた。しかし相変わらず確かなのは、それでも計画を立てて、つまり全体の設計をした上で、書いていたのではないという事実である。トールキンは書きながら物語を作っていった。同じような方法で書かれた偉大な作品を他にも挙げるなら、例えばディケンズの小説は、雑誌の連載小説として、書いた端から活字になっていった。トールキンのメモは、しばしばディケンズの覚書に似ている。両者とも登場人物の名前の候補を、ぴったりの名に行きあたるまで、一列に書きとめる癖があった。しかしトールキンは、ディケンズ以上にどこに向かっているのかを意識していなかった。『指輪物語』の執筆が始まってから七か月後、トールキンはまだ筋が浮かばないと漏らしている（『影の帰還』）。驚くべきは、それでも彼が書くのを止めなかったことである。

もと来た道を引き返す

一九三七年十二月に創作を開始した時、トールキンは素材となる資料を実は手元にいくつか持っていた。一つは、最終的に『シルマリルの物語』としてまとめられる未完の原稿の束であった。前に述べたようにトールキンは、既に一部をスタンリー・アンウィンに送り、独立した作品としては出版できないと言われていた。しかし『ホビットの冒険』のここかしこでしたように、中心となる物語に深みと背景を与えるように、その原稿を使うことは引き続き可能だった。従って、「闇夜の短剣」（『旅の仲間』上巻十一章）で、ホビットからエルフの昔話をせがまれたアラゴルンは、ベレンとルーシエンの詩を歌うだけでなく、彼らの伝説について長々解説までするのだ。そしてこの物語こそは、アンウィンに突き返された伝説集の主要部分であった。その後「数々の出会い」（『旅の仲間』下巻一章）の章では、裂《さ》け谷《だに》でビルボがエアレンディルの詩を歌う。どちらの詩も元になったのは、トールキンが以前別々に発表していた詩作品である（発行部数の限定された大学雑誌上でのことだが）。もちろんこれは、一九三七年当時トールキンが利用することができた材料だ。『ホビットの冒険』に挿入される一ダース以上の詩は、三章のエルフの歌や八章のクモを怒らせる歌のように、面白くて取るに足らない内容の詩がほとんどだが、特にドワーフが一章で歌い始め、七章及び十五章で彼らの気持ちに合わせて歌い足したり言葉を変えたりした発展型の歌は、語りに合わせてどのように詩を混ぜこむことができるかを示していた。さらに一九二三年と一九三七年の間にトールキンは、『シルマリルの物語』から派生したのではない詩集も書いて出版した。これも再利用可能であった。しかし一九三七年のトールキンにとって、最も重要で思いがけない材料となったのは、土地や土地の名に対する強い関心であった（ただし前述の詩と関係がないわけではない）。

　土地の名は、なぞなぞやおとぎ話や童謡のように、トールキンが個人的に強い関心を抱いていた太古の時代へのつながりを持つ、もう一つの資料であった。それらは二つの理由から特に貴重であった。一つ目は、大抵の人が地名についてあまり考えもせず、決まったものとして受け入れている点である。従って名称をいじることはないので、無意識のうちに、長い時間をかけて自然に言語が変化するプロセス以外に、地名は変わらない。これはつまり、名前というものは、歴史や古い伝統に関して、他に例を見ないほど信頼できる証言を含んでいる可能性が高いということを意味する。トールキンはかつて私に、オックスフォード郊外のヒンクシー（Hincksey）という地名には、イングランドの基礎を築いた、いにしえの英雄ヘンゲスト（Hengest）の名が含まれているかもしれないと教えてくれた（ヘンゲストの島を表す*Hengestes-iegから変化したのではないか）。また自身の叔母ジェイン・ニーヴ（Neave）の姓は、ヘンゲストの死んだ指揮官フネーフ（Hnaef）に由来するのではないかと考えていた（訳注　ヘンゲストと弟のホルサは、五世紀にゲルマンのジュート族を率いてブリテン島に渡り、初めて独立したアングロ・サクソンの王国を築いたとされる、伝説のイングランドの祖である）。名前に興味を持つもう一つの理由は、他の単語とは異なり、名前はそれが言及しているものと特別な関係、つまり明らかに一対一の関係にある点だ。一章で私は、「ある特定の一つの『言葉』は、ある特定の一つの『物』とイコールで結ばれない」と書いた。一つの単語が様々な意味を示し得る他の種類の言葉と比べ、名前は、物そのものにずっと近い。それは、もし名前が存在しているのなら、その名前が付けられた物も存在していたに違いないという、一種の保証を提供してくれる。名前、それも厳密に言えばわざわざ言及する必要のない名前は特に、物語に現実味を与えて厚みを加える。もちろんこれは、単なる一つの仕かけに過ぎないだろうが、良い例が『王の帰還』の中のセオデン王の馬を悼む短い哀歌に見られる。

忠実なる僕《しもべ》なりしが、主君の滅びのもととなりし
軽き足の息子、いと速き雪の鬣《たてがみ》ここに眠る

明らかに私たちは、父馬（いや、もしかしたら母馬かもしれないが）の名が「軽き足」であると知る必要はないし、そもそもほんのわずか登場するだけの「雪の鬣」の名前自体、知らなくとも構わない。しかしここで両方の名前を挙げることは、そのうち一つが物語の外側にしか存在しない名であったとしても、物語の背景となる世界が確かに存在しているという、ある種の保証になるのである。一章で述べたように、『ホビットの冒険』の中には、ドワーフの名前以外に固有名詞は多くない。その上私の挙げた名前リストの一部は、版を重ねるうちに後から追加されたものである。ところが『指輪物語』は全く違う。『指輪物語』には、人名も地名も、名前が一杯である。そして地名は大抵地図にも載っている。そしてこうした名前は、トールキンが創作に取りかかった時の方法を豊かに物語っているのである。

この時期のトールキンの手法や興味については、自身の短編『農夫ジャイルズの冒険』が、別の角度から光をあててくれる。この作品は一九四九年まで出版されることがなかったが、ちょうどこの頃に大いに手直しされ、一九三八年の一月にオックスフォード大学の学寮内の文学サークルで朗読されたことがわかっている（『註釈付き書誌』参照）。これはトールキンが『指輪物語』を書き始めた一か月後のことである。『農夫ジャイルズの冒険（*Farmer Giles of Ham*）』を読むと、トールキンが童謡だけでなく、オックスフォードシャーとその周辺地域の地名について、考えを温めていたことがよくわかる。原題の一部になっている物語の舞台ハムは、テイム（Thame）という名の実在の村である。ではなぜこの村はテイムと呼ばれるのだろう？　なぜテムズ川（Thames）と同じように、発音されないのに、綴りにhが入っているのだろう？　本当はTameという綴りだったのではないだろうか？　もしそうならば、Tame（飼いならされたの意）とは一体何を意味しているのだろう？　テイム村から遠くない場所に、ワーミングホール（Worminghall）という村がやはり実在している。この名前は、見た目「ワーミング（worming）の館（hall）」を意味しているように思われる。ではワーミングとは何だろう？　もしワーム（worm）が古英語でよくあるように長虫、つまり竜を指しているのなら、ワーミングも何か竜と関係があるのかもしれない。テイム村が近くにあることからすれば、それは飼いならされた竜のことだと考えられないだろうか？　おそらくこうした思考から、トールキンは邪悪な竜クリソフィラクスの物語を組み立てた。この竜は、農夫ジャイルズの嚙尾刀《こうびとう》、またの名をカウディモルダクスに降参し、ジャイルズの言いなりになった。そしてこの竜がいたおかげで、ジャイルズは中王国の君主、アウグストゥス・ボニファシウス・アンブロシウス・アウレリアヌス・アントニヌスの横暴から逃れられた。物語全体は、想像上の過去に設定されている。それは『ガウェイン卿と緑の騎士』（トールキンは十三年前に共同でテキストを校訂している）の作者にも言及されている、ブルータスの伝説の時代であったが、地理は現実と完璧に一致している（訳注　中世イングランドの伝説では、トロイの英雄ブルータスが、トロイの陥落した後、人々を引き連れてイングランドに渡り、国の礎を築いたとされる。また『農夫ジャイルズの冒険』の「まえがき」には、物語はブルータスがイングランドに来て以降、コール王の時代よりは後、アーサー王ないし七王国の時代よりは前のある時期に起こったと書かれている）。テイム村やワーミングホール村、それに坊さまが食べられてしまった樫の森（オークリー）村はみな、オックスフォードシャーとバッキンガムシャーの地図の非常に近いところに記されている（テイム村はオックスフォードシャー、あとの二つの村はバッキンガムシャー）。その同じ地図のバッキンガムシャーには、ブリル（Brill）という小さな町が載っている。これは「ブリーの丘（*Bree-hill）」から来ているであろう。そしてこの名が姿を変えて、後の『指輪物語』のブリー村（Bree）

になる。中王国の首都は、名が明らかにされていないが、テイムから二十リーグ（九十六キロ）離れたところにあると記されている。これは直線距離で百九キロ離れたところにある、マーシア王国（訳注　五―九世紀のイングランドに存在した、アングロ・サクソンの七王国の一つ）の古都タムワースに違いない。農夫ジャイルズの小王国の「中王国に対する前哨地点が設けられた」とされるファージングホー（Farthingho）は、この二つの土地を結ぶ線上、テイム側から三分の一の地点にほぼ位置する（訳注　farthingは元々四分の一の意味）。農夫ジャイルズが遙か「石柱が原なんかよりずうっとむこう」に住む変わった人々についてこぼす時、それは自分の住むオックスフォードシャーと向かい合うウォリックシャーの住民について言っているに違いない。両国の境界には、有名なロールライト・ストーンズの石柱遺跡がある。『農夫ジャイルズの物語』においてトールキンは、地名を、『指輪物語』で頼みとすることになる方法で利用している。これは『ホビットの冒険』では、敢えて避けた方法である（ブリルもしくはブリー、テイム、ファージングホーといった地名は、表面的には「お山」や「流れ」と非常に異なっている。ただ歴史的に見た時には、必ずしもそれほど異なっている訳ではない）。こうしてトールキンは、ますます土地への興味を深めていった。

　トールキンは、名前への新たな関わり合いを、「ホビット庄」の創造に用いた。その入念な地図、比較的入念な社会構造、入念な歴史は、『指輪物語』の「序章」ですべて説明されている。ホビット庄は実に素晴らしい「発明」だった。ホビットがイングランド人そのものであることは、まずその名前によって刷り込まれる。しばしば奇異に聞こえる名称――「屋無里村《やなせむら》（Nobottle）」「四《し》が一《いち》の庄（Farthings）」など――も、実在の地名である（Nobottleはノーザンプトンシャーにあるし、さらにFarthingstoneという地名もある）。そしてその歴史は、注意深く一つ一つイングランドの歴史伝承に似せて創られた。その最たるものが、ホビット・イングランド両社会において祖とされる人物が、共に「馬」と呼ばれる二人の兄弟である点である。イングランドはヘンゲスト（Hengest）とホルサ（Horsa）、ホビット庄はマルコ（Marcho）とブランコ（Blanco）が築いたとされるが、この四つの名前は、みな古英語で馬を表している。「ホビット庄」（＝イングランド）はまた、『ホビットの冒険』の中でトールキンの用いた時代錯誤の一部を、正当化してくれた。例えば、パイプ草は文明に対するホビットの唯一の貢献だが、彼らがどこから入手したかは誰も知らないこと、郵便制度が、ホビットの非常に小さな行政によって行われている数少ない公共事業の一つであること、庄察（Shirriffs）、町長（Mayor）、セイン職（Thain）がいることなどを説明しているのだ（Shirriffs は Shirriffs〈州長官〉の変形であるが、トールキンは、この言葉が元々 Shire-reeves〈庄の長官〉だったことを知っていた。Mayor も同じく、古代の役職が現代イギリスに生き残ったものだが、Sheriff と共にアメリカにまで渡った。Thain は古英語の thegn〈王の僕〉に由来するが、今日では、『マクベス』の「万歳、コーダーの領主〈Thain of Cawdor〉」という台詞によってのみ知られている）。しかしこれらのどれ一つをとっても、トールキンが水面下で抱えていた問題、筋が進まないという問題を解決してはくれなかった。突破口になったのは、彼が『ホビットの冒険』の数年前に出版した詩で、これもまた土地、名前、地図への関心から生まれたものであった。

「トム・ボンバディルの冒険」は、トールキンが一九三四年に『オックスフォード・マガジン』に発表した詩である。後年、この詩は書き直されて、同名タイトルで出版された詩集の巻頭作品として収録され、「袋小路」に住んでいたトールキンのお気に入りの叔母ジェイン・ニーヴへのクリスマスプレゼントとなった。しかし一九三四年版は、書籍として刊行された一九六二年版とはいく分異なっていた。一九六二年版のように既に書かれていた作品に合わせるのではなく、物語を生み出すきっかけとなっていたのだ。両方の版とも、まずトム・ボンバディルをいきなり紹介し、その先の説明がない。

トム・ボンバディルは陽気な男。
明るい青の上着に　黄色い長靴

どちらにおいても、トムは四つの冒険をし、悪い力と出会う。一番目の冒険では、「川の精の娘ゴールドベリ」によって川に引きずりこまれる。二番目では「柳じじい」に捕えられる。三番目では「あなぐま一家」の穴に引っ張りこまれる。そして最後では、トムが帰宅すると、「塚人」が扉の陰で待ち伏せしていた。

丘の上高く　石にかこまれて生きる
古い塚の住人　塚人のことを忘れたか。
夜になればおれさまの天下。お前を地下深く埋めてしまおう。
そうなればこっちのもの。体が氷のように冷たくなるのさ！

すべての冒険でトムは、完璧な自信と単純な命令でもって応じ、敵をいつも従わせる「帽子を取ってきてよ」「出しておくれよ」「今すぐここから出しておくれ」「草の茂る塚に帰れ。埋められた黄金や忘れられた悲しみに帰るがいい」。そして翌朝、今度はトムの方がゴールドベリを捕まえて、妻にするため連れ出そうと、もう一度川に戻る。その晩、獣や悪霊は彼の家の周りに群がり、窓ガラスをとんとん叩き、蘆《あし》の間で嘆き、塚山で泣く。しかしトムはすべて意に介さない。両方の版は、日の出に歌うボンバディルで終わる。

　戸口にすわったトムが、柳の小枝をぽきんと折れば
　ゴールドベリは黄色く光る髪を梳《す》くのだった。

一九三四年当時の『オックスフォード・マガジン』の読者にとって、この詩はほとんどナンセンスに思えたに違いない。この詩の趣旨は、おそらく世界で一番安全な場所であるイングランドの風景に、あやかしを出現させることなのだから。しかしトールキンには、料理すべき素材が少しばかりあったのだ。塚人は、北欧のサガでは幽霊、もっと正確に言えば、生ける者への復讐のために、塚から出てきて歩きまわる死体としてお馴染《なじ》みである。イングランドの民間伝承には、この信仰はほとんど残っていないが、それにも拘《かかわ》らず土墳は至る所にある。トールキンの書斎から二十四キロもないところに、バークシャー・ダウンズの丘陵地帯が、オックスフォードシャーの平地から続いている。そこには石器時代の塚が多く点在しており、中には有名な「ウェイランドの鍛冶場」の墳丘もある。そこから道は、ナイン・バロウズ・ダウン（訳注　九つの塚の丘の意）の丘陵に続いている。他の創作でもしたように、トールキンは、北欧文学に残っている古い信仰の名残を取り出し、それをイギリス風にして、自分のよく知っている土地に移し替えた。一方、ゴールドベリは「川の精の娘」で、自身は美しく魅力的であるが、母は、グレンデル（訳注　『ベーオウルフ』に登場する怪物）の母のように「深い水草生える川底」に潜む女怪物である。妖女の民間伝承は、これまであまり研究さ

れてこなかったが、『ベーオウルフ』の研究者なら少なくとも、この叙事詩を書いた詩人がモデルにしたという説がある、悪しき川の女妖精については聞いたことがあるだろう。若き日のトールキンを援助し支えたR・W・チェインバーズは、ティーズ川のペグ・パウラー信仰やリブル川のジェニー・グリーンティース信仰を、古典的な悪しき川の妖女の例として挙げている。

一九三四年版のトム・ボンバディルの詩には、川の精の住む川の名前が欠けていた。しかし一九六二年版では、「枝垂川《しだれがわ》（Withywindle）」と書き入れることができた。これにより、トールキンがいかに名前や土地を利用して創作していたかについて、さらなる手がかりが得られる。ホビットたちが辿り着いた時の枝垂川の描写は、『指輪物語』における沢山の素晴らしい自然描写のうちの一つだ。ホビットたちが「光のあまり射さぬ深い谷間」を降りていくと、そこには日差しあふれる谷間が広がっていた。

> おそい午後の金色の陽の光が、土手にはさまれたこの隠れた土地を眠くなるような暖かさで満たしていました。この土地のほぼ真ん中を茶色の水の黒ずんだ川がうねうねとくねりながら、ものうげに流れていました。柳の老木が川の両側をふちどり、流れの上を柳の枝がアーチ型に張りだし、倒れた柳の木が水の流れをせき止め、無数の柳の落ち葉が点々と水に浮いていました。柳の枝々からは絶えず黄葉が舞い落ちて、空中にたちこめるばかりでした。なま暖かい微風が谷間をかよい、芦がさらさら鳴り、柳の大枝がきしみました。

もしトールキンがノースムア・ロードの自分の書斎を出て、ユニヴァーシティパークスまで歩き、レインボーブリッジを渡り、川の反対側を進んでオックスフォードの町から離れ、ウッドイートンやウォーターイートンの方向へ向かったなら（間違いなくそうしていたに違いないが）、トールキンは全く同じ風景を現実に目にしていただろう。両側を柳でふちどられた、ゆったりと物憂げに流れる濁った川。オックスフォードでテムズ川に合流するこの現実の川は、チャーウェル川（Cherwell）という。この名について、『オックスフォード・イギリス地名辞典』には別の由来が載っているが、トールキンはいつでも、オックスフォードの辞書類が採用した意見を退けることができる人であった。私の考えでは、トールキンはこの川の名の語源を、古英語の*cier-welleと考えたのではないかと思う。前半のcierは、曲がるという意味の動詞cierranから来ている。つまりチャーウェルとは元来「曲がる川、くねる川」の意味であり、実際の川もその通りなのである（近くにある「イーヴンロード〈Evenlode＝平らな水路〉」川や、ヨークシャーにある「スカーフェア〈Skirfare＝明るい流れ〉」川は蛇行していない。スカーフェア川では、リーズ大学のトールキンの前任者、ムアマン教授が一九一九年に溺死している）。さらに言うと、テムズ川を下ったところにはウィンザー（Windsor）がある。この名は*windels-ora（＝曲がりくねる川沿いの土地）という言葉から来たのかもしれない。最後に付け加えると、枝垂川のwithyは、単純に柳（willow）を表す古い言葉であり、ウォリックシャーのウィジーブルック（Withybrook）のように、しばしばイギリスの地名に使われている。従って枝垂川（Withywindle）は、川の描写についてはチャーウェル川そのものから、名前は川の二つの特徴である「柳（withy）」とゆっくり「うねる流れ（windle）」から採り、それらを合わせて創作したものなのである。私たちには、この川に住む妖女の名前はわからない。しかし、イングランドで一番高い滝ハイ・フォスから流れ落ちる急流ティーズ川の精、子供を食べるというペグ・パウラーに比べれば、枝垂川の妖女は攻撃的なところが少なく、ひょっとしたら人間に対して優しい娘を生む可能性がより高いと考えてもおかしくはないだろう。一方柳じじいの方は、「自由に地上を移動するものに対する憎しみでいっぱい」な「灰色の渇いた精」であるけれども、主に眠りの力で襲いかかる。彼は抗しがたい眠気を送り、ホビットを捕え溺れさせることができる。こうした力は、オックスフォードのような川沿いの低地では特に(と言う人もいる)、長く静かな夏の午後に頂点に達すると悪評が高い。

最後に、トム・ボンバディル自身は、トールキンが最初に着想を得た時から、土地の守護霊(genius loci)であった。彼の宿る土地は、トールキンが書簡でアンウィンに述べているように「(消えつつある)オックスフォードシャーとバークシャーの田舎」であった。『指輪物語』のエルフは、トムを「最も古く、父を持たない」者と呼ぶ。彼は指輪の力に全く影響されない唯一の人物であり、指輪で姿が消えることもない。しかし彼とても、サウロンに対して永遠に抵抗することはできない。なぜならトムの力は「大地そのものにある」からであり、サウロンは「山そのものをも苦しめ破壊することができる」からだ。彼はある意味大地の息吹であり、自然に宿る精霊で、重ねて言うがとてもイングランド的な存在である。陽気で、騒がしく、ぼろを身にまとうほど気取りがない。極めて率直で、見たところかなり単純だが、内面は見た目ほど単純ではない。彼の言うことは、韻文として印刷されていようがいまいが、すべて歌のようであり、ホビットたちも「歌うほうが、話すよりもやさしく自然であるかのよう」に「陽気に歌って」しまっていた。このことからトムが、詩を職業として書くような単なる芸術家ではなく、「業《わざ》(art)」と「自然(nature)」が区別される以前の時代に属する人物だとわかる。その頃は、魔術を行うのに魔法使いの杖は必要なく、言葉を言うだけでよかった。トールキンはこのアイディアを、フィンランドの叙事詩『カレワラ』の、歌う魔法使いから得たのかもしれない。彼は『カレワラ』を絶賛し、イギリスにもそれにあたるものがあったなら、とおそらくは願っていた。

　これまでの解説で肝心な点は、少なくとも最初の九章の間、『指輪物語』の旅はあまり遠くまで行っていないということだ。ホビットたちはホビット庄を出た——確かに。しかし古森を抜け、枝垂川沿いに進み、塚山に登っても、彼らはまだ馴染みのある風景の中を移動しているのだ。すべては、トールキン自身の書斎から歩いて一日の距離の範囲内にある。ブリー村も、モデルはバッキンガムシャーの町ブリル（Brill）である。トールキンは、これが「ブリー（bree）」と「丘（hill）」という二つの要素からできている、文献学的には興味深いがおかしな名前だと、確かに知っていたはずだ。「ブリー」は、単に丘を表すウェールズ語である。おそらく後からブリテン島に定住したイングランド人が（訳注　アングロ・サクソン人のこと。「イングランド〈England〉」とは、元々「アングル人の土地」の意味である）、先住民族のウェールズ人からこの言葉を聞き、あるものを指しているのを知り、名前だと勘違いして、その表象されているものを表す自分たち自身の言葉に付け加えたのだろう（訳注　ゲルマン系のアングロ・サクソン人とは異なり、ウェールズ人は、異なる言語体系をもつケルト人である）。その結果、意味的には「丘・丘」になる「ブリー・ヒル」という言葉が生まれたのだろう。「ブリー」は、語源から言えば、『ホビットの冒険』の「お山」とそれほどかけ離れている訳ではない。しかし固有名詞になると、「山」のような普通名詞とは異なり、指しているものと一対一の関係になるので、当然全く違う感じがする。ブリー村という名前はまた、トールキンの地名に対する別の考え方を証言してくれる。序で述べたように、人々は地名の中にある言語の型に今でも気づくことができると、彼は考えていた（「序」参照）。トールキンは、ブリー村の周りに同種の名前を並べることで、彼の推測を補強した。アーチエト村は森を表すウェールズ語の archet から、小谷村（Combe）は同じくウェールズ語で谷を意味する cŵm から採った。トールキンは、ブリー村一帯がホビット庄とは少々異なると感じられるようにしたかった。そしてそう感じてもらえると、読者の直観を信頼していた。もちろんこの過程でトールキンは、中つ国の多様性やもっともらしさを、さらに強めることができた。名前を見つけたり地図を書いたりといった彼の一見無駄な活動の多くは、こうして報われたのである。

初期のボンバディル詩のトールキン自身による拡大、その結果として物語が見覚えのある想像空間内に限定されたこと、そしてホビット庄内外の地名を考え出す新しい興味に見られる土地への関心、このすべてが一緒になって、なぜトールキンが努力したのにも拘《かかわ》らず、『指輪物語』で主題が展開するまでに、これほど時間がかかったのかを説明している。特にホビットというものを、発掘、いや穴から引っ張り出すことから始めなければならなかった。指輪の旅が本格的に始まる前に、彼らは居心地の良い屋敷を五軒もあとにしなければならない。まずは袋小路屋敷。フレデガー・ボルジャーの堀窪の家での（実際にはあまり必要でない）一休み、トム・ボンバディルの家、躍る小馬亭、最後にエルロンドの館。さらにこの部分におけるホビットたちは、ほとんどの活動を冒険ではなく、疲労の回復にあてている。ホビット庄でのエルフとの宴、堀窪の家での熱い風呂、トム・ボンバディルとの歌、躍る小馬亭の集会室でのまたもや歌。彼らは、「黄色いクリーム、巣にはいったままの蜂蜜、バターがこぼれるほどにのっている白いパン」や、「熱いスープに冷肉、きいちごのパイにできたてのパン、厚く切ったバターに食べ加減のチーズ」や、もちろんエルフの「野生の草の実のように甘く、手入れのよい果樹園出来のものよりも味のよい果物」や、マゴット爺さんの「茸とベーコンの大皿」をたいらげながら旅をするのである。『旅の仲間』上巻の初期の原稿を読んだレイナー・アンウィンとC・S・ルイスは、ホビットたちにおしゃべりさせてばかりいるトールキンを呑気過ぎる、娯楽に傾き過ぎていると批判した。トールキンはこれを修正しようと最大限の努力をした（一九三八年のスタンリー・アンウィンへの手紙の中で、彼はこの批判に答えている）。その結果、古森と塚人の場面には、独特の魅力と迫力が生まれた。しかし多くの改稿を経てもなお、執筆初期のトールキンが物語を手探りで進めていた、一種の旅日誌を書き続けていたと、かすかに感じられる点があるのである。

トールキンが迷っていたことを最も明らかに示しているのは、おそらく、黒の乗手ナズグルの初期の用い方である。「指輪の幽鬼」だけでなく、もちろんより一般的な「幽鬼」というアイディアは、独創的で読者を惹《ひ》きつけ、驚くほど現代と共鳴している（この点は、トールキンの悪の描き方について述べる次章で検討する）。ところが袋小路屋敷から裂け谷までのこの「旅日誌」部分には、乗手が何度も現れるにも拘らず、後に彼らが獲得する力や意義をほとんど見せない。最初の登場場面、フロドたちが窪地に身を潜めて隠れた場面で、乗手は「鼻をフンフンさせて」フロドを探し、フロドは指輪をはめたいという衝動に駆られる。しかし何も起こらない。おかしな話だが、修正前の草稿で、最初にこの場面が書かれた時、謎の乗手は実はガンダルフであったと後で判明するのだ（『影の帰還』）！　次に乗手が現れて「鼻をフンフンさせる」場面では、ホビットたちは、聞こえてきたエルフの声に救われる（『旅の仲間』上巻三章）。三度目に乗手を見かけた時には（『旅の仲間』上巻四章）、馬に険しい土手を下らせるのは難しいというだけの理由で、乗手は追跡してこない。その後聞こえてきた「長く引っ張った叫び声」、「何か凶悪で孤独な生きものの叫び」は、作者が発展させていく特徴であるが、この時は、後の巻で引き起こすような絶望と意気消沈の効果が全くない。乗手が人々（それぞれギャムジーのとっつぁん、マゴット爺さん、バーリマン・バタバー）から情報を聞き出そうとしたことは、三度語られる。彼らはしゅうしゅうという音をたて、出会った者の身の毛がよだつほど不吉だが、特別な力は持っていないようだ。堀窪の家と躍る小馬亭とで二度、乗手が武器を使って襲撃した時も、大事には至らない。バタバーによると「上等の枕はめちゃめちゃ！」になったが、メリーの上にのしかかっていた乗手は、ノブが叫び声を上げて追い払ってしまった。一方物語の最初の方で、後に乗手に付与される超自然的な力を踏みこんで描写した場面も、二か所だけだがあるにはある。しかし片方はやはり、実際にその力が発現するのではなく、登場人物によって語られるだけだ——裂け谷でガンダルフは、フロドの心臓近くにささったモルグルの刃のかけらは、心臓に達していればフロドを「冥王の支配下にある幽鬼の一人」にしてしまっただろうと説明する。もう一つは、それに先立つ『旅の仲間』上巻十一章の終わりの風見が丘の襲撃場面であるが、ここでは、指輪の力で得た視覚で、乗手がもう一つの世界ではどのような存在なのかが、実際に垣間見える。蒼白い顔、灰色の髪、やせさらばえた手、骸骨ではないが永遠に変わらない姿、ビルボが享受しゴクリが耐えた長寿の、痛ましい危険な裏の顔である。しかしこの描写はほんの一瞬で、作者が執筆の最終段階になって書き加えたものかもしれず、初めから乗手の設定が固まっていた証拠にはならない。純粋に戦術的な話をすれば、この初期の段階で徹底的な攻撃を仕かけていれば、乗手たちは後になって沢山の苦労をしないで済んだと言わざるを得ない。乗手の話が進展しないのは、やはり、元々トールキンには決まった筋立てがなかったからなのである。『ホビットの冒険』でそうであったように、トールキンは書きながら中つ国を見聞し、既に手元にあった材料を使っていたのである。

このことを失敗、あるいは間違いと決めつける必要はない。後年トールキンは、最初の数章を実際に本筋と統合するアイディア、例えば、柳じじい、塚人、カラズラスに吹雪を送りこんだ自然の力は、すべて指輪の幽鬼の首領の指示で働いていた、という案を弄《もてあそ》んだ（『終わらざりし物語』）。これはそれぞれが与える印象とは合わない。アラゴルンはカラズラスについて次のように言う「この世には、二本足で歩く者たちに親しみを持たぬ、邪悪で敵意を持った者たちがたくさんいる。しかしかれらはいまだにサウロンに与《くみ》しておらず、自分たち自身の意図を持っているのだ」。ギムリもそれに同意する「カラズラスは『無情なる』と呼ばれ、悪しき評判を得ていました。それは、この地方にまだサウロンの噂も聞こえぬほど昔のことです」。またこれに先立ってアラゴルンは、バタバーが、「敵が一日もかからないで歩いてこられる所に住んでいる。もしわれらによって絶えず守られているのでなければ、敵はその男の心臓まで凍らし、その小さな町を廃墟と化してしまうだろう」と述べる。しかしその敵が何者なのかは語らない。トロルだろうか？　エテン高地の巨人エティン、それともオーク、それとも凶暴なフォルンだろうか？　また塚人の場面は特に不可思議である。私たちには、彼らが何をしようとしていたのか、なぜ捕えた者を埋葬された死者の金《きん》で飾り立てたのか、なぜホビットの体を借りて、まるで昔の犠牲者（それとも塚人自身か？）を甦《よみがえ》らせるようなことをしたのか、決してわからない（メリーは目覚めた時、自分が一瞬、大昔に、最終的にはナズグルの首領となる魔王との戦いで、殺された戦士だと錯覚していた）。それでも、塚人は幽鬼ではないし、カラズラスに生息するのも、おそらくは狂ったボンバディルたち、つまり苛酷で無慈悲な自然に宿る精霊であろう。またバタバーの敵も姿を見せないままである。『ホビットの冒険』で、荒地にはゴブリンの他に「いろいろな魔物」がいると言及された時と同様、こうしたわからない敵の存在はすべて良い効果を上げている。トールキンが地図を描き、それを名前で一杯にした時、すべての名前を物語に組み入れる必要は感じていなかった。それらは、物語の外側にも世界があり、目の前で進行している出来事はその抜粋だと示唆《しさ》する役割を果たしているのだ。同じことが、物語の本筋に影響を受けなかったり関心がなかったりする、他の生き物の存在をちらつかせることにも言える。中つ国はその密度や冗長さ、そしてその結果もたらされた深さの点において、多くの模倣作品とは異なっている。『旅の仲間』上巻は、その深さを創出するのに大きな仕事をした。次に必要なのは、物語を大幅に前進させる切迫感であった。

エルロンドの御前会議 I ―― 登場人物の紹介

主に切迫感を与えたのは、『旅の仲間』下巻の二章「エルロンドの御前会議」であった。この章は、評価されることの少ない大傑作である。そしてその成功は、ほとんどの読者がその複雑さを認識せずに一気に読み通してしまう事実から推し量られる。さらにこの章は、修行中の作家が教えられるルールのほとんどを守っていない。第一に、章全体は一万五千語もの長さがあるが、中では何も起こらない。全部が会議なのである。第二に、異例な数の人物が登場し（十二人）、その半分以上（七人）が読者に知られていない、今まで出番のなかった人々である。さらに読みづらくすることに、全体の半分近くを占めるガンダルフの最も長いスピーチは、この場にいない七人の言葉を直接引用しており、そのうちバタバーとギャムジーのとっつぁん以外は新しい登場人物で、サルマンやデネソールのように後に非常に重要になる人も含まれている。他の発言者も、例えばダインやサウロンの使いの言葉を紹介したグローインのように、さらに別の人からの引用をする。会議の多くと同様、この章もちょっとしたことで瓦解したり、方向を見失ってしまったり、もしくは単に退屈過ぎて読めなくなってしまったりする可能性があった。そうならなかったのには二つの要因がある。まずトールキンが、これまでの章で地理を頭に入れて書いていたのと同じように、中つ国の歴史についても非常にしっかりと把握していたこと。次に彼が、人物の話し方の違いによって文化の差異を表す、並はずれた才能の持ち主であったことである。

扱うべき人が二十人以上いる際に、その全員の話し方について解説するのは長くなるので、私は中でも特徴のはっきりしている例を選んだ。エルロンドは不死の存在で、出席者の中では断然最年長の話し手である。フロドなどは、彼が今や伝説となった出来事をその目で目撃していたことを知ってあっけにとられている。故に至極当然のことながら、エルロンドの話し方は、古文調、特に普通ではない語順を用いることによって、強く特徴づけられている（昔の話し方によって、話が理解できなくなることのないようには配慮されている）。現代英語は、語順をどんどん規則通りに固めてきたと言ってよい（トールキンは英語学者として、この短い説明をまるまる一回の講義に拡《ひろ》げることができただろう）。現代英語では主語が動詞の前に来ないことは珍しく、目的語や補語は動詞に続くのが普通である。一方、古い文法では、動詞が二番目に来なければならない。従ってもし別の語が最初に来たならば、主語は場所を変えなければならない。このルールは今ではほとんど消えてしまったが、例えば“Down came the rain”（降ってきた、雨が）や、“Up went the umbrellas”（開かれた、傘が）のような文に、その名残が見られる。だからこうした文は、ある意味、古文調でありながら同時に完全に口語的なのだ。エルロンドのスピーチは、この手の付帯規則の宝庫である（訳注　この章では「エルロンドの御前会議」から多数の登場人物の台詞が引用されるが、主旨がその文体の解説であるため、邦訳では原文を直訳しなければ伝わらない箇所が多い。そのため「瀬田・田中」訳から離れたことをお断りしておく）。

「これを予は、わが父、わが弟の贖《あがな》いの代《しろ》として収めん。(This I will have as weregild for my father, and my brother.)」

(エルロンドはこの時、大昔のイシルドゥアの言葉を引用している。彼はアングロ・サクソンの法に定められた、加害者が被害者の親族に支払う免責のための賠償金を表す古い言葉 weregild を使い、文法的には目的語になる「これ」を文頭に置いている)

「ただ北方世界にのみ伝えられた、この知らせは。(Only to the North did these tidings come.)」

(エルロンド自身の言葉である。彼は古い言葉 tidings を使っている。ただしこれは、クリスマスの決まり文句「うれしき知らせ〈tidings of great joy〉」から、今日でも馴染みのある言葉である。彼は副詞句〝Only to the North〟を最初に言う。その結果、主語〝these tidings〟と動詞〝did〟の位置が逆転している。「降ってきた、雨が」と同じ構造である)

「廃墟となったあやめ野から、三人わずかに生きて戻った。(From the ruin of the Gladden Field . . . three men only came ever back.)」

(やはりエルロンドの言葉。語順が変である。〝Only three men ever came back〟の方が、より普通である)

「空しいと申したか私は？　最後の同盟のかちえた勝利を。（Fruitless did I call the victory of the Last Alliance?）」

（エルロンドの言葉。今度は補語にあたる“fruitless”を文頭に置き、やはり主語“I”と動詞“did”を転倒させている）

エルロンドの古文調は一貫している。そしてそれは単に古い言葉の選択によるだけでなく（中世好きの素人が最初に頼る手段である）、文法によっても完成している。彼の言い回しは独特であるが、邪魔になって意味がぼやけることもないし、話し手が変人に見えることもない。それは、彼と他の出席者のスピーチの違いを際立たせるのに役立ち、常に彼が大昔の人だということを思い出させる。そして後にガンダルフがイシルドゥアの言葉を引用した時には、同じように古風なその話し方とのつながりを示すことができる。多くの批評家は、トールキンがあちこちで用いた古文調に不満を覚えた。しかし彼らは、トールキンが古い文体というものを、彼らが型通りに捉えている以上に遙かに深く理解しており、現代英語を操るのと同じように、思うがままに古文調のスイッチを入れたり切ったりできたということを、わかっていない。

もう一人の特徴のある話し手は、ドワーフのグローイン、いやおそらくはドワーフ族みなと言った方が良いだろう（ただしグローインの息子ギムリは、会議に出席している中で、名前が言及されているにも拘らず、一言も話さなかった唯一の人物である。おそらくドワーフらしく、父へ敬意を示して控えていたのだろう）。ドワーフは、トールキンが彼らの言語として割り当てた古北欧語を話す人々同様、どうやら寡黙な性質を持っている。グローインの話す文は短く、続きを期待している所で突然終わる傾向がある。文を繰り返す癖があり、ほとんど同じ意味の二つの文を続けて、二文目で最初の文の内容を拡張している。「しばらくの間は便りもありました。（中略）便りによると一行はモリアに無事入ったということでした」といった具合である。彼はこの癖を、時々もう一つの癖と合わせる。それは、形の上では文を並べているだけだが、言外に文と文の間の因果関係を含む言い方で、古語同様、現代口語にも見られる特徴である。例えば次の引用を見ていただきたい。グローインが使った接続詞には傍線を引き、言葉にはしていないが彼が匂わせている接続語句はカッコに入れた。

「それにわれらは、エルロンド殿の助言をせつに求めております。というのも暗きものの力はいやまし、刻々に近づいていますから。［なぜそのように考えるかと申しますと、］われらは、同じこの使者どもが、谷間の国のブランド王のもとに立ち寄り、王が恐れていることを知っています［ので］。［だから］われらは王が彼らのおどしに屈しないかと心配です。［なぜならば］すでに王国の東の国境には次第に戦いの色が濃くなってきています［から］。」

その上、グローインには、常に遠回しに言う傾向がある。エルフが預かったゴクリに寛大な処遇をしたと、レゴラスが話した時、彼は遮って言う「あなた方は、わたくしにはそれほど優しくはなかったわ」。もちろんグローインは、自分たちに対する処遇がゴクリとは違っていたと言いたいのではなく、裏の意味、つまり「あなた方は、わたくしたちにもっとひどいことをしましたよね」とあてこすっているのである。

これがグローインただ一人の口振りではなく、ドワーフ全体の特徴であることを示す、非常に印象的な例は、ダインとサウロンの使者のやりとりである。使者はドワーフのような話し方はしない。まず、彼はドワーフとは異なり物事を三回言う「使者は言いました。『友情のささやかなあかし（a small token）としてサウロン様が求められるのは、この盗人を見つけだし、』と、こんないい方をして、『その者がかつて盗んだ、小さな指輪、一番取るに足らない指輪を（a little ring, the least of rings）、うむを言わさずとり上げることだ』」。グローインは「盗人」という言葉に「と、こんないい方をして」と断りを入れ、使者自身の言葉を直接引用していることを強調している。そして後に、なぜ敵が「この指輪、一番取るに足らない指輪（this ring, this least of rings）」をそれほど欲しがっているのかと、使者の言葉を嘲るように繰り返し、彼の話し方のパロディを見せている。その一方で、使者の方も話し方の違いに気づいているようで、ダインに対して一度、相手のスタイルで答えている。

ダインはいいました。「わしは応とも否とも申さぬ。今申された用向きと、またその美しい衣の下は（under its fair cloak）、いったいどういうことを意味するのか、それをとくと考えなければならぬから。」

「とくと考えおかれよ。しかしあまり長くはならぬよう。」とそやつは申しました。

「わしの考える時間は、どれだけかかろうと、わしの勝手じゃ。」とダインは答えました。

「今のところは。」きゃつはそう申して、暗闇に消えて行きました。

この会話では、二人のどちらも、本音をはっきり口にしていない。ダインの最初の発言はやんわりとした告発である。「美しい衣」という言葉は、その下に不正が隠されていることを暗示している。それに対する使者の答えは、一見同意しているように見えて、実は脅迫である。ダインの二番目の発言は、あまりに一般的で含みを持たせた表現なので、返答不可能のように思える。しかしこの時の使者の答えも、同意しながら、その同意の期間をきっちりと限定することで、再び脅迫となるよう計算されている。つまり「お前の考えが自由でなくなる時が、やがて来るだろう」と暗に言っているのである。このやりとりからは、脅威がひしひしと感じられ、御前会議の議題が切迫した問題であることが伝わってくる――「われわれは指輪をどうしたらよいのか？」しかしまた、種族としてのドワーフを、強く性格付けている場面でもある――頑固で、打ち解けず、意図を隠したがる。一言で言えば（トールキン自身も使った言葉であるが）、「つむじ曲がり（thrawn）」である。この北方の方言が、トーリンの父の名前スライン（Thrain）と明らかに同じなのも、当然であろう。

人物を浮かび上がらせる話し方の差異はさらに、アラゴルンとボロミアの対比にも見られる。会議に出席した人間はこの二人だけで、共に堂々としており、似たような名前を持ち、実際同じドゥネダインの血を引いている。当然話し方も同じであるべきところだが、そうとは限らない。ボロミアのスピーチは、最初からややエルロンド風であると言ったらよいだろうか。彼は「ほかならぬ（verily）」とか「存ずる（deem）」といった古い表現を使い、時には「いやがりました、わが父はわたしくしに許しを与えることを」のように語順を逆にする。アラゴルンも同じ言い回しで応じることができるが、特にボロミアに直接話しかける時、あたかも威圧するかの如く、この話し方をする傾向がある。彼はまた、バタバーに言及した時のように普段のしゃべり方もできる「ある肥った男からみれば、わたしは『馳夫《はせお》』なのだ。（"Strider" I am to one fat man.)」。ボロミアなら「ある肥った男」などとは言わないだろうし、バタバーのような社会的地位の者たちと知り合いにもならないだろう。もちろんこの二人の間には、ある種の競争がある。なぜなら、もしアラゴルンが自ら名乗った通りの者ならば、次の執政になるはずのボロミアの地位を奪ってしまうからである。ボロミアは「エレンディルの王家がゴンドールの地に戻ることを願われるのか？」というアラゴルンの質問に対して、決して直接答えようとはしない。二者のスタイルの衝突は、ボロミアが、指輪を武器に戦う案を却下され、相手の意見に疑問を呈した時に（これで二度目だ）顕著になる。

「恐らくは折れたる剣がこの時の勢いをせき止めてくれるかもしれませんが――その剣を揮《ふる》う手の受け継いだものが単に重代の宝だけではなく、人間の王の剛毅《ごうき》であるならばです」

この疑いには、王の血筋を名乗る初対面の者への侮辱が隠されている。しかしアラゴルンは、気負いもなく、かなり気さくな調子で答えている。

「だれにわかろう？（中略）しかし、いつかそれを試してみよう。（we will put it to the test one day.)」

この台詞には気負いがないが、古英語によく見受けられる英雄の決まり文句が含まれている（「時は来たりぬ。我らが誇りをいざ試さん〈now is the time to put our boasts to the test.〉」と、英雄たちは互いに声を上げた）。トーリン・オーケンシールドも『ホビットの冒険』の中で同じ台詞を言っている。しかしこの時は前述のように、ビルボが即座に遮り、苛々《いらいら》しながら茶化している。一方、ボロミアのアラゴルンに対する返答は曖昧《あいまい》だ。

「願わくば、その日があまりおそくなりませぬように。」

王家の末裔アラゴルンは野伏の馳夫でもあり、常に威厳ある態度をとる必要がない。しかしその馳夫はやはりアラゴルンでもあり、ボロミアと同等、いやそれ以上の権威を主張できる立場にある。アラゴルンとボロミアの話し方の違いは、このことを私たちに思い出させる縮図である。両者の暗に挑み合うようなやりとりは、将来のもめごとの伏線となっているのだ。

ガンダルフの長い一人台詞は、彼によってそのまま引用された他者の言葉、いわば「話し手の詰め合わせ」を最も種類豊かに含んでいる。この七変化なくしては、筋に必要な詳細を伝える膨大な量の独白は、平板になってしまっていただろう。そして七人の「詰め合わせ」の中には、ボロミアやサウロンの使者がしたように、秘められた不吉さを生み出す者もいる。最初に取り上げる特徴的な話し手は、ギャムジーのとっつぁんである。おそらく筋の点から言えば、彼の話は一番どうでもよい内容だろう。彼の役目は、フロド一行が既に出発したことを、ガンダルフに教えるだけなのだ。しかしとっつぁんは、袋小路屋敷が新しい持ち主の手に渡ったことで大騒ぎして、ガンダルフの言葉を借りれば「いろいろしゃべったが、こっちの聞きたいことはほとんどいわなかった」。そこでガンダルフは、とっつぁんが実際にしゃべった言葉を引用して強調する。

「『わしは何でも様子が今までと変わることには我慢ならねえ（I can't abide changes.）。わしの生きているうちはごめんですだ。それも、最悪の変わり方じゃ、最小でも。』『最悪の変わり方』という言葉を、じいさんは何度も繰り返しておった」

とっつぁんが文句を言っている対象が、サックヴィル＝バギンズ家でしかないことを考えれば、もちろん愚かな台詞である。シャーキー／サルマンの方が「最悪」よりもっと悪いであろうし、シャーキーよりもさらに悪い事態も起こり得た。いずれにせよ、ギャムジーのとっつぁんは、単に自分の言っている言葉の意味がわかっていないのである。彼がabideと言う時、文脈からすると「耐え忍ぶ」という意味で使っているのだが、実際にはとっつぁんは変化を我慢できる、つまり他に選択肢がないので屋敷の主の変化を実際に我慢してきた。しかし古い用法では、この言葉は、何かを「待ち受ける、甘受する、見届ける」という意味になるのだ。だからこの場合、「甘受できない」という意味で使った方が、正しい使い方だ。ところが、とっつぁんは懲りない人で、物語の終わりでは、いい加減な格言まで披露している「わしがいつもいうとおり（本当は言っていない）、『だれの得にもならん悪い風というのはない』んじゃよ（It's an ill wind as blows nobody any good.）。それにな、終わりよりよければ、すべてよしじゃ！（And All's well as ends Better.）」（さすがに最上級を使うのは止めて比較級にしたようだ）（訳注　とっつあんの最初の格言が、「禍《わざわい》転じて福となす」あるいは「明けぬ夜はない」の意味らしき内容を伝えようとしているのは明らかであるが、原文の正確な意味は、

「誰にも何も良いことを運ばないのは悪い風だ」となる。また二番目の格言はもちろん、「終わりよければすべてよし〈All is well that ends well〉」の意だが、強調したいあまりに間違えて、最後の well を比較級の better にしてしまったと思われる）。ギャムジーのとっつぁんは、たいして重要な人物ではないが、我慢できないと言いつつ変化を受け入れ、真の脅威には気づいていない姿から、備えを怠る人間の心理が思い出される。そしてトールキンが、第二次世界大戦の初期に「エルロンドの御前会議」を書いていたことも、合わせて思い出されることだろう（訳注　第二次世界大戦前夜の、ヨーロッパの首脳陣のナチスドイツに対する備えの不備とその心理については、四章で述べられている）。

一方、ガンダルフがゴンドールの古文書から発見した、大昔ダゴルラドの戦いの後にイシルドゥアがサウロンの手から指輪を切り落とした経緯を記した巻物は、エルロンドのスピーチよりもさらに古めかしい言葉で書かれている。三人称単数現在形の動詞の語尾に -s ではなく -eth を付ける古い用法や（seemeth や fadeth など）、「かりにこの金をふたたび熱するとせんか（Were the gold made hot again）」のように、仮定法の条件節を倒置で表す用法などを見ることができる。しかし一番目を引くのは、時が経っても変わらないあの不吉な言葉である。イシルドゥアは指輪に向かって言う「このものを購《あがな》うに、大いなる傷手をはらいたるも、予にとりていとしきもの（precious）なればなり」。『ホビットの冒険』を読んだ者なら、ゴクリもまた指輪を「いとしいしと（my precious）」と呼んでいたのを覚えているだろう。ゴンドールでイシルドゥアは、既に幽鬼への道を歩んでいたのだ。それは指輪を失くしたゴクリが、かろうじて免れることのできた運命である。

この章全体で一番不吉な話し手は、一番現代的で、ある意味一番馴染み深い。それは敵方についた魔法使いのサルマンである。それにしてもサルマンは、そもそも味方だったのだろうか。彼は、勝ちそうだからという理由だけで「新たな力」に「協力」することを望んだ。それがサウロンだった。しかしガンダルフがなびかないとわかると、サルマンはこの「新しい力」をも裏切る心づもりを見せる「われら二人であれ「指輪」が自由に使えたら、そのときは権力もわれらに移るのだ。本当をいうと、あんたをここにまねいたのもそのためだ」。もしこれが「本当」なら、なぜサルマンは、最初に別の提案をしたのだろうか? ガンダルフの野心を疑っていたのだろうか? また「あんたやわしのような賢人」は、サウロンを説得し、指図し、抑えることができるかもしれないと述べる彼の説には、何らかの真実があるのだろうか? (ただしサルマンは実際にはサウロンと言わず「力」と呼んでいる)。いくら賢明であったとしても、誰かがサウロンを説得するなどという考えは、言葉を費やして言われれば単に愚かに聞こえたであろう。しかしこの時代の前後、多くのイギリスの知識人が、何とかスターリンやヒットラーと一緒にやっていけると、繰り返し自分に言い聞かせていたのと比べれば、それほど愚かとは言えないかもしれない。

サルマンは実際、遺憾ながら、多くの政治家と全く同じしゃべり方をする。話が具体性に欠けるため、彼が何を言わんとしているのかを、正確に推し量ることは不可能である。結局のところ、サルマン自身も理解していたのか疑わしい。いずれにせよ、彼の語っているのは、妥協と計算である。

「われらは時節の到来を待つ(bide)ことができる。われらは思いを心に秘めることもできる。その過程で必要悪ができたとしたらそれをいたみながら、しかし究極の高い目的を支持しながら。究極の高い目的とは、すなわち、知識、統治、秩序である。それらの目的を、われらは今まで弱体な、もしくは怠惰な友人たちによって、助けられるよりも、むしろ邪魔されながら、空しくその達成に努めてきた。われらの計画になんら実質的な変更を加える必要はないし、またそういうことにはならないだろう。ただ手段が変わるだけだ。」

目的が手段を正当化する。別の言い方をすれば、二十世紀を通じて人々が用心するようになった考え方である。出だしでは、ギャムジーのとっつぁんの言葉「我慢する／待つ（abide）」がこだましているのがわかる。続く部分には非常に洗練された言葉遣いの、バランスのとれた対句が並ぶ。われらは「待つことができる（can bide）」／「秘めることもできる（can keep）」、「いたみながら（deploring）」しかし「支持しながら（approving）」、「助けられる（helped）」よりもむしろ「邪魔される（hindered）」、「必要はない（need not be）」／「そういうことにはならない（would not be）」。しかしこれらはいたずらに言葉を費やしているだけであり、すべては最後の「実質」という一語で要約できる。サルマンが「実質的な変更」と言う時、彼の言う「実質」とは何を意味しているのだろう？　言わんとしていることは十分明らかであるし、似たようなことを人々が言うのもしばしば耳にもする。しかし、私が思うに、この問いに筋の通った答えはない。人が「実質的な変更はない」と言うのは、実はこれから大きな変動が起こるのに、小さな変化しかないと思いこんでもらいたい時なのである。そして残念ながら我々は、いつも大した変化はないと信じこんでしまう。サルマンは、政治的な意味においても言語的にも、中つ国で一番現代的な人物である。彼は「二重思考（double think）」へと続く道を歩いているのだ（訳注　二重思考は、ジョージ・オーウェル作『一九八四年』の用語及び考え方。作品の舞台である「全体主義国家の独裁者」を「民主主義の擁護者」であるとして信奉するなど、相矛盾した概念が同時に成立すると信じる思考を指す。これによって人々は、明断な判断ができなくなってしまう）。オーウェルが『一九八四年』を執筆し、この言葉を編み出したのも、トールキンとほぼ同時期のことであった。

これまで数ページにわたって述べてきた内容をまとめると、次のようになる。読者は情報を、語られた内容だけでなく、人物の話し方からも感じ取る。この複雑な章においては、続けざまに多様な語りが描き出されるが、そこから私たちは、その人物がどれほど信用できるか、どれくらいの年齢なのか、どれほどの自信があるのか、どれほどの思い違いをしているのか、どんな類の性格なのかなどを、サブリミナルに近い形で理解できる。こういったことは、直接伝えられる内容と同じくらい大事であり、特にこれまで解説してきたように、章全体が会議の退屈な議事録になってしまうのを防いでいる（実際この章は議事録に違いないのだが、書記の記す単なる意見の羅列ではない）。トールキンの言語を操る能力は、本来彼の職業上の技能であったが、最も正当な評価を受けていない才能の一つである。言語学的な知識もないのに、おこがましくもトールキンにどう書けばいいかを教えようとしたり、もしくは行きあたりばったりでこの作品を書くことができたのだと仮定したりする批評家がいるのは、皮肉な話である。いずれにせよ、「エルロンドの御前会議」がもう一つの役割、つまり情報の伝達を、読者が困惑するくらいに複雑な各方面から行っていることは、忘れてはならない。

エルロンドの御前会議 II ―― 筋の組織化

もしも御前会議が、きちんと運営されている現代の会議であるならば、その議題として次の三項目だけが挙げられるであろう。

（一）フロドの指輪が本当に「一つの指輪」、つまり「すべてを統べる指輪」なのかを判定する。
（二）もしそうならば、指輪をどうするのかを決定する。
（三）さらに、誰がそれを行うのかを決定する。

これら三点は、実際に御前会議の中ではっきりと述べられている。エルロンドは会議の冒頭近く「その指輪をわたしたちはどう処置すべきであろうか?」と問いかける。しかし二十ページ以上過ぎた後で、ガンダルフは再び同じ質問を繰り返さなければならない「しかし、わしらの目的にはまだ一歩も近づいていない。この指輪をわしらはどうすればよいのであろうか?」もっともな意見である。会議が進まない理由の一つは、出席者が上記の（一）の問題に心を奪われているからである。この疑問もボロミアによって、はっきりと表明されている。会議が始まってしばらく経ってのことだが、「賢者方には、どうしておわかりなのか? この指輪がイシルドゥアのものであることが?」とボロミアが問う一方で、ガルドールも「小さい人の宝がかの偉大な指輪であると、賢者方はそうと信ずべき十分な根拠をお持ちかもしれぬ。その証拠をお聞かせ願えますまいか?」と同じ質問を繰り返す。実際、決定的な証拠となるには以下の点だけで十分である。「一つの指輪」は、それをサウロンの手から切り取ったイシルドゥアの手に渡ったと伝えられている（会議にはその場を実際に目撃したエルロンドが出席している）。ガンダルフはイシルドゥア本人によって書かれた文書を読み、サウロンから手に入れた指輪に彫られていた銘を突き止めた。そしてガンダルフは、その銘がフロドの指輪にもあること知っていた。実際に指輪を火の中に投げ入れ、その銘を読んだからである。ホビット庄の袋小路屋敷で指輪を試したのが三〇一八年の四月十三日、そして会議が開かれたのが同じ年の十月二十五日。もしガンダルフが冒頭でこのことを述べていたなら、会議はずっと速やかに進んだかもしれない。では、どうしてそうならなかったのだろう？　単にエルロンドの議事進行が下手だったのだろうか？

「エルロンドの御前会議」が実際にどう描かれているかをまとめると、次のようになる。ガンダルフが「さて、これで、話は、そもそもの始まりから終わりまで語られた」と語り終え、「この指輪をわしらはどうすればよいのだろうか？」という先ほどの質問を繰り返すまでの部分、つまりこの章の大半は、異なる話し手によって語られる、主に七つの話で構成されている。番号をふって、順番に見ていこう。（一）ドワーフのグローインの話。ホビットたちに関わりのある指輪が重要極まりないと、サウロンが考えていることが明らかにされる。（二）エルロンドの話。大昔の時代に戻って、「一つの指輪」がそもそもどういうものであったのかが説明され、イシルドゥアの時代まで下って、あやめ野での滅びに至るまでが語られる。次は論理的に言えば、ゴクリの話題になるべきである。ゴクリは、ガンダルフが知ったように、そして六か月前に袋小路屋敷の書斎でフロドに説明したように、あやめ野の近くの大河の中で、友人のデアゴルが見つけた指輪を奪った。前後の話を結びつけるのに欠かせないエピソードである。しかし指輪に集中していた議論は、エルロンドがゴンドールの説明を始めたり、ボロミアがそれに反応して窮状を訴えたりするうちに、ばらばらになってしまう。確かにボロミアと弟が夢で聞いた詩には、「イシルドゥアの禍《わざわい》は目覚め」という一節があった(禍とは指輪のことである)。しかし詩全体が「折れたる剣を求めよ」で始まっているため、会議の注意はそらされ、その剣の説明と、アラゴルンの血筋についての話と、アラゴルンとボロミアの間の競り合いめいたやりとりに変わってしまうのだ。先に引用した質問で、話を肝心な点に戻したのはボロミアである「賢者方には、どうしておわかりなのか? この指輪がイシルドゥアのものであることが?」

この問いに対する最初の答えが、(三)ビルボの話である。まずビルボが『ホビットの冒険』で起きた出来事の概要を話す(賢い議長なら当然途中で切ってしかるべき話だ)。次に(四)フロドの話になり、「自分の手に渡ってからの指輪との関わり合い」、すなわち三〇〇一年九月二十二日から十七年後にこの会議が開かれるまでの間の経緯が語られる。(四)のフロドの話は、(三)のビルボの話の続きになっているが、(三)のビルボの話は(二)のエルロンドの話の続きとは言えない。実際両者の間には三千年近くもの時が経っているのである。イシルドゥアの死は第三紀二年、『ホビットの冒険』は二九四一年、この間の隔たりは、ゴクリの話でしか埋められない。実際フロドが話し終えた後にガルドールは、誰もまだ問題の指輪の正体を証明していないと、しつこく話を蒸し返す。ところが彼は、また別の問題も提起してしまう。サルマンは今どこに? するとエルロンドは、ガンダルフにその問いに答えるよう求める。なぜなら「ガルドールよ、今あなたがたずねたいくつかの質問は互いに関連がある」からだ。

厳密に言えば、このエルロンドの発言は正しくない。そして議長としての彼は、再び会議の方向がそれるのを許してしまったようである。(五)ガンダルフの話は、やや好戦的に始まる。ガルドールは今までの話をよく聞いていなかったのではないか(会議ではよくあることである)とでも言いたげに、(一)と(四)

の話を合わせれば、少なくともサウロンが、目の前の指輪こそ「一つの指輪」だと考えていることを示しているではないかと指摘する「グローインの報告についで、フロドが追跡された話を聞き、それだけで、小さい人の宝がわしらの敵にとって非常に値打ちのある品物である証拠となると考える方もおありじゃろう」。これに対しガルドールは、「確かに。でもまだ証明された訳ではありません」と答えることができただろうし、ガンダルフも実際「大河と山の間にはたしかに大きな時のへだたりがある」（つまり、イシルドゥアがアンドゥイン大河で指輪を失ってから、ビルボが霧ふり山脈の地下で指輪を見つけるまでには、長い年月の隔たりがある）と一歩譲っている。にも拘らずガンダルフは、ゴクリや指輪の銘について知っていることを話して、この隔たりを決定的に埋めてしまわない。代わりに『ホビットの冒険』の年、二九四一年に開かれた賢人会議の経緯に戻り（この時はまだビルボの指輪の正体を認識していなかった）、次にビルボがホビット庄を出立した年、三〇〇一年の話になり、指輪の正体を確定する決め手の銘が書かれたイシルドゥアの巻物を見つけたことだけが語られる。すぐにホビット庄に直行して、フロドの指輪を調べるのが賢明であっただろうが、ガンダルフはアラゴルンに相談しに回り道をした。そこで（六）アラゴルンの話に替わり、ゴクリを捕まえたことが語られる。ここにきてようやくガンダルフは、指輪の正体に関する肝心な点に決着をつける。彼はフロドの指輪が「一つの指輪」であると知っている。なぜなら指輪に彫られた暗黒語の銘を見たからである。ガンダルフはみなの前でその言葉を復唱する。そして（一）のグローインの話の裏付けとなる事実を付け加える。今やサウロンも、指輪が再び発見された話をゴクリから聞き出し、ドワーフやホビットに探りを入れ始めた。ここでボロミアがゴクリについて質問して、会議は脱線し、（七）のレゴラスの話によって、ゴクリが逃げたことが知らされる。さらにガンダルフもガルドールの尋ねた「いくつかの質問」（事実上一つしかない）に戻る。「サルマンはどうしたかとな？」ガンダルフがオルサンクに幽閉されて脱出した話をしてしまえば、後はホビット庄に向かったこと、フロド一行を追ったつもりが追い越して、先に裂け谷《だに》に到着したことを語って、物語を現在に戻せばよい。そして彼は言った「さて、これで、話は、そもそもの始まりから終わりまで語られた」

しかしこの台詞は、大量に駆使した技巧を偽る隠れ蓑《みの》である。物語は、「始まりから終わりまで」時系列に沿って語られた訳ではない。実際には、一人か複数の人物が何度も口を差し挟むので、その度に話題は、彼らの一番身近な関心へ移された。また厳密に言って、論理的な展開もしていない。会話は常に「フロドの指輪が一つの指輪なのか？」という核心をめぐって進んだのではなく、ゴンドールや、アラゴルンと折れた剣や、ゴクリや、サルマンへとそれてばかりだった。こうした話題は、物語全体にとっては欠かすことのできない重要なエピソードだが、こと指輪の確定に関しては直接関係がない。また語り手たちの話には、前に述べたように、三千年近く（二年から二九四一年）の時間的な欠落がある。何章も前にガンダルフは、スメアゴルとデアゴルの顛末《てんまつ》や、ゴクリがかつてはホビットであったという新事実をフロドに明かして、その隔たりを埋めたが、御前会議では空白のままであった。こうした隔たりや回り道や蛇行が退屈でなく、多くの場合気づかれもしないのは、トールキンの会話を操る技能の優秀さを示す印である。一般の会議でもよくあることだが、多くのおしゃべりを費やした後で初めて、真に解決すべき問題が見えてきた――「これからどうしよう？」

トールキンは、この問題をてきぱきと処理した。三人の脇役に不満足な解答をさせてから、真の問題点に向き合ったのだ。エレストールの提案「ボンバディルに渡そう」――却下。ガルドールの質問「ただ単純に、安全な場所に保管できないのか？」――これも却下。グロールフィンデルの提案「海に投げ捨てよう」――危険過ぎるし最終的な解決にはならない。最後にエルロンドが口を開いた「指輪は火の山へ送らねばならぬ」。指輪を有効に使おうというボロミアの反対に対し、エルロンドは自ら指輪を受け取ることを拒否し、ガンダルフも肩を持つ。会議が行き詰まり、緊張と疲労感が高まる中、だしぬけに普段と変わらぬ平易な口調がその場を救う。この章で進行中の議論に参加するのはほぼ初めてと言っていいが、次々にホビットが発言するのである。まずビルボが、「ああ、恐ろしく厄介な仕事だなあ」と高まっていた緊張を突然破って、呑気に指輪の運び手になる志願をする。しかしこの時ビルボは、核心部分に触れているのである。なぜなら（これまた会議ではよくあることだが）、誰がその仕事をするのかを決めずに、これからどうするかを決めてしまいかねないからだ。しかし「今日の会議がきめねばならぬこと、きめねばならぬ唯一のことは、どうもこのことのようですな」とビルボが言う通り、いよいよ我々は議題の第三項目「誰がそれを行うのか」に到達したのだ。そしてこの時フロドが、全く飾らぬ口調で発言する「わたしが指輪を持って行きます。でもわたしは道を知りませんが」。そしてこれまで出席していることさえ言及されていなかったサムが、初めて割って入る「とんで火にいる夏の虫って、このこってすだ、フロドの旦那！」

もちろんこの決定は、筋の上から言っても、作品のテーマやその他もろもろから見ても、要《かなめ》となる意味を持っていた。それが意表を突く形だったこと、ホビットの癖である控えめな表現（「恐ろしく厄介な仕事〈frightful nuisance〉」とか「とんで火にいる夏の虫〈nice pickle〉」）を使った、ホビット流の普段着の言葉遣いであったにも拘らず、威厳があり、その飾らなさにおいて挑戦的ですらあることは、トールキンの卓越した表現力の証《あかし》である（訳注　nuisanceもnice pickleも、それぞれ「厄介事」「まずい立場」くらいのニュアンスの言葉で、指輪を運ぶという任務の重大さには本来そぐわない)。

「エルロンドの御前会議」については最後にもう一つ解説しておかなければならない。トールキンが、これほどまでに複雑なレベルの描写を達成するには、多くの時間を要した。初期の草稿は『影の帰還』の中に見られるが、そこでは、会議で話し合われたほとんどすべての内容は飛ばされ、たった七行にまとめられていた。ところが現在のレベルの複雑さに到達した途端、まるで『ホビットの冒険』の中で指輪とゴクリのエピソードが登場した時のように、トールキンを悩ませていた問題は解決したのである。この章より先には、語りを推し進める必然性が常にある――指輪をオロドルインに運び、破壊せよ。さらに一連の未解決の問題もある。逃亡したゴクリの行方、敵側についたサルマン、脅威にさらされるゴンドール、正式に認められてはいないが明らかになったアラゴルンの身分、エルフの三つの指輪、モリアの鉱山や忠誠を疑われているローハン等々。アーサー王と円卓の騎士を歌った作者不詳の詩、つまりトールキンが二十年近く前に校訂した『ガウェイン卿と緑の騎士』から、トールキン自身の翻訳を借りれば次のように言えるだろう。

みなが円卓に着いた時、
冒険を語る言葉はなかったが、
今や両手にあふれんばかりの、
危険な仕事があるばかり。

さらなる再創造

『ガウェイン卿と緑の騎士』は、この先トールキンが執筆を進めていった方法について、良い例を提供してくれる。今や彼は、『ホビットの冒険』が用意した難題への挑戦に没頭していた。トールキンは前作で、中つ国には、一つの物語の中で焦点があてられるよりずっと多くの背景があるという感覚を、念入りに作り上げていた。それ故当然のことながら、続編を読みたい、その中でもっと多くの新しいものに出会いたいという要望が出て、トールキンとしては、それらを見つけ出さねばならなくなった。彼の探したのは、大体が『ホビットの冒険』の驚きの数々を探した時と同じ場所、いにしえの文学、それも特に古代文学の隙間や間違いの中であった（この点に関してトールキンの模倣者で追従できる者はほとんどいない）。

『ガウェイン卿』からの例を取り上げてみよう。この詩の中で主人公は、まるで裂け谷を出立したフロド一行のように、探求の真のゴールに到達するまで、ありとあらゆる種類の危険や困難に囲まれていた（訳注『ガウェイン卿と緑の騎士』は、十四世紀に書かれた作者不詳の、円卓の騎士ガウェインの探求譚《たん》である。アーサー王のクリスマスの宴に、全身緑の謎の「緑の騎士」が現れ、円卓の騎士の名誉を試す賭けを持ちかける。自分の首を斧で切り落としてみろ、その後自分も一太刀返してみせる。みなが尻ごみする中、王の甥であるガウェインが名乗り出て、見事首を切り落とすが、緑の騎士は平然と首を拾い、一年と一日後に、緑の礼拝堂を訪ねるよう言い残して去る。ガウェインは、場所もわからぬ緑の礼拝堂を訪ねる旅に出る）。トールキンがビルボの帰還を説明した時と全く同じように、詩人は語る。

時に大蛇と戦さをし　狼とも一戦を交えた。

時に絶壁をさ迷うwodwosとも
雄牛や熊　大猪らとも　渡り合った。
巨人は崖の高みから　卿を追い立てた。

原文二行目に出てくる見慣れぬ単語wodwosは、トールキンや同僚のゴードンのような校訂者に難問を突きつけた。この単語は-sで終わっていることから、複数形のように見える。いや実際に複数形に違いない。この四行で言及されている他の生き物はすべて複数形なのだから、それに合わせるのが自然だ。しかしそうならば、この単語の単数形はどういう形になるのだろう？　*wodwoか？　トールキンとゴードンはその考えが気に入らなかった。*wodwoでは筋の通る語源が見つからないからだ。そして代わりに、この中英語ロマンス詩に書かれたwodwosという言葉の原型として、古英語で*wudu-wásaという語があったのではないかと結論づけた。そして複数形ならば*wudu-wásanであったはずだ。この複合語が、トールキンが後に考え出したホビットという単語の原型「ホルビトラ（*hol-bytla）」（とその複数形「ホルビトラン〈*hol-bytlan〉」——ホルビトラの複数形については、C・S・ルイスを含め何人かの批評家が間違えてholbytlasと書いている）と全く同じ構造であることに注目したい。*wudu-wásaも*hol-bytlaも複合語の前半の要素（wuduとhol）はよく使われる馴染みのある言葉で、共に「森（wood）」と「穴（hole）」を表す普通の語でしかない。しかし後半の要素は、滅多に使われないか知られていない語である。さらにこの複合語は、その言葉からだけで、人間以外の生き物が推定されるようになっているはずである。要するに『ガウェイン』詩人は、wodwosではなく、正しくはwod-wosenと書くべきであったと、トールキンは考えた（訳注『ガウェイン卿と緑の騎士』や『ベーオウルフ』のような古い作品で作者の名が不明の場合、便宜上その作品名をとって『○○』詩人と呼ぶのが慣例である）。しかし珍しい単語であったため、詩人自身か写字生が、wodwos が -s で終わっているのを見て、既に複数形になっているものと勘違いしてしまったのだろう。

ここまで考えたところで次なる疑問は、当然のものながら、文献学で答えの出る問題ではない。では、wood-wose（森のウォーゼ）とは何者だろう？　トールキンは『王の帰還』上巻五章で、この疑問の答えを出した。ローハンの長征の途中で読者は、ほんの束の間「ウォーゼたち、森の野人」と出会えるのである（訳注　遠くに聞こえた太鼓の音について質問したメリーに対し、エルフヘルムは次のように答えている「あんたの聞いたのは、ウォーゼたちだ。この森に住む野人たちだ。古い時代の名残を留める者たちで、今は数も少なく、人目にふれぬよう暮らしている。獣のように野性的で用心深いのだ」。トールキンは、wodwos という記録に残った謎の言葉が、「森」＋「ウォーゼ〈意味不明〉」の誤記であると推測し、さらに人々の記憶に残っていないウォーゼについても、文献と矛盾しない具体的なイメージを作り上げることで、その存在を確かなものにした）。この段階でトールキンの頭には、もう一つ、次のようなことがあったかもしれない。リーズ大学に勤めていた頃、トールキンの研究室はウッドハウス通り（Woodhouse Lane）を少し外れたところにあった。彼はダーンリー通りにある自宅から毎日この道を歩いて通っていた。ウッドハウス通りは、ウッドハウス・リッジやウッドハウス・ムーア方面に伸びていた。これらの地域は、川に向かって急激な斜面になっているため、今でも森が茂り開発が進んでいない。もちろんこうした地名のウッドハウスが、単に「森の中の家」というつまらない意味である可能性もある。一方トールキンは、ウッドハウスという現代の苗字が *wudu-wása に由来すると考え、一部の北方方言では「ウッドハウス（wood-house）」も「ウッドォーズ（woodwose）」も全く同じように「ウッドォゥズ（wood-'ose）」

と発音されることを知っていた。ならば、現代のウッドハウス通りの綴りも、『ガウェイン』詩人の場合と同じように勘違いで、本来はwoodwoseだったということもあり得る。毎日仕事に行くために通っている道も、ありふれた日常の風景の中に、神秘的な生きものの記憶を留めているのかもしれない。かつてエア川の上に生い茂る木々の間に出没した「森の野人」の記憶を。そしてもし*wudu-wásanが誤解され変形してウッドハウスとして残っているのなら、*hol-bytlanがホビットとして残っていてもおかしくないではないか。

トールキンのウォーゼの創造は、彼が古代のテキストを拠り所にしていたのと同時に、時にはその作者（もしくは写字生）よりもそのテキストについてよく知っていると確信し、学問的な謎を完全に現代的な文脈の中にはめこむことができたことを示している。トールキンの発想はしばしば言葉、もしくは名前から湧いて出た。そしてその言葉や名前を調べる時には、それらがかつてはよく知られた物を指しており、忍耐と想像力によって復元できるというのが信条であった。序で述べたように、中つ国は彼にとって常に、本来はこうだったのでは？　と想像される現実なのである。それは、記録こそ残っていないが、アスタリスクのつけられた言葉同様、絶対確実とまではいかなくとも妥当性の高いものとして、推論もしくは再構築できる世界なのである。文献学者の手で再建された言葉と同じく、中つ国の存在の保証となるのは、内部の首尾一貫性である。ウォーゼは『指輪物語』の筋にとって必要ではない。けれどその世界に存在しているべきだと思われる。彼らは、トールキンの中つ国にとって大いなる魅力となる、世界の豊かさを作り出すことに貢献しているのである。

トールキンは、このいわば「森のウォーゼ」型というべき創作法を、「エルロンドの御前会議」が終わり、旅の仲間が出立して以降、ますます用いるようになった。カラズラスとモリアの場面は、『ホビットの冒険』前半の数章の再現に近いと思われるかもしれない。どちらも一行は、裂け谷から出発する。カラズラスの吹雪は霧ふり山脈の嵐に似て、共に単なる自然現象ではない感じがする。ボロミアの聞いた「荒々しい高笑い」や「恐ろしい声」は、『ホビットの冒険』四章の「石の巨人たちが岩をやみの中にほうりこんで遊んで」いたり、「山じゅういたるところでげらげら笑ったり、わんわんどなったりする」場面を髣髴《ほうふつ》とさせる。同じようにモリアへの進入は、『ホビットの冒険』のゴブリンの洞窟場面に似ており、ほぼ変わらぬ結果に終わる。つまり、暗闇の冒険から、山の中の通路に入り、反対側へ抜け出すのだ。しかしモリアでは、新しくバルログが登場する。トールキンが作り出した他の多くの生き物と全く同じように、読者はバルログについて、知っていて当然という紹介のされ方をする。「バルログか」ガンダルフはつぶやく、「今こそわかった」――が、実は読者にはわかっていない。

ウォーゼと同じように、少なくともバルログの設定の一部は、校訂上の問題から誕生した。古英語には『出エジプト』と呼ばれる詩がある。これは他の古英詩数作と同じように、聖書の一節を翻案したものである。トールキンはこの詩を校訂したが、生前は校訂本としてまとめられることはなく、この場合相応《ふさわ》しいことに、死後彼の講義ノートから「再建」されて出版に至った。『出エジプト』は翻案であり、また断片しか残っていないことから、文学部の講義で中心的な位置を占めることはなかった。しかしトールキンは、この詩に関心を寄せていた。まず言語学的見地からトールキンは、この詩が『ベーオウルフ』より古いと考えていた。そして『出エジプト』詩人は、『ベーオウルフ』詩人と同じように、キリスト教以前の土着の神話をよく知っており、注意すれば、無知な写字生の間違いで意味のわからなくなったその神話を、取り戻すことができると考えた。なかでも注目したのは、詩人が何箇所かで言及している、「シゲルワラの土地（Sigelwara land)」である。現代のどの辞書や校訂本を見ても、この「シゲルワラ」は「エチオピア人」と訳されている。しかし例の如くトールキンは、それは間違いであると考えた（『中つ国への道』参照）。彼はその名が、*wudu-wásaや*hol-bytlaと同じ複合語のもう一つの例であると考え、本来の綴りは「シゲルヘアルワ（*sigel-hearwa）」であったろうと想像した。そして、今では学者から完全に無視されているが、研究者になって日が浅い頃に書いた二つの長い論文の中で、*sigel-hearwaとは、火の巨人の一種であるという推論を述べた。この複合語の前半の要素sigelは「太陽」や「宝石」を意味する。そして後半は、ラテン語のすす（carbo）に関係がある。もしまだ文字を使用していない暗黒時代のアングロ・サクソン人が、「シゲルヘアルワ」と口にしたなら――まだイングランド人の誰も、エチオピアについても聖書の「出エジプト記」についても聞いたことのなかった時代である――彼が言おうとしていたのは、「ハム（訳注　ノアの箱船伝説のノアの三男で、エチオピア人の祖と考えられた）の息子たちではなく、むしろ北欧神話に登場する、神々に滅亡をもたらす炎の巨人ムスペッルの子供たち、赤く燃える目から光を放ち、すすのように黒い顔をした『シルヘアルワ人（Silhearwan）』の祖先である」とトールキンは信じた。

「シゲルヘアルワ」における「太陽」と「宝石」の融合は、ひょっとするとトールキンの「シルマリル」のアイディアに、何か影響を与えたのかもしれない。炎の化身の概念は、フロドを刺したオークの首領の姿に、ちらりと顔を出す（「その平べったい大きな顔は浅黒く、目は燃える石炭のようにかっと見開かれ、舌は真赤、手には大きな槍を振り回しています」の傍線部）。しかしやはりこの言葉が、トールキンの「ドゥリンの禍」、バルログの元となったのだ。このように由来をなぞっただけでは、バルログの効果的な配置や、モリアを描く二章「暗闇の旅」「カザド＝ドゥムの橋」の高まる緊張について、何も語っていない。例えばこれらの章では、古いものへの愛が明らかに見られる。西の扉の銘に記されたエルフのルーン文字や、バーリンの墓に刻まれたドワーフのルーン文字への興味(どちらもそのままの形で再録されている)、マザルブルの間でボロボロの写本を夢中になって読むガンダルフの姿などである。またもう一つの側面として、どちらかと言えば抑え目の描写を指摘することもできる。模倣者の多くと異なり、トールキンは、続けざまにスリルを作り上げると、かえって緊張がほどけてしまうことを知っていた。従って、モリアの危機はゆっくりと構築される。始まりは、過去の経験からモリアに入ることに気が進まぬアラゴルンの言葉である「その時の記憶は非常にいまわしいものだ」(その出来事については語られない)。次に、ピピンの落とした石に応える、深い所から響く何かを叩く不吉な音(ギムリの言うように、ハンマーの音だったのだろうか? 答えはわからない)。最後にドゥリンの禍を口にするガンダルフ。バルログ自身も、登場前に何度かほのめかされていた。オークは自分たちの味方の何かにおびえるように後退した。ガンダルフは「それ」と一戦交え、「わしの出会ったのはわしと互角の力を持つやつじゃった」と認めた。そしてオークとトロルは、「それ」がカザド=ドゥムの橋に近づくと、再び身を引いた。ようやく「それ」の姿が捉えられた時でさえ、その焦点はぼやけていた。

そしてその後ろから何かがやって来ました。それがなんであるかは見えませんが、大きな影のようでその真ん中に黒い姿がありました。人間の形をしたもののようですが、人間よりずっと大きかったのです。力と暴威がその者の中に存在し、またその者の露払いをしているように思われました。

ガンダルフとバルログの対決は、さらに一層謎めいている。どうやら「神秘の火、アノールの焔」と「暗き火、ウドゥンの焔」は対立しているらしいが、それがどういうことなのかはわからない（「わしは神秘の光に仕える者、アノールの焔の使い手じゃ。きさまは渡ることはできぬ。暗き火、ウドゥンの焔はきさまの助けとはならぬ」）。こうした一節におけるトールキンの意図は、現在知られているわずかな材料よりも、ずっと豊かな世界を覗きこんだ者の、もっと知りたいという渇望を満たしながら（トールキン自身が、憤慨するほど不完全な文献を校訂する時に感じる渇望である）、それとは逆の、いつも新しい発見まであともう一歩という喜びも維持し、時には強めることなのである。もし金と、それを入手し熟練の技で細工するのが「ドワーフの心に巣くう望み」であるとするならば、言葉と、その関連性を見つけ出し推論する作業が、文献学者の心から切望する喜びである。トールキンのその切望と喜びは誰よりも強かった。しかし彼は、この思いを他の人と分かち合い、同じくらい強く味わってもらえるものと信じていた。

「エルロンドの御前会議」を論じた際と同じように、トールキンの文献学的な源は膨大過ぎて、この場で全部考察することはできない。そこで最後に、彼の創作過程を示す三つの例を簡単に述べて、この節を締めくくりたい。最初はオーク（orc）である。トールキンは、この言葉を『ホビットの冒険』の中でも使用した（訳注　ガンダルフの地理の説明「かりに北にのぼって［闇の］森をさけてまわるとすれば、その前にたそがれ山の山脈のふもとにかかり、そこにはゴブリンやホブゴブリンのほかに、なんともたとえようのない悪いオーク鬼がいて、てごわいことじゃ」など数回）。しかしこの時、彼が通常使っていたのは「ゴブリン（goblin）」であった。前に述べたように、トールキンは中つ国の言語的な相関関係を築き始めたが、そのうちゴブリンという言葉は場違いに思えるようになった。この言葉は英語の中では、比較的新しい（ＯＥＤは十六世紀以前の文献に、この言葉がはっきりと記載されている例を見つけ出していない）。そしてOEDによると、おそらく中世ラテン語の cobalus（ギリシア神話の妖精）に由来していると思われる（OEDはおかしなことに、ドイツ語由来の kobold〈ドイツの民話に登場する妖精〉とは関連付けようとしていない）。トールキンは古英語の言葉の方が望ましいと思い、二つの複合語に求めていたものを見つけ出した。『ベーオウルフ』の中の、「デーモンの死体」を意味していると思われる複数形の orc-neas と、また後半部が北欧語にもあり「巨人」の類を意味していた単数形の orc-þyrs である。では「オーク」とはどういう意味なのだろうか。「デーモン」？「巨人」？「ゾンビ」？——これらの言葉を書いたアングロ・サクソン人には、「オーク」が何者であるのかさっぱりわかっていなかったようである。しかしそれを言えば、アングロ・サクソン人やその子孫は、ウォーゼや「シゲルヘアルワ」の人々についても同じ問題を抱えていた。この言葉は、不吉なものを暗示しつつ、明確に指し示す物はないまま、自由に漂っていた。トールキンは、それを捕まえて、くっきりとした概念を与え、細かく描写された場面の中に入れた（オークのこの点に関しては、次の章で述べる）。そして今ではホビット同様、オークという言葉と実体は、ある意味定番のキャラクターになったのである。

　似たような例がエントである。エントも古英語の単語で、比較的多くの文献に見出されるものの、「オーク」や「ウォーゼ」よりさらに謎の存在であった。この言葉でまず連想されるのは、巨大な存在である。辞書は大抵エントを「巨人」と定義しており、ベーオウルフがグレンデルの母親の棲《す》み処《か》でさっと摑み取った巨大な剣も、enta ærgeweorc（エントの業物《わざもの》）と呼ばれていた。しかしエントには、石工としての評判もあったようなのである。ローマ人が作った街道や遺跡を見たアングロ・サクソン人は、それらを orbanc enta geweorc（巨人の巧みな仕事）と表現することが多かった。トールキンはおそらく、最初の orbanc という単語を形容詞ではなく、名前だと解釈したのだろう。そうすると「オルサンク、エントの要塞」という意味になる。これこそエントの襲撃を受けて廃墟となったオルサンクの最終的な姿であり、過去の経緯を知らない後の世代の人間には、最初からそうであったと誤解されるかもしれない姿である。しかしアングロ・サクソンの文献にあるエントについて一番肝心なのは、彼らがどのような者であったにしろ、エテン高地の巨人やスルス族、エルフやドワーフと異なり、もはや存在していない、脅威でなくなったと感じられる点である。彼らは今も残る遺物や遺跡の中にのみ存在している。トールキンは、巨大だという特徴、オルサンクという言葉とのつながり、そして何より絶滅したと思われる感覚を採用した。なぜなら絶滅というのは、中つ国の人間以外のどの種族よりも、エントに定められた運命だからである。トールキン独自の発想は、木とのつながりだ。エントが木の牧者であり、木から生まれ木にかえる（トロルが石にかえるように）生き物であるという設定は、完全にトールキンによるもので、その一端は後にトールキンの「緑」の思想とみなされるようになった。

最後の例はロスローリエンがいいであろう。ロスローリエンの「魔法」には多くの原点がある（その一部は後に論じる）。しかし一つだけ、非常に伝統的な考えでありながら、説得力のある再解釈をして、筋が通るようにしたと言える部分がある。古英語・中英語と古北欧語には、エルフへの言及が沢山ある。そしてもちろん現代の英語にもエルフは登場する。彼らの存在を信じる気持ちは、古い土着の神話に現れる他の人ならざる種族のどれよりも、長く続いてきたようである。その中で、どの言い伝えでも一貫しているのは、人間がエルフの国に行く物語である（おそらく「詩人トマス」のバラッドで最もよく知られている）（訳注「詩人トマス」の物語は、そのバラッドが十九世紀のバラッド集に収められた有名な伝説である。トマスはエルフの女王に誘われてエルフの国へ行き、そこで七年過ごし、帰郷する際に予言の力を授けられた。この伝説は、バラッドで歌われただけでなく、その後多くの作品のインスピレーションとなったり、翻案されたりした）。多くの場合人間は、エルフの国に入り、一晩だけ、もしくは三晩ほど、歌と踊りのうちに過ごしたと思う。しかし外の世界に戻り帰宅すると、彼を知る者はなく、かつての知人はみな死んでおり、エルフの丘で行方知れずになった男の記憶がかすかに残っているのみである。どうやらエルフの時間は、人間の時間よりずっとゆっくり流れるらしい。いやそれともずっと速く進むのだろうか？　なぜならエルフ関連のもう一つのモチーフでは、彼らの音楽が奏でられる時、外の世界のすべてはじっと動かぬままなのだ。「エルフの丘」というデンマークのバラッドでは、エルフの乙女が歌う時、「先ほどまで流れていた、早瀬の川は止まった。中で泳ぐ小さな魚は、音に合わせてひれを動かした」。トールキンは昔の写字生が一語間違えたと判断し、それを直すのにやぶさかではなかったが、それと同時に、いくら筋が通らないからといって、彼らが話全体を間違えていると考えるのは好まなかった。辻褄《つじつま》が合うようにするのが彼の仕事である。ロスローリエンはある意味、「一晩で百年経った」と「流れが止まった」の二つのモチーフを調和させたものである。旅の仲間は「ロスローリエンに何日か滞在しました。それは何日としかいいようがなく、あるいはそうとしか憶えようがありませんでした」。しかし彼らが外の世界に戻ると、サムは月を見上げて困惑する。

「ホビット庄だろうと、荒れ地の国だろうと、月は同じだ、ともかく同じはずよ。だが、月の調子が狂ったか、それともおらの計算が違ったか。」

結局サムは「まるで、エルフの国にいたことなんか嘘みたいですだ。（中略）だれだってあそこじゃ時間なんてないと思うこってしょう！」と考えることにする。フロドも同意して、ロスローリエンでは時を超えた世界に入りこんでいたのではないかと述べる。しかしエルフのレゴラスは、人間ではなくエルフの視点から、もっと深い説明をする（エルフの視点を洞察しようとした古代の文献はない）。レゴラスによると、

「エルフにとってもこの世は動いている。その動き方は非常に速やかでもあれば、非常に緩やかでもある。速やかというのは、エルフ自身がほとんど変わらないのに他のものがことごとく飛ぶように去っていくからだ。これはエルフたちにとっていたましいことだ。緩やかというのは、エルフたちは流転する年を数えたてないからだ。ともかく自分たちのためには数えない。移り行く季節も長い長い水の流れに絶えず繰り返される小波《さざなみ》にすぎない。」

不死の者の視点からすれば、レゴラスの言うことは、完璧に筋が通っている。またこれは、有限の命の者がエルフの国で時を過ごす時に、どうして欺かれてしまうのか、またどうしてその時を速いとも遅いとも解釈し得るのかを説明している。エルフについてのこうした物語はすべて正しかった。それらの矛盾はまとめられて、完全にトールキン独自のものでありながら、しっかりと伝統に根差し、さらに深遠で予想外のエルフの国のイメージを作り出した。

文化的な類似 ―― マークの騎士たち

『旅の仲間』の終わりで、物語の世界は拡がり、加速し始めたように思われる。まずケレボルンが一行に彼らの行く手の地図を話して聞かせる「そこには西のファンゴルンの森から流れ出たエント川が多岐に分かれて流れこんでいる」。その後アラゴルンも同じように口で説明する「あんたは今、騎馬人の国、ローハンすなわち騎士国（Riddermark）の北の平原越しに南西の方角に目を向けているんだ」。それから『二つの塔』上巻で、読者は立て続けに、ローハンの騎士、ウルク＝ハイ、エント、サルマンを紹介される。追補編Bのトールキンの手になる精確な年表によれば、『旅の仲間』上巻（ビルボのお別れパーティからフロドが裂け谷に到着するまで）は、十七年にもわたり、下巻も三か月（三〇一八年の十一月二十日から三〇一九年の二月二十六日）かかっているのに、『二つの塔』上巻はたったの十日、下巻もわずか十五日だということに気づいた方もいるだろう。加速感はしかし、ローハンの騎士たちが舞台に登場したこととも関係があるのかもしれない。創作の段階がかなり進んでも、トールキンは彼らが物語に出てくることを知らなかった。しかし彼らが登場するやいなや、トールキンの筆は軽くなったのではないだろうか。ローハンの騎士について書く時、トールキンの手元には豊富な材料が揃っていた。

実のところローハンの騎士たちは、ホビット同様、イングランド人のもう一つのイメージを表している。もちろん現代ではなく、昔のイングランド人のイメージであるが、イングランドであることには変わりない。トールキンは後にこれを否定して、追補編Ｆ（Ⅱ）の注で、騎士の名はすべて古英語に翻訳したが、騎士たちとアングロ・サクソン人には、全般的に似ているところがあるという以上のことはない、と述べている。

しかしこの「翻訳」の過程には深い意味があった。まず最初に、騎士たちが自分たちの国を呼ぶ名前（翻訳された）「マーク（the Mark）」を取り上げてみよう。マークは、ホビット庄の「庄（the Shire）」とほぼ同等に馴染みがあるべきなのに、トールキンが毛嫌いし「袋小路（Bag End）」のような名前で反抗した類の、識者のラテン語化（そしてフランス語化）によって曖昧にされてしまった言葉である。今日歴史家の間では、アングロ・サクソン時代のイングランドの中心となる王国は、例外なく「マーシア（Mercia）」として知られ、その住民は「マーシア人（Mercians）」となっている。しかしこれらの単語は、土地の言葉をラテン語風にしたものに違いなく、ウェスト・サクソン人は（現存している古英語の文献は、ほとんどが彼らの方言で書かれている）、彼らの隣国の住民を「ミュルチェ（Myrce）」と呼んでいた。もし隣人の王国を表す彼らの呼び方が残っていたなら、おそらく間違いなく「メアルク（*Mearc）」になっていただろう。トールキンは、しばしば自身がマーシア出身だと自認していたが、このウェスト・サクソン語の「メアルク」をマーシア語に翻訳し直すのは朝飯前だった。ウェスト・サクソン方言の二重母音を取り除いてしまえば、「マーク（*Marc）」という名であったろうと推測できるのである。アングロ・サクソンの時代、ウスターシャー（Worcestershire）、ウォリックシャー（Warwickshire）、そしてオックスフォードシャー（Oxfordshire）を始めとする多くの州の人間は、人から尋ねられて、自分たちの国はマーク（Mark）だと答え、それからウスターやオックスフォードなどおのおの地元の庄（Shire）の名を教えただろう。名前とは、古代のものであると同時に現代のものであり、変わらないものなのだ。マークの紋章に使われている「白い馬（white horse）」について言えば、ブリー村や塚山丘陵と同じく、トールキンの書斎から歩いて一日以内の距離にあるものだった――アフィントンのホワイト・ホースである。この白亜の層に刻まれた有名な馬の絵は、ウェイランドの鍛冶場と呼ばれる石器時代の墳丘から歩いてすぐの所にある。ローハンの騎士や馬や武器にあてられた名前はみな、まじりけなしのアングロ・サクソン語で、気づく人は少ないが、実はまじりけなしのマーシア方言であり、ウェスト・サクソン方言ではなかった。王の名前、セオデン、センゲル、フェンゲル、フォルクヴィネなどはみな、単純に「王」の意味か、その通り名を表すアングロ・サクソン語である。ただし重要な例外は初代王の名だ。王家の始祖エオル（Eorl）の名は、単に「貴族（earl）」を意味し、古英語では元々「戦士」の意味であった。つまり王権が確立される前の諸侯の時代にまで遡るのである。

　ローハンの騎士たちについて、イングランド人の歴史上の先祖と似ていないところが一点あることも認めなければならない。彼らは「馬を駆使する者たち（riders）」なのである。一方、武勲詩『モールドンの戦い』や散文の『アングロ・サクソン年代記』など古英語後期の文献の中で、アングロ・サクソン軍が騎馬戦を渋る様子は破滅的、いや喜劇的と言ってもよい。『モールドン』は、イングランドの指揮官が部下に、馬を捨て徒歩で前進するよう命じる場面で始まる。『年代記』には、一〇五五年、イングランド軍が騎馬で戦おうとしたが、壊滅的な敗北に終わったと書かれている（『年代記』の作者は、完敗の責任をノルマン人指揮官に押し付けているが）。ヘイスティングズの戦いも、島国の人間らしく、徒歩で戦うのにこだわったせいで負けたと言えなくもない（訳注　モールドンの戦いは、九九一年のアングロ・サクソン人とヴァイキングとの戦い。一〇五五年の戦いは、反乱軍とイングランド軍の戦い。ただしイングランド側を率いたのは、ノルマンディー出身のヘレフォード公。有名な一〇六六年のヘイスティングズの戦いは、イングランド王ハロルド二世とノルマンディー公ウィリアムとの間の歴史的に重要な戦い。これを機にノルマン王朝が始まり、イングランドのフランス化が始まる）。それにも拘らずトールキンは、証拠を深く考察すればイングランド人が、必ずしも馬の扱いに慣れていなかった訳ではないと考えたのかもしれない。例えば、現代英語に「騎馬に適した地域」「平らな大草原《おおくさはら》」を表す、古英語由来の単語がないことは印象的である。現代のイギリス人は、「ステップ」「プレーリー」「サヴァンナ」といった外国語を使って間に合わせている。理由は明らかだ。イングランドには「ステップ」も「サヴァンナ」もないのだ（それに見た目で一番近い場所は、イースト・アングリアの平地である）。しかしもし平原があったなら、それを表す言葉を持っていただろうし、その言葉は「エムネト（emnet）」になっていただろうとトールキンは考えた。実際エムネトは騎士国《リダーマーク》で最初に紹介される土地の名前である。東エムネトは、『二つの塔』上巻二章の前半、アラゴルンたちがウルク＝ハイを追跡する最中に言及され、その数ページ後、西エムネトの名もエオメルの口から出る。しかし「エムネス（Emneth）」というのは、ノーフォークにある実在の地名なのである。エムネスの語源は、古英語で「平らな牧草地（even meadow）」を意味する*emn-mæþという言葉であったと思われる。これは明らかに「ステップ」や「プレーリー」の意味と同じである。もし古英語の時代の人々が、実際に大草原を目にしたなら、彼らはエムネトと呼んだであろうし、そうなっていたら、彼らが馬に親しんだであろうことは想像するに難くない。いずれにせよ、アングロ・サクソン人は、ブリテン島に移住する前に大陸で、おそらく大草原を知っていただろう。トールキンはまた、灰色、灰褐色、淡褐色など、古英語の色を表す特異でかなり不十分な単語群が、馬の毛色を表す言葉として解釈できることを、当然知っていただろう。彼はその中から一つ選んで、アラゴルンが借りる馬の名前に使った。ハスフェルとは「暗色の皮」という意味である。またエオメルがエオサインに命令を下す際に使った言葉も、もう一つの手がかりになる「エオレド（éored）に道に集合するようにいってくれぬか」。エオレドは、シゲル＝ヘアルワと全く同じ分類に入る。つまり現存する文献で使われたことはないが、詩行の誤りを説明するために、校訂者が推測した言葉である。古英詩『格言Ｉ』の六十二行目は、そのまま訳すと、「戦士（eorl）は馬に乗りて行くべし。戦闘部隊（worod）は騎乗して隊を作るべし」となる。しかしworodという言葉はeorlと頭韻を踏んでいないことから、綴りが間違っていることがわかる（訳注　古い英詩では、頭韻を踏む約束があった）。そして前に述べたように、イングランドの戦闘部隊は普通徒歩で行軍した。校訂者はこの問題を解決するため、worodを線で消して、代わりに*éored（騎馬隊の意）という言葉があったのではないかと推測して書き入れた。そして騎士国のイメージを作り始めた際に、トールキンは、この言葉をちょうどぴったりの文脈に、注意深く挿入した。こうしてみると、おそらくイングランド人の祖先は、後の記録から窺《うかが》えるような馬嫌いではなかったのであろう。なんといっても彼らの子孫の方は、ずっと変わらず大の馬好きなのだから。

マークの騎士たちは、トールキンの他の創造の多くと同じように、沢山の材料から再構築されたキャラクターだ。彼らの中には、古代と現代、見慣れぬものと馴染みのあるもの、学問的な知識（*éoredのような）とごく当たり前の事実（エムネスという地名のような）が混じり合っている。しかし基本的な行動や振る舞いにおいては、彼らのモデルが、トールキンの熟知していた古英語叙事詩『ベーオウルフ』であることは、明々白々である。セオデンの館はメドゥセルドというが、ベーオウルフの館もそうであった。館のある場所はエドラス（Edoras）と呼ばれるが、『ベーオウルフ』の一〇三七行目を見て欲しい――エオドラス（eoderas）という単語がある（訳注〈城の〉構内を意味すると考えられている）。「黄金館の王」の章に描かれた客人の到来と迎え入れの作法は、『ベーオウルフ』の作法と逐一、一致している。ベーオウルフと家臣たちは、デネの沿岸警備兵に誰何される。一行の答えを聞いた警備兵は、自らの判断で入国を許し、フロースガール王の館まで付き添う。彼はそこで去り、ベーオウルフ一行は、今度は扉を守る番人に迎えられ、彼が中に入って一行の到着を王に報告するまで、外で待たされる。番人は戻ってくると、一行を中に招じ入れるが、武器は外に置いていくよう固く命じる「闘いの楯をここに止め置かれよ」。そこでベーオウルフは中に入り、王から挨拶を受ける。しかしすぐに「シュルディング人の領主の足許に座していた」王の相談役に疑惑をかけられ、事実上侮辱される。

これらすべては正確に『二つの塔』で起きたことと同じである。ガンダルフ、アラゴルン一行は城外で門衛に誰何され、扉の前の衛士に引き渡される。その時の門衛の台詞は、デネの沿岸警備兵が言った台詞とほぼ同じである。『ベーオウルフ』の警備兵が「それがしは海辺へと戻り、どんな勇猛な軍勢が押し寄せようとも警護しましょうぞ」と言えば、『二つの塔』の門衛も「わたしは城門での任務にもどらねばならぬ」と言う。モデルと合わせるためでなければ、なくてもよかった台詞と言えるかもしれない。武器を置いていくことをめぐるハマとアラゴルンの衝突は、それに相当する場面が『ベーオウルフ』にはない（もちろんベーオウルフは、ビヨルンと同じように、素手で戦うのを好んだので、武器についてはそれほど気遣いを見せなかった）。しかしトールキンがここで、『ベーオウルフ』の中では一連の出来事の始めの方にあった緊迫場面を、後ろに回したのは明らかだ。『ベーオウルフ』における事を決する瞬間は、海岸で警備兵が、ベーオウルフの言葉だけを頼りに信用して、一行を通してよいものか決断しなければならない場面である。彼はじっくり考え決心する。その言葉は、校訂者や翻訳家の論議の的となってきたが、行動原理についてのある種の格言になっていることは間違いない。私の翻訳ではこうなる「鋭い頭の楯持つ戦士は判断することができねばならぬ。目にした行動だけでなく、耳にした言葉からも」。というのも、行動を見てからならば、どんな愚か者でも判断できるので、知性の試金石となるのは、何かが起こる前に決断できるかどうかなのである。トールキンは明らかにこのことわざについて思案して、主旨は変えずに言い換えることに決めた。ハマが、アラゴルン、レゴラス、ギムリ、ガンダルフに、武器であることに疑問の余地のない品々を手渡すように命じると、ガンダルフの杖が問題になる。これは武器なのだろうか、そうではないのだろうか？　ハマは言う「魔法使の手の中にある杖は老齢の支え以上のものかもしれませぬ」。実際読者は、すぐにこの疑いが正しく、蛇の舌グリマがこの点を予見していたことを知ることになる。しかしハマは、杖を持ち込むことを許可する。

「迷う時こそ、一かどの人間はおのれ本来の分別に頼るもの（in doubt a man of worth will trust in his own wisdom.）。わたしはあなた方が味方であり、邪な意図を持たぬ名誉に価いする方々であると信じています。おはいりになってかまいません。」

ハマの台詞の三つの文は、デネの警備兵の言葉に一つ一つ一致している。最初の一文は、先ほど説明した格言を言い直したものである。二文目は、格言に続く警備兵の言葉、「この一隊は我が国の味方だと申しましたな（それを信じましょう）」と同じである。三文目は、警備兵が許可を表明する「進まれよ」と対になっている。ハマの最初の文は、強勢が四カ所に置かれ（doubt / trust, worth / wisdom）、アングロ・サクソンの格言にあるようにworthとwisdomが頭韻を踏んでいる。なぜなら騎士たちは、アングロ・サクソン人と同じように、教訓を伝えることわざを大事にしていたからなのである。借りた馬を連れて帰ってきたアラゴルンも、門衛との駆け引きの中で、自分たちを信用させようと巧みに金言を利用している「盗人というのは滅多に盗んだ馬に乗ってもとの厩《うまや》に戻っては来ぬもの」。

衛士たちとのやりとりは、トールキンが『ベーオウルフ』をコピーしたと示しているだけではない。これらの場面は、単なる挨拶の決まりよりも広い意味で、騎士たちにとっての名誉や相応しい行動がどういうものなのかを表現している。兵士として統制がとれているにも拘らず、時々騎士たちは、現代の軍隊、いやもしかしたら官僚機構のように厳しい服従規定に縛られていない。エオメルは、アラゴルン、レゴラス、ギムリに馬を貸すべきかで悩む。彼は、飛蔭《とびかげ》が連れて行かれた件で、セオデン王が既に立腹しているのを知っている。その上、見慣れぬ者は王の元へ連れて行くよう、命令も受けている。それにも拘らず、アラゴルンが言下に同行を拒絶し、追跡の目的を説明すると、彼は命令に背く決断をする「あなたはおいでになってかまいません。そのうえわたしはあなた方に馬をお貸ししましょう」。エオメルは、このことで自身が処罰されるかもしれない、いや処刑すらあり得ることを知っていた「わたし自身も、そして多分わたしの命も、あなた方が信義をお守りくださるかどうかにかかってくるのです」。それでも彼は決心を変えない。エオメルの副官エオサインも、馬を貸すようにという命令に対して、即座に疑いを挟むが、最終的には折れている。宮殿を守る名無しの門衛もやはり、「一切のよそ者をこの門の中に入れぬよう」という命令に従わないと決める。蛇の舌から命令されるのを拒絶したからである。そしてハマは、これまで見てきたように、杖の問題について自ら判断を下す。彼はまた、セオデンの復活後、命じられるより前にエオメルに剣を返しており、セオデンもそのことには気づいていた。現代において、いわば軍法会議の裁定に先回りしてこのようなことを行ったならば、重大な違反になり、罪に問われないことはないだろう。しかしセオデンは何も咎《とが》めない。これらの場面はすべて、自由を訴えている。騎士たちはもちろん「誇り高く意地っ張りだが、心中は誠実容易に屈しない国民であり、主君に忠誠心を持っていました」。しかし彼らは、私たちのように、成文法に支配されていない。彼らは自ら決断をするのにより自由であり、またそうすることが義務だと思っている。私たち以上に、目上の人間に対する自立を保っている。トールキンの手によって、読者は、たとえ騎士たちがやや「無骨」で、実際文明の発達においてまだ「未開」の段階にあったとしても、それはそれほど悪いことではないと理解する。ローハンの騎士たちは、現代人よりも、儀礼を重んじると同時に堅苦しくないのである。

騎士たちの文化は口承で受け継がれてきたことは、様々な箇所で強調されている。アラゴルンがローハンの騎士についてギムリに説明する時、最初に口にした事柄の一つは、「賢明であるが学問はない。本を書くことはせぬが、たくさんの歌を作って歌う」ということだった。黄金館を目指す時、彼はローハンの詩を紹介する「あの馬と乗手とは何処へいった？　吹き鳴らされた角笛はいまどこに？」この詩は、古英詩『さすらい人』を元に作ったものだ。復活したセオデンの最初の発声「戦争への動員を呼びかける言葉」である「いざや立て！　立ち上がれ、セオデンの騎士らよ！」の詩は、『フィンネスブルグの戦い』に基づいている（この詩のトールキンの註釈書は、彼の死後一九八二年に出版されている）。『王の帰還』では、さらに長い騎士たちの詩が挿入されている。これらは古英詩の韻律を厳密に守っている。ゴンドールへの長征の歌（上巻三章）、「ムンドブルグの塚山」の歌（上巻六章）、そして主人セオデンの死を悼む吟遊詩人グレオウィネの挽歌（下巻六章）。ここに挙げた詩のほとんどが、哀調を帯びていることに気づかれるだろうか。文書の記録の残っていない文化においては、忘却の悲しみを表明すると同時にそれに抗うことが、詩の主な役割なのである。それは、騎士たちが斃《たお》れた者たちを偲《しの》んで突き立てた槍や、彼らが死者の上に築く塚山や、その塚の上に咲く花と同じ役割である。エオメルはそうした墓所の一つを通過する時こう言う「かれらの槍は錆び朽ちようとも、かれらの塚は永遠に崩れることなく、アイゼンの浅瀬を守り給え！」またメドゥセルドに向かう途中、ガンダルフは王家の塚山の間を進みながら（イングランドのサットン・フーやデンマークのガムレ・レイレには、実際に塚山の並ぶ墓所がある）、墓所の上に咲く白い花を見て言う「この花は忘れじ草、この人間の国ではシンベルミネと呼ばれておる。なぜならこの花は四季を通じて咲き、死者の奥津城《おくつき》どころに育つからじゃ」。過去の未開の時代を再現しようとした試みはこれまでに多くあったが、トールキンはここで、他にはない主張をしている。このような社会では記録して残すことが難しく、まさにその儚《はかな》さが、記憶をさらに一層貴いものにし、その表現を一層悲しくすると同時に高らかにするのである。多くの場合と同じように、トールキンの過去の再創造には、他に類を見ない深い思いが加えられている。

文化的な対比——ローハンとゴンドール

ローハンの騎士たちの行動様式や彼らに関するイメージについては、最後にもう一つ述べることがあるが、それは比較によって説明しなければならない。前に述べたように、トールキンが騎士国《リダーマーク》とゴンドールを対照的に描いたのは疑いようがない。それは複数のレベルにわたっており、例えばセオデンとデネソールは暗黙のうちに比較されており（この点については四章で述べる）、エオメルの意見によれば、ボロミアはその間の存在のようである「かれは重厚なゴンドールの人間というより、血気盛んなエオルの息子たちに似ているようにわたしには思えました。そして時節が到来すれば、国民を率いる偉大な名将たり得る器と思いました」。明らかにエオメルは、行動においては騎士たちの方が、ゴンドール人より優れていると思っている。しかしゴンドール人は、騎士たちをただの「中の人（Middle People）」、自分たちのように真に洗練された人々と、褐色人や南方人《ハラドリム》のような「蛮族」の中間だと考えていた（訳注　『二つの塔』下巻「西に開く窓」においてファラミアは、フロドとサムにゴンドールの説明をする。その中で彼らの伝承の中では、人間を「上《かみ》の人」「中の人」「蛮族」の三通りに分けて考えると語る。そのうちロヒアリムは、「中の人、つまり黄昏の人間たち」に分類される）。一体どちらが正しいのか？　そして両者の違いとは何なのか？　両者の意見が共に正しいということがあり得るか？　こうした質問にトールキンは、二つの異なる文化を描きながら、その描写を深めることによって、物語の中で静かに答えた。

明らかに対比されているのは、最初にピピンが、次にメリーが、それぞれデネソール（『王の帰還』上巻一章）とセオデン（『王の帰還』上巻二章）に奉公を申し出る場面である。どちらの場面も中心となる展開は同じである。ホビットが人間に剣を捧げ、人間はそれを受け取り、そして返す。しかし展開が同じであるからこそ、それを取り巻く違いも見えてくる。メリーの行動は、ただ「この老人への愛情」によって突き動かされた自発的なものであり、セオデンも同じ精神で彼の申し出を受ける。その儀式は（これを儀式と言ってよければの話だが）、ただメリーが「御意にかなえば、わが身命のご奉公をお受けくださいまし！」と言い、セオデンが「喜んで受けるぞ（Gladly will I take it.）。さあ立て、ローハン国メドゥセルドの王家の小姓、メリアドクよ！」と答えるだけである。主従の絆が結ばれたことは間違いないが、言葉はあまり交わされない。対照的にピピンが奉公を申し出たのは、デネソールの尋問に潜む「蔑みと疑いの念」に対する誇り、それに怒りといった、もっと複雑な動機からである。ピピンの申し出はすぐには受け入れられない。デネソールはまず捧げられた剣を見る。それは塚山で手に入れた物で、デネソールは心を動かされたようであった。そして彼はこう言う「そなたの奉公を嘉納するぞ（I accept your service.）」（セオデンの言葉とは少々異なる。セオデンは肩肘張らずに「受ける」と言っているのに対し、デネソールは「嘉納する」という堅い表現を選んでいる）。このミナス・ティリスの場面では、両者は父の名や肩書をつけた長々しい名乗りを上げ、正式な宣誓をする。そのうちデネソールの誓いには、脅しに近いものがあり「誓いを破るにおいては復讐を報うべし」と約束している。セオデンの「そちの剣を取れ、それを持ちてよき運に恵まれんことを！」とは大違いである。公平に見て、メリーとセオデンの場面の方が、より良い印象を与え、より温かく、より気さくで、弱者の感情に多くの配慮が払われていると言えるだろう。

同じことが、二人の館のやはり対照的な描写についても言える。セオデンの館は薄暗いが、明るい陽の光が矢のように差しこんでいる。床はモザイクで、柱には装飾が施されている。一番目を引く特徴は、「壁には織った布がいくつもかけられ」ていたことで、緑や白、赤や黄に彩られた青年王エオルの肖像には、日があたっていた。このような特徴はすべて『ベーオウルフ』のフロースガール王の館「ヘオロット」の描写を思わせる（セオデンのメドゥセルド、ベーオウルフ自身の館メドゥセルド同様、ヘオロットも、火に焼き尽される運命にある）。ヘオロットにも「彩色を施された床」や黄金の切妻や式典の際に飾りとしてかけるタペストリー（webs）があった。トールキンはメドゥセルドの描写にたった一つ外国語を付け加えただけだ。それは煙突のない建物で、薪を燃やした時の煙を逃がしてやるための「屋根にあけた天窓（louver）」だった。一方ミナス・ティリスの大広間は、違いが顕著である。やはり「分厚い窓からはいる光で明るくなって」おり、多くの柱で支えられていたが、一切色がなく、生気がないと言ってもよい「この長い荘厳な大広間には伝説を描いた壁かけ（web）一枚なく、布製のもの、木製のものは何一つとして見られませんでした」。ただ「冷たい石に彫った丈高い影像の物いわぬ群れ」があるだけである。マークではlouverという単語が異国の言葉として目立っていたのと同じように、ここミナス・ティリスでは英語固有のwebという単語が、ゴンドールには異質なものとして際立っている。さらに違いを挙げると、セオデンが台座の上の「金色に塗られた大きな椅子」に坐り、その足元の踏段の上に蛇の舌がいた広間の正面には、やはりデネソールの館でも台座と玉座があったが、玉座に坐る者はいなかった。デネソールは、謙遜を示すかのように、一番下の踏段の上に地味な椅子を置いて坐り、蛇の舌と同じくそこを公務用の席にしていた。彼は執政であり、王ではない。しかしデネソールの謙遜の仮面の下に、はっきりとした自負が隠れているのは間違いなく、それは、例えばガンダルフを批判する時に現れる「このゴンドールの統治権は予のものであって、他の何人のものでもない。王の再来がない限りは」。彼とガンダルフのやり取りは、ある意味、「エルロンドの御前会議」で衝突寸前になったアラゴルンとボロミアを、その姿勢において再現していると言えるだろう。デネソールとボロミアがより高い地位を手にしようと努めている一方で、ガンダルフとアラゴルンは彼らより権威があることを主張しながら、それを正式にはっきりさせる必要を感じていない。

ではゴンドール人が、ファラミアの説明するような「中」ではなく「上《かみ》」の地位を標榜するのには、どのような正当性があるのだろう？　その一端は、第三の対照的な場面に見ることができる――エオメルとアラゴルンが東エムネトで遭遇する場面（『二つの塔』上巻二章）とファラミアとフロドがイシリエンで出会う場面である（『二つの塔』下巻五章）。両場面の類似点は多く、それもとてもよく似ている。どちらも争いの起きている国境地帯で、軍隊が見知らぬ者と出会う。軍の指揮官は、よそ者は捕えて連れて帰るよう命令を受けているが、自分の命を危険にさらしても、その命令に従わない決断をする。共に始まりは、敵意を露わに侵入者を取り囲む場面で、弱い陣営（アラゴルン側とフロド側）の補佐する人物（ギムリとサム）は、それぞれ自分のリーダーに味方して癇癪を起こしそうになる。最後にどちらの場面でも、最初はみなの前で会話が進み、ローハンやゴンドールの騎士たちはみなそのやり取りを聞く。次に指揮官は、人払いをして、歩み寄りの姿勢を見せて話をする。このように共通点が多いにも拘らず、二つの場面の与える印象は全く異なる。そしてこの対比において は、前に述べたローハンびいきの二つの比較と逆に、概して軍配はファラミアとゴンドールに上がるのである。

東エムネトの場面の騎士たちについて、まず言えることは、彼らはイングランドというよりアメリカを連想させる要素を持っているという点である。武器を構えたまま見知らぬ者を突然取り囲んで、円を狭める陣形は、イングランドの歴史上の何かというより、古い映画に出てくるコマンチ族やシャイアン族のイメージである。アラゴルンの動じない応対も、伝統的にアメリカ先住民族の特徴とされるストイックな態度を、彼が理解していたことを示唆している。とすればエオメルの行動は、際立って攻撃的と言わざるを得ない。実際両陣営は、危うく衝突するところであった。ただエオメルの態度には理由がある。アラゴルンと仲間は、エオメルが名乗るのが先と主張して、なかなか名前を明かそうとせず、エオメルの質問に答えるより、彼らの質問に答える方が先だと譲らなかった。「騎士国を旅する者は、当節のような疑い多き時代にあっては、このように尊大な態度をとられぬのが賢明というものです」とエオメルが言う時、読者は彼に共感できるだろう。エオメルが部下を離れさせ、己の権威を意識せずに話を始めると、緊張は弱まっていく。彼は、サウロンへの帰属を疑われても怒らず、一人のオークも逃していないという自分の主張を正されても受け入れ、進んで自分の置かれた状況を説明し、謝罪せんばかりになる。それにも拘らず、エオメルから得られる全体の印象は、心の奥底では有能で気立てはいいだろうが、アラゴルンとやり合うには力不足であり、「速やか」もしくは性急過ぎて心許ない。例によって、この感覚を視覚の面から強調した物がある。それはエオメルの最も目立つ特徴、兜《かぶと》の頂辺に羽飾りとしてつけた白い馬の尻尾である。この飾りを目印にして、彼の姿は繰り返し判別される。これは元々、トルコ人やスキタイ人など草原に住む人々に由来する、遊牧民のイメージである（ただしイングランド人はこの風習を喜んで採り入れ、今日に至るまで、近衛隊の兜の飾りに馬の尻尾を使っているのは、ご存知かもしれない）。英語には、当然外国語からの輸入だが、この羽飾りとそれが象徴する性質の両方を表す言葉すらある。パナッシュ（panache）は、騎士の兜の飾りを表すと同時に、騎兵の自信たっぷりの態度、敵の抵抗を蹴散らす迅速な攻撃を意味している。

エオメルが両方の意味でパナッシュを持っているとするなら、ファラミアにはもっと大切な何か、思慮分別や慎みといったものがある。フロドの尋問をしていた時には、彼もまた、ある種の厳しさ荒々しさを見せることがわかるが、苛立ったサムが話を遮った時には、控えるよう命じながら「怒ってはいませんでした」。ファラミアはまた、エオメルより遙かに自分の手の内を明かさない。彼は兄のボロミアの遺体を見たことを、フロドがボロミアの名を何度か口にするまで隠していた。加えて、フロドがボロミアとの関係を話す際に見せたためらいを見逃さず、一気に正しい結論に飛びついた。二人の会話で印象的な二つの点は、まずファラミアがロスローリエンについてフロドよりよく知っており、その影響を述べる意見には間違ったところがなく、むしろフロドの誤りを正したことである。次に最も大事なことだが、フロドが「イシルドゥアの禍」についてて何かを隠していると悟ると、ファラミアは尋問を一旦止め、自らの立場を利用して強いることがないよう、慎重に話を進めた。その結果、うっかりサムが真実を漏らしてしまうことになるのだが、このことはファラミアの戦略の有効性について雄弁に物語っているだろう。彼は、ボロミアやエオメルより、未来を見通す力があるのだ。もしエオメルが、前に述べたように、気持ちのいい若者であるなら、ファラミアは「謹厳な若者」である。彼は、闇雲に軍事を優先させるのではなく、戦士や将軍の力量とは別の、優れた特質があることを認めている。その姿勢は、ゴンドールが、騎士国《リダーマーク》より長い歴史の上に成り立つ、より思慮深い社会であるという彼の主張を裏付けている。この主張はまた、ファラミアの鋭い洞察力、控えめな表現、真実を敬い、それ故やや遠回しに真実に近づいていく方法の中に、暗に示されていた。エオメルのぶっきらぼうな攻撃と撤退より、遥かに優れた資質と言えるだろう。

織り上げられたアイロニー

『二つの塔』上巻までは特に、一種の複合地図、つまり文化、種族、言語、歴史の描かれた地図と見ることができる。この地図によって、登場人物が移動する世界には、特別な深みと存在感が与えられた。登場人物がただぶらぶらと歩きまわるだけの時も（初期の頃は時々そうしていた）、地図は強い影響力を持ち、ある種の魅力を保っていた。しかし、比較の対象が増えるにつれ、作品世界に入りこんできた対比という要素は、物語が語られる方法の中でさらなる発展を見せる。特に『二つの塔』において、そして『王の帰還』上巻においても、圧縮版だった「エルロンドの御前会議」を思わせる構造が、拡大版で見られる。この構造を一語で表すならば、「織り (interlace)」である。

この言葉は、『ベーオウルフ』批評において当たり前に使われているので、トールキンが知っていたのは間違いない。しかし彼は、この表現を好まなかったかもしれない。フランス語由来のinterlaceは、フランスの散文ロマンスの構造とも関連付けられるのだが、トールキンはこの分野にほとんど関心がなかった。しかしトールキンは、アイスランド語で短い物語を言うのに使われる「サウットゥル (þáttr)」という言葉が、文字通りには「糸」の意味であることも確実に知っていたはずだ。人は、いくつもの「小さな物語＝糸」がお互いに絡み合って、サガを構成していると言うことができる。ガンダルフがセオデンに、「絡まり合った物語の糸の中から殿のご質問への答えを拾い出せる子供たちがおりましょう」と話した時、彼は同じことを言っていたのだ。もしかしたらトールキンは、今日それを表す英語の言葉は残っていないけれど、フランス発祥の技法である「織り」のイングランド版が、ずっと存在していたと感じていたのかもしれない。とにかく呼び方はどうであれ、トールキンは確かに物語の糸を絡み合わせていった。

『二つの塔』の始まりから『王の帰還』下巻四章の「コルマルレンの野」までの物語が、どのように配置されているかを考察すれば、今述べたことが見て取れる。私はそれを付属の図によって再現してみた（一八一頁)。ただこの図がいくつかの点で簡略化されていることはご承知おき願いたい。例えば『二つの塔』上巻七章のヘルム峡谷の戦闘中に、レゴラスとギムリが短期間離れ離れになったことは入れていない。またペレンノール野の合戦の三月十五日における、登場人物全員の動きを細かく記録するには、また別の図が必要になるだろう。そしてもちろん物語には、旅の仲間のメンバー以外にも多くのキャラクターが登場する。それでも私はこの図によって、物語の糸とそれが絡み合う様子を説明できるのではないかと思う。

図は『二つの塔』冒頭（二月二十六日）から『王の帰還』下巻四章（三月二十五日）までの期間を扱っている。ホビット庄歴で言えばきっかり一か月にあたるこの間、旅の仲間の残る八人は分裂した（ボロミアは『二つの塔』の最初で亡くなっている）。彼らの冒険が、厳密な時系列に沿って長く語られ続けることはない。常に「馬跳び」型の語り、つまり後から語られた物語が、前に語られた物語の先まで進むという方式で続いていく。

『二つの塔』の最初の二章、読者は、アラゴルン、レゴラス、ギムリの二月二十六日から二月三十日までの追跡劇を追う。三章と四章では、ピピンとメリーがウルク＝ハイに捕えられ、木の髭に会うまでを追う。三章四章は一章二章とほぼ同じ時点から始まっているが、終わりは最初の二章の先まで進み、三月二日になっている。五章から八章までは、またアラゴルンとその仲間に話が戻り、すぐにガンダルフが一行に加わる。今度の期間は三月一日から三月五日までである。五章では、物語に必要なガンダルフの「回想場面」があり、彼の死からの復活が説明される。この話の始まりは一月十五日に遡る。アラゴルン組とホビット組の二つのグループは、最終的にはアイゼンガルドでめぐり会う。その時、ガンダルフ、アラゴルン、セオデンたちは、「二人の小さな人物」が破壊された門の近くで、一人は眠り、もう一人はのんびりパイプを吸いながら煙で輪を作っているのを見つける。二人はメリーとピピンであるが、彼らの登場は、読者を含めたみなにとって全くの驚きである。ただし、ガンダルフだけは別である。彼は七章でヘルム峡谷に向かう途中、木の髭と話すために少しだけアイゼンガルドに寄った際にピピンに会っている。ホビットたちがどうやってアイゼンガルドに到着したかの説明は、「エルロンドの御前会議」の語りの多くと同じように、彼ららしい言葉遣いで語られる。その話は三月二日に四章が終わったところから始まり、現在の三月五日までである。旅の仲間の

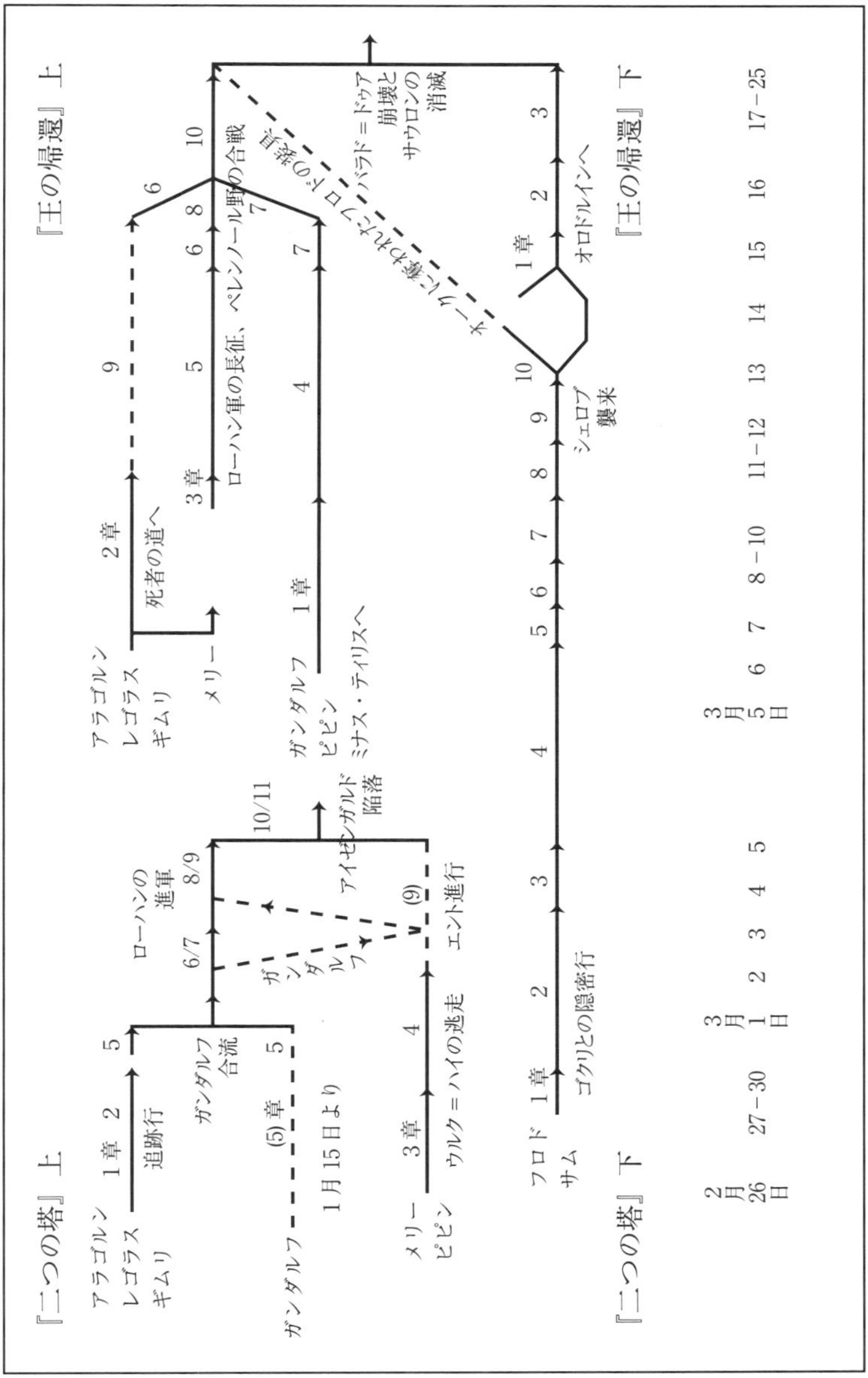

＊事件・事態の付与は日本語編集部で行いました。

六人のメンバーは、十章と十一章の間行動を共にするが、再び別れ別れになる。彼らに関する物語は、『王の帰還』の冒頭まで再開されない。『王の帰還』は、ミナス・ティリスへ向かう途上のガンダルフとピピンの話で始まる（二人については、一章と四章で三月九日から十五日までが描かれる）。その合間に時計を元に戻してアラゴルン、レゴラス、ギムリの話が挿入されるが、彼らは二章の三月八日に、メリーと別れて死者の道に向かう。その後三章と五章では、読者は騎士たちと共に行軍するメリーだけを追うことになる。三つのグループは三月十五日の「ペレンノール野の合戦」の最中か戦闘後に再び合流する。しかし再び、読者を含めた誰も、どうやってアラゴルンが合戦に間に合ったのかは全くわからない。この件もやはり回想場面で説明されるが、レゴラスとギムリが、メリーとピピンに語る様子（『王の帰還』上巻九章）は、ホビット側が二人に経緯を説明した場面（『二つの塔』上巻九章）と正確に呼応している。『王の帰還』上巻の終盤では、『二つの塔』上巻の終盤と同じく、旅の仲間が再び集結し進軍する。今回はメリーだけ後に残し、終わりは三月二十五日である。

一方当然のことながら、これらの物語の糸すべてと絡み合うフロドとサムの物語がある（『二つの塔』下巻、『王の帰還』下巻）。こちらは大体直線的に語られているが、しかしフロドがオークに捕えられて終わる『二つの塔』下巻の最後は、この巻と対になっている上巻の最後と同じ日ではないことに注目したい。『二つの塔』上巻は、三月五日にピピンとガンダルフが、ゴンドールに向けてアイゼンガルドを急きょ出立するところで終わる。一方下巻が終わるのは三月十三日で、ゴンドール方面の物語では『王の帰還』上巻四章でやっと追いつく日付であり、ピピンが都に到着してから既に数日が経過している。こうしたことから、全体のルールとして、『指輪物語』の中心となる五、六本の語りの糸はどれも、他の糸とは時間がきっちり一致していないと言えるだろう。一つの話は、必ず他の話より進んでいたり、遅れていたりするのである。

このことがもたらす大きな二つの効果は、当然、意外性《サプライズ》と緊張感《サスペンス》である。意外な出来事の一つ目は、ピピンとメリーが廃墟で、昼寝とパイプでくつろいでいる場面だ。二人について読者が知っていた最後は、エントと共に、アイゼンガルドに進撃中ということだった。二番目は、エントがヘルム峡谷の戦いの決着をつけたことだ（後にホビットたちの回想場面で一部説明されるだけである）。三番目は、ウンバールの海賊船の黒い帆に、白い木と七つの星々とアラゴルンの冠が現れた時である（後にレゴラスとギムリの回想場面で一部説明されるだけである）。言うまでもなく、最初はアラゴルン、レゴラス、ギムリの三人にとって、それからアイゼンガルドのピピン（とおそらくメリー）にとって、最後に滅びの山から救出されたサム（とおそらくフロド）にとって、ガンダルフが死から甦って、彼らのところに帰ってきたのは、大きな驚きであった。しかし『指輪物語』最大の驚きは、おそらく『王の帰還』上巻四章「ゴンドールの包囲」の最後の文だろう。勝ち誇る指輪の幽鬼の首領が、ガンダルフに死を宣言すると、それに答えるかのように、まず雄鶏が時を告げ、「北の国の大きな角笛が激しく吹き鳴らされていました。ローハン軍がとうとうやってきたのです」。読者が最後にロヒアリムを見たのは、マークの領土を後にするところだった（三章最後）。そして四章最後の驚きの登場から読者は逆戻りして、五章の「ローハン軍の長征」を通じて騎士たちの動向を追い、どのようにして彼らが戦場に到着したのかを知る。例によって五章は、四章の終わりと同じ場面で終わらない。四章の最後でガンダルフや指輪の幽鬼が聞いた角笛に続くセオデンの突撃、「疾駆する速さに兜につけた白い馬の尻尾をなびかせながら」後を追うエオメル、モルドールの軍勢の混乱までが五章の終わりである。そして話がガンダルフに戻ってくるのは、七章になってからである。一方、気づくのが難しいが、フロドとサムのより地味な肝心要の冒険について、読者が長いこと知らされないためにずっと続く緊張感がある。『指輪物語』の構造について、批評家の指摘は多くない。しかし、例えばジョセフ・コンラッドの『ノストローモ』の複数の語りと比べても、この作品はかなり複雑な構造をしており、少なくとも同じくらい入念にまとめられているのである。おそらく、もっと経験を積んだ作家なら、もしくは、ただ情熱に突き動かされているのではなく生業《なりわい》として小説やファンタジーを書いている作家なら、これほどまでに凝った作品を書く冒険はしなかったろうし、これほどまでに読者が頭を働かせてくれることをあてにしなかったろう。しかし無謀にもトールキンは挑戦したのである。

だが、話を絡み合わせる技法がもたらした効果で肝心なのは、意外性と緊張感ではない。その真の狙いは、深みのある現実感、物事が実際に起こるように起こるという感覚を生み出すことであった。トールキンの物語にはパターンがある。しかし登場人物たちは決してそれを見ることができない（渦中にいるのだから当然である）。彼らにとって、物語全体は混沌としていて、不運に付きまとわれている。彼らは比喩的にも地理的にも荒野（wilderness）に飲みこまれ、困惑（bewilderment）しているのだ。時に暗闇で、時に魔法の森で、登場人物は自身にふりかかったことの意味について、しばしば間違った推測をする。「わたしの選択はみなうまくいかなかった」という発言を繰り返して、真っ先にこの感覚を口にしたのはアラゴルンである。ウルク＝ハイを追う時、彼はいくつかの謎に出会う。死んだオーク、ピピンのブローチ、死骸の中にホビットはいなかったというエオメルの証言、これらは何の説明もされないまま、解明できずに話が進んでいく。また注意深い読者でも、アラゴルンと仲間たちがファンゴルンの森の端で見た「杖に寄りすがった、背中の曲がった一人の老人」が誰なのかはわからないだろう。てっきりガンダルフだと思われたが、ガンダルフ自身は合流した時に、サルマンだったに違いないと言う（もしかしたらガンダルフの心が映し出したサルマンの「幽鬼」だった可能性もある。『アイゼンガルドの裏切り』参考）。飛蔭が同じ時に戻ってきて、アラゴルンたちの馬を森から誘い出していたのは、単なる偶然の一致だった。ただしこれは、偶然の一致というものがあるならばの話であり、ガンダルフはそのことを敢えて疑っている。この時彼は、不思議なことに敵が「驚くべき速度で、メリーとピピンをファンゴルンまで運んで来ることだけはできた。それも［エントを突き動かすのに］うってつけの時にな。さもなくば二人はこんなところには来っこないわけじゃて！」と言っている。この発言は、ガンダルフの「運」についての考え方と関係があるのだが、その点については次章で述べる。いずれにせよ、ファンゴルンでは別の出会いがあった。というのも言葉こそ交わさなかったが、ガンダルフと木の髭は、お互いの姿を見ているのである。そのためホビットたちがガンダルフの死を伝えた時、木の髭ははぐらかして返答した。しかしホビットたちはそれを解せず、後にレゴラスとギムリが回想する時も、知っていながら二人には明かさなかった。読者は、かなり離れた箇所に書かれている三つの会話を突き合わせなければ（そんなことをする読者はほとんどいないだろう）、この事実を摑むことができないのだ。

一方、登場人物たちが別の物語との接点に気づき、自らの物語に結び付けることもある。『二つの塔』上巻五章で、ガンダルフと再会したレゴラスは、二章の冒頭で鷲《わし》を見たことを思い出す。するとガンダルフは、その時風早彦《かぜはやひこ》グワイヒアが、彼のために消息を集めていたと説明する。一方『二つの塔』下巻二章の終わりでは、なぜナズグルが彼らの上を三度も飛び去って行ったのか、その理由を知っているとゴクリは確信する「やつらはわしらのこと、わかったよ。いとしいしとのこと、わかったよう」。しかし実際には、ゴクリは誤解していた。「恐ろしい速度で西に飛び去って行った」三番目のナズグルは、サルマンに事情を聞くためオルサンクへ向かっていたのである。おそらく『二つの塔』上巻三章の終わりで、エオメルの軍勢が、ファンゴルンの森の際で退治したオークの死骸を焼いた時、煙が「天高く立ち昇り、油断なく見張るたくさんの目がそれを見とどけ」ていたからだろう。その同じナズグルが、ドル・バランの宿営地を通り越した時は、パランティアを覗いたせいではないかと疑ったピピンが(やはり間違えて)ガンダルフに尋ねた「あれはぼくを探しに来たんじゃありませんよね?」ガンダルフは、バラド=ドゥアからオルサンクまでの時間と距離に基づいて、そうだとしたら早過ぎると正してやった。さらに交錯する接点は、『旅の仲間』の最後の、フロドがアモン・ヘンの頂上に坐って指輪をはめる場面である。この時フロドは、心の中で怒鳴られる「はずせ! はずせ! 愚か者め、それをぬきとれ! 指輪をはずせ!」。この説明のない声が、おそらくフロド自身の心の声の反映か何かだと解釈する読者も多いだろう。その前の二つの台詞(「決して、決して!」「あなた様のもとにまいります」)はおそらくフロドの言葉であったのだから(この問題については次章でさらに詳しく述べる)。しかし本当のところ三番目の声は、その手厳しさから推測できるように、ガンダルフの声だったのである。もちろんこの時、フロドや読者は、ガンダルフは亡くなったものと思っていた。ガンダルフは言う――『二つの塔』上巻五章の再会の場面になってやっと、それも曖昧に――「わしは高い場所に坐り、暗黒の塔を相手に死力を尽くしたからな。そしてかの影は通り過ぎた」。これがフロドの危機を救った時とは、アラゴルンと仲間たちにもわからない。

物語の中で交錯する糸として、他にまずボロミアの角笛がある。角笛は、『旅の仲間』の最後で二つに割られ、漂流しているところを何章も後になってファラミアに見つけられ、フロドの話の真偽を問うために使われた。デネソールの使者ヒアゴンは三つの章で束の間登場する(『王の帰還』上巻一章=ピピンの目撃談、三章＝セオデンへの奏上、五章＝遺体の発見)。ファラミアの父への言葉も二つの物語をつないでいる「ここにいる小さい人は、北方の伝説の中から出て来てこの南の国を歩いているのをわたしが見た最初の小さい人ではないからです」(「ゴンドールの包囲」でピピンを見て)。そしてフロドのミスリルの鎖帷子《くさりかたびら》は、『王の帰還』上巻十章「黒門開く」で「サウロンの口」が、モルドールにいた間者の品として一同に見せつける。読者はここに至る経緯をまだ説明されていない。

おそらく最も重要で最も多く登場する交錯は、オルサンクのパランティアをめぐるエピソードだろう。『王の帰還』上巻二章で、アラゴルンは仲間に打ち明ける「友よ、わたしはオルサンクの石を覗いたのだ」。レゴラスとギムリは恐れ慄き、アラゴルンも自分の存在を明かしたのは「まずいこと」だったかもしれないと認める。しかし実際には、アラゴルンの作戦は功を奏したのだ。まずサウロンに、準備が整う前に攻撃を仕かけるよう仕向けた。このことは三十ページも後になってガンダルフが気づくが、この推測が正しかったとわかるのは、彼とアラゴルンが会って話す、さらに六十ページ後の「最終戦略会議」(『王の帰還』上巻九章)の中である。しかしアラゴルンの決断のもたらした一番の結果は、誰にも気づかれることはなかった。サムとフロドの旅の重要な局面で、

暗黒の力は深く思いに沈み、かの目は己の中に向けられ、疑いと危険の徴候を判断しようととつおいつ考え込んでいました。輝く剣といかめしい王者の顔をかの目は見て、それからしばらくの間、ほかのことにはほとんど思いを及ぼしませんでした。そして門に門を重ね、塔に塔を重ねた、バラド＝ドゥアの巨大なる砦は立ちこめる暗闇にとっぷりと包まれているのでした。(『王の帰還』下巻二章「影の国」)

これらの出来事の日付は、入念に別の角度から確認されている。今引用した箇所の日、フロドとサムがモルガイから滅びの山を望んだ時に無視された、いや見過ごされたのは、サウロンがペレンノール野の敗戦と幽鬼の首領の死の知らせを受け取った後のことで、三月十六日だった。一方アラゴルンがパランティアを覗いたのは、「指輪所持者がラウロスから東へ向かって以来、十日が経過して」いたと彼が言うように、三月六日である。そしてガンダルフが、サウロンの反応を見てアラゴルンの決断を推測したのは「今から五日ばかり前に、やつはわしらがサルマンを倒し、例の石を手に入れたことに気づいたろう」という台詞から三月十日とわかる。読者は、提供された多くの語りを重ね合わせることによって、そして追補編Bにあるトールキン自身が書いた詳しい年表と照合することによって、これらの日付を導き出すことができる。しかし繰り返し言うが、登場人物は知らなかったり、推測しなければならなかったり、説明できなかったり、時には誤解したりするのである。例えば、驚くことに、指輪の旅も最終段階になって、既に指輪が破壊された時でさえ、サムとフロドはガンダルフが死から甦ったことを知らない。そして「ガンダルフの旦那がモリアで落っこっちまわれた時に、万事がくいちがっただ」と「滅びの山」で死を覚悟して思っているのである。

こうしたすべてには、登場人物の知っていることと、読者の知っていることとの、度重なるギャップから生み出されるアイロニーが、常に見え隠れする（と言っても、読者も登場人物と同様しばしば五里霧中なのだが）。しかしそこには、いわばアンチ・アイロニーと言うべきものも存在する。読者は、登場人物の不満、憂鬱、絶望の一歩手前の状態は、当然かつ正当であると同時に不必要かつ誤解であると、徐々に悟る。確かに物事はうまくいっていない。しかしまだましなのである。最悪の時でさえ「まだまだわからない」という意味のことわざを口にする感覚が存在する。「悪意はしばしば悪を損う」（セオデンの言葉。サルマンがパランティアを使っていたことを知って）、「あわてた攻撃は、しばしば見当ちがいをおかす」（アラゴルンの言葉。死者の道を前に、迫る敵方の攻撃を批判して）、「裏切り者はおそらく正体を露わし、自分では意図しない善をなすことがあるのじゃ」（ガンダルフの言葉。ゴクリがフロドとサムをキリス・ウンゴルに連れて行ったと聞いて）。特にガンダルフは、時々別々の糸を手繰り寄せて意見を述べている。例えば『王の帰還』上巻八章では、メリーとピピンが一緒に来ることをエルロンドが許したのは重大な決断だった、二人はファラミアとエオウィンを救ったのだからと話している。一方デネソールの絶望は、セオデンの命を奪うことになったが、メリーは半ばそれに気づいていた「ガンダルフはどこだろう？（中略）あの人だったら、王を助けられたのではないだろうか？」（『王の帰還』上巻六章）。それに対しガンダルフは「もしそうすれば、今度は他の者が死ぬことになろう」（『王の帰還』上巻七章）と確信していたが、それが誰になるのかはわからなかった。ガンダルフが、折々に述べているように「すぐれた賢者ですら、末の末までは見通せぬもの」なのだ。ひょっとしたらガンダルフは、物語の糸の織りなす模様に思いをはせていたのかもしれない。

「中つ国」の混乱と困惑の中から、確実に「正しい」結論を引き出すことは不可能だろう。しかし永遠に紛うことなく「誤り」とされる結論を知ることはできる。それは、もうこれ以上試みても無駄だという断定である。トールキンは、物語の糸を絡み合わせることによって、この間違いを宣言した。そして同時に、糸をばらばらに引き離すことによって、希望を放棄したくなる誘惑も劇的に描き出した。ここで私は、もう中つ国の地図や『指輪物語』の構造の話題から離れてもいいのではないかと思う。そして代わりに、この作品の論点、トールキンはこの言葉を好まなかったであろうが、イデオロギーについて考察してみたいと思う。

第三章　『指輪物語』（二）――悪の概念

指輪の概念

これまでの二章で述べてきたことの多くは、トールキンの創作の背景に古代の文学があることを強調してきた。そこから、『指輪物語』は本質的に「骨董趣味」の作品であると主張する向きもあるかもしれない。骨董趣味という言葉は、今日、「やれやれお気の毒に」という趣旨で使われることが多い。しかし「骨董趣味」の部分は正しいとしても、「気の毒」がられる必要はない。古き文学の知識こそが、中つ国の魅力の多くを物語っているのだ。それにも拘らず、この点だけでは、なぜこれほど多くの読者が、『指輪物語』に深く影響され、自分自身の状況にそのままあてはめられると感じている理由を説明することはできない。トールキンの作品は、単なる骨董趣味のファンタジーではない。『ベーオウルフ』のように、もし作品完成後千年経っても読まれているならば、遠い未来であってもわかる人にはわかるだろう。この作品が二十世紀の極めて典型的な作品以外の何物でもないということが。

この点は、「指輪」の描写を考察すれば理解できる。トールキンは、『ホビットの冒険』初版で、ビルボが拾った時にはまだ「すべてを統べる一つの指輪」ではなかった指輪のイメージを修正するのに、ずいぶん手

間をかけなければならなかった。『指輪物語』や第二版以降の『ホビットの冒険』から物語を知っている読者が、一九三七年出版の『ホビットの冒険』初版に戻って、ビルボとゴクリのなぞなぞ問答を読めば、ショックを受けるだろう。驚くことにこの版では、ゴクリは「いとしいしと」にそれほど執着していない。ゴクリは、ビルボの命と引き換えに、指輪を賭けてなぞなぞ勝負をする。そして負けても、精一杯約束は守ろうとする。指輪が見つからないと（その時には既にビルボのポケットの中にあったので）、賭けた物を渡せないのをしきりに詫び、代わりに出口への道を教えようと申し出る。ビルボは切羽詰まっていたので、その申し出を受ける。二人が別れる時には、関係は良好に近かった。ゴクリの最後の台詞《せりふ》は、

「こっちが道よ。ぎゅううっとはいって、しのび足で行くよ。わしら行かないよ、いとしいしと、そうよ、行かないよ、ゴクリ」

一九五一年の第二版からは、対照的に、台詞はこう変わる。

「どろぼう、どろぼう、どろぼう！　バギンズめ！　にくむ、にくむ、にくむ、いつまでも、にくむう！」

トールキンは、初版の今とは異なるこの物語を、後にビルボがガンダルフや他の者たちに語った話としてとっておいた。元々がなぞなぞの戦利品だったなら、指輪の所有権を訴える彼の主張は、より正当になる。

ビルボがこの件について嘘をついたことは、『指輪物語』の中で、指輪が彼に力を及ぼし始めている不吉な兆候となった。指輪はビルボの「いとしいしと」になり始めていたのである（彼は、ガンダルフに指輪を袋小路屋敷に置いていくよう命じられて苛立って、イシルドゥアやゴクリと同じように、指輪が自分の「いとしいもの」だと訴える）。しかしこのオリジナル版の物語は、後に私たちが知る指輪の基本的な事実と矛盾している。イシルドゥアから先、ゴクリも含めて、指輪の所有者は自分から指輪を手放さない。指輪が所有者を見捨てるのである。

『指輪物語』の中心にあるのは、『旅の仲間』上巻二章で、ガンダルフが長々フロドに語って聞かせた指輪についての断定である。これが受け入れられなければ、物語全体の核心部分が崩壊してしまう。ガンダルフの主張は、本質的に三つある。第一に指輪は、正しい者の手にあっても悪しき者の手にあっても、計り知れないほど強大である。もし再びサウロンが手にすれば、少なくとも先の見通しができる未来の間、彼は無敵になるだろう「もしもかれがそれを取り戻すことがあれば、［エルフたちによって保持されている］三つの指輪も含めた他のすべての［力の］指輪が彼の意のままになるじゃろう。そしてまたそれらの指輪とともに働いた力もすべてあらわとなり、かれの力はこれまでになく強大になるじゃろう」。第二にガンダルフは、指輪がその所有者全員にとって致命的に危険だと断言する。指輪は彼らを乗っ取り、「貪り喰い」、「所有」する。その過程は、持ち主がどれだけ「強く、よき志をもって手にした」か次第で、長くも短くもなる。しかし「強さもよき志もしょせんは続かぬのじゃ——遅かれ早かれ、暗黒の力の貪り喰うところになるばかりじゃ」。さらに乗っ取られるのは肉体ばかりではない。指輪ははめた者に留まらず、すべてを悪に変えるのである。よき目的のために、相応《ふさわ》しき者の手に渡されたとしても、指輪を使いこなすのを委ねられる人物は一人もいない。実際指輪を使うのに相応しい人などいないし、よき目的も指輪の力を通じて達成すれば、悪に変わってしまう。エルロンドは後にこの主張を繰り返す「私は受け取らない」。ガラドリエルも同様に断る「わらわは小さくなることにしましょう。そして西へ去って、いつまでもガラドリエルのままでいましょう」。最後に、そしてこの第三の点は、エルロンドの御前会議での反論に、ガンダルフがもう一度はっきりと強調しなければならなかった点なのだが、指輪は単に使わないでおくこともできないし、しまいこんだり捨てたりもできない。指輪は破壊しなければならない。そしてそれができる場所は、指輪の作られた場所、すなわちオロドルイン、滅びの罅裂《きれつ》だけである。

これらの断定が物語を決定した。よく言われるように『指輪物語』は、何かを見つけたり取り返したりするのが目的の探求譚《たん》ではない。何かを拒絶して破壊するための「反探求譚」である。また、たとえ魅力的に見えたとしても、妥協案はあり得ない。ガンダルフは受け取らない。ガラドリエルも受け取らない。ボロミアやデネソールが望んだように、ゴンドールに運べば破滅を招くだろう。すべてが完璧に論理的である一方、こう指摘する人もあるかもしれない。指輪についての大前提は認めるにしても、ガンダルフの仮説は容易に鵜呑《うの》みにはできないと。なぜ私たちはそれを信じなければならないのだろう？　しかし、評論家があれこれ理由を見つけては『指輪物語』のほぼすべてを批判しているのに対し、ガンダルフが指輪について述べたことに、けちをつけた人は、私の知る限り一人もいない。これはあまりにありそうで、あまりに聞き覚えのある話なのである。ただ、二十世紀の多くの辛い経験をする前には、そうではなかったことだろう。

もしガンダルフがこの初期の章で主張した三点をつなぎ合わせて、次の言葉を思い出さない人がいたならば、今日においては鈍いと言われても仕方がないかもしれない「すべての権力は腐敗する。絶対権力は絶対に腐敗する」。この格言は、この通りの言葉ではないが、一八八七年、アクトン卿によって最初に表明された。実際に卿が書いた文は「権力は腐敗する傾向にあり、絶対権力は絶対に腐敗する。高い地位にある者は、ほぼ間違いなく悪い人間である」であった。しかし私は、一八八七年よりずっと前の時代であったなら、彼に同意する人が多いとは思わない。中世の世界には、聖人の存在があった。聖人は生涯を通じて、彼らの計り知れないまさに奇跡の力を、良い目的のためだけに使った。また中世の物語でも、悪しき王には事欠かないが、彼らが王になったから悪になったと示す徴《しるし》は滅多にない（『ベーオウルフ』にはそういう趣旨のほのめかしがあるが）。全体として人々は、悪い権力者は性質のせいでそうなったのであって、最初から悪しき人物だったと考えていたと思われる。古英語でアクトン卿の声明に一番近いのは、「人は望むままにできる時、その人らしい振る舞いをする」ということわざであろうが、これとて、権力は性格を露わにするという意味であって、変えると言っているのではない。ではなぜ見方が変化したのだろうか？

　この問いに答えるのは容易である。その答えはまた、トールキンが時に言われるように孤立した作家ではないということを、特に明確に証明してくれる。『指輪物語』が出版される六年前、ジョージ・オーウェルは、彼の寓話『動物農場』を発表していた。その結末では、誰もが知るように、動物たちの革命が完全に失敗に終わる。理由は、ブタが農夫になってしまったからだ「外の動物たちは、ブタから人間へ、人間からブタへ、そしてもう一度ブタから人間へと目を移しました。しかし既にどちらがどちらかを見分けるのは不可能になっていました」。この寓話が正確には何にあてはまるのかは、激しく議論されてきた（誰も自分にあてはめようとはしなかった）。しかしある意味このことは、ガンダルフの断定と同じこの作品の主張をより強固にしていた。つまりこれは誰にでもあてはまる物語なのである。権力を握った者はみな、どれほど「強く、またよき志を持っていたとしても」同じ道を行く。それが権力というものである。一方『指輪物語』の刊行と時を同じくして、ウィリアム・ゴールディングも、彼の寓話『蝿の王』（一九五四年）、『後継者たち』（一九五五年、中央公論社）を世に出した。これらの作品の意味については、都合のいいことに、後に「寓話」（『熱き門』所収）というエッセイの中で、ゴールディング自身が批評家向けにまとめてくれている。

［第二次世界大戦の］この時代を生き抜いた者で、人間というのは蜂が蜜を作るように悪を生み出すものだと理解していないのならば、ものの見方か考え方に問題があったに違いないと言わざるを得ない。

だからこそイギリスの合唱隊の少年たちは、牧歌的な孤島に隔絶されて殺人と人間の生贄《いけにえ》を編み出し、「蝿の王」つまりベルゼブブそのものを作り出した。そして『後継者たち』では、我々の祖先クロマニヨン人が、優しく友好的なネアンデルタール人を皆殺しにし、全く嘘の人喰い鬼の伝説を作って自分たちの行為を正当化した。これと大変よく似た、しかしもっと複雑な説が、一九五〇年代のもう一つの偉大なファンタジーによって主張されていることも付け加えるべきだろう。T・H・ホワイトの『永遠の王』（東京創元社）は、トールキンと同じく、児童文学作品『王さまの剣』（一九三七年）から始まった。そして完成に至るまでにはトールキンよりも時間がかかり、未完の形で全体が発表されたのが一九五八年だった（訳注　ホワイトは第一部『王さまの剣』から第五部までを一冊にして出版したいと願っていたが、出版社が第五部に難色を示したため、第四部までを『永遠の王』のタイトルで発表した。最終章の第五部『マーリンの書』はホワイトの死後独立した形で出版された）。この作品でホワイトが訴えたことはあまりに多く、あまりに懐疑的だったので、簡単に要約することはできない。しかし、『指輪物語』と同じく「国々が恐ろしい戦争で激しく争っていた間」に書かれたこの作品において、少なくとも彼が、人間性の基本にある破壊への願望を見据えて、それを表現したことは間違いない。オーウェル、ゴールディング、ホワイト（さらに数人のファンタジーや寓話を書いた戦後作家）が、それぞれ非常に異なる方法で表現した思想とは、人間は決して信用できない、人類の向上への願いを表明している時には、特に信じてはならないということであった。二十世紀は、政治的な良き意図に対して大いに幻滅した。それはただ、強制収容所と殺戮《さつりく》につながっただけであった。だからこそガンダルフの言葉は、事実上読んだ者すべてに真実に響くのである。ただ繰り返して言うが、これも中つ国においてはもう一つの時代錯誤であり、中でも最大と言える全く現代的な確信であった。

　ところでトールキンは、物語のまさに土台であるこの問題に関して、正々堂々ルールを守って書いているのであろうか。評論家たちは守っていないと主張してきた。特に、コリン・マンラヴの断固たるトールキン攻撃は、彼の一九七五年刊『現代ファンタジー』の五章を形成した（彼の批判は後で一部取り上げる）。ここではまず、登場人物の何人かが、ガンダルフの恐れていた忍び寄る堕落の、様々な段階を示している場面を確認することから始めるべきであろう。最初はビルボである。彼は一章で、ガンダルフに指輪を手放すように（譲り渡すのではない）説得された時、怒りを露わにする。そして「数々の出会い」の章で、再び指輪を「ともかく、ほんのちょっとでいいから見てみたいんだけどねえ」と頼んだ時、フロドの目にはわずかの間ながら「しわだらけの小さな生きものが、がつがつした顔をして骨ばった手をさしのばしている」ように見えた。次はイシルドゥアだ。ガンダルフによってゴンドールの古文書から発見された手紙の中で、彼は不吉にも「このものを購《あがな》うに、大いなる傷手をはらいたるも、予にとりていとしきものなればなり」と宣言している。それからもちろんゴクリであるが、彼の堕落は作品全体を通じて描かれている。またボロミアもいる。彼は最初から、指輪をオロドルインで破壊しなければならないという賢者の意見に懐疑的であり、最終的には「誠ある人間は堕落しませんぞ」と確信した故に、旅の仲間をバラバラにしてしまった。『旅の仲間』最終章前半のボロミアの演説は、二十世紀が信用しなくなったすべての信号を発信している。たとえ「敵の力」でも、力に魅了される気持ちは「恐れを知らぬ者」への賞賛につながり、それはたちどころに勝利の手段としての「無情なる者」への賛美に変わり、最後には自身を「指揮の大権」を持った指導者として劇化して、あからさまに力に訴える「なぜって、わたしはお前のような小さい奴なんか、敵いっこないほど強いんだからな」。『王の帰還』下巻一章で短時間指輪を運んだ際には、サムでさえも束の間同じ類の幻を目にして、自分を「今紀最大の英雄・強者サムワイズ」と想像した。そして指輪をのろのろと返した時、フロドの目には、サムがビルボと同じように一瞬「欲深な目をして、口から涎《よだれ》をたらしているいやらしい小さな生きもの」に見えた。指輪を運ぶ危険は、物語全体で繰り返し語られ、その描写は首尾一貫しており、ガンダルフの最初の主張を裏書きしている。

しかしトールキンは、自分自身のルールに例外を許していると言えるかもしれない。サムもビルボも、結局のところは、瞬間的に渋っただけで指輪を手渡した。他には、指輪を所有したり受け取ったりすることに、一切興味を示さない登場人物もいる。メリーとピピン、アラゴルン、レゴラス、それにギムリである。ロスローリエンのガラドリエルは、自身の興味を自覚しており「わらわの心がそなたの申し出られたものを請い受けたいといたく望んできた」と認めた。彼女もまた、ボロミアやサムが見たのと同じような幻を告白した。「[そなたは] 冥王に代わって女王を擁立しようといわれる。（中略）その恐ろしきことは嵐のごとく、稲妻のごとく、大地の根底よりも強固な力を得るであろう。そしてものみなすべてわらわを愛し、そして望みを失うであろう!」しかしガラドリエルは、ただ笑っただけで誘惑を退ける。全く同じようにファラミアも、フロドとサムの身柄を拘束した際に、二人が運んでいる物の正体に気づいて一瞬脅かすそぶりを見せるが、すぐに笑って誘惑を払いのける。フロドの場合も考察しなければならない。ガンダルフは、作品冒頭近くで、フロドに指輪を放棄させることは彼にもできないと語った「力づくでなら別じゃが、そんなことをしたらあんたの心は打ち砕けるじゃろう」。しかしマンラヴがここぞと指摘するように、最後のサンマス・ナウアの場面で、ゴクリは実際に力づくで、つまり指を嚙み切ってフロドに指輪を断念させているが、このことはフロドの精神に何の影響も及ぼさなかった。これらの一見矛盾と思われる例を挙げて、この物語自体に敵対する評論家たちは、悪の発端についてのトールキンの描写全体には欠陥があると論じてきた。曰く、指輪の悪い影響を受ける登場人物と、全く受けない登場人物がいる。筋は意図的に操作されており、論理的に発展していないと。

実は、このように表明された疑念は、一つの言葉で解消できる。トールキン自身は使っておらず、OEDにも一九八九年版になるまで記録されていなかった言葉であるが(発見されている中で最も古い例として引用されているのも、たかだか一九三九年の文である)、それは薬物などに使われる「依存症」という言葉である。ガンダルフの主張全体は、指輪の使用は依存症状をもたらすという一文で要約できる。一回使用しただけでは必ずしも破滅的ではないが、使用するごとに、もう一度使いたいという気持ちは強まる傾向にある。初期の段階で依存症を払いのけることは可能だが(これでビルボとサムの場合が説明できる)、常習者になってしまうと、意志の力だけで打ち勝つことはできない。一方、そもそも最初から依存症にならなければ

（これはガラドリエルやファラミア、さらに旅の仲間の残りのメンバーの場合を説明している）、その力は他の誘惑と同程度でしかない。さらに、依存症患者が依存を断つには、もちろん、単純に外部の力を用いればよい。それはゴクリの歯であっても、監禁病棟であっても、「禁断処置治療」であっても同じである。「力づく」でなければフロドに指輪を放棄させることはできない、そうすればフロドの「心は打ち砕ける」とガンダルフが言ったのは、何か催眠術のような未知の心理的な力によってでなければ、強制的にフロドが指輪を譲渡したいと望むようにはできないという意味である。依存症のいずれの特徴も、指輪を使いたいという衝動こそ破滅的であるという指輪の基本命題と、何ら矛盾するところも損ねるところもない。エルロンドもガンダルフもガラドリエルもデネソールも、もし指輪を所有したならば、最良を意図してことを始め、やがて意図したことが達成されるという感覚、つまり力の行使そのものを楽しむようになり、しまいには独裁者として他者を隷属させ、その地位を諦めることも後戻りすることもできなくなってしまうだろう。

幽鬼と影――トールキンの悪のイメージ

トールキンの悪の描出には、多くの人が何か極めて説得力のあるものを感じる。しかし彼のこのテーマに寄せる関心は、この時代広く共有されたもので、決して彼一人の問題でなかったことは、再び強調しておく価値があるだろう。二十世紀中頃の多くの作家たちは、悪の主題に憑《とりつ》かれ、独自のイメージを作り出していった。私は既に二つの例に言及した。オーウェルの『一九八四年』では、拷問者オブライエンが「もし未来を心に描きたいのなら、人間の顔を踏みつけるブーツを思い浮かべるといい、それも永遠にだ」と言い、アーシュラ・K・ル・グィンの短編寓話「オメラスから歩み去る人々」（『風の十二方位』所収、早川書房）では、その力と美がすべて、一人の知恵遅れの子供に拷問を続けることにより成り立っている光り輝く都市が描かれた。さらに、カート・ヴォネガットの『スローターハウス5』（早川書房）の中で、ドレスデン爆撃後の「死体坑」から「バラとマスタードガスのような」腐臭にまみれて遺体の発掘をするビリー・ピルグリムや、T・H・ホワイトの『マーリンの書』で人類を非難するマーリンを加えることもできる。

「『ホモ・フェロックス』——獰猛《どうもう》なる人、動物虐待の創始者。彼らは、私がエリウで目撃したように、その悲鳴で近所のネズミを怯えさせるために、ネズミを生きたまま焼く。美味しいものを食べるために、飼っているガチョウの肝臓を無理矢理肥らせる。輸送に便利だからと、牛の伸びる角を切る。歌わせるために、ゴシキヒワの目を針で刺す。キュッキュッと彼らの金切り声が聞こえるのに、ロブスターや小エビを生きたまま茹《ゆ》でる。同胞を戦争に駆り立て、百年ごとに千九百万人殺す」（等々）

『マーリンの書』　五章

これらのイメージは、時にヴォネガットのように直接的に、時にル・グィンのように間接的に、すべて個人のあるいは最近の経験に基づいていた。作家たちは、心の奥深くに感じながら合理的に説明できない何か、完全に目新しいと同時に昔の倫理では十分な答えが得られないと感じられる何かを説明しようとしていた（これらの作家の何人かは熱心な中世主義者であったにも拘らずである）。今引用したホワイトの文章の最後は、この何かが、産業化した戦争と機械的に量産される殺戮《さつりく》という、二十世紀独自の体験と関係があると示唆している。そして当該の作家のほとんどが(トールキン、オーウェル、ヴォネガットだけでなくゴールディングやトールキンの親しい同僚であったC・S・ルイスも)いずれかの戦争で兵士として戦った経験があった。二十世紀の男女の多くは、自らが体験したことから、何かが間違っている、人間の本質には何か取り返しのつかない邪悪なところがあるという揺るぎない確信を得たが、それに対する満足のいく説明はないまま取り残されてしまった。また過去の文学にも、その説明を見つけることはできなかった。ヴォネガットの『スローターハウス5』のビリー・ピルグリムの友人、ローズウォーターも同意して言う「人生について知るべきことはすべてフョードル・ドストエフスキーの『カラマーゾフの兄弟』の中にあった。でもそれじゃあもう足りないんだ」。二十世紀のファンタジーは、何にもましてこのギャップ、この不足に対する応答として見ることができる。ここで問うべきは、トールキンのイメージが、どの点において独創的で個性的なのか、どの点において典型的で既知のものなのかということである。

『指輪物語』の中で私たちが見聞きするオークは、一つのイメージを形成する。そして、彼らから導き出される結論も一つある(次の節を参照)。しかしオークは、比較的階級の低い悪人であり、トールキンが『ベーオウルフ』の講演で名付けたところの「昔の戦争の歩兵」でしかない。ゴブリンのように彼らは、伝統的なおとぎ話の定番イメージにある意味似ており、トールキンも最初は彼らをゴブリンと呼んでいた。そのオークより個性的で独創的なのが、トールキンの「指輪の幽鬼(Ringwraith)」の概念である。この名前は「森のウォーゼ」や「ホルビトラ」と全く同じタイプの言葉だと言わざるを得ない。複合語の前半部 ring はとてもありふれた単語だが、後半部の wraith は謎めいている。一体「幽鬼(wraith)」とは何だろう? O

ＥＤでこの単語を調べると、トールキンの注意をいつも引きつけた類の難問に出会うことになる。ＯＥＤはこの語の語源について何の説明もしておらず、ただ語源不明とだけ記している。意味については二つ挙げているが、お互いが矛盾し合うように思われ、さらに同じ文献から引用して（一五一三年ギャヴィン・ダグラスによるウェルギリウス作『アエネーイス』のスコットランド語訳）その二つの意味の典拠としている。私は、トールキンや他のインクリングズのメンバーが間違いなくこの問題を話し合い、最終的に、古いダグラスの文献と、wraithという言葉が表している現代の現実両方に、筋が通る解答を見つけ出したのだと思う（この点はルイスの書いた幽鬼にも、非常に明確なイメージがあることから想像できる。ルイスについての解説は、クラークとティモンズ編集の論集に寄せた私の論文をお読みいただきたい）。

　最初にwraithという語の語源から考えてみよう。ＯＥＤの編纂者《へんさん》が考察すべきであった明らかな語源は、古英語の動詞wrîðan（「身もだえする、ねじる」現代英語ではwrithe）に由来する可能性であろう。これはrídan（「乗る」現代英語ではride）と全く同じ、強変化動詞第一類の動詞である。従って、もし日常で頻繁に使われるため昔のままの形で残っていれば、ride — rode — ridden や write — wrote — written と同様に writhe — wrothe — writhen と不規則変化していたはずである（実際にトールキンは、通常使われる規則活用のwrithedではなくwrithenの形を用いている（ブラックウェルダーの『トールキン索引《シソーラス》』参照）。rideやwriteのような動詞は、母音を変えて他の言葉を作ることがよくあり、ride（乗る）からroad（道）、write（書く）からwrit（令状）などの単語が生まれた。writheから派生した単語もいくつかある。しかしwreath（花輪、輪＝ねじってあるものを指している）はとにかく、wroth（激怒して＝怒っていることを表す古い形容詞）やwrath（激怒＝wrothの名詞で現在も使われている）は、一見しただけでは関連がわかりにくく、逆に示唆に富んでいる。怒りは、身もだえすることや身をよじることとと、どういうつながりがあるのだろうか？　他にも類似した例があるが、この言葉は明らかに古くて使われなくなった隠喩で、「怒り（wrath）」とは「心がのたうつ（writhe）状態」を表しているのだ（これはオーウェン・バーフィールドによって表明されたインクリングズの見解で、トールキンも書簡で言及している〈『書簡集』参照〉。また「曲がった」の意の古いゲルマン語 wraithas は、トールキンの個人的な神話「失われた道」にとっても特別重要な意味を持っている。六章参照）。

「身もだえする」から「花輪」と「怒り」が派生したように、同じ単語から物質的な意味と抽象的な意味が生まれるこのような変化を、トールキンがよく知っていたことは、「指輪、南へ行く」の章でレゴラスが使った言葉からも窺《うかが》える。この場面で、旅の仲間は、カラズラスを越えようとして雪に阻まれ失敗する。レゴラスは退路を探すために偵察に行く。戻ってきた彼は、それほど遠くまで雪は降っていない、太陽は一緒に連れて来なかったけれど、と言う「あのかたは南の青空をご散歩中で、こんな赤角山のどこかに少々雪が渦巻いた（a little wreath of snow）ぐらいのことはとんとおかまいなしなのです」。ここでレゴラスが wreath と言っているののが、何か「細く縒《よ》った束（wisp）」のような一条のもの、「かろうじて存在しているもの」の意味であるのは明らかだ。そしてＯＥＤは記録していないけれど、これは wraith の意味の一部でもあるのだ。レゴラスが a wreath of snow と言ったように、人は立ち上る「一条の霧」や「一条の煙」を指して a wraith of mist とか a wraith of smoke と言うことができる。となれば、raid「襲撃」が ridan に由来しているのと全く同じように、wraith が wriðan に由来するスコットランド方言であると考えるのは十分妥当ではないだろうか。

次に、ＯＥＤが掲載しているwraithの二つの意味の典拠として挙げた、ギャヴィン・ダグラスからの二つの引用を見てみよう。一つ目の意味「死者の出現もしくは幻影。幽霊もしくは亡霊」については「色々な場所で死者の霊の幽鬼（wraithis）が歩いている」、二つ目の意味「生きているものの実体のない幻の出現」については「エネ（ウェルギリウスの主人公アエネーイス）の幽鬼（wrath）もしくは影はそちらへ向かった」と、共にダグラスの文章からの引証例が挙げられている。一見してまず疑問に思うのは、幽鬼とは、「死者の霊」なのかそれとも「生けるものの何か」なのか、つまりその生死の問題である。ダグラスはどちらの意味にも使っている。それに彼らに肉体があるのかないのかという問題もある。肉体がないことを示唆しているのは二番目の例で、幽鬼が「影」（これもトールキンにとって大事な言葉である）と言い換えられている点である。さらにwraithやwreathが、その材質というよりは「ねじれ」「とぐろ」「輪」といった形状によって定義されていることも根拠となる。一方で体があることを示唆しているのは、wraithという語がwraithの状態にある物質を表すことができるからで、たとえその物質が雪や霧や煙のような流動性の物であったとしても、物質であることは変わらない。トールキンの指輪の幽鬼は、もちろん、これらすべての疑問の答えとなっている。そして再び、古い詩の表面的には間違いもしくは矛盾に見える謎が、単に十九世紀や二十世紀のうぬぼれた辞書編纂者には到達できなかった、深い理解の証《あかし》であるという可能性を説明している。指輪の幽鬼は生きているのだろうか、それとも死んでいるのだろうか？　ガンダルフは初期の頃、かつて彼らは、サウロンから指輪を与えられた人間であったと述べている「おびきだされて（中略）とっくの昔に、この人間たちは、かの一つの「指輪の」支配下に下り、指輪の幽鬼となり果てた。大いなる影の下なる影、かれのもっとも恐るべき僕《しもべ》である」。ずっと後になって、「ペレンノール野の合戦」の章で、ナズグルの首領、指輪の幽鬼の首領は、かつてのアングマールの魔王であったことがわかるが、彼の王国は千年以上も昔に倒されていた。とすれば当然彼は死んでいるはずだが、何らかの方法で生きているのは明らかであり、OEDが挙げている二つの意味（生者と死者）の中間にきちんと収まることになる。肉体があるかないかの問題については、幽鬼の首領に肉体はない。頭巾を後ろに払った時、そこには何も見えなかった。しかし何かは存在しているに違いない。なぜなら「かれは王冠をいただいていました。それなのに、その王冠は目に見える頭の上にのっているのではないのです」と説明されているからだ。さらに彼と仲間の幽鬼は、物理的な行為を行える。鋼の剣を持ち、馬や翼竜に乗り、ナズグルの首領に至っては矛を振り下ろしてもいる。しかし洪水や武器で、彼らに物理的な傷を負わせることはできない。例外は西方国の作、塚山出土の剣であるが、これにはアングマールの敗北を祈る呪文がかけられていた。首領の「不死身の肉」を切り裂いたのは呪文であって、刃そのものではない。指輪の幽鬼は霧や煙に似て、何らかの物質からなる体を持ち、危険で息が詰まるほどの恐怖を与えるが、それと同時に、実際には手で触れることのできない存在なのである。

　これらすべての特徴は、非常に独創的である。しかし重要な問題は、どこまで読者に通用し、心理的に妥当なのかという点である。その答えを出すのには、どうしてもまた二十世紀に戻らざるを得ない。トールキンはおそらく、指輪の幽鬼のイメージをゆっくりと形作っていったのであろう。なぜなら前に述べたように、初期の黒の乗手の及ぼす影響は、どちらかと言えば大したことがないからだ。しかし「エルロンドの御前会議」では初めて、ボロミアの発言によって、幽鬼の主要な特徴となるパニックを引き起こす能力が紹介される「巨大な乗手が姿を現すところはいずこも、狂喜が敵の陣営をみたし、それに反し、わが方では、最も大胆不敵な者でさえ恐怖に襲われたのです」。一行がロスローリエンを出立してからは、幽鬼の登場は、ますますこの引用通りになる。彼らが頭上を過ぎる時、サムとフロドの上であれ、ローハンの騎士の上であれ、ゴンドール上空であれ、同じ要素の組み合わせが起きる。影、叫び、血の凍る思い、恐怖。「ゴンドールの包囲」(『王の帰還』四章)で、ピピンとベレゴンドが黒の乗手の声を聞き、空からファラミアに襲いかかっているのを目撃する場面は典型的である。

> しゃべっているうちに不意にかれらははっと驚いて黙りこみ、さながらそのまま凍りついて耳を傾ける石の像にでもなってしまったようでした。ピピンは両手を耳に押し当ててちぢこまりましたが、(中略)ベレゴンドは、その姿勢のまま、体を硬くし、驚愕の目を見張って外を見つめていました。ピピンは自分が聞いた身の毛のよだつような叫び声を知っていました。ずっと前にホビット庄の沢地で聞いたのと同じ声でした。ただ、それが今は力も憎しみもともにいっそう強まって、破壊的な絶望で心を刺し貫くのでした。

最後の文は極めて重要である。指輪の幽鬼は大部分において、物理的にではなく心理的に働きかける。意志を麻痺させ、抵抗を断念させる。これは幽鬼になってしまう過程とも関係があるのかもしれない。外部からの力で幽鬼に変えられることもある。ガンダルフがモルグルの刃について説明した際に指摘したように、もしフロドから刃の破片が取り出されなかったら、「あんたは冥王の支配下にある幽鬼の一人となっていたじゃろう」。しかしより一般的には、人は自分で自分を幽鬼にしてしまうのではないだろうか。人々はサウロンの贈り物を受け取る。往々にして彼らが善とみなす目的に使おうとして。しかしその時から彼らは、手っ取り早い手段に訴え、敵を排除し、自分のすることすべてを正当化する「大義」を信奉し始める。最終的には、その「大義」か、「大義」のために働いている間に身につけた習慣によって、道徳の感覚も残っている人間性もすべて破壊されてしまう。「秩序」とか「発展」とか、抽象的な目的に専心した結果「内側を食い尽くされて」しまう光景は、二十世紀を通じてあまりによく目にしてきたので、幽鬼の存在や幽鬼になる過程は恐ろしいまでに身にしみて、絵空事と思えないのである。

この悪のイメージは、幽鬼になりつつある人々の例を読むとより現実味を増す。ビルボやフロド、それ以前に挙げた指輪の影響を受けている人々の場合に、私たちは幽鬼になる過程の初期の段階（それでも十分不吉であるが）を見ることができる。ゴクリは幽鬼化がかなり進んでいるが、『指輪物語』の中では、指輪から離れて何年も経っているため、おそらく回復し始めているのだろう。その証拠に自分を、かつてホビットであった時に名乗っていた昔の名前、スメアゴルと呼び始め、意義深いことに時折「わし」と言うこともできるようになっている。「沼渡り」の章には、言うなれば彼の「ホビット人格」（スメアゴル）と「指輪人格」（ゴクリ、「いとしいしと」）が交わす印象的な会話がある。この会話は、二つの人格がどこかしらでつながっていることを明らかにしている。このことから、片方がもう片方から発展した、つまり純粋な悪が、普通の人間の単なる弱さと自己中心性から成長したと想像できるのである。

しかしながら『指輪物語』における「幽鬼化」の最適の例はサルマンに違いない。「エルロンドの御前会議」の節でトールキンの台詞《せりふ》による人物の描き分けの巧みさを説明した際、サルマンについても既に言及したが、彼の言葉と行動は、この章に限らず作品全体で、誰よりも現代的である。サルマンの究極の目標は「知識」（これには誰も反論できない）である。次は知識のための組織（これを望ましいと思う多くの研究者と、それよりずっと多くの大学執行部がいるのは確かだ）。しかし最終的には支配が目標になる。支配を追求するためにサルマンが即座に手を組んだのは、邪悪であると彼も完全に知っていた勢力であったが、自分のずっと素晴らしい目的のために利用して、後に制圧もしくは排除することができると彼は考えていた。このような信念の失敗は、二十世紀の戦争に次ぐ戦争、同盟に次ぐ同盟からあまりに見慣れてしまったものだ。さらに「サルマンの声」（『二つの塔』上巻十章）でわかるサルマンの大いなる強みは彼の声であった。

不用心にその声に耳を傾ける者は聞いた言葉を滅多にそのまま伝えることはできず、伝え得たとすれば、その時は、その言葉にほとんど力が残っていないことに気がついて驚くのでした。かれらが主に憶えていることといえば、その声の話すのを聞くのは喜びであり、その声のいうことは何もかも賢明にして理にかなったものに思え、自分も速やかにそれに同意することによっていかにも賢明であるように見せたいという強い願いが起こったということだけでした。他の者が話すと、それは対照的に荒々しく粗暴なものに思えました。

人にはそれぞれ、これに相当する異なる実体験があるだろう。しかし、死体の数を発表するヴェトナム戦争の将軍であれ、「差延《さえん》」や「○○である」といった表現で理論武装する文学評論家であれ（訳注　どちらもポスト構造主義の代表的思想家ジャック・デリダがよく用いた専門的な表現）、専門家の言う特殊な用語に絡め取られたのに気づき、そこから脱出する、もしくは、その言葉が暗黙のうちに含む前提を振り払えないというのは、二十世紀の世界ではまたもや共通の体験なのである。この体験が、今取り上げた二つの例よりも以前にもあったことは、オーウェルが繰り返し、二十世紀の軍事的ないし政治的言語を批判したことからもわかる。サルマンは幽鬼になりかけている。どんどん不可能になる目的を追求する中で、その手段の意味を顧みることなく、自分自身と大義を混同することによって、あるいは言葉で自らを欺くことによって。彼はまた、肉体の面でも最後に幽鬼になってしまう。蛇の舌がサルマンの喉首をかき切った時、幽鬼が中から出てきたのだ。

サルマンの亡骸《なきがら》の周りに灰色の靄《もや》がしだいに立ちこめ、まるで焚火《たきび》の煙のように非常な高さにまでゆっくりと上っていくと、屍衣《しい》でおおわれたおぼろな人の姿をとってお山の上にぼうっと浮かび出たのです。一瞬それはゆらゆらと揺らめいて、西の方に面を向けましたが、西から冷たい風が吹いてくると、それはたわんで運び去られ、微かなため息（a sigh）とともに薄れ去って、何一つ痕《あと》をとどめませんでした。

「靄」と「煙」が出て行った後に残された死骸は、実際には何年も前に死んでいたように見え、「おぞましい頭蓋骨をちぎれちぎれにおおう皮膚の断片」だけになっていた。それでもサルマンには人間らしさが残っていた。一瞬揺らめいて西の方を見ていた姿は、おそらくヴァラールの赦しを乞うていたのだろう。そして薄れ去る時についたため息は、おそらく何らかの悲しみもしくは悔い改めを示していたのだろう。しかし彼の人間性は着実に喰い尽くされた後だった。

では一体何が喰い尽したのだろう？　C・S・ルイスならば「虚無」と答えたかもしれない。ルイスが想像した悪魔、スクリューテープの最も印象的で説得力のある主張の一つによると、今日最大の誘惑は、情欲、大食、怒りなどの昔からの人間の悪徳にではなく、退屈と孤独という新しい悪徳に生じる。『悪魔の手紙』

（新教出版、平凡社）第十二信の最後で、スクリューテープはこう述べる。キリスト教徒は、神について、その方なくして「強いものは何もない（nothing is strong）」と表現する。彼らは知らないうちにより真実を語っているのだ。なぜなら、

ないもの、つまり無は非常に強い（Nothing is very strong.）。その強力な力で最良の年月を盗まれた人は、甘い罪を犯すのではなく、何をどうして思い悩むのかもわからないまま心がわびしく震えるうちに、本人もぼんやりとしか気づかない弱い好奇心を満たすうちに、喜びを与える欲望も大望すらもない長くぼんやりした白昼夢の迷宮のうちに、時を過ごしてしまう。

この類の罪人《つみびと》は、現代の意味深い慣用句で言う「生き方を変えた（got a life）」らしき人々をみな憎む（訳注　この慣用句の字義通りの意味は、「人生を手に入れた」の意味になる）。彼らは他人を説得し、自分と同じわびしさや絶望に引きずりこまずにはいられない。だから現代文学にはこのような「空っぽな」悪人のイメージが多く存在する（T・S・エリオットは、そのまま「空っぽな者たち〈The Hollow Men〉」という詩を書いている）。それは、本質的に意味のないお役所仕事的な悪であったり（ヴォネガットの『スローターハウス5』やヘラーの『キャッチ＝22』〈早川書房〉）、紛うことなき悪すら隠蔽してしまう言葉の力であったり（ル・グィンのオメラスの住人のほとんどは、自分が実際に目にした虐待される子供について、あれこれ言い訳をして自ら納得してしまう）、日々の決まりきった生活の下に潜む何か恐ろしいものであったりする（人の心の「闇の奥」とカーツの説明のつかない独裁社会、すなわち「恐怖、恐怖」に遭遇した、コンラッ

ド の平凡な主人公マーロウと同様に)。中世にはこのようなことを書いた人間はいなかった。確かにトールキンは、「幽鬼（wraith)」という言葉を、十六世紀のギャヴィン・ダグラスの文章から得たのかもしれない。しかし「指輪の幽鬼」の設定そのものや、どのように幽鬼になるのかを示唆する描写の数々は、彼自身の、そして私たちの実体験にある「何か」への応答なのである。そしてこのことが、幽鬼に、文学的な独創性を与えただけでなく、あの恐ろしい現実味を与えたのである。

悪の二つの見方

十六世紀、ギャヴィン・ダグラスの時代、「幽鬼（wraith)」という単語といつも一緒に出てくる言葉は「影（shadow)」であった。トールキンはこの「影」という単語を繰り返し要所要所で使っている。「過去の影」の章で、ガンダルフがフロドに語る指輪の詩は、次のように終わる。

一つの指輪は、すべてを統べ、一つの指輪は、すべてを見つけ、
一つの指輪は、すべてを捕えて、くらやみのなかに繋ぎとめる。
影（the shadows）横たわるモルドールの国に。

アラゴルンは、ガンダルフがモリアで奈落へ落ちたことを説明して、「灰色のガンダルフは闇の中

(shadow）に落ちました」と言う。ガンダルフは、もし彼らが負けたなら「多くの国が影（the shadow）のもとに下るだろう」と言う。時に「影（the Shadow）」は、サウロンその人を指していることがある。例えばフロドはサムに「かの影（the Shadow）にできることは真似て嘲ることだけで、作ることはできないのだ。それ自身のものといえる新しい本物はね」と言う。この最後の意見は、なぜトールキンがこの言葉をこれほど多くこのように強調して使っているかを説明するのに、大いに役立つ。主に「影」から連想することは、暗闇、脅威、もしかすると忘却ではないだろうか。しかし大事なのは、実は、もっと形而上学的な問題なのである。影とは存在しているのだろうか？　トールキンがゴクリのなぞなぞの材源にした、古英詩『ソロモンとサテュルヌス』の中で、ソロモンは実際にサテュルヌスに尋ねている「ないものとは何だ？」答えは謎めいた言い方であったが、その中で「影」が動詞で使われていた。どうやらサテュルヌスは、影というものは存在すると同時に存在しないと言っているようである。「存在しない」というのは、影が物体でなく、ものによって生じた欠落だからである。「存在する」というのは、影には形があり、冷気や闇と同じ物理的な効果があるからである。昔話では少なくとも、影は切り離すことができ、盗まれることもある。従って特に不吉だと思われるのは、サムの歌――エルフの「ギル＝ガラドの没落」の歌物語を復唱してサムが歌った、少し言葉の異なる指輪の歌である（『旅の仲間』十一章）。終わりの二行はこうなっている。

むべぞかし、王の星おちて、
影在る国モルドール（Mordor where the shadows are）に消えたれば（傍線筆者）。

幽鬼が体を持つと同時に実体がなかったのと同じように、モルドールでは（サムは自分の歌った歌の不吉さに気づいていないが）、「欠落」がある種の命を帯びることができ、実在になり得る（訳注　where the shadows are のbe動詞は、「神は存在する〈God is〉」のように、「実在する」の意味にもなる）。例えばミルトンも『失楽園』で「死」について、「実体」と「影」の中間にある「形」とし、指輪の首領のように、「頭と思われるところ」には「王冠らしきもの」を戴いていたと、擬人化して表現している。これも同じことである。

実在しないと同時に実在する、この「影」の表現によって、トールキンは、『指輪物語』全体を通じて繰り返される一つの両義性を用意した。そしてそれは、慈悲深き神が創造した宇宙（敬虔なクリスチャンであるトールキンとミルトンはそう確信していた）における、存在と悪の根源の問題全体に対する、正統的であると同時に物議を醸す答えの役を担っていた。トールキンの典型的な二十世紀の立場を要約するのには、悪の性質について彼は二つの見方をしている、と言えばいいかもしれない。両者は共に、昔から定着していた見解で、現代でも通用する考え方である。しかし、どちらも否定しがたい説得力を持つ一方で、お互いが矛盾し合っているので、並べて考えた時に一見相容れないように思われる。まず一つ目は正統的なキリスト教の見解である。これを現代語に置き換えて繰り返し訴えた一人は、トールキンの親友であり同僚であったC・S・ルイスであった。彼はその解説である『キリスト教の精髄』（新教出版社）を、トールキンが『指輪物語』の最初の数章を書いている頃に執筆し、最終的には一九五二年に出版した。ルイス自身が認めている、この本を書いた動機の一つは、北アイルランド出身のプロテスタントであるルイス自身と、カトリックのトールキンが共に同意可能な教義を述べることであった（この本の原題 *Mere Christianity* の mere を、ルイスは「単なる」というより「共通の」「中心の」という意味で使っている）。さらにトールキンもルイスも確実に知っていただろうが、この悪の見方を表明した最も有名な文章が既に、もう一人のクリスチャンによって書かれていた。六世紀にボエティウスによって著された『哲学の慰め』である。彼はローマの元老院議員で、執筆当時、東ゴート王国の治世下でローマ帝国復活を謀った嫌疑をかけられ、死刑を言い渡されていた（死刑宣告は最終的に実行に移された。ボエティウスは五二四年か五二五年に拷問の末処刑された）。そしてボエティウスはこの著作の中で、一度もイエス・キリストやキリスト教の教義に言及せず、常に論理のみで結論に到達しようしていた。

ボエティウスの見解はこうである。悪というものは存在しない。人々が悪と認めるものは、善の欠如でしかない。さらに人は、長い目で見れば、もしくは神の御計画の中では、本当は彼らに有利になる物事を、無知から悪と認識することがしばしばある（例えば死刑宣告を受けることなど）。哲学はボエティウスに「すべての運命は確かに善である」と教えた。この信念からは、当然以下のような考えが導き出される。「キリス・ウンゴルの塔」の章でフロドがサムに言ったように、悪は創造することができない、「それ自身のものといえる新しい本物は」作れない。さらに悪自体も生み出されることはない。悪は（ここからは『キリスト教の精髄』に移る）、人間が自由意志を行使して神へ向けるべき奉仕や思いを、別の場所に向ける時に現れる。しかし最終的には、そして神の御計画が成就した時には、すべての悪は無効になり、取り消され、善に変わる。イエス・キリストが人としてこの世に現れ、十字架で死んだことにより、人間の堕落が贖《あがな》われたように。ボエティウスを読んだ者なら誰でも（彼の著作を英語に翻訳した人々にはアルフレッド大王、チョーサー、エリザベス一世も含まれる）、彼の意見が正しいかどうかは別にして、死刑囚の監房の中で処刑を待ちながらこれを書いたという、彼の堅忍不抜の精神を否定できないと感じるであろう。悪は存在しないという彼の見解は、その著作に対する正当な評価としても、正統派キリスト教の承認によっても、大いなる権威を帯びることとなった。

この見解に対する証拠もいくつかある。ルイスはそれを口語で説明し、トールキンは、オークというどちらかと言えば予想外の媒体を通じて物語にした。まずルイスの説を紹介しよう。『キリスト教の精髄』冒頭で、彼特有の単純明快さでルイスが主張していることは、悪を行う者も、善の観点から言い訳するということである。約束を破る者は、状況が変わったからだと言い張り、殺人者は挑発されたのだと主張し、残虐行為も以前の残虐行為に対する報復だと弁明する、等々。ルイスは、「現実に、悪だからという理由だけで悪を好む人を見たことがない」と主張する。つまり、悪と善とは、向き合って敵対しているものではない。だから悪とは、ボエティウスの言うように、欠如なのだ。いやむしろフロドの言うように、「寄生するものであって、それ自身として存在するものではない」。この議論は、しかし、抽象の域を出ない。一方トールキンは、あちこちで最善を尽くして、この意見をより現実的に、そして強靭なユーモアの精神の持ち主には、面白くさえ感じられるようにした。

明らかであるのにあまり気づかれないその例が、オークに見られる。『指輪物語』の中で私たちは、六回オークの会話を耳にする。私は既に、前述のクラークとティモンズの論集で、オークの会話をより詳しく考察した。しかし一つの会話だけで論点は明らかにできる。『二つの塔』の最後の章でフロドは、蜘蛛《くも》のシェロブの毒によって麻痺して倒れ、サムが指輪を抜き取ってその場を離れた後に、オークの手に落ちてしまう。サムは指輪をはめていたので、聴力が研ぎ澄まされ、ミナス・モルグルから来たゴルバグとキリス・ウンゴルから来たシャグラトという二人のオークの長の会話を聞き取ることができた。ゴルバグはシャグラトに警告する。彼らが一人の「間者」つまりフロドを捕まえている間に、もう一人別の者、おそらく「エルフの剣を持った体のでかい戦士」がシェロブに傷を負わせ、今も野放しになっているのは確かだ。彼らの手に入れた「あのちび」は、

「実際の危害とは何も関係がなかったかもしれねえぜ。よく切れる剣を持ってやがるでかい方のやつは、ともかくやつのことを大して大事には思ってなかったようだからよ――やつを死んだまま放りっぱなしにしてよ。いつものエルフのやり口よ。」

ゴルバグの声に非難がこめられていたのは間違いない。仲間を見捨てるのは間違っているし唾棄すべきだと確信しているのだ。さらに言えば、これは敵方の特徴で、「いつものエルフのやり口」であり、連中がよくやっていることだ。ゴルバグの言うほとんどは、事実上間違っている。そして一ページもしないうちに、オークの道徳観も露わになる。シャグラトはゴルバグの知らないことを知っていた。シェロブの「毒は一つ二つじゃねえんだ」。奥方はいつも、獲物をすぐに殺すのではなく麻痺させる。シャグラトは言う。

「お前、ウフサクの野郎を覚えてるかい？　何日もやつを見ないと思ったらよ、目につかないところにいやがった。つるされておったのよ。だが、もうすっかり目が覚めて目をぎょろつかせておった。それを見ておれたちゃ笑ったのなんのって！　多分奥方はやつのことを忘れちまってたんだ。だが、おれたちは、やつには手を触れなかったよ。奥方の邪魔をするのは益がねえからな。」

これには「いつものオークのやり口よ」としか言いようがない。確かに、他人の行為を見て仲間を見捨てるはよくないと思ったのはゴルバグで、全く同じことをしながらそれを笑っていたのはシャグラトである。しかし本来仲間は助けるべきという基本的な認識において、二人の間に意見の相違はないように思える。オークはこの場面で、また別の折にも、何が賞賛すべき行動で何が軽蔑すべき行動か、はっきりとした考えを持っており、それは私たちの考えと全く同じなのである。彼らはルイスが「倫理原則」と呼んだものを消し去って、悪に基づいた「反倫理」を作ることはできない。それは生物の原理に逆らって、毒を糧に生きていけないのと同じである。オークは道徳的な生きもので、何が善であるかを自由に何度も語る。そしてその言わんとするところは、私たちと大して変わらない。わからないのは、これが彼らの実際の行動に全く影響を与えず、（引用した会話のように）自己批判する意識も能力もないように見える点だ。ただ、人間の性質とは、そういうものでもある。オークは、悪の階級では下位に位置する、単なる「昔の戦争の歩兵」でしかないが、私がボエティウス的と呼んだ「悪は単なる欠如でしかない、善の影である」という見解を、極めて明白に、また入念に劇化している。

このボエティウスの見解の問題点は、悪を感じる私たちの直観とかけ離れていることと、多くの状況において極めて危険だということである。例えばこのような結論を出す者もいるだろう。悪は存在しないと認めるなら、それに応じた正しい行為は、良心的兵役拒否者になることや、悪と思われるものへの抵抗を拒否することだ（悪に見えるのは単なる誤認なのだから）。ボエティウスによれば、悪とは結局被害者よりも加害者に害をなすものであるし、悪を行う者（あるいはそう見えるもの）は、恐れたり戦ったりするよりも憐れむべき存在なのである。アルフレッド大王は、異教徒のヴァイキングとの絶望的な戦いの合間に、ボエティウスを口述で古英語に訳したが、戦闘中に捕虜にしたヴァイキングの海賊や、ある時には自国の反抗的な修道僧たちの処刑もした。常にボエティウスに従うのは、不可能と感じていたに違いない。一方トールキンが『指輪物語』を執筆していた当時、自国の敵に降伏すれば、自分自身だけでなく他の多くの人々を、強制収容所、ガス室、集団殺人が揃った組織に引き渡すことを意味しただろう。勇気ある人間ならば、ボエティウス的に振る舞う覚悟があったかもしれない。しかしその立場をとった結果を、もっと無防備な他者に押し付ける権利が、彼にはあるのだろうか？　トールキンもアルフレッド大王も、あるとは思わなかっただろう。

いずれにせよ西洋の伝統にはもう一つの思想がある。こちらは一度も公認されるまでに至らなかったが、普段の生活から自然に生まれ出た考え方である。曰く、悪について、存在しないなどと哲学的な言明をするのは全く結構だが、それでも悪は現実に存在している。決して単なる欠如などではない。悪に対しては、手段を選ばずとは言わないが、高潔な手段のすべてに訴えて、抵抗し戦わなければならない。さらに、いつの日か全能の神がすべての邪悪を取り除いて下さるだろうと信じて、悪と戦わないことは、義務の放棄である。この意見の危険なところは、異教であるマニ教や二元論へと逸脱してしまう点である。これらの思想では、この世は、敵対する対等な勢力、つまり善と悪の戦場となってしまう。その結果、両者に実際違いはなく、どちらの側をたまたま選ぶかは運の問題になってしまうのだ。

インクリングズは、実はマニ教的二元論に対して、ある程度寛容だったのだろう。ルイスは『キリスト教の精髄』の第二部二章で、二元論をキリスト教に次ぐいわば二番手に指名してから、反証を挙げている。しかし明らかにトールキンは、ルイスほど寛容ではなかった。『タイムズ文芸付録』（訳注　『タイムズ文芸付録』

Times Literary Supplement　通称ＴＬＳは、タイムズ紙の文芸付録として始まり、後に独立した週刊の書評紙。英語圏において大きな影響力を持ち、ここでの評価が作品の優劣や、文学の価値基準を左右する）の書評は、トールキンを大いに困惑させたが、そこで書評者は、『指輪物語』において善側と悪側がすることと言えば、お互いに殺し合うだけだ、その結果両者はお互いに見分けがつかないと断言した。曰く「道徳的に見て両者の間に全く違いはない」（これは一九五五年十二月九日付の『タイムズ文芸付録』に掲載された手紙から引用した。この手紙で書評を担当したアルフレッド・ダガンは、読者からの抗議に対して自らを擁護している。トールキンは後に、まさにこの善側と悪側の相似／相違の問題についてダガンに抗議をしたデイヴィッド・マッソンと、手紙を交わすようになった）。トールキンはルイスより正統的なクリスチャンであり、異端にはどのようなものであれ厳しかった。それにも拘らず彼の教育、信仰、生きた時代の状況はすべて、ボエティウスとマニ教的二元論の間の、権威と経験の間の、欠如としての悪（「影」）と力としての悪（「闇の力」）の間の、根深い矛盾と思えるものを提起した。『指輪物語』の中では、この矛盾が、物語の主な原動力となっている。それは、幽鬼と影のパラドックスだけでなく、指輪を通じて表現されているのである。

悪と指輪

指輪の両義性は、「過去の影」の章で、初めて読者が指輪を目にしてすぐに浮かび上がった。ガンダルフがフロドに「その指輪をちょっと貸してくれ」と頼むと、フロドは指輪を鎖から外して「のろのろと魔法使に手渡しました。それは突然、すごく重く感じられました。指輪か、それともフロド自身が、ガンダルフの手に渡りたくない、触らせたくないとでも思っているかのように」

指輪か、それともフロド自身か。この二者択一のどちらの説明が正しいかを知るのは、大して重要でないと思われるかもしれないが、この違いは、私が先に「ボエティウス的」と「マニ教的」と名付けた世界観の違いでもあるのだ。もしボエティウスが正しいのなら、悪は、人間の罪と弱さと神からの離反によって生じる内なるものとなる。その場合、指輪が重いのは、フロド(既に依存症の最初の段階にあるとでも言ったらよいだろうか)が、無意識のうちに手放すのを嫌がっているのである。もしマニ教的二元論に真実があるのなら、悪は外からの力で、何らかの形で本来感覚のない指輪そのものを悪に変えることができる。だから正体を暴かれるのを嫌がっているのは、もちろん、主人の意志に従っている指輪である。どちらの見解の説得力も完璧だ。もっと前の場面では、ビルボも指輪を手放すことができなかった。ポケットの中にあることに気づかず、催促されると怒り出し、決心がつかず、指輪の入った封筒を床に落とした。読者はみな、これが偶然ではなく、ビルボ自身の無意識の願望の表れであることを理解する(フロイトの精神分析は、少なくともこれくらいのことは教えてくれていた)。しかし『指輪物語』の物語全体には、サウロンの意志が遠くから働きかけ、悪の力をかき立て、幽鬼やオークに文字通り息を吹きこんだという設定が行き渡っているのだ。ガンダルフは、繰り返し生あるものとして指輪を語る。イシルドゥアを裏切った。ゴクリを見放した。ビルボの言葉を借りて、「指輪のとりあつかいには気をつける必要のあることがわかった。(中略)おかしな具合に伸び縮みをし、きっちりはまっていた指から突然するりと脱け落ちたりした」と説明する。指輪が一種の心理増幅装置であり、持ち主の無意識の恐れや利己心を拡大するという考えと、指輪が感覚のある生き物で、自身の欲望や力を持つという考えの両方は、物語が始まった時から存在していた。そしてそれは「内なる／ボエティウス」の悪と「外の／マニ教的二元論」の悪の理論に呼応しているのである。

　指輪の両義性は、後の場面では、より顕著でより重要になる。フロドは『指輪物語』の中で、六回指輪をはめている。最初はトム・ボンバディルの家においてだが、これは数に入らないかもしれない。というのもトムは、彼らしいことに、何の影響も受けないからだ。トムは自分ではめても見えなくはならないし、フロドがはめても姿を見ることができる。二回目は躍る小馬亭で、フロドが「指を滑り込ませて、このばかげた状態から身を隠したい」と願った時だ。これはもちろん彼自身の気持ちと考え得る。しかし「かれにはどういうわけでか、その示唆が外部から、つまりこの部屋の中のだれか、あるいは何かのところからかれのところに届いたもののように思えました」。いずれにせよ「かれは断固としてその誘惑に抵抗しました」。フロドは演説し、歌を歌う。そして、はね回っていたテーブルから落ちた時に、指輪は指にはまっていた。偶然だろうか？　少なくともフロドは、どうしてこんなことが起こり得たのかについて説明を考え出している（落ちた時に支えを摑《つか》もうとして手を突き出したから）。しかしそれと同時に、「かれは指輪自身がかれを罠にひっかけたのではなかろうかと疑いました。おそらくそれは、この部屋の中に感じられるだれかの願いか命令に応えて、正体を現そうとしたのかもしれません」。真相はわからないし、二番目の説明が特に信憑性《しんぴょうせい》が高いという訳ではない。部屋の中の誰がそのような命令を出せたというのだろう？　しだ家のビルのような悪人では、階級が低く何も知らないので、そのような命令をフロドの心に投影することはできないだろう。しかし幽鬼に襲われた風見が丘では、事情が異なる。

　風見が丘では、マニ教的二元論はずっと明らかになる。フロドは警告をみな覚えていたが、「何かがむりやりかれにそれらの警告を無視させようとしているように思えました」。状況はまた、塚山の場面とも異なっている。その時フロドは、一瞬逃げるために指輪を使うことを考えたが、苦もなくその考えを退けた。風見が丘では、「別に逃げたいからというわけでもなく、（中略）ただぜひとも指輪を取り出し、指にはめねばと感じただけでした」。フロドはしばらくその衝動と戦うが、最終的には「それに抵抗することはもはや堪えがたくなりました」。ここでフロドの意志が、彼を上回る力に征服されてしまったようだ。それは間違いなく幽鬼の力だ。ガンダルフがちらりと述べていたような、何らかの精神的な力を使っているのである。しかしその一方で、攻撃が始まった時に使われている言葉は（躍る小馬亭の時と同じく）「誘惑」なのである（「しかしその時恐怖は、突然指輪をはめたいという誘惑に、吸い込まれてしまいました」）。フロドは誘惑に駆られた。さらに言えば、もしこの時フロドが誘惑に屈していれば、結果は違っていただろうと、読者は聞かされる。後にガンダルフは、フロドの心臓がモルグルの刃で貫かれなかったのは、「あんたが最後まで抵抗したためよ」と言う。ガンダルフが言っているのは、フロドが攻撃をよけ、叫び、剣を敵に突き刺したので、純粋に物理的な意味で幽鬼の狙いをそらしたということかもしれない。しかし心理的な意味で言っている可能性の方が高いだろう。モルグルの刃は、相手の意志を支配することによって効力を発揮する。そしてもし意志が協力しないのなら、威力は減少する。ただし、悪が内なる誘惑の問題でしかなかった場合のように、完全に力を失う訳ではない。ガンダルフはこの場面の両義性を維持して次のように発言する「幸運か宿運かに助けられたのじゃ。勇気に助けられたことは申すまでもない」。ガンダルフが、宿運か勇気かの二者択一ではなく、両方に助けられたと言っているのは明らかである。運によって外部の悪の力から逃れ得たのか、勇気によって内なる自分の悪を克服できたのか、これと同じことが指輪の性質についても言えるかもしれない。

フロドはアモン・ヘンで二度指輪を使っている（『旅の仲間』下巻十章）。どちらの時もそうせざるを得なかったからで、最初はボロミアから逃げるため、二度目は気づかれずに仲間の元から離れるためであった。最初の時に、フロドはサウロンの目を見て、それが彼を探していることに気づく。その時、

かれは自分が叫んでいるのを聞きました。「決して、決して！（Never, never!）」と。あるいはこうだったのでしょうか？「まちがいなくまいります。あなた様のもとにまいります。」かれにはどちらともわかりませんでした。その時まるで別な力の切先からひらめいた光のように、かれの心にふと別の考えが浮かびました。「はずせ！　はずせ！　愚か者め、それをぬきとれ！　指輪をはずせ！」かれの中で二つの力が争いました。しばらくの間ぎりぎりと身を刺すような二つの鋭い切先に完全にはさみうちにされて、かれは身をもがいて苦しみました。不意にかれは自分に気づきました。それはかの声でもなく、かの目でもなく、自由にものを選ぶことのできるフロド自身でした。そして選ぶための時間はもうこの一瞬しかありません。かれは指輪をはずしました。

初めて読む人には特別謎めいた場面であるが、前に述べたように、三番目の声がガンダルフであったとわかれば、少しは謎が解ける。この時ガンダルフは、どこか「高いところ」で、「闇の力」の心への働きかけと戦っていた。しかし前の二つの声は誰のものなのだろう？　最初の声は彼自身、つまりフロドの声と思われる。二番目の声は、ひょっとしたら指輪の声ということもあり得る。感覚のある生き物として、物語を通

じてそうであったように、自分を作ったサウロンの呼びかけに従おうとしているのかもしれない。もう一つの可能性は、フロドの「意識下の声」とでも言えばよいだろうか。完全に内なる声であるが、指輪によって心理的に増幅され、ある種の死の願望に従っているのだろう。というのも、そもそも指輪はこのように働きかけると説明されているからだ。指輪は、憐み、正義、知識、ゴンドールの救出などを目指す人々の欲求を通じて彼らを捕まえ、必ず腐敗する絶対権力を与えるのである。指輪が働きかけるには、そこに何かがなければならない。そしてビルボの父親の格言にあった竜ではないが、誰にも弱点はあるものである。人々は外の力と内の力の間で身もだえする（writhe）かもしれないが、それこそ確かに幽鬼（wraith）になる過程なのである。

指輪のマニ教的なイメージは、モルドールに近づくにつれ強くなっていく。サムが二度指輪をはめたのは、アモン・ヘンのフロドと同じように緊急の必要に迫られた時だけであったが、「非常に強力な意志の持ち主による以外は、抑えのきかないものになってしまった」という外の力と内なる誘惑の両方を指輪に感じている。しかしサムの場合、「今世紀最大の英雄・強者サムワイズ」になりたいというのは、ほとんどが指輪の誘惑で、指輪がサムの中に見つけることのできた、ほんのわずかな自分本位の欲望を、増幅していたのは明らかである。サムは、ほとんど誘惑を感じていない。そしてそれを「影」もしくは単なる「幻影」として退けている。同様のことが、キリス・ウンゴルの上り坂の場面で起こる。フロドは、ナズグルの首領から身を隠すが、勘づかれてしまう。彼は「外からの大きな力が自分を襲うのを感じ」、それが彼の手をとり、「一インチまた一インチと首に下げた鎖の方に動かしていくのでした」。しかし今回は「もはやかの命令に応ずる気持ちはありませんでした」。その結果、フロドは手を押し戻し、ガラドリエルの玻璃瓶《はりびょう》を摑む。ここで

「もはや」というのはもちろん、以前に応じたことがあったことを暗示している――アモン・ヘンで、風見が丘で、躍る小馬亭で。一方この場面では、「力」が「外から」来ていることは間違いない。

最後の最も重要な場面は、滅びの山のサンマス・ナウアの火の室である。滅びの山に向かう途上、力が外から来る感覚はますます強くなっていく。サムは、フロドの右手が何度も指輪に忍び寄っては、「意志の力がふたたび盛り返してくるにつれ」引っこめられるのを目にする。それ故、フロドがとうとう「かの目」を見てしまい、鎖と指輪に手を伸ばし「わたしの手を押さえてくれ！　自分では止められないんだ」と囁いた時に、サムがやすやすとその手を取り、「やさしく」包みこんだことには驚かされる。フロドに作用していた力は、磁力のように万人に影響する物理的な力ではなく、人によって作用が異なるものなのだ。だから、フロドが止められないと思った力は、サムには感じられなかった。同様に指輪は、フロドにとっては押しつぶされるほどの重荷であるが、やはり「いまいましい指輪の恐ろしい引っぱるような重みも分かち持つことになるだろうと覚悟して」サムがフロドを背負った時には、軽く感じられた。その一方で、外からの力はサムにも影響を及ぼし始めていた。それは再び（アモン・ヘンの場面のように）一種の一人会話を生み出す作用があった。サムは、自分が「自分自身といい合いを繰り返して」いるのに気づく。一つの声は楽観的で、決意も固く、指輪を滅ぼそうとしている。もう一方の声は「同じかれの声」であっても、二度も自分を他人の如く「サム・ギャムジー」と呼び、もう先に進めない、どうしたらよいかわからない、「もうあきらめてここで横になっちまうほうがましじゃねえか」と言う。これは誰の声だろう？　もちろん落ちこんでいるサム自身の感情に過ぎないこともあり得る。ほとんどの人は時に心の中で自分に話しかけるものだ。その一方で指輪の声であった可能性もある。再び内なる感情を増幅し、今度は声を与えたのだ。最終的にサムが、それが誰であれ第二の声を拒絶すると、あたかも何か外の力が、彼の決断に気づき腹を立てたかのように、地面が震動し鳴動する。こうしたすべてが積み重なって、なぜフロドは最後のハードルを越えられなかったのかという疑問になる。フロドは、ゴクリの相手をサムに任せて、一人でサンマス・ナウアに到達した。サムが後を追って中に入ると、ガラドリエルの玻璃瓶ですら、もはや役に立たないことがわかった。この場所「サウロンの王国の心臓部では、他の力はすべて弱められてしまうのでした」。その時、滅びの罅裂《きれつ》のふちに立つフロドが、指輪を捨てるのを止める。彼の言葉は、

「わたしは来た。だがわたしがここに来てするはずだったことをするのはもう選ばない（I do not choose now to do what I came to do.）。そのことをするつもりはない。指輪はわたしのものだ！」

こう言うとフロドは六度目で最後の指輪をはめた。フロドがそうしたのは、強いられたからなのか、それとも内なる誘惑に負けたからなのかは、極めて重要な問題である。彼の台詞は、後者であると示唆している。なぜなら彼は、「そのことをするつもりはない。指輪はわたしのものだ！」と言って、きっぱりと自分に責任があると主張しているように見えるからだ。それとは逆に、他の力がすべて「弱められてしまう」外なる悪の心臓部に到達する感覚は、どんどん増していた。それが正しいならば、フロドは、川に流されたり、あるいは地滑りに飲みこまれたりしたのと同じように、自分をどうすることもできない。フロドが「しないことを選ぶ（I choose not to do）」ではなく「することを選ばない（I do not choose to do）」と言っているのは興味深い。おそらく（そしてトールキンは言語学者だった）、言葉の選択はこの上なく正確なのだ。フロ

ドは選択しなかった。選択が彼のためになされたのだ。

最終的に指輪を破壊したのがゴクリで、しばらく前のフロド自身の言葉「もしふたたびこの身にさわることがあれば、お前自身が滅びの火に投げ込まれるぞ」が成就されたことを考えれば、今まで述べてきた疑問は、純粋に学問的な理論に過ぎず、実質何の意味もないことになるだろう。しかしトールキンは学問を職業としており、学者というのは、他の人が大事でないと思う学問的な問題に、しばしば重要性を見出すものだ。フロドに罪はあるのか？　彼は誘惑に屈したのか？　それとも単に悪に圧倒されたのか？　もしこのような質問をするならば、それには驚くべき不吉なこだまが返ってくる。そしてそのこだまは、この「ボエティウス的」と「マニ教的」の二つの見方の問題全体が、正統と異端の違いなどでは決して無く、キリスト教という宗教のまさに核心にある問題であることを示唆している。主の祈りは、トールキンの時代にはみなが覚えており、今でも英語を話す者のほとんどが知る祈祷文《きとうぶん》であるが、七つの項目もしくは願いから成り立っている。その六番目と七番目は、

我らをこころみにあわせず、
悪より救い出したまえ。

この二つの祈りは、言葉が変わっただけで、互いに同じことを言っているのであろうか？　それとも（こちらの方がずっとありそうであるが）、それぞれが異なっていて、お互い補完し合う意図がこめられている——つまり、最初の節で、私たちが私たち自身（ボエティウス的な悪の根源）から安全でいられるように神

に願い、二番目の節で、外側（マニ教の世界観における悪の根源）からの保護を願っているのだろうか？もし後者が正しいのなら、トールキンの二重の、もしくは両義的な悪の見方は、異教との戯れなどでは決してなく、哲学者のボエティウスや、おそらくは合理主義者のルイスによっても否定された、全世界の性質についての真実を表しているのである。

サンマス・ナウアの場面を書いていた時、主の祈りがトールキンの頭の中にあったことは間違いない。なぜならデイヴィッド・マッソンへの個人的な手紙の中に、そう書いているからである。マッソンとトールキンは、前に述べた『指輪物語』書評における批判について、意見を交換していた。この手紙で（マッソン氏はリーズ大学のブラザートン図書館に勤務しているが、親切にもこの手紙を私に見せてくれた）、トールキンは、「我らの罪をも赦したまえ」も含む主の祈りの最後の三節を引用し、それが当時頭にあった言葉であると述べている。そして、サンマス・ナウアの場面は、「童話」的な教訓になるよう意図して書いたと説明している（訳注　童話の中には教訓がこめられているものも多い。例えば「あかずきん」の教訓は、言いつけを守らなければならない、道草をしてはいけない、ということである）。トールキンは、主の祈りが一見同じことの反復に見えることや、作品全体を通じて悪の描写に両面性を持たせたことには、何も触れていない。しかしこれらはみな同根なのである。『指輪物語』においては、指輪の危険が、内から来るもの＝罪なのか、それとも外からのもの＝敵なのか、確実に見分けることは決してできない。そしてこの点が、この作品の大いなる魅力の一部だと言わざるを得ない。私たちはみな、より善良である時は少なくとも、禍《わざわ》いは自らの至らなさから来ると認識する。時にはそれが恐しく拡大されて、交通事故死の原因を、急いでいたからとか、強引な運転をしたからとか、ぐずぐずしてすぐにパーティから帰らなかったからと考えたりする。つまりこれはみな誘惑に負けた結果なのである。それと同時に、一切の責任を感じない災厄もある。トールキンが書いているように、爆弾やガス室などだ。こうしたこともみな、実はボエティウスの主張するように、私たちに関わりのあることなのかもしれない。人間には、それがわかるほど物事を見通す力はない。ただ私たちの経験では、そうは感じないのである。何でも「あっちの」悪者のせいにするのは間違いだ。それは外国人嫌いや人気ジャーナリストの癖である。それと同様に自己分析にふけるのも間違いである。これはトールキンの同時代人たち、「モダニスト」運動を起こした甘やかされた上流階級出身の作家たちの得意技である。

もちろん、もし悪の性質に関するこの曖昧《あいまい》さが撤回されたなら、『指輪物語』の登場人物たちにとって、ことはずっと簡単であっただろう。もし悪が単なる善の欠如であるなら、指輪は心理増幅装置以上のものにはなり得ない。そして登場人物は指輪を片づけてしまうか、おそらくトム・ボンバディルに渡すだけでよいだろう。中つ国ではそれで指輪の効果がなくなると、私たちは確信している。逆に、もし悪が単なる外の力で、善良な人々の心は一切共鳴しないのなら、誰かが指輪をオロドルインに持って行かなければならないにしても、それがフロドである必要はなかっただろう。ガンダルフでもよい。ガラドリエルでもよい。そして誰が持って行くにしろ、相手は敵のみで、友や自分自身と戦わなくてもよかっただろう。しかしそうだとしたら、(そして『指輪物語』より、多くのファンタジーの方がその可能性が高いが)、この作品はよりつまらないものになって、「ダンジョンズ&ドラゴンズ」のような、ただの複雑な戦争ゲームになっていただろう。また逆に、もし哲学論文や告白小説の方向に舵を切っていたならば、やはりつまらない作品になっていただろう。そして、明らかにトールキンの悪の経験の元となっている、現実世界の戦争や政治と無縁のものになってしまっただろう。

プラスの力 I――運

サンマス・ナウアの場面におけるもう一つの疑問は、もちろん、ゴクリを墜落させたのは何かという問題である。作中にそれを論じている箇所は一切ない。単なる偶然だった、つまりコリン・マンラヴによれば、トールキンの作品を真面目に読む気になれない原因であるところの「偏りのある幸運」のもう一つの例であった。しかし明らかにこれは単なる偶然以上のものでもあった。つまりゴクリの墜落は、様々な折に下された、一連の決断の結果なのである。何年も前、『ホビットの冒険』五章で、機会がありながらゴクリを殺さないでおいたのは、ビルボの決断だった。ゴクリが手中にあった時に、殺さずに「その賢明な心にある限りの親切をもってかれに接し」たのは、ガンダルフとエルフの決断だった。ゴクリにモルドールへの同行を許し、一旦は彼を改心させ再びスメアゴルになるまで戻すに至ったのは、フロドの決断だった。最後に、何度も裏切られた後で、滅びの山でもう一度、明らかに憐憫らしき情からゴクリを見逃したのは、サムの決断だった。「何かかれの手をとどめるもの」があって刺し殺すのを止めたのは、指輪の所持がどのような意味を持つかを、サムも知っていたからである。ガンダルフは、物語が始まってすぐに、何が起こるかを予言者のようにほのめかしていた（おそらくこの一節は後から書き入れたのだろう）。「ビルボがあの機に、あの下劣なやつを刺し殺してくれればよかったのに、なんて情けない！」と憤慨したフロドが言うと、ガンダルフは、例によって言葉尻を捉えて「ビルボの手をとどめたのは、その情けなのじゃ」と言う。さらに、ビルボが指輪への依存からあまり害を受けなかったことについては、「かれが指輪の所有者となった時にそういう気持ちがあったからじゃ。情けがあったからじゃ」と断言する。フロドは、死者の沼地でサムと一緒にゴクリを捕まえた時に、この会話を思い出している。だからビルボ同様、一種の「詩的正義」をもって、フロドはその報いを受けたのである。フロドはゴクリをつらぬき丸（Sting）から救い、ゴクリはフロドを最後に指輪（Ring）から救った（訳注　「詩的正義」とは、物語内における因果応報のこと。因みに「つらぬき丸」と「指輪」は、詩のように韻を踏んでいる）。ガンダルフの意見については既に引用している「すぐれた賢者ですら、末の末までは見通せぬものじゃからなあ」。今やこの言葉は、物語について述べたのと同時に、ポエティウス的な見方なのだと見て取れる。さらに、一旦なぞる気になれば、大抵の人には一つのパターンが見えてくる。ゴクリの死は、中つ国の色々な格言となって既に何度も表明されたそのパターンを強固にしているのだ。例えば、ガンダルフは再度予言してピピンに語っている「裏切り者はおそらく正体を露わし、自分では意図しない善をなすことがあるのじゃ」（『王の帰還』上巻四章）。

もちろんゴクリの死がただの偶然ではなかったとしても、あつらえたような彼の最期は、「話がうま過ぎて本当とは思えない」と感じる人もいるかもしれない。この点に結論を出す前に、しかし、「運命」や「偶然」、それに関連する他の語の意味について考察するのが良いだろう。まずトールキンが時折使う単語はchanceである。しかしこの言葉をトールキンは、条件付きで使う傾向がある。トム・ボンバディルは柳じじいからホビットを助けた時にこう言う「わたしがあそこを通ったのはただの偶然（chance）だよ、あんたがそれを偶然（chance）と呼ぶならばね」。追補編A（Ⅲ）でガンダルフは言う。北方地域が廃墟になるのを免れたのは、「もとはといえば、ある春の始めの夕べ、ブリー村でわしがトーリン・オーケンシールドに出会ったからじゃ。中つ国でいうめぐり会い（a chance meeting）というやつじゃのう」（傍線筆者）。どちらの例からも「チャンス」は、人々が自分の理解できない出来事を説明するのに使う言葉であることがわかる。しかしこれは、理解に限界のある者だけが使う記号のようでもある。では、理解の範囲が人間ほど限られていない者たちは、物事をどう見るのだろうか?

『指輪物語』には、中つ国の外に、人智を超えた存在がいることをほのめかした箇所が二、三ある。『シルマリルの物語』を読むと、ガンダルフは、サルマンやサウロン(!)と同じように、マイアという、元は人間と他の生き物を救済するために送られた、霊的な存在であることがわかる。実際トールキンは、ロバート・マレイに宛てた一九五四年十一月の手紙の中でこう書いている。「敢えて言いますと、[ガンダルフは]肉体を持った『天使』なのです」(『書簡集』参照)。ここで天使という語が、例によって語源的な意味で使われているのは確実だ。つまりギリシア語の語源angelosと同じく「御使い」の意味なのだ。ガンダルフ自身もバルログと戦った後に語っている「裸のままわしは送り返された」。誰が彼を送り返したのか、いやそもそも誰が彼を送ったのかを、ガンダルフが語ることはない。しかし私たちはやはり『シルマリルの物語』から、それは、唯一なる神エルの下で、中つ国を守る力ある者たち、ヴァラールであろうと推測できる。しかしヴァラールが、中つ国の事象に直接干渉している形跡はない。ゴンドール人は、じゅうが突進してきた時、「願わくばヴァラールの神々があいつの鼻先をそらせて下さらんことを!」と叫ぶ。しかし神々がそうして下さったかどうかは、私たちにはわからない。じゅうは実際にそれたが、それもまた偶然かもしれない。それとも「偶然(chance)」こそが、ヴァラールの神々が働きかける時にとる方法なのだろうか?

これについては二つのことが言える。第一に(世界中でトールキンよりよく知っている者はいないだろうが)人々は、何かの出来事が偶然であると同時に、その単なる偶然の中には、何かの力が働く一定のパターンがある、という感覚を表すための言葉を作り出す傾向が強い。古英語ではそれはwyrdになるが、大抵の辞書はこの言葉を「運命（fate）」と訳している。トールキンはwyrdとfateの語源が全く異なることを知っていた。fateはラテン語のfari（話す）から来ており、「話されたこと」（つまりは神々が）の意味である。古英語のwyrdはweorpan（〜になる）という動詞から来ている。つまりこちらは「なった結果、終わったこと」の意で、中には「歴史」の意味もある（古英語の「歴史家（wyrdwritere）」という単語は、wyrdを書き記す者の意である）。従ってwyrdは、人々に圧力を与え得る。誰も過去を変えられないからだ。しかし「運命（fate）」や「運（fortune）」ほどの圧力ではない。なぜならこちらは、未来にまでも拡がるからだ。前に述べたように（一章）、面白いほど正確にこの言葉と一致する単語が、現代英語にはある。「運（luck）」だ。OEDはなかなか受け入れてくれないが、luckが古英語の(ge)lingan（起こる）に由来しており、おそらく元々は「起きたこと、判明したこと」の意味だったと考えるのは魅力的だ。だから「くじ運（the luck of draw）」という言葉があるように、結果次第で幸運にも不運にもなり得るのだ。しかしほとんどの者は今でも、luckというのはそれ以上のものだと、多かれ少なかれ思っている。一章で述べたように、ドワーフは、ビルボを普通の恵みを遙かに超えた運を持った一人と考えていたが、現代にもそういう考え方はある。私たちはもはや「運命の三女神（the Fates）」（訳注　ギリシア・ローマ神話の三女神。一人が生命の糸を紡ぎ、一人が長さを決め、一人が糸を切る）を信じない。しかしluckは、今でも人格化して、「運命の女神（Lady Luck）」が微笑んだと言う。「幸運が続く」こともあれば、「運に賭ける」こともできる（トールキンの物語『農夫ジャイルズの冒険』では、農夫ジャイルズが運に賭けて成功した）。また、運を手助けすることもできる。竜が襲ってきた時に、農夫ジャイルズが戦列の後ろの有利な位置にいたのは、「運（もしくは灰色のめす馬）が望んだ通りに」後ろへ下がったからだ。しかし「運をあてにする」ばかりでは、賢い方策とは言えないだろう。ここで再び、古代と現代の意見は驚くほど一致する。「運（wyrd）は、いつも定めの尽きていないものを助ける」とベーオウルフは言う。ただ「勇気の続いている限りは」。オルサンクでピピンとメリーに再会し、話を聞いたギムリもこう言う「運があんたらのために働いてくれたんだな」。しかし彼も「あんたはそのチャンスをいわば両手でしかと受け止めたんだ」と付け加える。ピピンとメリーはもちろんその時、何かの手助けを受けていた。二人を殺そうと剣を抜いたグリシュナッハの手を、一本の矢が貫いたのだ。語り手が言うように「それは余程の弓の上手の狙ったものか、運命の導きか」——どちらだろう？

第二に、前に説明した「織り上げられたアイロニー」と同じく、運の論理は（luck や chance や fate や fortune や accident であろうと、そして wyrd ですらも）、トールキンの見解では次のようになっていると思われる。物事がどうなるのかはわからない。そして絶望からであれ、何か外の力の介入を信じる受け身の姿勢からであれ、やってみることを諦めるのは誰にとっても絶対に良い考えではない。外の力（ヴァラール）が存在したとしても、人間もしくは地上のものを通じてでなければ作用せず、もしその媒介となるものが諦めてしまえば、外の力の意図は挫かれてしまう。ガラドリエルが言うように、彼女の鏡に映ったことの中には「けっして起こらぬ」こともある。また何らかの力が夢でメッセージを送り、ボロミアが裂《さ》け谷《だに》に来たことを思い出してもよいかもしれない。その力がしかし、最初に、そしてその後繰り返し夢を送った相手は、ファラミアだった。彼は夢の警告に従ってイムラドリスを求めるのに「熱心で」あったが、兄はその願いを突っぱねた。「道が危険と不たしかさに満ちていた」から、自分が裂け谷行きを買って出た、とボロミアは言うが、彼の言葉を疑う理由もある。おそらくファラミアが、ヴァラールの忠告に従うのを許されていたなら、すべてによかったであろう。しかし人々は神意に背くことがあるし、自分にわかる範囲で神意に従ったとしても、成功や安全の保証となる訳ではない。せいぜい言えるのは、サンマス・ナウアのゴクリの例のように、運は期待以上の結果をもたらすかもしれないということである。ただし（ベーオウルフの言うように）勇気を捨ててはならず、（ギムリの言うように）両手で好機をしっかりと摑まえねばならない。そして、なぜゴクリを助けたのか疑問に思うフロドに、ガンダルフが説明したように「せっかちに死の判定を下す」こと、もっと一般的に言えば、運を好転させるために、そうと知りながら不正を働くのは、おそらく逆効果である。最後の意見だけは、偏見だという非難を受けることもあるだろう。しかしそれについて、命に限りのある者は誰一人として確かなことを言えないのだ。

プラスの力Ⅱ――勇気

トールキンは、控えめに言っても、評論家運が悪かった。彼らは物語がご都合主義だと批判した。これについては、前節で答えたつもりである。また指輪に関して、自分自身で作った基本原則を守っていないとも非難された。これについては、「依存症」という言葉で答えたつもりである。悪側と善側の登場人物が、道徳的に見分けがつかないという告発も受けた。これについてはW・H・オーデンが攻撃的な論法で答えている。一九五五年、それから一九六一年にオーデンは、善と悪との大きな違いを指摘した。善のキャラクター、つまりガンダルフのような者たちやガラドリエルのような者たちは、自分が悪になることを想像できるが、サウロンの最大の弱さは、たとえ駆け引きであっても、指輪を永遠に葬るという自己破壊的な戦略を想像できない点にある。さらに、けちをつけられれば何でもいいと言わんばかりに、善のキャラクターはただただ善良過ぎて、当然持っているはずの罪や弱さといった人間らしい複雑さに欠ける、と不満を述べる批評家までいた。つまり幽鬼や、幽鬼になる過程についての一貫した考え方に、全く気づいていないのだ。しかし中でもトールキンを悩ませた苦情は、エドウィン・ミュアーが『オブザーバー』紙に書いたものだった（『書簡集』参照）。ミュアーは『指輪物語』が一巻ずつ刊行される度に書評を書き、一九五四年八月二十二日付、同年十一月二十一日付、一九五五年十一月二十七日付の『オブザーバー』紙にそれぞれ載せた。そして特に『旅の仲間』と『王の帰還』の書評で、両作を高く評価するのは控えるとはっきり述べた（『二つの塔』が入っていないのは、エントが気に入ったからだ）。トールキンを困惑させた『王の帰還』の書評で、ミュアーは、『指輪物語』全体には痛みが感じられず、大人の読む作品ではないと述べた「良い子は死闘をして、終わると立派になっている。勝利に満ちて幸せに。普通男の子が望むように」。これにはただこう答えるだけでよい。少なくともフロドは、立派になったり、幸せになったりしなかった。勝利を思わせることはすべて避け、最後は治らぬ傷を負って、「燃え尽き症候群」のようになってしまった。アーサー王のように、フロドが傷を癒すため、西方へ連れて行かれたのは確かだが、ミュアーが述べたような栄光に満ちたものではない。それに中つ国には、西方へ連れて行くこともできず傷も癒されない人々や生き物や物が、他にも存在しているのだ。実際、愚かな、あるいは子供じみた楽天家だとトールキンを訴えるよりは、悲観論者だと主張する方がよほど簡単である。この点は、模倣した者の多くと一線を画する、トールキンのもう一つの特徴なのである。

例えば、『指輪物語』のほとんどとは言わないまでも多くの年長者のキャラクターが、長期的な展望として、敗北を思い描いているのは明白である。ガラドリエルは言う「われらは時代の移り変わる中を長い敗北の戦いを戦ってきたのです」。エルロンドも同じ意見である「わたしは西方世界の三つの時代を見てきた。多くの敗北と、多くの空しい（fruitless）勝利を見てきた」。後の台詞でエルロンドは、「まったく空しかったわけではない」と、彼の使った「実を結ばぬ（fruitless）」という形容詞を正した。それでも繰り返したのは、サウロンを倒したものの滅ぼすことができなかった大昔の戦の勝利で、「目的が達成されなかった」ことである。中つ国の歴史全体を見ると、善を成し遂げるためには莫大な犠牲を払わなければならない一方で、悪はまるで思いのままに回復するかに思われる。モルゴスの築いたサンゴロドリムは破られたが、エルフたちが期待したように、悪が「永遠にやんだ」訳ではなかった。ヌーメノールは海に飲みこまれたが、サウロンの命を奪うことはできなかった。戦でサウロンは敗れ、イシルドゥアによって指輪は奪われたが、これも第三紀の終わりの危機の発端となっただけであった。さらに極めて明らかに語られているのは（そう思った人は間違いなくいるだろう）、指輪の破壊とサウロンの滅亡でさえ、全体の「実を結ばぬ」（もしくは苦い実を結ぶと言った方がよいかもしれないが）パターンに合致しているということである。ガラドリエルによれば、一つの指輪の破壊は、彼女やガンダルフやエルロンドの指輪も完全に力を失うことを意味し、それ故にロスローリエンは「色褪せ」、エルフたちは「退化して」しまう。エルフ同様エントやドワーフ、そしてもちろん中つ国全体が、現代性や人間の支配に取って代わられるだろう。すべての登場人物や彼らの物語は、あちこちに散在する詩の中の誤解されている語句や、「ドワーフ一覧」のような意味の忘れ去られた名前のリストに成り下がり、関連性は文献学者にしか見えなくなってしまうだろう。中でも美は一番の犠牲者だ。セオデンは「アイゼンガルドへの道」（『二つの塔』上巻八章）の中でこう問いかける「戦いの運命がいかになろうとも、戦いが終わることにより、かつて美しくすばらしかったものの多くがこの中つ国から永遠に消え失せることになるのではなかろうか?」ガンダルフはただこう答えるのみである「サウロンのなした悪は完全には癒されぬもの、存在しなかったようにはできぬものじゃから」。木の髭《ひげ》は、滅亡を定められた、衰退する自らの種族を語る時、ガンダルフに似た言い方で、セオデンの恐れを強める「歌というものは木と同じで、それぞれの時が至ってはじめて、それぞれの仕方で実が生るもの。時には時機を得ぬままに枯死することもある」(『二つの塔』上巻四章)。中つ国のみなの意見は、次のガンダルフの警句にまとめられるかもしれない「わしはガンダルフじゃ。白のガンダルフじゃ。しかし黒のほうが依然として強い」(『二つの塔』上巻五章)。

この発言は、「悪は現実に存在する」というマニ教的二元論のように不吉で、また「敗北主義者」的な言葉のようにも思われる。しかし前にも述べたようにトールキンは、数度にわたり様々なやり方で、善悪二元論に対する反駁の声を注意深く上げていた。また親友を第一次世界大戦のフランダース戦線で亡くしてからは、本来の意味での「敗北主義」に関することは、何にでも我慢がならない傾向があった。「敗北主義(défaitisme)」はフランスの言葉で、大戦末期の一九一八年頃に初めて、英仏露連合国側の戦争への疲労感を表すのに用いられた。当時、特に武器を持たない市民は、既に払った犠牲を無駄にしても、あやふやな和平を結ぶべきだと感じていた。ではなぜトールキンの作品は、常に悲観し、敗北を予期しているのだろうか?

答えの一つは、トールキンが「勇気の論理」を、ある意味再び世界に紹介しようとしていたからに違いない。それは単なる勇気ではなく、勇気のイメージでもなく(この点注目!)、「勇気の論理」なのだ。この論理についてトールキンは、一九三六年の『ベーオウルフ』講演の中で、北方の古典文学における人格形成に、「大いなる貢献」をしたと語っている。トールキンの論旨はこうである。現在、古北欧語で残っている神話は（トールキンは、かつて古英語で書かれた神話もあったに違いないと信じていた）、伝統的なキリスト教神話に似て、最後の審判の日、アルマゲドンで終わる。その時、善の勢力と悪の勢力は、最終的な決戦を迎える。両神話の違いは、北欧神話の勝者が、悪の側である巨人や怪物だということだ。それ故、北欧版アルマゲドンは、「神々の滅亡」を意味する「ラグナロク」と呼ばれる。もし神々と人間の同盟軍が敗れるとわかっているのなら――そしてこの神話は誰もが知っている訳だが――一体全体なぜこの軍勢に加わりたいと思うのだろうか？　そんなことをせずに怪物を真似るか、いわゆる悪魔崇拝者になればよいではないか？これに対する真に勇気ある答えは――トールキンはこれを「説得力はあるが悲痛な解答」と呼んでいたが――「勝つか負けるかは、正しい行いを選ぶか間違った行いを選ぶかに、何の影響も及ぼさない。たとえ全世界が、敵対する悪の勢力に支配され救いようがなくとも、英雄は寝返る気にはなれない」と述べることだ。ある意味北欧神話は、人々にキリスト教より高い要求をする。なぜなら天国も、救済も、美徳の報いもなく、ただ正しいことをしたという沈鬱な満足しか得られないからだ。異教の英雄たちが斃《たお》れた後に招かれて宴にあずかるオーディンの神殿ヴァルハラでさえ、ラグナロクの最終的な敗北までの控えの間兼訓練場でしかない。トールキンは『指輪物語』のキャラクターに、これと同じ高い水準の生き方を実践させたかった。故に注意深く彼らから安易な希望を取り去って、長い目で見た際の敗北と滅亡を意識させたのである。

それにも拘らず、トールキンはクリスチャンであり、全世界が「救いようもなく」悪に支配されているとは信じていなかった。そして彼の生きていたのは、「勇気の論理」の「説得力はあるが悲痛な解答」が、復活を望めないほど、いや負けるとわかっている上に戦う意味すら理解できないほど、姿を消してしまった時代であった（これを例えば『スター・ウォーズ』の筋書きに当てはめてみればわかるだろう）。従って、学問的な研究においてトールキンは、異教の時代からキリスト教の時代へ連綿と続くものを、古英語の詩に見出そうとやっきになっていた。その一例が後述する『モールドンの戦い』を書き直した評論詩「ベオルフトヘルムの息子ベオルフトノスの帰館」（一九五三年）である。一方創作においては、究極の勇気を描くのに、新しいイメージが必要だった——現代の英雄らしくない、もしくは反英雄的な世界に対抗する、意味や希望を持つイメージが。これはトールキンが以前にも直面した問題であった（ビルボの現代流の勇気が、ビヨルンやトーリンの伝統的な英雄像と対置されている点を論じた一章を参考のこと）。そして『指輪物語』においてトールキンは、もう一度ホビットを通じてこの問題を解決するために、『ホビットの冒険』の中でビルボが見せた、冷静で孤独で攻撃的ではない勇気を発展させることにした。しかし今回ホビットたちは、ビルボほど孤独ではなかった。大抵二人で行動しているので、彼らが映し出す勇気のイメージには、他者との関係からもたらされる要素がより多く含まれていた。思いがけないことに、この勇気の中心には、笑うこと、気分を明るく保つこと、終わりの日の来ることを深刻に考えないどころか、未来を見つめるのを一切拒絶する態度がある。そしてそこには時に、わざとパラドックスの要素が加えられていた。

物語の本筋に登場する四人のホビットはみな、最も劇的な瞬間であっても、武勲を望んでいない。ペレンノール野の合戦で、ホビット特有の「燃え立つのに時間のかかる勇気」がようやく湧いてきたメリーは、ナズグルを刺す。しかし名乗りを上げて正面から戦ったのではなく、後ろからだった。一方のピピンは、コルマルレンの戦いで、山トロルを倒すことができた。しかしそれも、「メリーのやつとほとんど肩を並べられる」ようになるためであった。二人は、多くの年長者より、黒の乗手の主な武器である絶望と意気阻喪の影響を受けていないようである。これは、二人が鈍いからなのか、未来を予測したり合理的に考えたりすることが嫌いだからなのか。いずれにせよ、ミナス・ティリスで、最初に乗手の叫び声を聞いた時、ベレゴンドを励ましたのはピピンだった。太陽と旗を指さしながらこう宣言したのである「ぼくの心はまだ絶望しはしませんよ」。一方セオデンに仕えたメリーの主な役目は、「話をして［王の］心を晴らす」ことであった。「ローハン軍の長征」の終わりで、戦場に到着したもののゴンドールの断末魔の苦しみを目の前にして、メリーは自分と騎士たちの上に「恐怖と疑念が重く腰を据えてしまっている」と感じる。しかしその直後に凪を顔に受け、最初に「変化」を感じたのは、やはりメリーであった。一つには、二人の（非常にイングランド人的な）「軽さ」のせいなのだろう。メリーとピピンは絶えず冗談を言い合い、セオデンに対しても口を慎まない。そして同じくイングランド人であるセオデンは、二人の冗談を楽しんでいる。メリーは「療病院」の章で、この癖について詫びている「でもこういうときに軽口を叩くのがぼくたちホビットの流儀なんです」。一方、自分が刺したトロルの下敷きになった時、ピピンの最後の思念は、

飛んでいく前に声をたててちょっと笑いました。すべての疑念や心配や恐れをようやく捨て去ろうとすることはうきうきと楽しいことのようにさえみえました。

この時ピピンは、自分の命が尽き、サウロンを倒す意図は完全に潰えたと思っていた。しかしこの最後の瞬間に彼の心を慰めたのは、自分はずっと正しいことをしてきた、「思っていたとおりに終わるんだな」と

いう思いである。

サムとフロドの組も、指輪の破壊後、似たような反応をする。彼らもまた自分たちは死ぬだろうと思い、さらにこの状況は思っていた通りだと考える。フロドは実際に、常に「ハッピーエンド」で終わらねばならぬという発想を持ち出して否定している「世の中のことというのはこういうもんなんだよ。望みは尽きるものだし、終わりは来るものなのだ。（中略）［わたしたちは］滅亡と崩壊の中に取り残されて、逃れるすべもないのだ」。もちろんこの場合フロドの言った通りにはならなかったが、彼が「一般的なルール」として述べたことの説得力は否定できない。しかしサムの反応は、「おらたちはまたなんちゅう話の中にはいっちまったこってしょうね」と思いをめぐらせて、最終的にその物語の題名がどんなものになるのか想像するだけだった。さらにサムは以前に、パラドックスと言ってもいい境地に達していた。ゴクリに連れられてフロドと共に黒門に到達した時、どうしても城門に行くと言う主人について行こうとした気持ちを、トールキンは次のように説明している（『二つの塔』下巻三章）。

初めからこの件には一度だって望みらしい望みは抱いていなかったのですから。ただ元気のいいホビットの常として絶望が先に延ばされている限り、別に望みを必要としないだけのことでした。ところが今やかれらは土壇場にきたのです。しかしかれはずっと主人にくっついてきました。そして主人から離れないというそのことがかれがここまでやってきたことの主な目的でもあったのです。これからだって離れるつもりはありません。

「望み」がないのに「元気よく」していられるものだろうか？　と人は尋ねるかもしれない。現代の楽観主義のお約束では、答えはノーだろう（「希望がなくっちゃ」とアメリカのミュージカルの歌にある）。しかしギャムジー家の人間はそういう考え方に懐疑的である。「命がありゃ望みがある」ととっつぁんは言う。これは昔からよく言われることだ。ただとっつぁんはいつも拍子抜けする条件を付け加える「それに食いもんが必要」。サムはある意味、現代版の「勇気の論理」を示している。自分の務めを果たすのには、ラグナロクの勝利の保証という賄賂をもらわなくともよい。おそらく進むために希望が必要な者のみが、希望を見失った時に絶望の餌食になると訴えているのであろう。サムやピピンのように、最初からすべてがひどい結果に終わると思っている人間は、思っていた通りに失敗するのが確実になっても免疫があり、元気でさえいられる。北欧神話では、「希望」は三大美徳の一つではなく、フェンリル狼の口から流れる涎として蔑まれていたことをトールキンは知っていた（訳注　フェンリル狼は、後にラグナロクで最高神オーディンを飲みこむことになるが、神々に災いをもたらすと予言されていたため拘束され、剣をつっかえ棒にして口が閉じないようにされた。その結果流れ出た涎が川になりヴァン〈希望〉川と呼ばれた）。また、彼は「元気（cheerfulness）」が少なくとも語源においては、表情のみの美徳であったことも知っていた。語源の古フランス語 chair は「顔」を意味する単語である。ガウェイン卿が、確実に命を落とすと思われる旅に出かける時、作者の詩人はこう書いている（トールキンの現代語訳からの引用）。

　騎士は良い顔を見せて（made a good cheer）こう言った。
　なぜ意気消沈せねばならぬのか？

定めが良いか悪いかは
試して初めてわかるもの。

現代の一般的な考え方はまた異を唱えるだろうが、顔は心より大事だという、今でも根強い古くからの意見がある。なぜなら表情というのは、意識によってコントロールされている、もしくはされるべきだからである。

トールキンの新型「勇気の論理」の最も典型的な場面は、『二つの塔』下巻八章「キリス・ウンゴルの階段」の章の終わりである。この場面でサムとフロドは、最後と思われる食事をとり、物語論を交わす。フロドは言う。えらいお話は終わらない。しかしそれがあまりに楽観的に思われるといけないので、お話の中の人々には終わりがあると付け加える。サムは物語が後代までも語り継がれることを夢想し、文法の間違いで笑わせながら、急にくだけた調子で話し始める。きっと将来、父親たちは息子にお話しするでしょうね。フロドは「ホビットのなかで最有名（the famousest = the most famous の間違い）なんだよ。ということはどうしてどうして大変なことなのさ」ってね（実際にはそれほどではなかったと読者は知るが）。これにはフロドも笑い出す。

サウロンが中つ国に来て以来、このあたりで、このような笑い声が聞かれたことはありません。サムには不意に石という石が聞き耳を立て、高い岩が自分たちの方に身を乗り出したかのように思われました。しかしフロドは気にも留めません。再びかれは声を上げて笑いました。「おやおや、サム、」とかれはいいました。「お前のいうことを聞いていると、何だかもうわたしたちの話が書かれてしまったみたいな愉快な気持ちになるよ。だがお前は主要人物の一人を忘れてるよ。剛毅の士サムワイズをね。『サムのこともっと話しておくれよう、とうちゃん。どうしてサムのしゃべったことがもっとお話の中にはいってないの、とうちゃん？　おら好きなんだよう。サムの話を聞いてるとおら笑っちゃうんだ。』」

二人は話し続け、眠りに落ちる。するとゴクリが二人を見つけ、その寝顔の安らかさに心を打たれ、にじりよってフロドの膝に触ろうとする。再びゴクリからスメアゴルに戻った彼は、「長い歳月にすっかりしなびてしまった年老いて疲れ果てたホビット」で「哀れむべきかつえた老者」に束の間見えた。

エドウィン・ミュアーは気づいていなかったが、この物語のある種の無情を示す例として、この情感あふれる場面は、すぐにサムによって蹴散らされてしまう。目を覚ましたサムは、ゴクリを見て「前足で旦那にさわっている」と思い、荒っぽく声をかけ（ゴクリも一度はおとなしく答えている）、「こそこそいなくなってこそこそ戻ってくるとは、このろくでなし！」となじる。これに対し「ゴクリは体をひっこめました。（中略）あの束の間の時は過ぎ去り、もう呼び戻しようもありません」。中つ国における目立たない犠牲者の中には、彼が成り果てた生き物ゴクリと同様、年老いたホビットのスメアゴルも含まれていることは理解して欲しい。実際『指輪物語』の登場人物のほとんどは、悔いを残すという重荷を背負っている。この後悔は再び、木の髭における故意のパラドックスによって表現されている。木の髭は、彼の種族が子孫を残さず、彼の物語が終わってしまうことを知っていた。しかしその結果、ピピンによると「悲しそうではありましたが、不仕合わせそうではありませんでした」（『二つの塔』上巻四章）。「悲しい」と「（不）幸せ（でない）」

に同時になれることなどあるのだろうか。現代の意味論では無理だろう。けれどもしばしばトールキンは、それを気に留めていなかった。木の髭の悲しい幸福（「悲しい〈sad〉」の古い意味は、「定着した」「覚悟した」であると、C・S・ルイスは彼の著作『語の研究』で述べている）と、サムの望みなき元気（ガウェイン卿と同じ）は、一つの勇気のイメージを形作っている。それはとりわけ、幸運を信じる気持ちが全くない中でも続く勇気なのである。

ここまでの結論

『指輪物語』の終わりの数章でフロドを見舞った忘却には、この物語で見落とされてきた無情の最後の刻印が押されている。フロドも、他の土地では大きな栄誉を与えられていたのかもしれない。しかしホビット庄で、いかにわずかの敬意しか払われていないかを見るにつけ、サムは「心を痛めた」。フロドはその平和主義と非攻撃性のために、最後の「水の辺村の合戦」で何の役目も果たさず、捕虜の命を守るために介入しただけに終わった。彼の名は、庄の歴史家が諳《そら》んじなければならない「巻きもの」の一番上になく、彼の家系は、コトン家やギャムジー家や髪吉《かみよし》家とは異なり、途絶えて子孫を残さなかった。もちろんフロド自身も結婚しなかった。彼の物語は、木の髭の物語と同じく、後に続くものがない。そしてサムの想像していた未来とは異なり、ホビット庄で最有名な人にも決してならなかった。彼の傷は少なくともこの世界では治らないと思われる。そしてフロドは、物語のほぼ最後のページで、自分や他の人々がずっと主張してきたように、これが物事のあり方なのだと言う。

「愛するものが危険に瀕している場合、しばしばこうならざるを得ないものだよ、サム。つまりだれかがそのものを放棄し、失わなければならないのだ。ほかの者たちが持っておられるように。」

「よい子」の中でも一番の人物が、尊敬もされず注目もされないというのは、エドウィン・ミュアーの言っていることに反するだけでなく、戦没者記念碑、数分間の黙とう、「ケシの日」（訳注　戦没者追悼記念日曜日。この日に造花の赤いケシを身につける）、ヘイグ伯基金（訳注　従軍経験者支援組織で追悼記念日のケシを製作販売して基金を集める）といった、第一次世界大戦後の全イギリス住民同様トールキンがよく知っていた、戦争犠牲者に敬意を払うシステム全体にも反している。いや少なくとも表面的には、と言うべきだろうか。というのもフロドの言葉は、実はインパール＝コヒマ戦没者記念碑の碑文に似ているのである（訳注　第二次世界大戦中の一九四四年、日本軍によるインドのインパール＝コヒマ方面進撃に対し、当時インドを植民地にしていたイギリス軍が主に応戦し、その後のビルマ戦線の行方を決する大きな戦いとなった。特に激戦だったテニスコートの戦いでは、イギリス軍は多くの戦死者を出し、現在近くに大きな戦没者墓地が残っている）。今ではこの記念碑の存在自体も大部分において忘れ去られ、その文言はしばしば間違って引用されている。実際の碑文には、次のように刻まれている（ペルシア戦争のテルモピュライで、圧倒的に兵力に勝るペルシアの大軍を前にして、撤退を選ばずに戦って全滅したスパルタ軍のため、ギリシアの詩人シモニデスが書いた墓碑銘との類似は明らかだ。ゴールディングの「熱き門」はテルモピュライ探訪記である）。

故郷に帰って我らのことを伝えよ、
みなの明日のために、我らの今日を捧げたと。

これまでに言及した主要ファンタジー作家の何人かと同様、トールキンは戦争の生き残りであった。彼の作品は、神の摂理への強い信仰と並んで帰還兵の幻滅をも表現しているのである。

ここで崇高な話から、笑い話に近い話題に移ろう。既に示唆してきたように、文学評論家の間には、トールキンに対する「訳のわからない批判」コンテストがあるらしく、一位の栄冠を勝ち取るための熾烈な競争があるようだ。出場者の一人は、間違いなく、キール大学のマーク・ロバーツ教授だろう。一九五六年の『エッセイズ・イン・クリティシズム』の中で、彼は『指輪物語』を次のように切り捨てている。

この作品は否定し得ない現実理解から生まれたものではなく、それと同時に、作品の存在理由となる全体をコントロールするヴィジョンによって形成されたものでもない。

価値観や視点が多様化した現在のポストモダンの時代には、誰からも否定されない「現実理解」を有するのはもちろん難しい。しかしロバーツ教授は、五〇年代の単純な批評の時代に語っているのである。彼は明らかに当時支配的であったF・R・リーヴィスの視点から、その用語を使ってトールキンを抹殺しようとした。確かに、他の現代ファンタジー同様『指輪物語』は、リーヴィスの言う「偉大な伝統」の系譜にきちんと収まらないだろう（訳注　リーヴィスはその代表的な文学評論『偉大な伝統』の中で、「作品中の強い現実感」＝「作家の道徳への真剣な関心の表れ」と考え、それが英国文学の「偉大な伝統」であると論じた。そしてこの現実感を基準に作品を評価した結果、オースティン、ジョージ・エリオット、ヘンリー・ジェイムズ、コンラッド、ロレンスが、伝統に連なる優れた作家であると賞賛した。現実とは違う設定のファンタジーが、リーヴィスの基準に合わないのは当然である）。しかしロバーツ教授が、『指輪物語』には「作品の存在理由となる全体をコントロールするヴィジョン」がないと書くのには、なぜこれほどまでに明白な事実が見えないのだろうと、訝《いぶか》しく思わざるを得ない。私が二章及び三章で明らかにしようと試みたように、この結果を気に入ろうが気に入るまいが現実に、『指輪物語』にはほとんどのレベルにおいて整合性がある（行きあたりばったりの内容ではない）。物語の構造が複雑に織り上げられていることは、明確に、読者の感じるアイロニー（と反アイロニー）を、また、登場人物の感じる不確かさと「荒野に飲みこまれたような困惑」を生み出す役割を果たしている。特に登場人物が、自身や周りの者に感じる不確かさは、指輪（心理増幅装置であり邪悪な力でもある）と指輪をめぐる究極の悪の力（内なるものかもしれないし外からのものかもしれない）の両義的な性質によって、鏡のように映し出されている。事実私は、この作品の「全体をコントロールするヴィジョン」が、「ボエティウス的」と「マニ教的」と私が名付けた二重のヴィジョンであると論じてきた。そして両者の見解は、死者の沼地であれ（マニ教的外にある悪、しかし幻かもしれない）、コルマルレンの野であれ（ボエティウス的内なる悪、しかし急速に消えて行く）、作品のここかしこで等しい力で描写されている。登場人物が、この一貫した不確かさの中で舵を切る時、彼らを導くのは、まず「偶然」と「運」の成熟した論理である。この論理は私たちにとって、どこからどこまで馴染《なじ》み深い感覚であり、日常普通に話される内容でありながら、文献学的にも哲学的にも筋が通っている。もう一つは勇気の論理である。こちらも起源は古いが、第一次世界大戦の様々な戦没者記念碑からも（トールキン自身が語るように）現代でも馴染み深いものである。このトールキンのヴィジョンを誰かが否定するというのなら話はわかる（私はトールキンとは異なり献身的なクリスチャンではないが、私のような人間の多くにとっても、トールキンのヴィジョンは説得力があるのは確かだが）。しかし作品の中にヴィジョンが全く見えないとなると、そこには何か恣意《しい》的なものか憂慮すべきものが感じられる。

ロバーツ教授の言わんとしたことは、きっと、トールキンのヴィジョンと彼の時代や階級のヴィジョンには共通するところがなく、その違いは特に悪の性質と根源の問題に関して顕著だということだろう。私は悪の問題こそが、多くの現代ファンタジー同様、『指輪物語』の中心テーマであると解釈している。ここで一九二〇年代から三〇年代にかけて、同世代文化の公式の代弁者が悪について述べた見解で、トールキンや彼と共に戦った従軍経験者が知ることができたものを短く考察すれば、参考になるはずだ。まずフロイトの思想は、二十世紀初期に徐々に一般の意識の中に浸透していった。このことは、OEDが遅ればせながら渋々「抑圧」「コンプレックス」「無意識」「トラウマ」といった単語を登録していったことからもわかる。ルイスは特に継続して、おそらくはインクリングズの仲間の支持も得て、フロイトの考え方には、責任感や個人の罪の感覚を消し去る傾向があると異議を唱えた。また「ブルームズベリー」の見解とでも呼ぶべき思想もあった。これを表明した作家たちは、ヴァージニア・ウルフ、E・M・フォースター、バートランド・ラッセル、そして特に彼の著作『倫理学』が二十世紀で最も重要な哲学書と呼ばれているG・E・ムーアだった。「ブルームズベリーグループ」の見解をまとめて要約するのは難しい仕事である。ただ確信をもって言えるのは、ムーアの『倫理学』には、二十世紀において切実であった悪の問題に対して、ほんのわずかでも関係のある内容は書かれていないということだ。産業化された戦争、絨毯《じゅうたん》爆撃、化学兵器・生物兵器・核兵器の使用、非戦闘員の集団殺戮《さつりく》・大量虐殺――トールキンや共に戦った帰還兵にとって、これらの一部は個人的な体験であったが、ムーアは何の言及もしていない。ブルームズベリーの悪徳と美徳の見解は、本質的に個人的なものだった。フロイトの思想と同じくそれらは、何よりも人間関係をめぐって存在すると考えられていた。

一方、フロイトやブルームズベリーグループより一層目立つのは、昔からの文学が提唱してきたような伝統的な悪の見方とイメージである。トールキンがこうしたイメージに戻らなかったと、どれほどしばしば批評家に叱責されたかには驚かされる。しかしこのイメージは、トールキンと同じ考えの作家たちが（しばしばもっともな理由から熱心な中世主義者であった）、戻るのは無理だと見なし、考え、捨てたものなのである。ドストエフスキーについてのヴォネガットの台詞を繰り返せば、「それじゃあもう足りないいんだ」と彼らは感じていた。なぜトールキンはサー・トマス・マロリーのようになれないのだ？　とミュアーは前に引用した『オブザーバー』紙の三番目の書評で問うた。なぜランスロットやグィネヴィアのようなヒーローやヒロインを書かないのか？「誘惑を知り、時に自らの誓いに忠実でなく」、不義の情念で魅力的に造形された人物を？　しかしT・H・ホワイトは既にアーサー王物語を考察し、そしてトールキンと同時期に実際『永遠の王』として翻案して、マロリー作品の核はロマンティックな罪ではなく、人を殺めたいという人間の衝動にあると見ていた。『永遠の王』では、騎士に嚙みついたことが最後の悲劇的な戦いの引き金となったとされる毒蛇は、毒のないおとなしいヘビに変えられた。和平を結んだはずの両軍が戦闘に突入するきっかけとなった剣のきらめきは、ヘビから身を守るための当然の自衛手段などではない。動物虐待から世界戦争やホロコーストに至る残虐行為を生み出した、人間の血を求める自然の欲望のせいだとされたのだ。悪の新しい見方を包含するためには、マロリーは書き直されなければならなかった。また、ミュアーは最初の書評でこうも問うている。なぜトールキンは『失楽園』のサタンのような「悪であると同時に悲劇的な」ヒーローを書かなかったのか？　この聖書の物語に関してはC・S・ルイスが既に考察し、『失楽園』を書き直して、一九四三年に『ヴィーナスへの旅―ペレランドラ・金星編』（筑摩書房、原書房）を発表していた。この中でルイスは、悪には壮大で高貴で悲劇的なところなど全くなく、代わりに退屈で卑しく汚いという彼の意見を、明確に表現した。トールキンと同じく「ソンム戦線にいた」主人公ランサムのような人物でさえ、小さな蛙を切り刻む悪の行為を見れば、その残骸に吐き気を催す。またヴォネガットやヘラーのような他の作家たちは、彼らの経験した狂気、不条理、自由意志の欠如を内包し得る文学形式を編み出すのに、二十年近くの年月を要した。英国小説の「偉大な伝統」はこのことにおいて何の役にも立たなかった。

　この章の冒頭で述べたことに戻れば、骨董文学の知識や骨董的な魅力にも拘らず、『指輪物語』が二十世紀の作品以外の何物でもないことは間違えようがない。この物語は、伝統的な善と悪の見方を新しく主張し直そうとする一方で、伝統的な見方に対してこの世紀が生み出した難問を何にもまして描いている。アラゴルンはエオメルに言う「去年も今も善悪に変わりはない。またエルフやドワーフと、人間との間に善悪の違いがあるわけでもない。善悪を弁別するのが人たるものの務めですよ」。しかし確信できないでいるエオメルや彼の質問に、人は同じくらい共感するのではないだろうか「このような時にあたって何をなすべきか、どうやって判断したらいいのでしょうか？」

　次章では『指輪物語』の現代性をさらに論じる。それは政治的な寓意《アレゴリー》についての考察につながるだろう。

また より永続的な神話に向かう力についても論じたい。『指輪物語』は現代に応用できるが、その根底には、時代を越えた次元が存在していると私は信じている。

第四章　『指輪物語』(三)——神話的次元

寓意《アレゴリー》と適応性

『指輪物語』第二版の「著者ことわりがき」の中で、トールキンは次のように書いている「わたしは、寓意というものが、どんな形で示されようとどうしても好きになれない。わたしは長じて以来ずっとそうだったし、少しでも寓意の存在が感じられればすぐにそれに気がつくくらい用心深い」。だが、一章でウサギとホビットの関連を一切否定した時のように、ここでも証拠はむしろトールキンに不利である。トールキン自身は完璧に寓意を使いこなせる人で、学問的な論述でも幾度か寓意を使い、いつも有無を言わさぬ効果を上げていた。例えば一九三六年の『ベーオウルフ』講演で、トールキンはブリティッシュ・アカデミーの聴衆に「さらにもう一つの寓意」を紹介している（つまり、既に別の寓意が用いられていたということだ）。

　ある男が塔を建てた。彼は建設のための石を野原の廃墟、トールキンの言葉では「山積みになった古い石」から採ってきた。その一部はまた、「父祖の古い家［つまり廃墟］のほど近くにある」彼自身が実際に住んでいる家を建てるのにも使われていた。彼の友人がやって来て、塔がもっと古い石でできていることにすぐ気づき、わざわざ塔を解体して、その石を調べ、彫刻や、石炭が採れる可能性などを探した。そのうちの何人かは塔が滅茶苦茶だと不満を述べた。一方、男の子孫は、男が塔を建てるのではなく廃墟を復元することに時間を費やすべきだったのにとつぶやいた。「けれど、塔のてっぺんから男は、海を見渡すことができたのです」

これが実際寓意であることは間違いない。トールキン自身がそう言っているからだ。そこで傍線を引いた言葉に注目しながら簡単にこの物語を考察してみれば、トールキンが正確にどういう意味で寓意という言葉を使っていたか、どのような効果を上げることを期待していたか、誤用された際になぜ寓意という言葉や概念そのものを嫌っていたかを説明できるだろう。トールキンのこの小さな物語は、『ベーオウルフ』批評の変遷の寓話である。トールキンの時代に至るまでの批評の大きな特徴の一つは、詩人の書いた詩は間違っているという確信であった。この寓意の正確さ、もしくはトールキン自身の言葉を借りれば「的確さ」は、トールキンの講演を聞いた聴衆レベルの『ベーオウルフ』研究の知識がなければ理解するのが難しいが、簡単にまとめると次のように言えると思う。

・古い石、つまり廃墟＝『ベーオウルフ』詩人が知っていたらしい、より古い異教の口承詩の断片
・男の住む家、廃墟から一部材料を得て建てられていた＝『出エジプト』のような『ベーオウルフ』と同時代のキリスト教詩。やはり昔の口承詩からその材源の一部を得ていた（『出エジプト』のトールキンによる校訂本は、彼の死後一九八一年に出版されている）。
・塔＝もちろん『ベーオウルフ』
・男＝『ベーオウルフ』詩人

・塔を解体した男の友人＝十九世紀の細かい分析批評をした研究者。どこが間違っているかを指摘するのに精力を傾けた。

・最後に、男の子孫＝W・P・ケアやR・W・チェインバーズのような英批評家。分析批評は退けたが、詩人は、竜や怪物の出てくる単なるおとぎ話ではなく、歴史についての叙事詩を書いてくれればよかったのにと繰り返し述べていた。

この説明で重要な点は、繰り返されるイコールの記号である。トールキンは首尾一貫して間違えることなくあてはめることができなければ、寓意は意味をなさないと考えていた。そして彼にとって寓意は、いつもこの例のように「背理法」として機能するものだった（訳注　背理法では、ある前提が間違っていることを、そこから論理的に導き出した結論が間違っていることにより証明する）。トールキンの塔の寓話を聞いた者はみな、塔を壊した近視眼の愚か者にではなく、それを建てた男に同情する。こうしてトールキンは、共感すべきは『ベーオウルフ』の批評家ではなく、詩そのものだと主張しているのである。

だからこそトールキンは、「著者ことわりがき」の中で、『指輪物語』を第二次世界大戦の寓意と読む者たちを切り捨てた。第一に、トールキンが指摘しているように、彼は「一九三九年に見られた暗い徴候が回避しがたい大戦を予告するよりずっと前に」執筆に取りかかっていた。そして第二に、「イコール」の記号がこの読みにはない。もちろん、指輪＝核兵器、ローハン・ゴンドール・ホビット庄（等）連合＝連合国、モルドール＝枢軸国と、大まかにはそれなりの妥当性をもって言うことはできるだろう。しかしその場合、指輪の破壊、及びその使用の拒絶は何とイコールになるのであろうか？　トールキンが「ことわりがき」の中で書いているように、もしこの等式が正しいのなら、原子爆弾が日本に落とされたように、「指輪は押収され、サウロンと戦うために用いられたはずである」。枢軸国に連合軍が進駐したように、バラド＝ドゥアは「占領」されただろうし、サウロンは「滅亡せずにとりこ」になっただろう。サルマンについて言えば、彼は信頼できない連合国の一員である。おそらくはソヴィエト社会主義共和国連邦とイコールで結ばねばならないのだろうが、きっと「時代の混乱と裏切りに乗じて、かれがそれまで研究してきた指輪学の中で系列上欠けていると思われる要素をモルドールにおいて発見し」、「かれ自身偉大な指輪を作り出して」いただろう。ちょうどロシアがドイツ（モルドール）の科学者と西側のスパイ（裏切り）を利用して、自国の核兵器を作ったように。こうして、中つ国版の第二次世界大戦の寓話というのもあり得たかもしれないとトールキンは見せてくれた。しかしそれは『指輪物語』とは全く異なる物語、意味が違う物語になっていただろう。

こうしてみるとトールキンが漠然とした寓意、効果のない寓意を嫌っていたのも頷《うなず》ける。しかし適当な場所、つまり議論を進めるため（『ベーオウルフ』の例）や短い個人的なたとえ話を構成するため（私の意見では六章で論じる短編作品）に使われているのなら、受け入れる心づもりがあった。その一方で、「ことわりがき」で述べているように、読み慣れない読者にはまるで寓意のように見えるあるものに対しては進んで受け入れていた。この章の冒頭で私が引用した文章のすぐ後で、彼はこう書いている。

わたしは、事実であれ、作為であれ、読者の考えや経験に応じてさまざまな適応性を持つ歴史のほうがずっと好きである。わたしには、「適応性」と「寓意」とを混合しているむきが多いように思われるのだが、一方は読者の自由な読み方に任され、他方は著者の意図的な支配に委ねられるものである。

さらに彼はこうも付け加えている「無論著者はかれ自身の経験から全く影響を受けないというわけにはいかない」。ただしトールキンの経験というのは、おそらく読者の経験より前の時代に遡《さかのぼ》ることは思い出して欲しいとも彼は言う。一九一四年は、当時若者であった者には、一九三九年と全く同じくらい悪い時代で、「一九一八年までには、わたしの親しい友人たちは一人を残してみんな死んでしまった」。そして切り倒された木々や汚染された川と共に描かれる「ホビット庄の掃蕩」は、一九四五年から一九五〇年の労働党政権下の戦後緊縮経済時代よりずっと以前に経験した時代の推移を反映しているので、「何らかの寓意的な意味を持つものではなく、あるいはいかなる形であろうと、現代の政治にふれたものではない」。しかしだからといってこの作品に意義がない訳ではなく、また第二次世界大戦・核兵器の寓意がないからといって、『指輪物語』が二十世紀前半のトールキンの経験と全く無縁な訳ではない。

私たちの歴史と中つ国の歴史の関連性を匂わす描写は、実はかなり多い。影がモルドールに戻ってきたとガンダルフが教えた時、フロドはこう言う「わたしの時代に力を盛り返してくれなくてもよかったのに」。それに対しガンダルフはこう答える「このような時代に生まれ合わせた者すべてがそう思うことじゃろう。しかし決めるのはかれらではないのじゃ」。「わたしの時代」という言葉からは、今では評判の悪いネヴィル・チェンバレンが思い出される。一九三八年に、ミュンヘン会談でヒトラーに全面譲歩した後帰国したチェンバレンは、空港でのスピーチで「我らの時代に平和」をもたらしたと約束した。しかし一年後に戦争は始まった。すべてを正すのではなく、先送りにしたいというフロドの願いは、後に間違いだと判明するチェンバレンの判断同様、近視眼的である。そして「決めるのはかれらではない」と言う時、ガンダルフは「宥《ゆう》和《わ》政策」という信用できない考え方全体を批判しているのだ。ずっと後の場面では、今度はエルロンドが、過去を振り返って当時を思い出しながら言う「サンゴロドリムが破られた時、エルフたちは、これで悪は永遠にやんだと考えた。ところがそうではなかったのです」。「永遠に」悪に終止符を打つことができるという考え方からは、第一次世界大戦が「すべての戦争を終わらせるための戦争」として戦われたことを思い出す。しかしトールキン自身が、その信念もしくは自信があった日々と、一九三九年に再び世界大戦が勃発し、戦争を終わらせるという考えが完全に失敗に終わった時の両方を経験しているのである。

もう少し細かい描写に見られる重要な関連性は、おそらく、ゴンドール人がランマス・エホールと名前を付けた「イシリエンが敵の影の下に落ちた後、ゴンドールの人間たちが営々として築いた長い外壁」の小エピソードだろう。ランマス・エホールが最初に言及されるのは、ガンダルフがピピンを連れてミナス・ティリスへやって来た時である（『王の帰還』上巻一章）。この外壁はこの期に及んでも建設中もしくは修復中で、ガンダルフは働いている兵に「手おくれ」と忠告する。外壁に拘《こだわ》るのは時間の無駄だから「鏝《こて》は置いて剣を研ぐがいい！」しかし兵士は忠告を無視して修復を続ける。次にランマスが言及されるのは、四章「ゴンドールの包囲」の会議の中である。デネソールは「これほどまでの膨大な労力をもって作られた」壁を放棄することはできないと主張する。ファラミアはランマスに守備隊を割く作戦に反対し、ドル・アムロスの領主イムラヒル大公も支持するが、デネソールは譲らない。そしてこのデネソールの決定が、結局、この章の後になってファラミアの瀕死の重傷につながる。この点を別とすれば、ランマス・エホールは物語の中で何の役割も果たしておらず、ガンダルフと鏝を持った兵士の短いやり取りは、割愛しても全く支障がない。一方、何の役にも立たない壁を守るために浪費される兵士と労働のイメージからは、一九五〇年代の読者ならば、マジノ線を思い出さずにはいられなかったろう。マジノ線はドイツの侵略から永遠にフランスを守るために、第一次世界大戦後、ベルギー国境からイタリア国境にかけて膨大な建設費を投じて計画され、建設途中だった要塞線である。しかし最終的には、迂回したドイツ軍にあっさりと侵攻され、戦略的には的外れに終わり、その効果は偽の安心感を与えるのに貢献しただけであった。フランスの経験はまた、『王の帰還』上巻終わり近くで「サウロンの口」と黒門前で対峙する場面にも垣間見られる。彼が提示したサウロンからの条件は次のようになるが、私はそれを二十世紀の歴史に登場する言葉で言い換えてみよう。一、ゴンドールとその連合軍は、二度と攻撃しないと誓って、アンドゥインの川向うに退却すること（＝和平条約を結んで停戦しよう）。二、「アンドゥインより東の地はすべてひとえに永劫にサウロン王のものたるべきこと」（＝中つ国におけるアルザス・ロレーヌ地方、つまり争点となっている領土イシリエンの主権は移譲するように）。三、アンドゥインの西側の地域は、「モルドールの属領たるべきこと。その地の住民は一切の武器の所有を禁ぜられること。ただし、自らの暮らしを自ら治める許しは与えらるべし。ただし、アイゼンガルドの再建に手を貸すべきこと。なおアイゼンガルドはサウロン王のものたるべきこと。（中略）してその地はサウロン王の副官の居住地たるべし」。ガンダルフ等はすぐに最後の申し出の真の意味を見抜くが、これは事実上ヴィシー体制としか言いようがない状況下、敗戦国として賠償金を払い、「第五列（Quisling）」以外の何者でもない人間によって統治されることになる、非武装地帯の設定を意味していた（訳注　ヴィシーは第二次世界大戦中のドイツ占領下のフランスで、親独政府が置かれた土地。「第五列」や「売国奴」を表す英語の「クィズリング」は、ドイツ軍の侵攻後、傀儡《かいらい》政府を樹立した親ナチのノルウェーの政治家の名に由来する）。「ヴィシー」も「クィズリング」も、一九四〇年代より以前には、政治的な意味のないただの固有名詞であった。フロドの先送りの願いが、宥和政策となる可能性があったのと同様に、これらの名前も、敗北の中から何かしらは救い出したいという自然の欲求を表している。しかしこの欲求は、トールキンの生きた時代の西洋社会が、近年の辛い経験によって、別の選択をするより悪い結果をもたらすと学んだものであった。

最後に、トールキン自身の否定にも拘《かかわ》らず、再び「ホビット庄の掃蕩」の「適応性」には驚かされるものがある。トールキンはこの章が「物語を書き終えようとしていた当時のイギリスの状況」（つまり一九四〇年代後半）を反映したものではないときっぱりと述べている。そしてその証拠として、この章が「最初から見通しが立てられていた」物語に不可欠の部分で、わずかに「経験に基づいている」としても、実は第二次世界大戦や第一次世界大戦よりもずっと前の時代に遡り、例えばウォリックシャーのセアホールにあったトールキンの昔の家のような場所が、バーミンガムの産業圏に飲みこまれた時期を指していると主張する。しかし、トールキンも言うように、適応性は「著者の意図的な支配に委ねられる」のではなく、「読者の自由な読み方に任される」ものである。一九五〇年代のほとんどの読者や、その当時を今でも覚えている者なら誰でも、この帰郷の章に、イギリスとの共通点をどうしても見つけてしまうだろう。おそらくその一番の理由は、中つ国ではそれらの要素が、幾分場違いに見えるからである。

例えばパイプ草の問題がある。ホビット庄のパイプ草は、家畜番のホブが報告しているように、無くなってしまったらしい「在庫の品は全部どっか行っちめえましたわい。（中略）パイプ草を積んだ荷馬車が南四が一の庄を出て、古い街道をどんどん南の方に下って行ったちゅうこってすだ」。一体どこにだろう？　サルマンは確かにパイプを嗜《たしな》むので、初期の頃に取引されていた少量のパイプ草の説明はこれでつく。しかしサルマンとても「荷馬車」一杯分のパイプ草を一人で消費できないだろうし、アイゼンガルドで部下に売ったり支給したりしているとも思えない。因《ちな》みに、一九四〇年代から五〇年代にかけてイギリスでは、品不足に対しては、ただ肩をすくめて「輸出にまわされた」と説明するのが当たり前であった。この結果ホビット庄では、大量の生産があるのに消費されず、目に見える利益も上がらない、というまさに困ったパラドックスが生じた。さらに重要なのは、シャーキーと彼の部下の信奉する、いわば奇妙な「社会主義」である。彼らは泥棒や賊であり、シャーキー／サルマンの唯一の目的は自身が言うように復讐である。しかしおかしなことに悪者たちは、公平の道徳を持ち出して、自分たちの意図をカモフラージュするのである。「『集めや』や『分けや』でさ」と家畜番のホブは再び言う。「やつらが回って来て、数えたり量ったりして、倉庫に持ってってしまうらしいんで。やつらは分けるより集める方が多いんで、わしらはとれた食べものには、お目にかかれっこねえんでさ」。さらにお百姓のコトンじいさんは、「やつらはこの調達を『公平に分配するため』だといいよりました」と証言しているが、二重鍵かっこがついているということから、『公平に分配するため』というのはコトンじいさんでなく、ごろつきたちの使っている言葉だということがわかる。そしてコトンじいさんは庄察署でもらえる「残り物」として、ほんの一部が返ってくることも認めている。

こうした言葉遣いはみな、中つ国にしては奇異に感じられるほど遠回しである。通常中つ国に住む悪人は、自分の意図を隠す必要を感じない。しかしシャーキーの部下は、自分たちの使ったレトリックをそのまま信じているように思われる。「この国はちいっと目を覚ましてな、世直しする必要があるってことよ」とホビット村のごろつきの頭は言う。まるで彼には、ホビット庄への単なる憎しみや軽蔑を越えた何か目的があるかのようだ。そしてそれは、作中で見られる範囲では、工業化、効率主義、労力の節約の促進といった、今でもしばしば英国民に求められる事柄であるらしい。ただ問題は（『指輪物語』刊行後の社会の発展が裏付けているように）、効率化の産物は、しばしば魂がないだけでなく、非効率的だという点である。なぜシャーキーの配下は、完璧に快適な古い家を取り壊し、代わりにじめじめした醜い安普請の規格化された家を建てなければならないのだろうか？　誰も説明してくれないが、しかしこの光景はすべて、貧しい食事や配給手帳、一部地域にのみ集中した品不足、「プレハブ」や急造の「公営住宅」の大量生産など、戦争の勝利から帰還した者が目にした数々の幻滅と同じく、戦後のイギリス人にはあまりにお馴染《なじ》みのものであった。同様にして、どの「にきびっ面のロソ」もしくは自国の独裁者の陰にも、より不吉な黒幕がいて、最終的には惨めなロソたちを乗っ取り喰い尽してしまうのではないかという疑いも、珍しくなかった。「ホビット庄の掃蕩」では、特に木々の喪失について、若き日のトールキンの体験や個人的な感情が色濃く出ていることは確かである。一方で、なぜ彼が最後の数章を、一九四五年から五〇年のイギリスの社会主義政権に対する、単なる寓意もしくは攻撃として読まれることを望まなかったかも理解できる。なぜならこれほどの大きな視野をもった作品の結論としては、あまりに卑小で一過性になってしまうからである。それにも拘らずランマス・エホールが、マジノ線を生み出した、安全を保障する解決策を望む気持ちへの警鐘であったように、「ホビット庄の掃蕩」は、戦争の損失と被害が戦勝パレードと共に終わるのではなく、ずるずると生気のない貧しい世界へつながることを思い起こさせるのである。それはオーウェルも、『一九八四年』（執筆は、トールキンが「ホビット庄の掃蕩」を書いたのと全く同じ時期である）で、イングソックとして描いた未来に投影した社会像であった。

サルマンとデネソール――科学技術者と反動主義者

サルマンとデネソールの性格には、さらに明確な適応性がある。二人を結びつける要因の一つは次の点にある。私が既に何度も述べたように、トールキンならではの活動に、今も残る古い言葉や信仰、習慣（なぞなぞ合戦のような）を現代に紹介する仕事があった。しかしトールキンは逆のこともできる人であった。一見して紛れもなく現代的に思える何かを取り上げ、古代世界の異なる状況では、それがどのようになっていただろうと考えるのである。つまり、この現代的な要素は、本当に現代特有のものなのだろうか？ それともずっと存在していたのに、気づかれず、明らかにされるのを待っていたのであろうか？ と問うたのだ。

　これらの疑問はことさらサルマンにあてはまる。まず彼の名が、いつものように文献学上の難問に由来している点に注目したい。その疑問とは、古英語の「セアル（searu）」はどういう意味であったのか？ という問題である（「セアル」は古英語の標準語とされるウェスト・サクソン方言で記録された形なので、記録には残っていないが、トールキンの故郷であるウェスト・ミッドランド、すなわちマークの国の言語であるマーシア方言なら「サル〈*saru〉」になっていたはずである）。トールキン以前にこの問題に光をあてた人間はいなかったが、そこに彼は非常に個人的な見地から解釈を加えた。「セアル」という言葉は、いくつかの複合語に残っている。そして第一に、金属との関連がある。ベーオウルフの鎖帷子《くさりかたびら》は、細工職人の「巧みな知恵（orþanc）」によって編まれた「セアルの網（searo-net）」と呼ばれる。彼が訪れるデンマークのヘオロットの館は、「セアルの留め具（searo-bonds）」、つまりおそらくは鉄のかすがいを使って建てられていた。ここに挙げた「セアル」は、標準的な訳では、「巧み」に類した言葉があてられる。この意味は、他の例にもぴったりで、例えば魔法使いの思いをsearoponcと描写している箇所は、「巧みな思い」と解釈することができる。一方、形容詞のsearocrœftigや名詞のsearonipはそれぞれ「狡猾で悪賢い」「狡猾な悪意」という意味になり、この場合「セアル」には不吉なニュアンスが含まれている。最後にこの言葉は、宝石にも関係がある。「巧妙な宝玉による錯乱（searugimma gebræc）」がその一例であるが、ここで最後の難関にぶつかる。ある古英語の詩に、「セアル」を動詞にして、「宝物は巧妙であった（sinc searwade）」と書かれているのだ。標準的な辞書はこれを「所有者から去る」という意味で解釈している。しかしトールキンは、正反対の意味、宝物は所収者の元に留まり、たての湖《うみ》の統領の命取りとなった「竜の黄金病」に罹《かか》らせると考えていたようである。

　従って、サルマンという名前は、単に「巧みな人」を意味しているという可能性が一つある。「巧みな人」とは、古くは魔法使いを指す言葉で、まさに相応《ふさわ》しい名前と言えるだろう。しかしその裏で、トールキンにとってこの古英語の言葉は、今ではそれを表す単語を持たない複雑な概念を、非常に正確に表していたのではないかと思われる。一体サルマンは何を象徴しているのであろうか？　一つ確実に言えることは、機械方面の発明の才とでも言うべき、科学技術へと発達した職人の技を表しているということである。木の髭《ひげ》はサルマンについてこう言う「やつの心は金属と歯車でできてるのよ」。部下のオークは、ヘルム峡谷の戦で火薬のようなものを使用し、後に彼自身もエントに対して焼夷弾（トールキン自身の戦争体験を思い起こせば、ドイツ語で火炎放射器《フラメンヴェルファー》と言ったほうがよいだろうが）のようなものを使っている。この技術自体は、倫理的にいいも悪いもない。トールキンは生涯にわたり、どんなものであれ物を作り出す努力には共感を抱いていた。その中には、シルマリルを作ったことや、「巧みの技と魔法によって作られた美しいものを愛する気持ち」、すなわちビルボが『ホビットの冒険』一章で束の間感じた「ドワーフたちの心に巣くう望み」も含まれる。しかしドワーフの場合には、先ほど言及した古英詩のように、この愛がより貪欲で油断ならない思いにつながり、トーリンやたての湖《うみ》の統領のように「宝ものに心が強くまどわされた」状態になってしまったのだ。

サルマンの名前には、もう一つ、完全にトールキン個人にまつわる関連性もある。子供の頃トールキンは、バーミンガム近郊の当時「セアホール（Sarehole）」と呼ばれていた村に住んでいた。そこには三世紀にわたって粉をひいていた水車場があったが、時代の転換期にさしかかり、骨を砕いて肥料にするレンガ造りの煙突のついた建物に変わった。トールキンは、弟と二人で持ち主の粉屋を「白鬼」と呼んで怖がっていた（『或る伝記』）。「セアホールの水車場」は、トールキンにとって破壊的な技術のイメージになり、ホビット庄の粉屋テド・サンディマンの場面で甦《よみがえ》った。「セアホール」という地名が「サルの穴（saru-pit）」とも解釈でき、またひょっとすると「廃坑（sere pit）」の意味もあったかもしれないというのは、上出来だ。新しく導入された機械を喜び、人間の言いなりになっているテド・サンディマンは、ある意味「廃人」になってしまったと、お百姓のコトンじいさんは言う「やつは人間どものために機械の掃除をしながら今もそこで働いておりますわい。自分の父親が粉ひきで、自分が主人であった場所でな」（『王の帰還』下巻八章）。テドが罹ったのは黄金関連の「竜の黄金病」ではなく、鉄関連の「金属病」である。どちらの病気も罹りやすく、いずれは死に至る。

サルマンには重症化した「サンディマンの病」が見られる。その症状は知的な興味から始まり、科学技術として進行し、私利私欲と支配欲に変わり、腐敗して、自然を利用しようとする理性的な欲望を遙かに超えた自然界への憎しみと侮蔑になった。サルマンの部下のオークたちは、炉の火を焚《た》くために木を切り始めた。しかし最終的には、木の髭が憤慨しているように、面白半分に木を切り倒すようになった（『二つの塔』上巻四章）。このエピソードの「適応性」は明らかで、サルマンは現代特有の悪癖の一つのイメージとなっている。名前はまだないが、その悪とは、留まるところを知らない発明、目的のない技術、変化のためだけにブルドーザーで土地をならす行為といったものである。サルマンの手下が彼を「シャーキー（Sharkey）」（オークの言葉で「老人」を意味すると説明されている）と呼んでいることは興味深い。中世の研究者ならば、サー・ジョン・マンデヴィルの『旅行記』に書かれている「山の老人」、すなわちアサシン派（Assassins）（訳注　十字軍の戦士の暗殺を繰り返したイスラム教徒の秘密結社）の指導者を思い浮かべるだろう。彼の肩書である「老師」は、アラビア語では「シェイク（shaikh）」であり、信奉者を暗殺に向かわせる時には、麻薬のハシシ（hashish）を使って楽園の夢を見せて幻惑し、支配していた。同様に、現実世界のサルマンたちは、科学技術の進歩した未来の楽園、モダニズムのユートピアのイメージを見せて、信奉者を幻惑し支配する。しかしその結果手に入れたものと言えば、往々にして、露天掘りの炭鉱で穴だらけになった、公害や放射能にすら汚染された、東ヨーロッパの荒廃した風景であった（この点はトールキンが執筆を始めた後や亡くなった後に、さらに一層現実のものとなった）。トールキンの状況診断や、ノスタルジックもしくは牧歌的な解決には、異議を唱える人もいるかもしれない。しかし、少なくとも彼が深刻な問題を取り上げ、他の作品ではほぼ確実に欠けている歴史的及び心理学的な次元を、この問題に盛りこもうとしているのは間違いないのである。

サルマンにまとわりつく「社会主義」の暗示を考察する時、彼には、非常に明確な「保守」の大物の好敵手がいることを指摘しなければならない。デネソールである。前に述べたように、デネソールとの対比が最も明白な存在はセオデンである。二人は老いて共に息子に先立たれ、極めて対照的な文化を代表していた。その運命もまた関連し合い対照的である。それぞれ別の折に絶望に屈し、共にガンダルフに活を入れられ、仕えた後二人の気持ちを晴らそうと試みるホビットの小姓を得た。しかし重大な局面で、二人は異なる反応を見せる。「ローハン軍の長征」の終わりで、戦場に到着してミナス・ティリスの絶望的な状況を目にしたメリーは、ナズグルの武器である「黒の息」によって「恐怖と疑念が重く腰を据え」たように感じる。そして尻ごみしているように見えるセオデンが、今にも「馬首を転じて、こそこそと逃げ出し、山の中に隠れてしまう」のではないかと恐れる。しかし代わりにセオデンが声高く呼ばわったのは、五行の英雄的な詩であった。これは「黄金館の王」の章で、復活した彼が、エオメルの剣を取り上げて朗々と唱えた「戦争への動員を呼びかける言葉」の続きである。それからセオデンは、旗手の手から大角笛を奪って吹き鳴らし、突撃を開始した。一方ちょうど同じ頃、デネソールはファラミアを道連れに自害しようとしていた。読者にこれが同時刻であるとわかるのは、ミナス・ティリスで、ガンダルフに助けを求めに行ったピピンが、セオデンの角笛の音を聞くよう注意深く書きこまれているからである。この物語が織り上げた密接な関係におけるもう一つの交錯点からは、デネソールがなぜ、どのような間違いを犯したのかが見えてくる。鍵となる描写は、約七十ページ前、負傷したファラミアが運びこまれ、デネソールが一人塔の頂の下の奥まった部屋へ退き、見上げた者が窓からちらちら明滅する「うす青い光」を目撃した場面である。デネソールはパランティアを覗いていたのだ。この時を含めてデネソールがしばしばそうしていたことは、後にデネソールの死後、ガンダルフとベレゴンドの会話の中で確認された。では、デネソールはパランティアの中に何を見たのだろうか？　彼が見たものの一つは、アンドゥイン川を上ってくる黒い帆を持つ海賊船であろうが、それは合戦の当日の三月十五日か、前日の十四日でなければならない。ファラミアが運びこまれた日、「うす青い光」の明滅するのが目撃されたのは十三日である。この日はフロドが捕えられ、ミナス・モルグルへと連れて行かれた日であった。それをデネソールが、サウロンにコントロールされた映像の中で見た可能性は高い。だから瀕死のファラミアのそばで彼を慰めようとしたピピンに言ったのである。ガンダルフの名を出しても慰めにはならない「あの愚か者の望みは潰えたわい。敵はかの物を見いだしたのだ。今やかれらの力は増大していく」。「かの物」というのはもちろん指輪だろう。しかし（初めて読む読者にはまだ知られていないことだが）、敵はまだ指輪を見出してはいなかったのだ。実際、セオデンとデネソールが亡くなった合戦の日の十五日は、フロドとサムがミナス・モルグルから脱出した日でもあった。従って、皮肉にもデネソールの自殺は間違って誘導されたものであり、そして因果関係の連鎖をさらに広げれば、彼は自分だけでなくライバルのセオデンも殺してしまったのである。なぜなら二章の終わりで既に述べたように、呼びに来たピピンの前で、ガンダルフがファラミア救出をためらって語った「もしそうすれば、今度は他の者が死ぬことになろう」という言葉は、セオデンの死を意味していたからである。ガンダルフとピピンは、ファラミアを救って戦場に戻る途中でナズグルの首領の断末魔を聞いた。ということは、彼らが救出にあたっている最中に、セオデンは突撃し、黒の乗手に遭遇し、馬ごと倒れて下敷きになり、エオメルとメリーに最後の言葉を伝えていたのだ。

　この一連の出来事に「適応性」はあるのだろうか？　確実に大事な点として、セオデンとデネソールの間には、多くの類似点の上に相違点があるということが挙げられる。デネソールはセオデンより頭が切れる。

より豊富な知識をもち、より洗練されており、おそらくは知性にもより恵まれている。しかしセオデンより賢明である訳ではない。デネソールは運（luck）というものを理解していない。未来を先読みし過ぎ、自分の見たことに誤った解釈をした。何にもましてデネソールは、自分自身の理屈を頼みにしている。彼が未来に見たものは、そもそも敗北であった。しかしもし敗北を回避できたとしても、それは変化をもたらす。デネソールは、ピピンの話から、馳夫《はせお》が何者であるかを察していた。そして勝利とは「王の帰還」によって執政の座を失うことを意味していた。しかしデネソールは、いかなる変化も受け入れるつもりがない。火に身を投じる直前、ガンダルフから何を望むのかと尋ねられると、デネソールは次のように答える「予は万事が生涯を通じてそうであったように、また予以前の代々の父祖たちの時代にそうであったようにありたいのだ」。だがそれがかなわず、「運命がこれを拒めば、その時は何もいらぬ、低められた生活も、半減した愛も、引き下げられた名誉も」。もちろん『指輪物語』の出版当時までに、世界史上初めて、政治の指導者たちが「何もいらぬ」と言って、それを実現してしまうことが可能になっていた。この文脈で考える時、デネソールの予言には特別不吉な響きがある「すべては劫尽《ごうじん》の大火となって燃え上がり、一切が終わるのだ。灰だ！灰と煙となって風に運び去られるわ！」デネソールには「核の劫火」とは言えなかった。しかし考えていることはぴったり合う。隷属するくらいなら息子を道連れに自死を選ぶという彼の決心は、一九四九年以降世界に広まっていた、相互確証破壊（訳注　特に冷戦時代の核戦略の一種で、他国からの核攻撃を受けても報復できるだけの核戦力を保有することにより、核の相互抑止を狙う考え）や「アカになるなら死んだ方がまし」という方針とどこか似ていなくもない（一九四九年に初めてロシアが核実験を行った）。デネソールの一番多く繰り返した言葉が「西方世界は衰微した」であるのは重要である（彼はこの言葉を三度言っている。一度は『王の帰還』上巻四章で自身とファラミアの火葬を命じる場面で、残りの二度は七章の廟所でのやりとりで）。もしサルマンが、二十世紀の経験から馴染みの深い破滅的な未来、卑劣な絶対権力に変容してしまう科学技術のユートピアを思わせるのなら、デネソールは、二十世紀後半の一番の恐怖、これまでの兵器に見切りをつけた、死の願望を持つ指導者を感じさせる。デネソールに指輪の管理が委ねられなかったのは、どれほど幸運であったかわかるというものである。

これまで述べてきたことは、指輪＝核兵器であると主張しているのでは一切ない。それではトールキンが断固として軽蔑した「寓意のつもり」の第一歩である。それにも拘らず、これまでに述べた考察の少なくとも一部は、マジノ線であろうと公営住宅であろうと、ヴィシー体制であろうと西側社会の衰微であろうと、最近の歴史を記憶している大人の読者の心には、必ずや浮かんだに違いないものである。これらの連想は、『指輪物語』が最近の歴史をヴェールに包んで書き直したお話だと言っているのではない。そんなことをしても、ほとんど意味のない試みだと思われる。代わりに私が指摘したいのは、織り上げられたアイロニーや、そこから見えてくる道徳など、『指輪物語』の中に認められるパターンは、最近の歴史や未来の行動にあてはめることができるという点なのである。その道徳とは、言うまでもなく、決して希望を捨ててはならないし（デネソールのように）、反対にゆったり座ってことが変化するのを待つのもいけない（ホビット庄の住人のあまりに多くの輩のように）という教えである。ただしトールキンの言うように、「適応性は読者の自由な読み方に任される」ものであり、作者は、ただその適応性を示唆したり、注意を喚起したりにとどめるべきなのだ。

神話的仲介

トールキンが自作について堂々と宣言していることで、寓意に次いで反対したくなるのは、宗教的な意味の領域である。一九五三年のイエズス会の友人に宛てた手紙（『書簡集』）に、トールキンは次のように書いている。

『指輪物語』はもちろん本質的に宗教的でカトリック的な作品です。最初は無意識にそうなっていましたが、改訂する時には意識的にそう書き直しました。だから、礼拝や祭式など想像世界における「宗教」らしきものへの言及は、事実上、一切挿入せずに全部削除しました。宗教的な要素は物語や象徴の中に溶け込んでいるからです。

まずここでは、どういう意味でトールキンが「本質的に」という言葉を使っているのかを問わなければならない。確かに『指輪物語』は、表面上カトリック的でも宗教的でもなく、キリスト教的でもない。トールキンの言うように、登場人物や彼らの社会には宗教的な感情を示す形跡がほとんどなく、当然あるものと予測されるような場所にも見あたらない。ホビットは、十九世紀のイギリス人らしさを備えているにも拘らず、その活動のいかなるものにも宗教的な支えが欠けている。彼らは結婚し、おそらくトールキンの世代の人々のような結婚式を挙げるのではないかと思われるが、教会はなく、誰が司式をするのか示唆している箇所もない。結婚の届け出だけをして、町長が結婚させるのだろうか？　それともセインか？　庄察の一員か？

さらにホビットは、丹念に書きこまれた家系図を持っているが、見たところ教会の中であれ外であれ、家族の眠る墓石や墓地はないようである。ドワーフには墓石がある。「フンディンの息子バーリン」と書かれた墓石を私たちはモリアで目にしているからだ。しかし彼らについて説明されているところでは（追補編A―Ⅲ）、ドワーフには多くの不思議な信仰があり、どうやら一種の輪廻転生を信じていたらしい。ローハンの騎士たちもまた、文化全般の前提として、キリスト教改宗以前の昔のイングランド人の信仰に匹敵する、宗教らしきものを持っていると予想される。そして実際過去にそれらしきものがあったことを匂わせる描写もある。ローハンの国境には、ハリフィリアンと呼ばれる山があるが、この名は古英語の「聖なる山（halig fyrgen）」に由来するに違いない。しかしその山が、かつて誰もしくは何に対する神聖な場所とされていたのかは、わからずじまいである。またローハンの人々は、非常に手厚い死者の埋葬をし、戦場で死んだ者や歴代の王は、すべてペレンノール野の戦いで斃《たお》れたセオデンのように「塚山に葬られていた」。『王の帰還』下巻六章には、騎士たちがその武器と宝物と共に王を葬り、亡骸の上に塚山を築き、哀悼の歌を歌いながらその周りを馬で回るという、詳しい葬儀の描写がある。ただこの場面で注目すべきは、何が欠けているかという点であろう。現実の歴史には、セオデンに似た埋葬の記録が残っており、そのフン族のアッティラの埋葬が書かれた文献について、トールキンは、息子のクリストファー宛の手紙の中で言及していた。しかしその描写によると、異邦の騎士たちは自らを傷つけ、王の名に恥じない悲しみを表すために、女性の涙の代わりに、男の血を流すのだ。またアッティラの遺体が墓所に安置された後には、彼に仕えていた奴隷たちが、王と共に葬られるために犠牲にされた。この異邦の民はフン族であるが、イングランド人も歴史上最初に言及された時、ネルトゥスの神もしくは女神に捧げるため、生贄《いけにえ》を溺死させる風習があるとタキトゥスが述べている。そしてユトランド半島南の泥炭地から発見された多くの保存状態のいい遺体は、タキトゥスの書き残したことが正しいと証明している。しかるにローハンの騎士たちは、このようなことを一切しない。彼らはクリスチャンではないが、全くの異教徒にも見えないのである。

ゴンドール人について言えば、彼らは『指輪物語』の中の誰よりもずっと儀式を大切にしている。キリスト教の感謝の祈りに似た食前の習慣すらあり、ヘンネス・アンヌーンでフロドとサムが食卓に加わった時には、ファラミアたちは西を向いて、ヌーメノールの地だけでなく「今もそのかなたに存在するエルフの故国を、そしてエルフの故国のかなたに今もそしてまた未来永劫に存在するもの」に敬意を表して黙想している。フロドとサムには、ホビットとして当然のことながら、ファラミアの話している内容が理解できないし、その説明もない。しかしゴンドール人は、ヴァラール、つまり神の下にあり人間の上に立つ、自然の枠組みを超えた力ある者たちを信仰しているのだ。この「半神たち」がどのような地位にあるのか、どのような点で異教の神々と区別されるのかを、イエズス会の友人に説明するとなれば、トールキンは幾分困っただろう。そしてその事から一種の時代錯誤を採用するに至ったのだと思う――おそらくは承知の上で。デネソールが自害を決意した時（もちろんカトリック教徒にとって特に許されないことである）、ガンダルフは叱責する。

ゴンドールの執政殿よ、自らの死の時を定める権限は殿に与えられておりませんぞ。ただ異教の（heathen）王たちのみが、暗黒の力の支配下にあってこのようなことをしましたのじゃ。自尊心と絶望から自らを殺害し、おのが死を容易にするために縁者たちを殺したのです。

ガンダルフはこの場面で殉葬《じゅんそう》の考え方に向かい合い、このような風習が中つ国でも行われたことを認めている。しかし彼の使った「異教の（heathen）」という形容詞は、意味深いと同時にある意味非論理的である。「異教の」という言葉は、「キリスト教以外の」という意味の、逆説ではあるが、非常にキリスト教的な言葉である。古英語ではラテン語の paganus（＝田園の民や異教徒を表すもう一つの英単語 pagan の語源）の訳語にあてられており、社会的な地位としての「農民」の意味ではなく、田舎者、僻地出身者、都会の作法を知らぬ者、非キリスト教徒を表していた。ガンダルフが他人を異教徒と呼んだことは、彼自身は異教徒でないと暗示しているのだろうか？　そしてもしそうならば、彼は一体何者なのだろう？　例によって答えは書かれていない。

中つ国において、最も深い意味での信仰が明らかに言及されているのは、追補編A—I（ホ）の「アラゴルンとアルウェンの物語（その一部）」である。ここで私たちは、アラゴルンの母ギルラインを含む、何人かの死の場面に立ち会う。しかしそこにはかつて「宗教の慰め」と呼ばれていたものが目立って欠けている。ギルラインは、「われらの時代の暗闇」を直視することはできないと宣言して、この世を去る。息子のアラゴルンは、「暗闇の先には光があるかもしれません」と慰めたが、彼女はただ「わたしはドゥネダインに望み「アラゴルン」を与えた。わたしはわたし自身のためには望みを取って置かなかった」という意味の、謎めいたクウェンヤのリンノドで答えただけだった。アラゴルンの言う「暗闇の先の光」とは、キリスト教の教えにあるような救いの希望あるいは永遠の命の約束のようなものなのだろうか？　それとも単に、ギルラインがやがて来ると見通している戦争には、まだ勝機があると言っているのであろうか？　アラゴルン自身の死の場面はもう少し先を見つめている。彼がエルフの妻に向かって語っているからである。

「悲しみのうちにわれらは行かねばならぬとしても、絶望して行くのではない。ご覧！　われらはいつまでもこの世に縛られているのではない。そしてこの世を越えたところには思い出以上のものがあるのだ。ではご機嫌よう！」

この言葉は中つ国の向こうに、別の世界があると示唆している。そして「思い出以上のもの」とは、天国のような場所での再会を含んでいるのかもしれない。しかしこのヴェールに包まれた約束は、既にエルフの永遠の命をアラゴルンと結婚するために犠牲にしていたアルウェンには、何の効果もなかった。おそらく作品中最も悲しい文章は、ロスローリエンのケリン・アムロスの丘に眠る、アルウェン自身の死を描いた部分であろう（訳注　この台詞《せりふ》は、原文をめぐって二つの解釈が説明されるので、まず英文の引用、それから後に二つの解釈の日本語訳を添えておく）。

. . . and there is her green grave, until the world is changed, and all the days of her life are utterly forgotten by men that come after, and elanor and niphredil bloom no more east of the Sea.

訳A　世が変わるまで、ここにかの女の緑の塚山がある、そしてかの女の全生涯は、後代の人々から全く忘れ去られ、エラノールもニフレディルももはや大海の東には咲かない。

訳B　世が変わり、彼女の全生涯が後代の人々から全く忘れ去られ、そしてエラノールもニフレディルももはや大海の東には咲かなくなるまで、彼女の塚山はここにある。

悲しみから離れて、純粋に文法的な話をすれば、この文の構造は曖昧《あいまい》である。（A）アルウェンは世が変わる日までこれからも眠り続けるが、今は完全に忘れ去られているのか？（B）アルウェンは世が変わって完全に忘れ去られてしまうまで眠り続けるのか？　もし（B）が正しいのなら、既に世は変わっていて、単にアルウェンが誰にも邪魔されずに墓で眠っているという意味になる。しかし（A）の読み方も可能であり、その場合、アルウェンは今も墓に眠りかつ完全に忘れ去られているが、この世はまだ変わっていないという暗示がかすかに感じられる。つまりアルウェン同様私たちの未来には、世が変わった後に何かが起きると暗示しているのである。トム・ボンバディルが同じ信仰を共有していることに気がつく読者もいるかもしれない。なぜなら彼は塚人に去れと命じた時、「門も、永遠にとじてあかないぞ、／この世がたちなおる時まで」と言っているからだ。ということは、この世が立ち直る時がいつか来るのだ。その時世界は変わり、門が開き、ひょっとしたらキリスト教の最後の審判のように死者が甦るのかもしれない。中つ国で最も賢明な人々（ガンダルフ、アラゴルン、ボンバディル）は、この未来における復活、つまり死後の命について同じ考え方をしているが、あからさまに語ることはない。そしてアルウェンやギルラインはそのようには考えず、ホビットに至っては何も知らない。セオデンは、『ホビットの冒険』のトーリンのように、先祖を崇拝していて、死者は祖先のもとに行くと考えている。しかしこのように感じているのは非常に身分の高い登場人物だけであり、セオデンも、単にエドラス付近の塚山の列の中に、先代の王たちに並んで葬られるという意味で言っているのかもしれない。

このように、ほんの少しはそれらしきものがあるとはいえ、中つ国に全く宗教が存在しないということは、その社会を、私たちの知っているどの人間社会とも似つかないものにしている。そしてこの意味においては、中つ国を「ネバーランド（想像上の理想郷）」と呼んでも構わないだろう。しかしもう少し丁寧な言い方をすれば、そしてこの方がよりカトリック的になるだろうが、中つ国はある種の「リンボ（辺獄）」であると言える。この世界にいる人物たちは、洗礼を受けていない罪のない者たちやダンテの描いた異教の哲学者のように、異教徒でもなくクリスチャンでもなく、その中間の者として見なされる（訳注　リンボは、カトリックにおいて、地獄と天国の間で、キリスト教の洗礼を受ける機会のなかった善人や小児の霊魂が留まる所とされる。ダンテの『神曲』では、リンボにいた詩人ウェルギリウスが、地獄と煉獄を案内する）。さらにトールキンは、物語を同様のリンボに設定した唯一の作家ではなかった。叙事詩『ベーオウルフ』では、異教にもキリスト教にもならないよう作者はよく似た検閲をしており（塚山に埋葬されるベーオウルフの葬儀は、セオデン似でアッティラとは異なる）、全く同じように一度だけ「異教の（hæðen）」という時代に反する単語を、デネ（今のデンマーク地方）の悪魔崇拝者を非難するために滑りこませている（トールキンはこの点について、一九三六年の講演の中で考察している）。『ベーオウルフ』と類似しているということは、おそらく、トールキンの隠れた問題意識と隠れた意図を示しているのだろう。そして一度も神に言及していない「本質的にカトリックの作品」という逆説に、幾分光をあててくれると思われる。

『指輪物語』が何らかの形で「神話的な」作品であると述べた人は多く、さらに多くの人がそう感じている。しかし「神話的」という言葉には複数の意味がある。この場合確かにあてはまると思われるのは、神話の主な役割が、矛盾の解消、つまり両立できないと思われるものの調停や説明であるという考え方である。明らかな例を二つ挙げれば、クリスチャンは、他の一神教の信仰者と同じく、全能で慈悲深い神の存在を信じている。しかし同時に、ボエティウスを含めて誰もが、この世には不当な苦しみや罰せられない悪、報われない美徳があることを認めない訳にはいかない。この矛盾はアダムとイヴの神話、つまりエデンの園で禁断の木の実を食べてしまったが故の、人間の堕落の物語によって解決される。その説明によると、悪とは、人間が神に従わなかった結果であり、自由意志、つまり誘惑に抵抗したり屈したりする自由を生み出すために存在を許されている。この自由意志が無ければ、人間は神の子ではなく奴隷になってしまうだろう。この論理全体は、何千ものキリスト教の註釈者だけでなく、ミルトンの『失楽園』やC・S・ルイスが『失楽園』を二十世紀の視点で翻案した『ヴィーナスへの旅―ペレランドラ・金星編』によっても解説されている。一方、もしスノッリ・ストゥルルソンによって語り直されたような北欧神話を受け入れるならば、異教徒だった彼の祖先は、トールのような守護神を信じていたが、クリスチャンとは異なり、こうした神々ですら全能ではなく、最終的には滅ぶと考えていたと窺《うかが》える。神々の力の限界は、トールとロキが巨人の宮殿を訪れ、巨人と力比べをする神話で説明されている。トールは精一杯試みるが、角杯の酒を飲み干すこともできない（実は巨人の王ウトガルザロキの策略で知らずに海の水を飲み干そうとしていた）、猫を持ち上げることもできないし（猫と思ったのは大地を取り巻くミズガルズの大蛇だった）、老婆エリと相撲をしても負けてしまう（エリとは、人の姿をした「老齢」であった）。エデンの園もトールの旅も、信仰する宗教が内包する矛盾を見つめ、なぜそうなったのかを説明する物語なのである。

キリスト教と北欧神話のような、神話の対照的な性質は、トールキンにとって日々の関心事であった。アングロ・サクソン語もしくは英語英文学教授として働いていた彼の人生の事実上毎日、トールキンが読むか、教えるか、言及していたのは、『ベーオウルフ』、『古エッダ』、スノッリ・ストゥルルソンの『散文のエッダ』のような作品であり、みな様々な点で、キリスト教作品としての立ち位置が曖昧であった。これらを記したのは、ほぼすべて、『ベーオウルフ』詩人や少なくとも二世紀後のアイスランド人スノッリのようなクリスチャンであった。しかし、『古エッダ』の多くの詩のように、時には異教徒が書いたとしてもおかしくない内容のものもあれば、『散文のエッダ』のように明らかに異教の題材を含んでいるものもあり、またベーオウルフのように、異教の時代に生きていたとクリスチャンの作者も知っており、間違いなく異教徒であったはずの英雄について書かれたものもあった。最初にベーオウルフの例を取り上げるが、では、キリスト教以前の異教の英雄は、どのような評価を受けていたのだろうか？『ベーオウルフ』の研究者が決まって引き合いに出すのは、初期のイングランド人聖職者アルクインの裁定である。彼は八世紀末、リンディスファーン修道院がヴァイキングによって破壊される直前に、院長に宛てた手紙を送り、院内の修道僧が、異教の英雄の物語、特に「インゲルド」の歌物語に耳を傾けるのを止めさせるよう、怒りをこめて書いている。これは明らかに『ベーオウルフ』にもちらりと登場する、ヘアゾバルド国の王子インゲルドと同一人物であろう（訳注　インゲルドは古英語、古北欧文学に登場する伝説の英雄。『ベーオウルフ』では、和平のため敵国から妻を迎えるが、宿怨《しゅくえん》忘れがたく、再び戦争を始めることになったと語られる。アルクインの手紙からは、当時修道僧が夢中になるほど、彼の物語は人気が高かったことが窺える）。アルクインは自らの意見を問答の形をとって言葉巧みに説明している。

インゲルドとキリストに何の関係があるのでしょうか？　修道院は狭いのです。両者を入れることはできません。天の王は、迷える異教の王と呼ばれる者たちと親交を結ぶことを望まれません。永遠の王は天にあってすべてを統べられ、迷える異教徒は地獄において嘆き悲しむからです。

本当にそうなのだろうか？　もしアルクインの言う通りなら、『ベーオウルフ』のような詩は、修道院の正規の書庫から追い出されていたはずだ（実際ほとんどの詩は追い出されていたのだろう）。このような断定は、写本の損失につながり、結果トールキンの職業や、彼が一番の情熱を傾けた対象を壊滅的な状態にしたであろうし、トールキン自身もどうしても受け入れることはできなかったであろう。その上、キリストの名を出したことは一度もないが、『ベーオウルフ』詩人が、同郷のアルクインと同じくらい献身的なクリスチャンだったのは明らかなのだ。二人はただ異教徒、特にリンディスファーンに上陸し略奪と破壊を繰り返すことになるヴァイキングとは異なり、福音を拒んだ訳ではなく、実際に福音に触れたことがない、クリスチャンに何の害も及ぼさなかった異教徒の評価において意見が異なっていた。『ベーオウルフ』の詩全体は、『指輪物語』との明確な共通点を有する、相反する意見の仲介役であると考えられる。両作とも敬虔なクリスチャンによって書かれたが、どちらも信仰について特に言及することはなかった。『指輪物語』に至ってはさらに一歩進んで、どのような形であれ宗教についての言及は、ほとんどすべて削除されていた。両作において、英雄の死は非常に曖昧なままである。ベーオウルフ同様、アラゴルンの死には、かすかな未来の希望もしくは慰めが感じられるが、どちらもその希望にはっきりと焦点を合わせることはない。そしてどちらの臨終の場面も、威厳に満ちたものではあるが、未来の暗さと不安が影を落としている。さらに『ベーオウルフ』には、漠然と脅威をもたらす「影」への言及だけでなく、ヴァラールにとてもよく似た存在を匂わす描写もある。『ベーオウルフ』冒頭、後にデネの国の優れた王となる英雄シュルドは、どこからともなくデネの浜辺に流れ着く。国を救うため彼をデネに遣わしたのは神であるが、実際に幼きシュルドを船に乗せて海の向こうへ送り出したのは、ただ、［シュルドを］流した「者ら（those）」としか書かれていない存在である。彼らは神の御心《みこころ》を実行しているに違いないが、もしかしたら人間を超えた存在なのかもしれない。最後に、アルクインのような「強硬派」には縁遠い、ある種の調停をして両作が解決したのは、同じ葛藤である。キリストの降誕以前や、キリストの誕生から福音の宣教を始めるまでの間に生きた者たちも、永遠の罰を宣告され取り消されることはないと、どうしても信じなければならないのだろうか？　トールキンも『ベーオウルフ』を書いた名前不明の古英詩の詩人も、これについては意見を述べていないし、もちろんこの問題自体を口にしたこともない。しかし二人とも、異教の、言い換えるとキリスト以前の世界を、強い共感と共に描き、奴隷、人身御供、異教の神々の不在に現れるように、キリスト教で受け入れられない部分については、好意的な検閲をして削除している。両作で仲立ちされている矛盾とは、「徳のある異教徒」という存在である。彼らは、先祖から受け継いだ異教の信仰によって断罪されるべきなのか、それとも個々人の徳によって救われるべきなのか？　これは中つ国においては問う必要もないし、実際問うことのできない疑問だ。ただ中つ国（Middle-earth）という名が付けられた複数の理由のうち、「キリスト教」と「異教」の仲介という観点からも、Middle-earth＝中間の国という名が相応しいことは、見て取れるのである。

フロドの神話

今まで述べてきたことは、フロドの名前と、その性格の中で、『指輪物語』の中心となる筋と結びついている。彼の名前には、一つ非常に不思議な点がある。フロドは「ホビットのなかで最有名」になるべき人物であったが、彼の名は、追補編F―Ⅱのホビット庄の名前の解説の中で、論じられても言及されてもいないのだ。

トールキンは、ここでかなり詳しくホビットの名前を説明している。彼によると、大抵の名は、意味に従って西方語から英語に翻訳したものである。ただし西方語でも英語でも、言語が磨滅していく過程の中で、例えば土地を表す名前の要素「ボトル（bottle）」や「ボールド（bold）」が、かつては「住居」の意味であったことなど知らないまま、多くの人がその言葉を使っている。その結果、そういう要素の入った名前は、意味の知られていた当時に比べて、奇妙に響くことが多いかもしれない。さらにファースト・ネームに関して言えば、ホビットの名には、主に二つの種類があるとトールキンは言う。（A）グループは「普段使っている言葉の中で何も意味のない名前」群で、「ビルボ、バンゴ、ポロ」などがこれにあたる。中には偶然、現代のイギリス人の名前と同じものもある（「オソ、オド、ドロゴ」など）。これらの名前は、翻訳ではなくそのままの形で『指輪物語』に採り入れられた。ただし、ホビットの名前では（古英語と同じように）、語尾の -a が男の名前を表し、-o や -e が女の名前を表していたので、「語尾をちょっと変え英語風にした」。つまりビルボ（Bilbo）の名は、元々はビルバ（Bilba）だったということだ。一方（B）グループに分類される名前もある。子供に昔の伝説からとった「ぎょうぎょうしい」名前をつける習慣を守る家系があるからだ。

トールキンはこれらの名前をそのまま使うのではなく、メリアドクやペレグリン、フレデガーなど、現代では色褪せてしまった伝説の中に散見できる、フランク族やゴート族に由来する名前をあてることにし、名前の音は違ってしまっても、元の名前からホビットたちが感じていたであろう、ぎょうぎょうしく姓と不釣り合いな感じは同じになるよう工夫した。

問題は、フロドとは一体どういう名前なのかということだ。フロドは、『ホビットの冒険』と『指輪物語』に登場する重要なホビットの中で、唯一ここでトールキンが、説明も言及もしていない名前である。おそらくその理由は、この名前が単独で独自のグループ（C）を形成するからだろう。フロドという名は、ビルボのような、意味のない名前の一つのように見える。その場合、元の名前はフロド（Frodo）ではなく、男性語尾の-aで終わるフロダ（Froda）であっただろう。そしてフロダというのは、決して意味のない名前ではないのだ。メリアドクやフレデガーと全く同じように過去の英雄文学に登場しながら、意味深いことに、フロドの性質に相応しくほぼ完全に忘れ去られた名前なのである。フロダという人物は、英雄インゲルドの父である。そしてインゲルドとは、あのリンディスファーンの修道僧が耳を傾けているとアルクインが非難した、伝説の主人公である。『ベーオウルフ』は、インゲルドが「フロダの恵まれし息子」であると一度言及しているが、それが古英語でフロダについて耳にするすべてである。一方古北欧語では、フロダに相当する名前はフロジ（Fróði）になるだろう。そしてこちらの名前は、まるで時代が下って、相矛盾する異なる複数の物語を目の前にした作家たちが何とか意味を通そうと努力したかの如く、紛らわしい形で何度も登場する。ただ一つ確かなことは、古英語でも古北欧語でもフロダやフロジは（正しくは長母音となってフローダとフロージとなるところだろうが）「賢き者」を意味するという点である。北欧文学のフロジのうち最も傑出した人物は、もちろん賢者の誉れ高かったが、何より戦争を回避したことで有名であった。サクソ・グラマティクス（一二〇〇年頃）とスノッリ・ストゥルルソン（一二三〇年頃）によると、このフロジは、キリストとちょうど同じ頃に生きた王であった。彼の統治の間には、殺人も、戦争も、盗みや強盗もなく、それ故この黄金時代は「フロジの平和」として知られていた。この時代が終わりを告げたのは、その平和が実は、フロジの「魔法のひき臼」によってもたらされていたからであった。彼はこのひき臼を挽いて、平和と繁栄を作り出していた。ところが最終的にフロジは、臼を回していた巨人の娘たちに休みを与えるのを拒んでしまう。娘たちは反乱を起こし、臼を挽いて軍隊を作り出し、フロジを殺して彼の黄金を奪う。この魔法のひき臼は、今も「メエルシュトレエム」（訳注　ノルウェー北西岸沖の大渦巻。「モスケンの大渦巻」とも呼ばれる。ジュール・ヴェルヌやポーの小説にも登場し、人や船を飲みこむとされた）の底で回っていると、ノルウェーの民話は語る。しかし今、臼が挽き出しているのは塩で、だから海は塩辛いのだという。

フロジという名以外にこの物語は、『ベーオウルフ』や『指輪物語』と何か関係があるのだろうか？　トールキンの印象に残ったのは、全く対照的なフロダとインゲルド父子の対比かもしれない。父は平和の人として知られるが、息子については、北欧の英雄の世界において、どんな犠牲を払っても復讐の義務を放棄しない人間というイメージが固まっている。インギャルドゥル（訳注　北欧語におけるインゲルド）が何世代にもわたって北欧で人気の名前で、リンディスファーンの修道僧までも彼の物語を聞きたがったのに対して、平和を求めた彼の父の話は、あっという間に徒労のたとえ話に変えられた。この結果は、どこか悲しく皮肉である一方、真実味がある。さらにフロジは、キリストの同時代人であるだけでなく、究極的には成功しなかったが、戦争と復讐と英雄行為のサイクルを終わらせようとした点でも似ているのである。ただし、失敗例として。フロジは二つの点で失敗した。個人的には殺され、思想的には息子と民が復讐や憎しみの昔の悪い習慣や異教信仰に嬉々として戻ってしまった。というのも「フロジの平和」は、結局のところ単なる偶然、つまり異教徒には知る由もないキリストの降誕の無自覚の反映だったのかもしれないのだ。このような要素が組み合わさって、フロダ／フロジは、トールキンにとって「徳のある異教徒」の決定的なイメージとなり、英雄行為の幻想の陰にある悲しい真実のかすかな現れ、異教の時代の暗闇に束の間輝き、すぐに消えてしまった光の具現者となったのかもしれない。

今まで述べたことはすべて、トールキンのフロドにもあてはまる。物語が始まった時、フロドはこう言ってよければ「ごく普通の」ホビットであった。他のホビットたち同様争い好きではないが（ホビット庄ではホビットが殺されたことはない）、自己防衛はできる。塚山では剣で塚人に切りつけ、風見が丘ではナズグルを刺そうとし、モリアではトロルの足に剣を突き刺した。彼は、機会があったのにビルボがゴクリを殺さなかったのを、情けないと思っていた。しかしロスローリエンを出てからは、フロドの行動は段々抑制されたものになっていく。『二つの塔』下巻一章では、サムと組み合うゴクリに、離れないと切るぞと脅すが、実際には殺さなかった。後に「禁断の池」では、ゴクリを狙う射手を止めて、命を救う。サムの方は、何も言わずに射させてしまえばいいのにと、強く感じていたのだが。『王の帰還』下巻二章では、道に難儀したフロドは、身軽になるためにつらぬき丸をサムに譲りオークの剣だけを持つことにするが、「ふたたびそれを揮《ふる》って打ちかかることはもうわたしのすることではないように思うのだよ」と述懐する。そして数ページ後には、その武器さえも投げ捨てて、「もう武器も持たない、きれいなやつも、穢《けが》れたやつも」と宣言する。この頃までに、フロドはほぼ平和主義者になっていた。「ホビット庄の掃蕩」では、村を取り締まるごろつきに向かって、何度か敢然と物を言う場面もあった。しかしそれも、ピピンが剣を抜き放ち、フロドを侮辱した目つきの悪いならず者に思い知らせてやろうとした時までである。その時、メリーとサムも剣を抜いて加勢しようとしたが「フロドは動きません」。その後ロソまでも弁護して意見を述べ、仲間に念を押す「絶対にホビットを殺しちゃいけない。（中略）ホビット庄では今まで一人だってホビットが、故意に同じホビットを殺したことはなかった」。しかし後にメリーが大勢のホビットを集め、コトンじいさんの情報から状況を分析して「戦わなければならないことになるだろうって、ぼくにはわかってたんですよ」と言った時には、フロドは何も答えず、事実上引き下がっている。水の辺村の合戦では、フロドは一度も剣を抜かなかった。彼が主に気遣っていたのは、怒ったホビットが武器を投げ出した敵をも討ち取ろうとするのを、止めることであった。しかしこの点においても、フロドは消極的に感じられる。メリーたちと話していた時には（メリーは「ただびっくりして悲しんでいるだけじゃ」ホビット庄を救うことはできないと異を唱えていた）、「我慢して、はやる手を押さえてくれ給え！」と指示することができた。しかし水の辺村の合戦が近づくにつれ、フロドは段々脇に追いやられていくように思われる。合戦の前夜、勢いづくメリーの角笛にみなが声援を送った時、フロドはこう言う。

「それでもやっぱり、」近くに立っている者たちにフロドは言いました。「わたしは殺すことは望まない。たとえ相手がごろつきどもであったにしても。かれらがホビットを殺傷するのを防ぐために、どうしてもやむを得ぬ場合は仕方がないとして。」

「かれらがホビットを殺傷するのを防ぐために、どうしてもやむを得ぬ場合は仕方がないとして」という言葉からは、フロドが純粋な平和主義にまでは至っていないことがわかる（トールキンのような過去を経験した者には想像できない考え方だろう）。しかし「それでもやっぱり」という言葉からは、議論で既に負けていると認めているように感じられる。「近くに立っている者たちに」だけ話したということは、もはやフロドには、武力を行使しないよう強く主張することもできないと示唆しているのだろう。結局のところフロドがメリーに言ったのは、「そりゃ結構だ。その手筈を整えてくれ給え」の二言だけだった。サルマンを見つけた時、フロドは誰も彼に手をかけてはならないと命じ、ロソを殺してその肉を食べたらしい蛇の舌まで助けようとする。しかしことは彼の手の届かないところで決まってしまった。サルマンは蛇の舌に喉をかき切られ、その蛇の舌をホビットの射手の矢が貫いたのである。

　こうしたことはすべて、フロドのホビット庄での評価に影響を及ぼした。前にも述べたように、フロドが大きい「殿様のような」ホビットのピピンとメリーに取って代わられ、「自分の国ではいかに僅《わず》かな栄誉しか得ていないか」を見るにつけ、サムは「心を痛めました」。ことわざにあるように、自分の国で栄誉を得られないのは預言者であり、フロドは段々、英雄というより物を見通す人としての役割を果たすようになる（訳注　英語には、「預言者が尊敬されないのは、自分の郷里、家族の間だけ」＝身近な人には才能は理解されない、という聖書に由来することわざがある。本来は故郷ナザレで教えを受け入れなかった人々に対して、イエス・キリストが言った言葉である）。また他国でも、彼の得たのは間違った類の栄誉だった。ゴンドールの療病院で働いていたヨーレスは、戴冠式を見に来た親戚の女に、フロドは「家来と二人だけで黒の国にはいり込んで、たった一人で冥王と闘って、あいつの塔に火を放ったんだというからね。信じるにしろ信じないにしろ、ともかく都ではもっぱらそういう話だよ」と話していた。この話は間違っているが、これこそ英雄の物語であり、人々が聞きたいと願うのはこういう話なのである。ミルトンも『失楽園』で書いているように、「忍耐と気高き受難という、より優れた強さは歌われることはなかった」。読者は、コルマルレンの宴で、吟遊詩人の歌った「九本指のフロドと滅びの指輪の物語」では、何が歌われていたのだろうと思う。しかし内容がどうであれ、その歌は忘れられてしまった。フロドの旅の終わりは、中つ国の人々の記憶の中に一切残らなかった。ビルボは、民話の登場人物「いかれバギンズ」に成り下がった。エルフとドワーフは時の中で濾過《ろか》されて、私たちの世界では、伝説の中の「姿を変えられる種族」と「刀を鍛える種族」としてのみ知られるようになった。「暗黒の塔」も、『リア王』に登場する「あわれなトム」の断片的な台詞の中でしか、覚えられていない。しかしフロドに関しては、痕跡すらも残っていないのである。あるのは、不運で善意に満ちた、悲しき定めの王がいたという、かすかな手がかりのみである（トールキンは、材源にした王の記録が断片的であるという性質まで、フロドの物語に取りこんでいることがわかる）。その王の誉れは、一つには復讐に燃える型通りの英雄の息子の名声によって、もう一つには真の英雄であるキリストが誕生して、「フロジの平和」が文字通り周縁に追いやられたことにより、影が薄くなったのである。

インゲルドとキリストに何の関係があるのか？　とアルクインは問うた。答えは言うまでもなく「何もない」である。しかしフロダは両方に関係があった。インゲルドの父として、キリストの同類として。彼は蝶番《ちょうつがい》、仲介者だ。それはトールキンのフロドも同じである。フロドは、中つ国全体の中心にいる人物である。彼がキリストの象徴であるとか、寓意であると言うのは、指輪が核兵器の象徴や寓意であると言うのと同じくらい、完璧に間違っているだろう。トールキン自身が、核の寓意と読む解釈について指摘しているように（またフロド＝キリスト説についても指摘しようと思えば簡単にできただろうが）、違いの方が共通点よりはっきりしているのである。それでもフロドは、キリストにつながる何かを表している。ひょっとするとそれは、生まれながらの品格に備わる、最善を尽くそうとする人間の自然な性質のイメージなのかもしれない。それは、漫然とした暮らし（ホビット庄）から出て、ボロミアその他の単なる怒れる英雄の豪胆さを越えて、限定的ながら成功に到達しようと努力する姿、英雄のような資質や、アラゴルンやレゴラスやギムリのような長命に恵まれずとも、その道を見出そうとする姿である。フロドの使命を果たすには、さらに指輪を破壊しなければならないが、指輪は単なるこの世の力や野心に過ぎない。またその時フロドには、外からの、「この世界の環」の向こうからの助け（もしくは宗教的な救い）に対する確かな信仰がない。この点において、再びフロドは非常に現代的な人物であると言える。彼の姿は、大部分において宗教心を失い、代わりとなる論理をまだ発展させていないとトールキンも完全に知っていた現代社会に相応しいイメージなのかもしれない。「生まれながらの品格」で十分なのか？　人はみな罪人《つみびと》であり、性格や善行ではなく信仰をもって義とされるキリスト教を信じるトールキンは、「否」と答えなければならない。しかし異教や異教に近い文学の学者として、異教徒にも徳やそれ以上のものを望む気持ちがあることは、彼の目に入らざるを得なかった。彼が創造した神話もしくは物語は、希望と悲しみの両方を表している。この作品が、作者の真の信仰を共有する多くの人々だけでなく、信仰を持たないより多くの人々にも評価されてきたことは、その成功の証《あかし》なのである。

時を超えた詩と真の伝統

適応性と寓意の違い、また神話と伝説の違いの一つは、適応性と神話は時を超え、寓意と伝説は時代の枠に押しこめられるという点に違いない。この違いはもちろん絶対的なものではなく、ある物語が両方の要素を同時に持つこともあり得る。サルマンとたての湖《うみ》の統領は、一つの時代に限定されない性質を持っていると認められる例で、その性質は、世界のどの時代の人間にも繰り返し現れる一方で、特に現代にあてはめることが容易である。しかしこのことは、彼らが、単一の、ある特定の時代に起こった物語の中で、役割を果たさなくなるということでは決してない。もしそうならば、不幸なことに、二人は単なる名前のついた抽象概念に成り果ててしまうだろう。幸運にも『指輪物語』の中には、トールキンの個々の時代と、神話的な時の超越に対する姿勢が散見できる。それらは往々にして、これまで『ホビットの冒険』や『指輪物語』に関連して論じられることのなかった、しかし両作品にとってもトールキンにとっても重要な、ある一つのテーマに結びついている。それはトールキンの詩である。

ホビット庄の詩は、その主題においても表現においても、簡潔で、飾り気がなく、率直だが、その詩句は常に変わり続けているようである。私たちが、「古い歩き歌(Old Walking-Song)」として『指輪物語』の索引に載っている詩を初めて聞くのは、一章で、ビルボがガンダルフと袋小路屋敷を後に旅立つ場面である(訳注 『指輪物語』原著の索引には、「詩と歌」という項目で、作中の詩歌が題名と最初の詩行によって、それぞれリストアップされていた。現在の版には、詩行による索引のみが載せられているので、以下に論じられるような勘違いはない)。その時ビルボは、戸口でこの歌を歌っている。歌詞の内容が、この特別な状況に密接に関連しているのは明らかである。

道はつづくよ、先へ先へと、
戸口より出て、遠くへつづく。
道はつづくよ、さらに先へと、
道を辿って、わたしは行こう、
はやる足をふみしめながら……

The Road goes ever on and on
　Down from the door where it began.
Now far ahead the Road has gone,
　And I must follow, if I can,
Pursuing it with eager feet...

ビルボが歌っているのは、今まさに彼がしようとしていることである。二行目の「戸口より出て」は、彼が今立っている戸口、つまり何年も前『ホビットの冒険』の中で、ガンダルフがドワーフのために秘密の目印をつけ、本当にそこからビルボの冒険が始まった袋小路屋敷の扉である。次に私たちがこの詩に出会うのは、しかし、フロドの口からで、ホビットたちが初めて指輪の幽鬼に遭遇する直前のことだった。この時、重要な変更が二つあった。まずフロドは、歌うのではなく、ゆっくりと語る。そして「はやる足」の詞は「つかれた足（weary feet）」になっていた。一体どちらの歌詞が正しいのか？　当然のことながら、両方とも正しい。確かにフロドの方が、ビルボの歌を改作して、自分の心浮かない望み薄の状況に合わせていると言うこともできるだろう。しかしビルボの方が、同じことをしている可能性もあるのだ。フロドが言い終えるとすぐにピピンは言う「ビルボじいさんの作る詩にちょっと感じが似てるねえ。それとも、あなたがまねして作ってみたの？　元気の出るような歌じゃまるでないね」。フロドは答える「わたしにはわからない。今ひとりでに口に出てきたんだよ、まるで自分で作ったようにね。だけど、ずっと前に聞いたことがあるのかもしれない」。実はこの詩の大半は、フロドがこの時口ずさみながら作ったのではないと、私たちは知っている。既にビルボの歌を聞いているからだ。しかしだからといってビルボが、この詩を全部作ったとは限らないし、元からあった歌に自分で少々手を加えただけという可能性もある。フロドの改作が披露されて数ページ後に、ホビットたちはまた別の歌を歌い始める。索引には、形容詞のつかないただの「歩き歌（A Walking-Song）」と載せられている歌で、こちらについては「この丘と同じくらい古い曲」に合わせて「歌詞はビルボ・バギンズが作った」と説明されている。

ここで断っておくが、ビルボとフロドが繰り返した「古い歩き歌」と、フロドと仲間たちが一緒に歌ったより長い「歩き歌」を見分けるのは、とても簡単だ。「古い歩き歌」は一連が八行で、ababcdcd型の脚韻を踏んでいる。一方「歩き歌」は一連が十行で、前半の六行と後半の四行に分かれており、脚韻はすべて二行連句《カプレット》である（訳注　英語の詩は行ごとの最後の言葉で韻を踏んでいることが多いが、その際一定のルールを守っている。「古い歩き歌」は引用部にあるようにon/gone、began/canと一行おきに韻を踏む四行を一組にして、同じ型のまた別の韻を踏む四行組が続く形だが、「歩き歌」の方は、後出の引用にあるように全体がtoday/way、run/Sunと二行ごとに韻を踏んでいる)。それにも拘らず索引は、二つの歌を混同しており、その理由はわからなくもないのだ。「古い歩き歌」は三度目に、『王の帰還』下巻六章の裂《さ》け谷《だに》で、再びビルボによって繰り返される。これは『指輪物語』に多くある、悲しい場面の一つである。なぜならビルボに死期が迫っていることは、誰の目にも明らかだからだ。ビルボの記憶は衰え、話を聞いていてもすぐに眠りこんでしまい、しまいには「わたしの指輪はどうなったかね、フロド? お前が持ってったやつだよ?」とフロドに尋ねる始末で、これまでに起きたことも、もはや覚えていない。痛ましいことに、脈絡のないおしゃべりを続けるうちに、ビルボはふと第三の「古い歩き歌」(別名「道」)をつぶやく。今回は歌詞が大幅に変わっている。

道は続くよ、先へ先へと、
戸口より出て、遠くへ続く。
道は続くよ、さらに先へと、
辿れる者は、辿って行けよ。
新たな旅へ、踏み出して行けよ。
でも私はとうとう足が弱って、
灯ともる宿へ、向かうのさ。
夕べの憩いと眠りを求めて。

ビルボの言う「灯ともる宿」と「眠り」は、「裂け谷」とこの詩を言い終わるか終わらないうちに「眠りこけてしまったこと」を意味するとも考えられ（第一の「古い歩き歌」の「戸口」が、袋小路屋敷の玄関扉の意味にもなり得たように）、おそらくビルボ自身はそのつもりだったのだろう。しかしこの場面では、誰もがこの詩に象徴的な意味があることを理解する。つまり「眠り」とは「死」の比喩ではないだろうか。サムは、ビルボに気づかれないよう気を遣いながら、そっと言う「おらたちの話ももう書きなさらんでしょう」。するとビルボは、それに答えるかのように目を覚まし、フロドに書き物やメモの整理を頼み、ある意味彼を、著作に関する遺言執行人に指名する。ビルボは、フロドと同じように詩を改作して（フロドが使った「足が弱って（weary feet）」という表現も、そのまま引き継いでいる）、自分自身の状況に、その時部屋の中で起こっていることに、直接関連するようにした。しかし歌詞を変えればなるほど、その象徴的な意味も明らかになる。つまり「道」とは「人生」で、人はいつも「はやる足」や「つかれた足」で「辿って」いる。しかし最後には、誰もが道をそれて、残されたものが道を辿り続けるのと別れなければならない。

ビルボの告別の歌に相当するフロドの詩は、最後の章で彼が、灰色港へ、彼を中つ国から連れ出す船へと向かう時に口ずさむ。その時、語り手は「古い散歩の歌（the old walking-song）を歌っているのですが、歌詞はまったく同じではありませんでした」と説明する。無理もないことだが索引は、この歌を「古い歩き歌」、つまりこれまでに三度登場した「道」の歌に分類しているが、実はこれは、もう一つの二行連句の詩、「歩き歌」の項目に入れなければならない詩であった。ただし「歌詞はまったく同じではありません」というのは本当である。どちらの詩でも「角を曲がれば、待ってるだろうか。新しい道が、秘密の門が」の部分は同じである。しかし旅に出かけたばかりのホビットたちは、続きをただこう歌っていた。

今日はこの道、す通りしても、
明日またこの道、来るかもしれぬ。
そして隠れた小道を通り、
月か太陽へ、ゆくかもしれぬ。

And though we pass them by today,
Tomorrow we may come this way
And take the hidden paths that run,
Towards the Moon or to the Sun,

中つ国を去っていくフロドはこう歌う。

たびたび旅路を通ったものの、
ついにその日がやってくるだろう――
月の西と日の東を通る
隠れたあの小径を辿る日が。

And though I oft have passed them by,
A day will come at last when I
Shall take the hidden paths that run
West of the Moon, East of the Sun.

フロドの詩はやはり、ビルボの「道」の裂け谷版と同じく、完全に自身の置かれた状況に合わせてある。彼は今、この世から出ていく「隠れたあの小径」を辿ろうとしている。それに合わせて「新しい道」と「秘密の門」は、全く異なる意味を帯びている。ホビットたちが歌った時には、(歩き歌に相応しく)単に別の日にはまた別の道を行くこともできると言っていたのかもしれないが、フロドの「新しい道」は、トールキン自身の神話において、エルフの故郷へと続く「失われたまっすぐな道」を指している。要約すると、ホビット庄の歌は、新しいと同時に古い。非常に個人的な意味を持つと同時に、個人を超えた内容を歌っている。常に変化しながら、みなの知っている詩の大枠は崩さない。『指輪物語』の索引作成者が、それぞれの「詩」と「改作」の間で混乱したのも驚くことではない。こう言ってよければ、神話の時を超える性質を、ミニチュア版で今、読者のあなたが味わっているのである。神話とは、個人がいつでも作り直して自分自身の境遇に応用できるものである。そしてその時、個人は、神話をコントロールしたり、永遠に変わらぬ一つの意味を与えたりすることはないのである。

三人の庄の詩人――シェイクスピア、ミルトン、無名詩人

前の節で最後に述べたことは、トールキンが先輩詩人たち、特にシェイクスピアについて表明した苛立ちを、いくらか説明してくれるかもしれない。トールキンが大学で教えていた頃、シェイクスピアは神聖にして侵すべからざる存在であった。それ故トールキンが、この詩聖に不満を覚える神経を持ち合わせていたとは、多くの批評家にとっては、全く芸術を解さない証拠として、弁護の余地もないと思われてきた。しかしトールキンは、いつも同僚の文学研究者とは別の角度から物事を見て、自分の意見を一度に少しずつしか言わない人であった。W・H・オーデンへの手紙で、トールキンは、学生時代シェイクスピアの戯曲が「どうしても好きになれませんでした」(寓意の時と同じ言葉遣いである)と書いている。そして特に『マクベス』における「シェイクスピアの、ダンシネインの丘に迫りくるバーナムの森のお粗末な使い方には、いたく失望し不愉快になりました」。

見たところ、この言葉は真実とは思えない。もし『指輪物語』が繰り返し恩義を受けている作品があるとすれば、それはシェイクスピアの『マクベス』に他ならない。実は兵士が木の枝を持って進軍していたと明かされる「森の行進」のモチーフが、アイゼンガルドやヘルム峡谷へのエントの行進へと、そのまま書き直されているだけではない。ナズグルの首領が頼みにしていた予言「生き身の人間の男にはおれの邪魔立てはできぬわ!」は、魔女の見せた幻影がマクベスに下したお告げ「人間の力などあざ笑え、女の腹から生まれた者は、マクベスを傷つけることはない」とそっくりである。マクベスもナズグルも、ほぼ同じやり方で欺かれる。というのもマクベスを討ったマクダフは「女の胎から月足らずで引っ張り出された」帝王切開で誕

生しているし、ナズグルは「生き身の男」に敗れたのではなく、「女」であるエオウィンと「ホビット」であるメリーの、力を合わせた攻撃に斃れたのである。アラゴルンが薬草アセラスを使って傷ついた者を癒す場面は、『マクベス』の中で、マルカムとマクダフが亡命先のイングランドで聞いた、エドワード懺悔《ざんげ》王が瘰癧《るいれき》(訳注　かつて王が触れると治ると信じられていたことから英語ではKing's Evil＝王の悪疾、と呼ぶ病)に触り、王の聖なる力によって治しているという説明を思い出させる。そしてデネソールが、執政と王の役割を論じる場面には、『マクベス』への非難も見られる。『マクベス』においてシェイクスピアは、スコットランド王ジェイムズ六世とイングランド王ジェイムズ一世を兼ねることになった、一座のパトロンでもあるスコットランド出身の王におもねっていると、一般的に考えられている。ジェイムズは、子供を残さずに亡くなったエリザベス一世の後を継いで、一六〇三年に王位に就いた。この新王は、バンクォーの子孫であると主張しており、劇中三人の魔女がマクベスに、長く王位を継承していくバンクォーの子孫の行列を見せる場面では、王の前で演じた初演時に、舞台に鏡を設えて、客席のジェイムズ王の姿が鏡に映ってバンクォーの子孫の列に加われるようにしたという。しかしスチュアート家(Stuart)出身のジェイムズは、元は名前の示す通りデネソールのような執政(steward)であった。ただスコットランドやイングランドでは、執政も王位を望むことが可能だった。『二つの塔』下巻五章のファラミアがフロドに語った回想によると、ボロミアは父親が王でないことに機嫌を損ねて、執政が空位の王座に就けるようになるには何年必要なのだろうかと尋ねたという。デネソールはそれに答えて、「王権のもっと小さなよその国」でしか、そういうことは起こらないと言うが、この発言はイギリスへのあてこすりにもなる。この場面でトールキンは、エントの行進同様、『マクベス』の修正や改良を行っていると考えてよいかもしれない。もしかしたら彼が評価していなかったのは、シェイクスピアの、劇的効果を狙ったご都合主義だったのではないだろうか。『マクベス』との最も示唆に富む対比は、おそらく、未来を見通す魔法の使い方にあるだろう。『マクベス』の中心となるアイロニーは、魔女が真実を語っていたということである。彼女たちや彼女たちが見せる幻影が語ったことは、現実になった。それも芝居の後半になるにつれ、ますます、マクベスが予想していたのとは異なる形で実現していった。彼はコーダーの領主に命じられた。「未来の王」にもなった。「マクダフに気をつけよ」という忠告は正しかった。「女から生まれた」者は彼を傷つけなかった。バーナムの森がダンシネインの丘に攻め寄せてくるまでマクベスは征服されなかった。そして彼の後王位を継いだのは、自分の子孫ではなくバンクォーの子孫であった。この芝居において問われていないのは、もしマクベスが自ら実現しようと試みなかったなら、これらの出来事は本当に起きたのだろうかという疑問である。彼は、何もしなくともコーダーの領主に命じられた。ではダンカン王を暗殺せずに、正当な手段で王位を継ぐことはできたのだろうか？　また「マクダフに気をつけよ」というお告げの先回りをして、マクダフとその家族を殺そうとしなかったなら、マクダフはマクベスを討ち取る仇敵になっていたのだろうか？　シェイクスピアはこうしたことを考察しなかったが、トールキンは考察した。ガラドリエルがフロドとサムに、彼女の水鏡を見せる場面である。ガラドリエルが、サムの繰り返し使う言葉「魔法」を、そのまま受け入れてはいないことに気づく人もあるだろうか。彼女はその言葉の意味を「はっきりはわかりませぬ」と断った上で、同じ言葉を「敵の詐術」を表すのにも使うのではないかと言う。ということは「ガラドリエルの魔法」は、マクベスの魔女たちが用いた「詐術」とは異なるということだ。彼女は加えてこうも言う「鏡は多くのことを示すとも、そのすべてがすでに起こってしまったわけではないことを忘れてはなりませぬ。その中には、その幻影を見る者がそれを防ごうとして、自分の道からそれぬ限り、けっして起こらぬものもあるのですから」。誰かマクベスに同じことを言ってあげればよかったのだ。しかしジレンマは両作に共通している。もしマクベスが魔女たちの詐術を無視して、ダンカン殺害を拒絶していたならば、お告げはそれでも現実になったのだろうか？　もし実現していなければ、魔女たちには何の力もないことになる。しかしおそらくは、何か全く予期せぬ形で実現していたのではないだろうか。同様に、もしナズグルの遭遇したのがエオウィンとメリーでなかったなら、例えばもしガンダルフと対決していたならば（前述したように、もしガンダルフがピピンに引き止められていなかったなら、こうなっていただろう）、彼の運命についての予言は偽りだったことになるのだろうか？　おそらくそうではないだろう。やはり別の形で実現していたと思われるからだ（異論もあるだろうが、一つにはガンダルフも「人間」ではない）。トールキンもシェイクスピアも予言の曖昧さに気がついていた。しかしトールキンの方が、その哲学的な意味を引き出すのにずっと熱心であった。彼の要点はいつも、登場人物には自由意志があり、パランティアであろうとガラドリエルの鏡であろうと、それを導くものはないという点にある。サムとフロドが鏡の中に見た光景は、現在と過去と未来の混じり合ったものであったけれど、たまたますべて真実であったように思われる。しかし『マクベス』の魔女の見せた幻影のように、誰かの行動に影響を与えることはないのである。

トールキンのシェイクスピアに対する複雑な態度は、今や少し明らかになったことと思う。思うにトールキンは、言葉には出さなかったが、シェイクスピアを尊敬していたのではないだろうか。それに（崇拝者の方々には冒瀆していると思われたくないのだが）こう言ってよければ、仲間意識を抱いていたのではないだろうか。何と言ってもシェイクスピアは近郷の先輩であるし、生地のストラットフォード・アポン・エイヴォンのあるウォリックシャーは、トールキンが至福の子供時代を過ごし、『失われた物語の書』神話の初期の草稿で、エルフの国として描こうとした場所なのだから。シェイクスピアもホビット庄の詩を書こうと思えば書けた。「指輪、南へ行く」の章でビルボが引用した冬の詩はこうだった。

身に沁む冬が訪れて（When winter first begins to bite）、
　霜夜に石が割れる時、
池は黒々、木は裸、
　荒野わたるは身の因果（'tis evil in the Wild to fare）。

これは明らかに、『恋の骨折り損』の終わりの、次の詩の書き直しである。

つららが壁にはりついて
羊飼いのディックが手先を息で暖める時
トムが薪を広間に運び、
　家まで運んだミルクが凍っている時、
血は凍え（When blood is nipped）、道がぬかるみ（ways be foul）、
　フクロウは目をぎょろつかせて夜な夜な歌う。

（訳注　シェイクスピアの詩は、余興の劇中劇で、「冬」役のふくろうが歌うという設定なので、芝居本体の内容とは直接関係がない。さらに両詩の共通点を探してみると、トールキン一行目の bite とシェイクスピア五行目の nip は、同じ「噛《か》む」の意味である。またトールキン四行目とシェイクスピア五行目後半は、言葉こそ違うがほぼ同じ内容である）

ビルボの詩が彼の作かわからないように（またしてもホビット庄のことわざにいう「この丘と同じくらい古い」詩なのかもしれない）、シェイクスピアの歌にも民間伝承の雰囲気があり魅力的である。ただシェイクスピアの困ったところは（とトールキンなら言ったであろうが）、劇作家であり過ぎる点だ。彼は、個々の出来事が特定の登場人物の浮き沈みに密接に関わるように、常に狭い文脈の中で書くようにしていた。シェイクスピアの魔女の見せた幻影は、マクベスにしか意味がない。「女の腹から生まれた者には倒せない」という予言も、マクダフ以外にそれを破る可能性のある選択肢はない。森の行進はただの戦術上の計略だ。もちろん、この観点から見れば、伝令が「急に森が動き始めました」とマクベスに告げたのも、単なる見違いだったという話になり、当然「いたく失望」する。このような場面でシェイクスピアが到達しようと目指さなかったものは、直接舞台の上で起こっている出来事にあてはまりながら、同時にもっと広範囲に応用がきく、象徴的な意味を持った台詞を書くことだった。トールキンはそれを入念に準備し、特に詩を挿入する工夫を通じて行っていた。もちろんシェイクスピアにそういうものが書けなかった訳ではない。トールキンも明らかに注目していた場面や登場人物、例えば『夏の夜の夢』の妖精が活躍する森（ファンゴルンの森のモデルの一つだろう）や、『テンペスト』の魔法を使うプロスペロー（少なくともすぐに癇癪《かんしゃく》を起こすところなど、ガンダルフのモデルの一人だろう）などでは、その実力のほどを見せつけてくれた（と再びトールキンなら言ったかもしれないが)。しかしシェイクスピアは、ウォリックシャー、つまりはかつてのマークの国を去り、ロンドンに出て一旗揚げようとした作家だ。従って、「真の伝統」、つまり庄やマークの伝統を、作品の周縁でしか用いていないのである。

「時を超える神話の性質」を示す良い例は、再び土地の伝承詩と結びついて、ロスローリエンの描写の中に見出せる。ガラドリエルの鏡を覗く直前の場面で、サムはローリエンから受ける特別な印象をまとめ、事実上それは言葉にできないと言っている。この土地ではエルフは、ホビット庄のホビットよりも、土地に根を下ろしているように思える。

「エルフたちがこの土地を作ったのか、この土地がエルフたちを作ったのか、どっちともいえねえです。おらのいうこととわかってくださいますか。(中略)もし魔法が働いてるとしても、ずっと下の深いところで、まあいってみれば、おらの手で触れてみるわけにはいかねえところでしょう。」

フロドも、サムの言葉の最後の部分について、こう言いながら同意する「魔法ならどこにでも見えるし、どこにでも感じられるよ」。「魔法」という言い方が適当かどうかはさておき、ではこの「魔法」とはどこから来ているのだろうか? マークの国のもう一人の偉大な詩人の詩から、というのが答えの一部である。この詩人をトールキンは、おそらくシェイクスピアより高く評価していた。しかし私たちは彼の名を知らない。トールキンと同僚のE・V・ゴードンは、彼の書いた詩『ガウェイン卿と緑の騎士』を共同で編纂して一九二五年に出版したが、その写本はたった一つしか残っていなかった。そして同じ写本には、『ガウェイン卿』の他に三つの詩が書かれており、ほぼ確実に同じ詩人の作であると考えられた。三つの詩のうちの一つは『真珠』と呼ばれ、トールキンは生涯この詩に関わり続けた。『真珠』は、ウェスト・ミッドランドの初期の詩の多くと同様、極めて複雑な詩型で書かれているが、トールキンはそれを苦労して丁寧に真似て「名もなき土地」という初期の詩を書き、一九二七年に出版した。『ガウェイン卿』の校訂本を出した後、トールキンとゴードンは『真珠』を共同で編纂する予定だった。しかし一九三八年にゴードンが急逝したため、この企画はゴードンの未亡人、アイダが引き受け、最終的に一九五三年に校訂本を完成し出版した。アイダはこの本の「序文」の中で、トールキンの助力に感謝の意を示している。本文に付けられた注の一部はおそらく、元々トールキンの考えであったか、彼の助言によるものであろう。トールキンの方も、単独で詩への取り組みを続けた。原詩と同じ詩型によるトールキンの現代語訳は、彼が亡くなって二年後の一九七五年に出版された。一体トールキンが、これほどまでにこの詩に興味を抱き続けた原因は、何であろう？　そしてこの問題と神話及びローリエンにはどのような関係があるのだろう？

『真珠』は、どうやら（物語全体はヴェールに包まれていて謎めいていているのだが）幼くして亡くなった、おそらくマーガレットという名の娘を悼む、父による哀歌らしい（マーガレットは、「真珠」を表すラテン語に由来した名である）。冒頭父は、失った真珠を探すために「庭園」へ入り、そこで築山に頭を載せて眠りに落ちる。築山とは子供の墓で、庭園とは墓地であろう。眠りの中で彼は、自身が不思議な土地にいるのに気づく。そこでは彼の悲しみは消え、川の向こうに失った「真珠」が見える。彼と真珠は会話を交わし、その中で、彼女は救済の意味を説く。終わりに、父は駆け出して川を渡ろうとするが、目が覚め、元の墓地にいることがわかる。悲しみはやはり残っているが、今は救いの教えを受けている。読者はみな、夢を見た主人公の渡れなかった川が、死との境の川であると理解する。それでは、彼の立っていた場所はどこなのだろう？　この不思議な土地、トールキンが「名もなき土地」と呼んだ、輝く木々と光る岸のある場所とは？ここは天国ではない。それは川の向こう側である。しかし中つ国でもない。なぜならここでは悲しみが消えるからである。ここまで検討するだけでも、ローリエンの萌芽がいくつか見て取れるが、これらはトールキンも『真珠』詩人も知っていた、「地上の楽園」についての中世の伝説に影響を受けている。

『真珠』は、トールキンにさらなるヒントを提供した。ローリエンに入るまでの道のりは、奇妙なまでに複雑である。まずおぼろ谷から下ってきた旅の仲間たちは、銀筋《ぎんすじ》川の源の泉に出会う。すぐにギムリは、この水を飲んではならないと注意する「お飲みにならないように。氷のように冷たいのです」。次に一行はニムロデルにぶつかるが、レゴラスによると、この川の「水の流れ落ちる音を聞いていれば、眠りに誘われ、束の間なりと悲しみを忘れることができるかもしれない」。流れをみなが歩いて渡る時、フロドは「旅の汚れ（stain）も、もろもろの疲れもすべて四肢から洗い落とされるのを」感じる。もちろんこの文章は、そのまま文字通り、モリアのすすが洗い流されるのをフロドが感じた、という意味なのかもしれない。しかしその文脈で使うには、油やインクのしみなど、落としにくい汚れを表すstainは、少々おかしな単語である。この言葉はまた、語源的にもおかしなところがある。ＯＥＤによるとこの言葉は、フランス語に由来しているが、単に発音が似ていることから、古北欧語のある単語の影響も受けた。その結果、初期の「光彩を失う」という意味の他に、ほぼ反対の、「色をつける」もしくは「変色させる」という意味を持つこととなった。この言葉はもう一度、数ページ後に、フロドがケリン・アムロスに到着した時にも使われている。その描写は、この単語の意味を正確に詳しく説明するために書かれたかのようである。

［フロドの］見ている色は、金に白に青に緑、一つとして知らない色はありません。それなのにそのとき初めてそれらの色の存在に気づき、自分でそれらの色に新しいすばらしい名前をつけたかのように、どの色もみな新鮮で目にしみるようでした。ここでは冬でも夏や春をいたむ心は起こりません。この土地に育つものには一つとして瑕瑾《きず》や病や欠陥は見られません。ローリエンの地にはまるでしみ（stain）がないのです。

ガンダルフもずっと後になってもう一度、「ローリエンの歌」の中でこの単語を使っている。「ドゥイモルデーネに、ローリエンに、木の葉と土地は汚れず（unstained）、損われず」。かくして、日常生活の「汚れ（stain）」は、ニムロデルを渡ると洗い流され、向こう岸では命が本来の輝きを取り戻すのである。

さてニムロデルを渡った後、旅の仲間はさらに進み、第二の川「銀筋川」に出る。ギムリはその源の泉でこの水を飲んではならないと警告したが、今度は歩いて渡ることもならず、綱を橋にして、川の上を渡ることになる。その理由は、案内役のハルディアによると「深くて速い上に非常に冷たい」からで、またしても文字通りのもっともな説明である。この場面ではサムが高所恐怖症であったり、綱渡りやアンディ叔父について漫然としゃべったりすることから、寓意や文字通り以上の意味があるとは、直接感じ取れないようになっている。それにも拘らず、一行が渡り続ける川は、彼らをこの世の外へ外へと導いているのだという暗示が、絶えず感じられるのである。ニムロデルを渡った後、一行は地上の楽園とでも言うべき場所に着く。そこは、『真珠』の夢見た男が娘を喪《うしな》った悲しみすら忘れてしまった土地に、どこか似ている。そして旅の仲間も同じように、ケレボルンに直接尋ねられるまで、ガンダルフがモリアで奈落に落ちたことを忘れていたようである。では、二番目の銀筋川――この川をゴクリは渡ってついて来ることができなかった――を渡った後、一行がいるのは一体どこなのだろうか？　死者の国にいるという可能性が一つある。「ロスローリエン」の章の最後には、アラゴルンが「現身《うつしみ》の人間」としては二度とケリン・アムロスに戻って来なかった、と書いてある。それでは、死後戻ってきたのであろうか？　アルウェンの墓を訪れるために？　または一行がイングランドにいるという可能性もある。もちろん古きイングランド、真のイングランド、ブレイクの詩で「闇のサタンの工場」のできる前「いにしえ」の「緑の山々」広がると歌われるイングランドである（訳注　引用は聖歌「エルサレム」の歌詞から。第一次世界大戦下、ウィリアム・ブレイクの『ミルトン』の序詩に、パリーが曲をつけた、イギリス人には馴染み深い愛国歌）。ハルディアはみなが渡り終えた後「あなた方は今、ローリエンのナイスつまりみなさんの言葉でいえば三角地（Gore）におはいりになった」と慎重に言葉を選んで言う。私たちならエルフ語の「ナイス」はもちろん、通常はぎ合わせなどに使う三角の布を意味する「ゴア」とも言わないところだ（訳注　gore は古英語で「三角の土地」を意味する gāra に由来する。そしてこの単語はおそらく、槍を意味する古英語 gār とも関連があり、ハルディアも「というのは、これは銀筋川と大河アンドゥインにはさまれてちょうど槍の穂のように横たわっている土地だからです」と、ゴアと呼んだ理由を説明している）。しかしハルディアは、似た意味を持つ三つ目の言葉も試している。エルフの国の中心である「エグラディル、川と川とにはさまれた角の地（Angle）」に近づくまでは、自由に歩いてもよいと言うのである。「イングランド（England）」という語は、語源的には「アングル人の土地」という意味である。そして、いにしえのイングランド人の出身地は、現在はドイツ国内のアングル地方、つまりフレンスブルク・フィヨルドとシュライ川の間の「角の地」であった。

それはホビットの故郷がにびしろ川と鳴神《なるかみ》川の間の「三角地（Angle）」であるのと全く同じである（訳注『指輪物語』の序章によると、ホビットは元々霧ふり山脈と闇の森に挟まれた、アンドゥイン大河上流の谷間に住んでいたが――ここもおそらく「角の地」である――別々の時期に、一族ごとにそれぞれの経路で、霧ふり山脈を越えて西側に住むようになった。追補編A及びBの第三紀の年表には、三つある支族のうちの一つ、ストゥア族が、一時期、にびしろ川と鳴神川の間の「三角地」に定住していたことが書かれている）。フロドは、「もはやすでに存在しない世界を今歩いている」気持ちがして、「時間という橋を渡った」のではないかと思う。おそらくは、『真珠』の夢見た男のように、本当に渡っていたのである。

　トールキンは、『真珠』詩人が北西部のランカシャーの出だと思っていた。しかしスタフォードシャー出身と考える学説が、後から出てきたことを聞けば、喜ぶのではないだろうか。なぜならトールキンは、自分が「血筋から言ってウェスト・ミッドランドの人間」であり、「初めて古いウェスト・ミッドランド方言を見た時、すぐによく知っている言葉だと感じて好きになった」（『書簡集』）と繰り返し言っているからで、ウェスト・ミッドランドの中心部は、ヘレフォードシャー、シュロップシャー、ウスターシャー、ウォリックシャー、スタフォードシャーの五つの州だからである。ウォリックシャー出身のシェイクスピアと同じように、スタフォードシャー出身の『真珠』詩人も真の伝統を知っていた。それは、別世界を夢想すると同時に現実への深い洞察を伴った、真の英語詩の伝統であった。また『真珠』詩人は、シェイクスピアとは違って、誘い出されてその伝統から離れることもなかった。彼の描く夢見る男は、不確かな境界領域にあって、現実の見たままの世界と、深い象徴的な意味の両方を感じていた。これこそまさに、神話もしくは魔法の「時を超えた」状態であり、トールキンがことあるごとに到達しようと狙っていたものであると思う。さらに、トールキンの神話と詩の融合に対して貢献したと思われる詩人もしくは詩がもう一つある。それは、トールキンにとっては宗教的にも政治的にも信条を異にする意外な人物、プロテスタントであり、清教徒革命で国王チャールズ一世を処刑に追いこんだ共和制支持者であり、仮面劇『コーマス』(南雲堂)を書いた男、ジョン・ミルトンである。

『コーマス』との関連を述べる前に、まず説明しておかなければならないが、トールキンの詩には、エルフのモチーフがある。純粋にエルフ語で書かれた詩についてては、論文集『トールキンの伝説集』(二〇〇〇年)に収められたパトリック・ウィンとカール・ホステッターの論文で考察されているが、エルフの主題はホビット庄の詩にも含まれており、それをトールキンは、物語の中で、ビルボがエルフと交わり伝承を研究した結果だと説明している。例えば、フロド、サム、ピピンが旅立ってすぐのこと、第二の「歩き歌」を歌った直後、黒の乗手が後を追ってくるのを見て息をひそめている時、ナズグルは、エルフたちが現れたために消え去る。エルフの一団はクウェンヤ(『指輪物語』の中の二つのエルフ語のうち、古い方の言葉である)で歌を歌っていた。三人のうち、わずかながらも言葉の意味がわかって、歌を理解できるのはフロドだけだ。しかし「メロディと融け合ったその音は、三人の頭の中で、かれらには部分的にしか理解できないとはいえ、言葉の形をなしてくるように思えました」。そこでフロドの聞いた歌として紹介されるのは、四連の詩で、エルベレスへの祈願の歌であった。この歌は裂け谷で、今度は七行のシンダリン(中つ国に残ったエルフの言葉)の詩として歌われるが、翻訳はされていない。フロドがただ立ち尽して耳を澄ましていると「その間、エルフの歌の美しい音節の一つ一つが、言葉と旋律のまざった透明な宝玉のように、耳に聞こえてきました」。一緒にいたビルボは「エルベレスに捧げる歌だよ」とだけ説明した。この二つの場面でトールキンは、かなり大胆に読者の忍耐を試している。第一に、シンダリンの詩の方は翻訳をせず、第二に、両場面とも歌の主題エルベレスについての説明をせず、読者を煙に巻いている。しかしトールキンは、フロドの連れと同じように、読者にも、詩の音だけで（何がしかの）意味を伝えられると信じていたようである。意味の一部が明かされるのは、『指輪物語』全体の最後の章で、フロドが第二の「歩き歌」の改作を歌い、それに答えるかのようにエルフが、裂け谷のシンダリンの歌のうちの四行を歌った際である。この時は翻訳も記されている「この遠い国の木々の下に住んで／いまもわれら思い出すのは／西の海に輝くあなたの星の光」。話を前に戻して、『二つの塔』の最終章の冒頭で、サムがシェロブに向き合った時、彼はホビット庄で聞いたエルフの歌と、裂け谷で聞いたエルフの歌の両方を思い出した。すると「かれの舌はほぐれ、かれの声はかれの知らない言葉となって叫びました」。そして三度目になるエルベレスへの祈願の歌（この時はシンダリン）を言うのだが、この時も翻訳はされていない。最終的にそれぞれの歌の訳が判明した時（トールキンは一九六八年になってようやく、ドナルド・スワンの歌曲集『道はつづくよ』に収録された曲の歌詞を提供する形で、訳を発表してくれた）、この四つのエルベレスの詩はみな、さらに二つのホビットの詩と関連性があることがわかった。「古森」でフロドがみなを元気づけるために歌った歌と、「キリス・ウンゴルの塔」でサムがフロドの居場所を見つけようとして歌う歌である。サムの歌は、彼が既に知っている「単純な節回しに合わすように、かれ自身の言葉が自然と口をついて出てくるのでした」。それはまるで一つ目のホビットの「歩き歌」が、「この丘と同じくらい古い」曲におそらく新しい歌詞をつけたらしいのと同じである。サムはもちろん、「ホビット庄の古い子供の歌」や「ビルボ旦那の歌の断片」を口ずさんでいただけである。従って、「オークの塔の歌」という題名で索引に載っているこの歌は、他のホビット庄の詩と同様に、サムの作詞とビルボの作詞と伝承が入り混じっているのである。

これらの六つの詩（エルフの四つのエルベレスの歌と、フロドの古森の歌と、サムのオークの塔の歌）に共通するのは、どの詩も神話を反映しているという点である。神話だということは、二つの観点から言うことができる。第一に、詩で歌われている古い物語は、半神（最高位のヴァラールであるマンウェの妻エルベレス）の話である。ただ長命のエルフにとって、それは記憶や郷愁であって、純粋な伝承や信仰ではなかったが。第二に、ホビットや読者にはより重要なことに、世界観を表す一組のイメージがあるからである。このイメージでは、星々と木々が対置される。星々は、この世とは別の世界の約束、エルフにとっては記憶を表す。木々は、この世界及び星々の光を遮《さえぎ》る障壁である。限りある命の者は、顔を上げて、木々の枝の隙間から星空を一目見ようとするが、その光は、枝が邪魔しなければはっきりと見えるはずのものである。だからエルフたちは、エルベレスに向かって「木々の枝交わすこの地のわれらが、はるかに慕う、光の君よ！」と呼びかけ、「この遠い国の木々の下に住んで、いまもなお思い出すのは、西の海に輝くあなたの星の光」と歌うのである。裂け谷のシンダリンの歌は、再びエルベレスに向かって星の光を灯す者よ、と呼びかけ、歌い手が「オ　ガラズレムミン　エンノラス（枝絡まる中つ国から）」星々を見つめていると歌う（訳注　ここから著者は、このシンダリンの訳として「中つ国」が妥当かどうかの検討をしているが、本論には影響のない部分なので、参考として訳文をここにまとめる。「ここに一つややこしい問題がある。歌集『道はつづくよ』の中で、トールキンはエルフ語の歌詞の一語一語の訳語を、裂け谷のシンダリンの歌とシェロブの棲処《すみか》のサムの叫びの行間に書きこんでいる。そしてそれぞれのページの下に、全体の意味をまとめた訳詞を書いている。ところが手違いから、「オ　ガラズレムミン　エンノラス」の部分が全体訳の中から抜け落ちてしまっている。そこで本稿では、逐語訳部分に書きこんであった直訳の「中間の土地

（middle-lands）」を「中つ国（Middle-earth）」に代えて解釈した」）

一方サムは、「ディングルソス（死の恐怖の下）」からエルベレスに呼びかける。これはもちろん、シェロブの目の前にいるという、直接の状況にぴったりの表現である。しかし考えてみれば、「中つ国」は、死すべき運命の者たちが住む場所でもある。そして、絡み合う木々は、恐怖をもたらすこともある。一瞬『コーマス』に話を戻せば、ミルトンが「暗き森の恐怖の下で」と呼んだのは、まさにこのことであった。

木々の恐怖は、フロドが古森で、途中まで歌を歌った時の身の回りの状況にもあてはまる。その歌詞は「おお、影なす国をさ迷う者たち」という呼びかけで始まり、しまいにはみなが暗い森から出て、太陽を見るであろうと続く。なぜなら「東か、西か、／森はみな、いつかは果てる」からである。この歌は、大きな枝が近くに落ちたので中断する。そしてメリーが、森は「終わるとか果てるとかいうのが気にいらないんだな」と意見を言う。だから神話の真実を開き直って歌うには、先に森のはずれまで出た方がよいと。しかしながらこうした直接の背景にも拘らず、フロドが歌った内容は、ホビット庄の詩によくあるように、より一般的で象徴的な意味を含んでいる。つまりこの世は森のようであり、ファンゴルンの魔の森でのアラゴルンや仲間のように、人はその中で簡単に道に迷い混乱する。しかししまいには（そしてこの文脈ではおそらく中つ国での人生が終わった後には）、「暗き森の恐怖」（ミルトン）や「ングルソス（死の恐怖）」（サム）（訳注　前出の「ディングルソス」は「ディ〈～の下〉」＋「ングルソス〈死の恐怖〉」と解釈できる）から出て、すべてがはっきりする。サムのキリス・ウンゴルの歌は、この考え方と表裏一体の関係にある。この歌は、フロドと同じく囚《とら》われの者が、「深く埋もれた暗闇の中で（in darkness buried deep）」歌っているようである。しかし彼は、森でのエルフやホビットのように、「あらゆる陰の上空に、お日さまは上る。／星々も永久に空にかかる」ことを覚えている。けれど終わりでは「いうまいぞ、日が果てた（the Day is done）、と。／告げまいぞ、星々に別れを」と歌い、この世界から出ていくことを拒絶する。この最後の二行については色々と言えるであろう。まずもちろんその場の状況における意味があり、囚われているフロドに、希望を捨ててはならないと励ます意図があるだろう。それにエルフの星々の神話も繰り返されている。そしてシェイクスピアの『アントニーとクレオパトラ』の有名な一節をなぞりながら、全く逆のことを言っている。この芝居の大詰めで、侍女はクレオパトラに自決の時が迫っていると促すため、次のように言う「明るい日は終わりました。今は闇へ向かうのです。（The bright day is done, / And we are for the dark.）」。しかしday is doneという句は、シェイクスピアが考えたものであろうか？　間違いなく違う。同じく頭韻を踏んでいるday（日）とdark（闇）の対置と同じように「この丘のように古い」に違いない。古英語でdayはdægであり、darkはdeorcである。やはり古英詩の特徴である頭韻を踏んでいることから、両単語の対置は、この頃から使われていたレトリックであると想像できる。そしてこうした表現は、英語で詩を書く真の詩人が、いつの時代でも自由に使えるものなのである。

同様にして、トールキンの星々と森の神話は、そっくりそのまま、ミルトンの『コーマス』にその萌芽を見ることができる。『コーマス』は、暗い森で迷った乙女の物語である。悪しき妖術師は乙女を捕え、魔法の椅子に座らせるが、それ以上の手出しはできない。彼女の純潔の力が守っているからである。乙女は、川の精（ボンバディルの妻ゴールドベリのような）と、身を守る薬草の助けを借りて駆けつけた彼女の兄弟によって救出される。しかし超自然的な協力者と出会う前、二人の兄弟は意気消沈している様子であった。兄は、月光かそれとも光なら何でもよいから、自分たちのさ迷う「闇と陰の二重の夜」を照らして欲しいと祈る。一方弟は、たとえ光がなくとも、奥深き森の外から何か音が聞こえたならば、外の世界があることを思い出し、慰めとなることだろうと言う。

多少は慰めとも、喜びともなりましょう
この無数の枝に囲まれた牢獄にあっては。

「無数の枝に囲まれた牢獄」という表現は、エルフの「枝絡まる中つ国」や、古森で道に迷うホビットや、オークの塔に囚われたフロドのイメージを結びつける。前に述べたように、確固たるプロテスタント信仰に基づいた叙事詩『失楽園』の著者であり、政治的には革命を支持する思想の持ち主であったミルトンに、トールキンがそれほどの愛情を感じていたとは思わない。しかしシェイクスピアのように、真の詩を書くことのできる詩人としては、受け入れていたのだと思う。そしてミルトンはウェスト・ミッドランドの生まれではなかったが、仮面劇『コーマス』は、ウェスト・ミッドランドの核に位置する国の一つ、シュロップシャーのラドロウ出身のパトロンのために書かれ、そこで初演されたのだ。その土地の雰囲気は、芝居の中にいくらか乗り移っていたのではないだろうか。

詩の伝統のつながりのまさに仕上げをするかのように、『真珠』には謎めいた箇所がある。夢を見た男が語るには、不思議な国の川の中の宝石は、「ストロース（strobe）の人間が眠る間に流れる星のように」輝いていたというのだ。では一体全体この世界で（この世界の外でかもしれないが）「ストロースの人間」とは何を意味するのであろうか？　アイダ・ゴードンの校訂本の注では（一部トールキン自身のアイディアが含まれていると私は思うが）、おそらく古英語には*stroðという言葉があり、それは「（やぶの生い茂る）沼地」の意味であったろうと説明している。さらに注によると、「ストロースの人間」とは一般的に、より高い世界があるとは知らない「この世の人間」を意味したに違いない。そして視覚的には、星々が見下ろしている暗く低い土地のイメージが含まれている。

スタフォードシャー出身の『真珠』詩人は、中つ国の住人を、森の中で眠り、頭上の星々の存在を忘れている人間と考えた。シュロップシャーのために『コーマス』を書いたミルトンは、寓意に近い形で人生を描き、人生とは危険にさらされた魂を救うため、木々の間を進むことと表現した。ウォリックシャー出身のシェイクスピアは、『夏の夜の夢』で妖精が魔法を使う森を描くなど、自身が認めているより多くの真の伝統に通じていた。そしてトールキンは、母方のサフィールド一族の出身地がウスターシャーのイヴシャムだったことから、自分のルーツはウスターシャーにあると考えていたが、自分のしたことは、マーク（ウェスト・ミッドランド地方にあった古代王国の名）の国の詩に長く身を潜めていた神話を、声に出して語っただけ、もしくは解きほぐしただけ、と感じていたに違いない。それを彼は、単純なホビット庄の詩と、その下敷きになっているより複雑なエルフの詩に盛りこんだ。ちょうど『真珠』のような詩の埋もれた伝統が、後代の英詩の多くの根底に、気づかれることなく生きながらえているのと同じである。この神話の肝心なところは、『指輪物語』の中で、その瞬間に起きている出来事の文脈に直接関係する意味を常に持ちながら、同時にその外の世界に対する、ずっと一般的で普遍的な適応性を強く暗示しているという点である。トールキンの星々と木々の神話は、人生を一つの混乱として提示している。人はその混乱の中で、あまりに簡単に方向を見失い、身の回りの状況の向こうに別の世界があるということを忘れてしまっている。この考え方はキリスト教の信仰とも矛盾しないが、しかし、中つ国の住人のように、神の啓示に触れる機会のなかった者や、トールキンの時代や我々の時代の現代イギリス人のように神の存在をほとんど忘れてしまっている人間には、より一層真実に響くのではないだろうか。

最後に一つ付け加えると、トールキンの神話には両義性という側面がある。この神話において木々や森は、過ち、恐怖、死、混乱を象徴している。しかしトールキン以上に木を愛した人間は滅多にいないのである。ホビットたちの二番目の「歩き歌」は、この世界を去って「隠れた小道を通り、／月か太陽へ、ゆく」ことを思い描いている。しかしその代償は、「りんごにさんざし、くるみにすもも、／通りすぎよう、通りすぎよう！」と木々に別れを告げ、イングランドの果樹園や生け垣に植わる、小さな仲よしの木々のもとを去って行くことであった。フロドは最後に、癒されるためにエルフの故郷へと連れて行かれる。しかし、彼が地上の楽園ロスローリエンを再び訪れる望みは、断たれる。振り返れば、旅の仲間がロスローリエンに向かう時、案内役のハルディアは、中つ国を旅立つことも考えており、どこかにエルフが身を寄せることのできる場所があるのではと言っていた「だが、大海のかなたに果たしてマルローン樹があるのかどうか、まだだれも報告してくれた者はありません」。キリスト教神話と異なり、トールキンの神話は、中つ国自体の美しさに対する深い愛情や愛着にあふれている。そしてそれは、ファンゴルンの森の場面で、エントとエント女の悲しい歌や、ブレガラドのなかまどを惜しむ歌にも表れている。森は、そして中つ国は、「その木々が互いに張り合い、枝々はみな枯れ朽ちた」闇の森にもなり得るし、その美しさ故、悲しみも力を失うロスローリエンにもなり得るのである。現代の私たちを取り巻く世界のイメージは、おそらく、イシリエンだろう。今では荒れ果ててしまったところもあるが、「乱れ髪の森の女神の美しさ」をなおも残す、かつての「ゴンドールの庭」。現代世界において、チェーンソーで森が開発され破壊される度に、「またしてもモルドールが増えた」と抗議団体が抗議するのは、トールキンの核心の一つを摑《つか》んでいるとも言えよう。中つ国は本質的には美しい。それ故トールキンのような信仰者であっても、そこを去るのはつらいのである。

「幸せな大詰め《ユーカタストロフィ》」の瞬間

『指輪物語』にも、キリスト教神話が一度だけ、表舞台に出て来る瞬間がある。その瞬間、暗にキリスト教神話が言及されていることは一目瞭然なのだが、実はこのケースにおいても、この章で私が述べている主張、つまりこうした瞬間はほとんど誰からも気づかれず、また気づかれないように作者が心を砕いて描いているという主張を、否定するというよりは肯定することになるのかもしれない。一九八三年発表の『怪物と批評家――トールキン評論集』(以下『評論集』)に再録された論文「妖精物語について」の中で、トールキンは、「ユーカタストロフィ(eucatastrophe)」の概念を紹介し、「幸せな大詰め、突然の好転」と定義している(eucatastropheは、「よい」を意味するeuと、語源的にどんでん返しを意味する「大詰め」catastropheを合わせて作ったトールキンの造語である)。「幸せな大詰め」は終わりではない。なぜなら「妖精物語には真の終わりはない」からだ。それは、例えば、アンドルー・ラング後期の不満足な出来の創作童話「プリジオ王子」で、凍らされた騎士が水をかけられて生き返った場面や、スコットランドの昔話「ノロウェイの黒牛」で、ヒロインが魔法で眠らされて目が覚めない恋人に、「目を覚まして私を見て」と最後の訴えをすると、「騎士は聞いて娘に顔を向けました」と、願いが叶えられる場面のような瞬間のことである。トールキンによると、このような瞬間、私たちは「束の間枠組みの外へ突き抜け、物語の網の目そのものを引き裂き、一筋の光を導き入れる」喜びを一瞬目にする。つまり物語の外からの啓示の光である。

『指輪物語』において「幸せな大詰め」の瞬間は、「コルマルレンの野」の章でやってくる。一つ前の章で、フロドとサム（とゴクリ）は指輪を破壊していた。そして「コルマルレンの野」の冒頭で、西軍は、サウロンの王国が崩れ去るのを感じる。その時、サウロンの形をした影のようなものが広がり、「途方もなく大きな手をみんなに向けて嚇《おど》すように突き出す」のが見えるが、「その恐ろしさは総毛立つほどでしたが、それでいてもはや何の力もなかったのです」。なぜなら後の場面のサルマンの幽鬼のように、「大風がそれをさらって運び去り、消え去ったからです」。ガンダルフは鷲《わし》たちを呼んで、滅びの山に運んでくれるよう頼む。そこで場面は変わって、物語はフロドとサムに戻る。二人は外の世界で何が起きているかを知らない。脱出する望みはほとんど、もしくは全くない（サムはまだ諦めておらず、フロドは覚悟している）。そして最後には意識を失う「弱り切ったのか、煙と熱に息がふさがれたのか、それとも遂に絶望に打ちのめされたのか、死を見るまいと目をおおいながら倒れたのです」。昏睡したまま二人は、ガンダルフと鷲に助け出されて運び去られる。二週間後に目が覚めた時、当然のことながらサムには何が起こったのかわからない。どうやらイシリエンに戻っているようだが、最初に目にした人物はガンダルフである。ガンダルフと言えば、最後に目撃したのは、バルログによってモリアの奈落へ引きずりこまれた時であり、長いこと死んだものと思っていた。ガンダルフは死んでいるのだろうか？　サムも？　おそらく死んで天国（キリスト教以前の中つ国でこの言葉を使えたとして）に来たのだ。それとも天国が、中つ国を地上の楽園に変えたのだろうか？　サムはまるで『真珠』詩で、幻を見始めた直後の父親のようである。つまりどこにいるのかわからないのだ。この場面が、（先に目覚めていた）フロドではなく、サムの視点から語られていることは重要である。なぜならサムの困惑の方がより大きく、純粋だからである。彼は言う「ガンダルフ！　あんたさんは亡くなられたもんと思ってましただ！　でもそのあとそういうおら自身が死んでるんだと思いました。悲しいことはみんな本当でなくなるんですかね？　世の中はどうなっちまってますだか？」

サムは死んでいないし、悲しいことがみな「本当でなくなる」訳でもない。ガンダルフの答えは「ひとつの大いなる影が去ったのじゃ（A great Shadow has departed.）」であったが、それは唯一絶対の大いなる影（the great Shadow）が去ったと言っている訳ではなく、また他の影が来る可能性を暗示している。しかしガンダルフは言葉を続けて、非常に丁寧に今日が何の日であるかをサムに教える。

新年の十四日じゃ。それともホビット庄暦のほうがいいなら、四月の第八日目じゃ。じゃが、ゴンドールではこれから新年はいつも、サウロンが没落し、お前さんたちが火の中から王の許に連れて来られた三月の二十五日に始まることになったのじゃ。

今日では誰も三月二十五日に式典をしないので、トールキンが意図したと思われる要点は見落とされている。彼はこの日付を一種の署名として、個人的な信仰の証として、挿入したのだ。トールキン自身が熟知していたように、古いイングランドの伝統では、三月二十五日はキリストの磔刑《たっけい》の日、世界最初の聖金曜日であった〈訳注　聖金曜日〈Good Friday〉は、イエス・キリストの十字架の受難記念日である。イエスが十字架に架けられて死に、三日目に甦ったという教義に基づいて、毎年イースター〈＝キリストの復活を祝う祝日〉の前の金曜日と定められている。イギリスの法定休日）。イースターが月の満ち欠けによって決められる、日付の定まらない祝日であることから、聖金曜日も毎年異なり、三月二十五日との関連は失われてしまった――一つの例外を除いては。ゴンドールでは、新年はこれからいつも三月二十五日に始まるというが、実はイングランドも、それは同じなのである。ただ悲しいことに、変更されて落ちぶれた形になってしまっただけだ。一七五二年に、ユリウス暦に代わってグレゴリオ暦が採用された時、二つの暦の間には十一日の差があったので、三月二十五日はいきなり四月六日になった。そしてイングランドでは、一年は今でも四月六日に始まるのだ――課税年度だけだが。これでは誰も「幸せな大詰め」の時とは思わないだろう。

三月二十五日は、キリスト教の暦の中に深く刻みこまれた日付である。再び古い伝統では、この日は受胎告知の日であり、キリストの受胎の日である。当然のことながら、キリストの誕生日であるクリスマスの十二月二十五日から、きっちり九か月前である。さらにこの日は、アダムとイヴの堕落の日、その罪の結果すべての人間が背負った原罪が、イエス・キリストの受肉と十字架の死により無効にされ贖《あがな》われるという幸福なる罪過《フェリックス・クルパ》の日なのである。追補編Bの、トールキンが細心の注意を払って書き上げた年表の日付で、十二月二十五日は、旅の仲間が裂け谷を出発した日であることは気づかれただろうか。ということは『指輪物語』の主要な出来事は、キリストの誕生したクリスマスから、十字架の死の受難日までの、神話的な時間に起きている。このことは、フロドについて、何かを物語っているのであろうか？　読者は、彼をキリストの「類型」として見るよう、意図されているのだろうか？　私はそう思わない。もしフロドが「類型」ならば、ほぼ完全に忘れ去られた厳密な意味においてのみそうなのであって、その意味においては類似点より相違点の方が重要なのである。フロドは誰の魂をも救済しない（中つ国を大いなる危険から救ったが）。地獄から囚人を解き放たない（サウロンの地下牢からは解放したが）。死からも甦らない（サムは束の間そのようなことが起きたのではないかと思ったが）。別の言葉で言えば、フロドには超自然的な側面が全くない。しかし彼とサムには「幸せな大詰め」の側面があるのである。

コルマルレンの宴の描写でも、トールキンの「幸せな大詰め」は続き、次の章では、それが別の視点から描かれることになる。ミナス・ティリスに残されたエオウィンとファラミアにも、やはり暗黒の塔の崩壊は感じられた。東の山並みの上に、黒い影が湧き起こったのが見え、大地が揺れたのだ。しかし当然のことながら、二人にはそれが何を意味するのかわからず、「滅びの日」が来たのだと感じる。ファラミアはヌーメノールの没落を連想し「緑の陸地をおおいつくした黒い大浪のこと、逃れられない暗黒のこと」を思い出すが、これから暗黒が到来することは否定する。その時、大鷲が飛来して、起こった出来事を奇妙な詩で告げる。この詩は、中つ国において他には見られない、ジェイムズ一世の欽定《きんてい》訳聖書の「詩篇」そのものの語調で書かれている。トールキンの世代の人ならば、それはすぐにわかったことと思う。

歌え、喜べ、守護の塔の民よ、
民の見張りは（watch）、むだならず、
黒門は　破れ、
王は入城して、
　勝利を得たれば。

Sing and rejoice, ye people of the Tower of Guard,
for your watch hath not been in vain,
and the Black Gate is broken,
and your King hath passed through,
and he is victorious.

この詩は一面ホビット庄の詩に似ている。まず周囲の状況にあてはまる意味がある。「守護の塔の民」とは、ミナス・ティリスを守る兵士のことだ。「黒門」はモルドールの北の入り口モランノン、「王」はアラゴルンを指すと考えられる。それと同時に、この詩には普遍的な意味が強く暗示されている。都を守る民のイメージは、マルティン・ルターが作った有名な「神はわがやぐら」のような讃美歌で、救いの都を守るクリスチャンに対して一般的に使われている。しばしばクリスチャンは、聖書のたとえで、「目を覚ましていなさい（watch）」と奨励されるが、それはキリストの再臨がいつ訪れるかわからないからだ。「黒門は破れ」という部分は、聖金曜日とイースターの間、十字架の死と復活の間に、キリストが黄泉《よみ》に下り、族長たちや預言者たちを地獄のくびきから救い出したことにあてはめられる。ただもう一度繰り返すが、大鷲が告げた知らせはもちろんこういうことではない。そしてその内容は（フロドが古森で森から逃げる歌を歌ったように）、物語に今起きていることで十分に説明がつく。しかし、大鷲の場合も、フロドの場合も、何かより大きなものを暗示する含みは消えない。そしてその含みがある故に、神話的な時を超える感覚が、より強まるのである。

『指輪物語』は、キリスト教的なメッセージを内包しながら、そのまま伝えることは拒絶している。さらに中つ国の神話は、究極の救済が感じられないよう、断固とした姿勢を貫いている。「星々と木々の神話」は、「木々の絡まり」から逃げ出すことについて非常に曖昧である。その理由の一つは、中つ国の住人が脱出を望んでいないからで、彼らは、ホビット庄の森やファンゴルンの森、ロスローリエンや枝垂川《しだれがわ》の谷に住み続けたいのである。この願いは、明らかに成就しない。『指輪物語』には、「こうであったかもしれない結末」が沢山あると思われる。フロドとサムの経験にしてもそうである。二人は「幸せな大詰め」と驚によって救われるが、自分たちは既に死んだものと強く確信した瞬間があった。ようやく指輪が破壊された後、「やれやれ、これでおしまいだ、サム・ギャムジーよ」とフロドは言う。そして「一切合財が終わる」という言葉を二度繰り返す。サムは、まだ望みがあると伝えようとするが、フロドは「世の中のことというのは、こういうもんなんだよ。望みは尽きるものだし、終わりは来るものなのだ」と返答する。「幸せな大詰め」の後であっても、フロドの言葉からは、ある種の確信が伝わってくる。彼の言うことは、たまたまこの物語では間違っていたとしても、一般的には真実だろう。それはトールキンが、「妖精物語について」(『評論集』)の中で、「幸せな大詰め」について言っていることと同じである(この論文が一九四七年以前に書かれたのは確実で、この時トールキンは自身の物語を説明している)。

この妖精物語、もしくは別世界の設定の中では、「幸せな大詰め」は突然奇跡的に起こる恩寵《おんちょう》である。それが再び起こることを決して当てにしてはならない。「幸せな大詰め」は「不幸な大詰め」、つまり悲しみや失敗の存在を否定しない。こういったことが起きたかもしれないという可能性は、救われた時に味わう喜びに不可欠なのである。それは（言うならば多くの証拠の面前で）全世界の最終的な敗北を否定する。その限りにおいて「幸せな大詰め」は、真の喜び、悲しみと同様胸に突き刺さるこの世界の壁の向こうの喜びを、一瞬垣間見せてくれる「良き知らせ（evangelium）」なのである。

（訳注　ラテン語のevangeliumは、英語の「福音〈evangel〉」の語源であり、「良き知らせ」の意味を持つ。一方、同じく「福音」の意味を持つ古英語由来のgospelも語源的には「良き言葉」の意味であり、evangeliumの翻訳語であった。トールキンはこの箇所で、キリスト教の「福音」に直結しているevangelやgospelを避け、本来の意味に立ち返った「福音」という意味でevangeliumを使っていると思われる。）

付け加えなければならないが、『指輪物語』のほとんどの登場人物は、「面前」の「全世界の最終的な敗北」を見つめている。エントは絶滅し、そして忘れ去られる定めにある。彼らの運命は、アングロ・サクソン人でさえ、エントという言葉は覚えているものの何者であるのかを知らないという事実によって証明されている。『ホビットの冒険』によれば、ホビットはまだ存在しているようだが、ホビット庄がもう残っていないことは確かである。エルフはどうなったのだろう？　ガラドリエルは、自分たちが「退化する」と確信していた。その意味は、物理的に体が縮んで、『夏の夜の夢』や人々が想像の中で信じている、小さな妖精になってしまうということであったかもしれない。または、数の上で衰退するのかもしれない。はたまた、別のことが起こるのかもしれない。トールキンは、ウォリックシャーとオックスフォードシャーにまたがるストーン・サークル、「ロールライト・ストーンズ」の遺跡を知っていた。そして『農夫ジャイルズの物語』の中で、この遺跡を思わせる言及をしていた（二章参考）。この遺跡には、次のようなゆかりの伝説がある。昔年老いた王がいた。彼は七歩で丘の頂上まで登り、向こう側の谷を見ることができたなら、イングランドの王になれると魔女にそそのかされる。王は七歩で登ったが、見下ろそうとしたところ、せり上がってきた地面に視界が遮られて谷を見ることができない。そこで魔女の呪いがかかり、王や家来たちは石に変えられてしまう。

石よ、起き上がれ、突き刺され、じっとしていろ、
だってイングランドの王にはもうなれない。
お前と兵士は霜降る石になれ、
私はニワトコの木に姿を変えよう。

これは色々なレベルで、正調ホビット庄の詩である。そしてこれこそが、エルフたちの身に起きたことなのかもしれない。灰色港へ向かう最後の場面は別として、ガラドリエルとその一行を読者が最後に目にするのは、ゴンドールからの帰り道、ホビットたちが眠った後で、彼女とケレボルン、エルロンド、ガンダルフが話をしている姿だ。しかし私たちは、本当に彼らを見たのだろうか？　そして彼らは話をしていたのだろうか？

もしたまたまここを通りかかった旅人がいたにしても、かれはほとんど何も見ず、何も聞かなかったでしょう。そしてかれはただ石に彫られた灰色の像、今は無人の地に滅び去って忘れられてしまった事物の記念物を見たと思ったでしょう。なぜならかれらは動きもせず、あるいは口で話しもせず、ただ互いに心で心を見るだけだったからです。

翌日ローリエンのエルフたちは別れを告げ、そして「岩と薄闇の中にたちまち消えて行きました」。消えていったのか？　それとも何かに変わったのか？　一つあり得る結論として、中つ国を去っていないエルフもいたのではないだろうか。代わりに彼らは、ロールライト・ストーンズの遺跡の「王の石」のように、風景の中に溶けこみ、「石に彫られた灰色の像」になってしまったのだ。こういう話は、イングランドやスコットランドの民間伝承に点在する（「コニストンの老人」「メリックの灰色の男」など）。このことは相応しくない結末、あるいは悲しいだけの結末とは言えないかもしれない。しかし、究極の喪失と敗北の刻印であることは事実である。

さらなる神話的な瞬間

中つ国の神話は、キリスト教に近づけば近づくほど、より悲しくなるように思われる。最終的な救いが約束されていないので、より中途半端な神話になるからだ。トールキンの描いたキリスト教以前のリンボには、真の意味での異教徒はいないが、『神曲（*The Divine Comedy*）』（原義では神聖な喜劇）、つまり神の啓示を受けた幸福な結末になる余地もない。登場人物の一部は、――中にはデネソールのような敗北者も、フロドやファンゴルンのような勝利者も含まれている――生き残る未来のない、絶望的な状況の淵にいる。しかしそれは、作品全体の与える印象ではない。『指輪物語』の成功の一因は、間違いなくその明るさである。喪失や敗北に対して、甘受、楽観、挑戦をバランスよく配したその実力である。私はこの章を終えるにあたって、『指輪物語』が仲介者としての役割を果たしている、多くの候補の中から選りすぐった四つの場面を考察したいと思う。この時作品が仲介しているのは、キリスト教信仰と、トールキンが非常に愛着を持っていたキリスト教以前の英雄世界の文学だけではない。やはりキリスト教信仰と、トールキンの生前からますます加速していったキリスト教信仰の薄れる世界との、仲介もしているのである。

最初は、「ゴンドールの包囲」の章の終わりの、ミナス・ティリスの城門前の場面である。この時、幾筋かの物語が合流しようとしていた。ガンダルフは城門に陣取り、ナズグルの首領を待ち構えていた。首領は破城槌《はじょうづち》グロンドに指示を出して、城門を破壊したところだった。ピピンはガンダルフに駆け寄り、ファラミア救出のために、一緒に来てくれるよう頼もうとしていた。城門の外では、セオデンの指揮の下、メリーとローハンの騎士たちが到着する間際で、そのことは、ガンダルフにも城を守る人々にも知られていなかった。ナズグルの首領は馬で乗り進み、城門の中のガンダルフと対面する。ガンダルフは首領に、戻って「きさまとその主人を待ちかまえている虚無に落ちよ」と挑む。しかし黒の乗手はこれに応じ、頭巾を後ろに払い、「虚無」が既に生じていることを明らかにする「すると、いかに！　かれは王冠をいただいていました。それなのに、その王冠は目に見える頭の上にのっているのではないのです」。ナズグルは笑い、「老《お》いた虚《うつ》けよ！　わが時が来た。お前は死を目にして死を知らぬのか？」と告げる（既に三章で述べたように、この部分のナズグルは、『失楽園』二巻で、ミルトンが地獄の門番として描いた「死」の描写にそっくりである）。ガンダルフからの返答はない。

ガンダルフは動きませんでした。おりしも正にこのとき、城市のどこかずっと奥の中庭で雄鶏《おんどり》が時を告げたのです。甲高く、はっきりと、時を告げました。魔法であれ戦いであれ、少しも頓着《とんちゃく》なしに。ただ死の暗闇の遙か上空にある空に曙光《しょこう》とともにやってきた朝を喜び迎えたにすぎなかったのです。

そしてあたかもそれに答えるかのように、遙か遠くから別の音が聞こえてきました。角笛《つのぶえ》でした。角笛です。角笛なのです。暗いミンドルルインの山腹に音はかすかにこだましました。北の国の大きな角笛が激しく吹き鳴らされていました。ローハン軍がとうとうやって来たのです。

この場面のナズグルの首領は、私がボエティウス的とマニ教的と名付けた二つの悪の見方を、同時に表象している。ボエティウス的な悪の見方では、悪は存在しない。それが善の欠如でしかなく、ガンダルフも言っているように、虚無であることは、頭巾を後ろに払ったナズグルの姿から確認できる。しかしマニ教的二元論のように悪が存在しているのなら、虚無も力を持つことができる。それ自身が力となり、心理的にだけでなく物理的にも働きかけることができる。ナズグルの挑発の本質はここにあり、ガンダルフはそれに答えない（それとも答えることができないのか？）。

代わりに応答したのは、雄鶏と角笛だった。では雄鶏の鳴き声は、何を表しているのだろうか？　キリスト教の物語ではもちろん、それはペテロの否認と結び付けられている。イエスが逮捕された後、弟子だと露見するのを恐れたペテロは、人に聞かれて三度イエスを知らないと否認する。そしてキリストの予言を思い出す――「鶏が鳴く前に、あなたは三度、私を知らないと言います」。ペテロが三度目の否認をした直後に鶏の鳴き声を聞き、遅まきながら自分のしたことを悟った時であった。この話の中で鶏の鳴き声は、何にもまして、ペテロの死を恐れる自然な気持ちを叱責する役割を果たしている。雄鶏が意味しているのは、この文脈ではおそらく、ペテロだけでなく人間みなの死の恐れが、今後克服されるということであろう。なぜなら死の向こうには復活があるからである。『コーマス』の弟も、雄鶏の鳴き声を、似たようなものとして想像している。弟は、兄と二人さ迷っている暗い森の中で、森の向こうの外の世界から鶏の鳴き声が聞こえれば、きっと安心できるだろうと言う。

多少は慰めとも、喜びともなりましょう
この無数の枝に囲まれた牢獄にあっては。

トールキンが、北方の異教の神話の、もう一つの場面を覚えていたとしてもおかしくない。中世デンマークの歴史家サクソ・グラマティクスの書いた『デンマーク事蹟』の中には、魔女に案内されて「死なぬ者の野」の境界までやって来るハディング王の話がある。王には入り方がわからない。後ろを振り返ると、魔女が雄鶏の首を刎《は》ね、境界越しにそれを投げ入れる。一瞬後に雄鶏の鳴き声が聞こえ、生き返ったのだと知らされる。紹介したこれらの物語すべてにおいて雄鶏の鳴き声は、新しい日、新しい命、恐れと死の恐怖からの解放を意味していた。

ゴンドールの包囲に戻って、ナズグルの挑発に次に答えた、あるいは「あたかも」答えるかのように聞こえてきたのは、角笛の音であった。戦の角笛は、何にもまして、北方の英雄世界における楽器であった。『ベーオウルフ』において、「幸せな大詰め」に一番近い場面は、英雄ベーオウルフの故国イェーアトの過去の戦の話である。イェーアト軍は襲撃を受けて窮地に陥り、戦意を喪失した生き残りの兵士たちが、スウェーデンの恐ろしい老王オンゲンセーオウに包囲され、鴉ヶ森に閉じこめられてしまう。オンゲンセーオウは、朝になったらどうしてやるかと、夜通し叫びながら脅かし続ける。しかし「夜明けとともに」、イェーアトの兵士の耳に、角笛とらっぱの音が聞こえてくる。ベーオウルフの伯父ヒュゲラーク王が、援軍を率いて到着したのだ。時代を下って、スイスのアルプス地方の州の人々は、ナズグルの破城槌をグロンドと呼んでいたように、角笛に特別な名前を付けていた。その名は、シュヴィーツでは「雄牛」、ウンターヴァルデンでは「雌牛」だった。年代記によると、一五一五年のマリニャーノの戦いでフランス軍に惨敗したスイス兵は、夜通し敢然と角笛を吹き続け、再集結したという。また古フランス語の武勲詩『ローランの歌』の、ローランの角笛オリファンは有名である。ただし彼は誇り高かったので、角笛を吹いて援軍を呼ぶのを潔しとしなかった。後の騎士道世界は、角笛に背を向け、『ガウェイン卿と緑の騎士』の中で「新しく発明された轟《ごう》音《おん》」（実際にはトルコが発祥地である）と呼ばれている楽器、ティンパニをより好んだ。しかし『指輪物語』の中では、ボロミアの角笛はいまだに古い意味を持っている。ボロミアは、裂け谷を出発する時に、アラウの野牛の角で作った力強い角笛を吹き鳴らす。エルロンドはそのことをたしなめるが、ボロミアは「そののち、たとえわれわれは暗闇を進もうとも、盗人のように夜に紛れていくのではありませんから」と不敵に答えるだけである。バルログがカザド＝ドゥムの橋に近づいた時、彼はもう一度敢然と角笛を吹き鳴らす。すると「火焔を負った黒い者」ですら立ち止まる。雄鶏の鳴き声が、新しい日、復活、希望を意味するのなら、角笛は、挑戦、向こう見ず、希望のない中での前進を表している。これら二つは、ナズグルによって提示された悪の存在のジレンマに対して、それぞれに解答している（ナズグルの虚無＝ボエティウス的内なる悪に対しては雄鶏の鳴き声、物理的な悪＝マニ教的外なる悪に対しては角笛）。そしてどちらが強いかといえば、異教でキリスト教以前の方なのかもしれない。何と言っても角笛は、バルログの足を止めたように、ナズグルの動きも止めたのだから。

これまで述べたことを、どのくらい読者は知っている必要があるのだろうか？　多くのことは、ボロミアの角笛や「ローハン軍の長征」の章に出てくるセオデンの旗手グスラフの角笛のように、既に物語に登場しているので、その意味するところは間違えようがない。夜明けの到来のような他のイメージも、あまりに慣れ親しんだものなので、解説の必要がない。またこの場面は、一連の偶然が重なっただけとも解釈できる。雄鶏が鳴いたのは、いつも朝になると鳴くからで、今起きている出来事については関知しない。角笛を吹き鳴らす音も「あたかも」答えるかのように思っただけで、ナズグルや目に見える「虚無」の問題とは何の関係もないかもしれない。しかしこの場面で、直近の出来事だけに目を奪われていたのでは、鈍い読者となってしまう。

ゴンドールの城門の場面が果敢な挑戦を描いていたとすれば、正反対の精神を描いている場面もある——死の沼地を行くフロドとサムである。こちらの場面で浮かび上がるのは、絶望である。しかし直近の内容ばかりが大事でない点は、ゴンドールの場合と同じである。ホビットたちは、ゴクリに案内されて、道を選びながら沼地を進む。その時、沼地のガスに光る「おぼろな焔」、鬼火が見え始める。ゴクリはこの現象を「死人の蝋燭《ろうそく》」と呼ぶ。サムは、フロドが鬼火を見つめ、催眠術にかかったかのようだと気づき、見てはいけないと言う。すると今度はサムがつまづき、前のめりに倒れて危うく顔が水面につきそうになり、恐怖で飛び上がる「死んだものがある、水の中に死人の顔がある」。フロドはまだ「夢でも見ているような声で」同意する。

「わたしも見たんだ。蝋燭がともった時水の中にだよ。水という水の中にいた。青白い顔だった。暗い水の底の底に。わたしは見た。凄《すご》みのあるぞっとする顔、邪悪な相だ。それから気高い顔、悲しげな顔だ。誇り高く美しい顔もいた。その銀色の頭髪には水草がまつわっていた。しかしどれもこれもにおいを放ち（foul）、腐りかけ、死んでいた。あそこに燃えてたのは恐ろしい死の明かり（fell light）だ。あの死人たちがだれだか、知らない。」

ゴクリの説明は簡単だった「ずっとずっと昔、大きな合戦があったんだよ」。この合戦とは、実はエルフと人間の同盟軍がサウロンと戦い指輪を奪った、ダゴルラドの戦いのことで、沼が広がって墓に眠る戦死者を飲みこんでしまったのだと言う。しかしサムは「死んだ者がほんとにあそこにいるなんてはずがねえ！」とゴクリの話を信じない。正しかったのは、どうやらサムのようである。なぜならゴクリが自分の説を確かめようと、沼の中に手を入れ墓を掘り返そうとしたのは失敗したからだ「だけど手届かないのよ。ただ形が見えるだけよ、きっと、さわれないのよ」。

これらの顔は何を意味しているのだろうか？　不吉なのは、今ではみな、同じになっているということだ。沼地の顔の描写は、両陣営の戦死者が混じっていることを表しているように思われる。「凄みのあるぞっとする顔、邪悪な相」をしたサウロンの僕《しもべ》と、サウロンと対立し打ち負かした「気高い顔、悲しげな顔」のエルフと人間。しかし彼らも最後は同じものになってしまう。このくだり全体から、第一次世界大戦の戦場を思い出す人も多いだろう（トールキンはソンムの戦線に三か月いた）。大戦では、戦闘が膠着状態にあったため、多くの死者は何年も埋葬されずに放置され、両陣営とも遺体が入り混じって判別がつかなくなってしまった。このことは、一つの事実、別に驚くにあたらない事実を説明している。つまり、たとえどちらの側につこうとも、死体は同じように腐敗する。最後には「腐りかけ」「死んで」いく。それどころかフロドの見た光景では、「気高い顔」ですら「悲しく」、「腐りかけ」ているだけでなく「汚い（foul）」。そして「残忍な光（fell light）」を放つ。この場面には、口には出していない含みがいくつかある。例えば、すべては無駄であった（生きている登場人物の「究極の敗北」感とさほど違っていない考え方である）。または、サウロンは戦には負けても、死者に何とか復讐することができ、今では彼らを掌握しているなど。しかしおそらく最悪なのは、死者がみな、生きている者に対して敵意を抱き、生きている間には知らなかった何かを、死のうちに学んだという含みであろう。前にも述べたように、塚山丘陵の場面では、塚人が死んだ者を塚山に葬られた後も支配する、そして彼自身、アングマールの魔王と戦って死んだ一人であったのに、ある種の精神的な腐敗により邪悪になった、ということがほのめかされている。このような恐怖は、ルイスの『ヴィーナスへの旅―ペレランドラ・金星編』の「非人間」によって、迫力のある描写をされている。この「非人間」は、科学者ウェストンが悪魔に乗っ取られた姿である。しかし恐ろしいことに、ウェストン本人の心理が、今も憑《とりつ》いた悪魔の陰に息づいている。彼は助けを求めて叫び、自らが考える、死すべき者みなの避けられない運命に沈んでしまうと、恐慌をきたしている。この考え方は古典的であり、また異教的であり、またホメロスにまで遡る。そしてルイスやトールキンを始めとするインクリングズのメンバーすべてが、この考えに猛烈に反対していたのは間違いない。しかし彼らが忘れ去った訳でもない。こんなことがあり得るのだろうか？　実際サムは、「暗黒の国でたくらんだまやかしの術だろ」と言っている。これは幻で、たった今フロドとサムの身に起こったこと、つまり恐れや落胆を引き起こすために送りこまれた邪悪な術ではないかと言うのだ。これは慰めになる答えである。やるべき正しいことは、ホビットのした通りにすること、つまり見ないようにして先に進むことだ。ただ見てしまったが故の「汚れ（stain）」は残る。角笛による挑戦は、『指輪物語』中の一つのイメージであるが、死者の沼地は、その挑むべき対象の記憶を甦らせる。これらは、神の救済を知らない世界における、同じ存在状況の二つの側面である。そしてどちらか片方は常にもう片方より強いのだ。

『王の帰還』上巻九章「最終戦略会議」の中には、このジレンマに類似する内容が、非常に控えめな言い方でさりげなく扱われている場面がある。冒頭レゴラスとギムリは、ミナス・ティリスを見学しながら歩いている。ギムリは石造りの建造物に批判的である「いいのがあるな。だけどあまりかんばしくないのもある」。一方イムラヒル大公に会って感心したレゴラスの評価はもう少し高く、衰退の時にあってもゴンドールがイムラヒルのような人物を輩出できるのなら、興隆期にはさぞかし偉大な国であったに違いないと述べる。するとギムリも、優れた石工の仕事はおそらく古い時代のものだろうと半分同意した後、続けて一般論を述べ始める。

「人間の始めることはいつもこうなのだ。春に春霜があったり、夏に虫害があったりすると、かれらは前途の望みを失うのだ。」

「しかしかれらはその種を失うことはめったにない。」と、レゴラスはいいました。「そしてその種は土の中に埋まって腐り、思いもかけぬときに思いもかけぬ場所でふたたび芽を出すのだ。人間の功業というものはわれわれのいなくなった後まで残るだろうよ、ギムリ。」

「それでも結局はそれも無に帰し、残るのはああなっていたかもしれないという思いだけだろうよ。」とドワーフがいいました。

「それにはエルフは何とも答えられないね。」と、レゴラスがいいました。


この時既に二人は、石造りの建造物について話しているのではない。そして第三紀の終わりや、人間が支配する将来も見通しているという感覚が強く漂う。にも拘らず、伝統的にキリスト教では霊魂がないとされるエルフとドワーフの二人が（もちろんほんのわずかでも意識せずにであるが）、実はキリストの受肉、人の子イエスの到来を話し合っていたなどということがあり得るのだろうか？　レゴラスの語る種のイメージには、聖書のたとえ話が含まれていると強く感じられる。そして「人間の功業」がレゴラスやギムリの種族の時代の後までも残るという彼の話は、私たちの時代に現実になった。一方、ギムリの悲観的な答えも、同じように真実と受け取られるかもしれない。キリスト教の考え方でも、この意見はそのまま無条件で正しい。もし堕落した人間が外の世界からの力に助けられなければ、言い換えると、神でありながら人としてこの世に生まれて来られた方に贖《あがな》われなければ、罪ある人間の終わりはギムリの言うようになるだろう。しかしレゴラスの言うように、エルフはそれについて何も知らない。あるいはトールキンが「妖精物語について」で述べているように、「エルフというものは、本来私たちに関わりを持たず、私たちも彼らとは関わりを持たないものなのである。我々の運命は分け隔てられている」。レゴラスとギムリはさらに進んで、ホビットたちに面会し、死者の道を通ってきたことを報告する。そしてガンダルフは「最終戦略会議」の議場で、「この世の時の流れをすべて支配するのがわしらの役目ではない」と告げる。束の間「枠組みの外」からのかすかな光を見た後、登場人物は各々の用件へ、どうしても限定されざるを得ない中つ国の用事へと戻っていく。

中つ国で二十世紀に一番近い場所は、間違いなくホビット庄である。だから「ホビット庄の掃蕩」は、ある意味トールキン自身の時代や国についての意見だと見たがる評論家の直観は、必ずしも全部間違ってはいない。しかし人々は、この章を戦後直後のイギリスの単なる寓意と読むよりは、そこで語られていることをより一般的な状況にあてはめて考えるのではないだろうか。つまり間違った統治だけでなく、人々全般に広がる奇妙な自信の喪失によって、苦しんでいる社会状況にである。似たような診断は、トールキンの偉大なる同時代作家ジョージ・オーウェルの寓話の中で、非常に現実的な言葉でイギリスに下された。その作品は『一九八四年』ではなく、第一次大戦と第二次大戦の間の一九三八年に書かれた、比較的注目を浴びていない小説『空気を求めて』（晶文社）である。この物語において、主人公ジョージ・ボウリングは人生で何をしたいかを完璧にわかっている――釣りである。しかし奇妙で説明のつかないことに、彼は、手遅れになるまで釣りに行く機会を手に入れられないのである。そして実現した時には、彼の覚えている子供時代の牧歌的な世界は、郊外の「開発」の名の下に完全に消えてしまっていた。池も、魚も、町も、社会生活も、近隣の人々も、何もかもである。しかしなぜ主人公は、彼の人生と希望を少しずつ無駄に使い果たすことを、黙って受け入れてしまったのだろうか？　中つ国に話を戻すと、なぜホビット庄のホビットは、明らかに抵抗する力を持っているのに、おとなしく乗っ取られるままにしてしまったのだろうか？　抗戦し始めてみれば、あっけなく勝てたのに。指揮をする人物がいなかったからだろうか。困惑していたからだろうか。みなが（もしくは一部のホビットが）、ローハンの騎士のようにサルマンの声に惑わされたのか。現代政治の訳のわからない言葉による、執拗な説得に負けたのだろうか。『指輪物語』内部でこれに答えるのは、青年王エオルの角笛である。それは、ドワーフが作り、大竜スカサの貯めこんだ宝物の中から出てきたのをエオルが持ち帰ったもので、エオウィンの手からメリーに贈られた。「危急の時にこれを吹く者は、敵の心に恐怖を抱かせ、味方の心に喜びをもたらします。そして、味方はこれを聞いて救援に駆けつけるのです」とエオウィンは説明した。そしてホビット庄では、メリーがこの角笛を吹くやいなや、反乱が始まった。「ぼくはこれからローハンの角笛を吹いて、みんなが今まで一度も聞いたことがないような音楽を聞かせてやるつもりだ」とメリーは言ったが、角笛の音を聞くとすぐに、ホビットたちを襲った麻痺が霧散したのだ。今やみなの目が覚めた。自分のしたいことがわかっているだけでなく（ホビット庄の住民も、オーウェルのジョージ・ボウリングと同じように、ずっとやりたいことを知っていた）、それを行動に移すのに何のためらいもなく、手あたり次第で意味のない破壊を拒絶した。排出物で川を汚したり、水の辺村の村道沿いの並木を一本残らず切り倒したり、誕生祝いの木を切ったり――これらの行為は、サルマンと彼が象徴しているものと共にホビット庄に入りこんだのだ。

『指輪物語』内部では、ローハンの角笛が絶望の拒絶を表している。絶望は、サウロンの一番の武器であるが、物語の端々に常にたれこめていた。塚山で、死者の沼地で、ファンゴルンの森で、モルドールで、そしてホビット庄で。一方『指輪物語』を外から見た時に、この角笛は『指輪物語』という作品を代表している。もしトールキンが、彼の作品のシンボルを一つ選ぶならば、エオルの角笛にしただろうと私は思う。不思議なことだが（それもトールキンの人生の中で二度も）、イギリスで戦争の勝利に続いたのは、幻滅、鬱、黙従であった。トールキンはきっと、母国に角笛を吹き鳴らし、戦後の信仰の薄い時代に覆いかぶさるこのような雲を吹き散らしたかったのだ。そして彼は実際に吹き鳴らしたのだ――『指輪物語』という角笛を。

文体とジャンル

『指輪物語』のジャンルについて、最後に短く述べておきたいと思う。言うまでもなく、この作品は独自のジャンルを作り上げた。英雄ファンタジー三部作――トールキンが書くまでは全く知られていなかったジャンル、もしくはサブ・ジャンルである。そして今や明らかに『指輪物語』の模倣やライバルと思われる作品が、出版における主力商品となった。それでもこの作品は、やはり小説なのだろうか？　ロマンス？　叙事詩？　その決定の難しさは、私たちにあることを物語っている。

文学の形式について私たちの知る最も包括的な解説は、ノースロップ・フライの著した『批評の解剖』（法政大学出版局）である。この評論は『指輪物語』の少し後、一九五七年に出版された。フライはこの著作で、トールキンの作品については言及していない。しかしここでフライが示した枠組みは、『指輪物語』

にあてはめることも可能であるし、なぜこの作品が異例なのかを知る助けとなる。フライの見解では、文学の様式には、登場人物の性質によるだけで定義できる五つの型がある。一番上にあるのは（一）神話である。フライが明確に述べているところによると、もし作中の登場人物が「他の人間及び他の人間の環境より本質において優れている」ならば、「ヒーローは神のような存在であり、彼についての物語は神話になる」。一つ下のレベルは、（二）ロマンスである。ロマンスの登場人物は、（本質ではなく）程度においてのみ、他の人間や彼らの環境より優れている。次のレベルは（三）高次の模倣《ミメーシス》である。このレベルの典型的な作品は悲劇や叙事詩で、ヒーローやヒロインは「程度において他の人間より優れるが、彼らを取り巻く自然環境には勝っていない」。下から二番目は（四）低次の模倣《ミメーシス》である。ジェイン・オースティンやヘンリー・ジェイムズなどの古典小説が含まれ、登場人物は、能力において私たちとほぼ同レベルにあるが、社会的階級においてはそうとは限らない（別の階級に属している可能性がある）。その下が（五）アイロニーである。ここに登場する人々は、私たちより弱く無知で、私たちは彼らを見下ろす形になる。ヒーローはアンチヒーローになり、しばしば喜劇的な描写をされる。

では『指輪物語』はこの枠組みのどこに当てはまるのだろうか？　明らかに答えは五つ全部である。まずホビットは、はっきりと（四）低次の模倣に、少なくとも大抵は属している。一章でドワーフに影響を受けたビルボに関して論じたように、彼らはより高いレベルのキャラクターと頻繁に付き合うことにより引き上げられて、英雄的なスピーチ、衣装、行動が可能になるが、彼ら自身の目には、それは奇異に映る。ギャムジーのとっつぁんは息子の鎧姿《よろいすがた》を見て、感銘も受けず、ただこう言う「こいつの胴着はどうなりましたんじゃ。わしは金物を身に帯びるのはたとえ長持ちしようとしまいと、不賛成ですわい」。サムは特に（ゴクリ／スメアゴルよりも）、（五）のアイロニーのレベルまで下がってくる傾向がある。もちろん彼とフロドの関係は、文学史上最も有名なロマンス／アイロニーのペア、ドン・キホーテとサンチョ・パンサの関係を思わせるところがある。格言を言ったり、常識的であったり（彼の名サムワイズは、古英語に直すと「半分＝賢い」の意味である）、あまり物事を深く考えず実用一点張りで通すところなど、サムは常にその場面の文体のレベルを落とす傾向にある。それはローリエンに向かうロープ渡りのような（一）の神話的な場面でも発揮されている。

ほとんどの人間のキャラクターは、より高いレベルに入る。例えばエオメル、あるいはボロミアは、（三）高次の模倣の典型的な人物である。指導者や王などは、ありふれた日々を送る人々に比べて、強く豪胆である。しかし超自然的な力は持たず、命にはやはり限りがある。ただしアラゴルンは違う。大抵はわざと姿をやつして（三）の人たちと同じレベルに留まっているが、彼は死者を召喚し、パランティアを自分の意志に従わせ、二百十歳まで壮健な人生を送り、死も自分の意志で迎えることができた。彼は、人間でない彼の仲間、すなわちレゴラス、ギムリ、アルウェンや、中つ国の人間以外の種族と同じように（二）ロマンスの人物である。最後にガンダルフやボンバディル、サウロンのようなキャラクターは（一）の神話のレベルに非常に近い。彼らは正確には「神のような存在」ではないが、人間でもなく、その中間に位置する（ガンダルフとサウロンは実際マイアという、トールキンによって創造された位に属する）。さらに物語全体も、所どころ、前に述べたような神話的な意味を志向している。その志向が限定的なのは、それが物語の外へ通じて、フライの分類にはなかった第六のレベルに到達することや、そのレベルの存在をほのめかすだけに留まらなくなることをトールキンが拒絶しているからである。このレベルこそ「真の神話」と呼び得るもので、福音、啓示、あるいはトールキンの言葉では「良き知らせ《エヴァンゲリウム》」なのである。「妖精物語について」の中でトールキンは、「幸せな大詰め」を通じて、この「良き知らせ」のきらめきを一瞬垣間見せてくれるのが、妖精物語であると論じている。しかしこれが内部まで入りこみ、「物語の網の目」を引き裂くことは、許してはならないのだ。

以上のことから『指輪物語』は、一言で言えば（二）ロマンスということになる。しかし（四）の伝統的なブルジョワ小説と絶えず交渉があり、その約束事の多くを守っている。ただ、すべてのレベルは繰り返し交流しては、お互いを刺激し合う。ヘルム峡谷の戦の後、アイゼンガルドに一行が到着した時のような場面では、ガンダルフ、アラゴルン、セオデン、メリーとピピンが一同に会し、フライの分類した五つのレベルすべてを、いわば同時に表象する。そして、パイプ草についてのホビットらしい楽しいおしゃべりから、エントの「生きとし生けるものの中で最も古いものの言葉」や、「偶然」や「運」の性質についての非常に示唆に富む発言へと、簡単に行き来するのである。セオデンその人は、フライの尺度に合わせるのが難しい人物である。彼は、表面的には（三）の甥エオメルと同じに見えるが、ローハンの伝承にある「セオデン・エドネウ（刷新されたる王）」（追補編A—Ⅱ）にもなる。またガンダルフのように復活し、息を引き取る時には死の向こう側を見つめることができるのだ。ホビット庄の詩は（四）の低次の模倣かつ（一）の神話だ。それは、歌われている森を現実の森と見るか、この世に生きることのイメージと見るかによる。トールキンが様式間を移動する際の柔軟性は、『指輪物語』の成功の要因の一つである。この作品は、小説というジャンルに許されている以上に大上段に構えていると同時に、悲劇や叙事詩の前提を拒絶もしくは皮肉るよう鍛えられている現代の読者のガードをくぐり抜けるほどに狡猾なのである。それは『ホビットの冒険』で最初に提示された問題、つまりホビット庄とバギンズ一族の属す現代世界と、熊男や竜やトーリン・オーケンシールドの英雄的な世界を一緒にする、という問題への最終的な答えであった。

文学的な様式は、当然のことながら、文体と一致する。そしてトールキンの文体レベルも、ジャンル間の移動と全く同じように、上がったり下がったりする。一番上に位置するのは、サウロンが滅びたことを告げる鷲の「詩篇」であろうし、一番下は、おそらくオークの会話もしくはゴクリ／スメアゴルの独り言であろう。トールキン版のブルジョワ小説的な中間レベルの文体は、ひと昔前の文学に慣れていない批評家や（批評家は大抵そうである）、現代の人気作品を読んでいない批評家を不快にした。トールキンは「少年雑誌」の冒険ものの文体で書いたとエドウィン・ミュアーから批判されたが、不思議なことにずっと以前、テリー・プラチェットからも同じ批判を受けているのである（一九七四年十二月七日付『バース・アンド・ウェスト・イヴニング・クロニクル』）。確かに、ホビット同士の冗談の言い合いは、時に昔のイギリスの学園ものを思わせる。もちろん現在、J・K・ローリングの「ハリー・ポッター」シリーズの思いがけない成功で、復活した分野だ。しかしもう一方でトールキンは、古風な書き方をしたと非難されているのだ。実際に古風な書き方である。（三）高次の模倣や（二）ロマンスのレベルの場面では、言うまでもなくわざとそう書いているのだ。大抵は自身の言語の歴史について無知極まりない輩であるが、どうやら文学評論家の間には、トールキンに英語をどう考えたらよいか教えてあげようなどという、厚かましさがあるらしい。トールキンなら、古風と言われている彼の書いた一節を、いつでもいとも簡単に、本当に古風な言い方である中英語や古英語に書き直すこともできただろうし、完全に自然な現代人の俗語に変えることもできただろう。この手の不満を述べた友人のヒュー・ブロウガンに宛てて書いたものの、投函しなかった手紙において、トールキンは実際にその芸当をやってのけた(『書簡集』)。「黄金館の王」で復活したセオデンが、これから戦に赴くと語る「いや、ガンダルフ!」で始まる短い台詞を、最初は非常に古風な言い方で、次には現代風に言い換えたのだ。(訳注 問題となっている台詞全体を引用しておく。「いや、ガンダルフ! あんたはあんた自身がいかにすぐれた癒しの力を持っているかを知らぬな。予はあんたのいう通りにはせぬ。自ら戦いに赴き、死なねばならぬ時がくれば、戦列の先頭にあって討ち死にするぞ。さすれば予も安らかに眠れるであろう。〈Nay, Gandalf! You do not know your own skill in healing. It shall not be so. I myself will go to war, to fall in the front of the battle, if it must be so. Thus shall I sleep better.〉」) 古風に言い換えた台詞では、古い形の動詞の前に置く否定語 ne と二人称 thou を使っている(「あんたは知らぬな」You do not know が「そなたには存ぜぬな」Thou ne wost になる)。一方、現代版の台詞は次のようになる。

とんでもない、ガンダルフ。あんたは自分の医者としての腕を知らんな。私は自分で戦場に行く。必ず最初の戦死者の一人になるとしても。(Not at all my dear Gandalf. You don't know your own skill as a doctor. I shall go to the war in person, even if I have to be one of the first casualties.)

「それで?」とトールキンは尋ねた。こんな風にしゃべる現代人が、どうやって「さすれば予も安らかに眠れるであろう」と言うセオデンの英雄的な気持ちを表すことができるだろうか? トールキンも答えている。

このように考える人間は、現代的なしゃべり方をしないというだけの話です。お望みなら「私も墓でよく眠れる」とか「家にいるよりそうした方が、墓でもぐっすり眠れるはずだ」と書いてもよいでしょう。しかしそんなことをしたら、人物の真の思いは表せず、言葉と意味が分裂してしまいます。現代の文体で話す王は、心の底からこういう考え方はしません。クリスチャンでない人間が、実際には自分の心を全く動かさないキリスト教の教えについて語るのと同じです。

トールキンは、現代的な文体を中つ国に取りこもうと思えばそうできる作家であった。スマウグのしゃべり方が一例であるし、サルマンもそうである。実際トールキンより、文体や言語の持つニュアンスをよりよくかつ専門的に知っていた人間は、ほとんどいないだろう。彼の用いた数多くの文体や言語の柔軟性、それらが響き合う最高のハーモニー、物語の筋にきっちりはまりながら普遍的で神話的な意味へと拡《ひろ》がっていく潜在能力――これらは、あまり気づかれることはないが強力な、『指輪物語』の息の長い魅力の三つの要因なのである。

第五章　『シルマリルの物語』――心の作品

失われた歌と物語

一九五四年から一九五五年にかけての『指輪物語』の出版と成功の後、トールキンは、一九三七年の『ホビットの冒険』の成功後とほぼ同じような立場に立たされた。出版社は続編を望み、そして今回は、スタンリー・アンウィンの息子で後継者のレイナーが一九五五年の回想録で証言しているように、増加し続ける熱心な読者もその要望を後押ししていた。しかしトールキンには、続編の用意も構想もなかった。あったのは、今日なら「前編」と呼ばれるであろうもの（トールキンはこの言葉を嫌ったであろうが）、つまり様々な形式で書かれた沢山の草稿からなる「シルマリルの物語群」であった。トールキンは、亡くなるまでのほぼ二十年間これに取り組み続けたが、自分が完全に満足する形で出版するために、この素材を整えることはとうとうできなかった。現存している「シルマリルの物語群」は、みな死後に出版されたものである。それにも拘《かかわ》らず、この作品は、トールキンの心の作品であり、『ホビットの冒険』や『指輪物語』よりずっと長い年月彼の心を占めていた。より有名な『ホビットの冒険』と『指輪物語』の方が、むしろ、膨大な年代記であり神話でもあり伝説集でもある「シルマリルの物語群」の副産物、派生作品なのである。私たちはこの「シル

マリルの物語群」を、一九七七年に出版された際に、最初は関連し合う物語という形で知った（区別するため、私はこれを『シルマリルの物語』と呼ぶ）。その後一九八三年から一九九六年の間に、十二巻からなる『中つ国の歴史』が出版されたが、その多くの巻は、この物語関係の原稿であった。これら十三冊の本は、（一九八〇年に出版された『終わらざりし物語』と同様に）すべてトールキンの子息で、遺稿を管理しているクリストファーによって編纂《へんさん》された。

トールキンとシルマリルの題材との関わりを、簡単にまとめてみよう。遅くとも一九一三年に、トールキンは、『シルマリルの物語』の一部の萌芽と考えられる原稿に取りかかっていた。その時書き始めたのが「クレルヴォの物語」であるが、この出版されることのなかった「韻文と散文のロマンス」は、最終的には一九七七年刊行の『シルマリルの物語』二十一章になる、トゥーリンの物語と大筋が似ていた。一九一六年の暮れ、ソンムで患った塹壕《ざんごう》熱の療養のため休暇で帰郷していたトールキンは、遙かに長い連続したエルフの物語を書いていた。この原稿は一九二〇年までに完成し（少なくともトールキンは書くのを止めた）、一九八三年から八四年にかけて『失われた物語の書』Ⅰ・Ⅱ（『中つ国の歴史』一巻及び二巻）として出版された。一九二〇年から二五年にかけてリーズ大学に奉職していた間、トールキンはこの素材の中の二つの主要な主題について、詩を書き始めた。それはトゥーリンの物語とベレンの物語で、最終的には『ベレリアンドの詩歌集』（『中つ国の歴史』三巻）として一九八五年に出版された。一九二六年、その詩の一つを恩師R・W・レイノルズに送った際、恩師に詩の背景を説明するため、トールキンは「神話のスケッチ」という短い概要を書いている。この文章は『中つ国の形成』（『中つ国の歴史』四巻、一九八六年）の中で、「最初期のシルマリルの物語」として公表された。ただしトールキンの著述の多くによくあるように、この出版された版は、一九三〇年までに何度も修正された部分を取りこんでいた。一九三〇年から『ホビットの冒険』の出版された一九三七年の間に、この「スケッチ」は書き直されて拡大され「クウェンタ」もしくは「クウェンタ・ノルドリンワ」となり、またさらに書き直されて「クウェンタ・シルマリルリオン」となった（最初のものは前述の『中つ国の形成』に収められて出版され、「クウェンタ・シルマリルリオン」は一九八七年刊行の『中つ国の歴史』五巻『失われた道』の中に収録された）。この最終形こそ、その「美しく流麗な筆跡で書かれた」原稿が、一九三七年に「ベレンとルーシエンの物語」と題された詩（『ベレリアンドの詩歌集』の中で最長の詩である）と共に、スタンリー・アンウィンの元に送られた、『ホビットの冒険』の続編候補であった。出版社から依頼されて、出版の可否を決めるためにこの作品を読んだ評者は戸惑った。彼はどうやら詩と、解説のために添えられた散文の「クウェンタ・シルマリルリオン」の該当箇所だけを読んだようである。そしてスタンリー・アンウィンからは「これ自体で一冊の本として出版するより、『ホビットの冒険』のような作品をさらに書くための材料が眠る金鉱のようなもの」と言われ、やんわりと却下されてしまった（『ベレリアンドの詩歌集』参照）。そこでトールキンは、『指輪物語』を書くため進路を変える。しかしこの仕事が終わってしまうと、まずは『指輪物語』の完成後の一九五一年に、それから出版後の一九五五年に、トールキンは再びシルマリルの原稿の書き直しに戻ってきた。この時書いたのが「後期のクウェンタ・シルマリルリオン」で、二つの「段階」に分けられて、『中つ国の歴史』の十巻『モルゴスの指輪』（一九九三年）と十一巻『宝玉戦争』（一九九四年）として出版された。実はこの説明でさえ、『シルマリルの物語』の発展の複雑さを、非常に控えめに述べたに過ぎない（チャールズ・ノウドによる、はるかに長い解説を記した論文もある）。なぜならここに挙げた版は、しばしば書いては書き直すの繰り返しで、いくつかの例では、「前に書かれた文字が消されて、訂正が何層も重ねられた、混沌とした写本《パリンプセスト》」のようになっていた。一方トールキンは、同じ題材についての年代記を何組か作っており、その中には古英語で書かれたものもあった。「ヴァリノール年代記」「ベレリアンド年代記」「灰色の年代記」「アマン年代記」は、『中つ国の歴史』の四巻から五巻、及び十巻から十一巻に収録されている。

クリストファー・トールキンが「確定している伝承」の「確定することのない文章」と評した、この大量の異種混合の草稿を上手く概括するのは、おそらく不可能であろう。しかし幾筋かの光を――光となることを願うが――あてることは可能かもしれない。ここまで論じてきたことでもう予測できるであろうが、トールキンは彼の創作の一部、それも肝心な部分を、古い神話的な問題に対する全く目新しい解決から引き出した。ゲルマンの古い時代に、エルフ（古北欧語では「アールヴ〈alfr〉」古英語では「エルフ〈ælf〉」）に対する信仰が広まっていたのは間違いない。しかし彼らについて語られる言葉は、奇妙に矛盾している。アイスランドのスノッリ・ストゥルルソンが書いた北欧神話の散文の叙述は、私たちにとっていまだ半分しか筋の通らないままである。彼は「光のエルフ」と「暗闇のエルフ」が存在することを知っていた。しかし他に「黒いエルフ」の存在も認めており、彼らの住む場所「黒いエルフの国」は、ドワーフの住処でもあるという。一方古英語は、「森のエルフ」とか「水のエルフ」という言い方をしている。どのようにしたらこれらの断片はつながるのであろうか？　「黒いエルフ」は「暗闇のエルフ」と同じで、両方ともドワーフなのだろうか？　ＯＥＤは、この解答を受け入れているようで、「ドワーフ」の項も「エルフ」の項もかなり曖昧《あいまい》に、もう片方の意味で使われることもあると書いているが、考え方としては弱い。初期の叙述は、二つの種族を極めてはっきり区別しており、ドワーフは採掘、金属細工、地下世界に、エルフは美、魅惑、踊り、森林に関連付けていた。トールキンの偉大なる先達ヤーコプ・グリムもこの問題について熟考したが、彼の『ドイツ神話学』（一八八四年に『チュートン民族の神話』として英語に翻訳された）では何の結論も出せず、また別の曖昧な論で終わっている。これもまた脆弱《ぜいじゃく》な説であるが、おそらく「暗闇のエルフ」は「光のエルフ」と「黒いエルフ」の中間のような存在で、黒いエルフも「真っ黒という訳ではなく、『暗い』とか、『黒ずんだ』程度であろう」というのである。もし若き日のトールキンがこの一節を読んで、苛立ちを覚えなかったとしたら驚きである。

トールキンの説明の核において、エルフは全く異なる区分をされている。彼らは（白とか黒とか「黒ずんだ」といった）色によって分けられるのではなく、歴史によって区別されるのである。「光のエルフ」は、「光を見た」者たちである。彼らは、西方の不死の国である、アマンもしくはヴァリノールで、太陽や月に先立つ、二つの木の光を見た。「暗闇のエルフ」は、大海を渡るのを拒み、中つ国に残った者たちである。ただ、光のエルフの中にも、追放されたり流謫《るたく》の身となったりして、中つ国に戻る者が多くいた。ベレリアンドの森に残った暗闇のエルフはもちろん、彼らの住処に相応《ふさわ》しく「森のエルフ」と表現されることがあった。ドワーフとの関連について言えば、トールキンの世界では、二つの種族はきっちりと区別され、混同されることはない。しかし彼らも時には交流した。地下に住むエルフもいたかもしれず、「洞窟宮の王」フィンロドのように、敬意をこめてドワーフ語の名を与えられた者もいたかもしれない（「洞窟宮の王」を表すフェラグンドという言葉の語源は、ドワーフ語で「洞窟を切り拓《ひら》く者」を意味するフェラク＝グンドゥである）。そして、時が経つにつれて記憶がぼやけ、そのような人物がエルフだったのかドワーフだったのかが人間にはわからなくなり、二つの種族の違いが不確かになったとしても不思議ではない。トールキンの創造の主な目的は、常に「証拠を救う」ことにあった。彼の知る古代の材源を、曖昧であるとか愚かであるとかいう、現代の性急な告発から救い出すことにあった。さらに「証拠を救う」ことは、物語を生み出した。そしてこの例では、エルフの放浪、分裂、帰還に関する複雑な物語となった。それは『ホビットの冒険』八章でどこよりも簡潔にまとめられている。

それは、もともと森エルフの大部分が、(中略)たいへん古い種族から出たもので、この種族は、西のくにへいったことはありません。西のくにでは、空のエルフと地のエルフと海のエルフとに、長いあいだわかれてくらしていて、しだいに美しく、かしこく、もの知りになり、魔法をつくり出したり、おどろくほど美しい品物をこしらえる腕をきたえたりしましたが、そののちこの荒地のくににもどってきたのです。荒地のくにで、森エルフたちは、太陽と月のうす明かりの中でくらしていましたが、なにより愛していたのは星々でした。かれらは、今ではうしなわれた土地に高くおいしげる、大きな森の中を、さまよっていました。

『シルマリルの物語』の伝承のうち、今述べた点より把握しにくい二点は、「言語」と「民族意識」に関するものである。トールキンは、おそらくはある種の自己弁護のために、彼の作品はみな「その発想における根本は言語学です」(トールキン自身による強調)と様々な形で精一杯力説している(なぜなら妖精物語を書くことは、言語学教授という正規の仕事から浮気する行為だと、一部の権威ある人々の目に映ったのは確かであるから)。「大学の権威」は、彼の小説を、多かれ少なかれ許される範囲の趣味と当然考えていただろう。しかし彼にとって創作は、「息抜きとしてする、自分の仕事とは全くの別物という意味における」趣味ではなかった。代わりに「言語の創造が土台となっているのです。『物語』はむしろ、その言語が話される世界を提供するために作られたのであって、その逆ではありません」（『書簡集』）。従って、『シルマリルの物語』や、そこから派生した物語すべての主な源は、クウェンヤ（エルフ語におけるラテン語的な位置づけ、光のエルフの言語）とシンダリン（ベレリアンドで話されるエルフ語、森のエルフの言語）の創造であると言ってもよいだろう。いや、物語の真の源は、この二つの言語の関係性にあると言った方が真実に近い。その関係性には、根元となる一つの言語から発生して、互いに理解不能な二つの言語を生み出した音声と意味の変化や、それらの変化が暗示する、分派と異なる背景の歴史が付随する（このテーマについては、カール・ホステッターのウェブサイトが最良の議論を展開している）。このような言語の発展は、トールキンの職業の中心分野であった。例えば、スカンジナヴィアの古い石碑のルーン文字に残されている可能性のある、根元となる一つの言語から、ゴート語、古北欧語、英語を発生させた変化が一例である。トールキン自身は、クウェンヤとシンダリンの関係は、ラテン語とウェールズ語の関係に似ていると示唆《しさ》しているが、それを認識できるだけの知識を持った人間は、おそらくこの世にはいないだろう。しかし、たとえトールキンの言語学的な興味が深遠で難解であったとしても、彼は自説を、議論によってではなく、実地に例を見せることで主張したと言えただろう（実際に、晩年の講演で数回そう述べている）。言語を元に物語を築くことは、言葉に関心がない者や関心があると気づいていない者に対しても効果を上げたのである。

　トールキンの民族意識に対する見解は、単純明快で論理的であるが、さらに一層特異である。彼の苗字はドイツ語由来で、彼自身が完璧に知っていたように、「無鉄砲」を意味するあだ名「トルクーン（tollkühn）」

の綴りが変化したものだ。しかしトールキン自身は「（ウスターシャーのイヴシャム出身の家系である）母方のサフィールド家の血の方がずっと濃い」と考え、その一族と同様に「骨の髄までイングランド人（イギリス人ではない）」であると感じていた。そこで困ったのは、（トールキン以上にその意味を認識できる立場の人間はいないだろうが）土着のイングランドの伝承が、ノルマン征服後のフランス語とラテン語の学習に取って代わられ、イングランドにおいて、全部とまでは言わないが大部分抑圧されてしまったことである（訳注　一〇六六年、フランスのノルマンディー公ウィリアムによってイングランドは征服された。その後イングランドの宮廷の公用語はフランス語になり、フランス語は英語や文化、社会に多大な影響を与えた）。ヤーコプとヴィルヘルムのグリム兄弟は、自国の過去の遺産を、十九世紀の子供向けのお話の中に探し求め、見事手繰り寄せることに成功した。彼らの例に倣《なら》って、ゲール語（スコットランド人の話すケルト語）やアイルランド語やウェールズ語を記録した者たちも同様に成功した。しかし現在ブリテン諸島やよその地域で使用される言語として、英語が他の言語を席巻しているということは、裏を返せば、本来イングランドの言葉であった英語が、国際的で多文化の言語になり、妖精物語などという愚かなものに拘《こだわ》っている時間のない、教養のある人々の言葉になってしまったことを意味する。その結果、イングランドのキリスト教化により、非常に初期の段階から文字が書かれていたのにも拘らず、土着の伝承は消え失せてしまった。ウェールズ人はケルトの英雄アーサー王の物語を語り続けたが、イングランドには祖であるヘンゲストとホルサの土着の物語がほぼ伝わっていない。十九世紀に収集されたイングランドのおとぎ話集は、ヨーロッパでも一番貧弱なうちに入るのである。

それ故トールキンが自分に課した仕事の一つは、この衰退の流れに逆らい、イングランドにかつてあったに違いない失われた伝説群と似た物語を、自国に取り戻すことであった（彼の最初に創作した長編が『失われた物語の書』と呼ばれていたことが思い出される)。彼の目論見《もくろみ》は、『生誕百周年記念学会発表論文集』(一九九五年)に収められた、カール・ホステッターとアーデン・スミスによる「イングランドのための神話」の中で論じられているが、簡潔にこう言ってもいいかもしれない――だからトールキンは手間暇かけて「ベレリアンド年代記」と、「ヴァリノール年代記」の一部を古英語で書いたのだ。当時の言葉を使うことによって、想像上の遠い過去とイングランド初期の時代が、連続して通じ合うようにしたかったのだ。それは、一章のゴクリのなぞなぞ問答の箇所で述べたのと同じ試み、つまり現代の童謡にとって再建された祖先として機能するよう古英語のなぞなぞを挿入したのと同じ類の創作を、もっと大きな規模で行うことであった。さらに「シルマリルの物語群」の初期の原稿では、物語は、エルフの国に取り残され、彼らの歴史を直接彼らから学んだ昔のイングランド人、つまり「アングロ・サクソン人」によって伝えられている。従ってこの男エリオル、または「エルフウィネ(Ælfwine=エルフの友)」は、他の民族の語る「誤って伝えられた昔話」ではなく「妖精の真の伝承」の証人なのである(『失われた物語の書』II)。トールキンが苦労しながらこの着想を発展させようと試みたことは、最近では、論文集『トールキンの伝説集』に収められたヴァーリン・フリーガーの「エルフウィネの足跡」の中で論じられている。トールキンにとって、エルフの国がイングランドとして残っていたというアイディアは、戯れどころか真剣そのものだった。さすがに最後はどうしても辻褄《つじつま》が合わないと悟ったが、その設定の中で、イングランドはかつてのトル・エレッセア(離れ島)であり、ウォリックはエルフの都コルティリオンで、トールキンが療養中の一時期滞在したスタフォードシャーの村グレート・ヘイウッドは、エリオルがエルフの神話の「失われた物語」を学んだタヴロベルだった(『失われた物語の書』I)。この理屈は通用するはずがない。一つには、トールキンも完全に承知していたように、イングランド人自身が移民であり、約千五百年前にブリテン島にやって来た民族だからだ（いかなる意味においても、この時ブリテン島は、イングランド人の土地、すなわちイングランドではなかった）。彼らはホビット庄のホビットのように、新しい土地が「一目で気に入ってしまい」、かつて別の国に住んでいたことなど忘れてしまったかもしれないが、ブリテンという同じ土地で、ウェールズ人の祖先である先住民族ケルト人やローマ人の占領以前から、トールキンが自身の祖先とみなしていたアングロ・サクソン人の移住に至るまで、途絶えることなく伝承が伝えられていたと、真の歴史家が想像することは不可能である。それにも拘らず、トールキンは自身の民族のために「神話」を作りたかった。その神話がウェスト・ミッドランドの諸州に錨を下ろし、それと同時に、かつてはあったに違いない神話や伝説の残された断片がすべて、その中に保存されているようにしたかったのだ。

　トールキンの全体の意図を示す最も明らかな徴《しるし》は、『ベレリアンドの詩歌集（*The Lays of Beleriand*）』のように、彼が「詩歌（lay）」という単語を使用していることにある。「詩歌」は、現在では、正確な意味をみなが知らない、馴染《なじ》みの薄い言葉になってしまった。そして、単に「詩（poem）」を表す古い言葉として使われているようである。しかしトールキンは、そのようには考えていなかった。彼が「詩歌」という言葉にこめた意味は、彼より一世紀前の有名な作品に見て取ることができる。サー・マコーレイの『古代ローマ詩歌集（*The Lays of Ancient Rome*）』（一八四二年）である（訳注　『古代ローマ詩歌集』はイギリスの政治家・歴史家であるマコーレイ卿によって書かれた、古代ローマ史における英雄的なエピソードを物語詩にした詩集）。この詩集の少なくとも一篇、「橋の上のホラティウス」のエピソードをめぐる、有名な「ホラティウス」詩を目にしたことのある人は多いが、今日、マコーレイがこの詩集によって何を意図していたかを理解する読者は少ない。彼の狙いは「序文」に明らかである。マコーレイより前の時代においては、リウィウスの『ローマ建国史』のように、史実と物語の区別がそれほど厳密にされていない作品は全くお馴染みのもので、実際何百年にもわたって、定番の教科書として学校に通う子供たちに読まれていた。そしてそれらは、ただ「歴史」として受け入れられ、中で語られる物語に疑いを抱いたとしても、それを修正する可能性や、背後にあるリウィウスが使ったに違いないさらに昔の材源（これらはすべてこの世から失われて久しい）に辿り着ける見こみは皆無であった。しかしドイツの「高等批評」が導入され、物語の初期の層と後期の層を見分け、真の古い伝承を現代の紛い物から取り出す方法（多くは主観によるものであったが、時には言語学研究も用いられた）が開発された。そして長大なホメロスやウェルギリウスの叙事詩、リウィウスの『建国史』、『ベーオウルフ』、さらには旧約聖書の記述ですら、その背後には、後の時代の書き手に用いられた、文字で残されていない古い時代の伝承があったに違いないと、広く信じられるようになった。その伝承はおそらく、そこに歌われる出来事が起きた時、もしくはそれより少し後に作られた、短い口承詩として伝えられていた。ドイツ人は、これらのほぼ仮説としてのみ存在する詩を「詩歌（Lieder）」と呼び、一方英語を使う作者は、「バラッド」と呼ぶ者と「詩歌（lay）」と呼ぶ者に分かれた。ＯＥＤはlayをこの専門的な意味において定義している。

民間に伝わる歴史を描いた物語詩を言う際に使われる言葉。例えば、ホメロスの詩がそれに基づいて書かれたと、一部の人に仮定されているような詩のこと。『ニーベルンゲンの歌（*Nibelungenlied*）』や『ベーオウルフ』のような叙事詩の性格を持った長い詩に対して誤用されることもあった。

ＯＥＤの編者がこの考え方自体に納得していないことは、「誤用」とか「一部の人に仮定されている」という表現を使っていることからも明らかだ。しかし少なくともサー・マコーレイは、信じていたのである。『古代ローマ詩歌集』の「序文」で、彼は持論を展開している。ローマは、イングランドのように、教養のある階級の人々からより優れていると思われていた文化の下で（ローマの場合はギリシア文化、イングランドの場合はフランス文化）、知における植民地になっていた。それにより、自国の最深部に根差した文化は抑圧され放棄された。イングランドとスコットランドでは、トマス・パーシーやサー・ウォルター・スコットのような古い民謡や伝説の収集家の活動によって、ぎりぎり最後の瞬間に、局面の一部が救われた。しかしローマは、それほど幸運ではなかった。とはいえイングランドとスコットランドの国境地方のバラッドのような詩は、古代ローマにも存在していたに違いない。この「失われたバラッド詩」が、ウェルギリウスやリウィウスのような人々によって、叙事詩や歴史に姿を変えられたに違いない。そして「この過程を元に戻す、つまり初期のローマの歴史の一部を、その材料である元の詩の姿に戻すことが、本書の目的である」。だからこそマコーレイは書いたのだ。「ホラティウス」だけでなく、「レギッルス湖畔の戦い」「ウィルギニア」「カペスの予言」の三つのバラッドを。

この元に戻す過程の売りの一つであり、さらに「高等批評」の貢献がなければ目指すことのできなかった業績は、このような初期のバラッドと仮定される詩の中にも、年代を示す事柄を見つけ出すことができるという点である。ドイツの批評家は、研究対象の作品から時代錯誤を拾い出すのに、極めて目敏《めざと》かった（大抵は目敏くなり過ぎていた）。彼らは、どのようなものであれ、詩の中で歌われている歴史上の出来事に遡《さかのぼ》る元々の要素と、後から挿入された要素の違いを見分けることができた（もしくはできると考えていた）。例えば、『ベーオウルフ』を例に挙げると、六世紀初めのベーオウルフの伯父の戦死の部分と、おそらくはその二百年後に挿入されたクリスチャンとしての発言部分は、後者がイングランドのキリスト教化以前には書かれ得なかったことから、区別できるという訳である。この作業から生まれた非常に悪い結果の一つは、『ベーオウルフ』の大部分が、目敏過ぎる解剖学者から「偽物」とされ、さっさと捨てられてしまったことだ。それに対してトールキンは、一九三六年の講演で、きっちりと強固に歯止めをかけた。一方、良い結果の方は、人々が歴史と歴史的な詩を、一種の「二重の視点」によって読むことができるようになったという点である。つまり描写されている出来事と、それが語られた時代の、両方を見ることができるようになったのである。マコーレイはこの種の視点を「ホラティウス」の中に組み入れた（そしてそうしたことを「序文」の中で指摘した）。明らかに「いにしえの素晴らしい日々」であった昔を懐かしむ発言を挿入し、古代の「詩歌」と見せかけて彼が書いた詩が、歴史的に距離をおいて故意に過去を振り返った作品だと示したのである。マコーレイの詩には、「出来事」と「記録」の二つの年代が存在していた。それはウェルギリウスやリウィウスの詩の書き方では、見分けがつかないように均《なら》されてしまったものである。

「ああ哀しい哉《かな》、失われた言い伝えや年代記、いにしえの詩人たちよ！　ウェルギリウスは知っていた。けれど新しいものを作るために使っただけだった！」トールキンは『ベーオウルフ』論の中でこう書いた。そしてこの論文で彼が訴えていたのは、何より、「新しいもの」（現存している詩）に真剣に取り組むべきであって、存在していない仮定上の詩をあてもなく追い求めて、ふさぎこむべきではないということであった。それにも拘らず、トールキンは本気で「ああ哀しい哉」と嘆いていた。「失われた言い伝えや年代記」の悲劇を感じ、何より時代感の創造を、つまりさらに古い時代を背景にした古さの感じられる作品を創造したいと願っていた。大昔の資料を基に昔の詩が作られているというこの考え方は、「高等批評」によって理論化された。そこからマコーレイは疑似「古代」詩を生み出し、トールキンの方は『ガウェイン卿と緑の騎士』のような作品に、その痕跡を認めた。「このような深い所に根ざした作品の持つ、この味わい、この雰囲気、この力」(『評論集』)の追求こそが、「シルマリルの物語群」の想像上の材源となったとされる異なる言語による複数の「年代記」の制作に、トールキンが多くの時間と労力を割いた理由である。それ故に、一九七七年版の『シルマリルの物語』には(三つだけ名前を挙げれば)、マグロールが消息を絶つ前に作った哀歌「ノルドランテ(ノルドールの没落)」、ベレンとルーシアンを歌った「レイシアンの歌」、トゥーリンが誤って殺したベレグのために作った哀歌「ライア・クー・ベレグ(偉大なる強弓の歌)」などの、『シルマリルの物語』の想像上の編纂者が参照した、いにしえの歌への言及が数多く散りばめられているのだ。また同じ理由から最終的に、トールキンも「レイシアンの歌」のような「詩歌(lay)」を書き、サー・マコーレイに倣って歴史に関する伝承を、自身で作り上げることになった。

　こうしたすべてを行う労力は、並大抵のものではない。そしてその効果は、おそらく多くの人にとって極めて小さかったに違いない。なぜなら、深みや時代を感じること、もっと言えば、出来事の起きた時代とそれを記録した時代の二つの時代設定を同時に意識しながら読む能力は、よほどの読者でなければ期待できないからだ。それでも背後に深く根ざした古い伝承があるという感覚は、時にアラゴルンやビルボやサム・ギャムジーの詩として表面に現れ、『指輪物語』本文の重要な位置を占めているし、ひょっとしたら「シルマリルの物語群」でも、同様に成功することができたかもしれないのだ。いずれにせよ、これこそトールキンが生涯をかけて、一番やり遂げたかったことである。彼が最初に発表した詩は、一九一一年に在籍していたキング・エドワード校の校内新聞に載せられたが、「イースタン野の戦い」という題名で、ラグビーの学寮対抗試合を歌っていた（学校のラグビー場はイースタン通りを外れた所にあったので）。そしてこの詩は、ジェシカ・イェイツが指摘しているように、多少英雄詩をからかう調子はあるものの、明らかにマコーレイの『詩歌集』とよく似た文体で書かれていた。

並行する神話

トールキンが創作したような、複雑で、繰り返し書き直された伝承について、完璧な正確さをもって簡潔に解説することは難しい。しかしおおよその輪郭において、第一紀の歴史に対してトールキンが抱いていたイメージは、比較的安定していたと言うことができる。独断的かもしれないが、彼の神話は大きく三つに区分することができる。ここではそれを一九七七年に出版された『シルマリルの物語』の章分けと章題によって示してみたいと思う。

第一部は、「アイヌリンダレ」と「ヴァラクウェンタ」、及び一九七七年版『シルマリルの物語』に収められた「クウェンタ・シルマリルリオン」の一章と二章である。この部分では、世界の創造、創造主の作った精霊たちのうちの一人、メルコールの反乱、さらにメルコールを含めたこの精霊たちの一部（ヴァラール）の世界に下る決断が描かれる（ヴァラールにとって世界とは、不死の者の国アマンも、有限の命の者の国中つ国も含まれる）。

第二部は三章から八章、及び十一章で、エルフの到来、エルフを守るためにメルコール以外のヴァラたちが彼を幽閉すると決めたこと、光のエルフの中つ国からアマンへの移住、そこで解き放たれたメルコールとエルフの分裂によって引き起こされた、不穏と崩壊が描かれる。「シルマリル」が登場するのも第二部である。シルマリルは、エルフの細工師たちの中で最も優れた技の持ち主フェアノールによって作られた宝玉で、太陽と月が作られる以前にこの世を照らしていたヴァリノールの「二つの木」の光を宿していた。そのためメルコールと共謀者の大蜘蛛《ぐも》ウンゴリアントが二つの木を毒で枯らした時、その光はシルマリルの中に生きるのみになってしまった。二つの木に命を呼び戻し、闇となった世界に再び光をもたらすためには、シルマリルを壊してその光を取り出さなければならない。宝玉を差し出すよう求められたフェアノールは拒絶する。しかしその頃シルマリルは、既にメルコールによって盗まれていた。フェアノールと彼の息子たち及び支持者は（ほとんどがフェアノールと同じノルドール族出身者であった）、アマンを去り、メルコールを追ってシルマリルを取り戻す決意をする。そしてフェアノールと息子たちは「ヴァラであれ、鬼神であれ、エルフであれ、まだ生まれておらぬ人間であれ、シルマリルの一つを奪う者、それを手許に置く者、所有する者」には何人たりとも復讐すると誓いを立てる。この誓言を果たそうとシルマリルを追う中で、彼らは最初の二つの暴力と裏切りを行う。まず、アマンの岸辺に住むエルフ（テレリ族）の船を奪うため、多くのエルフを殺す。そして、ヴァラールによって連れ出される以前に住んでいた中つ国に、第一陣が海を渡って上陸すると、乗ってきた船を燃やして、残してきた支持者のために（中にはガラドリエルもいた）戻さないことにする。置き去りにされた者たちは、北の地の氷の山々を歩いて越えて、やっと中つ国に到達することができた。

そしてヴァラールは、二つの木の喪失とフェアノールの離反に心を痛め、二つの木の代わりとなる太陽と月を作る一方、至福の国アマンを閉ざして、中つ国からは渡って来られないようにする。

第三部は最も長く、実質的には一九七七年版『シルマリルの物語』の十章及び十二章から二十四章までに相当する。ここでは、中つ国におけるエルフとメルコール（モルゴスと呼ばれるようになる）の戦争の数々と、シルマリルを取り戻そうとする中で見舞われる不運が描かれる。これらの戦争には、人間（十二章で登場）やドワーフが巻きこまれ、モルゴスも、オーク、バルログ、竜を動員する。第三部の特徴として、身内の確執や裏切りを挙げることができるが、最も長い二つの章は、二人の人間の英雄、片手を犠牲にしてシルマリルを取り戻したベレンと、凶運のトゥーリンにまつわる物語である。トールキンが『ベレリアンドの詩歌集』で韻文に直したのは、この二人の物語であった。ベレンによって取り戻されたシルマリルは、次々に持ち主を変え、その都度災厄をもたらした。最後には、エルフと人間の混血の英雄エアレンディルが、シルマリルの光に助けられて海を渡り、アマンに到着し、ヴァリノールのヴァラールに赦しと中つ国への援助を乞う。彼の願いは聞き入れられた。モルゴスは倒され、残る二つのシルマリルも取り返すことができる。しかしここでフェアノールと息子たちの誓言が最後に今一度効力を発揮して、シルマリルは二人の息子によって盗み出され、彼らと共に失われる。ただエアレンディルのシルマリルのみが、彼の船の舳先に輝き、星となって夜空を進み、中つ国の希望の印となる。

この要約からも、見て取れることがいくつかある。『シルマリルの物語』は、キリスト教神話とある種の関連性がある。メルコールの、そして彼に従う精霊の反乱は、ルシファーと反逆した天使たちの堕落と類似している。ルシファーは伝統的に「この世を支配する者」と言われているが、メルコールも、おそらく上手く言いあてているのだろうが、自身を「アルダの運命の主」と呼んでいる。両者における堕落の原点も同じである。ルシファーの罪は（C・S・ルイスによると）、自身の目的を神の目的より優先したいという欲望であったが、メルコールの罪も、「かれ自身の想像から生じた」ことを「[創造主] イルーヴァタールの主題に織り込んでみたい」という欲望であった。この「天使たちの堕落」は、両神話とも、第二の堕落につながる——「創世記」における人間の堕落とエデンの園からの追放と、『シルマリルの物語』におけるエルフの無垢《むく》の喪失とアマンからの移住（やがて流謫になる）である。また最後に、特使となってヴァラールの赦しと救いを得た半人間のエアレンディルは、キリストの受肉と救いの約束に遠い共通点がある。

とはいえ、もちろん両者には非常に明確な相違点があり、特にその違いは、キリスト教にはそれに相当するものがないシルマリルを中心に見られる。こうした相違点は、『シルマリルの物語』の本質に、さらに光をあてるものである。というのも、トールキン自身が深く信仰しているキリスト教神話を、人間が想像したに過ぎない作品に再現しただけでは何の意味もないであろうし、分を弁《わきま》えないと思われるからである。実際『シルマリルの物語』には、全体にわたって次のような両義性がある。ヴァラールのうち最も力ある四人は、明らかに、大地、水、空気、火の精霊であり、それぞれアウレ、ウルモ、マンウェ、メルコールと呼ばれる。つまりメルコールは火の精霊なのである。一方、シルマリルの製作者であり第二の堕落の張本人であるエルフの名前「フェアノール」は、実は呼び名で、やはり「火の精」を意味していた。ところで、このフェアノールとは両義的な人物である。高慢で自分本位で執念深い一方、技に優れ、志高く、正義を要求する。彼の堕落の核心は、自身の技を駆使した作品の放棄を拒否したことにあった。シルマリルを差し出すよう求められて、彼は恨めしげに叫ぶ。

「小なる者にとっても、大なる者にとってと同様、ただ一度しかなしとげ得ない行為というものがあるのです。そして、そのなしとげられたものの中にかれらの心はあるのです」『シルマリルの物語』九章

明らかにトールキンは、この考えに同情以上のものを感じていた。それは、彼自身が感じていた思いであった（彼の場合シルマリルにあたるのは、『シルマリルの物語』であったが）。評論「妖精物語について」の中で、トールキンは強く、時には熱く、ファンタジーを生み出す権利の正当性を訴えている。それはたとえ、空想が悪用されて、偽の神の創造や崇拝になる可能性があるにしても――いや実際に偽の神を創造したことがあったとしても（文学ならば、ゴールディングの「蠅の王」ベルゼブブ、政治の世界なら、「人的犠牲」を要求する際に振りかざす「社会理論や経済理論」）――変わらない。空想することは、人から奪うことのできない欲望なのである。

人間の手によるエルフの物語［この場合、トールキンの念頭にあるのは間違いなく『シルマリルの物語』である］の多くの核心にあるのは、準創造的な芸術に命を与えたい、現実のものとしたいという欲求である。それは、あからさまなこともあるし隠れていることもある。また、混じり気なしであったり不純な混ぜものであったりする。しかしこの欲求は、（たとえ見た目がどれほど似ていたとしても）、自分だけが力を握りたいという欲深さとは、内面において、全く異なる。そういう強欲は、単なる魔術師［あるいは「死人占い師」サウロンと言ってもよいかもしれない］の印である。エルフというのは、よ

り善良な（それでも危険な）部分において、大部分こういう欲求から作られているのである。

ということは、「準創造的な」欲求は正当なのである。さらにトールキンは、ある詩の一節で、こう言う。準創造は「我らの権利である。その権利は朽ちてはいない。我らはなおも作り続ける。我ら自身が造られた法に則《のっと》って」

では、創作がトールキンにとって正当であったとして、フェアノールの場合はどうであろうか？　そして、シルマリルだけでなく、武器をも生み出した製作への欲求と、どのような関係にあるのだろうか？

フェアノールは、メルコールさえ気づかぬうちに秘密の鍛冶場を作った。その鍛冶場で、かれは、自分のためと息子たちのために恐るべき剣を鍛え、赤い羽毛飾りを持った高い兜《かぶと》を作った。

『シルマリルの物語』七章

ある古英語の詩では、そしてこの詩をトールキンが知っていたのは確実なのだが（トールキンは「エオレド」という言葉をこの詩から拾っている）、人間の堕落は、アダムとイヴとエデンの園ではなく、カインとアベルと冶金《やきん》の技術にある、と考えているようである「人間にとりて、暴力が現実のものとなりしは、大地がアベルの血を飲み込みしその時なり。それより地上に住む者、世にあまねく武器の衝突に甘んじ、人を傷つけん道具を生み出し、鍛えたらん」（訳注　カインは弟アベルを殺し、人類最初の殺人を犯した）。さらに、トールキンの作品における危険な作り手は、フェアノールだけではないことも思い出される。サルマンもまた鍛冶の技術を持つ作り手であり、火の使い手であり、その名前は実際「職人」もしくは「技術者」と訳すことができた（四章参照）。禍《わざわい》をもたらしたトーリン・オーケンシールドのアーケン石に魅入られた気持ちは、やはり禍をもたらしたシルマリルの探求に似ている。しかしトーリンの気持ちは、ドワーフとして普通の欲望がより強くなっただけで、その欲望は、ビルボでさえも一瞬感じた「ドワーフたちの心に巣くう望み。たくみのわざと魔法によって作られた美しいものを愛する気持ち」であった。『シルマリルの物語』においても、ヴァラールのうちの大地の精霊であり「あらゆる職人」の庇護者であるアウレが、イルーヴァタールの意志に逆らって、ドワーフを作る。そしてイルーヴァタールに見つかり、ドワーフを差し出して滅ぼさねばならなくなった時、涙を流す。実際トールキンの作品は、何かを生み出したいという衝動の連続である。それは完全に悪しきもの（メルコールの欲望のような「魔術師」の自己本位な欲望）から、完全に正当なもの（ファンタジーや「準創造」に対する権利などトールキン自身の欲求）にわたる。しかし、正当な欲求も、徐々に変化して悪しき欲望に変わるので、それらをいつも区別しておかなければならない理由は見あたらない。『シルマリルの物語』に描かれる緊張の一部は、フェアノールの息子たちと、彼らの禍をもたらす誓いや、変化のない不死の地アマンを捨てて、創造や独立や限りある命の中つ国を選んだ者たちへの共感からもたらされる。そして、真面目な話、彼らが中つ国を選んだもう一つの理由は、言語の変化であったと思うのだ。クウェンヤ（上代エルフ語）がシンダリンに変化したのは、ベレリアンドの地であった。トールキンはかつて「幸運な罪（felix peccatum）」という語を、結果としてキリストの受肉と十字架を招き、人類が救済されることになる人間の堕落ではなく、「バベルの塔」、つまり伝承によると、単一の源であった人類の言語から複数の言語を生み出すこととなる、人間の驕《おご》りに対して使っている（『評論集』）。

トールキンは実際に、「幸運な罪」の考え方を、自身の神話に組み入れている。イルーヴァタールは、罪にまみれたメルコールでさえ、「さらに驚嘆すべきことを作り出すわが道具に過ぎざるべし」と宣言する。また伝えられる人間の堕落の物語についても、盛りこむというよりむしろ、その含みを持たせている。『シルマリルの物語』の中では、人間にとってのエデンの園は描かれていない。しかし人間たちが東方から中つ国に来往した時、こうした伝承を語り継いで守ってきたと想像されるエルフたちが人間について知っていたことと言えば、人間には何か恐ろしいことが既に起きており「人間の心に暗い影がさしている」ことや、モルゴスが秘密裏に人間のもとへ遠征した一件と関係があるらしいということだけだった。ここでのモルゴスは、聖書のサタンと同一人物で、彼の遠征は、人間を誘惑して「原罪」に陥らせるのが目的であったと信じることもできるだろう。そうであれば『シルマリルの物語』は「創世記」と矛盾しない。しかし原罪については、別の見方も示されているのである。つまり原罪は、「善悪を知ること」を求める欲求ではなく、創造、支配、権力への欲望にあるのだと。

「家族の歴史を聞くのが大の道楽」

前節の最後で述べたような欲望は、エルフと人間の長い歴史の中で詳《つまび》らかにされ、その部分は前に私が分割した、『シルマリルの物語』の第二部と第三部に相当する。大抵の人は、この部分を読み進めるのを難しいと感じる。本当かどうかわからないが、最も耳の痛い意見で「エルフ語で書かれた電話帳」という評もあるらしい（これについて私は出典を知らない）。確かに『シルマリルの物語』には、怖気《おじけ》づくほど大量の名前があり、その家系図は、現代の読書人の短期記憶をあてにし過ぎている。それにも拘らず、もしエルフ族の分派について中心的な考え方を身につけたならば、作品全体の鮮明な構造が見えてくる。

最も基本となるのは、光のエルフ「カラクウェンディ」と暗闇のエルフ「モリクウェンディ」の区分である。光のエルフは、ヴァリノールに到着して、二つの木が毒で枯らされてしまう前に、その光を見た。一方暗闇のエルフは、その旅を拒絶した（ここで説明するのは、どうしても大まかな区分になってしまう。詳しい全体像は、『シルマリルの物語』巻末の図を参考にされたい）。

暗闇のエルフは、大体においてシンダリン（ベレリアンドでの言語変化を経て発達したエルフ語）を話すエルフと一致するが、常に絶対的に一致する訳ではない。ヴァラールの召し出しに応じて、最初にヴァリノールに遣わされた三人の使節の中に、クウェンヤではエルウェ・シンゴルロ（シンダリンではエル・シンゴル）と呼ばれるエルフがいた。彼は中つ国に戻って、アマンへ行くよう自分の民を促したが、自身はマイアのメリアンへの愛に引き留められて、中つ国に残る（マイアはエルフとヴァラールの中間に位置する精霊で、ガンダルフもバルログもマイアである）。エルウェは従って、シンダリンを話す灰色エルフもしくは薄暮のエルフの王でありながら、暗闇のエルフの一人とは数えられない。かつて二つの木の光を見たからである。しかし彼は、ある折に、暗闇のエルフと呼ばれている。ノルドール族が中つ国に戻ってきた時、当然のことながらエルウェは追い立てられることになるかもしれない事態を用心して、彼の限定した地域内に住むよう、フェアノールの息子たちに警告を送る。エルウェがノルドール族の帰還の経緯を聞き出し、その伝言を託したのは、フィナルフィンの息子アングロドであった。彼は、父方の伯父がフェアノールで、母方の大伯父がエルウェであった。フェアノールの息子たちはこの警告に腹を立て、中でもカランシアは次のように叫ぶ。

「フィナルフィンの息子たちに動きまわられて、手前勝手な話を、一方的に洞窟の暗闇エルフのところに持っていかれてはかなわぬぞ！　かれと交渉する代弁者にかれらを選んだのは誰だ。たとえかれらはベレリアンドに身を置こうとも、かれらの父はノルドールの公子であることをそう簡単に忘れてもらっては困る。もっとも、かれらの母は異なる一族の出であるが」

『シルマリルの物語』十三章（傍線筆者）

これはいくつものレベルにわたって侮辱的な発言であるが、その無礼は、発言の半分しか真実でないことにより、いや増している。エルウェは厳密に言えば「暗闇エルフ」ではない。ヴァリノールに赴き、二つの木の光を見たことがあるからである。しかし、彼は暗闇のエルフの王となり、ヴァリノールに戻ることを拒絶した。それ故、カランシアが優位を主張する根拠もある。一方フェアノールの腹違いの弟フィナルフィンの息子たちについては、エルウェの姪である彼らの母が、同じ光のエルフでも最も遅くにヴァリノールに向かった一族、テレリ族出身であることが、カランシアの冷笑の拠《よ》り所となっている。しかしこの冷笑は、簡単にカランシア自身の身に返ってくることになる。なぜならアングロドの祖母は、最初に西方に旅立った一族、ヴァンヤール族の出だからである（フェアノールの息子たちの属するノルドール族は両族の中間である）。だからカランシアがエルウェを暗闇のエルフと呼んだのは、細かい点では間違っているが全体としては正しく、アングロドの家系を嘲ったのは、細かい点では正しいが全体としては間違っているのだ。ということで、これは、その積み重ねがノルドール族の悲劇の全体像を作り上げている、微妙で緊迫した多くの場面の一つなのである。ところがこの機微や緊張を理解するには、エルフ族の一連の分派の過程や、家系図や家族関係全体を頭に入れておかなければならない。語り部が語るアイスランドのサガを聞いていた聴衆ならば、それができた。しかし現代の小説の読者は慣れておらず、作者の狙いを大概は簡単に見落としてしまうのである。

トールキンは、『シルマリルの物語』がイングランドの伝承の空白を埋めることを意図したが、主要なテーマの多くは、古代北欧やアイスランドの文学から引き出しているように思われる。私の意見では、そもそもシルマリル自体が、フィンランドの『カレワラ』の中でしばしば言及されている、正体不明の道具「サンポ」の、不可解な謎を解く試みなのだと思う（訳注　サンポはフィンランドの神話に登場する、人々に幸せをもたらす「何か」である。『カレワラ』の作者は、鍛冶に長けた神が鍛造した、無から小麦粉、塩、金を生み出す機械と解釈しているが、他にも諸説あり、はっきりとした定義がない）。トールキンはフィンランド語が好きで、色々な面でクウェンヤの手本にしていた。また『カレワラ』については、まさに彼自身がイングランドに見出したいと願っていた、古い文学の救出計画の成果として賞賛していた（序参考）。しかし『シルマリルの物語』の大半は、入り組んだ混血の悲劇と見ることが可能で、それは『詩のエッダ』のいくつかの詩に見られる類のものなのである。暗闇のエルフに話を戻すと、『シルマリルの物語』における傑出した暗闇エルフは、エオルである。彼は偉大な鍛冶で、ドワーフと親しく交わった（前述の、ヤーコプ・グリムがうまくつなぎ合わせることのできなかった、エルフの謎の答えにもなっている）。エル・シンゴルの親類で、ノルドール族の移住をよく思っていなかった。エオルは、ベレリアンドの森で、道に迷うアレゼルを捕えて結婚し、一連の悲劇のお膳立てをする。悲劇はすべて血筋の問題であった。フェアノールの腹違いの弟フィンゴルフィンの娘アレゼルは、フィンゴルフィンの弟フィナルフィンの息子たちとも、フェアノールの息子たちともいとこの関係にある。彼女の兄トゥアゴンは、モルゴスに対抗するのにフェアノールの息子たちの力を信頼せず、三つの「隠れ王国」の一つゴンドリンに隠れ住んでいた。一体なぜアレゼルは、兄と共に住むゴンドリンを離れ、連続する悲劇の口火を切ってしまったのだろう？　彼女が、兄から都を立ち去る許可を得る会話からは、驕《おご》りと周到な偽りが感じられる。『シルマリルの物語』において、大雪崩を招く最初の小さな雪玉の場面の一つである。いずれにせよ、アレゼルは、テレリ族とヴァンヤール族の血を引く彼女のいとこ、フィナルフィンの息子たちを訪れる許可を利用して、ノルドールの血筋のいとこ、フェアノールの息子たちのもとへ行こうとする（訳注　一九七七年版『シルマリルの物語』において、トゥアゴンが与えたのは彼ら兄妹の兄フィンゴンを訪れる許可である）。不吉な選択である。ともかく、彼女はフェアノールの息子たちに会えず、エオルに捕えられ、彼の息子マイグリンを産む。母子は最終的にはエオルのもとから逃げ出し、フェアノールの息子たちの国に入るが、それを追ってきたエオルは、フェアノールの息子クルフィンに拘束される。エオルは、フェアノールの息子たちとは、どのような関係になるのだろうか？　クルフィンに追い出された時、エオルは彼らが親類であると、洒落にかこつけて皮肉交じりに主張する「難渋いたしておる時に、かかるご親切なる（kindly）親族（kinsman）を見出すとは全く結構なことでございますな」。これはいつものように半分だけ真実の台詞《せりふ》である。というのもエオルは義理のいとこでしかないからだ。これに対しクルフィンは反発し、縁戚関係を否定する「ノルドール族の娘を盗み、娶《めと》る者は、その身内と親戚関係を持つことはできぬ」。この場面はしかし、次の場面と対比される。さらに妻と息子を追ったエオルは、ゴンドリンへの通路を見つけ出し、アレゼルの兄トゥアゴンに捕まる。トゥアゴンは、クルフィンとは対照的に、エオルを義理の弟と認め、器の大きいところを示して、すぐに挨拶をする「ようこそおいでなされた、わが縁者よ。わたしは御身を縁者と思っているのだ」。しかし暗闇のエルフの「奪われたる（dispossessed）」恨みをまだ抱いていたエオルは、ゴンドリンで暮らしてよいという申し出を受け入れずに、妻子の引き渡しを要求し、それが拒絶されると武器に訴え、結果としてアレゼルを殺して、その罪で自らも処刑される（訳注　ここで著者は、フェアノールの家系の呼び名である〈奪われたる者たち《the Dispossessed》〉と同じ言葉で、エオルの恨みを説明している。モルゴスが中つ国に戻ったことや、ベレリアンドの平安が乱されたことの原因を、ノルドール族と結び付けて考えていたエオルの反感だけでなく、かつてアマンの地でノルドール族が、エオルと同族であったテレリ族を殺害し船を奪った事件に発する、一族の遺恨について述べているものと思われる）。

エオルもアレゼルも、別個の複雑さを体現する一例であった。しかしその複雑さは、ここで彼らの息子マイグリンに移る。今やマイグリンの最も近い親類は、伯父のトゥアゴンである。しかるにそのトゥアゴンは父を殺している。しかるにその父も母を殺している。そしてこうした「しかるに」の背後には、相続の問題がある。マイグリンは、伯父の跡を継ぐべきなのだろうか？　血筋から言えば、彼はノルドールの血を半分も引いていない。加えて、マイグリンの父に対する気持ちがどうであれ、彼は奪われたる者の恨みを、テレリ族の父から受け継いでいたかもしれない。彼が恨みを解消するには、トゥアゴンの一人娘、いとこのイドリルと結婚すればよい。しかしエルフの社会では、いとこ同士の結婚は禁じられている（トールキンの社会では禁じられていなかった）。後にイドリルと結婚し、エアレンディルの父となる、人間のトゥオルが現れると、マイグリンは再び居場所を失ったと感じ、やがて裏切り者となり、ゴンドリンをモルゴスに売る。では、ゴンドリンの陥落は、一体誰のせいなのだろう？　裏切ったマイグリンか？　アレゼルを拉致《らち》したエオルか？　兄のいいつけに背いたアレゼルか？　高慢で他者を尊重せず、悪いお手本となっているフェアノールの息子たちか？　混血による緊張か？　トールキンの書くところ、エルフの歴史家は、近親相姦に似たマイグリンの欲望に悲劇の核心があると考えている。そしてその欲望を、アマンで最初にノルドール族がテレリ族を襲った際の「同族殺害のもたらした悪しき果実」とみなしている。昔の暴力に対する、一種の性的報復なのである。

という訳で物語全体は、多くの入り組んだ動機と隠された緊張を伴う場面の続く、悲しく複雑な話となっている。この物語を理解するには、登場人物の各々が何者なのか、親類関係にあるのは誰か、縁者に対してどのような感情を抱いているかを覚えておくことが必須である。前に述べたように、北欧のサガの読者ならばそれができた。そしてトールキンによれば、ホビットにも可能であった。それは、ギャムジーのとっつぁんの台詞からも窺《うかが》える「だから、わしの聞いとるとおりだとすれば、フロド様は、ビルボ旦那のいとこの子でもあれば、同時に、またいとこの子でもあられるわけよ。わしの言うことがわかってもらえるならな」。残念ながら、わかる人間はあまりいない。そしてたとえホビットにとって「家族の歴史を聞くのが大の道楽」であったとしても、読者が同じ趣味であるとは限らない。この点において『シルマリルの物語』の構成は、『指輪物語』も含めて（この作品も十分複雑な構造をしているが）他の現代作品が敢えてしたことのない要求を、読者に突き付けるのである。

エルフ伝承の「人間の物語」

『シルマリルの物語』の第三の区分の構造を見抜くには、この部分の大半が、三つの「隠れ王国」、ドリアス、ナルゴスロンド、ゴンドリンの陥落をめぐる物語だという視点が役に立つ。それぞれの王国は、エルフの王、順に、エル・シンゴル、フィンロド・フェラグンド、トゥアゴンによって建国された。フィンロドとトゥアゴンの二人は、モルゴスからの攻撃を防御するのにフェアノールの息子たちの力を信用できず、建国を思い立った（残りの一人シンゴルは、ノルドール族が中つ国に戻ってくる前に、国を建てた）。王国は一時、それもかなり長い間栄えたが、それぞれ別の人間によって場所を見つけられ、その定命の者を好まざるとに拘らず客人として迎える。こちらも順に、ベレン、トゥーリン、トゥオルである。こうした人間とエルフの関わり合いを伝える話は、何にもましてトールキンの心を捉えた物語であった。クリストファー・トールキンが記す彼の父の発言によれば、トゥオルとゴンドリンの陥落の話が、後に「シルマリルの物語群」となる最初の原稿であり、それは病気休暇で軍から退いていた一九一六年か一九一七年の終わりに書かれた（『失われた物語の書』I）。この話は発展して、トゥオルの息子エアレンディルの物語につながる。このエアレンディル（Eärendil）という名前に、トールキンは、さらに遡ること、まだオックスフォード大学の学生であった頃から関心を寄せており、この名前から、おそらくは彼の神話体系のまさに最初の作品となる詩「エアレンデル（Earendel）の航海」（一九一四年九月完成）が生まれた（『失われた物語の書』II）。その一方で、ベレンとルーシエンの物語は、トールキンにとって生涯深い個人的な意味を持ち続けた。妻と二人で眠る墓石には、二人の名の後にそれぞれ「ベレン」と「ルーシエン」と彫られており、ベレンと自身を重ね合わせているのが印象的だ。そしてこうした物語は、『シルマリルの物語』だけでなく、ひょっとしたらトールキンの作品全体の、そもそもの動機や一番根底にあるテーマについて、手がかりを与えてくれるのだ。

評論「妖精物語について」（初版一九四七年）において、トールキンは、妖精物語によってかなえられる「最も古く最も深い願望」とは、「偉大な逃避、つまり死からの逃避」の物語を語ることである、と述べている。さらに、一九四七年当時は冗談としか受け取られなかったに違いないが、明らかに自分の作品に言及して、「エルフの伝承の人間の物語は、間違いなく不死からの逃避に満ちている」と付け加えた。そのような物語は、もちろん、トールキンが書いた作品以外にはなく、また彼の作品に、死からの逃避と不死からの逃避両方のテーマが書かれているのも驚くことではない。ベレンは死から逃れた。彼は一度命を落とし、ルーシエンの歌によって、人間ではただ一人、死者のうちから甦った。ルーシエンの歌が、死者の館の管理者マンドスの心を動かし、憐憫の情を抱かせたからである。ベレンと対応するように、ルーシエンは不死から逃れた。『指輪物語』追補編Aで伝えられるアルウェンのように、彼女も死を選び、とうとう夫と共にいることを許された。エアレンディルと妻のエルウィングも、また別の方法で、死すべき運命から逃れた。中つ国への援助を乞うために、不死の国にまで到達したのである。そして再びその裏を返すように、ずっと大きな規模で、トールキンの物語に登場するほとんどのエルフは、ただ中つ国に戻ることにより、長い目で見た時に死を選んでいると言える（彼らエルフにとっての死は、人間にとっての死とは異なるだろうが）。彼らが中つ国に戻ったことは、死に直結することこそなかったが、実際には、モルゴスの悪意や中つ国の偶然性に身をさらすことを意味し、そのことがほとんどの場合命取りとなっている。ではなぜ彼らは戻ったのだろうか？　またなぜトールキンは、このように奇妙な動機を想像したのだろうか？

一九一六年以降、なぜ死や死からの逃避というテーマが、トールキンの心を占めていたのかを見て取るのは難しくない。彼自身が語るように、親友たちは、第一次世界大戦中に命を落とした。十二歳で母を亡くしてからは、孤児であった。おまけに四歳の時に亡くなった父については、事実上何も知らなかった。従って、死からの逃避というテーマが、トールキンにとって魅力的であったとしても無理はない。より難解なのは、死への逃避のテーマ、限りある命の世界に対するエルフの深い愛情である。エルフたちはこの世界を、四章で述べた、光を遮る「枝絡《さえぎ》まる中つ国」とみなす一方で、楽園とも考えた。そしてこの世界を失うことは、不死をもってしても埋め合わせができないと感じた（四章で取り上げた、海の向こうに渡るとマルローン樹がないのでは、と心配するハルディアの言葉を参照のこと）。死すべき運命を選ぶ種族の物語を編み出すことによって、トールキンは、限りある命にも結局のところ何か魅力があるのだと、他に選択肢のない人間には見えないだけだと、自身を説得しようとしているのだと主張する人もいるかもしれない。それに対して『シルマリルの物語』全体や、特に中に埋め込まれた「人間の物語」は、心底悲しい。その深い悲しみは、『指輪物語』を超え（この作品とて鈍い評論家の言うような痛みのない物語ではないが）、さらには二十世紀小説の中で通常許容されている範囲を確実に超える。これらの物語が執拗に問うのは、「なぜなのだ？　なぜ死や痛みや悪は来るのか？　なぜそれらは必要なのか？」という疑問である。

おそらく答えの出ないこれらの質問に対するトールキンの解答は、長い時間をかけて書き進められ、現実に完成することはなかった。ただその最も発展した形は、トゥーリンの物語の中に見ることができる。この物語は、『シルマリルの物語』の大半と同じように、数編の主要な原稿の中に残されている（主要ではない原稿としても残っているが、ここでは挙げない）。それらを拾い出すと次のようになる。

（一）「トゥランバールとフォアローケ」の物語……『失われた物語の書』Ⅱ収録（一九一九年半ばまでに書かれている）。

（二）「フーリンの子供たちの歌」……『ベレリアンドの詩歌集』収録、未完。頭韻で書かれた詩で、主な版が二つある（一九二二年と一九二五年の間に書かれた）。

（三）「トゥーリン・トゥランバールのこと」……一九七七年出版『シルマリルの物語』の二十一章（いくつかの草稿を元に、クリストファー・トールキンが編集して完成した。しかしおそらく中心となる原稿は、一九三七年以前に書かれたものである）。

（四）「ナルン・イー・ヒーン・フーリン（フーリンの子らの物語）」……『終わらざりし物語』収録（この物語関連では、他よりずっと拡張された版。未完であるが、一九五一年以降に書かれた。『宝玉戦争』参照）。

この四つの原稿はすべて異なっているが、全体の概略は驚くほど変わらない。

非常に簡単にあらすじを述べてみよう。物語は、トゥーリンの父フーリンが、ニアナイス・アルノイディアドの戦いで、味方の退却を助けるために、踏み留まって戦いに志願をするところから始まる。その結果、トゥアゴンはゴンドリンまで逃げ落ち、深い恩義を感じる。フーリンは、生きたままモルゴスに捕えられ、彼の子供たちにふりかかる運命が見える力を与えられる。トゥーリンの母モルウェンは、息子の安全を考えて、遠い縁戚であり夫の友人であったドリアスのエル・シンゴルのもとへ、彼を送り出す。しかしトゥーリンは、母を侮辱された怒りから、シンゴル王の相談役の一人（サイロス）を死に追いやり、逃亡して無宿者の群れに身を投じる。ドリアスの国境警備隊の隊長ベレグは、トゥーリンの出奔後も友人であり続けたが、その協力を得てトゥーリンは、新たな首領として再び名を上げる。しかしオークの急襲に遭って捕えられ、助け出してくれたベレグを、誤って殺してしまう。次にトゥーリンが向かったのは、隠れ王国の最後の一つナルゴスロンドである（フィンロドは既に亡くなっていた）。そこで彼は偽名を名乗り、再び武勲を立てる。トゥーリンは、ナルゴスロンドのエルフたちに、隠密裏に守るのではなく、堂々と攻撃に出るよう説得する。新しい王の娘フィンドゥイラス（フィンロドの弟オロドレスの娘）の心も彼に傾く。その頃、母親のモルウェンは、娘のニエノールと共にようやくドル＝ローミンを離れ、ドリアスに身を寄せたが、トゥーリンは去った後であった。一方トゥーリンの新しい積極戦略は仇となり、ナルゴスロンドの所在はモルゴスに知られ、竜のグラウルングによって破壊される。グラウルングの「金縛りの呪縛」をかけられて動けなくなったトゥーリンは、フィンドゥイラスがオークに連れ去られるのを、なすすべもなく見送る。さらにグラウルングから、母と妹を見捨てたとなじられ、呪縛から、現在の二人の窮状を告げる嘘を信じてしまう。呪縛を解かれたトゥーリンは、母を救い出そうとドル＝ローミンの昔の家に駆けつけるが、彼女は既にいない。その間に、フィンドゥイラスはオークに殺される。一方今度はモルウェンの方が息子を探し始め、グラウルングに遭遇し、錯乱して行方不明になる。また母に付き従っていたトゥーリンの妹ニエノールも、記憶を消され、味方とはぐれて逃げ出し、裸で森の中まで走り続ける。彼女が倒れたのは、フィンドゥイラスの眠る塚の上。そこにトゥーリンが現れ、彼女を見つけ、お互い兄妹とはわからないまま、名前も覚えていない娘に新たにニーニエルと名付け、二人は結婚する。再びグラウルングの来襲があり、トゥーリンは一人立ち向かって致命傷を負わせ、最後の勲《いさおし》を立てるが、自身も気を失って倒れこむ。彼を救おうとニーニエルがやって来る。グラウルングによって記憶が元に戻され、ニエノール（＝ニーニエル）は兄の子供を身ごもっていると知る。彼女は身を投げる。トゥーリンは、事の始終を語ったブランディアの言葉を、嫉妬と誤解して激怒し、彼を殺す。しかし後に、ブランディアの言葉は正しかったと判明し、自らも命を絶つ。最後の場面でトゥーリンは、彼の剣（暗闇のエルフ、エオルの作）に自分の命を奪いたいかと尋ねる。その答えが次の台詞である（この場面は一九一九年の原稿から一九五一年の原稿で、ほとんど変わっていない。そしてフィンランドの『カレワラ』を模倣しているのは確かだ）。

「然り、喜んで汝の血を呑もうぞ。わが主人ベレグの血と、不当に弑《しい》せられたブランディアの血を忘れんがため。いかにも汝の命を速やかに奪わん」

（『シルマリルの物語』二十一章）

トゥーリンは切っ先に身を投じて死に、剣は粉々に砕けた。

さらにこれらすべての経緯を、モルゴスの歪んだ目を通して見る能力を与えられたフーリンが見ていた。彼は、家族に関わったエルフと人間に対する恨みを募らせ、ゴンドリンを探し、ドリアスを訪ねた。そしてそのことが、後のこの二つの王国の崩壊のきっかけとなった。では、悲劇の根本は何なのか？　言うまでもなく、トゥーリンが自分で自分の禍を招いた、という解答が一つ考えられる。繰り返し繰り返し彼は闇雲に攻撃し、間違った相手を殺してしまう——サイロス、ベレグ、ブランディア、その他大勢。また、単に非常に運が悪いだけだ、という別の解答もあり得る。ただし「運」というのが「単なる運」に過ぎず、そのめぐり合わせに何の意味もないと信じるならばだ。モルウェンとトゥーリンは、お互いを探し求めながら、行き違いを繰り返す。ニエノールは、フィンドゥイラスの墓の上で発見される。そこはたまたま、トゥーリンの罪悪感と守ってやりたいという衝動が、最も強くかき立てられる場所である。さらに当然のことながら、モルゴスと彼の配下のグラウルングが悪い、と言うこともできる。グラウルングがナルゴスロンドでトゥーリンの命を奪わなかったことは、ただより悪い運命を呼び寄せるだけだった。しかしこれら三つの解答は、比較的受け入れやすい方の答えと考えられる。前に述べた、エオルとアレゼルとマイグリンの複雑な感情のように、トールキンが強い関心を寄せたのは、悪や禍の隠れた根、自己中心や不注意の小さな発露が見かけより大きな意味を持つ様子、つまり前に述べた表現を使えば、大雪崩を招く小さな雪玉である。

この考え方は、トールキンが最後に書いた「ナルン・イー・ヒーン・フーリン」において、未完ではあるが、最も掘り下げられている。最初の場面は、どの版にも見られる。『失われた物語の書』Ⅱでは、メルコ(モルゴスのこと)はウーリン(フーリンのこと)に呪いをかけ、家族には「苦難の運命と悲嘆にくれた死」を定め、彼には家族の命運が見えるように「幻視の力」を与える。この場面は「フーリンの子供たちの歌」(『ベレリアンドの詩歌集』)にもあり、表現が「不安と死と恐怖の定め」に変わっている。さらに、一九七七年の『シルマリルの物語』では、「闇と悲しみの運命」となり、この時メルコール/モルゴスは、自身を「アルダ[すなわち中つ国]の運命の主」と呼ぶ。より詳しくなった「ナルン」のこの場面では、モルゴスは次のように言う。

我は長上王なり。ヴァラールのうちでも最初にして最強の者。世の始まりの前より在りて、それを作りし者。我がもくろみは影となりてアルダを覆い、そこに在る者はすべて、ゆっくりとしかし確実に我が意志に屈服する。お前の愛する者どもに、我が思いは運命の雲として垂れこめ、闇と絶望に突き落とそうぞ。

（『終わらざりし物語』）

フーリンはこの言葉全体、もしくはその一部を否定する「アルダの作られる前よりお前は存在した。けれど他にもいたのだ。そしてアルダを作ったのはお前ではない」。さらにフーリンは付け加える。たとえモルゴスがヴァラール最強の者であったとしても、人間すら「この世の境の向こうまで」追跡することはできない、と。それに対しモルゴスは、この世の境の向こうには、何もないと言う。「嘘だ」とフーリンは最後に言い、モルゴスは「ならば教えてやろう。そして認めるがいい。私の言葉は嘘ではないと」と答える。問題は、モルゴスはどこまで嘘をついているのか？　ということである。恐ろしいのは、彼の言葉が一部真実である場合である。ひょっとしたらモルゴスは、本当に「この世を支配する者」なのかもしれない（フーリンには、どのようなものかはわからないが、モルゴスがサタンの役割を果たしたらしい人間の堕落の原因となった昔の事件で、人間が追われたことに暗に言及している）。何と言ってもトールキンは、ルイスの言う「痛みの問題」を、自身の人生を通じて身にしみて感じていた。しかしもしこの世が悪魔の力に引き渡されたとしても、その力は、「ナルン」の物語が示唆《しさ》しているように、人間の意志を通じて働くに違いないのである。

「ナルン」においてはまず、トゥーリンの母モルウェンに責任の一端がある。彼女は、戦に向かう夫から、「恐れるべきことのみ恐れよ」「私を待つな！」という非常に明確な忠告を受けた。モルウェンはこの言葉を覚えていたにも拘らず無視する。シンゴルのもとに身を寄せることも、「彼女は自尊心をまげて、へりくだり、食客として情けを受ける気にはなれなかった」。代わりにモルウェンは、息子を送りこんだ。しかしこの息子は、出立前に話をした時に、父の不具の召使サドルが不運にももらした言葉を忘れなかった（訳注 トゥーリンは幼い頃から足の不自由なサドルになつき、事あるごとに相談相手にしていた）。ドル＝ローミンの国境を越えてやって来る者は、オークから学んで奴隷を猟犬で追い立てるから、国を去った方がよいと言うのだ。母がこのような目に遭うのではないかという恐れが、トゥーリンにとって明らかに大きなトラウマとなり、走り回る裸の女性のイメージが頭に焼きついた。シンゴルの宮廷で、再び不運なあてこすりにより、このトラウマは甦る。ヒスルムの女たちは「髪の毛のほかには体を被うものなく、鹿のように走りまわっているのだろうか？」サイロスが、トゥーリンの無作法を皮肉るために言ったこの言葉が引き金となって、トゥーリンは初めて怒りを爆発させ、初めて人を殺し、二度目の亡命の身となる。（一九七七年版『シルマリルの物語』で）竜のグラウルングがトゥーリンをなじった際に言ったのも、彼が母と妹を見捨てた結果、「お前は王侯の如く装っておるが、かれらはぼろを下げて暮らしておる」という言葉だった。この非難に反応したトゥーリンは、目の前で連れ去られるフィンドゥイラスを捨て置き、母と妹の身に起こりはしまいかと恐れていた運命に彼女を譲り渡してしまう。その一方で、彼の恐れていた運命自体も、まさに現実のものとなってしまった。モルウェンは森で消息を絶ち、ニエノールはオークに追われ、「心臓が破裂するほど追い立てられた獣さながらに」裸で走り続けたのだ。この姿に対する憐みと、想像の中で迫害を受けていた女性たちの姿が一緒になって、目の前の一人の娘に重なった結果、トゥーリンはニエノールを愛するようになる。そして結婚して彼女を守ろうとしたことが、最後の致命的な近親相姦を招いてしまう。こうしたすべては、モルウェンが息子と別れ別れになるという間違った選択をしたことから始まっており、その根本には自尊心がある。

　また一連の（私が既にこう呼んだ）「不運な（unfortunate）」発言やあてこすりにも原因がある。これらの言葉はどれも（グラウルングの侮辱は別として）意図的な台詞ではない。しかし「運（fortune）」という言葉は一体何を表しているのだろう？　それは「運命（fate）」と同じものなのだろうか？　子供の頃、トゥーリンはサドルに「運命ってなに？」と尋ねたが、答えは得られなかった。とにかく、この物語全体が暗示しているのは、モルゴスが自分を「アルダの運命の主（Master of the fates of Arda）」と呼んだ時、すべてが真実とまではいかないが、決して嘘を言っていたのではないということである。モルゴスには、人に悪い行いをさせることはできない。なぜならそれは、人間の自由意志を否定することになるからである。しかし「運命の主」の彼は、人があることを言うよう仕向けることはできる。そしてそれらの言葉に対する反応は、結局はトゥーリンの運命を決する間違った決断の数々のように、行動した者の責任なのである。アイスランドのサガの登場人物は時々、節度がない、あるいは挑発的な発言に対して「トロルが舌を引っ張ったに違いない」と言う。そしてトールキンは、この考え方をより厳粛な言い方で繰り返している。例えばマブルングは、サイロスがトゥーリンを侮辱した後、「北方の［つまりモルゴスの］影が伸びて来て今夜我らに触れた」と言うのである。ということは、モルゴスが定める「運命」は、「影」やほのめかしによって働きかけるのだ。ただし『指輪物語』においては、影や欠如が、逆説的に実在となり得ることが示されていた。この『指輪物語』の悪の二つの見方のような二重の説明は（三章参照）、「ナルン」において一際《ひときわ》強調され、正面から論じられる。サドルの足が不自由なのは、「不運か斧の扱いを誤ったか」による（どちらだろう？モルゴスが「不運」を送り、サドルがあの「不運な」言葉を言う場面に居合わせるように仕組んだのかもしれない）。トゥーリンがドリアスに辿り着いたのは、「運命と勇気」のお蔭だった（しかしこの「運命」はモルゴスの定めた運命かもしれない。なぜならトゥーリンが幼くして亡くなった方が、後の悲劇を見ずに済んだ分、幸せだったかもしれないから）。サドルはトゥーリンに、まるでガラドリエルがサム・ギャムジーに語るかのように教える「自分の恐れることから逃げ出した者が、結局それに出会うために近道をしてしまったと気づくことがあるのです」。トゥーリンは、途中から「運命の支配者」を意味するトゥランバールを名乗るが、それは、運命が陰で操られているかもしれないという考えに反抗し、自身の自由意志を主張するためである。しかし死に際にニエノールが彼に呼びかけた名前は、「トゥランバール　トゥルン　アンバルタネン」、つまり「運命によって支配された『運命の支配者』」の意味であった。全体の物語からは、もう一度、『マクベス』の本質についての深い洞察が感じられる。この芝居でも、魔女の言葉がマクベスの転落をもたらしたように見えるが、マクベス自身の応答がなければ、運命を操ることはできなかったのである。

トールキンのもう一つの主要な「人間の物語」、ベレンとルーシエンの物語は、トゥーリンの物語に対する、哲学上のアンチテーゼであると主張することもできるかもしれない。これはエルフと人間の種族を超えた愛の物語であり、近親相姦の話ではない。その内容はモルゴスの敗北とシルマリルの奪還で、モルゴスの意図の成就はない。それどころかベレンとルーシエンの物語は、より永続的な勝利につながっている。というのも、二人の孫娘エルウィングはエアレンディルの妻となり、彼によってヴァラールは再び中つ国に戻ってくるからだ。トゥーリンに子孫がいないのとは対照的である。ルーシエンは運命と死を、トゥーリンには望むことすらかなわなかった形で支配する。『旅の仲間』上巻十一章で、アラゴルンがホビットたちに歌って聞かせる、ベレンとティヌーヴィエル（ベレンがルーシエンにつけた名前）の詩物語の最後の言葉は「嘆きも知らず」であった。ただ、この物語には死からの逃避（ベレンは、妻の歌によって死から甦る）と不死からの逃避（ルーシエンは最終的に夫と共にいる許しを得、「この世の境」の向こうへ行く）の両方が描かれているにも拘らず、ダンテの『神曲（*The Divine Comedy*）』的な意味においても「喜劇」とは読めない。トールキンの心の作品として、トゥーリンよりも多くの種類の原稿に残されている物語であるが（これにはアラゴルンの詩の他、一九二五年に別々に発表されたその詩の初期の稿も含まれる）、最終的に物語から受けるのは、凝縮された、おそらく昔の伝承に由来した物語という印象である。この物語には、古い話から採取されたモチーフが沢山詰まっている――人狼、吸血鬼、癒しの薬草、ロープのように窓から垂らした髪（ラプンツェルの物語のように）、魔法使いの歌合戦（フィンランドの『カレワラ』のように）。核となるのは、ベレンがシンゴルと交わした軽はずみな約束であろう。「今度再びお目にかかる時には、シルマリルをこの手に握っておりましょう」という彼の言葉は、彼の意図した通りではなかったが、文字通りの意味で実現した。ベレンが、巨狼カルハロスによって手首を食いちぎられた自分の腕をシンゴルに見せた時、狼の腹の中の彼の手は、シルマリルを握りしめたままだったのだ。人間と妖精の国の住人との間の軽はずみな約束という主題は、古くから伝えられてきたもので、例えば『オルフェオ卿』の中では、冥界に妻を追って行ったオルフェオ卿が、琴の音に感心した妖精王の「望みの物を与えよう」という約束を逆手にとって妻を奪還するし、『ガウェイン卿と緑の騎士』では、緑の騎士が自分の首を切り落としてみろとガウェイン卿を挑発し、もしそれでも無事であったらお返しの一撃を受けなければならないと約束させている。さらに狼に食いちぎられた手首のモチーフは、スノッリ・ストゥルルソンの『散文のエッダ』の中で最も親しまれている物語の一つである。禍をもたらすと予言された怪物狼フェンリルを束縛するため、神々は嘘の約束をして縛ろうとする。疑ったフェンリルは、担保として神の一人が口の中に手を入れることを要求し、結果テュール神の手が食いちぎられてしまったのだ。

古いモチーフを使い、再び世に知らしめることができて、トールキンはもちろん嬉しかっただろう。私は以前評論で（『中つ国への道』）この凝縮された内容について述べ、一九七七年版の『シルマリルの物語』に収められたこの話が、ガイドブックのようだと書いた。それに対しクリストファー・トールキンは、それこそまさにトールキンが、初期の段階の「シルマリルの物語群」で意図したことだと指摘してくれた。この作品群は、例えば『シルマリルの物語』十九章の「レイシアンの歌」の引用のように、遙か昔の材料を一部そのまま使用しながら要約した、中つ国の第三紀の終わりにまとめられた伝説のガイドブックなのだ（『失われた物語の書』Ⅱ）。サー・マコーレイについて前に述べた解説に戻れば、トールキンの一九三七年の「クウェンタ・シルマリルリオン」は、言わばリウィウスの『歴史』の役割を果たしていると、容易に見て取れる。一方、その背景となった「レイシアンの歌」を含む『ベレリアンドの詩歌集』は、「失われた伝承」を代表し、後の時代の「昔の詩人」が「新しい物」を作るのに使うことになる。という訳で、トールキンの文学的な意図は、一点の曇りもなく明白であり、長い年月の間驚くほど首尾一貫していた。それは死と不死、悲しみと慰めといったテーマに、常に焦点をあてていたことと同じである。しかしこうしたすべてが、現代の読者に馴染みのある文学様式とは何のつながりもないことは明らかであるし、商業的に成功しそうな文学様式となればなおさら縁遠い。シルマリルの原稿は、新しい『ホビットの冒険』を書くための材料として使うべき、というスタンリー・アンウィンのやんわりとした示唆は、間違いなく善意によるものであったが、実際にはどんな形で利用し得たかは想像もつかない。ビルボは、トーリン・オーケンシールドと同じ世界に住むことができた。フロドも、馳夫《はせお》と共存し得た。しかしトゥーリンやベレンを、前章の終わりで述べた、現代小説の様式である「低次の模倣」レベルまで下げることは、見たところ克服しがたい難問である。

天使と良き知らせ《エヴァンゲリウム》

『シルマリルの物語』はどの版も、エアレンディルの物語で終わっている。これはもう一つの中つ国からの逃避の物語であり、エアレンディルがエルフと人間両方の血を引いていることから、二つの種族の逃避を混ぜた物語になっている。この作品でトールキンは、英雄年代記の様式を離れ、再び神話形式に戻っている。聖ブレンダンのようにエアレンディルは、不死の土地を探して西へ探索の航海を続ける（訳注　聖ブレンダンは五―六世紀のアイルランドのキリスト教の聖人。『聖ブレンダンの航海譚《たん》』に記された、祝福の土地を求める航海で名高い）。彼の留守中、フェアノールの息子たちの生き残りは、彼の妻エルウィングが祖母ルーシエンから受け継いだシルマリルを奪い返そうと、彼らの住んでいた土地を襲う。兄弟の目的は果たせず、エルウィングは宝石と共に海に身を投げる。しかし（ここで再び神話的な語り口が優勢になるのだが）ヴァラールは彼女を鳥に変え、その姿のままシルマリルを運んだエルウィングは、遠くを航海していた夫と再会する。シルマリルの光に導かれて、彼らはヴァラールが設けた数々の足止めをくぐり抜け、「影暗き海」を抜け「惑わしの島々」を越え、とうとうアマンに到着する。エアレンディルは単独で、海岸から徒歩で「守り固き王国」ヴァリノールへ向かう。そこで彼は、マンウェの伝令使に迎えられる。

「はからずも来れる持ち設けられし者よ、望みなきに来れる待望せられし者よ！　日と月の出ずる前の光の所持者よ！　暗夜の星、日没の宝石、朝まだき時の光よ！」

（『シルマリルの物語』二十四章）

「来れる（cometh）」のように古い語尾 -eth で終わる語や聖書風の言葉遣いを用いるようなこの言語に一番近いのは、『王の帰還』でゴンドールに向かって大鷲が告げる、「詩篇」を思わせる知らせである（四章参照）。そして大鷲の言葉と同じく、ここにも重要な両義性がある。その両義性は、おそらくトールキンが最初にこのテーマを追求し始めた時から、存在していたと思われる。

トールキンが「エアレンデル（Earendel）」という名前もしくは言葉に興味を抱いたのは一九一四年、今では（何とも味気ない題名だが）『キリストⅠ』と呼ばれる古英語の詩に出会った時だった。その詩の中には「おおエアレンデル　天使のうちで最も輝かしい者　中つ国の人の上に送られし者よ」という一節がある。しかしこの文脈からは、エアレンデルの意味も、それが名前なのかも不明である。しかしトールキンならば、この詩の標準的な校訂本やグリムの『ドイツ神話学』のような当然あたるべき資料から、すぐに悟ったであろう。「光のエルフ」と「闇のエルフ」の場合のように、想像による再建に必要な材料は手近にあり、その資料によって再び「証拠を救う」ことができると。そもそもこの古英詩は、（「エアレンデル」という言葉は別にして）ラテン語の交唱（訳注　カトリックのミサで交互に出席者が歌う聖句）のうちの、O Oriens（「おお　夜明けよ」の意）で始まる、よく知られている一節を翻訳したものだった。この交唱は、ラテン語においても古英語においても、キリストが来て解放する前の、まだ地獄にいる族長や預言者の叫びを表現した、連続した交唱の一部である。彼らは「闇と死の影の中にいる」者たちを救い出す救世主、もしくは救世主の到来を告げる預言者に呼びかけている。そして「オ　オリエンス」の一節は、洗礼者ヨハネへの呼びかけであると解釈されている。さてエアレンデルが何であれ、それにまつわるイメージは、悲しみのうちにある人々が、闇の中で天を見上げながら、救いと光を待ち望んでいる姿である。しかしこの非常にキリスト教的な文脈にも拘らず、エアレンデルという言葉には、もしもそれが名前ならば、異教的なつながりもある。古英語のエアレンデルに相当する古北欧語の「アウルヴァンディル」は、スノッリ・ストゥルルソンの『散文のエッダ』の中に、トール神の同行者として登場する。二人は連れ立って遠征に出るが、トールがエーリヴァーガルという身も凍る冷たい川を歩いて渡った際に、彼は自分より力の劣る連れを籠に入れて運ばなければならなかった。アウルヴァンディルのつま先はその時籠からはみ出て水につかり、凍傷になってしまう。そこでトールがその部分をもぎ取り空に投げると、それは星になった。この引喩が何を意味しているのかは、絶えず神話編纂者の頭を悩ませてきた。その中の一人は、彼の妻の名が「グローア（Gróa）」で「成長する（grow）」の意味であることから、アウルヴァンディルとは、極寒のスカンジナヴィアの地で、蒔く時期が早過ぎたため時々霜で駄目になってしまう種籾《たねもみ》を表しているのではないかと示唆している。いずれにせよ、おそらくトールキンがこの挿話から得たであろうことは、第一にエアレンデル／アウルヴァンディルとは星の名前であること、第二にそれはクリスチャン同様、異教徒にとっても、希望と良き知らせの兆候だということである。

こうしたことはすべて、トールキンのエアレンディル（Eärendil）の物語の示唆に富む背景と、前に引用した伝令の口上が聖書的言葉遣いであったことに対する正当性を提供している。トールキンにおいて、闇から空を見上げ大いなる光を目にするのは、旧約聖書の物語の中の族長や預言者でなく、中つ国の住人であった。そして彼らが目にする大いなる光は、地獄に下り人々を救い出すキリストではなく、ヴァラールの救済が到来したことを告げるシルマリルである。舞台は実際、キリスト教ではなく異教、もしくは少なくともキリスト教以前の世界である。しかし異教徒がアウルヴァンディルを知っていたのなら、そしてアウルヴァンディルという名は言語学的にはエアレンデルと同じであり、そのエアレンデルが昔キリストと同等のものと考えられていたのなら、キリスト教以前の異教徒にもある種の直観、彼らの真実にして最後の救世主の先駆けを感じる何かしらの感覚があったのではないだろうか？『キリスト教の精髄』の中でC・S・ルイスは、こうした「良い夢」を、人間に「新しい命」をもたらす神についての「様々な異教の宗教に散らばる奇妙な物語」と呼んだ。おそらくトールキンは、ルイスの表現に賛成できなかっただろうし、エアレンディルやヴァラールを創造主イルーヴァタールと混同するつもりも全くなかったであろう。しかし明らかに限定的であり、故意に不完全な形にしてあるが、トールキンの『シルマリルの物語』は、神へのとりなし、赦し、荒廃した中つ国に外からもたらされるしかない救済を思わせる終わり方をする。それは物語の始まりが、天使の堕落と人間の堕落に似ていたのと同じである。

前に「並行する神話」の節で示唆した疑問に戻ると、キリスト教神話を人間の想像による作品の中で繰り返すのは、不遜ではないだろうか？　また形を変えて同じ主題を展開することに、何の意味があるのだろうか？　驚くことではないかもしれないが、その答えは、既に『指輪物語』について述べたことと同じだと思われる（四章参照）。トールキンは全生涯を通じて、彼が深く信仰していたキリスト教と、キリスト教以前に彼の祖先が信じていたものの断片を、結び付けたいと願っていた。その古い信仰は、彼が学者としての人生をすべてその研究に費やした文学の中に埋めこまれていたものであった。トールキンには異教信仰や偶像崇拝に対する感傷的な気持ちは全くない。むしろ嫌悪していた（四章のデネソールについての論を参照）。しかしトールキンは、同国のアルクインとは異なり、キリスト教以前のものを何から何まで無意味だと否定するつもりもなかった（四章のフロドについての論を参照）。従ってトールキンによるエアレンディルの再解釈は、不遜ではなく敬意の表れなのである。そしてキリスト教の変奏曲ではないかという点については、次のように考えられると思われる。

トールキンは「天使（angel）」という言葉が、元は「使者」の意味であることを知っていた。しかし使者にも色々な種類があり得る。ガンダルフはその一人である。伝統的な天使のイメージとはほど遠く、長い髭《ひげ》を生やし癇癪《かんしゃく》持ちであるが、「遣わされた者」であることには違いない。次にエアレンディルもそうである。彼は、モルゴスにも中つ国にも、ヴァラールの到来を告げている。ガラドリエルも、ある意味、天使の一人と見ることができるかもしれない。彼女はもちろん、ガンダルフのようなマイアではない。またノルドールの没落と中つ国への追放に対する責任のいくばくかは、彼女にもある。ガラドリエルは中つ国の「無防備の広大な地をその目で見て、その地で自分の思い通りに統治する王国が欲しい」（『シルマリルの物語』九章。

ただし『終わらざりし物語』では別の物語が語られている）と切望して、ヴァラールに対する反乱に加わったのだ。ならばもしガラドリエルが後にガンダルフと同等の地位にある者、すなわち「御使い」として覚えられることになるとすれば、彼女は堕天使になってしまう。そしてもし堕天使が悪魔と同じとすれば、この説は信じ難いように思える。しかし堕天使は、人々の見解や伝承のすべてにおいて、悪魔とみなされている訳ではない。イングランド初期のものを含むいくつかの伝承では、サタンと共に天を追われた天使の一部は悪魔になったが、そこまでは心を決めかねる者やより中立の立場にあった者は、エルフになった。最後の審判では、このような者たちの中から、赦しと救いを再び得て、故郷へ帰ることができる者も出るかもしれない。それはガラドリエルが『王の帰還』の最後で西方に帰ったのと同じである。しかしこれだけではまだガラドリエルが、ガンダルフと同じように天使であるとは、たとえそれが使者の意味であったにしても言うことはできない。しかし前に述べたように「歴史的に距離を置いた」一人の人間が、第三紀の出来事と第一紀の出来事を振り返ってみた時に混同して、ヴァラールに追放されたノルドール族のガラドリエルと、ヴァラールに遣わされたマイアのガンダルフを一緒くたにし（二人とも最後には戻ることを許されているのだから）、大きな違いを見出せなくなったということもあり得るだろう。

トールキンはさらに、「新約聖書」を表すギリシア語euangelionにはangelの要素が含まれ（eu＋angelion）、「良き知らせ」の意味であり、古英語ではgód spell（良き物語）と上手く訳されて、それが今日のGospel（福音）になったことを知っていた。現代英語ではspellはもはや物語の意味ではなく、魔法の意味であるが、トールキンはこの意味変化のケースは至極当然で、おそらく偶然ではないと考えたかもしれない。福音は、キリスト教の教えの意味でもあり、良き物語の意味でもあり、強力な魔法の意味でもある。天使も、キリスト教神話における翼のある生き物の意味でもあり、御使いの意味でもあり、エルフの意味でもある。エアレンデルも、洗礼者ヨハネ、つまり救世主キリストの先触れの意味でもあり、星の意味でもあり、種の意味でもある。ただし一九七七年版のクウェンタ・シルマリルリオンの最後の一文で言及されている「死ぬことも撲滅されることもない種子」とは、最新の日々（the latest days）まで、つまりは今この時までと、さらにはこれからも、「黒い果実」を実らせる悪の種である。このように意味が複雑に重なり合っていることは、歴史や言語の変化というものが、たとえ同じ語、同じ物語であっても、常に新しい言葉の意味を生み出し、常に新しい物語への焼き直しを求めることを示唆している。実際のところ、罪や所有やどんな結果になろうとも技術を駆使したいと願う願望を中心に据えた『シルマリルの物語』は、イングランドのための神話というより、作品の書かれた時代、つまり二十世紀に向けた神話なのである。それは、神話において変わることのないものに相応しい敬意を払った、焼き直しの神話である。なぜなら神話というものは、常に語り直していかなければならないからである。

比較から見えること

今まで述べてきたことにも拘らず、『シルマリルの物語』を読むのには、苦労すること間違いない。一九三七年当時スタンリー・アンウィンは、如才なく言葉を濁したが、書かれている形式がまちまちである点は差し置いても、この作品がいかなる形態であれ出版されることは、『指輪物語』の成功なくしてはあり得なかっただろう。『シルマリルの物語』にはホビットが出てこない。ホビットこそ、現代の読者と作品を結びつけるための焦点や接点を提供している、必要不可欠な仲介者である。また『シルマリルの物語』は小説の約束事を蔑《ないがし》ろにしている。「ナルン・イ・ヒー・フーリン」において、トールキンは細部を書きこみ、脇役や現代読者の期待する筋とは関係ない会話によって生み出される、真実味を加え始めた。しかしそれも長続きしなかった。作家生活の晩年に差しかかって、四十年かそれ以上の年月をかけて書き直しを続けていたにも拘らず、明らかにトールキンは、「ドル＝ローミンの龍の兜」や実物の生ける「黒の剣」といった特色を、どのように物語に組み入れるかでまだ迷っていた。それは、このようなモチーフが現代の環境では使えない訳ではなく（トールキンを模倣した多くのファンタジー作家の一人が、こうした要素を商業的に成功したファンタジーの中に統合しているのは想像に難くない）、むしろトールキンは通常出版できる作品を超えた何かを求め続けたのだ。それはジェイムズ・ジョイスとあらゆる点で同じである。

『フィネガンズ・ウェイク』を書いたジョイスと同じように、トールキンは、大抵の読者にとっては過度の要求をした。クリストファー・トールキンは、「『シルマリルの物語』を読むには、自分が第三紀の終わりに中つ国に生きていると想像し、過去を振り返らなければならない」と述べているが、まさに正鵠《せいこく》を射ているであろう（『失われた物語の書』Ⅰ）。それはトールキンが『ベーオウルフ』に対する自身のイメージを「もう一度穴を覗き込んだ男が、その動作の途中で豊かに湧き上がるものを感じた瞬間に生まれた詩。その時昔の物語に通じたこの詩人は、言わば全体像を見渡そうとしてもがいていたのだ」（『評論集』）と説明しているのと類似している。またこれは、サー・マコーレイが確信をもって臨んだ試みにも似ている。彼は、ローマの伝承の詩歌やバラッドを振り返りながら、その詩歌やバラッドの中に、さらに昔を振り返って「いにしえの素晴らしき日々」を見つめている作者の姿を見出そうとした詩人たちとして、リウィウスやウェルギリウスを捉えようとした。もしトールキンの『シルマリルの物語』に文学的なモデルがあるとすれば、それは間違いなくスノッリ・ストゥルルソンの『散文のエッダ』である。異教の神話の題材を集めたこのガイドブックは、本人は全く異教徒でないものの、母国語で書かれた詩の古い伝承が永遠に消えてしまうのを見たくなかった人物によってまとめられた。彼はまた、自分の書いた散文のあらすじに、絶えず詩からの引用を挿入した。それらは、残念ながら引用されなければ、消えていただろう詩ばかりである。学者がこのような作品を読む時に感じる魅力には、余人には伝えがたいものがある。というのも、今目の前にある素材への興味と、失われてしまった素材に対する残念な気持ちと（作者が残す価値があるとさえ思えば、明らかに今目の前にあったであろう素材である）、空隙や省略や欠落に対する想像を常に促す刺激とを同時に感じられるのである。詩人は言った「耳に聞こえる調べは美しい。けれど聞こえない調べはより美しい」（ジョン・キーツ「ギリシア壺に寄せるオード」）。そしてスノッリの『エッダ』のような作品では、この言葉は文字通り正しいと信じたくなる。トールキンはこの思いを、一九四五年一月のクリストファーへの手紙の中で改めて述べている「物語は語られなければならない。さもなければ失われてしまうから。けれど最も心を動かされるのは、語られなかった物語なのだ」。同意も同情もできる言葉である。にも拘らず、このような類の鑑賞眼は珍しく、奥が深く、磨くのが難しい。習得され得る極上のセンスをである。ただし、やはり後代に書かれた概要で、古い伝承の非常に感動的で示唆に富む断片が保存されている『ヘイズレク賢王のサガ』に、クリストファー・トールキン自身が書いた序は、この鑑賞眼を実証する文句なしの鑑《かがみ》である。

ここで論じた材料のすべてを編纂したクリストファー・トールキンはまた、このような作品をどのように鑑賞したらいいかというお手本は、『旅の仲間』のモリアの場面で、ギムリが昔のドワーフの都の栄華を歌った時にサム・ギャムジーが示した、純粋で素朴な態度であると示唆している。この時「いにしえの時代の偉大な名前［つまりナルゴスロンドとゴンドリン］は、遙か遠くに思えた」が、サムは「いいなあ！　おら教えてもらいたいくらいだ」と夢中になっている（『失われた物語の書』I）。その通りだろう。しかし『二つの塔』には、いにしえの物語に対するもう一つ別の反応が描かれている。「キリス・ウンゴルの階段」で、サムは「ベレンとルーシエンの物語」を別の見方から話し、そのベレンが取り返したシルマリルの光の一部が、今フロドの玻璃瓶の中に入っていることから、二人もいまだ同じ物語の中にいるようだと言う。もしかしたら将来どこかのホビットの子供が「フロドと指輪の話」をねだるのではないでしょうか。うん、とフロドも同意する。そして「剛毅《ごうき》の士サムワイズの」物語も聞きたがるだろう「サムのこと、もっと話しておくれよう、とうちゃん。どうしてサムのしゃべったことがもっとお話の中にはいってないの、とうちゃん？サムの話を聞いてると、おら笑っちゃうんだ」。この台詞は、文芸批評としては物の数に入らないだろう。しかし『シルマリルの物語』が『指輪物語』とは大いに異なり、前章の最後で説明した「高次の模倣」もしくはそれ以上のレベルに断固として留まり、ユーモアや細部やきめ細かな質感を避けていることを指摘しているのだ。その代わり、この物語は、商業的なファンタジーのうち最も野心的な作品でさえ事実上除外している要素、つまり禁欲、無頓着、皮肉、大言壮語といった特質に訴えることができる。この点で、この作品を真似たものはかつてなかったし、おそらくそれは不可能なのだろう。『シルマリルの物語』という作品は、逆の意図で書かれたことから逆説的なのだが、膨大な細部を書き加えたさらなる『指輪物語』の追補編として読まれているようである。「新しいものを作るために使われた失われた言い伝え」は、この場合に限って言えば、もはや失われてはいない。それは「新しいもの」つまり『指輪物語』を「作る」ことについて多くのことを語ってくれると同時に、今一度「新しいもの」への注意を喚起するのである。

第六章　短い著作――疑い、恐れ、自伝

トールキンの短い著作とは

トールキンを「一発屋」と呼べる人は誰もいないだろう。ハモンドとアンダーソンが一九九三年にまとめた『註釈付き書誌』によれば、「J・R・R・トールキンの著作」の項目には二十九冊、「校訂本、翻訳本、寄稿した本」の項には三十六冊、「定期刊行物への寄稿」の項には三十九本の論文が挙げられ、三四九ページが割かれている。さらにその後リストは拡張されている。しかしこれらの合計には、多数の再録と再版が含まれており、かなりの量が死後出版であるだけでなく、多くはというよりリストにあるほとんどは、短いか「散発的」な著作であった。つまり、もし著者が後に名声を獲得することがなかったなら、完全に忘れ去られていたかもしれないものなのだ。大学教授としてトールキンが、研究発表に献身すべき職業にあり、そのための自由を与えられている地位にあったことを考えるならば（というのもイギリスの学者で、同じ大学の教授職に三十五年も就くことができる人はほとんどいないので）、普通の水準からいってトールキンは、あまり多くの本を著さなかったと認めざるを得ない。もちろん『ホビットの冒険』と『指輪物語』はあるが、これらは「一発」でこそないものの、少なくとも関連し合う一つの続き物と考えられる。

死後出版を別にすれば――その中には『シルマリルの物語』と『中つ国の歴史』の他に、三冊の子供向けの本『サンタクロースからの手紙』（一九七六年）、『ブリスさん』（一九八二年、二冊共に評論社）、『仔犬のローヴァーの冒険』（一九九八年、原書房）も含まれる――、トールキンの残りの著作は三つに分類できる。研究論文、詩、短編小説である。研究論文については後で短く考察するが、ここではもっと簡潔に次のように言うことができる。一九二五年に共同で校訂した『ガウェイン卿と緑の騎士』（この本が認められて、トールキンは最初のオックスフォードの教授職を得られたのかもしれない）と、『ベーオウルフ』研究の草分けであり、かつ一つの研究分野を確立することになった十一年後の論文以外、トールキンが発表した学術論文は、大抵の同僚と比べて少なく、特に一九四〇年頃を境にして、発表された論文はほとんどない。しかし初期の頃からトールキンは、時にはペンネームまで使って、個人的な詩を発表し続け、そのほとんどは、比較的地味な場所で、つまり大学の雑誌や、発行部数が少ない、もしくは自費で出版した詩集で発表していた。これらの詩のリストは、ハンフリー・カーペンターの『或る伝記』に記載され、ハモンドとアンダーソンの『註釈付き書誌』で拡張されたが、数は大体三十である。ただしトールキンには、同じ詩に大抵大幅な書き直しを加えて、場所を変え何度も出版する習慣があったので、正確な合計数は、それらの詩をどう数えるかによって異なる。またこの数には、一九三六年の詩集『文献学者のための歌』（やはり発行部数の少ない自費出版）へ寄稿した数詩と、一九六二年の詩集『トム・ボンバディルの冒険』に収められた十六の詩（ほとんどすべて転載か書き直しである）が入っていない。『ホビットの冒険』や『指輪物語』の中の詩の多くも同様に除外されている（こちらも大抵は書き直しである）。

残るはトールキンが生前に発表した一握りの短編――「ニグルの木の葉」（一九四五年）、『農夫ジャイルズの冒険』（一九四九年）、『星をのんだ　かじや』（一九六七年）だけである。このリストに、「ベオルフトヘルムの息子ベオルフトノスの帰館」（一九五三年）の韻文の対話部分を加えることもできるかもしれないが、その部分自体はトールキンの創作であっても、学問的な註釈の枠組みで書かれているので、分類は非常に難しい。これら四作品のうち、「ニグルの木の葉」と『星をのんだ　かじや』は、極めて明確にトールキン自身の人生を表した寓話であると私は考えたい。その中でトールキンは、かなりあからさまに自身の目的、感情、仕事について語っている。一方『農夫ジャイルズの冒険』と「ベオルフトヘルムの息子ベオルフトノスの帰館」は、全く異なる種類の著作であるが、仕事の義務と、学問ではない創作へと日増しに駆り立てられる気持ちとの間で、板挟みになっていたトールキンの張りつめた心を、一部私たちに教えてくれる。これらの小品は、初期の詩や死後出版の断片に裏付けられ、各々、主要な作品以上に私たちをトールキンの心情に近づけてくれるのだ。

自伝的寓話 I 「ニグルの木の葉」

トールキンが「ニグルの木の葉」を出版したのは、まるで思い付きのように思われる。一九四四年九月六日に、『ダブリン・レヴュー』のある編集者から、（理由はわからないが）彼の雑誌が「カトリック教徒のあり方を効果的に表現する」媒体となるのに役立つ物語を書いて欲しいと依頼され、十月十二日に「ニグルの木の葉」を送ったのである。普段のトールキンからすればこれは、事実上折り返し送付したに近く、もし作品が既に、それもおそらくはしばらく前から存在していなければ、あり得なかった話である。ハンフリー・カーペンターは『或る伝記』の中で、この作品が書かれたのは、提出日に近い時期で、『指輪物語』を完成できない「絶望」から生まれたのではないかと述べている。しかしこの作品はそれより五年ほど前、第二次世界大戦の直前に、おそらく『指輪物語』に「没頭」する中から生まれた可能性の方が高い（『書簡集』参照）。トールキン自身が『木と葉』（一九六四年）（訳注「妖精物語について」と「ニグルの木の葉」が収められている単行本。一九九八年版『妖精物語について』〈評論社〉には「神話作り」、二〇〇一年版『妖精物語の国へ』〈筑摩書房〉はさらに「ベオルフトヘルムの息子ベオルフトノスの帰館」を収録）の「著者解説によるまえがき」で述べているように、彼はある朝、すべての内容が「既に頭の中」にある状態で目が覚めた。そしてそれを「書き留めて、清書するのに数時間しかかからなかった。「解説」によると、この物語の原点の一つは、一本の木の運命に対する悲しみと怒りであった。この木は「堂々と枝を張ったポプラの木」であったのに、「理由はわからぬが、突然持ち主によって枝を刈られ、無残な姿になってしまった」。しかしカーペンターも正しく感じ取っているように、この作品には不安や抵抗が描かれており、それに対して他のもっと個人的な原点を見て取ることは難しくない。「ニグルの木の葉」は、全体的には、編集者の最初の依頼に近い「カトリック教徒のあり方」に関する物語である。しかし実は、個人的な弁明であると同時に自己批判なのである。それはトールキンによくあるように（トールキン本人は寓意嫌いを公言しているが――四章参照）、厳密、もしくは「正確な」寓意の形で表されている。

寓意的な意味があるという信号は、早速一行目から送られている「むかし、ニグルという小男がいた。ニグルは長い旅に出なくてはならなかった」。彼が旅に出なければならない理由も、どのようにそのことを知ったのかも説明はない。しかしこのことが何を意味するかについては、疑いを差し挟む余地はないだろう。古英語の詩『ビードの辞世の歌』は、ノーサンブリア方言で書かれた原文で、「必ずの道行の前」という言葉で始まる。「必ずの道行」とは、強制的な旅、つまり人が行かなければならない旅路で、ビードの宣言によれば、「臨終の日」に始まる。つまり「小男」ニグルがしなければならない長い旅とは、誰もが出なければならない旅、死を意味するのだ。これは「この丘と同じくらい古い」だけでなく、現代にも通用する、全く身近なイメージである。展開される寓意の中でも、イコールで結び付けるのが最も簡単な例だ。

　では、もし誰もがこの旅に出なければならないとしたら、なぜこの物語の中心人物は「エヴリマン（Everyman）」といったような名前ではなく「ニグル」と呼ばれているのだろう？（訳注「エヴリマン〈万人〉」は、中世イギリスの寓意形式の劇、「道徳劇」の主人公の名前）。ここでOEDはまさにぴったりの定義をしている。それによると「ニグル（niggle）」という動詞は「取るに足らない、つまらないことにこだわって、効果的でない方法で働く。些細《ささい》な細部に不必要に時間を費やす。重要でないことに凝り過ぎる」という意味である。まさにトールキンが非難され得る悪徳である。このことは、例えばトールキンの覚書を元にアラン・ブリスが編集した一九八二年出版の『フィンとヘンゲスト』のような、彼の死後に発表された著作の一部に見ることができる。この本が、トールキンの『ベーオウルフ』研究におけるたった二冊目の出版物であり、最初の著作の方はこの詩について最大の影響力を保ち、最も引用されることの多い、後にも先にもない偉大な研究書であることを考えれば、この二作目が今に至るまで何の学問的な影響も与えていないのは驚くべきことと思えるだろう。実際この本を引用している研究はない。この書物は極端に読みづらく、細部が詰めこまれ過ぎていて、簡単には理解が及ばないのだ。またクリストファー・トールキンが『中つ国の歴史』の各部につけた解説の多くからも、似たような印象、つまり彼の父が、小さな点、もしくはＯＥＤの言葉を借りれば「些細な」事について、始終書いたり書き直したりを繰り返し、その結果（『ホビットの冒険』と『指輪物語』以外）仕上がった作品が何もなかったという印象を受ける。この仕事の多くは、『指輪物語』の成功に不可欠であった（私はこの点を二章から四章までで説明できていることを願う）。しかし無駄になってしまった仕事も多い。トールキンは彼の作品のここかしこで、「ニグル」することを悪徳として描く選択をしている。「ナルン・イー・ヒン・フーリン」のサドルは、「命じられてもいないつまらないことに時間を費やす」とモルウェンから非難される（『終わらざりし物語』）。これはトールキンが弱さとして認識し、自分にもあると感じていた欠点だったのだ（「私は生まれつきの『ニグル屋』なのです。ああ！」とトールキンは、一九六一年のレイナー・アンウィンへの手紙の中で宣言している）。従って「ニグルは長い旅に出なくてはならなかった」と説明される旅が死であるとしても、ニグルは万人とではなく、トールキンとイコールで結ばれるべきである。

ニグルは画家であるのに対し、トールキンはもちろん傑出した作家だった。確かにトールキンの絵は驚くほど魅力的で、その多くは一九七九年出版の『Ｊ・Ｒ・Ｒ・トールキン画集』に収められてはいるが、絵を描くのは、ほとんどいつも著作の挿絵としてであった。ニグルに戻ると、彼は優れた画家だったのだろうか？　これは物語の冒頭二段落目から五段落目で提示されている疑問であり、その答えはかなり複雑である。彼は確かに「非常に成功した画家とはいえなかった」。理由の一部は「ニグルは、もともと木よりも、葉の方をうまくかけるたちの絵かきだった」からである。しかし「ニグルをとりわけ悩ませる絵が一枚あった」。その絵は「風にもてあそばれる一枚の葉」から始まったが、すぐに一本の「木（tree）」になり、それがこの特別な「木（Tree）」の絵になっていった。その木の背後には「一つの国があらわれはじめた。かなたには、木々が大地に列をなす（marching）森や雪をいただいた山々の姿が垣間見えた」。ニグルをトールキンに翻訳すれば、この部分の意味はわかりやすい。トールキンは、一九一四年の「エアレンデルの歌」のような短い詩作から始めた（いわば葉である）。それは、詩の解説となる物語へと発展した（出版されなかった「失われた物語の書」や「クウェンタ・シルマリルリオン」のような著作である）。書き進めるにつれ、「一つの国があらわれはじめた」（『指輪物語』の初期段階の創作について述べた二章を参考のこと）。そこには「木々が列をなす森」も垣間見えた（行軍する〈marching〉エントたちであろう）。「ニグルは、ほかの絵に興味を失った。かきかけの絵のなかで使えそうなものは、この巨大な絵のはしに貼りつけた」という部分については、例えば、一九三四年作の詩「トム・ボンバディルの冒険」を『旅の仲間』に導入する決断などと関連付けることができるかもしれない（二章参照）。私は以前の評論で、「葉」は『ホビットの冒険』であり、「木（Tree）」は『指輪物語』であると示唆《しさ》した。しかし未発表の原稿が次々と世に出て、これら二作品が発展したのは他の著作より遅い時期であったことがわかったため、私の説は疑わしいものとなってしまった。今ではもう少し曖昧《あいまい》にこう言わざるを得ないだろう。ニグルの「巨大な絵」とは、彼の心の中にだけ存在する、創世から第三紀終わりまでのアルダの歴史全体を統合し、完全に描ききった作品であると。

ただしニグルには、もう一つの成功しない理由がある。「大きすぎ、ニグルの技術のほどからみれば野心的でありすぎた」絵を描くことの他に、（こちらの方が最初に言及される理由なのだが）「ほかにもすることがたくさんあった」からだ。何より彼には、家や庭や多くの来客があり、厄介な隣人パリッシュ氏もいた。もしこの物語が実際に寓意だとするなら、それ故イコールで結び付けられる関係性によって成立しているのなら（四章参照）、これらが一体何を表象しているのかを問わずにはいられない。その多くは、トールキンの仕事の特殊な境遇を思い出せばしっくりくる。彼は大学教授（Professor）、それもオックスフォード大学の教授であった。教授の頭文字が大文字であることは重要である。なぜなら（アメリカとは異なり）、過去も今も、オックスフォード大学の専任教員のすべてが教授である訳ではないからだ。実際教授になれるのは、ほんのわずかな人数であるし、トールキンの時代にはさらに少なかった。教授とは、実は講座担当主任なのである。トールキン時代のオックスフォードの英語英文学科には、きっかり三つしかその地位はなかった——トールキンが一九二五年から一九四五年まで就いていた「ローリンソン＝ボズワース記念アングロ・サクソン語」教授職と二つのマートン教授職である。マートン教授職は伝統的に一つが文学研究、一つが言語学研究に割りあてられたが、この言語学教授職にトールキンは一九四五年から退官する一九五九年まで就いていた。これら三つの教授の地位は貴重で、こう言ってよければ、学寮《コリッジ》のフェロー（fellow）や大学の講師——トールキンの時代には三、四十人ほどいて教授職を争っていた——の大部分にとって「垂涎の的」だった。C・S・ルイスですら、その卓越した学識にも拘《かかわ》らず、オックスフォードでは教授職に就けなかった三、四十人のうちの一人に過ぎず、一九五四年に五十五歳でケンブリッジに移って、初めて教授になったことを思い出してもよい。教授職に価値があるのは、第一に、その任が学寮からではなく大学から任命されており、学寮における学生の個別指導という責任のある非常に時間を食う仕事から解放されるからである（私の時で、毎週十二から十六時間ほどであった）（訳注　イギリスの大学は、日本とは大きく異なっている。大学で学ぶには、まずいずれかの学寮に入らなければならないが、これは単に教員と学生が起居を共にする場ではなく、フェローと呼ばれる教員の下で学ぶ独立した教育機関である。決められたチューター〈tutor〉から個別指導を受けるのも学寮単位である。一方学寮の教育とは別に、全学寮を横断する形で大学が運営する学科の講義があり、トールキンが担当していたのはこちらの枠である)。他の教員と比較して自由な時間が与えられる見返りに、教授は、学寮枠を越えた学部生対象の講義を一定数担当し(『或る伝記』を書いたカーペンターは、年間三十六回としているが、私は七回講義を五セットで三十五回だと思う)、大学院生を指導し(トールキンの時代には比較的人数は少なかった)、何より自身の学問分野における研究の発展に、主に出版によって貢献しなければならない。

トールキンがこの点について、募る居心地の悪さを感じていたとしてもおかしくはない。「ニグルの木の葉」が書かれた一九三九年までに、彼は二つの重要な学問的「ヒット」を飛ばしていた。前に述べた、一九二五年出版の『ガウェイン卿と緑の騎士』の校訂本と一九三六年の『ベーオウルフ』講演である。この二つは、大抵の学者がものにできる以上の業績であり、多くの教授たちに比肩し得る研究である。ただ後が無かった。企画していた『真珠』の校訂本は、彼の名前が載ることなく出版された(四章参照)。『ベーオウルフ』講演に続く唯一の業績、『フィンとヘンゲスト』の校訂本は、死後出版であった(文献学においては周縁的な存在であるが、これに古英詩『出エジプト』の校訂本も加えてもいいかもしれない。こちらも一九八一年にやはり死後出版で発表された)。さらに中英語研究においてもトールキンは、ヘレフォードシャーで書かれた初期の文献群の方言についての一九二九年の論文によって、かなり重要な足跡を残していた(ヘレフォードシャーもトールキンの愛したウェスト・ミッドランドの州の一つである)。明らかに彼は、この続きを一冊の本にできるくらいの大きな研究にするか、続き物の論文として発表することを期待されていたのに、そうしなかった。その文献の一つ『修女戒律』は、退官後の一九六二年に出版されたが、それは写本を転写しただけのもので、脚注も語彙解説もなく、序論も別の学者によって書かれていた。時間と教授職という恵まれた地位を濫用したという告発に対して、トールキンは、弁明しようと思えばできただろう。カーペンターの『或る伝記』によると、トールキンは教授になった二年目に、重い負担となる授業数ではないものの、三十六ではなく「百三十六」の「講義や授業」をした。さらに重要なことに、トールキンは、メアリー・サルやシモーヌ・ダルデンヌのような学生や共同研究者を育てた。彼女らは、トールキンの指導に対して心から感謝し、彼の仕事、特にヘレフォードシャーの文献研究を続けた。それにも拘らず、非難は確実に向けられていた。それは一九四〇年時点で既にとは言わないまでも、それから何年も後のことではなかった。J・I・M・スチュアートのオックスフォードを舞台にした実話小説「サリーの階段」シリーズからは、そのこだまを聞き取ることができる。三巻目の『追悼式』には、「ティンバーミル教授」について話し合う二人の人物が登場する。

「嘆かわしい話だ」［欽定《きんてい》講座担当教授は］いきなり結論を下した。

「ティンバーミルのことですね？」

「ああ、その通り。卓越した学者らしいが。専門分野においては並ぶ者がないし。どこかで道を踏み外してしまったんだな、この世の終わりを舞台にした空想小説などという、気の狂った長い小説を書くなんて」

リントン通りに住む「ティンバーミル」は、文献学教授で、『魔法の冒険』の作者である。ノースムア通りに住んでいた文献学者のトールキンと結び付けているのは明らかで、「道を踏み外した」という判決も、オックスフォード内部でしばしば下されていたものである。

こうしたすべてが、「ニグルの木の葉」冒頭近くの不吉な文章に反映されている。ニグルの「客のある者は、庭の手入れがゆきとどいていない（neglected）とほのめかした。そして検査官がやってくるかもしれないとおどした」。トールキンの時代には、イギリスの大学に「検査官」はいなかった——現在は、五年ごとの研究審査という形で存在する——だからこの暗示が実際に何を示しているのかはわからない。しかしトールキンにあてはまる内容であることは確かである。一九五八年に書かれたある手紙の中で、彼は返事が遅れたことを謝り、休暇中であったことを伝えている。その休暇が与えられたのは、

（『指輪物語』のような）学問とは関係のないくだらないことに専心している間に、怠っていた（neglected）研究の一部を完成できるようにという意図でした。つまり同僚の多くはこういう言い方をしているのです。（『書簡集』）

こうした事実を頭に入れて読めば、寓意として解釈し続けることが可能になり、「ニグルの木の葉」はより一層個人的で胸を打つ物語だと理解できる。ニグルのようにトールキンがしなければならなかった「ほかのたくさんのこと」とは、講義や卒業論文指導や学部会議の他、試験の準備や採点、学部人事に関わる用事などと考えることができるだろう。それは普通の会社勤めを基準にすれば、合計してもそれほど多くの時間ではないように思われるかもしれない。しかしどの教授も口を揃えて言うだろうが、こうしたことで中断されずに研究したり執筆したりできる日はほとんどなく、集中力が途切れてしまうのである。客が訪ねてきた

時に、見た目はニグルが「礼儀を失するようなことはなかった」が、「机の上の鉛筆をもてあそぶ」のは、同僚や学生の話を聞こうとしながらも、「庭に建てた背の高い小屋のなかにおかれていた（その小屋は、以前はジャガイモ畑のあったところに建っていた）」「あの巨大なカンバス」、つまり小説の執筆がいつも頭から離れなかったトールキン自身の姿なのかもしれない。この小屋については、最終的に車庫を改造して作ったトールキン自身の書斎と考える人もいるだろう。しかし実際には、小屋、庭、ジャガイモが字義通りではない意味を帯びている点を次に述べてみたい。

手始めに「手入れがゆきとどいていない」庭だが、そのために検査官が来るのではと暗示されていることからも、これは明らかに専門畑を表象している。トールキンは、自分の研究分野を開拓するために教授に任命されているにも拘らず、前述したように、実際には怠っていると考える者たちが確実にいた。ニグルは、この庭でかつてはジャガイモを栽培していた。そしてトールキンはかつて、自分の専門畑で期待されている学術論文を書いていた（一九三九年までには約一ダースの論文があったが、その後は普通の形の論文はほぼ一本もない）。今やニグルはその庭を、絵を描く小屋の敷地としてのみ使っている。そしてトールキンは、これまでの章で何度も指摘したように、確かにありとあらゆる自身の学問知識を小説の中で利用していた。

しかしその絵を見る客は当然いない。少なくとも客の一部は、彼の「小さな気持ちのよい家」が欲しくて訪ねて来た。彼らは、ニグルがいずれその家を明け渡さなければならないことを知っており、それがいつになるかを計算するのに忙しく、「だれが引き継ぐのだろう、庭の手入れはましになるだろうか」と考えていた。内向きの研究者社会は、死亡や引退で教授ポストが空席になるらしいという噂や、後釜に座るのは誰だとか誰が相応《ふさわ》しいといった憶測で、常に騒がしい。トールキンもこれを耳にせずにはいられなかったし、彼の

「ふかふかの椅子」を引き継ぎたがっている後輩の同僚について、言及もしている（『書簡集』参照）。ニグルと同じように、彼の望みは間違いなく、他のことすべてを忘れて本当にしたいことを続けなさい、そうするための「年金」を出してやろうと、誰か権威のある人から言ってもらうことだった。オックスフォードの教授職は、外からは「実務のない名誉職（sinecure）」のように見えるものの、それが決して、語源の意味するような、煩《わずら》いのない職ではないことを、トールキンはよく知っていた（訳注　sinecure は語源的には without care ＝心配、苦労のないの意）。彼は先ほどの手紙の中で、「ふかふかの椅子」のクッションには、実は「アザミが詰めてある」とひねりを効かせて書いている。公的な年金については夢物語である。「絵が現在の大きさのままであったとしても、仕上げるためには、集中すること、仕事すること、邪魔されずに一生懸命仕事すること」が必要だった（現在の大きさの絵というのは、本当に『指輪物語』だけを指していると、今度こそ解釈できるだろう）。

これまで述べた場面設定に割かれているのは、「ニグルの木の葉」の最初の三、四ページだけである。物語は「戸をノックする音」から動き始める。季節は秋である（トールキンはこの作品を書くまでに四十代後半になっていた）。ノックの主はニグルの隣人パリッシュであった。このパリッシュという人物を、今展開している寓意にきちんとあてはめるのは、そう簡単でないことは認めなければならない。彼は非常に気に障る人物である。ニグルに対する尊敬はなく、しばしば庭の状態を批判し、彼の絵には全く興味がない。時間と資源の無駄としか考えていないのだ。彼はニグルの仕事を中断させても良心が痛まない。仕事と考えていないのだ。そしてニグルが正しくも残された時間がないと感じた時に、妻のために医者を、風で壊れた家のために職人を、自転車で呼びに行ってくれとニグルを送り出す。このずぶ濡れの遠出のせいで、ニグルは絵を完成することができなくなり、風邪を引いてしまう。ようやく風邪が治りかけた矢先に、彼が長い間恐れていた検査官が初めて来訪し、続いてニグルを「旅」に連れて行く運転手も現れる。ここで、ニグルを殺したのは、パリッシュだと言う人もいるだろうが、厳密に言えば正しくない。彼が抹殺したのは、ニグルの時間である。さらにパリッシュの擁護のために、二、三の点を挙げることもできる。しかもそれは語り手あるいは、ニグルの言葉によって表明されているのである。パリッシュの妻は、結局医者に診てもらう必要がなかったと判明するが、本当にパリッシュは足が不自由で、ひどく痛み、自転車を持っていなかった。過ぎ去った日々において「あの男はいいお隣りさんでした。すばらしいじゃがいもを安くわけてくれました。それでわたしはずい分時間を浮かすことができたのです」と言ったのは、旅に出た後、救貧院に入ったニグルである。この物語が成功裡に終わる、あるいは「幸せな大詰め《ユーカタストロフィ》」を迎えるかは、ニグルとパリッシュが協力して、とうとう「ニグルの絵」と「パリッシュの庭」が合体し、「ニグルのパリッシュ（教区）」になれるかどうかにかかっているのだ。

　一九六二年にトールキンは、「パリッシュ」という名前を付けたのは「最終場面で駅員がジョークを言うのに都合がよかったから」と記し、同時に「ニグルの木の葉」は決して寓意ではないと否定している（むしろ神話的だと解釈する方を好んでいた）。なぜならニグルは「色々な性質の混じり合った本当の人間であり、単一の悪徳や美徳を表象する寓意ではない」からである。しかし寓意が、混じり合った性質を表象するのを、放棄しなければならない訳ではない。ニグルとパリッシュを「枝分かれ」で生まれた二人の人物として、つまりトールキンが合体させたいと願っていた、彼自身の個性の二つの側面として解釈するのは魅力的である。片方は創作家で、無責任で、人とのつながりがない（ニグルは結婚していないが、パリッシュはしている）。

もう片方は学者で、現世主義で、実務向きで、成果に直接結びつく仕事をしている（限られた教区《パリッシュ》の務めに専心していると言ってもよいかもしれない）。この考察は、もっとあからさまな「枝分かれ」の二人がいることに注目すれば、より説得力がある。家屋検査官とニグルを旅に連れて行くために来た運転手は、ほぼ同時に現れるが、「この男は検査官にとてもよく似ていた。分身と言ってもよい。背が高く、黒づくめの服を着ていた」（傍線筆者）。さらに三番目の例として、救貧院で過ごした最後の日に、ニグルが自分のことを議論しているのを聞いた二つの声が挙げられる。厳しい第一の声と優しい第二の声である。これら三組は、それぞれ異なる観点から、トールキンの自分自身に対する入り混じった裁定を表象していると思われる。

これらの意見の中心にあるのは、「ニグル」することへの厳しい批判である。ニグルは旅に出る（＝死ぬ）。そうなることを完全に忘れ去っていた訳ではなく、実際に「無駄に二、三のものをかばんに詰め」始めていたが（魂の準備をするため）、ほとんど何もしていないに等しかった。というのも、かばんの中には食べ物も服も入っておらず、絵の具の箱とスケッチブックがあるだけで、結局は列車の中で失くしてしまうからだ（一緒に持って行けないものもある）。彼は「救貧院」に移送されるが、これは明らかに煉獄である。そこでニグルは、前に述べたＯＥＤの定義通りのニグルすること、つまり些細なことにこだわって、時間を無駄にすることを止めるようになる「ニグルは決められた時間内に、きつい仕事をしなくてはならなかった」。それは役に立つものの面白みのない仕事だった。彼が学んだのは、時間のやりくりである。

ニグルはベルがなると、直ちに仕事につき、次のベルがなると、きちんとそれを止めることができた。なすべき時に仕事をつつがなく続けられるように、きちんと用意をととのえた上で、今ではニグルは一日のうちにかなりの量の仕事をした。ニグルは小さな仕事を手ぎわよく仕上げた。

これはもちろん彼が生きている間に学ばなければならなかったことである。それは彼に「喜び」をもたらさなかったが、少なくとも「満足感」は与えた。彼は「時間を支配できるようになり」、常に「急いで何かをしなくてはならないという感覚」は無くなった。彼の問題に同情し、同じ解決に到達できることを望む学者や会社員は多いだろう。しかしその代償は何だったのだろう?

ニグルが去らなければならなかった世界において、彼の払った代償はすべてだった。家屋検査官は最終判断を下して、パリッシュの見解に同意する。ニグルの絵には価値がない。絵を描くための材料を、パリッシュの家の修理に使うべきだった——「それが法律なのです」。世間の見方も彼に強く同調している。語り手はこれより前、木の絵は「好奇心をそそった。それなりに独自性があった」ものの、「実際あまり良い絵とは言えなかった」と説明し、その一方でニグルも独特の人物であったが、同時に「ごくありきたりの、どちらかと言えば馬鹿な小男だった」と述べている。この最後の評価はそっくりそのまま、物語の最後から二番目の、三人の人物がニグルの思い出話をする場面で繰り返される。トムキンズ顧問官が「彼は馬鹿な小男だった」と言うのである。アトキンズは反論するが(この場面の登場人物はみな、バギンズ型ではなくハギンズ型、つまり名前に小ささを表す語尾を加えてできた苗字であることに注目)、そのアトキンズは「ただの学校教師でお偉方なんぞではなかった」。ニグルの「小さな気持ちのよい家」は最終的にトムキンズが手に入れた。ニグルのカンバスはみな修理のために使われた。アトキンズは何とか一枚の絵の切れ端を取って置き、額に入れて町の美術館に飾ってもらうまでしたが、最後に美術館も葉の絵も焼け落ち、ニグルも彼の作品も「彼の住んでいた地方では全く忘れ去られてしまった」。彼の地上における墓碑銘ともいうべき言葉は、パーキンズの「ああ、かわいそうなニグル！　あの男が絵かきだったとは知らなかったよ」という感想だった。この忘却の運命こそが、トールキンの恐れていたものであったに違いない。この作品が書かれたと思われる一九三九年には、そしてカトリック雑誌から原稿を頼まれた一九四四年にも、これは全くありそうなことであった。物語のタイトル「ニグルの木の葉」は、皮肉にも、美術館で展示され、後に永遠に失われてしまった断片的な絵の表題と同じである。同じ頃トールキンは、別の折に、彼の著作が理解も読まれもせずにただ残ることを、鬱々と想像している（『サウロンの敗北』参照）。一九四四年の時点でトールキンには、短編の「ニグルの木の葉」が、三十年に及ぶ著作のうち（『ホビットの冒険』を別にして）唯一世に残る作品に思えたとしてもおかしくはない。

　しかしそれは物語の半分でしかない。『指輪物語』のクライマックス同様、「ニグルの木の葉」には、今度は物語の「枝分かれ」が描かれている。現実の世界、生きているものの世界はニグルを退け忘れ去る。この観点からすればニグルの物語は悲劇である。しかしもう一つの真の世界、死後の世界は「幸せな大詰め《ユーカタストロフィ》」を迎える。二つの声が彼のことを話し合い、第二の声が（「慈悲」の寓意ではないかと思う。対するのは「正義」で神の四人の娘のうちの二人である）、ニグルの弁護をするのである。ニグルには絵を描く才能があった。けれども謙虚であった。彼は自分の務めを沢山果たした。それに対して報いを期待せず、感謝すら求めなかった。自分のしていることを十分承知していながら、最終的には自分を犠牲にした。トールキンは、少なくとも最初の四つの項目が、自分にもあてはまることを望んでいたのかもしれない。ニグルへの報いは、彼の絵が旅の終わりに現実のものとなっているのを見つけることであった。その時、彼の「準創造」は創造主に認められ、細部まで描きこまれ「完成して」いた（彼が去った世界で起きたことと全く逆である）。ただしこの絵は、まだ描き足す巨大な余地があるという意味で、「完結して」いる訳ではない。それを仕上げるためには、パリッシュが必要だった。パリッシュの救貧院で過ごした時間は、明らかに彼の実務的な側面を減らすために使われていて、その逆ではなかった。最後にニグルはその「木」にさえ背を向けて、別の場所へ向かう心構えができる。その道案内をするのは「羊飼いのように見える」男だった（あからさまにイエス・キリストを暗示している）。大きな木とその周囲の国は、他の者への「休暇」として、「疲労回復剤」として、また「山々への道しるべ」として、天上の国に残された。それは一層皮肉なことに——そしてその皮肉をトールキンも深く感謝していたに違いないが——我々の現実世界で、彼の著作が独自に成し遂げたことであった。彼の「絵」すなわち作品は、完成したものも未完成のものもあり、決して完結していなかったが、大半が出版されることによって、ニグルの木と同じ役割を果たすことになった。「ニグルの木の葉」は、複数のレベルにおいて喜劇、それも「神聖な喜劇」として終わる。しかし終局が「神聖な喜劇」に向かっているとしても、挫折、不安、不満といった地上における悲劇的な感覚から湧き出て、それがそのまま組みこまれている作品なのである。

書いては書き直された詩

こうした悲しい感情は、トールキンの三十数編に及ぶ別々に出版された詩に、ある程度映し出され、その度合いは次第に増していった。その詩の中には完全に喜劇的な作品もある。「ビンブル・タウン」(英国の海岸保養地)についての二つの詩「ビンブル・タウンの進歩」や「竜の訪れ」のような詩である。また難しい韻律を使った習作もある。後に長く書き足されて「ビルボの裂け谷の歌」になった「諸国遍歴」が一例である(『アイゼンガルドの裏切り』参照)。しかしかなり多くの詩が、「失われた環《ミッシングリンク》」詩、もしくは「疑似原詩」と説明できる詩群に含まれる。これらは、サー・マコーレイの詩歌集のように、トールキンが文学史の空白を埋めるために書いた詩である。例としては、トールキンが一九二三年にアングロ・サクソン語で書いた「卵」のなぞなぞ詩、同年の二つの「童謡」詩(一章参照)、『文献学者のための歌』に収められた古英語で書かれた二つの「異界に囚われた人間」の詩(これを私は現代英語に翻訳して『中つ国への道』の附録に再録した)。最後の二つの詩はやはり、例えばキーツの「つれなき美女」のような、ずっと後の時代の詩の存在したであろう「原詩」を再建したものと容易に見て取れる(訳注 英詩人キーツの「つれなき美女」は彼の代表作の一つ。野をさ迷う騎士が問われて語るに、妖精の乙女に出会い、深く愛し、誘われて洞窟へ行ったが、そこで夢に現れたのは過去に彼女の虜にされた人々。目が覚めると一人さ迷う身になっていた、という古典的な妖精との出会いを歌う内容。多くの絵の題材となっている)。それとは逆に、一九二三年にトールキンは、『ベーオウルフ』から「呪いのかけられし、いにしえの人々の黄金」という一行を取り出し、それをタイトルにしてまるまる一つの詩を作った。この詩は、どのようにして宝の呪いが、次々と変わる所有者たち——エルフ、ドワーフ、竜、人を裏切り、腐敗させるかを扱っており、トールキンは『ホビットの冒険』以降このテーマに立ち戻ることになる(一章及び四章参照)。彼はこの詩を書き直して、出版を繰り返した。一九三七年には同じタイトルが、一九六二年と一九七〇年には「宝物」というタイトルが付けられていた。トールキンの面白くて陽気な詩のうち最良の数編は、選り出されて、一九六二年出版の『トム・ボンバディルの冒険』に収められたが、残りは未発表のままであった。ハモンドとアンダーソンの『註釈付き書誌』によれば、「ビンブル」の詩は六編ある。トールキンの「失われた環《ミッシングリンク》」詩の中で最長のものは、やはり未発表だが、おそらく「シグルズの新しい歌」であろう。この詩は、例によって、『古エッダ』の現存する重要な写本の一つから多くのページが失われていることから生じた、英雄シグルズの冒険の空白部分を埋めるために書かれたと言われている。

しかしながら、かなり初期の段階から、トールキンはそれほど陽気ではない多くの詩を書いて出版してきた。実際それらの詩では、死と不死のテーマに心を奪われているように思われる。そのうちのすべてではないがいくつかは、書き進められていた「シルマリルの物語群」に関連付けられた。例えば、彼が「神々の都」として一九二三年に出版した詩は、『失われた物語の書』Ⅰの中で、トールキンの神話世界の地理上「コール」と呼ばれる町だという背景が与えられた。同じことが「幸せな航海者たち」（一九二〇年出版。一九二三年にはタイトルが古英語に変えられ、後に『失われた物語の書』Ⅱに収録された）、「はなれ島」（一九二四年出版。ただし書かれた時期については『書簡集』の注参照）、「名もなき土地」（一九二七年出版。『失われた道』において「エルフウィネの歌」とされた）にも言える。お互いかなり似通ったこれらの詩は、最初に出版された時には「シルマリルの物語群」と内容がかけ離れていたが、それでもやはり当時から何かを物語っていたのである。

これらの詩はまず、静的である。とある町、国、島の、幻視もしくは観察とも言うべき作品である。「神々の都」は十四行詩《ソネット》で、ある石の町をただ描写しているだけである。その町には、住む者も、いかなる音もなく、暑い午後の日差しに照らされている。「はなれ島」は十二行からなる連が二つに、結尾として一行が加わった形で、島で妖精たちが舞い踊り、鐘が鳴る様が描かれている。話はやはり進まず、あらすじの痕跡すら感じられない。「名もなき土地」は、『真珠』と同じ、非常に難しい連の形式に則った六十行の詩で、「そこでは」という言葉から始まって、再び海辺の楽園の風景が描かれる。この島に住むのは、人間ではない踊り手だけである。なぜならそこは「人のいることが許されない」場所だからである。「幸福な航海者たち」はもう少し話に動きがあり、次のように始まる「私は西の塔の窓を知っている」。窓から外を見た観察者は、「数艘の妖精の船が行く（中略）影と危険な海を抜け／陽の射さぬ土地を越え、妖精の野原へ向かって」行くのを目にした。この最後の「妖精の野原」とは、間違いなく「人のいることが許されない」「名もなき土地」のことであろう。塔にいる観察者は、船を追っていくことはできない。船は「幸福」だが、彼はそうではない。「名もなき土地」は、「憬《あこが》れの灯は燃え上がって消える」という憧憬のイメージで終わる。それは「はなれ島」の、「私は汝と汝が美しき城を恋い慕う」という想いと同じである。しかし憬れには力はない。「はなれ島」の最後は「ああ、輝ける孤島よ、さらば」で終わるのだ。「シルマリルの物語群」の地理の中で、もちろんこれらすべては、上手くつなぎ合わされている。それは「エルフウィネの歌」の中でも同様で、エルフウィネはアングロ・サクソンの船乗りで、「名もなき土地」、すなわち現在の呼び名では「トル・エレッセア」に、ある物語では到達し、別の物語ではその幻を見たとされている。ただ、これらの詩そのものから受ける印象は、この世にある観察者が、到達することのできない理想の風景の幻に憑《とりつ》かれた姿である。そこは楽園で、彼は永遠に足を踏み入れることができない。観察者は死すべき運命の者で、その土地は不死の者の場所だからである。

第二の、後年のグループの詩では、死すべき運命の人間が不死により一層接近する様を、トールキンは想像している。これらの詩は、しかし、以前の幻より悲しく、書き直されるごとに悲しみを増していった。最初に書かれた詩は、「ニグルの木の葉」のように、おそらく依頼に応えて送ったものである。今回依頼してきたのは、ローハンプトンの聖心修道会で、詩はそこの一九三四年の『年報』に掲載された。八行からなる連が十三続くこの詩は、一人の少女フィリエル（Firiel）の物語を語っている。彼女は夜明けに実家を出て、エルフの船が行くのを見る。エルフは彼女に一緒に来るよう誘う。彼女はどこへ行くのかと尋ねる「灰色の凍った北の島へ？」違う、とエルフは答える。「最後の山の向こうのエルフの故郷へ」、トールキンの初期の幻に出てきた同じ鐘へ、塔へ、海の泡へ。彼らは言う。「草が色褪せ、葉の落ちる」死すべき人間の世界を後にして旅立とう——こんな誘いを受ける者はほとんどいないのだよ。フィリエルは、船に向かって一歩踏み出すが、心が挫け、エルフたちは去ってしまう。彼女は家へ、「屋根と暗い戸口の中」へと帰り、露と幻は消えて行く。再び日常世界に埋没し、家事をこなし、「あれやこれや」のおしゃべりをして、朝食も食べる。詩の最後の言葉は、「どうぞ蜂蜜を取ってくださいな」であった。トールキンはこの詩を書き直し、「最後の船」というタイトルで『トム・ボンバディルの冒険』の最後に収録した。やはりフィーリエル（Firiel）（今度はこの名前に変わっている）は出かけ、エルフの船を見て誘いを受け、質問をして答えをもらう。ただし今回は、これが最後の船であることや、もう一人だけ乗せる場所があることや、これがエルフの「最後の呼びかけ」であることが明らかにされる。今回フィーリエルが足を止めたのは、「心が不安になりひるんだ」からではなく、「足が土の中に深く沈んだ」からであった。彼女はエルフに向かって叫ぶ「だめなのよ。あたしはこの世の娘」。彼女が帰る場所も、「屋根と暗い戸口の中」だけでなく、今回は「家の影の中」であると書かれている。そして最も重要なのは、慌ただしいおしゃべりと楽しい朝食を描いた二連が削除されていることである。フィーリエルの服はもはや「緑と白」ではなく、飾り気のない「赤茶色」で、彼女はただ「自分の仕事」に向かう。朝についての言及は「すぐに陽光は薄れました」という一文だけだ。詩の最後の一連は、この世は今もなお存在しているが、そこから出て行く道はもうないと語る。この連は、一つ前の連と同じく「[歌も] 消えました (faded)」という言葉で終わっている。「最後の船」では、喪失感、死の感覚が「フィリエル」よりずっと強い。そして喪失は、不可避のこととして示されている。フィーリエルは、神が土から作られたアダムの子孫同様、「土くれ」でできている「この世の娘」(Earth's daughter = 「大地の娘」の意味にもなる) である。それが彼女の受け入れなければならない運命である。実際彼女の名は、一九六二年版『トム・ボンバディルの冒険』の、ホビット詩の編者を模して書かれた「まえがき」で、単純に「死すべき定めの乙女」の意味であると説明されている。これは、拒絶された「死からの逃避」を歌った「反《アンチ》妖精物語」なのである。

これと非常によく似た形で、トールキンは、一九三四年に書かれたもう一つの詩「いかれ男 (Looney)」を書き直し、「海の鐘」として『トム・ボンバディルの冒険』に収録している。この二つの詩は共に、エルフの故郷に辿り着いた人間の身に起こることと、その男が古い伝承通り、キーツの「つれなき美女」の騎士のように元には戻れなくなってしまう様子を考察している。この作品では、書き直しによって、内容が大幅に付け加えられた。一九三四年版では六十行だったものが、一九六二年版では百二十行になった。そして編者の「まえがき」では、さらに不吉なことが暗示されていた。「いかれ男」では、詩の主な部分を伝える語り手 (「いかれ男」つまりタイトルにある狂人) は、冒頭次のように尋ねられる「どこへ行っていたんだい? 何を見たんだい/ぼろをまとって通りを歩き?」男は答えて、誰にも会わない土地から来たと言う。空っぽの船に坐ったら、そこに着いた。命じもしないのに「別の国」へ連れて行かれたのだと。どうやらそこは、前に述べた「幻」の詩と同じ、花や鐘や姿の見えない踊り手の国のようである。ということは「いかれ男」は、フィーリエルや憧れを抱く幻視者たちとは異なり、実際に「名もなき土地」に到達したのだ。しかしそこに「暗い雲」が現れると、雲行きが怪しくなる。泉は消え、葉は落ち、海は凍る。彼は空っぽの船に戻って帰郷し、見知らぬ国で集めた「真珠や水晶」がみな「小石」に、「花」が「萎《しお》れた葉」になっているのに気づく。残されたのはただ貝殻一つで、その中からは何かのこだまが聞こえる。それは音楽なのかもしれないが、詩は語らない。「妖精の金《きん》」が葉に変わることや、エルフに拒まれた人々が社会に戻れなくなること、そして往々にしてその理由が、かつて知っていた人々がみなもう亡くなっているからということは、もちろん伝統的な話である（二章参照）。一九三四年の「いかれ男」は、だから、この伝承の決まりごとの範囲内で理解できる話である。

しかし一九六二年の「海の鐘」では、もはや冒頭の問いかけはなく、語り手も「いかれ男」ではない。その一方でトールキンは、『トム・ボンバディルの冒険』の「まえがき」の中で、ホビットの残した写本の編集者を装って、この詩が「ホビット族伝来であることは間違いなく」、詩集の中で「一番後の時代のもの」で、指輪戦争の終結した後に始まる「第四紀に書かれたものだ」と発言している。それでもこの詩が第三紀の詩集に収められたのは、「写本の上部に手書きでフロドの夢（Frodos Dreme）」と走り書きしてあったから」だという。このトールキンの最後の発想の狙いは、一体どこにあるのだろう。またもや「枝分かれ」なのだろうか？『指輪物語』の終わりで、ビルボとフロドは、エルフウィネやフィーリエルや他の幻視者とは異なり、実際に中つ国を去り、「白い岸辺と、その先にはるかに続く緑の地」へと「大いなる逃亡」を果たした。しかしそのほんの少し前に、フロドは、「わたしは傷ついている。二度と癒ることはないのだよ」と言っていたのだ。「ニグルの木の葉」の地上と天上の結末と同じように、もしくは、サムとフロドがモルドールで倒れて死にかけ、寝ている間に鷲《わし》に救い出された場面と同じように、私たちはある意味二つの結末を与えられているのだ。物語が承認した「幸せな大詰め《ユーカタストロフィ》」の結末と、より一層とは言わないまでも、同じくらいに説得力のある悲劇的な結末——「世の中のこととはこういうものなんだよ、サム」という結末である。

「海の鐘」あるいは「フロドの夢」の詩は、人間であれホビットであれ、不死の幻を追いかけた者たちに、ごく当たり前の結末を与えている。それは、指輪所持者のために特別に用意された結末とは異なる。幻を追う者は、「海の鐘」が鳴り響くのを聞き、空っぽの船に乗りこみ、気づけばトールキンが常に思い浮かべていた世界、つまり見えない踊り手がいて、遠くに音楽の聞こえる、輝く宝石のような国へと運ばれている。そこで「いかれ男」同様、異変が起こる。ただし「海の鐘」では、その異変は、驕《おご》り高ぶったことへの罰のようである。語り手は、自らのマント、杖、旗、冠を作り、「この国の王」と宣言し、住人に姿を現すよう要求する。その途端に雲が広がり、魔法は解け、「かぶと虫」や「くも」や「ほこりたけ」の地に変わってしまう。語り手は老人になってしまったと悟る——「年月が背中に重くのしかかっていた」。船は彼を元の場所に連れ帰る。彼には何もない。貝殻でさえ今や「沈黙して物言わず」、こだまは聞こえない。

私の耳があの鐘を聞くこともあるまいし、
私の足があの岸辺を踏みしめることもあるまい。

この語り手は、追放されただけではない。幻も消えてしまったのである。「海の鐘」において私たちは、トールキンが「大いなる逃避」という考え自体に、そして五十年近くも彼と共にあったイメージの数々に、別れを告げている姿を見ることができるのかもしれない。

失われた道

今まで示してきたトールキンの抱いていたイメージのうち、最も長い間彼の心を占めていたのは、海を越えた向こうの遠い国、「西方国」、「至福の地」、「地上の楽園」、「不死の国」のイメージであった。これらはトールキンだけのイメージではない。なぜならこのような信仰の暗示は、北ヨーロッパの文学に広く散見できるからである。例えばアーサー王は、傷を癒して、いつの日か「アヴァロン」から戻ってくるために、海の向こうに連れ去られた。トールキンの神話では、「アヴァルローネ」は、離れ島「トル・エレッセア」の土地の名になっている。ジブラルタル海峡の西にあったとされる楽園「アトランティス」の水没の伝説は、既にプラトンにも知られていた。トールキンにおいて「アタランテ」とは、エルフのラテン語、クウェンヤで、「ヌーメノールの水没」を表す言葉である。「聖ブレンダンの航海」の伝説は、複数の言語で様々な異説が残っているが、それをトールキンは書き直して、「航海譚《イムラブ》」という最も成功した、後期の「(不)死の詩」を書いた（詳細は後述）。またこれまでの例ほど有名ではなく、まだ解明されていないモチーフではあるが、『ベーオウルフ』の謎めいた始まりを挙げることもできる。一人の子供が海の向こうから遣わされ、デーンの国の王シェーフ（Scēf）、あるいはトールキンが同名のタイトルで詩を書いた「穀物束（Sheave）の王」となり、最終的には死後船に乗せられて「彼を遣わした者たち」の元へ送り返されるのである（訳注　麦の穂の積まれた小舟に乗っていた幼いシェーフ〈穀物の束の意〉をデーン人〈デンマーク人〉が見つけて、デーンの中興の祖となる王に育てた。やがてシェーフの子孫にシュルド〈楯の意〉という豪傑の王が出て、デーン人の国デネを強くしたという伝説が元と考えられている。『ベーオウルフ』では、小舟に乗せられていたのはシュルドであったように語られていて、混乱が見える）。ついでながら、送り先が「彼を遣わした唯一絶対の神」ではないことにも注目したい。『ベーオウルフ』詩人は確実にクリスチャンであったにも拘らず、異教的な複数の神々を思わせる表現をしている。イングランドからスカンジナヴィアにかけては、亡くなった王や貴族を舟に乗せて送り出したり、楕円形に並べた巨石を舟に見立ててその中に埋葬したりする習慣があったが、その理由は、海の向こうに死者の国、もしくは来世があるという信仰であったに違いないと、トールキンは論じている。実際これ以上の説明は、なかなか思い付かないだろう。

　例によってトールキンは、これらの断片的な暗示を、自身の著作で使うために翻案し、少なくとも二度は、最も脂がのっていた時期に、それを出版できる長い物語にしようと試みた。この試みは現在「失われた道」（おそらく一九三六年に執筆され一九八七年に同じタイトルで出版された）と「ノーション・クラブ会合録」（おそらく一九四四年に執筆され一九九二年に『サウロンの敗北』の一部として出版された）に残されている。しかしこれらの物語の枠組みを作るにあたって、トールキンは言うまでもない問題に直面した――アメリカ大陸の発見である。五、六世紀の人物である聖ブレンダンや中世のアーサー王伝説研究家は、西方の海の向こうに超自然的な場所があると信じられたかもしれないが、今では不可能である。従って、完成こそしなかったもののトールキンが書き進めていた神話では、「失われたまっすぐな道」が存在するというアイディアによって、問題が解決された。ついでながらこれも、両立し得ないものの仲介をするという、神話の効用を示すもう一つの良い例である（四章参照）。トールキンによれば、ヴァラールの住まうアマンは、中つ国から二度断絶された。最初は、ノルドールの離反及びフェアノールと追随者の中つ国への帰還の後。この時ヴァラールは、アマンと中つ国の間の海を「暗闇と惑わし」で満たした。その結果、物理的に隔絶された訳ではないが、それでもやはり「至福の国はかれらにとざされることになった」（『シルマリルの物語』十一章）。しかしこの道は、シルマリルの光に導かれたエアレンディルによって、再び開かれる。第一紀末の大会戦において、ヴァラールに味方した人間は、褒美《ほうび》として、海の底から押し上げられた新しい土地ヌーメノールを与えられただけでなく、新たに不死の国の岸辺を望み見ることを許された。しかし結局はヌーメノールの王がサウロンに誘惑され、死に対する怒りや恐れから堕落して、アマンに侵攻し力づくで不死を得ようと、無数の艦隊を率いて船出することになる。それに対しヴァラールは、いわば地上の大天使のような存在であったが、アルダの統治権を放棄し、唯一絶対の神、創造主イルーヴァタールに呼びかける。するとイルーヴァタールは「世界を作り変えてしまわれた」。ヌーメノールの地と艦隊は海に飲みこまれた。アマンとエレッセアは永遠にこの世から取り去られ、「隠された事物の領域」に入れられた。その場所には「新しい地と新しい海」が作られた——これがアメリカの創造に違いない。そして（トールキンは表立って語ってはいないが）この時初めて世界は丸くなったのである。『シルマリルの物語』の「アカルラベース」の最後には、生き残ったヌーメノールの子孫が再び海に出て、かつてそこに在ったと知る西方の土地を探し求めたことが書かれている。彼らの見つけたのは「死から免れ得ぬ」土地だけだった。そして、さらに遠くまで進んで行った者は、最終的に出発の地に戻ってしまい、「すべての道は、今は湾曲している」と言った。人間の伝承学の大家たちは、まっすぐな道が、それを見つけることを許された者には今も存在しているに違いないと主張し続けた。その道は地上を離れ、大気圏を抜け、宇宙を越え、「あたかも目には見えない巨大な橋」のように「離れ島」に至り、さらに先のヴァリノールまでも続くという。『指輪物語』の終わりで、フロドと一行が辿ったのも、この道に違いない。またこの道を行くよう、フィーリエルは招かれ、（おそらく）「いかれ男」は通ったのだ。他にも、「何かの運命か、恩寵か、あるいはヴァラールのおかげにより」この隠された通路を見つけた者がいるかもしれないと、トールキンは示唆する。おそらく言葉の本当の意味は理解していないのだろうが、ホビットも歌っている。

角を曲がれば、待ってるだろうか、
新しい道が、秘密の門が……

「アメリカ大陸の問題」は、晩年までトールキンを悩ませ続けた。彼はこれまで述べてきた解決に満足せず、まだこのような神話が、科学の時代に受け入れられるのだろうかと自問した（『モルゴスの指輪』と『トールキンの伝説集』収録のハモンドによる論文を参照のこと）。トールキンの懸念は、曖昧さには著名な先輩がいたことを思い出せば、和らいだかもしれない。『失楽園』の十巻においてミルトンは、地軸の傾きについての一節を二重の視点で書き、読者が伝統／神話的説明、もしくは現代／科学的説明のどちらを信じてもいいようにしている。むしろそれより差し迫った問題は、トールキンが常に直面していた問題でもあるのだが、イメージを物語に変えるという課題であった。ジョン・ラトリフの『トールキンの伝説集』収録のまた別の論文によると、C・S・ルイスとトールキンがそれぞれ物語を一つ書くと決めた有名な話（非常にはっきりと『書簡集』に記されている）——この時、ルイスは宇宙旅行について、トールキンは時間旅行について書くと決めた——は、ルイスがチャールズ・ウィリアムズの作品を読んで、「哲学スリラー」のようなものを書くことが可能だと悟ったのがきっかけらしい。そこでルイスは『沈黙の惑星を離れて—マラカンドラ・火星編』（一九三八年）を上梓し、その後さらに二巻の続編を書いて「別世界物語三部作」（筑摩書房）にした。そして三作目の『いまわしき砦の戦い—サルカンドラ・地球編』（一九四五年）では、綴りこそ違うものの、明らかにトールキンを指していると思われる言及もしている。一方トールキンはと言えば——袋小路に入っていた。

トールキンが「失われた道」で意図していたことは極めて明白である。ドワーフを表す現代英語の dwarf、古北欧語の dvergr、現代ドイツ語の Zwerg という言葉のセットと同じように（序参照）、トールキンはゲルマンの伝承に見られる名前の一貫性や連続性に強い関心を抱き、そこには何か意味があるに違いないと感じていた。彼には、パウルス・ディアコヌスの『ランゴバルド史』の有名な話に現れるアルボイン（Alboin）とアウドイン（Audoin）という名前が、古英語のエルフウィネ（Ælfwine）とエアドウィン（Eadwine）と、もっと言えば現代英語のアルウィン（Alwyn）とエドウィン（Edwin）は、単に綴りが違うだけであることがわかっていた。そしてこれら三組の名前はそれぞれ、前者が「エルフの友」、後者が「至福の友」の意味であり、さらに古英語には第三の名前オスウィネ（Oswine）があって、こちらは「神（ōs）の友」、あるいは少なくとも「異教の神々（osas＝前記 ōs の複数形）の友」つまり北欧神話の「アース神族 Æsir の友」を意味していたことも知っていた。オズワルド（Oswald）やオスウィネといった ōs が含まれる名前は、しかし、クリスチャンやさらに聖人にも付けられていた。このことから、トールキンはかなり大胆に、osas/Æsir を悪霊ではなく、半神、大天使、もしくは彼自身の神話におけるヴァラールと結び付ける心づもりであった。トールキンの狙いは、『ホビットの冒険』の出だしの数章でしたのと同じこと、つまり伝承の物語を新しい文脈に入れること、特に今回は時代のずれを導入するだけでなく、現代の文脈に移し替えることであった。名前は繰り返し現れる。まず三人の現代イギリス人のキャラクター、名前はかなりややこしいが、オズウィン、アルボイン、アウドインの物語がある。次に時代を遡ってエルフウィネと呼ばれるアングロ・サクソン人の物語がある。この話は、穀物の束と共に漂流してきたという、『ベーオウルフ』の「穀物束の王」の伝説を採り入れている。さらには有名なランゴバルド族の王父子の物語がある（彼らの残虐さや、敵王の頭蓋骨で作った杯で祝杯を上げた史実を考えれば、このパートを書き上げるのは難しかっただろう）。そして最後に没落以前のヌーメノールを舞台にした物語がある。このパートに登場する名前は、ヴァレンディル、エレンディル、ヘレンディルで、それぞれ「ヴァラールの友」「エルフの友」「至福の友」を意味した。この物語全体の主眼点は、おそらく、異なる舞台における理想への忠誠というテーマの反復であったと思われる。難点は、たとえ舞台が違っても、同じ物語が繰り返されるため、どうしても単調になってしまうことであった。ラトリフ氏の論ずるところでは、トールキンは課題を達成しつつあり、一九三七年の『ホビットの冒険』の出版に関わるごたごたで、トールキンの集中とエネルギーがそがれることがなかったら、この作品は「哲学スリラー」として成功していたかもしれないということだ。しかし姉妹編となるはずだったルイスの宇宙旅行物語との比較はお薦めできない。『沈黙の惑星を離れて―マラカンドラ・火星編』では、五千語読んだ時点で、主人公は拉致《らち》され、征服の使命を帯びて火星に向かう宇宙船に乗せられている。「失われた道」では、五千語読んだ後でも、まだ登場人物たちは言語の歴史について考察しており、物語は依然として見えてこない。

驚くことにそれでもトールキンは再挑戦した。それもずっと間の悪い時に。一九四四年トールキンは、『指輪物語』の三分の二を書き上げ、結末に向けて筆を急ぐよう期待されていたのではないかと思う。少なくとも彼には、準備万端整えて作品を待ち望み、熱心に支えてくれる出版社があった。それにも拘らずトールキンは、かなりの時間と労力を第二の「失われた道」である「ノーション・クラブ会合録」の執筆に費やし、おそらく少々罪悪感があって、そのことをスタンリー・アンウィンから隠していた（『サウロンの敗北』参照）。この作品は、「失われた道」よりも物語の進行がさらに遅く、漠然とインクリングズをモデルにした様々な人物が、夢や言語、C・S・ルイスの諸作品、時間旅行について議論をする。登場人物の中には、トールキンの自己像を映し出している人物が少なくとも二人含まれていて、それぞれ名前をレイマー（「いかれ男」の意味だと思われる。再び『サウロンの敗北』参照）とラッシュボウルド（トールキンを英語に翻訳した名前）という。「失われた道」の特徴のいくつか、特に名前の連続性が、この作品でも繰り返される。例えば人物の一人は、アルウィン・アランデル・ロウダムというが、これはエルフウィネ・エアレンデルを現代語に直した名前である。ヌーメノールやアングロ・サクソンのイングランドの幻が描かれ、「穀物束王」の伝説が詩となって挿入され、さらに今回は「聖ブレンダンの航海譚《たん》」も詩の形で導入された。この詩は、一九五五年に「航海譚《イムラヴ》」のタイトルで出版されるものである。「失われた道」「ノーション・クラブ会合録」両作の中心となるのは（ゲルマン語の古い形もしくは原型で、推論により再建された現存しない言語に翻訳された）、「西へ向かうまっすぐな道があった、今は曲がっている（wraithas）」という一文である。指輪の幽鬼を連想させるこの「曲がった」という不吉な形容詞に注目してもよいだろう。またトールキンは、実在の古英詩「航海者」から、海へ出たいという思いを歌った詩行を何度も引用し、彼自身が考えた詩行を付け加えた。そして海への憧れを、海を渡り「見目麗しき地、エルフと神の至福のすみか」へ到達する願望に変えた。この最後の行は、トールキンの登場人物の名前の主要素である「エルフ」、「神」、「至福」をきれいにまとめている。

トールキンの二つの「失われた道」をめぐる作品の創造には、哀感を感じる場面が認められるかもしれない。「失われた道」の中でアルボインは、父のオズウィンに「航海者」からの引用を読み聞かせる「誰にも『老齢により戻り道（eftsith）から切り離されたる者に何の望みがあるのか』はわからない」。すると父は息子を見て、こう言う。老人も帰れないことはよくわかっている、戻り道から切り離されている一方で、切り離されていないものがあるのだ。ここで父親は、「去る道」「行く道」を意味するforthsithを口にするのだが、言わんとしていることは「死」である（『失われた道』参照）。これは、父親の「行かなければならない旅」なのだ――ニグルと同様に、いやフィーリエルと言うべきか（彼女の名前は説明もなしに『失われた道』に再登場している）。「ノーション・クラブ会合録」では、オズウィンにあたる人物が彼の船エアレンデル号で航海中に、（機雷にぶつからなければ）「まっすぐな道」を見つけていたのではないかと思わせる文が書き入れられていたが、後に取り消された（『サウロンの敗北』参照）。トールキンは、一九三六年と一九四四年にそれぞれ、『ホビットの冒険』もしくは『指輪物語』との二本立てで、これら二つの「失われた道」の物語の執筆に精を出した。物語の中心となるのは、「フィリエル」や「いかれ男」の詩のように、死への恐れと受容、地上の楽園の幻視と拒絶であった。しかしトールキンにはこの主題と冒険とを統合することができなかった。それを表した中で最も完成度が高かったのは、一九五五年の詩「航海譚」（『サウロンの敗北』に再録）である。この百三十二行の詩の中で、聖ブレンダンは若者に彼の旅について語る。彼は、山（残存しているヌーメノール）、島と「木」（おそらくトル・エレッセアであろう）、「丸い世界は急に沈みこむが、古い道が続くところ」にある星（「失われたまっすぐな道」の果てにあるシルマリル）を目にした。しかし「まっすぐな道」を行かなかった。「星」は今「心の中」にだけ輝いている。そして聖ブレンダンでさえ、人に共通する運命を受け入れるのである。

聖ブレンダンの命は終わりを迎えた。
雨降りしきる空の下
船の戻らぬ場所へ旅立った。
しかしその身はアイルランドに眠る。

民間物語詩、詩歌《レー》、反物語詩

トールキンの作品で『ホビットの冒険』『指輪物語』を除くと、刊行されて大成功を収めた唯一の物語である『農夫ジャイルズの冒険』には、前節で述べたテーマは一切感じられない。この作品は『ホビットの冒険』と同じ頃に着想を得て書かれたもので、当時トールキンの子供たちはまだ幼かった。そして一九三八年までには、最終的に出版される形になっていた（『註釈付き書誌』参照）。二章で私は、この作品のルーツが土地の名前の解釈にあると述べた。また別の場所（『中つ国への道』）では、この作品が寓意として読める可能性を論じ、その解釈のおおよそを述べた。しかし私は、この読みが寓話マニアの深読みかもしれないと認めても一向に構わない。『農夫ジャイルズの冒険』は、寓意など余計な解釈をせずとも、物語そのものが明快な筋立てで、全面的に楽しいお話なのだ。この明るさの一因は、物語の舞台が本当の歴史の中にもトールキンの神話世界の中にもなく、長いこと信じられてきたものの反証されて久しい、完全に架空の歴史の中にあるからなのかもしれない。それは、『ガウェイン卿と緑の騎士』の、リア王の、そしてもちろんマザーグースの「コールの王様」の背景にある歴史、つまりブリテン人の祖が、トロイを逃れたアエネーイスの子孫ブルートゥスであるとする伝説から生まれた歴史で、これらの人物はみな「まえがき」で言及された。物語は、「ネバーランド＝あり得ないことの起こるおとぎの国」にすっぽり収まっている。そしてトールキンは、どの場面も真面目に受け取る必要を感じていない。その結果、読者の目の前には、圧倒的な存在感の農夫ジャイルズ（竜と戦うための極端に素人的な装備など、ある意味反ベーオウルフといった人物である）、ビルボとスマウグのやり取りに匹敵する文学史上最上の人間対竜の会話のいくつか、下は犬のガームから、上は中王国の高慢な独裁者アウグストゥス・ボニファシウス・アンブロシウス・アウレリアヌス・アントニヌスに至るまで、粉屋、巨人、かじ屋の陽気なサム、灰色のめす馬、文法を心得ている坊さまといった喜劇的な脇役陣が勢揃いした。

しかし、完全に愉快な筋立てと調和しているにも拘らず、この物語は一つの、それもかなり攻撃的な主張をしているのである。トールキンの好んだ仕かけの一つである、架空の編纂者《へんさん》の振りをして書いた「まえがき」の中で、彼はこの物語が、サー・マコーレイの仮想の詩歌集（lays）から作られた歴史と同じようなものであると書いている。つまり、それが記録している出来事と同じ時代に書かれたのではなく、「明らかにずっと後の時代になってから編纂された」もので、「ありのままの事実を記した年代記からではなく、作者がしばしばふれている民間に伝わる」詩歌を下敷きにしていると言うのだ。実際、民間伝承の詩歌は少なくとも五回物語の中で言及されている。偶然巨人に勝った後、ジャイルズは自分が「地方の英雄」になったと知り、「古い武勇の歌」を歌いながら帰宅する。これらの歌が、「嚙尾刀《こうびとう》」というジャイルズの剣の名前を拡《ひろ》めた、人々によく知られた騎士物語を歌っていたとしてもおかしくはない。そしてジャイルズに竜と戦う勇気を与えたのは、間違いなく、そのような竜退治の名人「ベロマリウスの冒険譚」であった。竜退治に向かった時、いきなり襲われた騎士たちは「歌」を歌っていた。それは彼らの生きる馬上試合の時代より前の、本物の戦が当たり前の頃の古い歌であった。どうやら騎士たちは歌の内容にもっと耳を傾け、実戦に備えるべきだったようだ。さらに、ジャイルズが王に歯向かった後は、「彼のてがらをたたえた歌はいっさい禁止！というわけにはもういかなかった」。もちろん、王がジャイルズに軍隊を差し向けられなかったのは、この歌のせいである。当然のことながら、こうした歌や詩歌や物語詩は、この種の詩歌の常であるように、擬似編纂者の「まえがき」より前の時代に消失している。しかし物語の中でこれらは、ジャイルズや、「大衆の言葉」や、使命を与えられている嚙尾刀のような「飾り気もない重いばかりの剣」や、「時代遅れ」と関連付けられている。対照的に王の宮廷は、気取った言葉や、公用語としてのラテン語や、実質を犠牲にした形式や（菓子職人の作る「まがい竜の尾」）、昔話を真剣に受け取ろうとしない態度と結び付けられる。どちらの陣営が勝つかは言うまでもなく、この両者間の対立の方が、ジャイルズと黄金竜との対立よりも、一層深刻であると言えるかもしれない。なぜならジャイルズと竜は、最終的には手を組むのであるから。

『農夫ジャイルズの冒険』の中心となる状況は、『ホビットの冒険』の十章で、ビルボが湖の町に到着した時の状況に、かなりよく似ているとも言えるかもしれない。支配層や体制側の人間は、金銭にしか関心が無く、「古い武勲の歌」やその中で歌われる生き物に関わっている時間を持たない。王の騎士たちは、竜などというものは神話の中だけの話だと思う（もちろん竜も騎士に対してそう思っている）。一方古い伝承を覚えている者も確かにいるが、彼らは完全に誤った捉え方をしている。『ホビットの冒険』の中で、すぐにも川から黄金が流れ出すと期待した者たちや、ジャイルズの周りに群がり、「地方の英雄」と呼び、「郷士の栄光、郷士の屋台骨」等々と褒《ほ》めたたえるハム村の住人である。両者の間に位置するのが、ジャイルズやバルドで、彼らは伝承を信じると同時に現実的である。これらと同じ姿勢は、それぞれ、トールキンの生きた二十世紀の社会にも見られ、彼が同時代の文学人の「正しく真面目な好み」（『評論集』）や、それ以降により広まった、安易なファンタジー嗜好《しこう》のようなものをからかっていたことは明らかである。

この物語の中でジャイルズ（と灰色のめす馬）以外に、ほぼ常に物事を正しく理解している唯一の人物は、ハム村の坊さまである。坊さまは、特にジャイルズと交わした会話を最初に記した場面など、ある意味喜劇的に描かれている。彼は王から賜った剣を見せてくれとせがむ（なぜだろう？　何かあると彼が疑った理由は何だろう?·）。しかし、さやと刀に刻まれた文字をじっと見つめても、「何を意味しているのか彼にはぜんぜん見当もつかなかった」。はったり、それも非常に専門家ぶった言い訳をして彼はごまかす――「字体が古風であるうえに、言葉が蛮族語ときている」。それにも拘らず、しまいには坊さまは正しい答えを導き出す。刀はカウディモルダクス剣、もしくは噛尾刀であると。ジャイルズが黄金竜に対して収めた最初の勝利の後、黄金竜に償《つぐな》いをさせる条件を述べたかなり尊大な演説をした時には、坊さまも間違いを犯す。いや、そうだったのだろうか？　竜には自分のした多くの約束を守る腹づもりはなかった。そしてそのことを、

無学な人たちは理解できなかったとしても、少なくとも学問のある坊さまだけは考えてもよかったのである。いやたぶん考えていたはずだ。なにしろことばの文法を心得ている人（grammarian）であったから、ほかの人にまさって、未来を見抜くことができたはずだ。

この文章は現代の意味では筋が通らない。現代英語では、文法は予見と何の関係もない。しかし中世においては、関係があったのである。この時代において、「文法（grammar）」は「妖力（glamour）」（自身の姿を変え見る者を惑わす能力）や「魔法（grammarye）」の異形であった。いずれにせよ坊さまは、竜が戻って来ないと見抜いた最初の人物であった。そしてジャイルズに頑丈なロープを持って行くよう、決め手となる助言をしたのも彼だった「わしの予見がくるっていなければ、それが必要なときがありそうじゃぞ」。坊さまの予見はあたっていた。ロープのお蔭で、ジャイルズは竜と宝を一緒に持って帰ってくることができたのだから、坊さまが手厚い報いを受け、最後に主教になるのも当然である。こうしたすべてにおいて、この時ばかりは、トールキンの自身の職業に対する自画自賛が見て取れるかもしれない。古代文字の研究が成果を上げ、言語の能力がありきたりな良識を助ける一方で、もちろん、自意識過剰の現代世界の事務的な技能は（溜飲《りゅういん》が下がることに）、それ相応に面目を潰《つぶ》されるのである。

『農夫ジャイルズの冒険』には、「ニグルの木の葉」や前に論じた自作の詩とは異なり、自身に対してゆったりと構えるトールキンが現れている。この点において、この作品は小作品の中の例外であり続ける。トールキンにとって重要であっただろう願いは、例えば「坊さん兼文法学者」の住むキリスト教世界と、それ以前の神話に見られる異教の伝承（この要素は『農夫ジャイルズの冒険』に入りこむことが許されていない）との「仲介」の役割を果たす（四章参照）、自身のますます細部に渡る大作の完成であった。正統派のクリスチャンの立場からは、彼に対して次のように批判することもできるだろう。トールキンは、自身の創作したヴァラールを、創造主なる唯一の神に仕える慈悲深い大天使として描いているが、彼にはそのヴァラールを、祖先の信じた異教の神々と同一視するある種の傾向が見られると。例えば、トールキンの描く戦に長けたヴァラ、トゥルカスは、スノッリのテュール神に対するイメージに非常によく似ており、その名も、「戦士」を表す、今は失われたゲルマン祖語 *tulkaz に由来すると容易に見て取れる。しかしトールキンは、決して、こういう傾向のあった最初のクリスチャンの文献学者ではなく、彼を擁護する主張も可能である。『キリスト教の精髄』においてC・S・ルイスが、異教の信仰の中にも真の救世主であるキリストを予感させる「良い夢」の物語があると示唆していることは、既に述べた。そしてカーペンターの『或る伝記』に引用されている詩「神話作り（Mythopoeia）」に書きこまれている「ちりぢりになった光」の主題からすれば、トールキンもこれに似た考えを受け入れていたように思われる。このように実際トールキンを弁護することは可能だ。しかしそれは決してカトリック教会の見解ではなく、アルクインの考えにも真っ向から反していた（四章参照）。トールキンがイエズス会の友人に向けて書いた「もちろん『指輪物語』は本質的に宗教的でカトリック的な作品です」という何度も引用された有名な主張には、どこか自己弁護の響きがある。敬虔なクリスチャンは、キリスト教以前もしくはキリスト教信者ではない人々を描くにあたって、どこまで踏みこんでもよいのであろうか？　この問いから生まれたのが、長詩「領主と奥方の物語」（一九四七年出版）と、「ベオルフトヘルムの息子ベオルフトノスの帰館」（一九五三年出版）の中の対話詩である。

「領主と奥方の物語（The Lay of Aotrou and Itroun）」のタイトルにあるlayという言葉は、この本でこれまで論じてきた「詩歌」とは異なる意味で使われている。古フランス語には「レー（lais）」と呼ばれる沢山の詩があった。多くは「ブルターニュのレー（Breton lays）」と呼ばれる恋愛や騎士道を扱った短い物語詩で、中でも、マリー・ド・フランスによる『十二の恋の物語』は有名である。中英語には、それを模倣して「ブルターニュのレー」と称している詩が八編ある。トールキンの「領主と奥方の物語」は、これらの詩の形式や内容を綿密に踏襲して、「ブリテン（Britain）」と「ブルターニュ（Brittany）」、及び「ブリテン人（Briton）」と「ブリターニュ人（Breton）」が、語源的には同じで、どちらにも解釈できることを利用している。この作品の元となったのは（ジェシカ・イェイツが一九九三年の論文で説明しているように）、「コリガン」という名の魔女、もしくは妖精、もしくは悪の力を持った姿を変えられる者を歌った、後期ブルターニュの物語詩である。トールキンにとって独創的に思われたのは、その詩の厳しい道徳観であった。トールキンの改作では、物語は高貴なブルターニュの夫婦、領主（ブルターニュ語でAotrou）と奥方（ブルターニュ語でItroun）に世継ぎがいないところから始まる。与えられた運命を謙虚に受け入れる代わりに、領主はコリガンを訪ね、報酬の取り決めをせずに、子を授かる薬を求める。薬は効いて、奥方が双子を産むと、コリガンが現れ、報酬として領主の愛を要求する（この時彼女は醜い老婆から美しい女性に姿を変えている）。領主は拒絶し、呪いを受け、死ぬ。そして奥方も悲しみから息を引き取る。領主の拒絶、呪い、死は、ブルターニュの物語詩にも歌われていた。しかし、領主が超自然的な力を用いて神の摂理を揺るがそうとしたのだから、その死は相応しい、あるいは少なくともそれによって引き起こされたと語るのは、トールキン版の方だけである。トールキンの道徳観は明確で疑問の余地がない。領主の罪は、コリガンに服従したことではない。実際彼は、ガウェイン卿が緑の騎士の奥方の誘惑を退けたのと同じくらい見事に、コリガンの要求を撥《は》ね退《の》けるし、キリスト教の信仰を堅く誓っている。むしろ罪は、そもそもコリガンと取引しようとしたことにあるのだ。この詩の終わりには次のように書かれている。

神よ、我らをみな希望と祈りのうちにとどめたまえ
悪しき誘いや絶望より守りたまえ
キリスト教徒の祝福された海辺に住むために

この超自然的な誘惑を完全に拒絶する姿勢は、例えば「いかれ男」のような詩の、曖昧な立場の数段上を行くものである。

一九五三年に発表された評論付き詩「ベオルフトヘルムの息子ベオルフトノスの帰館」は、要約するのがより難しい。しかし再び簡潔に述べさせてもらえれば、まず三つの部分に分けられる。最初の短い序文部分では、歴史的な背景――九九一年八月エセックスで、イングランド人が、侵略してきたヴァイキングと戦い破れた戦が背景で、この戦については断片の残されている古英詩『モールドンの戦い』で歌い継がれている――と、後続部分についての説明がある。その第二の部分が、「ベオルフトヘルムの息子ベオルフトノスの

帰館」本体で、これは二人の登場人物、トルフトヘルムとティードワルドの間で交わされた会話を頭韻詩にしたものである。二人は、主人ベオルフトノスの首を切り落とされた遺体を、戦場から回収しようとやってきた。『モールドンの戦い』では結尾と考えられているくだりである。第三の部分は、Ofermodと題された短い考察で、古英詩についての学術的な評論となっている。この最後の解説は、学会に非常に大きな影響を与えてきた。この六ページの評論が、『モールドンの戦い』についてそれまでの学者たちによって論じられてきた見解を、きっぱりと否定してしまったのである。その学者たちの中には、トールキンのかつての同僚であり共同研究者であったE・V・ゴードンや（彼はこの詩を校訂して一九三八年に出版した）、この詩を「現存する唯一の、古英語で書かれた純粋な英雄詩」と評し、我々の知る土着の「英雄詩歌」の最良の例と述べたW・P・ケアも含まれていた。トールキンは、ゴードン、ケア、その他の学者はみな間違っていると論じた。この詩は英雄的な精神を褒め称《たた》えているのではなく、むしろそれを深く批判し、英雄精神から生まれる向こう見ずで無責任な態度を断じているのだと考えた。太守ベオルフトノスのofermod（トールキンはこの古英語の言葉を「抑えがたい自尊心」と呼んでいる）は、異教徒のヴァイキングたちにフェアプレーの精神でチャンスを与え、自身の死と部下の死を招いた。彼にはそのような態度を取る権利は無かったというのがこの詩の主張であると、解釈すべきなのだ。

古英詩『モールドンの戦い』原文の、年老いた家来ベオルフトウォルドの有名な台詞《せりふ》は、トールキンのこの意見を、頭から否定するとは言わないが、その妥当性に異議を唱えているように思われる。彼は退却を拒絶する際に次のように述べる（トールキンの現代語訳からの翻訳）。

「我らの力の衰えし時に、心はより勇ましく、
決意はより堅く、魂はより誇り高くならん！」

少なくともベオルフトウォルドは、彼の主君の批判をしていない。トールキンはこの問題を、彼の会話韻文詩の中で、完全に個人的で、全く学問的な根拠のないやり方で処理した。この詩行を戦場の場面から切り離し、登場人物の夢の中に入り、次のように付け加えたのだ（これは原詩の現代語訳でなくトールキンの創作である）。

「心をよろけさせまい、気持ちを揺れさせまい、
破滅が訪れ、闇が支配しようとも」（傍線筆者）

この台詞は明らかに異教的、実際マニ教的な考え方である。会話をする登場人物二人のうち、より年長で分別のあるティードワルドは、すぐにその言葉を次のように判定する「お前の言葉はおかしい。死を前に昂《たか》ぶり、悪意に満ち、キリスト教徒に相応しくない言葉のようにも思われる。認める訳にはいかんな」。ここでトールキンは、会話の他のどの部分よりもきっちりとバランスを取ろうと苦心しているが、偏《かたよ》っていることには変わりない。トルフトヘルム（「輝く兜《かぶと》」の意の名である）は若い狂言回しで、彼の判断力は、彼が繰り返し引用する英雄詩に影響されて曇っている。一方ティードワルド（「時の支配」「時の支配者」の意味である）は賢い古参兵で、歌の真の意味を理解している――「琴の音に混じって、聞こえるは咽《むせ》び声」。「領

主と奥方の物語」と同様に、その主張は明らかである。妥協があってはならない。キリスト教徒は、たとえ戦士であっても、トールキン自身が十七年前には賞賛した「勇気の論理」（『評論集』参照）、もしくはベオルフトウォルドが表明している「不屈の意志によって戦うことにおける、最大限の忍耐という教え」に誘惑されてはならない。そういう教えこそが、まさに「ラグナロクの精神」であり、それが第二次世界大戦につながり、戦争の中で痛みと共に粉砕された精神なのだ。つまり英雄詩の教えは間違っていた。少なくとも非常に注意深く見直して、書き直し、害のないものにする必要があるということだ。

「領主と奥方の物語」は一九四七年に出版された。『農夫ジャイルズの冒険』は一九四九年、「ベオルフトノス」は一九五三年である。しかし今日私たちの知るところでは、「ベオルフトノス」の初期原稿の断片には、実質今と変わらない形で書かれていたし、『農夫ジャイルズの冒険』は、それより以前から存在していた（それぞれ『註釈付き書誌』と『アイゼンガルドの裏切り』を参照）。レーである「領主と奥方の物語」と反物語詩である「ベオルフトノス」を、必ずしもトールキンの想像力の翳《かげ》りではなくて（トールキンの想像世界には常に暗い側面があった。そして詩「フィリエル」と、例えば詩「最後の船」の書かれる間に、それはかなり増幅した）、むしろ自己懐疑の証《あかし》と読むのは心惹《ひ》かれる。神話を書き直すことは、受け入れられることなのだろうか？「ニグル」のあの救貧院の二つの声は、それをどう見るのだろうか？トールキンはこう問うていたのかもしれない。

自伝的寓話 Ⅱ 『星をのんだ かじや』

『星をのんだ かじや』が生まれた経緯については、トールキンの他のどの作品よりも容易に辿ることができる。一九六四年にトールキンは、一九世紀のファンタジー及び童話作家ジョージ・マクドナルドの『黄金の鍵』の新版のための序文を依頼された（ジョージ・マクドナルドは、C・S・ルイスの「死と最後の審判」をめぐる寓話、一九四六年出版『天国と地獄の離婚』の主要登場人物である）。トールキンは快諾し、一九六五年一月に執筆を始めた（当時七十三歳だった）。この段階で彼は、妖精（fairy もしくは Faerie）という言葉の意味を説明すると称して、一人の料理人とケーキの物語を語ろうとしていた。しかしその物語は膨らみ、依頼された序文は放棄され、最終的には一九六七年に『星をのんだ かじや』として出版された。

私の見解では、このトールキンが完成させた最後の物語は、前より手強いが「ニグルの木の葉」とほぼ同じ解釈をされるべき作品、つまり私が名付けたところの「自伝的寓話」である。この意見は、例えばデイヴィッド・ドゥーガン（一九九一年発表の論文）やヴァーリン・フリーガー（一九九七年出版の著作『時間の問題』の中で、『星をのんだ かじや』ついて長い論述をしている）のような人々から、強い抵抗を受けてきた。さらにフリーガーには、トールキン自身が書いた、この物語についての未発表の評論を読んでいたという利があり、そこで彼は自作の意味を注解していた。しかしフリーガーが報告するところでは、この評論の中でトールキンは、「この作品が寓話か否かという問題について、自分自身と繰り返し議論しているようであった」し、寓意ではないという直截《ちょくせつ》な発言から、部分的には明らかに寓意であるという渋々の譲歩に転向しているのだ。中でも「集会所の建物は明らかに村の教会の『寓意』である」し、「料理番はそのまま教区牧師や司祭である」とトールキンも述べている。それにも拘らず、ドゥーガンやフリーガーやトールキン自身が大いに賛同して引用する一つの意見がある。ロジャー・ランスリン・グリーンがこの作品の書評で述べた言葉で、曰く、この作品は寓意として読まれるべきではなく、「その意味を探すことは、ボールを弾ませようとしてボールを切り裂いてしまうのと同じである」

グリーンの評は、もちろんそれ自体、トールキンが『ベーオウルフ』講演で展開したのと全く同じ戦法、つまり「背理法」の短い寓意になっている。ボールを弾ませようとしてテニスボールを解剖するのは、明らかに馬鹿げた行為である。であるから物語を解剖するのも同じに違いない——もし、物語がテニスボールと似ているならば。私としては、その類推は間違っていると言いたい。例えば「ニグルの木の葉」のような寓意物語は、クロスワードパズルの方にずっと似ている。どちらも答えが簡単過ぎると面白くない。しかしどちらも、最初の手がかりとなる二、三のより見つけ易い答えがあると助けになる（ニグルが行かなければならない「旅」とは死であると理解するなど）。読者は、後から見つけるより難しい問題の答えは、より明白な答えと矛盾してはならないと知っている。そして埋められた答えが正しければ正しいほど、残った答えの可能性の範囲が狭まってくる。私の類推の長所は、寓意もクロスワードパズルも、その魅力が知的だという点で共通していることである。寓話の読者は、受動的に導かれるのではなく、積極的に物語に関わっている。一方短所は、パズルを解いた時には束の間の満足感しか得られないが、寓意を解いた時には表面的な物語の理解を完全に作り変える新しい認識を、読者は加えて得ることができるという点である。さらに寓話の解釈のより高度な段階では、唯一の正しい答えを導き出すことは大事ではない（再びクロスワードパズルとは異なり、唯一絶対の答えなどないかもしれない）。読者の助けとなったり、刺激を与える答えで十分なのである。グリーンの寓意を借りれば、たとえ「解剖」された後でも、物語は面白い、つまり弾み続けるだろう。実際それはより高く跳《は》ねて、より面白くなるのである。最も怠慢な読者だけが、寓話の作者によって与えられた手がかりに応じる努力を全くしないのだ。

寓意が含まれていると気づく大事な手がかりは、大抵物語の表面における何か不思議なもの、あるいは足りないものである。例としては、ニグルの確実ではあるが動機のない旅の、説明されない性質がある。そのような状況は、現実の中では起こらない。だからこれは「現実」とは限らない。この点は『星をのんだかじや』の場合も同じであると私は思う。ウートン大村とは、イングランドの村の名前として、いかにもありそうな名前である。しかし村自体には奇妙な点がある。村の中心となる場所は集会所で、「良質の石材と樫でできて」いたが、「その昔の習慣のように、建物を彩色したり鍍金《ときん》したりすることはもうありませんでした」。さらに村の要となっているのは、料理や、料理番頭の役目や、制度化された祭りで、祭りの一つ二十四年祭は、二十四年に一度しか催されず、そのために料理番頭は「大ケーキ」を作ることになっている。知り得る限りこういった特徴のどれ一つとして、イングランドの風習に似通ったものはない。この奇妙さが、すべてに別の意味があるのではないかという疑問を呼び覚ます。そしてトールキンも、集会所と料理番は教会と聖職者の寓意だと述べて、解答を与えてくれている（いわば「解答のてびき」に書くかのように）。その場合、ウートン大村はかなり堕落した状態だと言わざるを得ない。教会の霊的な役割は（トールキンが述べているように）「日々衰退し、単に飲み食いの話になっている——何か『別の』存在の最後の痕跡は、子供の中に残されている」

とはいえ子供の中に痕跡以上のものが残されている訳ではない。物語の中で精神的に一番堕落している人物は、登場する四人の料理番頭のうち、間に合わせで二人目の後継者となったノークスである。ノークスは、料理番として大した腕ではなく、狡猾で、独創性が無く、意地が悪い上に、最も致命的なことにファンタジーや妖精についてほとんど何も知らないと強調されている。彼が全く知らなかった方があるいはよかったのかもしれない（妖精の女王は、妖精を模した小さな人形のことでも覚えている方がましと、寛容にも言っているが）。しかし不幸にもノークスには、妖精とはどのようなものかという記憶がまだ残っていた。彼はファンタジーを子供っぽさと結び付けた。それに合わせて、彼の砂糖で衣をつけた大ケーキは、子供っぽいイメージにすることにし、「可愛く妖精みたい」で、真ん中に「妖精の女王」の人形を載せたケーキを作る。彼らはこのケーキを子供たちに見せると、（そのうちの二、三人から）まさに狙い通りの反応が返ってくる。彼らは手を叩き、「可愛くて妖精みたい！」と叫ぶ。この場面のノークスは、トールキンが最も嫌悪したものの多くを確実に体現している。それは、『ホビットの冒険』の湖の町の統領から、「オックスフォード大学退官記念講演」の中で言及した「言葉嫌い」の輩に至るまで、トールキンが様々な形で表現してきたこと、つまり「自分たちの鈍さや無知を、人としての標準、良いものを測る基準」とする「専門家」（「序」参照）であった。ところで「自分の鈍さや無知を標準にする」とは、とても正確にノークスを描写する言葉である。彼にとってファンタジーとは、弱くて、子供っぽくて、ピンク色の衣を掛けたものでしかなかったが、それがすべてでそれ以外にはあり得ないと思っている。そして自身の想像のひ弱さをよく知っているものだから、現実離れしたものや妖精の姿もまた、すべてひ弱いと決めつけている。これは、トールキンを批判した専門家たちの多くが抱えている問題のようだと言わざるを得ない。

ウートン大村では、従って、精神世界が衰退して物質主義に陥っている。そして高い地位にある人々は、子供たちを彼らの自然な性向に反して、まさに間違った方向へ導こうとしている。これに対抗している勢力は何だろう？　主なものは、かじや、弟子のアルフ、そして人から人へと受け継がれる「妖精の星」である。妖精の星はこの物語の中心となる象徴である。かじやは九歳で、この物語で最初に描かれる二十四年祭に出席し、知らずに星を飲みこんでしまう。この星は、弟子のアルフの同意を得て、ノークスがケーキに入れた物だが、ノークスはこれがどのような力を持っているのか全く知らず、アルフだけが承知していた。かじやの人生の大半において、星は、彼を他の村人とは別の存在にし、妖精の国への通行証の役割を果たした。星のおかげで、他の者には知られていない入り口を見つけることができたのである。いかれ男やフィリエルやトールキンの他の作品の登場人物とは異なり、かじやは妖精の国へ自由に行き来する力を獲得し、帰ってきた後も気が狂ったり人と付き合えなくなったりはせず——いかれ男や、「放浪の狂気」に憑《とりつ》かれて旅に出たと噂に聞くホビットはそうなってしまった（「トム・ボンバディルの冒険」まえがき）——村社会の特別重要で尊敬される一員のままであった。彼は「飾り気のない実用的な物」も作ったが、「喜び」のための物もこしらえた。彼は人生において、ニグルやパリッシュのようなキャラクターが、死後に協力しあって初めて達成することのできたバランスに、既に到達しているようである。従って星が、トールキン自身のファンタジーへ向かう衝動、幻を見る性質のようなものを表している一方で、かじやはそれに対する理想的な反応、つまり普段の生活から心をそらすものとしてではなく、豊かにするものとして利用する姿を表象しているように思われる。この観点から見れば、『星をのんだ　かじや』は、もう一つの「仲介」の物語の様相を呈してくる。そして今度は、ファンタジーと現実を仲介するのに成功しているのである。

　しかし、かじやの立場は理想とは言えない。物語では、後継と相続に強い重圧がかかっている。私たちの知るところ、星はまず、かじやの母方の祖父で、かつては料理番頭であり、妖精の国を訪問していたライダーがもらったものであった。彼は最終的に村を去り、戻って来なかった。トールキンの想像の中にある「偉大な逃避」を果たした人物なのである。かじやは星を彼から受け継いだが、ライダーの地位は引き継げなかった。そして祖父とは異なり、星を返さなければならなくなった時、妖精の国への通行証も、逃避を果たす機会も失った。「失われた道」のオズウィン・エロルの言葉を借りれば、彼はいまだに「行く道」を運命付けられているが、「戻り道」はないと知っているのである。この打撃（これを表現してトールキンは、「極度の疲労」と肉親など親しい人との「死別」を表す「永遠の別れ（bereavement）」という言葉を選んでいる）をより堪えがたくすることに、かじやは、星を受け継ぐのが自分の血筋の者ではないことを知っている（もちろん相続人を選んだのは彼自身だけれど）。かじやには、ネッドという息子がおり、深く愛していたのにも拘らず、星は、愚かで敵対するノークスのひ孫の手に渡るのだ。一つ目の系譜、料理番頭の継承は、かじやの横を素通りする。それはライダー→ノークス→弟子のアルフ→ハーパーの順に受け継がれる。もう一つの星の所有者の系譜でも、かじやがそこに連なった時間は短く、ライダー→かじや→ノークスのひ孫のティムへと星は手渡されていく。かじや自身の血筋、かじや→ナン→ネッドは、権威ある地位においても幻を見る能力においても、系譜から外されてしまうのである。かじやはいい人生を送ったが、終わりは重なる失意のうちにあった。妖精の国へは戻れなくなった。星は人の手に渡り、ネッドには譲れなかった。物語には結尾部があって、弟子のアルフが妖精の王であったと正体を表し、偉そうにしゃべるノークスを確かに胸がすくまでやりこめる。それはまるで農夫ジャイルズが、アウグストゥス・ボニファシウスに向かって独立を宣言した時のような爽快さだ。また、かじやが、新しい料理番頭ハーパーにも、集会所がかつての栄光を取り戻したことにも、妻の甥が妖精の星を相続したことにも満足して、物語の終わりを迎えるのも確かである。しかし、それでも最後の台詞を言うのは、ノークスなのだ。

この成功と失敗の、幸福と永遠の別れの混在について、私たち読者はもう一度トールキンの物語の「枝分かれ」を見ているのだ、彼自身の人生の様々な要素が、かじやと弟子のアルフの両者に投影されているのだと考えるのは、一つの説明になるだろう。かじやはニグルとは大分異なり、現実の生活でもあらゆる面で有能で、常に役に立つものを作っている。ただし、トールキンも、他人の役に立つこと（講義、指導、試験）をするのに人生を費やし、またその活動は、ファンタジーの世界に遠出した結果（人々の言うように「蔑《ないがし》ろにされた」のではなく）育まれたのだと、常日頃主張していたことが思い出される。簡単に見て取れることだが、かじやはトールキンの自画像だ。それに、結局のところかじやは、他の世界を見ることのできる圧倒的な力において、ニグルにとてもよく似ているのだ。一方弟子のアルフは、「ニグルの木の葉」には完全に欠けていた権威と承認を物語に与えている。彼がかじやの肩を持つ（そしてノークスと対立する）ことは、まるでトールキンが以前に書いた寓話「ニグルの木の葉」の世界に誰かが現れて、トムキンズ顧問官に雷を落とし、ニグルの絵を相応しい敬意を払って展示するかのようだ。さらに、もし料理番＝聖職者とトールキン自身が想定しているのを思い出すなら、料理番に妖精の国出身でもなれることや、彼が妖精の星を完全に是認しているということは、トールキンの深く信じた（あるいは信じたかった）思い、彼のファンタジーの才能は、決して彼の信仰を汚していないという思いの大きな支えとなる。『星をのんだ　かじや』において、ファンタジーは現実とだけでなく、彼の信仰とも調和しているのである。

この節を締めくくる前に、『星をのんだ　かじや』については、もう一つ述べておきたいことがある。この作品の構造は、珍しいものであったとしても、非常に明瞭である。冒頭の数ページでウートン大村とその慣習が紹介された後、最初の長い場面は一回目の二十四年祭で、その時かじやは星を飲みこむ。次に主要登場人物が会話を交わす長い場面は、次の次の祭り、四十八年後のことで、アルフは二度目の「大ケーキ」を作る準備をしており、星を取り返して中に入れたいと思っている。かじやの人生は、その間に経過する。二つの祭りに挟まれたほとんどのページは、かじやが妖精の国で見た光景を描いている。エルフの戦士が船で戻ってきたこと、「王の木」が空に向かってそそり立つのを見たこと、世界全体を揺るがすような風が吹いて樺の木の葉を一枚残らず落として泣かせたこと、妖精と踊って「生きた花」を受け取ったこと、そして最後に、かつて一緒に踊った乙女が妖精の女王であったと知り、「永遠の別れ」をするよう元の世界に戻される場面。これらの光景に意味があったとしても、それが何であるかを説明するのはとても難しい。それらは聖ブレンダンの航海を描いた詩「航海譚《イムラヴ》」の旅の過程のように、目にしたものの単なる一例として意図されているのかもしれない。しかし樺の木には、確実に、トールキンにとって特別で個人的な象徴の意味が込められている。それは文献学の表象だ。トールキンがリーズ大学に導入し、オックスフォード大学にも採り入れようとしていた「Bコース」の教育課程を示しているのだ（「B」を表す古英語のルーン文字は、「ベオルク（beorc＝樺）」と呼ばれて、その意味が与えられているから）。トールキンはゴート語で樺の木を称える詩を『文献学者のための歌』の中に書いている。また同書には、樺の木と「Bコース」を合わせて賞賛する別の詩も収められている（「Bコース」最後の卒業生は、一九八三年に学士号を得た）。この二番目の詩の中で揶揄されている「Bコース」の敵は、近代文学ばかりの「Aコース」で、樫の木で表現されている（古英語の「A」を表すルーン文字は「アーク（ác＝樫）」を表象していた）。そしてノークス（Nokes）の名は、実際には樫（oak）なのだ。よくある地名「樫の森」は、古英語の æt þæm ácum から、後に「アッテ（ン）オークス（Atte(n) okes）」に変化したが、現代英語でそれを誤って発音したのが「ノークス」である。これは確かに見つけにくく個人的なつながりではある。けれども、こうして関連付けてみるならば、裸にされて泣いている妖精の国の樺の木にかじやが「償いをしたい」と言った際、「行きなさい、そして戻ってくるのではありません」とだけ言われる場面は、不吉に思えてくる。それはまるでトールキンが、今もなお、自分の目的のために文献学を丸裸にしてしまったことに――ニグルの言葉を借りればジャガイモ畑を絵描き小屋に変えてしまったことに――ある意味罪悪感を抱いているかのようである。

この物語の詳細を個人がどのように読み解こうとも、全般的に見れば『星をのんだ　かじや』が、もう一つの「退官記念講演」、もしくは「武器よさらば」であることは明らかである。この作品においてトールキンは、彼の「星」を捨て、ファンタジーの現実世界における有用性を弁護し、ファンタジーと信仰は、より高次な世界を見通す力として調和すると主張している。さらに将来、ファンタジーと信仰の両方が再び栄え、世のノークスたち（物質主義者や言葉嫌い）の勢力が衰えることを希望している。そして、これは私の最後にして最もためらいがちな仮説であるが、おそらくは、文献学という樺の木を自身が裸にしてしまったことへの後悔を秘かに表しているのである（この後悔と罪悪感は、私自身も抱いているものである。序参照）。

もう一つ注目せざるを得ないのは、『星をのんだ　かじや』が、トールキンの以前に書いた短編や詩から、いくつかのモチーフを拾っている点である。それらは必ずしも明白な意味を与えられている訳ではない。アレックス・ルイスが一九九一年に指摘しているように、ウートン大村の地理的特徴は、小規模ではあるが、『農夫ジャイルズの冒険』の小王国とほぼ同じである。登場する数少ない地名も、注意深く選ばれたものであろう。例えば「ウートン（Wootton）」という名は、単に「森の中の村」を意味するだけだが、この森を、ヴァーリン・フリーガーのように「入り口」として見ることもできるだろうし、「枝絡まる中つ国」の中心として見ることもできるだろう（四章参照）。『かじや』にはまた、奇妙に一貫した命名法則があり、ノークス、ネル、ナン、ネッドはみな、アンとかエドワードといった普通の言葉や名前の頭にnを付けた名前になっている。これは「ニグルの木の葉」で、トムキンズ、アトキンズ、パーキンズの三人の名前が、小ささを表す語尾で統一されていたのと全く同じである。『かじや』のノークスの名前にこめられた意味については、既にある可能性を指摘しておいた。一方、主要モチーフは、「エルフの土地に足を踏み入れた男」と「死すべき定めに戻ってきた限りある命の人間」で、それはトールキンの多くの詩や「失われた道」関連の作品と同じである。トールキン個人の人生がこれほど多く作品に注ぎこまれているとすれば、いかなる意味においても自分の書いたものが単なる寓話として片づけられないよう、彼が強く抵抗した理由も理解できる。彼は、物語をたった一つの包括的な意味にまとめて欲しくなかった。それは、文芸批評の諸派にあまりにしばしば見られる癖だと彼は考えていたのである。それにも拘らず、『星をのんだ　かじや』は、極めて明瞭に、お話の表面以上のことを物語っている。トールキンにしてはいつも以上に、並はずれて素朴な文体で書かれているのは、故意にそれを欺くためだったのだ。

引退の辞に相応しく、トールキンは、（かじやの人生を振り返りながら）自らの人生を振り返り、様々な出来事をオブラートに包みこみ、最後の発表をする機会を利用している。最後に、『星をのんだ　かじや』を「ビルボの別れの歌」と比較することもできるだろう。この歌は、一九七〇年九月三日に、トールキンから秘書のジョイ・ヒルに感謝の印として贈られたもので、トールキンが亡くなった翌年の一九七四年になるまで出版されなかった。ビルボもやはり、友や中つ国に「さらば」と告げているが、彼の方はこれから「失われた道」を行こうとしており、「偉大な逃避」をするところである。しかし全くもって神話に相応しいことだが、彼の言葉は、「灰色港」の文脈から切り離して、死を迎える男の言葉として読むこともできるのだ。ただし、人生や成し遂げたことに満足し、中つ国を越えた場所に世界や運命が存在すると確信を持っている男の辞世の歌として。

結び　模倣者と評論家

トールキンと評論家

これまでの章において、私は、はっきりと表明されているので返答するのが可能なトールキンへのまじめな批評に、ここかしこで言及しようとしてきた。それらはつまり、道徳、文体、登場人物、語り口に対する批判だった（例えば三章、四章を参照）。しかし、第一ページ目からほとんどの場合において避けてきた話題は、トールキンに対する評論家の強い敵意という全般的な現象、「正典を拡《ひろ》げる」仕事を委ねられていると自認している人々でさえ、彼を「英文学」の一角にすら入れまいとする拒絶である。避けた理由の一つは、このような敵意があからさまである一方、その理由はしばしば明かされず、堂々と述べられる代わりに、単なる仄《ほの》めかしや冷笑に留まるからである。多くの批評家は、すぐに怒りを露わにして、トールキンのことを子供っぽいだの、その読者を知恵遅れだのと呼ぶ。しかし彼らの判断理由を説明したり弁明したりするのには、腰が重い。どうやら正しい考え方をする者（つまりスーザン・ジェフリーズが「読書家《リテラティ》」と呼んだ者）ならば言われなくてもわかるだろうし、そうでない者は論争するに値しないと仮定しているようなのだ。まさに周縁に追いやろうとする連中の古典的な戦法だ。よく見られる特徴は、乱暴な予測（愚かにも後の出来

事によって簡単に間違っていたと証明されてしまう）と、自己矛盾（自ら墓穴を掘っている）である。かくして一九五四年に遡《さかのぼ》ること、『タイムズ文芸付録』紙上で『旅の仲間』を書評した匿名の批評家は（今では歴史小説家のアルフレッド・ダガンであったとわかっているが）、自信を持って予想したのである――「この作品を二度以上読み通す大人は多くないであろう」。当時としては鉄板の予想であったに違いない。というのも、どんな作品であれ『指輪物語』のような長さの作品を、一度でも読む大人はほとんどいなかったし、ましてや二度以上と言っているのである。しかし予想は、はずれた。それもこれ以上はないというほど見事に。人気のあるベストセラーのうち、『指輪物語』こそ、繰り返し読まれる可能性のあるおそらく唯一の作品である。同じように、フィリップ・トインビー（ダガンの友人にして、共に「太陽の子供たち《ソンネンキンダー》」という文学サークルの同人である。このサークルについては後に言及する）は、数年後の一九六一年、等しく自信に満ちた予言をして（序の引用を参照）、ブームは既に去った、トールキンの支持者は「株を売りに出している」、熱狂全体も「ありがたき忘却」へと消えたと述べた。しかし実際には、熱狂はまだ本格的に始まっていなかった。なぜなら、アメリカで人気が出始めたのは、一九六五年にエース社から海賊版が発売され、続いて同年にバランタイン社が公式出版をしてからだったのだ。

いずれにせよ、一九六一年のトインビーは、洞察力と盲目が入り混じった奇妙な状態で、自己撞着していた。数か月前彼は、四月二十三日付の『オブザーバー』紙に「作家教理問答」を寄稿し、自らの抱く「良い作家」のイメージを定義していた。彼の宣言するところ「良い作家」とは、世間を気にしない、内なる孤独な人物である（以下の文において作家の代名詞として「彼」を使用していることから、女性作家を排除していると思われるかもしれないが、元々トインビーの原文がそうなっていたからだとご理解願いたい）。彼はどんなことでも書く。たとえ南アメリカ先端の諸島「ティエラ・デル・フエゴの近親相姦の公子たち」の物語であっても、読者に訴えかけることができる。彼は「自らを満足させる作品を創造」し「それ以外のことはできない」。作品が世に出ると、それは「衝撃と驚愕を呼び、大衆の想像を超えている。適応すべきなのは、作品ではなく大衆の方である」。ここに書かれているほとんどすべては、実はトールキンの見事な描写となっている。車庫を改造した書斎での「内なる孤独な」執筆。ただ自分の作品のみに、あるいは彼の「木」のみにと言ってもよいかもしれないが、向けられた関心。出版に際して、読者の予期していなかった作品。しかし、創造した世界での空想的な生き物でさえ「現実味のある」ものにできる能力。そしてトインビーのリストにとどめの一撃を加えるならば、彼が最高の条件とした、「良い作家とは、何かを伝えることではなく、現代英語という御しにくい媒介と個人的な格闘をすることに直截な関心をもっている」（傍線筆者）という点に関して、どうしたらトールキンとの接点を見逃すことができるのか理解しがたい。特に、現代英語の性質について、トールキンほど深く洞察し、真摯《しんし》に取り組んだ二十世紀の作家は他にはいない。これは文句なしに言えることなのである。

しかし、この自ら求めている特質が、奇妙にも目に入らない無能ぶりは、何もトインビー一人に限ったことではない。一九五六年に、当時アメリカのモダニズム批評において大御所だったエドマンド・ウィルソンは、『指輪物語』を「与太話」、「青臭いくず」、思うに極めて英国的な趣味と言って切り捨てた（再び言うが、これもアメリカの市場で人気に火がついた時、墜落炎上する予言である）。しかし、一九三一年に出版された古典的批評『アクセルの城――一八七〇年から一九三〇年に至る文学の研究』（筑摩書房）の中で、ウィルソンは、まさにこのように作品を切り捨てる傾向について、多少もったいぶった言い方ではあるが厳しく戒めているのである。

何か新しく珍奇に思える書物に出会ってたまたま感応できず、それを「たわごと」「与太話」「意味不明」などと決め付けたい誘惑に駆られる折には、どんな時も、文学作品の与える刺激に我々が感応する際の心理状態の神秘性、その作品がそれによって書かれている言語というものの暗示的であるという第一義的な性質を思い出すがいい。もし他者が感応して、その中から喜びもしくは益を得たと言うならば、我々は彼らの言うことをそのまま信じなければならない。

最後の一文は、これ以上的確に言うことはできないほどの名言である。しかし実際のことにあたってはウィルソンも、自身が御法度にしたはずの「与太話」というまさにこの言葉を、真っ先に使う一人であった。彼もまた完全に、自分の唱えた原則を忘れてしまったのだ。

一体ここにはどんな心理が働いているのだろう？　と訝《いぶか》しがる人もいるだろう。こうした人々は本心を語っていないのか？　それならなぜ、彼らは本心を言えないのだろう？　トールキンに対する反応で、特徴としてもう一つ挙げられるのは、単に人を小ばかにした態度と私が呼び、英語を話す体制側の知識人が漏らす「無意識の嚙《か》み殺した笑い」とオーウェルが呼ぶものであった。スーザン・ジェフリーズの「読書家」に関する発言については、この本の初めに触れておいた。これはアントニー・バージェスがその二十年前に（『オブザーバー』一九七八年十一月二十六日付）、「より高尚な文学志向」に賛同して、「動物や妖精の出てくる寓話」を棄却せよ、と述べたのに合致する。ここでバージェスが想定している寓話とは、『ウォーターシップ・ダウンのウサギたち』と『指輪物語』のようである（どちらも寓話ではないが）。こちらの方こそ確かに動物の出てくる寓話なのだが、彼が『動物農場』を酷評するだけの神経を持ち合わせていたとは思えない。しかし、「より高尚な文学志向」とは何を意味しているのか、彼は説明しない。すなわち、もし我々が「読書家」ならば、おそらく、既に知っているだろうという訳なのである。ここで私が、マーク・ロバーツ教授からの引用をどうしても差し控えることができないのは、彼の分別じみた『指輪物語』に対する全面的な拒絶が、三章で述べたことからもわかるように、トールキンについてこれまで明言されてきた中で、おそらくその認識不足を示す発言の最上の例だからである。

この作品は否定し得ない現実理解から生まれたものではなく、それと同時に、作品の存在理由となる全体をコントロールするヴィジョンによって形成されたものでもない。

もし、ここで語られている通り、全体のヴィジョンこそ作品の存在理由だと確信できる作品が一つあるとしたら、それは『指輪物語』に他ならない。実際には、作者の意図が一つしかないと、この作品を批判することができるぐらいなのである。しかし、ロバーツは、トインビーやウィルソン同様、どういう訳かこの点を見逃した。彼らは文学における啓示を求めながら、いざ現れた時には否定するのだ。曰く、予想したものとは違う、大衆好みでエリートの趣味には合わない、「庶民に対する優越」というあの居心地のいい感覚を提供してくれない、云々。そしてこの優越感とは、英語を話す知的文学愛好家が、それなくしては何もできないという必需品なのだ（この点については、ジョン・ケアリーの一九九三年の偶像破壊的著作『知識人と大衆』（大月書店）にもっと詳しく論じられている）。

　この根の深い一見抑えがたい嫌悪を説明しようという試みは、これまでにも何度かあった。私自身も『中つ国への道』の中で、この問題の底に横たわるのは職業的な問題であり、一世紀にわたって大学の英文科を占拠し、今も続く、「言語学陣営」対「文学陣営」の争いの反映であると示唆《しさ》した。おそらくこれは、あまりに狭い範囲に限られた説明だったかもしれない。パトリック・カリーは『中つ国の弁護』（一九九七年）の中で、その源は一種の世代間闘争なのだと論じた。「モダニズム」に傾倒し、時代の先端にいると自らを考えていた一派が、「ポストモダニズム」によって脇に追いやられるのに抵抗しているというのだ。この説は、トールキンが西側諸国の抗議運動と共にうねるような人気を博し、続く東ヨーロッパの運動において、さらなる人気を獲得したことを、大きな裏付けとしている。しかし、カリーの定義する「ポストモダニズム」とは、個人的で戦略的なものでしかない（彼はこの「敵意」現象を一九九九年の論文においてもっと広く考察している）。ジョセフ・ピアスは一九九七年の『トールキン——人と神話』の中で、この反感は、特にトールキンのカトリック信仰とは言わないまでも、彼の「宗教的感性」に対する反発であると匂わせている。やはりあり得ない訳ではないが、そう表立って言及されることのない意見である。さらに、批評家の反応が階級差に基づいているという説は、例えばハンフリー・カーペンターが、トールキンの信奉者を侮蔑的に「アノラックを着た輩」と切り捨てたことなどから強く窺《うかが》える（ピアスの著作で引用されている）。トールキンの読者がどのくらいの割合でアノラックを愛用しているかを、明らかにカーペンターが知っていたはずはないし、たとえそれが彼の目的であったとしても、この発言によってアノラックを着た人々の文学趣味について何事かを語っている訳でもない。しかしアノラックを持ち出したのが、常に傘を持ち歩いている人々からの階級的な敵意であることは、すぐに見て取れるし、またそう取られることが意図されてもいる。上流ブルジョワ階級が、文化の独占を手放すまいと主張している極めて明白な例である。バランスを取るために挙げると、ジェシカ・イェイツは、トールキンがしばしば左翼を自認する研究者からの極端な敵意を誘発したと指摘している（ただし上流ブルジョワ階級が思想的には左翼であるのは、しばしば見受けられる例である。後述「太陽の子供たち《ゾンネンキンダー》」についての説明参照）。

今挙げた説にはみないくばくかの真実があり、必ずしもお互いを排斥し合う必要はない。しかし、これらはそれぞれ形こそ異なるが、すべて作品そのものからかけ離れたところでの議論である。故に、この一見理不尽な憎しみという奇妙な現象を説明するのに、もし文学的な立場から論じることができるのならば、それはより望ましいことであると思われる。

トールキンとジョイス

トールキンとジョイス、『指輪物語』と『ユリシーズ』を比較するのは、状況を鎮静化するというより、火に油を注ぐようなものかもしれない。ジャーメイン・グリアのような批評家にとって（彼女の見解は「序」で引用した）、このような比較はおそらく神を冒瀆するに等しい行為に近いだろう。しかし、トールキンが文学史について何も知らないとか、シェイクスピアやミルトンなど中世より新しい時代の正典全部に対して揺るぎない敵意を抱いていたという一般的な意見については間違いであると、私は四章で明らかにした。

トールキンがジョイスを読んでいた、もしくは賞賛したと示すものを、私は見つけることができない。それにも拘《かかわ》らず、この二人及びこの二作をお互い関連付けることによって、学べることはある。結局のところ、彼らは二人とも同じ二十世紀の作家であり、近い時代を生き、経歴も似ていなくもないのである。

まず一目瞭然な類似点がいくつかある。二人の作家の経歴は、お互いよく似ており、他の主要な作家の大半よりずっと近しい。例えば、どちらにも明らかに代表作と目される作品があり、それぞれはある程度、初期のより短い作品から発展したもので、登場人物の何人かが共通している（『ホビットの冒険』と『若き日の芸術家の肖像』）。この連作の周縁には、何篇かの小品と詩集があるだけであったが、作者の死後、第一稿の数々が出版されたことによって拡大した（ジョイスの『スティーヴン・ヒーロー』や数巻からなる『ジェイムズ・ジョイス・アーカイヴ』ように）。確かに、ジョイスの最高傑作が世に出たのは弱冠四十歳の時であり、トールキンの方は六十二歳になるまで待たなければならなかった。しかし、もしかしたらトールキンは、ジョイスが執筆のために受けた巨額の経済援助を、自分はもらうことができなかったと答えるかもしれない。ジョイスは一九一五年から一九三〇年の間に、約二万三千ポンド受け取ったと計算されるが、この金額は、同じ期間にトールキンが教授として得た給料より確実に多い。ジョイスは実際、ニグルが夢でしか見ることのできなかった境遇にいた。彼は、執筆を続けられるようにという目的のためだけに与えられる年金を受給し、庭の手入れを怠ったと叱られることなく、検察官に怯えることもなかった。

一方、こうした偶然の一致以上のつながりもある。ジョイスは、決してトールキンの研究水準や学識に到達することはできなかったが、一応文献学を研究していた。私たちは、彼がダブリンのユニヴァーシティ・コリッジで、文献学のコースを取ったことを知っている。実際『ユリシーズ』の「太陽神の牛」の章では、ジョイスが学んだことを利用しているのがわかるし、「プロテウス」の章は、ジョイス自身が考えたこの作品の計画表において、はっきりと「文献学」に割りあてられている（訳注　ジョイスは『ユリシーズ』執筆にあたって、章ごとに異なる特色を出すため、「場所」「時間」だけでなく「器官」「学芸」「色彩」「象徴」「技法」などの項目における各章の特徴を記した表を、あらかじめ作っていた。例えば「プロテウス」の章は、「器官―なし」「文献学」「緑」「潮流」「〈男性の〉独白」と表にある）。おそらく、フィリップ・トインビーが、「現代英語という御しにくい媒介に対する個人的な格闘」に関心を持つのが「良い作家」であると書いた時、彼の頭にあったのは、ジョイスのような作家だったのだろう。

　さらに気づきにくい類似点を挙げるなら、『ユリシーズ』と『指輪物語』は明確に二十世紀的な作品である。両者とも簡単に小説であるとは定義しがたく、叙事詩やロマンスといった古くからのジャンルと深い関わりを持っている（『ユリシーズ』の構造は、ホメロス作とされる二つの叙事詩のうち、より一層ロマンス的だと広く認められている『オデュッセイア』の構造に倣《なら》っている）。また喜劇的な類似としては、両作品とも最終的に世に出た時、知識人と言われる人々から同じような扱いを受けることとなった。トールキンに対する階級的な反発は先に述べたが、比較できるエピソードとして、苛立《いらだ》ったヴァージニア・ウルフは、ジョイスの作品を「教養がない、育ちが悪い」と日記でけなした。「育ちが悪い」というのは、まさに「アノラックを着た輩」と同じ類の冷笑であるが――再び文化の独占を主張する上流富裕階級である――しかし、「教養がない」とは、一体何を血迷ってこんなことを書いたのだろう？　おそらく「読書家には面白くない」の意味だろうが、ジョイスに関する限り、この点もウルフは間違っていた。『シルマリルの物語』を「エルフ語で書かれた電話帳」と切り捨てた冗談については既に述べた（五章）。『ユリシーズ』が、まさにその電話帳（トーマス社発行ダブリン市の『住所氏名録』一九〇四年版）に多くを負っていることが解明されたのは、この冗談をより面白くしてくれるかもしれない。両作品とも綿密な計画に基づいていることは、作者自身の手による構想が資料として残っているため、今日我々の知るところとなった。そして二作とも、その狙いにおいて、明らかに百科事典的な作品を目指している。

もちろん、相違点は類似点よりずっと顕著である。『ユリシーズ』の話の展開は、一つの都市におけるある一日、つまり一九〇四年の六月十六日のダブリンに限定されているが、『指輪物語』は歴史的にも地理的にもずっと広範囲に及ぶ。実際、『ユリシーズ』の主な筋の中では、大した出来事が起こらないと言ったとしても過言ではないし、批判ですらない。この作品は「取るに足らない人物の人生におけるある一日」と題しても構わないのであって、このような題名は、さらに別の作品との比較を可能にする。ソルジェニーツィンが、やはり取るに足らない人物、いやほとんど存在しないに等しい一人の男について書いた名作『イワン・デニーソヴィチの一日』（新潮社、岩波書店）（一九六三年）である。しかし、この作品と『ユリシーズ』は全く似ていない。ソルジェニーツィンは、ある人生のある一日をサンプルとして取り上げており、それが意味を持つのは、他の人生における何百万もの別な日と全く同じだからである。この作品が訴えているのはすべて公共の問題であり、痛烈な風刺と、攻撃的な政治性を備えている。対照的に『ユリシーズ』は、個人的で内面的な作品以外の何物でもない。何にもまして描かれているのは、取るに足らない人物の内的生活の中にも存在する、複雑さや個性である。時にそれは、複数の声の交錯する文字通りバベルの塔になるが、これらの声の多くは同じ声で、本質的に多様な自己から発せられているのである。この作品に対して唯一可能な反応は、沈黙である（とT・S・エリオットは示唆した）。おそらくそれは、この作品のもう一つの際立った特徴が、『指輪物語』とは異なり、筋のあらましにおける最も基本的な約束事でさえ、従うのを拒否している点にあるからだろう。E・M・フォースターは（彼自身あまり作品に筋がない作家であったが）、大抵の小説には錯綜が解決へと向かい始める瞬間というものがあると述べている。そして『指輪物語』の場合、それがいつなのかを正確に指摘することは十分可能だ。もしかすると、ガン＝ブリ＝ガンが「風の向きが変わった！」と叫んだ時かもしれないし（『王の帰還』上巻五章）、あるいは、おそらく物理的に全巻の中央近く、ガンダルフが「大きな嵐がやって来ようとしている。だが潮の流れは既に変わった」と言った時かもしれない（『二つの塔』上巻五章）。『ユリシーズ』には、このような中間地点もしくは方向転換というものの徴《しるし》は見られない。流れは最後まで続くのである。

トールキンとモダニズム

表面的には類似しているが、より深部では対立している、というほぼ同じ事象が、議論の範囲を「モダニズム」全体に対する考察にまで拡げた場合も、浮かび上がる。『ユリシーズ』は、モダニズムの代表作として受容されている作品である。最近の権威ある「モダニズム」の説明には――私がここで主に参考にしたのは、マーガレット・ドラブルによって編集された『オックスフォード英文学案内』（一九九八年）とマイケル・グロウデンとマーティン・クライスワースの『ジョンズ・ホプキンズ文学理論・文学批評案内』（一九九四年）の該当項目である――そのままトールキンにあてはまると思われる内容がしばしば見られる。解説によると、モダニズム様式とは、局所的で、限定的であるところが特徴であり、抽象的なものの中ではなく「小さく、無味乾燥な事物」に美を見出すという。この「無味乾燥」の部分についてはよくわからないが、しかしトールキンは、「ニグルの木の葉」の中で、自身が本質的には細密画家であると描写しているようだ（六章参照）。そしてこの印象は、彼の全作品における数多くの細かい自然描写（闇の森の「テイオウムラサキ」蝶や枝垂川《しだれ》の土手の柳の落ち葉）からだけではなく、例えば、自分の庭の一株の植物から雑種の花が咲いたのを、長い時間をかけ、事細かに深く研究することに打ちこんだ事実からも確かめられる（『書簡集』エイミー・ロナルドへの手紙を参照）。さらにT・S・エリオットによれば、モダニズムは語りの様式を「神話的手法」に置き換えることを可能にしたという。唯一トールキンを作品の創造に駆り立てたのは、見ての通り、神話の創造であり、彼の主な語り口は、実際に神話を具現化している。また（今度はドラブルからの引用だが）、モダニズムは、実験的な時間の描出という点で、他の様式と異なる。その他の特徴として、「写実主義の幻想」の拒絶、複数の語り手の使用、言語実験も挙げられる。これらの項目一つ一つに対しては、こうつぶやきながら丸印を付けていっても構わないだろう――「これもマル。『失われた道』や『ノーション・クラブ会合録』がいい例だな。織り上げられた語りの実験、話を入れ替えたり対比したりする複数の物語の『糸』の使用、そしてもちろん、未知の言語や記録されていない方言の入念な創造もやっている……」。やはりモダニストの特色として挙げられている、アイロニーを好む傾向について言えば、トールキンの手のこんだ語り口は、そのままアイロニーであり、またアンチ・アイロニーでもある（二章参照）。ではなぜ、トールキンを（ドラブルの『案内』の中では十二行しか割かれていない）、ジョイス（同じく七十六行）と並び称されるモダニズムの作家、または、まさにトインビーが想像した類の「良い作家」と見ることは受け入れられないのだろうか？

もし、列挙されている特質の残りをいくつか見るならば、その答えはおのずと明らかだ。モダニストの作品は、例えばエリオットの「荒地」やジョイスの『ユリシーズ』に見られるように、他の文学作品からの引喩に多くを負う傾向がある。だから、もし読者が引喩だと気づかなかったり、原典（例えばホメロスやダンテ）の文脈とモダニストの文脈におけるその語句の差異を理解しなかったりすれば、意味をなさなくなる。対照的にトールキンは、教養において他者に引けを取らず、大抵の人より多くの文学に通じていたが、しばしば言及するのは、自身の伝統と考えていたイングランド土着の詩からなる「庄の伝承物語」である。そして、引喩元の作品は重要でないというのが、彼の伝統の用い方の絶対的な特徴であった。引用する言葉が最も効果を上げるのは、それが半ば格言になり、みなに共有され、一般言語に溶けこんで「丘のように古い」と感じられる時である。トールキンが頻繁に使う作品の多くは、作者不詳のものである。彼は、一介の人間を超えた存在にまで持ち上げられた「偉大なる作家」の狂信者に名を連ねることが一度もなかった。人々が文豪を祭り上げるあまりに作品の真の美しさを味わえないことは、一つの例として、E・M・フォースターのやはり定評のある短篇「天国行きの乗合馬車」の中で明確に描かれている（私の信ずるところ、ルイスが、既に言及した彼の死の研究『天国と地獄の離婚』において、パロディの元としたのはこの作品だ）。トールキンは、オックスフォードで古典を読み始めたが、エリオットが呼ぶところの「古典の伝統」には断固として敵対していた。ジョイスの構想はホメロスに倣った。エリオットは作中常に、アガメムノンとテイレシアース、オイディプスとアンティゴネーを念頭においていた。ミルトンは、聖書の英雄をもってこれらすべての代わりにしようとした（彼ほど古典を知り尽くしていた人物はいないのだが）。しかし、トールキンの英雄と主な借用は、イングランドや北方の伝承から来ている。それらは、ミルトンが決して知ることなく、エリオットが無視した伝承だった。ベーオウルフ、ガウェイン卿、シグルズル、エッダの神々——大抵のモダニストは、これらを文字通り野蛮な民族の言い伝えだと考えていた（「野蛮な（barbarous）」という形容詞の語源は、「理解できない言語を話す人々」という意味である）。

最後の違いは、内省、別の言い方をすれば「意識の流れ」、つまり登場人物が何を考えているのかを読者に伝えるという、最も単純な現代小説にも見られる典型的な仕かけに対するモダニストの愛である。トールキンも、『ホビットの冒険』や『指輪物語』の中では確かに登場人物の心理説明を行っている（『シルマリルの物語』ではずっと珍しくなるが）。現代の読者に向かって物語を描くには、この手法なくして成功能《あたわ》ずということかもしれず、敢えてそれを使わない実験を試してみた「実験小説」を私は知らない。一方トールキンは、既にこの試みに挑戦し、成功した作品をよく知っていた。『ベーオウルフ』には、たった一度だけ、いわば登場人物の心の中に入る一歩手前で、語り手がためらう瞬間がある。英雄を描写して「常ならず彼の胸は暗き思いにたぎりけり」と語る場面で、竜の炎で自らの館が焼け落ちたばかりの主人公は、このような禍《わざわい》を招くどのような過ちを自分が犯したのだろうかと自問する。しかし、詩の続きはこうだ「彼は、見事な戦の盾を、鉄のみで作るよう命じけり（中略）彼は知りけり、木の楯の役に立たぬことを。火に向かいて、シナノキの盾の役に立たぬことを」。暗き思いに、これ以上言葉が浪費されることはない。ガウェイン卿もまた、暗き思いを抱いた一人である。しかし、これを表に出すのが許されたのは、（トールキンの現代語訳によると）「多くの哀しき思いに心乱れた男のように」睡眠中つぶやいた時だけである。そして、それがどんな思いなのかは決して語られない。なぜなら、ガウェイン卿もまた、すぐにいつもの公の顔を取り戻してしまうからだ。トールキンが賞賛していた文化においては、内省は賞賛されなかった。トールキンはそれを承知していたが、ある意味、古代のお手本が意識せずに書いていたことであり、それを自ら発展させることはなかった。

一旦この文学哲学における真っ向からの対立を見て取れば、上に挙げた表面上の類似点の正体が明らかになる。モダニストに受け入れられる概念や工夫をトールキンが用いたとしても、それらは原則的に文学上のことではなかった――この点において彼はモダニストと著しく異なっている。彼が「神話的手法」を用いたのは、それが興味をそそられる様式だったからではなく、神話こそ真実だと信じていたからである。彼が登場人物を荒野に迷わせ、完全に間違った憶測をさせたのは、小説における「写実主義の幻想」を叩き壊したかったからではなく、現実に対する我々の見解はすべて幻であり、誰もがある意味「さ迷い」の中にあり、星々を遮《さえぎ》る中つ国の森の中で途方に暮れていると考えていたからである。彼が言語実験を実践したのは、どのような興味深い効果がそこから生まれるのかを見たかったからではなく、人類の言語のありとあらゆる形態は、既に一つの実験であると思っていたからである。トールキンは、モダニストの理想を弄《もてあそ》ぶどころか、真剣に受け止めていたと、もう少しで言ってしまうところだ。しかし、その過程で彼が剥奪《はくだつ》されたものは――二度と立派だと思われなくなってしまったビルボ・バギンズのように――数多のモダニズム作品の根本にあり、潜在的に常に俗物的でエリート主義だと言わざるを得ない、ある資格だった。つまりその作品は、完璧に磨き抜かれた教養を持つ人間や繊細で高尚な感性のために書かれ、彼らのみしか味わうことができない、と主張する権利を失ったのだ。

これこそがおそらく、出版直後からずっとトールキンがかき立ててきた批評家の怒りや恐れの核心であると思われる。彼は、高尚な好みを仲介する権威、批評家、教育者、読者家たちを脅かしてしまったのだ。トールキンも彼らと同じように教育を受けていたが、ただ宗派が違った。彼は、「英国国文学教会」の不文律に同意しようとしなかった。彼の作品は始めから大衆市場に評価された。これは限定版として初版が出版され、教養のある富裕層にしぼって販売するよう目論《もくろ》まれた『ユリシーズ』とは大いに異なる。ところが、このトールキンの作品が、大衆好みの駄作という相応しい立ち位置より高等な思想を持っているかの如く、分不相応な野心を見せたのだ。それは、批評家たちには許せない組み合わせだった。

　フィリップ・トインビーやアルフレッド・ダガンが見せた認識力の欠如は、結局のところ、別の角度から見ると興味深いと思われる。なぜなら二人は、少なくとも二つの大戦の間と戦後の一時期、英文学界を支配し特徴づけていた文学一派の同人だったからだ。この一派を、批評家のマーティン・グリーンは一九七七年の同名の著書の中で「太陽の子供たち《ゾンネンキンダー》」と呼んだ。彼らはモダニズムの信奉者であり、上流階級に属し、ほとんどがイートン校出身で、多くの場合共産主義を標榜《ひょうぼう》していた。多くは（ダガンのように）非常に裕福で、編集者として、または文学コラムの書評者として確固たる地位を確立していたが、その一方で、創作ができないという問題がメンバー間に蔓延していた。トインビーの恩師シリル・コノリーの文学批評の古典『約束の敵』は、長いこと彼の創作しない言い訳になっていた。彼らの中心となった文学者はイヴリン・ウォーであったが（彼もまたウォーターストーン書店の売り上げランキングの上位に位置する）、彼の息子オベロンは、常にトールキン攻撃における立役者であった。トインビーが書いていた一九六〇年代、グリーンの言葉によれば彼らはまだ「体制側に人材を送りこんでいた」が、「時代遅れ」になるという、究極的には避けられないとはいえ、前衛に傾倒していた人々にとって空恐ろしい運命を迎えつつあった。このことは、いくつかの攻撃における彼らの毒を説明している。

いずれにしても、私がこの主題において、あと一つを残して最後の考察をするのは、マーティン・グリーンについてである。彼は際立って公平な書き手であるが、トールキンに対してはほとんど関心がなかった（彼の著作の初期の版では、トールキンの名前の綴りは必ず間違っていた）。グリーンは、インクリングズのメンバー――チャールズ・ウィリアムズ、ドロシー・セイヤーズ、ルイス、トールケイン（Tolkein）［ママ］――が、「太陽の子供たち《ゾンネンキンダー》」の気取りを避け、思索の焦点を正統派キリスト教神学や悪の問題に向けていたと書く。「彼らの思想や想像力における態度のほとんど」は、彼には次のように映ったと、グリーンは認める。

> もし抽象的な概念の中だけで考えるならば、リーヴィス［二十世紀半ばにおける英国文学批評界の大御所］やウォー、それにこの点に関してだけはオーウェルよりも、彼らは一層寛大で知的で品格がある。しかし現実のものとして考えるならば、様々な折にこの三人の考え方が私にとってすべてであったのに対し、残りの連中はまさに無意味である。私は彼らのしたことを理論上は是認している。彼らの思想が結実した著作も賛同しながら読む。しかし本当のところ、決して引きこまれることはないのである。
>
> その理由の一つは、確実に、これらの作家が、芸術における弁証法から別の場所へ移動してしまったことにある。それは、個人にとっても知性にとってもしばしば不名誉なことだが、彼らの物語はそういう場所で起こるのだ……

たとえ意見は異なろうとも、私は、グリーンの立場を理解し尊重する。ただ、彼の最後の発言からは、サブカルチャー版『ゴドーを待ちながら』とでも言うべき、ミュージックホールのある有名なコントを思い出してしまうのだ。照明を落とした舞台の上で、ライトが一箇所だけあたっている。一人の男が四つん這いになって、黙ったまま這いずり回っている。明らかに何かを探しているようだ。やがて第二の男が現れ、しばし見つめた後にこう言う「何してるんだい？」「落とした六ペンス硬貨を捜しているのさ」這っている男は答える。すると第二の男も四つん這いになり、探すのを手伝い始める。しばらくすると第二の男は言う「そもそも、いったいどこで落としたんだい？」「ああ、あっちだよ」と第一の男は答えて立ち上がり、暗いままの舞台の反対側まで歩いていく。「じゃあなんでここを捜すんだい？」第二の男はやけになって叫ぶ。第一の男は元の場所に戻り、再び這い回りながら答える「ここにライトがあたっているからさ」

これを私流の寓話に仕立てるなら、ライト＝モダニズム、這い回って探す男＝トインビー（またはグリアまたは『サンデー・タイムズ』のスーザン・ジェフリーズまたはその他大勢の批評家）となる。六ペンス硬貨を何と等記号で結べばよいのかは決められないが、しかしトールキンは、舞台の奥の、光のあたらないところで、それを探していたのである。

トールキンの遺産

憎しみと恐れから、愛と称賛へと話題を変えるのは、ほっとする。トールキンの多くの模倣者についての本格的な研究には、少なくとも本一冊分のページを割く必要があるだろう。ついでながら、そして公平を期すためにも言っておくが、ドラブルの『文学案内』における「ファンタジー小説」の項目には、「モダニズム」とほぼ同じ長さの説明が書かれている（手前味噌になるので、この場で自分の書いたものを推薦はしないが）。しかし、最も露骨な模倣者のうちの数人が、トールキンの何に触発されたのかを記録するのは、彼らが捨て置いたこと、もしくは真似できなかったことに注目するのと同様に興味深い。

最も初歩的な段階では、トールキンを読んだ人々から、もっとホビットの物語を読みたいという欲求が生まれた。一九三七年にまで遡ること、サー・スタンリー・アンウィンが認めたのと同じ欲求である。しかしながら、混じり気なしの単純なホビットの物語を書くことは難しかった。ホビットとは（『デナム・トラクト』やOEDの記述にも拘らず）全くもって明らかにトールキンの独創であったからだ。これまでに、様々なはぐらかしが試みられた。むしろ不幸なことだが、『ホビット、ハーフリング、ワロウ（warrow）、小さい人たち（Wee Folk）』と題されたアンソロジーがある（訳注　体の小さい人たちを題材にした物語集）。また、トールキンを記念してマーティン・H・グリーンバーグによって編まれた物語集『王の後に』には、デニス・マッカーナンの「ハーフリングの家（Halfling House）」が収録されている。しかし、こうした努力のいずれもが、ホビットらしさを上手く捉えているとは言い難い。もちろん、ホビットの持つ「現代」もしくはエドワード朝的な側面すらも、現代ではますます時代遅れになってしまったということもあるだろう。それは特にアメリカ人の作家や読者にとって顕著である。

もう少し高等なレベルになると、ファンの中に、単にもう一つの『指輪物語』を書いてみたい（そして読みたい）と願う者が出てきたようである。ダイアナ・ウィン・ジョーンズが一九八四年に発表した、全くトールキンとは異なる傑作『九年目の魔法』（東京創元社）では、ヒロインの少女は、おそらく十四歳ぐらいの時に『指輪物語』を発見し、立て続けに四回読み通す。それから彼女はすぐに、自分と父親／助言者役の人物が登場する冒険物語を書く。

タン・セア、タン・ハニヴァ、タン・オーデル［彼女の助言者以外の四人組のメンバー］の助けを借りて、いかにして滅びの洞窟でオバー・シプトを追い求めたか。『指輪物語』を読んだ後では、オバー・シプトが、実は、ひどく危険で壊さなければならない指輪であることは、極めて明白だった。英雄は大いなる勇気をもって、これを行った。

しかし、彼女がこの物語をタム・リンに送ると、「違う。指輪じゃない。トールキンから盗んできたね。自分自身のアイディアを使って書きなさい」という返事が返ってきただけだった。この出端をくじくような批評は、多くのトールキンを真似した作品にあてはまるように思われる。こういう作品を書く動機は、同じ作品をもう一度、ただもっと沢山読みたい、という思いなのである。

その最も顕著な例が、テリー・ブルックスの『シャナラの剣』（扶桑社）である。この作品は、一般的には揶揄《やゆ》されているが、非常によく売れた。噂によると、最初に世に出た一九七七年当時、トールキン色が十分出ていれば、どんな作品でも売れると知っていた目端の利く編集者数人が、委託をして書かせたということである。もしこれが本当ならば、編集者は正しかった。「シャナラ」シリーズは、二十年経っても書き続けられ、八巻になった。にも拘らず、少なくとも第一巻において妙なのは、逐一トールキンに追随する忠犬のような書き方である。一つの集団が、闇の王の手から、不思議な力を持った剣を取り戻すために集められる。「破壊する」ではなく「取り戻す」ためというところは、一つ異なっている点と言えるかもしれない。しかし、集められたメンバーは、トールキンの旅の仲間と一人一人ほとんど一致しているのである。ドルイドあるいは魔法使いのアラノン（=ガンダルフ）、ドワーフのヘンデル（=ギムリ）、四人のホビットの代わりとなる、物語の中心の二人の若者。二人のエルフは、トールキンのレゴラスより一人多いが、その片方の名「ドゥーリン（Durin）」はトールキン作品に登場するドワーフの名前である。そして二人の人間、メニオンとバリノアは、ほぼ正確にアラゴルンとボロミアに対応している（バリノアには弟もいる）。ゴクリは、一時シャナラの剣を手にし、それを取り戻そうとして死ぬオール・フェインというノームに生まれ変わる。指輪の幽鬼は、「死のような叫び」もろとも、空を飛ぶ「髑髏《どくろ》の者」として再登場し、ガラドリエルの玻璃《はり》瓶《びょう》は、彼らに対抗する武器としてエルフの石に置き換えられている。これでも足りないかの如く筋の概要も、ほぼすべてが、一つ一つトールキンに倣っている。カルヘイヴン（=裂《さ》け谷《だに》）にある「素朴な家」への最初の旅。聖なる森ストーア・ロック（=ローリエン）での休息。行方不明になるアラノン。彼は、ちょうどカザド=ドゥムの橋の場面のように、ドクロの運び手との戦いで炎の燃え盛る穴へと引きずりこまれるが、ガンダルフと同じように再び戻ってくる。そして大胆にも、とても小さな規模ではあるが、旅の仲間の離散まで描かれる。ホビットに相当する人物たちが、オークに相当する悪役に捕らえられ、連れ去られた後に（期待通りの追跡場面があって）、再会するのである。その他サウロン、デネソール、蛇の舌と対になる登場人物もいる。ホビットにあたる者たちは「霧の幽鬼」（塚人そっくり）や、沼に棲む触手のある生き物（モリアの門の番人そっくり）や、悪意に満ちた木（柳じじいそっくり）に襲われる。『二つの塔』の最後でばたんと閉められた石の扉や、サルマンの死と消失や、ローハンの騎士のペレンノール野への到着など、個々の場面もほぼそのまま踏襲されている。あまりに類似が甚だしいので、その結果がよかったのか悪かったのかを判断するのは、ある意味困難である。『指輪物語』を読んだことのない読者なら、この作品を非常に斬新だと思うかもしれない――しかし私には、『シャナラの剣』の元々の読者の多くがこの範疇《はんちゅう》に入るとは思えない。『シャナラの剣』が示しているように思われるのは、多くの読者が英雄ファンタジーの味（依存症）を強烈に覚えてしまったので、もし本物が手に入らないのならば、どんなに薄められていようとも、代用品を受け入れるということである。

　今述べたことは、ステファン・ドナルドソンの「トーマス・コブナント」シリーズにはあてはまらない。こちらはずっと独創性に富み、最終的にはトールキンへの批評及び反論の試みにまでなったと、衆目の一致する作品である（前に言及したクルートとグラントによる『ファンタジー百科事典』のドナルドソンの項、並びにW・A・シニアが一巻にまとめたドナルドソン研究を参照のこと）。それにも拘らず、トールキンの刻印はこの作品にも深く刻みこまれている。よく練られた大きな相違点は、中心人物がホビットとは全く異なり、実は成人した現代アメリカ人で、癩病《らいびょう》に罹患《りかん》し、娘を陵辱するという点である（ビルボやフロドからこれほどかけ離れた主人公を思い浮かべるのも難しい）。またブルックスの模倣とは異なり、このアンチ・ヒーローは旅の仲間を集めない。トールキンとドナルドソンの類似点は、むしろ、主人公のアンチ・ヒーローが出会う風景、もしくは人々にある。連作の第一巻、一九七七年発表の『破滅の種子』（評論社）は、一人の洞穴人が掟の杖を見つけたことから始まる（指輪を持ったゴクリに似ている）。その背景には不具の英雄、半手のベレック（隻手のベレンを参照）の物語がある。指輪の幽鬼は「喚《わめ》く者たち（Ravers）」として再登場する（上手いネーミングではないが）。メレンクリオンへの祈願はエルベレスへの祈願と似ている（以下の箇所を比較参照。ドナルドソン『喚く者たち』ならば決して呼びかけない名を口にされましたね」。サム・ギャムジー「エルベレスといいますからね。エルフたちのいう言葉ですだ。オークなら一人もこんな言葉いいっこねえですからね」）。ローリエンの樹上の家は、空に浮かぶ森の村「ソアリング・ウッドヘルヴン（Soaring Woodhelven）」として今回も描かれる。オークの息の根を止めたフオルンの森は、「ギャローティング・ディープ（Garroting Deep）」の森（訳注「首を絞める谷」の意）として帰ってくる。騎士の軍団は「第三エオマン（Eoman）」として現れる（エオメルの部隊はエオレドの第三軍団）。さらに指を噛み切る場面も盛りこまれている。特に似ているのは、「巨人ソルトハート、あぶくを追う者」とその民の創造である。彼らはまたもやトールキンのエントに、事実上そっくりそのまま相当する。ソルトハートは「生きている樫の木よう」で、その「落ち窪んだ目」は「洞穴の深みで生まれた思考が光を放つごとく、射抜くように眼光きらめく」。そして彼は「コブナントの理解できない言葉で」歌い、巨人語を翻訳するのは難しいと説明する。その理由は、巨人の話は長過ぎて、語り直せないからだ。彼らはまた、「子供がほとんどいない」ことを悔やんでいる。

　しかし、ドナルドソンは次のように述べ、私としてもそれを信じている。

> トールキンは私に、ファンタジーを書きたいという欲望を吹きこんだことで、強い影響を与えた。しかし、実際に私がコブナントの物語を書き始めた時には、物語上どうしても必要な時以外は、できるだけトールキンの手本から離れるようにしていた。（シニア著『ドナルドソン』）

私の目に留まった事実と作者の表明との折り合いをつけるには、控え目に言っても滅多に使われることのないいくつかの単語を、ドナルドソンが使用している点に注目すればよいかもしれない。それらの単語は、トールキンが使う以前は、（特にアメリカでは）非常に珍しかった。例を挙げるなら「乞食（gangrel）」「川中島（eyot）」「手強い腕を持つ（dour-handed）」などで、最後の単語は確実に借用である。しかし人は、いつ、どこで特定の単語を覚えたのかを忘れ、それを先人に負っているなどとは夢にも思わないことがしばしばある。場合によっては――いや、ダイアナ・ウィン・ジョーンズのヒロインのように多くの場合――おそらく何度も何度も読み返さずにはいられなかった読者は、トールキンの単語やイメージを、非常に若いうちから完全に身につけてしまうので、ついにはそれが体の一部になり、文学的な借用というよりは個人の財産になっているのではないかと、私は言いたいのである。こうした現象は、バラッド文化や決まり文句が散りばめられた口承の叙事詩の時代においては、ごく普通のことであった。伝承を受け継ぐ受け身の語り手は、それを積極的に拡大する者と、すぐに交じり合った。作家の個性と著作権保護を尊ぶ時代にそれが見られるのは、奇妙なことではあるけれど、歓迎しない訳ではない。

トールキンと後の礼賛者との関係で私が取り上げる最後の例は、アラン・ガーナーの同じく処女小説、一九六〇年の『ブリジンガメンの魔法の宝石』（評論社）である。ガーナーは、ここで言及された作家のうち、トールキンに最も近いと同時に最も遠い作家である。ガーナーはイングランド人で、独創性にあふれ異彩を放つ数冊の「ヤング・アダルト」小説の他、最近では大人の小説『岸辺の人（*Strandloper*）』を書き上げている。彼はチェシャーの生まれで、ほとんどの作品は、トールキンにとってウェスト・ミッドランドの地がそうであったように、ガーナーにとって個人的にゆかりが深く神話の宝庫であるオルダリー・エッジを中心にしている。『岸辺の人』においてガーナーは、明らかにガウェイン詩人の作品から採った引用を何度も作品に織り込んだが、この詩人は、彼や大抵の批評家から（私自身は含まれない、四章参照）やはりチェシャー出身だと思われていた。従って現代のオルダリー・エッジを舞台にしている『ブリジンガメンの魔法の宝石』も、冒頭で語られるのは古い地元の伝説であった。この物語にはホビットは登場せず、二人の子供が主人公である。しかしフロドと同じように子供たちは、暗やみの王が探し求める、運命を決する魔法の宝石を偶然手にしていた。暗やみの王は（トールキンの主題とは逆に）宝石を破壊し、白の魔法使いキャデリンの守りのまじないを解こうとしている。キャデリンと知り合う中で子供たちは、ドワーフ、トロル、モース族という名のオークに相当する敵（オークはトールキンと密接に結び付けられることの多いもう一つの単語であるが、ホビットと比べれば、それほど明確にトールキン独自の創造とは言えない）と出会う。筋はそれほど似通っていない（ブルックスとは異なる点）。登場人物は、トールキンが伝承から再創造した種族に特に頼らずとも、伝統的な妖精物語から簡単に採取できる（ドナルドソンと異なる点）。しかし、場面や語句のレベルにおいて隅々に至るまでトールキンの影響がより一層行き渡り、再び無意識の模倣が考えられる。ドワーフのフェノディリーは、横穴を這って脱出する時、子供たちに次のように語る。

とても深く穴を穿《うが》ったので、彼らは地中の秘密の場所にまで到達してしまいました。（中略）ここにはファンディンデルブより前に、われわれの一族が掘った最初の坑道がありました。今は上の通路を除いてほとんど残っていませんが。そしてそこはドワーフにとっても恐ろしい場所なのです。

ここでは、モリア、ドワローデルフを語るグローインの記憶が半ば甦る「われらはあまりにも深くかの地をうがち、ために名状しがたい恐怖を呼びさましてしまいました」。これと同様キャデリンは、『ブリジンガメン』の「暗やみの王」が昔破られた時のいきさつを語る。暗やみの王が逃亡した時、「悪がこの世から永遠に消え去ったと考え、人はみな喜んだ」。「ラグナロクの隠れ家から黒い考えを注ぎこんでいる」。エルロンドもまた、「サンゴロドリムが破られた時（中略）エルフたちは、これで悪は永遠にやんだと考えた。ところがそうではなかったのです」と回想する。そしてガンダルフも、既にビルボの時代に

死人占い師が「闇の森からその暗い思念を送り出して」いたと言い、エルロンドの言葉を裏書している。ガーナーの中では、女トロルの叫びとして、「夜鳥の哀しげな声のようでありながら、山にひそむ牙のように冷たく残酷な、かぼそい叫び」が出てくるが、これは、指輪の幽鬼の訪れを合図する「何か兇悪で孤独な生きものの叫び」のような「長く引っ張った叫び声」に似ている。子供たちは様々な場面で黒いカラスに追跡されるが、これは「指輪、南へいく」の章で偵察をするクレバインをはっきりと連想させる。

ここでガーナーがトールキンから学んだことは、おそらく、文体に変化を持たせるためのこつだけであったかもしれない。つまり、何人かの登場人物の台詞や語りを、一部擬古体（ガーナーの場合は方言）で色を付け、風変わりであっても内容は理解できるようにするという手法である。またガーナーには、トールキンを通り越してトールキンの材源から直接取り込んだ、言わば全くトールキンらしくないところもある。手法の一つとしてガーナーは、古北欧語の単語をそのまま本来の文脈から切り離し、単なる名前として使っているが、おそらくトールキンはこれをよく思わなかっただろうと私は思う。例えばガーナーは、「ナストロン

ド（Nastrond）」を暗やみの王の名としているが、スノッリの『エッダ』では、「ナーストレンド（Náströnd）」は「死者の岸」、罪びとが死後流れ着く場所のことである。また、「ラグナロク（Ragnarok）」は、ガーナーの作中では暗やみの王の砦だが、古代スカンジナヴィアで「ラグナロク（Ragnarök）」は滅びの日、神々の滅亡を意味した。「ブリジンガ・メン（Brisinga men）」（二語）は、古北欧語では女神フレイヤの首飾りの名であるが、ガーナーは単に不可思議さを出すためにこれを用いている。しかし、こうした借用をする際、ガーナーはトールキンの理論に従っているのである。つまり単に名前の創作だけのことであっても、人は本物と偽者の区別がつく。故に、名前をでっち上げてはいけない。もし（クウェンヤやシンダリンのような）言語の中に、上手く名前を埋めこむことができないのなら、現存する言語から借りてくるしかない。つまりガーナーは、トールキンとは一致しない、もしくはトールキンから逸脱している点においても、先輩に対するある種の尊敬を表しているのである。

作家たちが、意識してであれ無意識であれ、トールキンから取りこんできたことを考察したので、いよいよ彼らが取りこまなかったことを検討するのも価値があると思われる。トールキンは、人気者の先輩ディッケンズに多少なりとも似て、「真似できない」作家であると判明したのだろうか？　どのような点においても誰も模倣しようと試みなかった興味深い特徴の一つ目は、非常に異なる文体やしばしば難しい韻律で書かれた詩を、トールキンが頻繁に作品に挿入した点である。単に手間がかかり過ぎるということもあるだろうが、おそらくもう一つの要因は、文学伝統に寄せるトールキンの関心の真の深さだろう。ファンタジー作家はもはや、彼のような教育を受けていない。加えて、文学上の空白、間違い、矛盾に対しての興味も欠落している。ファンタジー作家は、題材を求めて『古エッダ』や『ガウェイン卿と緑の騎士』のような作品を漁るにやぶさかではないが、それを書き直したり、間違いを指摘したり、既に失われているテキストを「再建」したりはしない。大学の基礎教養としての文献学が廃《すた》れた結果、きっとこの状態は永久に変わらないだろう。また私の知るまだ誰も真剣に真似しようとしたことのないもう一つの特徴は、トールキンの『指輪物語』の構成、複数の語りの糸を用いる手法である。その理由はまず第一に、丹念な時間設定や、別個の物語軸間の日付や距離や月の満ち欠けの照会を正確に行うのが難しく、こういったことは「生まれつきのこだわり屋《ニグル》」に任せておくのが一番だからだろう。さらに現代作家は誰も、運命、運、摂理に対するトールキンの非常にボエティウス的な考えを、受け入れることができないと感じているようだ。反ボエティウス的なほのめかしが同じく作品内に存在し、ボエティウス的側面を抑制しバランスを取っている時も、受け入れ難さは変わらない。そしてトールキンの作品の底を流れる悲しみや、多くの死の場面、手放しの幸福が訪れる結末の回避は、商業的な出版界に対するより一層の挑戦になっている。

とはいえ、トールキンの模倣者が、ただ表面的な特徴にのみ反応したと言えば嘘《うそ》になろう。もう一度言うが、私の知る限り、同時代の作家でトールキンのように想像上の言語を作るまでした者はいないし、おそらくそんなことができる者もいないであろう。しかし、言語の重要性、名前の大切さ、歴史の深さが感じられる必要についての彼の見解は、十二分に消化されてきた。思うに、例えばアヴラム・デイヴィッドスンの作品中に詰め込まれた言語学的な知識量には、トールキンも賞賛から目を見張らざるを得なかっただろう。私は序で、誰もがゴート語に対応できる訳ではないと書いたが、デイヴィッドスンは『二番目のペレグリン(*Peregrine Secundus*)』(一九八一年)において、読者が古代オスク語を味わうことを期待し、そして多くの読者が明らかにそれを楽しんでいる。一方、マイクル・スワンウィックの才気あふれる独創的な『鉄の龍の娘（*Iron Dragon's Daughter*）』（一九九三年）は、『デナム・トラクト』ではないにしろ、作者が何かしらとても似たものを読んでいることを示していると、私には感じられる。スワンウィック、デイヴィッドスン、ジャック・ヴァンスを始めとして以下に言及する者たちを含めた多くの作家は、本物であることや、トールキンの言う「深い所に根ざした作品」が持つ「味わい」を大切にした。なぜなら、彼らはその価値を見せつけられたからである。おそらく純然たる努力の量において、一つの創造世界の地図や言語や歴史や神話を作り上げることにおいて、決してトールキンと張り合える者は現れないだろう。同様に、作品の題材とするために、彼のような文献学資料を手に入れる者も絶対にいないだろう。それでもやはり、現代のファンタジー作家たちはおそらく、彼らの十九世紀の先人、ウィリアム・モリスやロード・ダンセイニより、ずっと多くの労力を費やさねばならないことを受け入れている。

　このような比較を大幅に拡大して、それぞれ独自のやり方で程度も異なるが、ジョージ・R・R・マーティン、マイケル・スコット・ローハン（名前の一致は単なる偶然である）、ロバート・ジョーダン、デイヴィッド・エディングズ、ガイ・ゲイブリエル・ケイ（『シルマリルの物語』編集の際、クリストファー・トールキンの助手であった）、その他実に何十人もの文学者たちにあてはめることもできるだろう。多くの作家がどれほど懸命に努力してきたとしても、現代のエピック・ファンタジー作家の誰一人として、トールキンの刻印を免れ得た者はいないと私は思う。彼らのほとんどは、おそらくそれを刻印とは見ていないか、もしくは、目標とする印という意味でのみ受け入れているのだろう。当然のことながら、彼らはみな、独自の作品を執筆したいと望んでいるし、実際にしばしばそうしている。例えば、トールキンとドナルドソンの基本的な哲学の違いについては、既に言及したウィリアム・シニアの研究で精力的に論じられている。だが、ダイアナ・ウィン・ジョーンズのヒロインの少女のようにもっとずっと単純なレベルでは、実はみながやりたいと望んでいるのは、トールキンが達成したのと同じ結果を生み出すこと、あるいは彼が満たしたのと同じ欲求を満たすことではないかと、やはり思われるのである。

現実味とリアリズム

最後に、この「結び」で目を通してきたトールキンへの否定的見解と肯定的見解とを、一緒に論じてみたいと思う。トールキンを無視し、ファンタジーを毛嫌いする根底の理由は、ただ単純に「本当のことではない」という感覚かもしれない。この立場の感動的な声明は、リアリズムの偉大な作家ジョージ・エリオットによる『アダム・ビード』（一八五九年）の中に見られる。彼女は言う「私は単純な物語をお話しするのに満足しています。それはただ（中略）虚偽を恐れるからです」。たとえ、より野心的な意図を持っていたとしても、虚偽を語るのは、真実を語るよりも簡単だ。だから、

私は、ひるむことなく、雲をまとった天使たち、預言者や巫女、さらに英雄的な戦士に背を向けて、かがんで植木鉢の世話をしている、あるいは、一人寂しく夕飯を食べている老女に目を向けましょう。

言い換えると、彼女は、ヴァラールやマイアール、エルフの王たちや野伏たちから、取るに足らない人々

の日々の生活に目を向けたい、と宣言しているのだ。確かにエリオットの見解は力強く堂々としている。しかし以下に述べる三つの観点から、返答することも可能である。第一番目はもちろん、少なくともホビットは、預言者や巫女、英雄的な戦士に対するのと同じくらい、年老いた女性や植木鉢に近い存在だ。第二に、エリオットは、真実と単純な物語を唱道しつつ小説＝フィクションを書く道に進んだ点だ。ファンタジーは本質的にリアリズム小説よりも真実味が薄いと論じるならば、それを延長して、リアリズム小説は伝記よりも本質的に真実味が薄いと反論することもできるだろう。しかし（今では）私たちみなが知っているように、フィクション＝虚構のおかげで、歴史によって表現され得なかった何かを、おそらくは比喩や類推を通じて、作者は語ることが許されるのである。この理論は、ファンタジーにまで拡大して適用されるべきである。なぜならこれこそが確かに、あれほど多くの二十世紀作家が、現実世界の出来事に非常に密接な関わりがあった者たちを含めて、空想物語の形式で作品を書かねばならなかった理由だからである。

三番目にして最後の返答は、一つ前の議論に続くものである。フィクション故に作者が創作できるもう一つのことは、パターンの表現である。これは「パターンを作り上げること」と言い換えてもよいかもしれないが、明らかに多くの場合作者は、パターンを作り上げるのではなく、ただ感じ取ったままを他者に明らかにしようとしていると信じている。これはジョージ・エリオットにもあてはまり、彼女の作品『サイラス・マーナー』（一八六一年）には、私たちが『指輪物語』の中で見たのと全く同じ類の、神の摂理による「織り」＝物語の交錯が、ずっと小さな規模ではあるが描かれている。それは（田舎の老婦人ドリー・ヴァーデンの）ある台詞で頂点に達する。彼女の言葉は、ボエティウスの思想を手のこんだ方言に直しただけで、文体こそ違えど、ガンダルフの発言と中身は同じである。もしもこのような作家によるパターンの表明が、エリオットのようなリアリズム小説の中で受け入れられ、望まれるのだとすれば、どうして同じ自由がファンタジーには許されないのだろう？　フィクションもファンタジーも、文字通りの意味は「真実ではない、ただの作り事」である。だが誰も、何もかもを文字通りに読む必要はないではないか。

私たちの比喩的に読む能力こそが、トールキンの作品の中に、二十世紀の出来事に直接つながる現実味を見出すのだと、私は信じている。私たちは、現実に指輪の幽鬼に出会うとは思っていない。だが「幽鬼になること」は、真にある危険である。私たちは竜に出会うとも思っていない。だが「竜の黄金病」は、どう見てもありきたりの病だ。ファンゴルンの森はどこにもない。だがサルマンはどこにでもいる。こうした点を素直に受け入れる心のあり方こそ、トールキンを、取るに足りないどころか紛れもない脅威だと、体制側の文化人に思わせた要因なのかもしれない。とにもかくにも、トールキンが確実に成し遂げたのは、文壇に新しい、いや、もしかすると、古くからあって忘れられていた趣味を導入したことだった。それは一つの趣味なのかもしれないし、微量の成分なのかもしれないし、あるいはひょっとすると必須の文学ビタミン剤なのかもしれない。呼び名はどうであれ、最後に私は、シェイクスピアの『恋の骨折り損』から、衒学者《げんがく》の詩人ホロフェルネスの言葉を拝借してこの本を締めくくりたい（ホロフェルネスの真意とはずれているかもしれないが）。

「これを服用して痛みが激しい人ほど、まさによく効く賜り物で御座います。そして私はそれを有り難く思う者で御座います」

訳者あとがき

本書はTom Shippey, *Author of the Century*（二〇〇一）の全訳です。著者のトム・シッピーは、今日誰もが認めるトールキン研究の第一人者で、映画『ロード・オブ・ザ・リング』のスペシャル・エクステンディッド・エディションの特典映像にも招聘されて出演しています。ご覧になった方は、歯切れのいい口調でトールキン作品の魅力を解説する著者の姿を覚えていらっしゃるかもしれません。本文でも少し触れられていますがシッピーは、ご自身の言葉をお借りすると「全くの偶然から」、トールキンと共通点の多い人生を歩んできました。出身はトールキンと同じ外地で、一九四三年、インドに生まれました。その後、教育を受けるためにイギリスに渡り、寄宿学校で学び、トールキンと同窓のパブリック・スクール、キング・エドワード校に進学しました。そこではトールキンと同じラグビーの選手でした。『ホビットの冒険』との出会いから古英語に興味を持ち、ケンブリッジ大学で文献学を学び、学位を取った後にオックスフォード大学のチューターとして教え始めました。当時はトールキンがオックスフォードで過ごした最晩年にあたり、何度か直接会って話をする機会もあったそうです。一九七九年、シッピーは、リーズ大学の英語・中世文学の教授になります。本文にもあるようにこの地位は、一九二五年にトールキンが退職してオックスフォードに移って以来、長らく空席になっていたものでした。一九九三年にはセント・ルイス大学の教授職を得て、アメリカへ渡ります。そして二〇〇八年同大学の退官後は、ウィンチェスター大学の名誉特別研究員として、研究や講演など現在も精力的に活動されています。

大学でのシッピーは、『指輪物語』の登場人物さながら、文献学の衰退という「長い敗北」を見つめてきたと告白しています。英文学の分野で文献学を研究するには、まず古英語・中英語と基本のラテン語の他に、研究の範囲に応じて古北欧語、ゴート語など沢山の周辺の言語を勉強することになります。ここで、いくら『ベーオウルフ』が古いと言っても、たかだか千二百年余り昔のもの、日本の『万葉集』と同じくらいではないかと思われる方もいらっしゃるかもしれません。しかし古英語の場合、本文にもあるように文字が異なり別言語のように感じられるだけでなく、ヴァイキングの襲来などによって写本が破壊された結果、残念なことに文献がほとんど残っていないのです。古英語の傑作に違いない『ベーオウルフ』にしても、何らかの形で作品の価値が認められたから後世に伝えられたというより、たまたま生き残った写本の中に『ベーオウルフ』が含まれていた（それもたった一冊！）と言う方が真実に近いでしょう。ですから文献学では、現存する貴重な文献から数少ない証拠やヒントを得て正しいテキストを再建する研究（校訂本の編集）や、それに伴うテキストの解釈及び言語化の研究が主な仕事になります。文学の分野における考古学と言ったら言い過ぎかもしれませんが、時には文献、碑文、人名、名など言語資料ではなく、遺跡や遺物なども大事な資料になります。他の古い言語や文献との比較研究も欠かせません。労を要する研究であることはおわかりいただけるかと思いますが、実は究極的には報われない部分もある研究です。失われた文献は永遠に戻ってきません。今は手の届かない文献の中にはどれほど素晴らしい作品が含まれていたのであろうと、優秀な研究者であればあるほど思いは尽きないと思います。そして、平凡過ぎる言い方ですが、トールキンはこの学問における天才でした。

本論は、この文献学こそ、作家としてのトールキンをトールキンたらしめていた決定的な要素であると論じています。まるで推理小説の謎解きをするかのように次々にトールキン作品の材源を特定し解説していく部分は、本書の醍醐味です。読者の中には、これだけの知識があって初めて創造できる奥深い作品世界であったのか、だからあれほど惹きつけられたのかと納得された方も多いでしょう。しかし著者によると、トールキンが古代の文学にヒントを求めたのには、作品を書くための単なる材料探し以上の意図がありました。彼は、今では断片でしか残っていないその資料に、現代における正当な居場所を与え、材料自身や背景の本来の姿を甦らせたいと願っていたのです。トールキンの目論見は一部成功したと思います。エルフや幽鬼、エント、オークなど、トールキンが文献学上の疑問に答える形で考え出した（もしくは復活させた）キャラクターたちは、今やファンタジーやゲームの世界の定番となり、元はトールキンの創造だったことなど意識する人はあまりいません。こうしたキャラクターに、長い年月を経て伝えられてきた伝承に基づく「本物らしさ」を人々が感じている証拠ではないでしょうか。その意味では、必ずしもトールキンの願った形ではないでしょうが、彼の愛した「失われた物語」の魅力は、現在多くの人々に共有されています。その一方で、本書で明かされている、トールキンが文献学から作品の設定やキャラクターを創造した際に採り入れた、独特でいて深い洞察に基づいた解釈の数々、例えば指輪の幽鬼の二面性や、ロスローリエンの場所や時間の不思議さなどは、これまであまり注目されていなかった部分です。シッピーの的確な解説のお蔭で私たちは、トールキン自身が見ていただろう中つ国の姿に近づき、隠された意味を見つけながら新たに彼の作品を楽しむことができるようになりました。この点において、本書の意義は非常に大きいと思います。

本書のもう一つの柱は、トールキンを二十世紀の文脈の中で考え直すという試みです。滅びの罅裂を前にして、フロドが「指輪はわたしのものだ！」と宣言する時、驚きと戦慄を覚えるだけでなく、胸をえぐるような痛ましさを感じるのはなぜでしょう？　フロドのような高潔な人でさえ、力に魅入られ堕ちることがあると、私たちは完全に理解し共感することができます。またゴクリのような特異な人物ですら、以前どこかで見たことがあると感じ、哀感を覚えます。しかし文献学者として中世の文学に通じている著者によると、こうした感覚は、トールキンが研究していた古代の文学の時代には当たり前のものではありませんでした。前作『ホビットの冒険』で、現代イングランド人を表象するビルボを古代世界に放り込んだのは、その世界そのものやその世界観や価値観を、ビルボを通じて読者が体験し理解してもらえるようにするための工夫でした。しかし『指輪物語』の中の現代は、サルマンであれデネソールであれ、指輪の脅威やホビット庄の掃蕩であれ、もっと不吉なものを感じさせます。それは第一次世界大戦に従軍し、同時代の作家同様、帰還して後、「空想物語」の形で言葉にせずにはいられなかった「何か」を経験したトールキンの、時代への真摯な応答であったと著者は考えます。そしてその解説からは、悪や堕落や衰退といった厳しい現実に、勇気をもって向き合おうとしていたトールキンの姿勢が見えてきます。

大学でアニメや漫画などのサブカルチャーが堂々と研究されている今日、トールキンは本書で展開されているような擁護をもはや必要としない地位と尊敬を既に獲得しているのかもしれません。しかし、研究者としての重圧を感じながら、創作に没頭したトールキンの真意、苦悩、目指していたものの意義といった本書の論点については、いまだにあまり理解されていないのではないでしょうか。今一度ファンタジーの原点に戻り、その真の意義や可能性を考え直すのには、本書はなくてはならない一冊であると思います。

本書の引用部翻訳にあたり、「訳者ことわり」で出典を記したトールキン作品以外にも、既刊のトールキン関係の翻訳を参考にさせていただきました。特に『妖精物語について』からは、読者の便宜を考えて、トールキンの概念の名称訳を使わせていただきました。ここに書名を挙げてお礼を申し上げます。

『終わらざりし物語』　山下なるや訳　河出書房新社

「領主と奥方の物語（レー）」　辺見葉子訳　『ユリイカ』一九九二年七月号

「航海譚（イムラヴ）」　辺見葉子訳　『ユリイカ』二〇〇二年四月臨時増刊号　以上青土社

『妖精物語の国へ』　杉山洋子訳　筑摩書房

『妖精物語について　ファンタジーの世界』　猪熊葉子訳

『J.R.R.トールキン――或る伝記』　菅原啓州訳　以上評論社

また本書で言及されている作品中、基本的に現代の作品で、内容が論じられているものにつきましては、合わせて読みたいと思われる読者の参考になるように、文中に出版社名を記させていただきました。

翻訳にあたっては多くの方に助けていただきました。『指輪物語』『シルマリルの物語』の訳者である田中明子先生には貴重なお話を伺う機会を沢山いただき、難航する翻訳に挫けそうになっていた訳者はその都度励まされました。古英語や北欧語につきましては、信州大学の伊藤盡先生にご教示いただきました。校正者の三枝明子さん、大学院の後輩の瀬戸川順子さんには原稿のチェックをしていただきました。そして最後になりましたが、評論社の竹下純子さんは、遅い原稿を辛抱強く待ってくださり、原稿の不備を一つ一つ指摘して、最終的に本にまとめ上げてくださいました。ここに心からの感謝を述べさせていただきます。

沼田　香穂里

■マ

■ミ

■ム

■メ

■モ

■ヤ

■ユ

■ナ

■ニ

■ネ

■ノ

■ハ

■ヒ

■チ

■ツ

■テ

■ト

■ス

■セ

■ソ

■タ

■サ

■シ

■カ

■キ

■ク

■ケ

■コ

■エ

■オ

索　引

この索引は主に論じられている場所を示したもので、言及箇所全てのページ数を掲載したものではない。

ア

イ

ウ

トム・シッピー Tom Shippey
1943年、インドのカルカッタ生まれ。英国で教育を受ける。トールキンの最晩年にオックスフォード大学でチューターとして教えはじめ、1979年リーズ大学の英語・中世文学教授、1993年米国、セント・ルイス大学教授を経て、現在、英国のウインチェスター大学名誉研究員。トールキン研究の第一人者として世界的な評価を得ている。古英語や中英語、古北欧語にも通じ、中世研究家であってファンタジー研究家であり、真の意味でトールキンの精神を受け継ぐ研究者として認められている。

沼田香穂里（ぬまた・かおり）
1964年、東京生まれ。1987年慶應義塾大学英米文学科卒業。1990年お茶の水女子大学修士課程英文学専攻終了。1996年同大学博士課程比較文化学専攻終了。宇都宮大学など複数の大学非常勤講師を勤めた後、現在、慶應義塾大学・和光大学非常勤講師。

J・R・R・トールキン——世紀の作家

二〇一五年一月三〇日　初版発行

●——著　者　トム・シッピー
●——訳　者　沼田香穂里
●——発行者　竹下晴信
●——発行所　株式会社評論社
〒162-0815　東京都新宿区筑土八幡町二-二一
電話　営業〇三-三二六〇-九四〇九
　　　編集〇三-三二六〇-九四〇三
振替　〇〇一八〇-一-七二九四
●——印刷所　中央精版印刷株式会社
●——製本所　中央精版印刷株式会社

落丁・乱丁本は本社にておとりかえいたします。

ISBN978-4-566-02384-0　NDC930　504p.　212mm×150mm
http://www.hyoronsha.co.jp

ファンタジーの巨人・トールキンの世界

指輪物語

A5・ハードカバー版(全7巻)
文庫版(全10巻)
カラー大型愛蔵版(全3巻)

J・R・R・トールキン
瀬田貞二・田中明子 訳

かつて冥府の魔王がつくりだしたひとつの指輪。すべてを「悪」につなぎとめるその指輪の所有者となったホビット族のフロドは、これを魔手から守り、破壊する旅に出た。付き従うのはホビット、エルフ、ドワーフ、魔法使い、人間たち八人――。全世界に一億人を超える読者を持つ、不滅のファンタジー。

シルマリルの物語

J・R・R・トールキン
田中明子 訳

魔王に盗まれた大宝玉シルマリルを奪い返そうと、エルフは至福の国を飛び出した――。『指輪物語』に先立つ壮大な神話世界。

農夫ジャイルズの冒険

――トールキン小品集

J・R・R・トールキン
吉田新一・猪熊葉子・早乙女忠 訳

「農夫ジャイルズの冒険」「星をのんだかじや」「ニグルの木の葉」「トム・ボンバディルの冒険」の四作を収録した、珠玉の短編集。

J・R・R・トールキン

――或る伝記

H・カーペンター
菅原啓州 訳

トールキン自身の手紙、日記、その他の文献、そして家族や友人の回想をもとに編まれた詳細な、唯一の〝公認〟ともいえる伝記。